红鹰团行动（上）

燕垒生 颁德斯乐 著

新世界出版社
NEW WORLD PRESS

图书在版编目（CIP）数据

红鹰团行动 ： 全2册 / 颁德斯乐，燕垒生著. -- 北京 ： 新世界出版社，2018.2

ISBN 978-7-5104-6116-3

Ⅰ. ①红… Ⅱ. ①颁… ②燕… Ⅲ. ①长篇小说－中国－当代 Ⅳ. ①I247.5

中国版本图书馆CIP数据核字(2018)第001261号

红鹰团行动（上下册）

作　　者：颁德斯乐　燕垒生
责任编辑：黄　倩
责任印制：王宝根
责任校对：宣　慧
出版发行：新世界出版社
社　　址：北京西城区百万庄大街24号(100037)
发 行 部：(010)6899 5968　(010)6899 8705（传真）
总 编 室：(010)6899 5424　(010)6832 6679（传真）
http://www.nwp.cn
http://www.nwp.com.cn
版 权 部：+8610 6899 6306
版权部电子信箱：nwpcd@sina.com
印　　刷：北京亚通印刷有限责任公司
经　　销：新华书店
开　　本：880mm×1230mm　1/32
字　　数：390千字　印张：14
版　　次：2018年2月第1版　2018年2月第1次印刷
书　　号：ISBN 978-7-5104-6116-3
定　　价：65.90元

目录 contents（上册）

第一章　去国

“不知道那到底是什么人……”杨定远坐在火车狭窄的小铺上，刚在日记本上写下今天的最后一句时，突然打了个寒战。

这是一节运兵车厢，小小的空间里安置着五十张高低铺，除了一条过道，连立足的地方都没有。在这儿拿出笔来写日记，多少有点儿不协调。还好这节车厢里都是些刚招募来的劳工，各地的都有，全都素不相识，加上杨定远的铺在最角上，没人去注意他。可是杨定远突然感到有一道灼人的目光从人群中直直地射向他，让他十分不自在。他抬起头，想看看那到底是谁，但眼中所见只是黑压压一片人头攒动，一张张脸都全然陌生，根本看不出有谁在注意自己。难道刚离开哈尔滨就有人和我结上仇了？杨定远将日记本收了起来，躺在铺上，有点儿茫然地看着四周。

杨定远，山东荣成人，今年刚满二十一岁。这个年纪正是意气风发的时候，但他的眼神却有种超越年龄的老成。他家里只是个寻常农户，父亲一辈子不识字，所以生下杨定远后，发狠要让他念书。不过念了几年私塾，家里便揭不开锅了，所以他小小年纪就只能出来做事。虽然一直做着卖苦力的活儿，但他一直没有放弃写日记的习惯，不论走到哪里，这本日记本总带在身边。

火车发出了声嘶力竭的一声长鸣，喘着粗气驶出了哈尔滨站。前面已是莽莽森林，仿佛一个不可知的深渊，将一切都吞没了，连个渣都不吐。

这是中东铁路的一列班车。中东路原名东清铁路，是中日甲午战争后俄国胁迫清廷签订了《中俄密约》建造起来的。这条铁路西起赤塔，东至绥芬河，从哈尔滨还有一条支线直达旅顺，将西伯利亚和中国东北连接在一起。通过这条铁路，俄国人源源不断地奔赴远东，一步步蚕食着东北，同时也有大量中国人为了谋生背井离乡，进入西伯利亚荒原。

车厢里人很多，好在天冷，不至于有汗臭味，可一样闷得人喘不过气来。杨定远枕着包袱默默想着，振中现在也该踏上了回乡的路吧？不知他见到自己父母会怎么说。出门时的冲霄壮志现在已荡然无存，杨定远剩下的只有一个念头，就是活下去。

“逼上梁山闯关东”，这是山东人常挂在嘴边的一句话。这年月，梁山泊是再没有好汉可以投奔了，那么像他这样的穷人似乎只剩下闯关东一条路。只是关东也不好闯，振中现在也该明白了吧？他想着，不由苦笑了一下。

杨定远本在威海一家织袜厂当学徒，在老家荣成的乡亲眼里算是很有出息了。他出师后，因为技术不错，织袜厂的周老板在哈尔滨又新开了家分厂，招了不少新工人，就让杨定远来哈尔滨分厂做织工师傅。

听说杨定远要去哈尔滨，那时候山东人有不少人闯关东，杨定远的发小陈振中听了不少山东人衣锦还乡的故事，只道哈尔滨遍地是黄金，非要跟着他来。一同来的还有两个山东寿张人，四个人一起到了哈尔滨。刚到这城市见到一派欣欣向荣的景象，大家很是兴奋。但过了没几个月，就失望了。

哈尔滨分厂的老板是周老板的亲戚，却很看不起山东人，周老板对员工很苛刻，这分厂老板更苛刻，做了一年，杨定远不但没赚到钱，反倒欠了厂里的钱，一气之下便想和陈振中一同回家。可是身无分文，杨定远走投无路之下，看见有去俄国招工的，只要报名，当场就给十块大洋。于是杨定远一狠心报了名，把十块大洋全给了陈振中让他回家。自己则选择去俄国打工，从此以后就要背井离乡了，不知何年何月才能回来……

正胡思乱想着，耳边突然传来一个粗粗的声音："来，来，干坐着也不是个味，押一宝碰碰运气哪，买定离手。"

这人是安徽腔，声音很响，狭小的车厢里似乎都包不住了。车上尽是些出门在外的苦力，袋里有了点儿钱，无外乎两件事：赌和嫖。在火车上，嫖是找不到地方，赌却随时随地都行。那安徽人将几颗骰子在碗里不住地摇着，"叮叮"乱响，听了这声音，一下子有好几个人围了上去，将那安徽人的铺围了个水泄不通，空气中回荡起吆五喝六的声音。

杨定远从来不赌。他还记得小时父亲就跟他说过赌能破家，做人还是老老实实的为好。只是那些人赌钱的声音跟针尖一样刺进耳朵来，连睡都睡不着，他翻了个身，一个尖尖的声音传了过来："大哥，请让一让。"

杨定远抬起身，只见一个少年端着一盆水站在他铺前。他怔了怔，从上铺传来一句骂声："小兔崽子，这老半天了才给爷端水来。"话音未落，他只觉眼前一暗，一个人从上铺腾地跳了下来。杨定远愣了一下，心道："这人倒是个练家子。"

从上铺跳下来的那人个子也不高，一下地，便大咧咧地向杨定远道："兄弟，请你让一让，咱洗个脚。"

在这节车厢里的都是要去俄国卖苦力的穷汉，杨定远实在弄不清这人的来历。他身上的衣服倒也寻寻常常，可是非常整洁，特别是脑后还拖了一根油光水滑的大辫子。现在已是民国四年，一般人早把辫子铰了，这人倒是把这根辫子爱若珍宝，辫梢上扎了根月白缎的蝴蝶结。这打扮杨定远只记得小时候见过，这几年却难得一见。

他向一边让了让，那人见杨定远毫无二话，咧嘴一笑道："多谢了，兄弟。"转向那少年时却又板着脸喝道，"小兔崽子，给爷端过来。"

少年把铜盆放在铺下，那人解开了包脚布，把两脚伸进水里，龇了龇牙道："好凉！凉得爽快！"外面冰天雪地，车厢里虽然因为人多，并不算冷，可冷水洗脚无论如何都不能算爽快，但那人却似乎很享受，两只脚在水里不住地搓着。他的脚其实不洗也比旁人干净得多，可这人还是洗得仔仔细细，似乎连脚指甲缝里都要洗个干净。他一边洗着脚，一边向杨定远道："兄弟，真对不住了，咱就这个脾气，要不洗趟脚晚上睡不安稳。对了，咱姓霍，霍敬奇，不知兄弟尊姓大名？"

这霍敬奇虽然有点儿旁若无人，可说话倒还算客气。杨定远道："我姓杨，霍爷。"

被他称了一声爷，霍敬奇仿佛越发受用，咧开嘴道："原来是杨爷，不知台甫怎么称呼？"

霍敬奇说得文绉绉的，杨定远倒不好太随便了。他拱了拱手道："草字定远。"

霍敬奇一怔，咂了下嘴道："哟，好威风的名字！班定远啊。"

杨定远苦笑了一下："取笑了。"心想这霍敬奇倒也读过几本书。他这名字是当初父亲请私塾里的胡先生给他取的，胡先生说他目若朗星，定有大志，他日风云际会，当效班定远扬威异域，所以取了这么个名字。父亲自然不知道什么班定远班定近。班定远投笔从戎，自己也是读了几年书就不读了，只有这一点儿与其相仿，其他真是八竿子都打不着。

霍敬奇一边洗着脚，也许是习惯了冷水，他现在眯起眼，真有几分受用的模样，嘴里仍在说着："班定远是云台二十八将吧？想当年汉光武帝东征西讨，马武岑彭对花刀，真是好汉。我说小兔崽子，你把脏水倒了。"

霍敬奇用包脚布擦干了脚，因为怕地上脏，用脚从铺底下扒拉出一双兀拉草鞋来。东北有三宝——人参、鹿茸、兀拉草。这兀拉草虽然不似人参鹿茸值钱，但做的鞋子据说再冷的天都冻不着脚。到了东北，那是人人必备的东西，也算得一宝。霍敬奇踩在鞋上，又向杨定远拱拱手道："兄弟，打扰您了，回见哪。"说着，伸手在床沿上一搭，人已一跃而起跳到了上铺去。那少年却老老实实地端起洗脚水走出过道去倒了，这才睡到杨定远边上的铺上。

这两个人到底是什么来头？杨定远想着。霍敬奇就睡他上铺，显然不会是那道让他有点儿心悸的目光的主人。这个神秘的人在注意着自己，到底是自己的错觉还是真有其人？杨定远越想越是心烦。车厢里只挂着一盏油灯，随着火车行进不停地晃动，映得杨定远眼前一明一暗。那边赌钱的人不时发出一阵大呼小叫，夹杂在火车有节奏的“咣咣”声里，慢慢地在渐浓的睡意中轻了，远了，再听不到了。

这一觉睡得很沉，杨定远做了一个很长的梦。在梦里，他又回到了荣成老家，可是看到的只是父母的坟头，老宅也已破败不堪。当他问邻居时，邻居已不认识他。他大喊：“我是杨定远啊。”可是那些看着他长大的邻居却说：“杨定远早就死了，他爹妈一直等不到儿子回来，连眼睛都哭瞎了，你肯定不是杨定远。”他大叫了起来：“我不是杨定远又是谁？”可是不管他怎么说，旁人总不相信眼前这人是杨定远。有人拿过面镜子说：“你说是杨定远，那你照照是不是。”他接过镜子，看到镜中映出的是一张饱经沧桑的脸……这时耳边似乎传来一个遥远的声音，似乎在唱：“风尘埋没俺英雄，二十年一场春梦……”

杨定远从来没听过这样的歌，原来自己是在做梦。耳畔“咣咣”的火车行进声仿佛一瞬间让人震耳欲聋，可是那歌声仍然没有断，反而更加清晰：“……徒有凌云志，奈机缘未逢，这宝刀要尔何用？”他睁开了眼，一绺阳光正从车门的缝隙间洒进来，投射在他脸上。他侧了侧脸，这才看到霍敬奇正站在过道里，手上拿了块汗巾，歌声正是从他嘴里发出来的。

他怎么唱开了？杨定远不由一呆。这时霍敬奇已唱到了最后一个字。这“用”字咬得很重，倒是和他平时说话的尖声尖气大有不同。这一字方落，边上不少人都拍手叫好，连那个正被霍敬奇指着鼻子的汉子也叫了起来。霍敬奇倒是满面春风，听得旁人叫好，左手的汗巾一甩，往身上掸了掸，做足了架势方才团了团作了个罗圈揖，尖声道：“在下河间府霍敬奇，多谢诸位赏脸。诸位，你们可听说过八极门二霍吗？”

对面那人呆了呆，叫道：“这可不对了，霍元甲是我天津卫的，他是迷踪艺，可不是八极门。”

这人果然是一口天津腔。杨定远也听说过，天津卫有个开药材行的霍元甲，本领很好，至于什么迷踪艺、八极门，他倒是不知道。霍敬奇却鄙夷地看了看他道：“得了，霍元甲也就在天津卫有两手，到了北京城哪有他的地方！我师父是八极拳大宗师，姓李，树个号叫书文，我是他老人家的开山大弟子。我有个师弟，也姓霍，叫霍殿阁，你听说过没？”

天津人摇了摇头：“没听说过。”

“我说你井底之蛙，没见过世面不是？我们八极门有‘六大开’‘八大招’，迎门三不顾，猛虎硬爬山。兄弟你算没练过，咱不能欺负你，要您也是会家子，今儿个非让您开开眼不可。”说着，霍敬奇更是来劲，将汗巾搭在肩上，伸手拉开摆了个架子，“八极门拳打卧牛之地，这一拳下去，别看地方小，可有千钧之力，定叫您脑浆崩裂，骨断筋折。”

他说得热闹，杨定远见自己边上昨天给霍敬奇端洗脚水的少年微微撇了撇嘴，便小声问他：“小兄弟，霍爷是你大哥吗？”

少年扭头见是杨定远，也小声道：“算是吧。”

“你们以前干什么？镖行的？”

少年摇了摇头：“我们是宫里的公公。”

杨定远一怔。所谓“公公”就是指前清宫里的太监。他没想到霍敬奇和这少年居然都是太监，实在想不通他们为什么也要和自己一样去异国谋生。心里有了好奇心，便小声和这少年攀谈起来。少年虽然不怎么爱说话，但见杨定远很随和，倒也放下了戒心。

原来这少年也姓霍，霍敬奇是当初宫里的带刀太监，小霍则是服侍他的小太监。清朝亡了，冯玉祥进京时又把皇室赶出了紫禁城，他们这些太监走投无路也就四散了。霍敬奇本是有品的太监，因为积攒了一笔钱，在宫外开了一家手把羊肉馆，倒也挣了不少钱，吃喝不愁，每天遛鸟听戏，到处装贵人摆谱。结果有一回装得太过分，得罪了辫帅，辫帅要买他的人头，霍敬奇把羊肉馆都赔光了也没能把事情了结，只好拉上他到了东北，为了能吃上饭，就去了劳工营。当杨定远问他为什么不去投奔八极门的同门，小霍太监又撇了撇嘴道：“他哪算八极门，李师爷也不收太监。他无非是在宫里跟人学了点儿三脚猫就硬靠上了，李师爷大概都没听说过他这名字。”

虽然心情一直不算好，杨定远也不由有点儿想笑。五谷米养百种人，霍敬奇倒也真是个妙人。他看了看周围的人，在那些一眼望去大多千篇一律的脸后面，也许也有很多和霍敬奇一样，有着匪夷所思的经历吧？莫名地，那道目光又瞟来了，杨定远心下一凛。

霍敬奇似乎瘾头还没过足，说了一阵又唱开了。杨定远现在知道他是个太监，对他那种尖厉的嗓门倒也不感到好奇。他唱得虽不算如何中听，但听来又有种异样的苍凉，闭上眼，仿佛眼前不是狭窄的车厢，而是一派辽阔的原野，大风呼啸而过。霍敬奇唱完一段，边上又是一阵叫好，有人叫道：“霍爷，你唱的这是什么戏？怎么没听过？”

霍敬奇这时从怀里掏出一把扁扁的锡壶来，正对着口喝，听得这人问，便高声道：“没听过吧？这是皮黄，宫里最迷这个。老佛爷在世的时候，年年少说都要听个百八十遍，怎么都听不厌。”说完又清了清嗓道，“诸位爱听，咱给大家伙再来一段，成不成？”

他嘴上说“成不成”，也根本没管别人的回答，便开口又唱了起来。杨定远听他开口一唱便旁若无人，忍不住笑道：“想不到霍爷身为公公，嗓门倒挺亮。”

小霍太监脸白了白，小声道：“杨爷，我跟您说个事，霍爷来了，您别跟他说是我告诉您我们是公公的，成不成？”

“怎么？”

小霍太监叹了口气道：“霍爷最恨人家说他是公公。这不，方才那位天津卫的爷，刚才啃那什么大列巴没喝水，喷了霍爷一脸。霍爷不饶他，两人争起来，那天津卫的爷说霍爷没屌用，霍爷才这么来劲。”

怪不得霍敬奇手上还拿着块汗巾。杨定远知道所谓列巴就是俄国人对大面包的叫法。两人吵起来后成了这么个结果，就算那天津人都没想到吧。霍敬奇大概唱累了，向铺位走来，见小霍太监正坐在杨定远铺上，眼一瞪喝道："小兔崽子，没见咱唱得口渴吗？给我打杯水去。"

小霍太监对他简直有如老鼠见猫，灰溜溜地走了。杨定远忙道："霍爷，坐吧，你嗓门可真亮。"

霍敬奇见他夸赞自己的嗓门，脸上又露出笑意："杨爷见笑了。咱一辈子，一是好耍点儿拳脚，二就是唱两口。杨爷以前听过没？"

杨定远摇了摇头："没有。我老家就枣梆戏，每年过年社火到开春就有戏班来唱。"

"枣梆戏倒没听过，有讲老爷戏吗？"

所谓老爷戏，就是关公戏。杨定远道："当然有。刚才你唱的也是关公戏吧？"

一说到戏，霍敬奇又有点儿来劲，似乎忘了说刚才自己唱累了口渴，又提高嗓门道："不就是嘛！以前宫里最行老爷，因为我们乾隆爷就是刘备转世，所以老爷扶保大清。有一回乾隆爷下了金銮殿，忽然听得身后有响动，乾隆爷生怕是刺客，回头去看却没有人。乾隆爷他老人家福大心灵，就问：'是哪位神道保驾？'空中有人答道：'是二弟云长。'乾隆爷这才明白自己是昭烈皇帝转世，便顺口问道：'三弟何在？'只听老爷在空中答道：'三弟镇守辽阳。'乾隆爷一听三弟也转世了，就又问道：'那四弟又在何方？'就听老爷答道：'降生兆氏门墙。'乾隆爷龙心大悦，开金口道：'朕明日便降旨封贤弟为盖天古佛，连如来佛、玉皇大帝都归贤弟管。'这时老爷却说诸葛军师也已降生朝中，只怕会记着当初老爷不听他东和孙权、北拒曹操的两句话，大意失荆州，闯下泼天大祸，要来阻挡。"

杨定远听他说得来劲，忍不住问道："后来又怎样了？"

"第二日哪，乾隆爷上了朝，下旨要封老爷做盖天古佛，便听朝中有人出列说：'吾皇不可。'乾隆爷闪龙目一瞧，不是旁人正是刘罗锅刘天官之父，也就是你们山东人刘丞相，乾隆爷才知道他就是诸葛丞相后身。想起老爷说三爷镇守辽阳，一查清官册，原来镇守辽阳的是张广泗，便下旨发金牌召张广泗进京。不料张三爷已在大宋时转过一次了，改姓不改名，那回转的是岳老爷，被十二面金牌召回来冤杀的，再转后见不得金牌。一见金牌相召，张广泗心中害怕，便吞金自杀了。乾隆爷闻听得这事，十分后悔，想起四弟赵子龙也转在朝中，一查正是九门提督兆惠，便不敢说破，只是连连加封，直封到平南王。兆将军捉年羹尧，平准噶尔，成了我朝一员福将。”

霍敬奇一说起来便住不了口，这时小霍太监拿了杯水过来，他这才闭上嘴喝水。对面一个汉子听他说得有趣，忍不住插嘴道：“只是现在大清也没了。”

霍敬奇一口水几乎噎住，却又还不了嘴，只是翻了翻白眼。杨定远生怕他下不了台，忙道：“霍爷真是一肚子古，我从来没听过。”

霍敬奇有了个台阶下，把杯子递给一边的小霍太监，叹道：“这回也没用了，还不是得卖力气吃饭。杨爷，还有多久才能到点儿?”

“刚出哈尔滨，少说也得十天半月吧。”

霍敬奇似乎没料到有这么远，怔了怔却没说话，只是又叹了口气，翻身上了铺。这一天，他再没下铺，只是在上面哼哼着戏文，杨定远在下铺倒听了全本的《过五关》。

这天黄昏时，火车驶进了满洲里站。满洲里已是中国边境，再往西便是俄国地界，因此火车要在这儿停两天，等候验关。在火车上闷了这许多天，一听要停两天，火车上的人全都下去歇息了。杨定远虽然没地方可去，也下了车。一下车，只见白雪皑皑，地上积了厚厚一层，人嘴里呼出的气又浓又白，在人群上方仿佛积成了一层厚云。他挖起一团雪擦了擦脸，看了看周围。

车站内也有很多的俄国人，做小生意的多半会说两句俄语，一见车上客人下来，马上纷拥过来招揽生意。他们也知道中国人多半没钱，簇拥的尽是些俄国人。杨定远耳中满是打嘟噜的俄语，却一字不懂，身边也没钱，也就到处逛逛散散心。

作为一个边城，满洲里地方虽然不算大却十分繁华，集市上店铺林立，尽是些皮毛、鱼肉、糖茶、布匹一类。天气苦寒，那些鱼肉全都吊在檐下，冻得硬邦邦的，而铺子里的吆喝声也大多夹了些俄语。

如果能学会俄语，那有多好。杨定远想着，向一家卖吃食的铺子走去。这店卖的是些面包和灌肠，看上去十分诱人，店主正用俄语吆喝着，说得很溜，嘴里一串串的尽是嘟噜。看见杨定远过来，那店主满面堆笑，改用汉话道："客人，来点儿什么？列巴？里道斯？样样都是新鲜的，一嘴咬下去，又香又肥。"

杨定远犹豫了一下，说道："店家，我想问问，你这俄语是从哪儿学的？"

店主笑了起来："这要学什么，听得多了，自然会说了。满洲里到处是俄国人，你待个一年半载，准保也会了。"

这话虽然也不无道理，可说了等于没说。杨定远还想再问一句，身后却响起了一个声音："这不是杨兄吗？"

这声音很陌生，杨定远没想到在这儿居然有人认识自己，扭头一看，只见身后站着一个陌生男人，一身粗布衣服，个子不高，但精神极好。他道："我是姓杨，不知兄台是哪一位？"

小个子露齿一笑，双手一抱拳道："杨兄忘了？在下姓桑，和你同一车厢来的。"

原来也是劳工营的工友。杨定远在车上并没有多说话，都不记得这小个子了，但人家如此殷勤地打招呼，他也抱拳回礼道："原来是桑兄。"

"叫我小个子就行了，别人都这么叫我。杨兄，你也出来逛啊？天寒地冻的，一块儿喝酒去吧。"

小个子不等杨定远再说什么，去铺子里买了几根大灌肠，便来拖杨定远。杨定远跟着他走了两步，正待推辞，小个子已走到边上一家酒馆门前，转身道："杨兄，四海之内皆兄弟也，来吧。"

小个子的目光一直很随和，但这时却突然精光四射，死死地盯着杨定远。

就是他！刹那间杨定远差点儿叫出声来。这正是火车上他察觉到的那道让他心悸的目光，原来竟是这个人一直在盯着自己！他顿时明白过来，这个姓桑的小个子绝非是因为偶遇而想请自己喝一杯，他分明早就有所图谋。如果坚持不跟他进去，真不知会发生什么事。杨定远心下一沉，只得装出一副浑然不知的样子道："桑兄，我不怎么会喝酒，不太好吧。"

小个子眼里的杀气淡了些，取而代之的是一丝嘲讽："你是带把的不是？男人要不能喝酒，还算个啥男人。进去吧，我大哥也想见见你。"

大哥？杨定远心里又是一震。

小个子推开了门，却不进去，只等着杨定远。看样子，杨定远若不进去，他死活不走。到了这分儿上杨定远也再没法子可想，心一横，忖道：我和他无冤无仇，总不能吃了我吧？一弯腰，走进门去。

门口为了阻挡寒风，挂了条薄棉夹被。一撩开夹被，一股热浪便汹涌而出。外面冰天雪地，里面却因为挤满了人，热得几乎要淌汗。小个子见他进来了，领着他走到一间包厢前，推门道："大哥。"

门里是一张大炕，炕上坐了五六个人。小个子走到炕边，把手里的大灌肠放在桌上，小声道："大哥，我出去买里道斯，正好碰到了杨兄，就把他带来了。"

盘膝坐在炕边上的一个汉子抬起头，看了看杨定远。一触到他的目光，杨定远便有点儿怔忡。这汉子身材也不算高，长得很白净斯文，可一双眼睛却有如鹰隼般锐利。如果说小个子的目光是两把锋芒毕露的尖刀，那这汉子的目光就是绵里藏针，别有乾坤。汉子看着杨定远，脸上露出一丝笑意，招呼道："杨兄，坐吧，喝杯酒，这烧锅的酒倒是不错。"

杨定远有点儿犹豫，刚走到边上，小个子已在他背上一拍，塞过一碗酒道："喝！"

杨定远苦笑了一下，拍了拍口袋道："我的钱都留给家里了，身上连一个钱都没有。"小个子硬把自己拖了进来，这伙人都有些神秘，他多少也有点儿戒心，心想把话先说白了，省得他们多事。

小个子一怔，马上笑道："真是孝子！喝你的吧，我交你这朋友了！"说着从腰里摸出一把小刀子，将灌肠切成一段段的堆在桌上一个大盘里。

杨定远拿着酒，心想不喝看来也不成。他拿起酒杯刚放到嘴边，一股浓烈的酒气直冲上来。东北的酒非常烈，他拿着碗一狠心，将酒倒了下去，只觉仿佛有一条火线直直地插了下去，霸道至极，五脏六腑几乎都要烧起来了，眼里登时满是泪水，差点儿要咳出声来。

炕上的人都笑了起来，那个目光锐利的汉子也笑了："杨兄，这酒很烈，你别喝太急了，来，吃块里道斯压一压。"

里道斯就是灌肠，里面灌着猪肉和肥油。因为是凉的，切面看得出一团团的白油。只是一吃进去却只有肉香，并不感到腻，嘴里火辣辣的酒味倒不那么难受了。他嚼着灌肠，有人在炕上腾出个位置来，按着杨定远坐下道："慢慢来吧，兄弟。"

这些人到底是什么用心，杨定远现在还不知道，但他们却是意外的爽朗，似乎并没有什么敌意。他打量了一下周围，见坐在角落里的正是在火车上设赌的那安徽人，这人却一言不发，只是在喝酒吃肉，看也不看杨定远，显得颇为阴郁。

"杨兄，在下姓尹，尹春山。"那个目如鹰隼的汉子低低说着。他一开口，旁人都不说话了。杨定远抬起头看着尹春山，说道："幸会，尹兄。"

"你是山东人，识字是吧？"

杨定远呆了呆。尹春山仿佛看出了他的疑惑，笑了笑道："我见你在火车上写日记了。我们正缺一个识文断字之人，你愿不愿来帮我们？"

杨定远更是一惊。原来他们在车上注意自己就是这个原因。火车上尽是劳工，识几字的恐怕都少见，还能写日记的就绝无仅有。他说道："不知尹兄有什么用得着我的？"

尹春山端起酒碗来抿了一小口，说道："事情很多，不过还不能多说。我们也是到俄国淘金去的，只是出门在外，抱成团才好共事是不？"见杨定远点点头，他又说，"我们现在还在中国，明天就到了俄国。不过，外面这一大片土地本来都是我们的，是被俄国侵略者霸占去的，你知道不?”

杨定远又点点头。老毛子强占中国土地，有谁不知道！这也不过几十年前的事了。尹春山又道：“杨兄，要是你家的地被人占了，你家的房子被人抢了，你的姐妹被人霸占了，你会不会跟他们拼命?”

听尹春山这样说，杨定远很是吃惊。尹春山的口气虽然平和，但话中透露出的却是一股极深的怨愤之气。不，不能和他们混在一处。出门在外，鱼龙混杂，他实在不想掺和到什么帮会之事中去。想到这儿，杨定远没再点头。尹春山也看出了他心中的顾虑，端起酒道：“行，今日初见，也不用勉强，不过今天的事儿不要对外说，明白不？来，再喝了这碗。”

一见又要喝酒，杨定远已不敢再冒失了，连连摆手，苦笑道：“不敢，尹兄，我不怎么会喝酒。”

尹春山淡淡笑了笑：“杨兄，想必你不知道规矩，这碗酒是封口酒，你要不喝，那就是没答应我话的意思。”

方才他对杨定远说话时很温和，但这时眼神中又露出那种鹰隼般的锐利。虽然屋里很热，杨定远却觉脊背上起了一丝凉意，正要拿起酒碗，一边有只手却伸过来一把抓过。

是小个子。他双肘平放着，将酒碗端在胸前。杨定远以前听老人讲古，知道那准是他们的江湖规矩，若是不喝，只怕今天连这门都出不去。他接过碗来，咬了咬牙，又一口喝干，哪知小个子又用尖刀扎了块肉，送到他嘴边。

明晃晃的刀子离他的嘴只有几寸远，只要再一送，就能把杨定远的嗓子都捅个对穿。杨定远横下心来，张嘴咬住了肉，但刀子并没有再往前扎，而是退了回去，小个子拍拍他的肩道：“好汉子!”

这块肉却已没办法再把嘴里的酒气压下去了。杨定远只觉眼前都开始模糊，却觉有个人又到他跟前道：“杨爷，我这碗酒也请你喝了吧。”

再这样灌下去，只怕今天回不去了。杨定远接过碗来一口喝干了，不等那人再说什么，将碗扣在桌上道：“诸位，今天这情兄弟我领了，日后有机会必会报答。”

那人还要再说什么，尹春山忽道：“算了，就这样吧。小个子，你送杨兄回火车，急什么，等一会儿，窑姐儿又不会长毛。”

杨定远心想那小个子只怕也急着会后面的窑姐，让他送自己肯定满心不乐意。这些人神神秘秘，再和他们纠缠不清，只怕更会惹出事来，便道：“不用了，我能走。”他本来就不太会喝酒，刚才喝下的酒性子又极烈，不走时还好，一走动，肚子里几如翻江倒海，强自支撑着走出了门。

一出门，外面一阵风夹着雪末扑面吹来。被冷风一吹，杨定远倒是舒服了不少，他伸手从地上挖了团雪往脸上擦了擦。火烫的脸一沾到雪，就跟有无数把小刀子在扎一样刺痛，但那种天旋地转的感觉也减轻了不少。他扶住门框让自己站稳了点儿，又回头看了看。

那门已关上了。现在，里面的声浪已轻了许多，仅仅一门之隔，就仿佛离了很远。只是门里明明热气腾腾，杨定远却如同刚从一个冰窖里出来一样。尹春山看上去虽然不似什么坏人，但在这个人身上杨定远感到了一种异样的畏惧。这个长相斯文的人有一种无形的威严，仿佛一把出鞘的利刀，就算只是看一看也感受到那股逼人的寒气。现在他虽然站在雪地里，反而比在里面更好受些。

他挣扎着向车站走去，肚子里的酒不住作怪，来的时候不觉得有多远，但要走回车站，却简直觉得恍若天涯。风更大了，暮色渐深，在这块中国最北边的土地上，风如同一个不好客的主人，给所有初来乍到的人一个下马威。杨定远踉踉跄跄地走着，已渐渐分辨不出面前的路，只觉白茫茫一天。天是黑的，地是白的，每一门屋子都千篇一律，冷漠而陌生。

尹春山和小个子他们多半是些帮会中人，杨定远不知道拒绝了他们的招揽会有什么后果，但至少眼下逃过了一劫，明天的事，就让明天到来时再说吧。他只是拼命走着，不让自己摔倒。现在店铺都已经打烊了，如果摔倒在街上，那再起不了身，自己就永远没有明天了。

不知走了多久，风雪却越来越大了，可车站却似乎消失了一般，再看不出痕迹来。正当他快要绝望的时候，沉沉暮色里隐隐传来了一个声音：“弟兄们身经百战在疆场，到如今古城相会心欢畅！平生抱负非寻常，志气刚强把名扬，跨下赤兔千里马，青龙、青龙偃月斩上将，凭俺、凭俺春秋一部书，百战百胜驰疆场。”

那正是霍敬奇的声音。这一段是关公戏，本来应该高亢嘹亮，但透过满天飞雪，唱来踌躇满志。可霍敬奇的嗓门很尖，透过漫天飞雪，声音几如刚从伤口拔出的小刀子，血淋淋地扎人。他抬起头循声看去，在雪色中远远地看到了几点亮光。火车原来就停在前面，只是这场大雪把一切都盖住了，而车上的人大多去镇子上了，火车上没点几盏灯，难怪他居然一直没发现。霍敬奇那种尖厉的声音原本应该很不中听，可现在听来却显得如此熟悉。杨定远跌跌撞撞地向前走去，一到车厢门边，正要去拉门，可僵硬的手指几乎跟铁棍一样，连弯都弯不成，他只能用力敲了两下。

霍敬奇正在车里洗脚。这已是在中国待的最后一天了，车厢里其他人全都走了个干净，趁这机会喝个烂醉，找窑姐儿睡最后一晚，他和小霍太监两人找不了窑姐儿，就留在车上，倒是难得有如此清静。因为没人了，车上的热水够用，正好可以泡泡脚，霍敬奇正泡得不亦乐乎，嗓子痒了，吼上一段《收关平》过过瘾，听得车厢门上突然有响动，他皱了皱眉道：“小兔崽子，去看看，这天还有什么人回来。”小霍太监答应一声，走到门边。刚一拉开车厢门，一阵风夹着飞雪扑进来，随着风雪有个人猛地扑进车厢里，把小霍太监吓了一大跳，定睛一看，叫道：“杨爷！大爷，是杨爷！”

听得是杨定远，霍敬奇脚也不洗了，擦干了脚，趿着兀拉草鞋走过来。一走近，就闻到了一股冲人的酒气，他道：“这小子，不会喝酒还喝那么多，喝醉了还要回来，这天气，玩命哪。小兔崽子，把他拖进来吧。”

小霍太监伸手去拖杨定远，可杨定远身上穿得厚，个子也高大，比小霍太监足足高出一个头，他涨红了脸，杨定远的身体却跟焊在地上了一样动也不动。霍敬奇不耐烦了，一把推开小霍太监，骂道：“兔崽子，你晚上那大列巴真是白啃了，连这点儿力气都没有。”他弯下腰，抓住杨定远的背心，一用力，只觉手上分量当真不轻，但他的力气到底比小霍太监大多了，用力一提，已将杨定远提上车来，喝道：“兔崽子，快把门关上喽，这阵白毛风可真不小。”

小霍太监关上门，见杨定远仍然趴在地板上人事不知，有点儿害怕地说：“大爷，杨爷他……他是死了吗?”

“死了怎么走得到这儿? 少给我嚼咀，快抓团雪来。他是喝醉了，又在风雪里走了好一程，寒气逼到心里去了。”

小霍太监不敢多嘴，伸手在外面抓了团雪，霍敬奇已解开了杨定远的衣襟，拿雪在他心口拼命搓着。他的手劲不小，一会儿，见杨定远心口透出血色，他道：“成了，兔崽子，帮我把他扛到铺上去，再去倒杯热水来。”

这杯热水一灌下去，杨定远睁开了眼。见他醒了，霍敬奇才舒了口气，说道：“杨爷，你这条命算捡回来了。不会喝酒，学人灌什么马尿，你当关外的寒天还跟你山东道上似的?”

杨定远也不好说是不愿和尹春山他们多待才强撑着回来。他支起身道：“霍爷，多谢你了……”

“客套话甭说，你酒劲还没过去，早点儿躺下吧，待会儿酒劲一过，你非冻得叫妈不可。”

霍敬奇本想清清静静躺一觉，被杨定远这么一搅，有点儿没好气。杨定远见他面色不好看，也不敢多说。不管怎么说，霍敬奇都是救了自己一命。他见小霍太监还站在一边，便道：“小霍，我没事了，你也去歇息吧。”

小霍太监大概被霍敬奇使唤惯了，“哎”了一声道：“杨爷，您有什么事就叫我一声。”

杨定远把被子拉了拉。因为车里没人，霍敬奇把炉子拉到了床边，炉子上还烧着壶水，从壶嘴里不时有白汽冒出来。杨定远有点儿茫然地躺着，看着挂在车顶的一盏油灯，突然又感到如此空虚。路还远，日子也还长。可将来，将来怎么办？他茫然地想着，耳边却又响起了霍敬奇的唱戏声："叹苍生乱世，炎汉十常侍误国专权。谋害贤良，生灵涂炭民不安，家家户户少食无穿，连年的荒旱百姓遭难，何时才得个太平年？"

声音渐渐轻了。火车外，风正大，从缝隙里钻进一阵来，锋利得有若快刀，霍敬奇的声音也渐渐轻了，终于响起了鼾声。

第二章 异域孤雏

火车离开满洲里，又跌跌撞撞地走了十多天。这一路上尽是荒山野林，只有到站了才看得到人家。但这些都是些小站，顶多也就十来户，每到一站便有人上车来送煤送水。只是这儿虽是俄国地界，上车来的却尽是些中国人。杨定远这些日子没见到尹春山，小个子有时过来和他说说话，那天在烧锅里逼他喝封口酒时的敌意似乎全都忘光了。听小个子说，中东路的终点站赤塔就在前面不远了。赤塔就在贝加尔湖不远，以前也是中国地界，苏武牧羊就在那地方。听小个子说得头头是道，杨定远“啊”了一声道：“原来就是古籍里的北海啊。”

“北海?”

小个子一怔。杨定远道：“桑爷不知道吗?”

小个子讪笑了笑：“别叫我桑爷，叫我小个子就行了。我西瓜大的字认不上一担，就听大哥说过这地方原先也是中国地界，原来古时候叫北海啊。”

小个子说的大哥，自是尹春山了。杨定远先前也以为霍敬奇识文断字，但在火车上相处这些天，才知道霍敬奇是个睁眼瞎，他肚子那点儿古典只怕尽是听戏听来的，而小个子则是从尹春山那里贩来的。他笑了笑道：“是啊，《封神榜》里的申公豹也是塞在北海眼里的。”

一说起《封神榜》，小个子倒来劲了：“哈，原来就在这儿啊，现在这歪脖子还在里面？”

“这就是说说罢了，哪是真事。”

小个子叹了口气，大概为看不到申公豹而遗憾。他们正说着，霍敬奇正从车上跳下来。他不认得小个子，看见杨定远嚷道：“杨爷，您也在这儿透风哪。”

杨定远道：“是啊。霍爷，车快开了，您还下去吗？”

“这些天尽窝在车里，憋得慌，下去活动活动手脚。”

霍敬奇跳下车，拉了个架势开始练拳。杨定远是山东人，当地尚武，他小时候在乡间也跟人练过几手，不过从来没有好好练过，见霍敬奇在雪地上东蹿西跳，动作很是敏捷，心想小霍太监虽说他是个三脚猫，不过看样子不怕千招会，只怕一招熟，霍敬奇这几手，等闲两三个人也近不得他了。他看得有意思，却听一边小个子从鼻子里“哼”了一声，一副嗤之以鼻的样子。

小个子这样的帮会中人，肯定也习过武吧。听小霍太监说，霍敬奇的武术只是在宫里跟人学了几招几式，在他看来自是野路子，看不上眼。杨定远暗暗好笑，心想“同行相轻”这句话倒也没错，虽然霍敬奇是个公公，小个子却是混帮会的，两人根本算不上同行，只不过都会点儿武。

又走了几天，火车终于到了赤塔。中东路到这儿为止，他们这一车子劳工要去伊尔库茨克，还得从赤塔再走好几天。因为得换火车头，火车在这儿停了一天。赤塔是个大站，虽说中国人也很多，但到底才真正算是俄国地界。以往这一路过来，大洋都能用，可过了赤塔，大洋只能在中国人开的铺子里用，得换成卢布才行。杨定远身无分文，便跟着霍敬奇和小霍太监两人一块儿下车。霍敬奇一路看着，一路随口指摘，不是说这房子太矮，就是那房子太破，总之样样不如宫里。在他心目中，那座已不可能回去的紫禁城才是人间天堂。杨定远知道他的脾气，顺口敷衍。

三个人正走着，小霍太监忽道：“大爷，这儿也有摆摊的啊。”

前面的一条街两边，有不少人在摆着摊子，当中还有些高鼻深目的俄国人。霍敬奇眼尖，快步向前走去。杨定远不知他看到了什么，忙跟过去，只见霍敬奇站在一个摊前，拿起上面的一把短剑把玩着。这短剑也不过一尺来长，剑身上还有些花纹，十分小巧。杨定远道："霍爷，这好像是我们中国的东西啊。"

霍敬奇把短剑往空中一抛，也不怕扎着手，又一把接住道："这是袖剑。喂，这个怎么卖?"

摆摊的是个中国老头，听得霍敬奇问话，说了两句，却不知是什么地方的方言，霍敬奇根本听不懂，呆了呆，问杨定远道："杨爷，您听得懂吗?"

杨定远摇了摇头："我也听不懂。"

那老头却又冒出一串俄语来，这回他们更听不懂了。这老头见他们都不懂，干脆伸出一只手晃了晃，又从怀里摸出块大洋，意思是五块大洋。霍敬奇咂了咂舌道："五块现大洋？好贵。"只是他嘴上说贵，仍把那短剑拿在手上不肯放下。杨定远道："霍爷，嫌贵就别买了，这么把小剑，您也没多大用。"

霍敬奇白了他一眼道："杨爷，您这就是外行了，这是以前皇上赏给妃子的，没想到流落到这儿来了，多半是庚子年被老毛子抢来的。您试试，刃口锋快。"说着，他拿短剑往自己指甲上削了削，那把短剑果然锋利无比，指甲一下被削下一块来。霍敬奇自己都没想这把短剑快成这样，咬咬牙，把短剑往鞘里一插，马上掏出五个大洋往摊上一扔，似乎生怕那老头子反悔，转身就走。

他买到了称心的东西，不想再逛了，杨定远和小霍太监两人只得跟着他回车上。一到车上，人大多还没回来。霍敬奇拿着这短剑，看来看去不忍放下，索性让小霍太监打杯水来，他拿出火车上发的大面包削成一片片吃。这面包每天一个，是发给劳工当口粮的。俄国的面包瓷实，干了后硬邦邦的跟砖头一样，吃得用手掰下来，尽掉渣。霍敬奇拿短剑去削，却削得干干净净，一片片干面包啃着都似乎味道好了不少。

他正在自得其乐，火车上的乘务员领着一个小孩子过来，指了指一边说了句俄语。那小孩答应了一句，拖着个麻布袋来往角落里一倒，却是些煤块。火车上实在太冷，因此每节车厢里都生着炉子，这小孩准是送煤的。他倒下了煤，又将一个麻袋背到身上，开口道："葵花饼，葵花饼要?"

杨定远见这孩子浑身上下都黑乎乎的，特别是两只手，因为扒煤，黑得都看不出本色来，但一双眼睛却又黑又亮，而头上的大帽子下露出的头发也是黑色的，心想准是个中国人。这孩子多半就是中国劳工的后代。一开口虽然说的是汉语，却远不及刚才和那乘务员说俄语时流利。

在这地方居然有葵花饼卖，正啃着干面包的霍敬奇一下听进去了。他在铺上探出头来道："小孩，你这葵花饼咋卖法?"

小孩见有主顾，忙走过来道："一毛钱一个。"

"一毛钱?两毛钱都够买个大列巴了，你这葵花饼是什么做的这么贵?"

霍敬奇是在挖苦，但这小孩却只道是正经话，答道："山上种的。"

"香不香?"

"香。不香不要钱。"

小孩的中国话疙疙瘩瘩，但这句却很流利，准是每回上火车来卖葵花饼常说。霍敬奇伸出手来道："那给我两个。"

小孩从肩头解下麻袋，打开了口道："你自己拿，我手脏。"

这小孩的手也确实很脏，霍敬奇老实不客气，伸手朝袋子里拿出两个大个的葵花饼，每个足有小脸盆一般。他拿了一个，捻出一粒瓜子来放进嘴里。葵花子炒熟了吃油性大，生吃的话却有种菱角味，特别是啃了一阵干巴巴的面包后，嚼着这种生瓜子，脆生生的汁水很多，特别有味。霍敬奇嗑起瓜子来还特别利落，一手拿着葵花饼，一手摘下一颗放进嘴里，一抽就把瓜子肉吃掉，皮抽出来握在手里，大概是宫里养成的习惯，小指还跷起来。短短一刻，他手里已经握了一把瓜子壳了。小孩见他嗑得香，伸出手道："先生，两毛钱。"

霍敬奇一边嗑着瓜子，却是一瞪眼："要钱？这葵花饼一点儿都不香，都馊了！"

小孩愣了，呆了呆，急得冒出一串俄语，也不知说些什么。霍敬奇不耐烦地说："行了，你那一嘟噜话我不懂。这葵花饼不香，你自个儿说的，不香不要钱。"说罢顾自嗑瓜子，理都不理他。

杨定远见他半躺在铺上，腿还架着，看样子真是不想付钱了，心想你买一把短剑花了五块现大洋，眉头都不皱一下，小孩子两毛钱却要赖，见小孩急得眼眶里泪水直打转，招了招手道："小孩，过来，人家跟你闹着玩儿呢。"

小孩子走了过来，杨定远从床头拿出一个面包说："两个葵花饼，一个列巴，对不对？"

这种大面包两毛钱一个，劳工营里每天发一个。杨定远饭量虽然不算小，但干干硬硬的面包也吃不下太多，这几天已经多出了三个就放在床头，想着天寒地冻，反正不会坏，到时当干粮。小孩点点头，杨定远把一个面包递过去道："那给你。"看着小孩把大列巴放进麻袋，他又问道："小孩，你叫什么名？"

小孩抬起头："思华。"

这完全是中国人的名字。杨定远看了看他，这小孩虽然脸上尽是煤灰，但两颗眼珠乌溜溜的极是灵活，只是他年纪虽小，杨定远却在他眼里看到了一丝与年纪不相符的忧郁。他笑着摸了摸这小孩的脑袋道："姓什么？"

帽子很大，帽带也松了，杨定远的手刚碰到他的帽子，帽子一下便要掉下来，露出了半截辫子。小孩忽地一把摁住帽子，一瞬间眼里露出惊恐的神情。他正了正帽子，把帽带系好，说："我不知道。"

"不知道？"

"嗯。我爹娘都死了。"思华看了看周围，又问道，"火车是去伊尔库茨克吗?"

"是啊。你就一直住这儿?"

思华刚要回答，一个查票的列车员走过来。这是个华人，有点儿年纪了，一见思华便叫道："车都要开了，你怎么还不下车？要让车长看到，又要打你的耳光。"

虽然蒙了层煤灰，思华脸上还是闪过一丝惊慌，葵花饼也不卖了，把麻袋放回肩上便跳下了车，急急地走了。那老列车员看着思华的背影叹了口气，也没说什么。杨定远看着这个小小的身影下了火车，一眨眼便不知去了哪里，心里不知是什么滋味。不知为什么，在这小孩身上，杨定远隐约看到了自己。和思华一样，杨定远很早就出来谋生了，但好歹父母都还在世，他实在想不出这么一个半大孩子独自在遥远的赤塔是如何活下来的。在异域，他父母大概也不知中国几年前就已经改朝换代，人人都把辫子铰了吧。他站起身，走到那列车员边上。

"老哥，你认得这小孩吗?"

"怎么不认得，唉，"老列车员摇了摇头，"也真是命苦。爹很早就来修铁路了，好歹活了下来，却落下一身的病。后来娶了个蒙古人，生下个孩子没多久，两个人就一块儿没了。这孩子，十五岁的人了，就在车站这儿混点儿饭吃，这日子也不知哪儿是个头。"

这孩子十五岁了？杨定远看到时还以为他顶多才十一二岁。想着自己家里虽然穷，但总比思华要好得太多，杨定远心里黯然。

这时火车已经换好了车头，开始拉响汽笛，下车的人陆续都已经回来。那老列车员见人都来了便顾不得说话，急匆匆地赶去忙自己的事情。杨定远却觉得心口突然有点儿憋闷，倒不是因为车厢里又有很多人的缘故，只是感到一种说不出来的恐慌。他有点儿担心思华，便从铺上起身，走到了车门口。几个俄国人在站台上走来走去，偶尔抬起眼，看到车里这些东方人面孔，一脸的鄙夷和不屑。在他们眼里，这节车上的中国人，无非和一些牲畜没什么两样吧，但那个小小的身影却已看不到了。

杨定远叹了口气。自己其实也是朝不保夕，还去担忧别人做甚？只是他心里还是如同搁了一块什么东西，总也放不下。这时火车又发出一阵嘶吼，开始缓缓开去。离开赤塔，有不少是山路，现在火车一前一后各挂了一个车头，一个拉一个推，速度倒比以前更快了些。杨定远正待回铺上去，一眼看见过道里搁着一些行李中有一个麻袋。

这几节车厢，住的都是劳工营招来的中国劳工。虽然尽是些穷光蛋，但身边多少也有些行李，特别要去的地方天寒地冻，换洗衣服和棉鞋棉帽之类都少不了。车厢里挤的人太多了，这些东西放不下，就堆在两节车厢中间的过道里。这儿的车门因为一般不开，就被当成杂物间用，东西堆得满满的。只是当中的一个大麻袋分明就是先前思华身上背着的那个，上面还有几个他看不懂的俄文字，而且还没扎住口。

难道思华忘了把东西带走了？杨定远走过去，正想看看，手刚碰到麻袋，却一下怔住了。这麻袋动了一下！他吃了一惊，一把拉开麻袋口。刚拉开麻袋，他差点儿就要叫出声来，里面露出的是一张沾满了煤屑惊恐万状的小脸。

那人竟是思华！他竟然躲在里面，见被人发现了，眼中已尽是恐惧，但看见是杨定远，眼神瞬间变成了祈求，自是央求他不要声张。杨定远看了看左右，见没人，才凑近了小声道："你怎么还在车上？"

思华见杨定远不像是要喊出来的样子，这才定了定神，低低道："大哥，求求你别叫人，我要去伊尔库茨克，到了我就下车，没人会发现的。"

思华躲在麻袋里，一个小小的身形一不小心简直看不出来，只会被当成是一堆破衣服。他低低叹了口气道："去伊尔库茨克还得好几天呢，你怎么撑过去？"

"我有列巴，还有葵花饼，在里面也不觉得冷。"

现在他大概不觉得很冷，但一入夜，杨定远有棉被裹着都还觉得冷，过道里有风从缝里挤进来，放杯水在这儿，不用多久就冻住了，思华要留在这儿，非冻死不可。杨定远正沉吟着，见车厢那头那老列车员正走过来，他一把掩住麻袋口，装作整理的样子，那老列车员过来看见他，招呼了声道：“老弟，还不去睡？”

“还睡不着，再待一会儿。”

“天冷，车厢里热一点儿，这儿可是冻得死人的。”顺口说了两句，那老列车员挟着个票夹向车尾走去。等他走了，杨定远又打开了麻袋口小声道：“出来吧。”

思华见杨定远没有跟那列车员说，心里定了些，探出头来看了看。这个时候人们都在铺上吃着东西，那个安徽人则又聚了一群人在赌钱，过道里连一个人都没有。思华摇了摇头道：“大哥，我要是被人看到，马上就要被赶下车去。”

“你没听见说晚上会很冷吗？在这儿你非冻死不可。”杨定远顿了顿，又道，“你要去伊尔库茨克干什么？”

“听说我姥爷在那儿，我要去找他。”

“以前为什么不去找他？”

“姥爷一直跑马帮，没有一个准地方。我是刚听得他们现在在伊尔库茨克，要是不赶过去，他又不知道要去哪儿了。”

看着思华那可怜的样子，杨定远沉思了片刻，小声道：“好吧，我想想办法，你先待这儿，别出声。”思华点点头。杨定远将麻袋口挽起来松松地扎了个活结，又小声道：“等我过来。”

去伊尔库茨克还得好几天。这几天里要藏个大活人当真不容易，单单这一节车厢里就有五十个劳工。好在思华个子小，自己睡的又是车厢的角落里，让他和自己窝在一张铺上，若是小心点，说不定真能瞒过旁人。只不过，上铺的霍敬奇肯定是瞒不过的，非得把他说通了不可。想起霍敬奇先前白拿了思华两个葵花饼，杨定远又有点儿犹豫了。

车厢里的人多半已经吃完了饭，一些人又在开始赌钱。杨定远回到铺上，霍敬奇正躺在上铺自得其乐地嗑着葵花子，一边哼哼着一段皮黄：

“风云聚会艳阳娇，桃园饮宴集英豪；明日里投军报效，疆场上建立功劳。”杨定远笑道：“霍爷，好兴致啊。”

霍敬奇停下了嘴里的葵花子，也笑道：“顺口哼两句。杨爷，您也遛弯儿回来了?”

杨定远点了点头，顿了顿又道：“霍爷，我想问问，您刚才唱的是《桃园结义》吗?”

霍敬奇道：“可不是。桃园结义刘关张，何等义气。我霍敬奇要早生个几千年，准也去桃园凑一角，来个桃园四结义，你杨爷今儿个听戏，准听着是‘桃园四兄弟，刘关张霍’了，哈哈。”

杨定远心想你满脑子桃园结义，却是个太监，那时候刘关张结义没分儿，十常侍手下当个小太监倒是更有可能点儿。他道：“刘关张三结义，当然了不起。想那刘玄德，有仁有义，怪不得关张两位兄弟为他两肋插刀。”

霍敬奇道：“当然了，要不然后来刘备为什么会不听孔明先生之劝，大起三军，征讨东吴为关老爷报仇呢？杨爷，您吃葵花子不吃?”他一说起三国戏来，精神头立马就上来，拿过手里吃剩的半个葵花饼便要递过来。杨定远摇摇头道：“霍爷，我不用了。听说关老爷出世，也有一出戏吧?”

“可不是，《斩熊虎》。浦州太守熊虎仗势欺人，纵子强抢民女张鸾姣，关老爷看不过去，一怒之下杀了熊家满门，这才流落江湖，桃园三结义，做出好大的事业来。杨爷没听过？我给您来两句……”

霍敬奇说得来劲，打扫喉咙便又唱上了：“恨赃官，横征敛，霸庄田，欺良善，抢夺民女胆包天，俺今日与民除患，斩熊虎其祸匪浅！哎呀——清泉水，容颜变，蒙圣母法力指点，俺呵——奔范阳投效军前。”

他唱得得意，在铺上还拉开架势，要做出身段来，只是铺位太低，手一按铺板，一下跳了下来，做足了身段才过瘾。只是这段唱很是豪迈，他却是个尖嗓子，真不算如何中听。杨定远有点儿想笑，但又不敢笑，连连点头道："霍爷唱得真是不错。"

霍敬奇被他一夸，更是搔着了痒处，笑道："这儿地方小。不是吹，杨爷，我霍敬奇要是登台，一准气死王三麻子！"

王三麻子名叫王鸿寿，擅关公戏，被称为"活关公"，本在上海搭班，1908年北上，轰动一时。霍敬奇最爱关公戏，王鸿寿来时，他一出不落，回回报到，自觉自己唱得不比三麻子差。杨定远没看过京戏，也不知王三麻子是谁，但知道准是个名角，附和道："是啊是啊。霍爷，您坐，有两句话跟你聊聊成不成？"

霍敬奇现在对杨定远大起知遇之感，虽不知杨定远要说什么，忙道："杨爷您说。"

杨定远斟酌了一下，低声道："霍爷，我听老辈人说起，救人一命，胜造七级浮屠，是吧？"

霍敬奇连连点头："不错不错。关老爷一辈子古道热肠，见人落难必定搭救，要不以前在宫里都供着老爷呢。"

杨定远心想你这样说就好办了。他看了看左右，边上的人有的正在闭目养神，有的则在那安徽人赌局上赌得兴高采烈，也没人注意他俩。他道："霍爷，借一步说话吧。"

霍敬奇呆了呆，心想你要说什么？难道是想要那把袖剑？他脑子一热，差点儿就要说出把袖剑送给他的话来了，可是心中终究舍不得，不由有点儿忐忑。跟着杨定远走到过道里，他道："杨爷，您有什么难处就实说吧，我霍敬奇能帮上的准定帮你。"

杨定远见这儿没人了，小声道："霍爷，现在有个人落难了，您能搭救他一把不成？"

霍敬奇脸上露出了笑意："杨爷身边不方便是吧？好说，我霍敬奇虽说也是落难之人，但荷包里总还多少有几块现大洋，借你两块，先使唤着吧。"

他说着便要去摸钱。杨定远见他误会了，忙道："霍爷，您误会了，我说的不是我。还记得先前来卖葵花饼那个小孩吗？”

霍敬奇的手停住了，狐疑地看着杨定远：“杨爷，你是怪我不该讹那小子两个葵花饼吧？实话说，霍爷的招子亮着呢，那小子一看就不是个正经人……”

“不是。霍爷，这孩子想去伊尔库茨克，可身边也没钱，就偷偷上了火车。我想……”杨定远说到这儿，一横心道，“霍爷，我把他瞒下来。反正一到伊尔库茨克他就下车，这两天请您包谎一下，成不成？”

霍敬奇呆了呆。他没想到杨定远说的是这个事，但一边看了看，一边问道：“这小鬼在哪儿呢？杨爷您把他藏下了？”

杨定远指了指一边那大麻袋道：“霍爷，您还记得这麻袋吗？”

霍敬奇看了看那大麻袋，有点儿莫名其妙，过去拉开了袋口，一见躲在里面的思华，他赶紧把袋口扎好了，回到杨定远身边，小声道：“杨爷，您这事可不太地道。”

杨定远听他的口气有点儿犹豫，忙道：“霍爷，关老爷若是遇到这种事，会怎么做？”

霍敬奇道：“您甭激我，让我想想。”

他皱起眉头想着，正在杨定远有点儿担心他会一口回绝的时候，霍敬奇忽道：“得了，救人一命，胜造七级浮屠。杨爷，就让他睡我的铺吧。”

杨定远一怔：“那霍爷您呢？”

“我和兔崽子换个铺。他们两个人小，挤一张铺也挤得下，而且让他换上一身兔崽子的衣服，只等天黑了才让他下铺，瞒这几天我想瞒得过去。”

杨定远心想这倒是个好办法。小霍太监的身材也是又矮又小，而且一直唯唯诺诺，旁人根本不会注意他，加上这两节车厢是劳工营包下的，列车员根本不会来查票。让思华白天都躲在铺上，晚上才下来透透气，反正他穿着小霍太监的衣服，别人多半察觉不出来。他点了点头道：“那多谢霍爷您了。”

“咱哥俩也甭爷来爷去了。老弟，我看你年纪比我小个几岁，我就卖个老，叫你声老弟吧。”

杨定远见他又要卖出江湖气来，心想霍敬奇就是他们山东人说的顺毛驴脾气，索性再捧他一下，让他不致变卦，便道：“霍大哥……”

他正要弯腰，霍敬奇忙道：“老弟，甭行大礼。”

他这样一说，杨定远倒有点儿不好办。他根本没想行什么大礼，可霍敬奇先说上前，他干脆深深一躬道：“多谢霍大哥了。霍大哥真是英雄本色，了不起的人物，比得上关老爷。”

霍敬奇被他一捧，更是乐不可支，说道：“不敢比，不敢比。”他顿了顿，小声道，“现在天还亮着，等大家都睡下了，你再把这小鬼带过来，我去跟小兔崽子关照妥当了。”

杨定远道：“好，一切有劳霍大哥了。”他心里却有点儿想要苦笑。这一趟还没到地方，先在火车上认了个太监当大哥，说出去都没人信吧。不过不管怎么说，霍敬奇肯帮这个忙总是好的。等霍敬奇一走，他走到麻袋边，小声道：“思华，你都听到了吧？先在这儿待着，别出声。”

他也回到铺上，只见小霍太监正在收拾铺上的东西。说是收拾，实在没什么东西，也就是一个衣服包。小霍太监怕冷，晚上把厚衣服盖在了被子上，现在正把这些衣服挪到霍敬奇铺上去。看见杨定远回来，小霍太监停下手，向他道：“杨爷。”杨定远没说什么，向他颔了颔首，躺到铺上了。霍敬奇也已把东西搬了下来，这时躺在床上正哼哼着戏文。

火车不住地往前，缝隙里漏进来的光越来越暗，那些赌钱的也都散了伙，各自回铺歇息去了。杨定远却一直睡不着，和衣躺着，想着心事。为什么要帮助思华？他都说不出原因来。也许就是古人说的同病相怜吧。自己也离乡背井，孤身一人在异域闯荡，这孩子的身世却连自己都不如。想到这儿，他又有点儿好笑，笑自己自顾不暇还要充好汉。

火车在铁轨上，不住发出“咣咣”的声音。在杨定远耳中，这声音似乎在说：“回吧，回吧。”可是他知道，自己已没有回头的路可走了，只能向前去。前面有什么他不知道，但他知道，自己就和这列火车一样，只有向前去一条路。也许，过了很多年，再回想起今天来会有另一番感慨吧。他一边胡思乱想着，一边迷迷糊糊地睡了过去。也不知过了多久，只觉有人轻轻拍了拍自己的肩，他一下睁开眼，只见霍敬奇正弯腰站在自己铺边上。看见他醒来，霍敬奇小声道："老弟，你把那小鬼带来吧。"

杨定远坐了起来。现在夜已经很深了，车厢里只挂了一盏油灯，如一只渴睡人的眼，随着火车的行进正不住晃荡。他道："成，霍大哥，这儿都安排好了?"

"妥了，快把那小鬼叫来，别惊动了人。"

霍敬奇手上拿了一套小霍太监的旧衣服，杨定远接过衣服站了起来，穿上鞋，小心翼翼地走了过去。车厢里，弥漫着此起彼伏的鼾声，仿佛给车厢里添了一层迷雾。他走到车厢头上，推开门，一股冷风一下就飙进来。车厢里虽说也很冷，但到底有五十条汉子住着，过道里的寒意却似一根钢针，一下插进人的骨髓里去，杨定远不由打了个寒战，走了进去，掩上门，这才走到那大麻袋跟前小声道："思华，出来吧。"

麻袋口开了，思华的脑袋挤了出来。他准也没料到这儿竟会这么冷法，把麻袋裹在身上还在瑟瑟发抖。杨定远把手中的衣服递给他，小声道："换上，然后就跟小霍挤一张铺。记着，白天千万别下铺，等别人睡了你再出来。"

虽然过道里很暗，还是看得出思华眼里闪烁着泪光。他接过衣服，小声道："谢谢你，杨大哥。"

"别多说了，快点儿吧。"

思华钻出了麻袋，正要解开身上的脏衣服，脸忽地一红："杨大哥，你能背过身子去吗?"

杨定远又是好气，又是好笑："你还怕丑不成？快点儿。"只是思华这么说了，他也背过身去。思华身上的衣服又破又旧，尽是煤屑，他等了一阵，只听得身后发出窸窸窣窣的声音，心想总换好了，从怀里摸出汗巾扭过头道："你擦一下……"

他一回头，脸却一下涨得通红。过道里很暗，可多少还有点儿透过来的灯光。暗淡的灯光下，思华正在扣着扣子，胸口还有一半露在外面，却是白皙得耀眼，竟是少女刚发育时的胸脯。看见杨定远扭过头，思华"啊"了一声，一把掩住胸口，脸也涨得通红。杨定远吓得急急转过头："快点儿。"

思华竟是个女孩！他当真没想到。先前见思华一脸都是煤灰，又黑又脏，声音也挺尖，只道是个半大男孩，没想到她竟是个少女。杨定远还是第一次看到少女的胸脯，虽然转过了头去，脸颊还是有点儿发烧，心想怪不得还梳着辫子。过了一阵，才听得思华低声道："杨大哥，好了。"

杨定远转过头。思华现在已经穿好了衣服，在昏暗的灯光下看去，她的身形和小霍太监有七八分相似，不注意看就是个小霍太监。他把汗巾递了过去道："你擦把脸吧。"

思华的脸还有点儿红，接过汗巾胡乱擦了两把。一擦去脸上的煤灰，过道里都似乎明亮了许多，杨定远几乎感到了一阵晕眩，心底却也越发痛楚。

她的年纪，本来该在家里做女红，真不知她流落在异乡这些年是如何过来的。他小声道："你是女的？"

思华垂下头，耳根都有点儿红："嗯，千万别告诉别人。"

杨定远点点头，心里想到的却是小个子他们。在满洲里，小个子拉自己去喝酒，一伙人醉饱后就急着找窑姐，若他们知道车上有个女孩，还不知会做出什么事来。不过一想到霍敬奇和小霍两人都是太监，他又有点儿哑然失笑。自己千不求万不求，偏生求太监帮忙，冥冥中思华也是注定有这条生路吧。他道："我已经跟霍大爷说过了，你和小霍挤一张床。"顿了顿，又小声道，"你放心，他们两个都是公公。"

"什么叫公公？"思华睁大了眼，看来真不知道公公是什么。杨定远倒不好回答，只是含糊道："就是好人。"

思华半懂不懂地点了点头，杨定远这才道：“走吧。”等思华要跟过来，他又小声道，“这几天你别下铺，饿了我给你大列巴，要渴了，我也会给你打水的。”

思华又答应一声，杨定远正要拉开门，思华忽道：“杨大哥，谢谢你，真不知该怎么报答你。”

“先别说了，等到了站再说吧。”

杨定远带着思华走回车厢。车厢里，旁人大多睡着了，偶尔有一两个没睡的也都不会去注意走过来的这两人。杨定远一声不吭，领着思华走到自己铺前，指了指上面。小铺的小霍太监也已醒了，杨定远让思华上了铺，钻到小霍太监脚后跟，这才躺到自己铺上。

现在，好歹一个难关过去了，就是下车时还有点儿麻烦。不过这一点儿杨定远倒也不着急，车厢里挤了这么多人，到时肯定一片乱，思华趁着乱下车，多半神不知鬼不觉。可不知怎么，他躺下后怎么都睡不着，眼前晃来晃去，都是那一瞥时看到的雪白的胸脯。

他妈的，怎么这么下流。他暗暗骂了自己一句。思华还是个黄毛丫头，自己难道也想乘人之危吗？他肚里骂着自己，不住地默默念叨着早先在私塾里念的那本《三字经》：“人之初，性本善……”似乎想着人性本善，才能提醒自己别胡思乱想。可是，他心底总是难以抹去那一丝担忧。

她一个小女孩儿，真能找得到她姥爷吗？想到这儿，杨定远便有点儿哀伤。也许，这只是她不切实际的幻想而已，只是无论如何，自己现在总算救了她，将来的事也就等将来再说吧。他想着，不知不觉，沉入了梦乡。

第三章　秘密军

杨定远本来以为在车厢里藏了个人，很难躲过旁人耳目，但事实却比他预料的要顺利得多。车厢里尽是在家乡活不下去的穷汉子，背井离乡远赴异国，每个人都沉浸在茫然与不安之中，一些人整天赌钱玩，另一些人则一天到晚闷闷不乐地想着心事。在火车上，谁都只顾着自己这三尺来宽，七尺来长一方小天地，根本不理外事，而小霍太监更是和旁人连一句话都没有，若不是霍敬奇时不时还要喊几声“小兔崽子”，支使他做事，只怕同一车厢里都要忘了还有这么个人。

头一天，思华真个一句话都不敢说，但到了第二天，见旁人也没注意，她胆子便大了起来，有时偷偷和杨定远说说话。他们这铺在最角上，轰隆隆的火车声加上安徽人设的赌局上发出的大呼小叫灌满了耳朵，没人注意他们。何况边上几个铺上的劳工都是爱赌的，就算输光了钱，看看也能过瘾，白天铺上都没人。杨定远在火车上本来觉得闷，和霍敬奇聊天，三五句话他就要开唱，有思华陪着说说话倒也可以解闷。问起思华老家在哪儿，思华却说当时自己还太小，已忘了，只记得爹说村子里有座龙王庙。龙王庙和土地庙到处都有，杨定远听了也只有苦笑，本想从思华的口音里听出她的原籍，可思华从小在俄国长大，俄语说得比中国话好得多，说起中国话来结结巴巴的，哪还听得出口音？倒是听她说俄语很溜，杨定远便让她教自己几句俄语。俄语发音很怪，尽在打嘟噜，思华又不擅教，杨定远虽然好学，可也只能马马虎虎学了几句“哈拉绍”之类。想让思华写下来，但思华不管俄文还是汉文，一个字都不认识，想写都写不了。

离开赤塔已是第三天，再过两三天就能抵达伊尔库茨克。这一天天气很晴朗，杨定远这两天尽躺在床上，这一天再躺不住了，起身向前面走去。那安徽人设的赌局倒是连日不断，这时候已经挤了不少人，围坐在他铺前吆五喝六。只是赌到这时候，大概别人的钱也都输得差不多了，赌的人少，看的人多。看见杨定远过来，那安徽人忽然道：“杨老弟，也来玩两手？”杨定远知道这安徽人也是尹春山一伙的，实在不想招惹，拍拍口袋道：“我身边一个子都没有。”

安徽人还想说什么，边上一个汉子急道：“马大哥，快开宝吧。”他手上拿了两个光洋，不住地磕着，真不知他为什么那么急着把手头的钱输出去。安徽人被他一催，没再说什么，杨定远趁机走过他们身边。

运兵车的车厢没窗子，过道里才有。一走进过道，里面却已挤了好几个人，大概都是来这儿透透气的。杨定远拣了个地方坐着，透过窗子远远望去，只见远处一带亮得耀眼，白云似乎沉在了地底。他心中诧异，仔细看去，才发现是一个极大的湖。湖面已结了冰，阳光映下来把湖面变成了一面大镜子，映着蓝天白云，远远望去，就似天空沉到了地底一般。这景色有种怪诞的美丽，杨定远看得几乎连气都透不过来。这时边上有个陌生人叹道：“好大的海子啊！这便是北海吗？”

海子是西北一带对大湖的称呼。这么大的湖多半便是贝加尔湖了。赤塔就在贝加尔湖边上，现在火车正应该经过此处。杨定远看着这一派景致，心中忖道：“难怪古人说读万里书，不如行万里路。”本来他这次出来，心中总是有挥不去的忧伤，但现在却又有点儿觉得，人生一世是该出趟远门见见世面。虽说在山东时海见得多了，但在遥远的内陆，也有这么大的湖，若不是出来，一辈子都不会看见。

透了阵气，回到铺上，杨定远也觉得舒服多了，心境比刚出来时平静许多。他刚躺下，便听得思华在上铺低低道："杨大哥，这儿是哪里了?"

"过北海了。"杨定远说着话，心想思华大概不知道北海是什么，又接了一句，"俄国人叫贝加尔湖吧。"

"那快到了。"思华的声音很轻，但有着掩饰不住的兴奋，她大概是想着终于快见到姥爷了吧。一头的霍敬奇听到了，插嘴道："北海，申公豹就是塞的北海眼吧?"

杨定远不由微微一笑。霍敬奇的学问倒是和小个子半斤八两，都是从戏文上来的。他道："对，申公豹就是在这儿。"

"我说呢。这儿还有个申公豹庙，说是恰克图人立的。每年北海结冻的时候，他们就把申公豹的像丢进湖里，要是冰把木像都冻没了，那就可以在湖面上走人。来年开春，只要一看到木像又露出来，那就是冰快要化了，不能再走人。"

杨定远呆了呆，这种事他倒是闻所未闻。他问道："霍大哥，这是哪出戏上的?"

"什么戏，当初我听一个来过这边的张道士说的，他亲眼看见申公豹像，说是钉在一个木架子上，光着身子。他们每年都这么来一次，冰全化了的时候，申公豹像就又浮上来，再放回庙里去。"

居然这地方还有人为申公豹立庙？杨定远听得有点儿呆了，却听得思华忍不住低低一笑，小声道："那是耶稣像吧。"

杨定远恍然大悟，也不由失笑。他倒见过教堂里的耶稣像，的确是光着身子钉在一个木架子上，只不过霍敬奇准没见过，而他碰到的那张道士，居然把耶稣当成了申公豹，霍敬奇又说得有若亲眼目睹，以讹传讹，大概就是这么来的。

又过了三天，火车终于到了伊尔库茨克。伊尔库茨克是个大城，劳工营在这儿集体下车，然后再各奔前程。一进伊尔库茨克车站，车厢里登时乱了起来，每个人都在收拾行李。杨定远把思华那个大麻袋拎了过来，塞在床底下，自己把随身衣服都打好了包。霍敬奇和小霍太监也已收拾了行李，见杨定远过来，霍敬奇道：“老弟，你要去哪儿呢？”

“还不知道，看分派吧。”杨定远说着，又压低了声道，“霍大哥，下车时请您多关照点儿，让思华好下去。”

“放心啵，没啥事，你看这通乱。”

霍敬奇扬了扬下巴。的确车厢里真是乱糟糟一片，每个人都在整理着东西。在伊尔库茨克要停好几天，有些人就在附近做事了，有些人却还要到更远的地方去。杨定远不知道自己会被分派到哪儿，见思华从上铺下来，他扶了她一把，小声道：“下车时，你走在我身后头，见情况就走。”

思华现在穿着小霍太监的衣服，比在赤塔上车时干净多了。她看着杨定远，小声道：“杨大哥，真谢谢你。”

“要谢，你得多谢谢霍大哥。”

思华看了看霍敬奇，霍敬奇大概想起先前诈了她两个葵花饼的事，倒有点儿不好意思，挥挥手道：“得了，下车时小心点儿。”

“霍大哥，谢谢你。”

这些天杨定远跟她学俄语没学到多少，她跟杨定远学汉语倒是很有进步，现在说话流利多了。霍敬奇听她这一说，第一次有点儿不好意思，大概有生以来也从没有人这般真心感激过他。他干笑了笑道：“猴崽子，一个人在这儿万事都上点儿心。”他也没跟思华说什么话，思华更是每天缩在小霍太监脚后，直到现在霍敬奇也不知道她其实是女孩。杨定远见人们都已经在下车，这时候正是最乱的时候，便道：“走吧。”

他们挤在人群中往车下走，车站里也是熙熙攘攘到处都是人。没想到这地方的中国劳工也有不少，单一个车站上就有不少。他们刚一下车，杨定远正要领着思华离开，却听得有人喝道：“别乱走，在这儿集合！”

这声音很粗。杨定远扭头一看，只见说话的是个又高又大的俄国人，长着一头的黄毛，连胡子都透出金光来，可说出来的却是一口地道的汉语。他怔了怔，那老头喝道：“说你呢。劳工营的，过来！”

看来暂时还走不了。杨定远也没回头，小声对身后的思华道：“走吧。”心里却不禁有点儿忐忑。难道思华被人发现了？思华也胆战心惊地跟着他走过去，那老头却已转向另一边，大声道：“劳工营的，先来这边集合，别乱走。”

他长得高鼻深目，满脸黄毛，说出来的中国话又如此地道，劳工看得都觉得稀奇。那老头倒是见怪不怪，一边吆喝着，一边四处指点。这一趟车上的劳工有好几百人，围到一处有一大堆人，大多背了大包小包。见人集合得差不多了，老头大声道：“大家伙儿都到了吗？你们刚来伊尔库茨克，这两天都不要随便走动，马上会有人来带你们去做事的地方。暂时没事的，白天可以出去走走，晚上仍回火车集合。”

一听仍要回火车上，人群中有人叫道：“还要走吗？”

老头一瞪眼，喝道：“俄国不比你们中国，地方大着呢。你们来了，丑话先说在前头，一不准做违法的事情，二不能随便去找做工的地方。还没分派的，每天都要回车上点名，要是有人偷跑，逮住就罚一年的苦役，知道了没？”

他一嘴中国话说得挺溜，但话语中却有威胁之意。劳工们不再说话了，那老头见没有人再吭声，声音放缓了些：“大家伙儿到了俄国好好做事，不会亏待谁的。不过，要是有人想干出格的事，就别怪我们不客气。我知道，车上有人就不老实，那个人站出来！”

听得这老头这么说，杨定远心里咯噔一下。偷偷从赤塔带了个人上来，这件事大概就算“出格的事”吧？他看了看身后的思华，只见思华的脸都吓白了，大帽子压得低低的，把一张脸全遮住了。又看了看一边的霍敬奇。霍敬奇却好整以暇，大大咧咧地站着，似乎什么事都没有。

老头喊了两声，见没人站出来，脸一沉，向边上两个戴着大檐帽，拴着警棍的俄国人说了两句，又向杨定远这边一指。杨定远跟思华学了点儿俄语，这句倒也听懂了，他说的是“这个人”，心头又是一沉。却见那两个警察走过来，一把拖住了立在杨定远前面的一个男人。

这男人身上穿着鼓鼓囊囊的棉袄，背了个大包裹，被那两个警察一拖，脸也吓白了，连声道：“长官，长官，我犯什么事了？”

老头冷笑道：“犯了什么事？你身上带了违禁品！”

男人急道：“没有，不信你瞧，里面尽是些被褥衣服。”他说着，把身上的包裹拿下来便要解开，老头却不等他解包裹一把抓住他，猛地一撕衣襟。男人身上的棉袄一下被撕开了，只见他腰间贴身围了三圈铁皮盒子。这铁皮盒子用皮条扎着，紧紧缚在腰上，怪不得他的衣服这么鼓鼓囊囊的。老头从他身上扯下了铁皮盒子，提拎在手上打开了一个，里面却是些酒瓶。他喝道：“私自贩酒，你还说没犯事？”

男人扑通一声跪了下来，哭道：“饶了我吧，我就是想来赚几个小钱的。”但老头理都不理他，只是向那两个警察又说了句什么，那两个警察抽出警棍劈头盖脸地打去。男人一开始还“哎哟哎哟”地叫，但没几下，鲜血已淌了出来，他的声音也越来越轻了，可那两个警察还是不停手地打着，简直要往死里揍。

警察打着男人的时候，老头拎着铁盒子一声不吭。等男人的声音越来越轻，终于发不出声响来时警察才停了手。他一扬手，让那两个警察把男人拖开，举起手里的铁盒子道：“酒类公卖，私贩就是犯法！你们这些中国人都给我听好了，再有类似的事一律不会轻饶！”

站台上积了一层白雪，雪上又点点的尽是鲜血。老头呵斥了一通，才带着警察离开。杨定远只觉额头有冷汗沁出，又看了看身后的思华，只见思华小小的身体也在发抖。幸好老头并没有发现她，不然，现在自己也被打得满头是血了吧。杨定远不知道私自贩酒原来也是重罪，心想还好自己离开哈尔滨时身无分文，并没带酒。他见身后又有一群下车的人过来，小声道：“快走吧。”

那些人并不是劳工，俄国人居多，当中还夹着几个扛包的中国人苦力。思华看了看他，小声道：“杨大哥，那我走了。”

“祝你早点儿找到你姥爷。”

思华眼里闪烁着泪光，突然小声道：“杨大哥，等我大了，你娶我做老婆吧。”

思华的汉话说得不太好，杨定远一时间都没听清她在说什么，待回过味来，不由失笑道：“小丫头，胡思乱想什么呢，我们大概永远都不会再见了。”

“不会，”思华眼中的泪珠终于滚了下来，“一定会的。”

听着这句自相矛盾的话，杨定远拍了拍她的脑袋，说道：“将来的事谁说得清？小丫头，挺起腰杆来，日子长着呢。趁现在没人注意快走吧。去向霍大爷道个谢，他也帮了你不少忙。”

思华点了点头，又扯了扯身前霍敬奇的衣服：“霍大爷，我走了。”霍敬奇却只是哼了一声，也没搭理她。那些外国人说打就打，霍敬奇看得也有点儿心悸。他在北京时尽充贵人，到了火车上也得空就摆谱，心想这回可不能再跟以前一样了，这碗饭也不容易吃。

思华辞别了他们，闪身夹在那些人群中走了。她身材矮小，又背了个大麻袋，活像个年幼的苦力，实在不似劳工，因此站台上的俄国警察也没注意她。看着她的身影消失在人群中，杨定远心里突然有点儿空落落的，仿佛失去了什么。这个萍水相逢的小女孩，将来又会怎样？他无法去猜，也不敢去想，现在，连自己的前途都是如此叵测。

一会儿，几个俄国人过来了。他们一个个看过去，从人群中挑人，看中了身强力壮的就点一下，那老头就拿出名册来勾一下。点来点去，有个俄国人点到了杨定远这边，看了看他和霍敬奇两人，指了指，向老头说了句，老头点了点头，拿着名册问了霍敬奇和杨定远的名字，伸手便要写。霍敬奇见他没点小霍太监，有点儿急，上前一步道：“大爷……”

外国老头抬起头：“什么事？”

“大爷，我有个兄弟，是一块儿的，一块儿点上吧。”

他扯过小霍太监来。霍敬奇个子不高，但身上长得结实，小霍太监却显得单薄了。老头瞥了小霍太监一眼，还没说话，杨定远也道：“大爷，这兄弟，哈拉绍，带上他吧。”

大概杨定远的发音不太标准，老头咧嘴笑了笑，露出一嘴的黄牙："行，多一些嘴而已。不过你们要去的地方可苦，这小子吃得住吗？"

霍敬奇见他口气有松动，忙道："吃得住吃得住。别看小兔崽子人小，他可会做事，手脚麻利。"

老头没再说什么，打开名册道："叫什么？"

"叫霍德子。"

老头在名册上勾了一下道："行了。不过死在那儿，别怪我没照应你。"他对那贩私酒的男人下手狠辣，但这时倒随和起来。霍敬奇见他这么好说话，暗暗松了口气，向小霍太监一瞪眼道："小兔崽子，还不谢过大爷。"又向老俄国人道，"大爷，我们去哪儿？"

"别列兹尼基。"

外国老头没有再说什么便走了。霍敬奇听不懂他嘴里说的地名，等他走了才呆呆地问杨定远道："老弟，我们要去哪儿？"

"别列兹尼基。"

"这是啥地方？"

杨定远摇了摇头："我也不知道。"

他们正说着，外国老头转了一圈又回来了，嘴里说着："留在伊尔库茨克的，到那边招工处集合，其他人晚上仍回火车上，三天后出发。利索点儿，记住了，晚上要不回来，没有列巴可发，抓到了还要去服苦役。"

霍敬奇苦笑着看了看杨定远："老弟，原来我们还得上车啊。出来做工真跟囚犯差不离。"

别列兹尼基是个什么地方，杨定远也不知道，看样子还得再坐几天的火车。只是到俄国做工，看来也真的跟囚犯相去无几。杨定远又看了看站台，想找一下思华的身影，这时哪里还能看得到，早不知去向了。一路顺风。他心里默念。可是他也知道，这个愿望只怕很难实现。

回车上重新安置好铺位，霍敬奇道："小兔崽子，这回要去吃苦头了，大爷我发个慈悲，带你去吃顿好的吧。老弟，你走不走？"

杨定远摇了摇头："算了，我还是歇一阵吧。"

霍敬奇看着他，似乎很诧异有人请客他都不去，半晌才道："老弟，人生来就是这个命，别想太多了。那猴崽子，要有福气准有福气，你担心也是白担心。"

霍敬奇平时大大咧咧，这时倒一眼看出杨定远在为思华担心。杨定远道："是啊。霍大哥，多谢你吉言。"

霍敬奇犹豫了一下，从怀里摸出两块光洋道："老弟，还要等好几天才动身，你不爱跟我出去逛，借你两块大洋自己出去散散心吧。出门在外别太苦了自己。不过日后有了工钱，可得还我。"

他把两块大洋往杨定远铺上一扔，领着小霍太监大摇大摆地下了火车。杨定远拿起大洋，心中实是说不出的滋味。霍敬奇这人有时小气得出奇，有时又大方得异样。就像他对小霍太监，平时呼来喝去，动不动还要打两下，可对小霍太监也还真个不算坏，怪不得小霍太监甘愿听他使唤。他正想着，耳畔听得有人道："嚯，老弟，有钱了啊，不来玩两手吗？"

他抬起头，却是那个姓马的安徽人。他站起来道："马大哥……"

安徽人摆了摆手："马天化，也别大哥二哥的。杨老弟，怎么，来玩两手不？"他一边说着，一边将手中三颗骰子抛着，大概这几天赌钱的人已经不多了，现在见杨定远手里有钱，就打上了他的主意。杨定远摇了摇头道："对不住了马大哥，我不好这个。"

马天化的嘴角抽动了一下，低低道："真不知尹团长看中你哪一点儿，识字了不起啊！"

这口气大是不善，杨定远心中一动，也低声道："马大哥，你们……你们到底是什么人？"

马天化扫了他一眼，也许是省悟到自己失言了，冷冷道："不关你的事，不玩就不玩。"他坐回自己的铺上去，也没人来赌，便自己一把把地撒着骰子玩，一双眼睛却时不时地扫杨定远一眼，眼神里流露出毫不掩饰的敌意。杨定远在铺上只觉芒刺在背，实在坐不住，索性起身下了车，心想反正霍敬奇借了自己两块光洋，光洋只能在中国人铺子里用，去了那别列兹尼基，只怕想用都用不成了，索性现在去吃一顿好的，就算死在那儿，也算没亏待自己。

下了火车，现在车站里没什么人了。这列火车要在伊尔库茨克停好几天，现在留在车上的就是那些还要再往西去的中国劳工。杨定远踩着地上的积雪，一路看着周围。俄国的房子多半造得扎实，毫无花哨。雪地里有两个俄国小孩在打闹，多半是车站员工的子女。他们倒不怕冷，身上穿得单薄，还在团着雪球互扔，一边咯咯地笑着，似乎丝毫不知道世上有那么多忧苦之事。杨定远走过时，他们连看都不看他一眼。

杨定远也不认得道，没敢走远。好在车站附近向来就是繁华的所在，店铺林立。杨定远见一边有家店铺还挑着个酒幌子，定是中国人开的，便走了过去。刚走到门口，却见小个子和一群人正从一边过来。被马天化那种恶狠狠的目光盯得有点儿怕了，杨定远正想闪开，小个子却已见到他了，远远就叫道："杨兄。"一边大踏步走过来。他个子虽小，步子却不小，三两步就到杨定远跟前。杨定远不好装没看见，便招呼道："小个子，你来喝酒吗？"

小个子眯起眼看了看他："是啊。杨兄，一块儿喝吧。"

听他说要一块儿喝酒，杨定远哪里还敢，心想上回差点儿就回不来要冻死在路上，这回绝对不一块儿喝了。他道："不了，我就是四处逛逛，想买点儿东西吃。"

小个子的眼睛又眯了眯，透出尹春山一样鹰隼般的光："是吗？"

杨定远被他看得有点儿不自在。他干笑了笑道："酒量不成，实在不敢了。"

小个子顿了顿，半天叹了口气道："真想不通团长相中你什么了，说你这人会成大器。"

小个子嘴里也说出了"团长"二字，杨定远不由一怔。他低声道："小个子，我们也算熟人了，你实话说你们是哪条道上的？"

“哪条道？铁道上的。”

小个子这话明显是故意岔开话头。杨定远心知若再把话挑明，他们这些人阴魂不散地老是纠缠不休那可吃不消。他道：“小个子，我也说句实话，我这辈子不会落草。”

小个子倒是一怔，忽地笑了起来：“你以为我们是草寇？”

他的话中，带着嘲弄，杨定远有点儿尴尬，可话已说出口了也收不回来，他干脆道：“如果不是，那你们到底是什么人？为什么要拉帮结伙？”

小个子看了看左右，凑近了些道：“杨兄，你既然实话实说，那我也就实言相告，我们都是军人，正经的军人，中国边防军！”

杨定远一直以为他们是一伙帮派，没想到小个子竟说自己是正规军，不由呆住了。小个子见他吃惊的模样，也不多说，只是小声道：“我们是奉了徐次长之命，秘密进入西伯利亚的边防军。杨兄，尹团长想拉你进来，那是你天大的福分，你别不当一回事。”

杨定远皱了皱眉道：“徐次长？”他因为识字，有时也看点儿报，心想姓徐的政要首推徐世昌。徐世昌1915年做过国务卿，但一个月就去职，已回乡隐居，现在在位的徐姓政要就数徐树铮了。他道：“是小扇子？”

徐树铮少年得志，今年刚升任陆军次长，年才三十四岁，正是踌躇满志的时候。他少年时就有大志，因为足智多谋，有“小扇子”的外号。小个子咧嘴一笑道：“当然是扇子，难道是狐狸不成？”

徐世昌因为为人圆滑，也有个外号叫水晶狐狸。这种外号虽然不登大雅之堂，但民间往往以外号称之而不名。杨定远沉吟着，说不出话来。上回尹春山来拉拢他，他不想牵涉进去，担心的是尹春山他们是个什么帮派，把自己拉进去后就脱身不得。但现在才知道他们原来竟是正规军人，倒也不能说不正当。可是他只记得父亲跟自己说过什么“好铁不打钉，好男不当兵”，就算是正规军人，也仍是敬而远之为好。他道：“你们来这儿做什么？”

小个子皱了皱眉：“上回团长就跟你说过了，这块地方原先都是我们中国的。当初俄国人趁我们中国内乱强占去了。徐次长说了，现在俄国自己也不稳，正是拿回来的好机会。我们来就是为了收复失地。”

这番话准是尹春山教他的，小个子不识字，也说不出这些来。杨定远心里已是波澜起伏，说不出什么滋味。征战异域，收复失地，这些话说来何等激动人心，可是他总觉得有点儿难以置信。他道：“这真能成吗？”

“成不成，总要有人试试。要是没人去做，一辈子都成不了。”小个子的脸上也显出一种异样的神光，也许尹春山平时常跟他说起收复失地的志向，让他也受到了感染。他小声道：“杨兄，怎么样？尹团长和我还有不少兄弟都暂时在铁道上做事，等着集结令，你也来吧。”杨定远犹豫了一下道：“让我再想想吧。”

小个子的眉头竖了竖，沉声道：“你这人也算条汉子，怎么婆婆妈妈的！”

“这事终究不能说干就干。”杨定远也横下了一条心，“小个子，你和尹团长的好意我领了，将来有机会我说不定真会投奔你们，但眼下还不成。”

“有什么不成？你不愿干就明说！”

小个子也有点儿恼，往地上啐了一口，转身就走，也不理杨定远了。在他看来，杨定远无非识两个字，尹大哥手下虽然缺点儿识文断字的人，可也不是非他不行，真不知尹大哥看中这杨定远哪点了。

他们一伙人去那小酒馆喝酒，杨定远也不敢再进去了，转身向别处走去，心里只想着这事。这一路而来，直到赤塔，以前都是中国地方。那么大一块土地，被俄国人夺走也有几十年了，现在还收得回来吗？而且收回来，俄国人肯吗？他眼前仿佛看到了冲天的刀光剑气。对于战争，他还从没见识过——除了戏台上。戏台上打仗，不过两边各出一将，带了几个人，拿着兵器比画两下，现在打仗却是有枪有炮，枪子可不长眼。他是山东人，曾听老辈人说起几十年前中国和日本在甲午年的一战。那时中国也已经有枪有炮了，可这一仗打得一败涂地。老辈人说，日本人杀过来，过村屠村，过城屠城，杀得血流成河。他又想起了站台上那个贩私酒被搜出来的男人。在这片冰天雪地里，血流出来，没多久就凝成块了。一旦打仗，鲜血岂不是要把天地都凝成一块？这个世界只有噩梦中才会出现，他都不敢去想。

不，好男不当兵。他正想着，耳边听得有人道："这位爷，可要买点儿吃的？刚做得里道斯，又肥又香。"他抬头一看，只见前面有家小铺子，卖的是列巴和里道斯，老板是个中国人，年纪六十开外了，稀疏的头发还扎了根小辫，正在招呼着自己。这情景依稀就是先前在满洲里那次，他摸了摸手中那两块光洋，走过去道："老板，你收不收光洋？"

"收，收。"老头见生意上门，哪有推出去的道理，一边指着挂在铺子里的一串串粗大的灌肠道，"爷爱吃肥的还是瘦的？蒜味的要重点儿的吗？"

他铺子里的灌肠一根根都很大，虽然天寒地冻，但因为做出来没多久，看上去还油光光的。杨定远拿出一块光洋道："给我切一块钱的里道斯。"

"成，味儿冲着呢。"

老头的中国话已经不是很利落了，这一句却带着山东味。杨定远道："老爷子，你原籍是山东吗？"

老头正切着里道斯，抬起头道："是啊，光绪三年就来了。几十年没回去了，爷你也是山东人？"

"我是荣成人。"

老头停下了切灌肠的刀，抬起头："荣成？哪个地的？"

"东山。"

老头的眼里浮起一片迷茫："我是寻山的，离东山没多远啊。没说的，爷，多给你切二两。"

没想到，在遥远的伊尔库茨克，居然会碰到个老乡，杨定远心里不觉有点儿温暖。这个老头光绪三年就来了，到现在已经快四十年。四十年前，他正是和自己差不多的年纪，也不知这四十年里他经历过什么。杨定远心里的迷惘不知不觉淡去了许多，问道：“大爷，你一直就待在俄国吗？也不回去看看？”

老头摇了摇头，笑道：“回不去了，爹娘早没了，又在这边生根了，一辈子都回不去了。爷，你爹娘都还在吧？”

听他问起父母，杨定远心中又是一阵隐隐的凄苦。父母一天天老去，自己这个儿子却越走越远。他道：“还在。”

“那好，趁早，还是回乡去吧。梁园虽好，不是久留之地啊。”

老头说着，将切好片的里道斯包上递了过来。杨定远正待接过，里面却走出个小孩子，捧着个本子，嘴里说着一串俄语。老头弯下腰，和蔼地跟他说了两句，那小孩却生了气，将本子往地上一扔，又往里面去了。杨定远见这小孩完全是俄国人长相，问道：“大爷，这是你的……”

“孙子。”老头苦笑一下，捡起了本子，“两辈人都娶了毛子媳妇，这第三辈就完全是毛子，这不，连中国话都不肯学了。”

杨定远有点儿黯然。临来时，陈振中听说自己要去俄国，开玩笑说大哥去了俄国，以后娶个毛子媳妇，生出小孩都是黄头发的了。当时自己也只觉那是笑话，但眼前这老头分明就印证了陈振中这句玩笑话。他正待要走，只见那小孩扔下的本子正搁在柜上，上面用毛笔写了几个字，便道：“说俄国话也好，我想学，一直都学不会呢。”

老头听他要学俄国话，苦笑道：“就怕学会了，连自己的话都忘了。”

这老头就已经忘了不少中国话吧。杨定远想着，正待要走，老头忽地叫住他道：“爷，你要学俄国话，这本子拿去看看吧，反正我也没用了。”

杨定远接过本子来道：“这是什么？”

“我写来给孙子学中国话，你用来学俄语，多少也有点儿用。”老头又苦笑了一下，“反正我也没用了。”

“谢了，大爷。”杨定远接过本子掖进怀里，转身又向车站走去。走了一段，又回过头，只见那铺子里又有顾客上门，这回却是个俄国人，那老头说起俄国话来倒是十分顺溜。他不敢再看，心想：难道有一天我也会变成这样？脑子里这念头却总是钻出来，怎么都抹不掉。

回到火车上，霍敬奇和小霍太监两人还没回来。因为走了一批人，这回又新来了一批，斜对铺就睡着一个男人。马天化又招了几个新上来的苦力在赌钱，正赌得不亦乐乎，空气里有一股淡淡的酒味，只怕他也刚喝过。

杨定远回到自己铺上，先去倒了杯水，又拿出大列巴来掰下一块，就着里道斯吃着。面包干啃实在不是个味，但有菜了，吃着就觉得特别香，特别是杨定远许久没尝过肉味，更觉得滋味妙不可言。正在吃喝着，外面忽然传来一阵喧闹之声。斜对铺的那汉子忽地翻身起来，脸上露出惊惶之色，一下冲出了车厢。杨定远不知出了什么事，反正事不关己也不去理睬，马天化却站了起来。正和他赌钱的一个人道：“马大哥，不开了吗?”马天化没好气地说：“等一下。”说着走到那男人的铺前，一把掀开了褥子。

褥子下放着好几个铁盒。一见这铁盒，杨定远心头便是一怔。这不是贩私酒用的吗？原来逃走的那男人也带了酒来贩卖，外面大概是来查的海关警察。马天化一见这几个铁盒，脸上便露出喜色，转身走到自己铺前，从铺底下拉出一个水桶，将铁盒全扔了进去。水桶里还有半桶水，他将水桶往铺下一踢，低声喝道：“谁也不许说出去!”

他脸上已显出一副凶相，那些正和他赌钱的人都有点儿吓呆了，木然地点了点头。马天化却似没事人一般，一屁股坐下来道：“来，接着开。”

他们接着赌了没一会儿，几个俄国警察带着条大狗冲上了车。一见警察，车上的人都停下了手里的事，杨定远也不吃了。那些警察扫了一眼，说了两句俄语，带着狗嗅了一阵。可铁盒浸在水里，已闻不出酒味来了，那条狗嗅了一阵，便往车下冲去。警察也跟着跑了出去。杨定远知道那男人若被逮着，定少不了一顿毒打。他心中一阵烦闷，东西也不吃了，从怀里摸出那本子出来看。

本子上用毛笔写着不少字。看不出那老头子开了个铺子，字却写得很漂亮。里面尽是些日常会话，一句俄语一句汉语，只是那些汉语全写得文绉绉的，什么“别来无恙”“贵庚”之类，那句“哈拉绍”下面，注的是“甚佳”。杨定远看得差点儿笑出声来，心想这样的话连自己看着都觉得难学，不要说老头那个孙子了。若他孙子真学成了，只怕满嘴说的都跟戏台上的念白一样。不过不管怎么说，有这么一本总比没有强。

他正在一句句默念着，耳边忽然传来了一声吼：“是谁拿了我的铁盒子？快拿出来！”他一抬头，只见是刚才逃走的那汉子。这汉子脸涨得通红，定是跑得急了，一副气急败坏的模样。他正吼着，马天化忽然把手中骰子一扔，骂道：“他娘的，鸡毛子贼喊个什么，你那些酒早就让海关的人搜了去了。”

汉子一听，转向马天化，喝道：“呸，就你知道是酒！我一直躲在外面，没见他们拿出来。你快给我，不然……”

他在那儿发狠，马天化却理都不理他，边上有两个观赌的却站了起来，推推搡搡地道：“兄弟，你这话可不对了。你问哪儿去了，告诉你你还不信，讹人可不成。”这两人身强力壮，汉子虽然健壮，却不是他们两个人的对手，被推得踉踉跄跄，跌出了车厢。他从雪地上爬起来，恨恨地道：“好，好，你等着！”

那两人笑道：“等着呢，不跑。”待那汉子走了，他们嘻嘻哈哈地过来凑到马天化身边道，“马大哥，这小子真是不开眼，哈哈，今天倒有嚼裹儿的了。”

马天化也笑了笑，骂道：“肥猪拱门，送上来的财喜少不了你们的。”

然而没过多久，那汉子又回来了。这回他却不是一个人，身边还带着三个又高又大的汉子。汉子一上车，便盯着马天化喝道：“兄弟，你……”

他还没说出什么来，话却戛然而止，马天化手里出现了一把驳壳手枪，黑洞洞的枪口顶着他的胸口。马天化的动作非常快，谁也没看出他是怎么拔出枪来的，他站了起来，枪就顶着那汉子，低声道：“识相的，快滚吧，省得老子的枪子儿开荤。”

这下子，连那人带来的三个汉子也都傻了眼。四个人一步步后退，汉子一跺脚，骂道：“算了，走吧。”他们一走，马天化这才笑了笑把枪放回怀里，从铺底下拉出水桶，将几个铁盒拿了出来。他用牙咬开一瓶，叫道：“成了，小九，这回你才可以嚼裹儿了。”

刚才帮他推搡那汉子的那两人也笑了起来，接过酒瓶，一人一口地喝上了。杨定远知道马天化和尹春山是一伙的，自然也是个军人，这两个帮腔的定然也是士兵了。只是看着这些正规军人的模样，他眼中全是怀疑的目光。这和土匪有什么区别？他暗自庆幸自己没有答应小个子的再次招揽。父亲说，好男不当兵，真是对的。

第四章　风雪杀人夜

这一天天快要擦黑了，霍敬奇和小霍太监两人才回来。两个人嘴里尽是酒气，看来吃喝了不少。一上车，霍敬奇嘴里便哼哼着皮黄一路过来，一见杨定远，他大声道："老弟，你没出去吗？"鼻子抽了抽，又道："好大的酒味儿啊。"

杨定远见他回来了，生怕他说什么惹恼了马天化。对马天化这人，他已多少有点儿惧意，这人完全是个兵痞，只怕什么都做得出来。他道："霍大哥，我出去买了点儿里道斯，来两片。"

"里道斯？我也吃过了……再来两片。"

霍敬奇捡起两片塞进嘴里。杨定远又去让小霍太监，小霍太监没敢动手，看了看霍敬奇，霍敬奇一瞪眼道："老弟请你，你客气什么？"小霍太监这才拿了一片放进嘴里。霍敬奇嚼着里道斯，打了个饱嗝坐到杨定远身边，一边道："老弟，没想到这地方还有高粱烧，还真醇，不比二锅头差哪。"

他酒足饭饱，和杨定远聊了几句又唱开了，唱了一阵才睡下。杨定远也躺了下来，但一直睡不着。今天发生了那么多事，让他心里一直平静不下来。别列兹尼基，这是个什么样的地方，他不知道。这些拗口的地名背后到底是个怎样的世界，可不管是怎样的世界，人总得活下去。迷迷糊糊中，他睡了过去，梦见的却是思华。梦见她背着个大麻袋在伊尔库茨克的街上走着，自己想招呼她，可根本说不出话来，而她也完全没有发现自己。以后……以后，就成为陌生人了。思华在自己的生命中，仅仅是一条长河中偶尔荡起的一丝涟漪，再也记不起。但是在梦中，思华那张胆怯的小脸如同刻出来一样，越来越清晰。

在伊尔库茨克干等了三天，火车终于再次出发了。驶出站台时，杨定远又在过道的窗子里看了一眼。这个偶然路过的城市将来还有机会再来吗？他不知道。思华就留在了这里，她将来又会去哪里？即使自己有机会再来，她也多半不在了吧。茫茫人海，要找一个人，不啻大海捞针。也许将来有一天，思华嫁了人，生了孩子，说起当初有个叫杨定远的人帮助过自己，也有可能她都忘了。看着背后的灯火在暮色中渐渐淡去，杨定远只觉心底仿佛有什么永远地落下了，再捡不回来。

火车一路蜿蜒前行。先过了雅宾斯克，又到了鄂木斯克，再经过彼尔姆水库，终于来到了别列兹尼基。每到一个地方，总有些劳工下了车，然后从另外车厢里过来几个。杨定远实是盼着马天化能早点儿下车，可马天化却如同屁股生了根一般总留在车里，每回有新的人来，他就拉着他们聚赌。这一路上，他倒是自得其乐，吃喝赌天天不断，而且赌起来十之八九是他赢，钱全进了他的口袋。

到了别列兹尼基，车子终于停下了。一直待在车厢里，杨定远还不知道到底有多少人，等一下车大集合，他才明白这一趟来别列兹尼基的中国劳工竟然有两千上下。别列兹尼基是个煤矿，很偏僻，俄国人大多不肯来这儿做事，只有吃苦耐劳的中国人，只要给钱哪儿都肯干。

别列兹尼基还没来过中国人，这回一下子来了这么多，几乎全城的人都出来看热闹，特别是有些苦力还留着辫子，那些俄国女人又是不忌生的，嘻嘻哈哈地上来用大概刚学的中国话搭讪，拉着辫子看个仔细。霍敬奇留着辫子，也被一个人高马大的妇人逮到了，抓着他的辫子看，嘴里还叽叽呱呱地说个不停。霍敬奇没好气地抽回辫子，索性盘到头上，嘴里骂着：“老毛子，骚娘儿们，没见过男人吗？”

杨定远差点儿要笑出来。霍敬奇还真不能算男人，不过这话当然不能说。他道：“霍大哥，别理他们，我们走吧。”

别列兹尼基煤矿并不在市里，离市里还有好几里地，周围尽是荒山。当地倒是造了不少宿舍，虽说半窖半墙，但也算有个遮风挡雨的地方。车站上那外国老头说别列兹尼基很苦，这话也不假，因为别列兹尼基煤矿开出来没多久，新开的矿道连铁轨都没铺，煤只能由人一筐筐地背出来。不过当地人倒很朴实，对中国人也挺友好，杨定远每天干完了活，就拿出那本子来学俄语。这样一来，他的俄语倒是突飞猛进，快赶上煤矿的那翻译了——那翻译也是个半瓶子醋，汉语说得结结巴巴，非要说上两三遍别人才能懂。

他们是十二月间到的别列兹尼基，做了两个月，天气便转暖了。因为一下子多了两千多人，当地的供应有点儿跟不上，劳工营快连饭都吃不上了。当地政府觉得这样下去也不是个事，便又发了条命令，说允许中国劳工自由流动。西伯利亚一带也是刚开发地区，到处都在修路开矿，正缺劳力，各处都来招人。杨定远和霍敬奇商量了一下，觉得留在别列兹尼基已没多大意思，还是去别处看看。说到去哪儿，杨定远想起当初在织袜厂时一同来的那两个寿张人去俄国淘金，便提议去金矿，霍敬奇却说淘金太危险，还是去木材厂比较安全。

西伯利亚到处都是森林，荒无人烟，因为正在修铁路，需要大量枕木，所以铁路修到哪里，木材厂就开到哪里。杨定远也同意霍敬奇的说法，报完了名就跟霍敬奇和小霍太监两人一块上了火车。

一上车，杨定远一眼看到马天化领着几个人已经坐在那儿了。真是阴魂不散哪！马天化见缝插针地又设了个赌局，招了几个人在赌骰子。看到马天化也要去木材厂，杨定远有点儿后悔。不过转念一想，木材厂人也够多的，这两个月在煤矿都没见到马天化的人影，到木材厂多半仍旧如此。只消自己不去招惹他，马天化想必也不会来寻自己晦气。

他们一到木材厂，领他们来的人便带他们去见这地方的工头。这儿有三个工头，一大两小，大工头姓朱，生得人高马大，两只巴掌跟蒲扇似的，来俄国也好几年了。他吼了一阵，说是新来的都要去伐木，干什么活不用分派，自己挑。伐木时四个人一组，两人拉大锯，树倒了便抬下山来。这两样活工钱多，可拉大锯要技术，抬木头就得是身强力壮的，要是吃不消的就只有打打下手干点儿杂活了，工钱自然也少。他们的工钱一个月结一次，每天按工作量算，月底发工钱。因为老板平时不来，这儿就是三个工头和一个账房主事，尽是中国人。杨定远仗着身子骨结实，挑了个抬木头的活。霍敬奇嫌抬木头太累，挑了拉大锯。

在煤矿他们住的还是房子，木材厂就只有住工棚了。反正这儿别的没有，木头多得是。锯好的枕木钉成一长溜，用羊毛塞住墙缝防风，上下两排大铺，住下面的就只能坐不能站。地上放着个大铁盆，烧的全是胳膊粗的劈柴，铺上则是一条军用毛毯，不过得两人盖一条。霍敬奇和小霍太监找了个铺，杨定远见他们边上的铺就躺着一个人，便问道："兄弟，这儿没人吧？"

那人正在铺上架着二郎腿，听得杨定远问自己，向边上让了让道："没人，坐吧。"

杨定远坐了下来，将自己的东西放自己那头一搁。他也没什么东西，打开包袱皮就几件旧衣服。正整理着，"啪"一声，那小本子掉了下来。杨定远正要去捡，那同铺的已一伸手捞了起来，看了看，说道："兄弟，你还在学老毛子的话啊？"

这人居然也识字。杨定远便觉和他的距离更近了些，说道："是啊。兄弟，我姓杨，杨定远，不知你尊姓大名？"

"姓刘，刘昌佑。"

刘昌佑翻了翻本子，笑了起来："你自个儿写的吗？"

"不是，别人给的。"杨定远看了看周围，"可惜这儿没俄国人。"

在煤矿上有什么不明白的，拿这本子跟边上的俄国人一比画，那些俄国人都会教他，这边就没这个好处了。刘昌佑道：“没事，要有什么不明白的，问我好了。”

杨定远有点儿喜出望外：“刘兄，你也会俄语？”

“会，我连英国话也会。”

刘昌佑这人也算热心，坐了起来：“我以前一直在马戏团做事，去过好多地方。这回不是正在打仗吗，马戏团也散了，我就只好先来这边混一阵再说。”

他一坐起来，杨定远才发现他腰上别着三把刀。俄国的大列巴又干又硬，很多人身边都带把小刀子。杨定远自己在煤矿时也搞了一把，不过刘昌佑带着三把刀倒是少见。刘昌佑见他注意自己身边的刀子，又笑了笑，拍拍腰间道：“这是以前吃饭的家伙，我在马戏团是玩飞刀的。”

杨定远暗暗松了口气。他实在有点儿怕再碰到马天化那伙军人，不过刘昌佑显然不是军人，他的心多少也定了些。现在反正还有点儿闲，就坐着铺上和刘昌佑两人闲聊。聊了一阵，那大工头老朱的身影出现在门口，瓮声瓮气地说：“吃饭了，吃完了就开工。”

木材厂里都是力气活，伙食倒还行，馒头管够，还有一大桶汤。吃完了饭，杨定远便也跟着人上山干活。抬完一根木头，跟账房领块筹子，月底结账用。抬了一天木头，回来时杨定远只觉两条腿都发飘，跟踩在棉花上一样。回到工棚里吃完了饭，他正想躺下，刘昌佑道：“杨兄，出去遛遛吧。”

杨定远累得四肢发软，实在不想出去，便道：“我太累了，实在不想出去。”

“就是累，所以得出去遛一圈，要不然脚筋就僵住了，明天一睡醒连步子都迈不开。”

杨定远听刘昌佑这样说，只好下了铺。见一边霍敬奇已躺下了，说道：“霍大哥，出去遛一圈吧。”

“遛啥，累得跟死狗一样。”

霍敬奇翻了个身，也不理杨定远。他只道拉大锯轻松点儿，干上了才知道这活也不是容易做的。西伯利亚几千年没人烟了，树都长得疯了，木头结实得跟铁块一样，锯齿拉上去，哧哧地都似乎冒得出火星，坐在地上拉了一天大锯，现在累得连曲都不想唱。杨定远见他不出去，只好由他，跟着刘昌佑出了门，一路踢踢腿。说来也怪，本来累得不想动，但真走动了，渐渐地又觉得舒服多了。刘昌佑看他的表情，在一边道："怎么样？现在好多了吧？"

杨定远点点头："多谢你，刘兄。"

"客气啥。"

杨定远犹豫了一下道："刘兄，你那飞刀是怎么练的？"

刘昌佑一怔，问道："你要学这个？"

杨定远干笑了笑道："我见你这一手很了不起，要是能练成了也好防身。"

刘昌佑忽然从腰间拔出刀子，手一甩，"呼"一声，三把刀子从手中飞出，扎在了前面一棵树上，成了个"品"字形。杨定远倒吸一口凉气，赞道："好飞刀！"

刘昌佑走过去拔出刀子在手上甩了甩。刀子很锋利，一不小心就要割到手，但他抛上抛下，连眼睛都不看，嘴里说："这不算什么，也就是练熟了而已。"

杨定远本来听他说会飞刀就十分羡慕，现在见他的飞刀如此准法，更加眼热，说道："刘兄，那你能不能教教我？"

他本来也是顺口问一声，刘昌佑却想也不想就道："有什么不行。只不过练飞刀入门容易，想精通就难，你得常练，要是歇一阵手就得生，所以我天天都不离手。"

原来飞刀也就是几个基本手法，难是一点儿也不难，就是看人练得如何了。杨定远学过武，又在织袜厂干过，手指很灵活，没练几次就有模有样了。刘昌佑说诀窍杨定远都已懂了，能练成怎么样就看他自己的。他见刘昌佑练得这么勤，问道：“刘兄，你天天这么练是还要回马戏团吗？”

刘昌佑摇摇头。

“那你是为了啥？”杨定远追问。

刘昌佑看了看他，半晌才道：“杀人。”

杨定远吓了一跳。这一刻刘昌佑的眼神里露出的，竟然也是一丝凶光。他不知道刘昌佑想杀谁，但又不敢问。

两人绕着木材厂走了一圈，便回去了。木材厂的活虽苦，但一个月做下来也已经习惯。杨定远出去遛弯成了习惯，每次出去都学着刘昌佑的样，一路练练飞刀。虽然远远比不上刘昌佑的准头，可十次中也能扎中个一两次。刘昌佑这人却有点儿古怪，时不时要出去一趟，又偷偷地回来，也不知做些什么事。平时跟杨定远说到天南海北的事，全都头头是道，看得出他跑过很多地方，可是每当回到工棚里，人就一言不吭，变得极其阴沉。

这个人过去真如他自己说的是在马戏团吗？杨定远有些不太相信，有时趁刘昌佑心情好时旁敲侧击问一下，刘昌佑却始终守口如瓶，根本不露半点儿口气。

这些日子霍敬奇开始时一回来倒头就睡，但拉了一个月大锯后，嘴里又开始唱上曲子了。只是他总不愿跟杨定远出去遛遛。这一天杨定远吃完饭遛一圈回来睡觉，一进工棚便听霍敬奇在唱戏，他回到铺前，说道：“霍大哥，兴头这么好啊。”

霍敬奇抬起头，咧嘴一笑道：“今天撞上了一票财喜。”说着，手一抖，哗哗一阵响，却是一堆的筹子。杨定远怔了怔：“什么财喜？”

“赢来的。哈哈。”霍敬奇说着，倒在铺上，哼哼道，“有福之人不用忙，无福之人忙死人。”杨定远不知他到底在说什么，趁空问小霍太监到底是怎么回事。小霍太监说霍敬奇今天不知起了什么心，去那个赌局参赌了。因为工钱要到年底才发，赌局上用的都是筹子，霍敬奇赢了不少回来。一听霍敬奇去赌了，杨定远有点儿担心，小声问：“小霍，你千万要劝劝霍大哥，别让他去赌了。”

小霍太监撇了撇嘴：“大爷可不听我的。杨爷，您劝劝他吧。”

杨定远叹了口气。霍敬奇和自己还算客气，但准也不会听自己的。可劝还得劝，第二天上山时，他趁着没旁人，劝了劝霍敬奇，说马天化那赌局肯定不地道。霍敬奇却笑了起来，拍着胸脯说：“我霍敬奇是什么人，招子亮着呢。姓马的不地道我早就知道了，他那骰子是灌过铅的。他想来捉我的空头，早着呢。”杨定远见他硬不肯听，也只得作罢。

这天黄昏时，回来吃过了饭，刘昌佑又不知去哪里了。杨定远独自一个人出去遛遛。开春了，天渐渐热起来，可天一黑，仍然凉意沁人。他看着边上的参天大树，也拔出小刀来学着刘昌佑的样子掷出去。可刀子“啪”一声，哪里扎得进树干。他捡起掉在地上的刀子，不由苦笑了一下。看来刘昌佑的飞刀也不是随便能练成的。

遛了一圈回来，却见霍敬奇正坐在铺上，也不知怎么搞的，鼻青脸肿，一根大辫子都已断了半截。他吓了一跳，忙上前问道：“霍大哥，怎么了?”

霍敬奇白了他一眼，嘴里只是道：“他娘的，一个人打不过，就叫上一帮人，这算什么?”说着说着，又唱了起来，这回唱的是《走麦城》。杨定远见他不说，就偷偷问了问小霍太监。小霍太监说今天吃完了饭，马天化叫霍敬奇出去。霍敬奇回来就成这模样了。

肯定是马天化不肯罢休，来找霍敬奇报仇。杨定远暗自担忧，他虽然没有和霍敬奇明说，但暗地里也告诫过他别和马天化混一块儿，可霍敬奇上回赌钱得了甜头，自不肯听，这回吃了亏了。吃过一回亏也好。他想着。这样子，霍敬奇总不会再赌了。他心里对马天化这些人更多了一分戒心。这些土匪现在没了尹春山管束，越发无法无天了。

天气冷了又热，热了又冷。西伯利亚这地方一到冬天，冷得耳朵都会掉下来；可到了夏天，热得恨不得扒皮，蚊子小咬又不断，木棚里只有烧些干草才能睡觉。在木材厂胡乱混了一年，已到了年底。这一天到了结账的时候。这是1916年的冬天，欧战正在最激烈的时候，俄国也动荡不安。可是在遥远的西伯利亚，这群中国人却过得异样地安宁，天寒地冻的西伯利亚荒林对他们来说不啻于世外桃源。

这天杨定远吃过了饭，早早就睡下了。辛苦了一年，他拿到了八百卢布。照这样干下去，有个五六年就可以回家了，杨定远眼前仿佛又看到了家乡的景致，仿佛看见自己带着鼓鼓的荷包回到家中，父母高兴得合不拢嘴，还给自己说了房媳妇。

边上霍敬奇的心情多半也很好，在铺上正哼哼着曲子。因为发了钱，马天化的赌局这时候还在开张，只是霍敬奇是死活都不去参赌了。他的尖细的声音夹在外面呼呼的风声中，居然有点儿异样的喜庆，杨定远记得小时候家乡过年，枣梆戏班来演戏远远听到的也是这样的声息。

正在迷迷糊糊的时候，听得门上有人在敲。一个正在聚赌的汉子站起来，骂骂咧咧地去开门，刚一开，门"咣"一声响，风夹着一大丛雪花直扑进来，随之便是一声枪响，一个低沉而阴森的声音响了起来："谁也别动，谁动就毙了谁！"

门口站着几个人，领头的手里握着一把手枪，戴着高高的貂皮帽，穿着黑色大氅，脚上还套了双大马靴。这完全是俄国人打扮，可这人明明是个中国人。跟在他身边的倒是个俄国小伙，手里拿了把步枪，另外还有个中国人也端着枪。边上的几个人虽然没枪，手中也拿着刺刀。一进工棚，这领头的就把门倒插上了，冷笑道："兄弟我此来，是有笔旧账要算算，大家伙要是识相就别动，不然就别怪老子的枪子不吃素。"

是土匪！杨定远暗暗叫苦。那土匪头带着拿枪的俄国小伙直直地向他这铺走过来，到了跟前，一把掀起了军毯，喝道："姓刘的……"

他还没说完话，刘昌佑突然将身一纵。只是他情急之下忘了这铺又低又矮，脑袋"砰"一声撞在上铺上。那土匪头一把摁住了他，有两个拿刺刀的土匪已抢上前，掏出绳子就把刘昌佑五花大绑起来。土匪头看着刘昌佑狞笑道："姓刘的，你以为躲到这儿就找不到你了吗？"

刘昌佑身上的衣服很单薄，被绑严实了没办法动弹，那土匪头踢了他一脚，将他踢到地下烧着火的铁盆边，一脚踩住他胸口，手中枪顶住了他，又看了看周围，说道：“成了，顺便发个财吧。”

他带来的那几个人一听便是一阵吹呼，一个个地搜过来，两个拿着枪的土匪则守在一边。他们晃着手中的刺刀，哪个人掏钱慢了便是一耳光。马天化这伙人正在赌博，土匪首先就搜他们的钱。马天化平时耀武扬威的，这时也蔫了。一把步枪正对着他，哪个敢反抗就是找死，他就算身边藏着手枪也不敢拿出来。

搜掉了马天化的钱，一个土匪拿着个鼓鼓的口袋过来，已是喜形于色，说道：“大哥，钱还不老少。”

土匪头道：“还有这几个，收了就快点儿走。”

那土匪一手拿着刺刀，走到杨定远跟前晃了晃，说道：“兄弟，行行好，交了钱买个平安吧。”

杨定远的八百卢布正掖在腰带上，听他这么说，头便是一晕，说道：“我没有。”

那土匪龇了龇牙：“别以为爷们是瞎子，你们刚结了账，你又不赌，哪会没钱。”

他伸手便要搜杨定远，杨定远也不知哪来的勇气，趁他的手伸过来，一把抓住了他的腕子用力一扳。他本来就是个精壮汉子，抬了一年木头，胳膊上尽是腱子肉。那个土匪虽然也很壮实，只是猝不及防被杨定远一翻腕，疼得人也倒下来。杨定远这时也顾不得一切了，心知若被这土匪脱身，他手中的刺刀肯定要刺到自己身上，死死攥住了这土匪的手腕，死都不放，左手挥拳不住地狠打。

杨定远的这个举动极是突然，那土匪头也怔了怔，手枪立马对上了杨定远。就在这时，一个人影突然飞身跃起，一脚正踹在土匪头心口，正是霍敬奇。他见那些土匪用刺刀逼着人交钱，早就有点儿耐不住了，见土匪头要去刺杨定远，当即飞起一脚。他虽然不是自吹的那样是八极拳李书文的开山门大弟子，到底练了好些年，这一招飞脚夺枪他已经在肚里盘算了半天。这一脚力量很大，一般人只怕会被踢得闭过气去，可那土匪头被踢了一脚，只是倒退了两步，马上又站定了，手枪仍没脱手。他右手被霍敬奇抓着，眉毛一竖，左手已在腰间抽出刺刀，便要刺向霍敬奇。霍敬奇本以为能夺下手枪，哪知枪竟夺不下来，现在两个人纠缠在一处，躲都没法躲，脸霎时变白了。眼看刺刀便要刺中霍敬奇，一张大毯子劈头盖脸地罩住土匪头，正是小霍太监。土匪头被毯子盖住，心中一慌，手中刺刀猛地一划，小霍太监惨叫一声，人便倒了下来。霍敬奇见他倒地，眼都红了，叫道："小兔崽子！"也不知是骂土匪头还是叫小霍太监，猛地又是一脚踢向土匪头。土匪头被踢了个趔趄，手枪终于脱手，伸手一把掀掉了盖在头上的毯子。混乱中，却听刘昌佑在地上大叫："抢枪！快抢枪！"

土匪有枪，枪子儿到底是赤手空拳挡不住的。这时那些本在看着的劳工如梦方醒，有胆大的便向那两个拿枪的土匪扑去。这两个土匪也吓呆了，特别是那俄国小伙，脸本来就白，这回更是白得跟刷了石灰一样，将枪向头顶一放，"砰"一声，枪声响起，那些劳工都不由停下了步子。哪知这俄国小伙见劳工人多，开了一枪后，一把拉开门闩，一个箭步就冲了出去。另一个土匪还想拉栓开枪，可他的动作没俄国小伙快，枪还没举起，就被几个人一把摁倒在地。混乱中，又是一声枪响，土匪头子大叫："住手，钱我们不要了，马上就走！"见他手中还有枪，劳工又没敢再动手。最初的血气涌过去，剩下的只有后怕。这土匪头还有枪，谁都没想到，刚才他若是对着人开去，只怕有好几人得死在这儿。

土匪头见镇住了劳工，退到墙边说道："兄弟们，这回我也认栽，钱都还给你们，我们走。"

刚才如果不是杨定远突然间和那土匪撕打，谁都没想过会动手。现在看着土匪头手中黑洞洞的枪头，谁都没有说话。土匪头子走到杨定远身边，说道："兄弟，你把他放了。"

杨定远放开了那土匪。这土匪已被杨定远摁在地上猛揍了半天，脑袋已肿了。他从地上爬起来，见刺刀也落到了杨定远手里，委屈地说：“大哥……”

土匪头子啐了他一口：“把钱还给人家。”说着，向周围拱了拱手道，“诸位，今天是兄弟我冒失了。眼前留一线，日后好相见。”说着，又向霍敬奇道，“兄弟，你有种，枪给我吧。”

霍敬奇还从没被人这样夸过，见土匪头要枪，摇了摇头。土匪头子从怀里摸出个铁盒道：“不白问你要，这是金子。”

霍敬奇接过了铁盒，只觉沉甸甸地压手。他道：“多少？”

“一斤。你一半，他一半。”

土匪头子指了指夺下步枪的那个劳工。那劳工胆大，夺下了一杆步枪，也不知怎么用，就捧在胸口，没想到有半斤金子凭空而落，睁大了眼说不出话来。边上有个跟他相熟的劳工小声道：“老鸭，你发财了。”

半斤金子对木材厂的劳工来说，十年都挣不到。这老鸭跟做梦一样笑嘻嘻地走过来，将步枪递了过去。被杨定远打了一顿的土匪接过步枪，“哗”一下一拉枪栓，老鸭吓了一大跳。土匪头子喝道：“八子，你就这点儿出息吗？当我说出的话是放屁啊。”说完又向四周一抱拳道，“打搅了，我们这就带人走。”

他伸手要去拖地上的刘昌佑。刘昌佑刚才喊了一嗓子，现在也没人顾得上管他，见土匪头要带他走，脸又吓得白了。如果自知死路一条，那他也认了命，可明明事态已经平息，土匪头子和劳工们都说妥了，却仍要带他走，他急了，叫道：“定远！定远！救我！”他知道这些劳工都是见钱眼开的，土匪头子出手就是一斤金子，抢到的钱也都不要了，谁也不想再去拼命，唯一还有可能救自己的，就是跟自己同睡一铺的杨定远了。

杨定远听得刘昌佑的惨叫，心头一热，踏上一步道：“人留下！”

土匪头子见他还敢出头，怔了怔，忽然道：“成，人就留下。”他说完，左手的刺刀猛地向地上的刘昌佑刺去。杨定远见他要行凶，也急红了眼，操起一块劈柴猛地扫去。“啪”一声，正打在土匪头子手上。劈柴很是沉重，土匪头虽然也练过，可也经不起，刺刀被劈柴打得直飞出去。他的手脚却也快极，刺刀脱手，右手的枪忽地举起，顶住了杨定远的胸口，沉声道："小子，你真的还要动手吗?"

这时，他呆住了，手中的劈柴没敢再举起来，就在这时，一根枪管顶住了土匪头子的后脑，马天化不知什么时候已欺身到他跟前，冷冷道："我也想动手，行不行?"

土匪头做梦也没想到劳工手中居然也会有手枪，一呆，这时马天化的同伴一把夺下了他的枪，另一个将刚才被杨定远狠揍了一顿的土匪手里的枪也夺下了。这人夺下了土匪头的枪后，伸手掏进土匪头子的胸口，又摸出了两个铁盒和一把手枪，咧嘴笑道："马大哥，这小子果然还有。"

马天化嘴角也浮起了一丝笑意。他用手枪戳了戳土匪头的脑袋，说道："枪、人、金子全都留下，你滚吧。"

土匪头恨得咬牙切齿，可枪顶着他的脑袋，他也不敢动，嘴里仍在发狠道："兄弟，留个名号吧。"

"呸，凭你也想要我的名号，滚吧。"

马天化先前被步枪指着，手边的钱都被搜了个干净，已憋了一肚子气，这回才算是扬眉吐气了。杨定远这时赶紧给刘昌佑松了绑。刘昌佑一翻身起来，见土匪头要走，赶紧夺过杨定远手中的刺刀，忽然一掷。土匪头子正要出去，根本没想到背后还会飞来一把刺刀，连叫都没叫一声便扑倒在地。

刘昌佑居然出手就杀人！周围的劳工吓得比刚才被土匪用刀枪指着时更甚。刘昌佑却如没事人一般，走过去踩住土匪头子的后背，一下拔出了刀子。他这一刀用得劲很大，血沫子直翻出来。刘昌佑杀红了眼，握着刺刀正要杀另两个土匪，马天化拉住他的肩膀道："兄弟，先留着这两条命，我还有用。"

马天化从地上捡起了土匪装钱的袋子，从里面掏出一把，将袋子一扔道："谁的钱，谁拿回去。今天的事谁也不许走漏风声。谁漏出去半个字，别怪我不客气。”

看到刘昌佑杀人，杨定远也吓呆了。见马天化带着几个土匪出去，他仍是怔怔地有点儿发傻，连冷都忘了。刘昌佑和马天化说了两句，见杨定远还在发呆，小声道：“定远，你把衣服穿上吧。”

被刘昌佑一提醒，杨定远才抓起床上的衣服披上，却听一边霍敬奇骂道：“别不开眼，你真想分一半去？杨老弟也得占一份。”却是那老鸭来找霍敬奇要自己的一份金子。土匪头子身上本来还有两盒，但早落入了马天化的手上。马天化有枪，谁都不敢去跟他要，霍敬奇也曾经飞脚踢人，老鸭见他也有点儿怕，可到底忍不了金子的诱惑。

霍敬奇把大半盒金子往怀里一揣，笑嘻嘻地过来道：“老弟，这回我们哥俩也算发了票小财。”盒子里有八根金条，他只给老鸭两条，还有十二两金子，一人一半也不算少了。

杨定远见他脸上尽是笑意，问道：“小霍呢？他怎么样了？”

霍敬奇拿到金子，把小霍太监早忘得一干二净了，被杨定远一提才想起来，忙过去看。小霍太监胸口被划了条大口子，好在没开膛。霍敬奇平时对小霍太监呼来喝去，不是打就是骂，但小霍太监一受伤，他还真急了，赶紧撕了条旧衣服给他包上。正在乱的时候，刘昌佑拿了个麻袋回来，见杨定远还站在那儿，说道：“定远，过来帮把手。”

杨定远走过去，也不知他说的帮把手是什么意思。刘昌佑拿绳子将尸体扎塞进了麻袋，说道：“来，抬出去。”

门外雪已经停了，风却还很大。只是一出门，血腥气闻不到了，多少还好受点儿。他一句话也不说，跟着刘昌佑抬着麻袋，走到林子里。林中已经挖好了一个坑，定是刘昌佑刚才挖的。刘昌佑将麻袋往坑里一推，见杨定远还傻傻地站着，说道：“回去吧，睡觉去，这回没事了。”说是没事，可杨定远哪里还睡得着。他只觉身上冷得异样，一闭眼，眼前就是那土匪头子恶狠狠的眼神。刘昌佑平时虽然有时沉默寡言，但和杨定远一直还算谈得来。杨定远跟着他学俄语时，他也教得很耐心，可现在他才知道，刘昌佑绝非自称的马戏团成员那么简单。这个人，肯定也有着不可告人的过去，只是杨定远再不想知道了。

工棚里，不知谁往铁盆里拿了几块劈柴，火烧得旺了不少，可是杨定远总觉得有一股血腥气弥漫在空气里。他觉得身上更冷了，刘昌佑早已倒头睡下，打起了鼾。他连看都不敢再去看刘昌佑一眼，只是坐在铁盆边烤着火。小霍太监的伤已经包上了，血也止住了，不时还发出一声呻吟。这一声声呻吟让杨定远感到更加寒冷。他抱住腿，在火边缩了缩，凑得更近了些。

西伯利亚的树木不知吸取了多少日精月华，烧起来后又全部释放出来。杨定远看着盆中的火苗不住地吞吐，烤得脸有点儿发烫，可身上还是如同沉在冰窟里一样寒冷。在火苗中，不时闪过一张人脸，狰狞而凶恶，依稀就是那土匪头子。杨定远好几次都吓得想逃开，可一离开火，身上就更加地冷。这种冷不是添几件衣服就能挡得住的，那是彻骨的阴寒，几乎刺进了骨头里，在里面生根，似乎得在身体里放把火，让鲜血跟油一样汩汩地烧起来才能驱散得掉。

杀人，就是这样简单吗？他有点儿茫然。在西伯利亚，什么都值钱，唯独性命不值钱。在这儿，杀个人真跟杀条狗似的，谁也不会来管。杨定远不知道在火堆边坐了多久，只知道火苗小一点儿就觉得冷，他不住地往铁盆里加劈柴。这一晚，又长得仿佛无穷无尽。

第五章　淘金

第二天，大工头来了一下，但只拿了点儿伤药和绷带过来，什么话也没说。他也知道了昨晚工棚里发生的事，但这种事谁也不说，就当没有，不然他这工头也在老板面前逃不过失职之罪。他来时看了杨定远一眼。这一瞥的眼神里似乎有一丝佩服。敢在土匪的刀枪下出头挑事的这份胆色，实在也没几个人有。

杨定远接下来几天虽然都心神恍惚，不过这一次出头也让他在劳工中威信大增。说起木材厂有个叫杨定远的山东小子，都说这人有义气。这几天虽然杨定远因为老是走神，活也干不利索，可谁都不说一句，甚至打饭时还有人主动帮他打好了。倒是小霍太监仍然躺在铺上下不来，他的伤虽然没伤到骨头，可也不轻。

第三天，便是农历年了。虽然在异国，但伐木厂里都是中国人，也放三天假，大家乐和乐和。刘昌佑一早又骑着马出去了。天黑下来时，他带着个麻袋回来，马鞍后还挂着坛酒，也不知哪儿搞来的。一进工棚，他便招呼了马天化和他两个亲随跟班过来，就在铺上和霍敬奇、杨定远一块儿喝酒。麻袋里好几大块冷羊肉，还有一堆煮花生豆，算是答谢那天的救命之恩。只是喝酒时听他意思，想和他们拜个把子。平时说到桃园三结义之类，霍敬奇比谁劲头都大，这回马天化也在，他仍记得先前被马天化纠集一伙人揍一顿的事，却是装聋作哑，马天化也只当没听到，打个哈哈把话扯开，闹得刘昌佑很没意思。

酒喝到了天亮才散，拜把子的事当然也不再提起。杨定远喝了一肚子酒，只觉胸口有点儿闷。老家这时候准是有社火，热热闹闹几天，在这儿却什么都没有，只有风雪和深山老林，耳边不知是风声还是狼嚎。他穿上鞋走出门想解个手，见马天化也踏着雪走出来。马天化酒量比杨定远好得多，现在已完全没有宿醉未醒的模样了。刚和他喝过酒，杨定远也只好向他打了声招呼，马天化点了点头，说道："杨兄，解手哪？"

"是啊，酒喝太多了。"马天化眯起眼看了看他。当初在满洲里，旁人都来向杨定远敬酒，唯独马天化没敬，看着杨定远的眼神也带着不屑。现在这种不屑已不见了，但眼神深处似乎还有点儿别的什么东西。他道："一块儿走吧。"

杨定远心想解个手也要一块儿吗。他真不愿和马天化接近，但马天化主动过来，他也不能太冷淡，点了点头道："走。"

走到一棵大树下，解完了手，马天化从一边抓了团雪擦了擦手，忽然低声道："杨兄，真想不到你还有这份胆气。那天要不是你出头，只怕一年的工钱全得泡汤。"

那天他明明身上带着手枪，可被土匪的步枪逼着，开始没敢动手。若不是杨定远出头缠住了土匪头，他也找不到空子制服他们。杨定远道："那天我也是脑子一热，什么都没想。"

马天化又看了看他，半晌才道："现在我才知道尹团长凭什么看中你了。你身上有股血气。"

杨定远没有说什么。那天他出头，说到底其实也只是为了自己这一年的工钱。别的劳工穷归穷，身边多少还有几个钱，不像他真是身无分文。辛苦了一年，眼看又要白干，怎么都咽不下这口气。他道："人为财死，鸟为食亡……"

"不是这么个说法。"马天化叹了口气，"杨兄，你知道我们是什么人吗?”

杨定远道：“知道。”

“知道?”马天化有点儿诧异。他自觉口风很紧，平常也没跟人多说什么。杨定远道：“小个子跟我说过。”

马天化舒了口气：“知道就好。尹团长要我来这儿，也是为了物色人手。杨兄，快要大集结了，跟我干吧!”

杨定远心里一震。马天化终于也来拉拢自己了，斟酌了一下道：“马大哥，你的好意我心领了。可是我家里还有老父老母，将来还要靠我养老送终，他们一直不让我当兵。”

马天化不比尹春山和小个子那样好说话，杨定远真有点儿害怕马天化会翻脸。但马天化只是说：“那就算了。不过，”他又眯起眼，带着点儿似笑非笑的嘲弄之意，“你在这儿的日子也要难过了。”

杨定远的心里又是一沉。马天化这话是什么意思？还是着恼了吗？他忙道：“马大哥，请你别多心……”

马天化扬了扬手：“我不会来难为你的，不过你得防着那两个二工头一点儿。”他看了看面前的林子，又低声道：“你也知道，这地方少个人，谁也不会来管。”

马天化没有再说什么，踩着雪大步向工棚走去。看着他的背影，杨定远心头似乎多了一分凉意。马天化的意思他也明白，因为前几天的事，工友对自己很是佩服，好几个人过来谢过自己，连大工头对自己也有点儿另眼相看。只是那两个二工头，以前时不时也要呵斥人，可是现在看自己的眼神却有点儿异样。做工头的人，不用干苦活，多少还能克扣一点儿，算得上美差。那两个二工头也是大工头提拔起来的，一个是河南人，一个是山西人，大工头和自己一样是山东人。也许，大工头看到了自己在劳工中树起了威信，有提拔自己当工头的意思。在这两个二工头眼里，自己对他们总是个威胁。马天化有句话没说错，在这片深山老林里，死个人根本没人来管。如果这两个二工头想除掉自己以绝后患，也并不是不可能的。

看样子，木材厂也不能待下去了。杨定远以前没想过这些，可听马天化说了，心里便有了心事。他回到工棚，霍敬奇正在给小霍太监换绷带。天冷有天冷的好处，小霍太监的伤口没有化脓，现在也开始结疤了。以前霍敬奇老是摆谱支使着小霍太监干这干那，但现在服侍小霍太监倒也尽心尽力，怪不得他对小霍太监非打即骂，可小霍太监还是对他俯首帖耳。他见霍敬奇正要搓一把脏汗巾，忙过去道："霍大哥，我来吧。"说着，接过汗巾，在盆里搓洗起来。小霍太监有点儿受宠若惊，躺在床上道："杨大哥，谢谢你。"

霍敬奇骂道："小兔崽子，你伤还没好全，少说点儿话。"又压低声音道，"老弟，刚才马天化找你说什么了？"

杨定远道："没什么，就两句闲话。"

霍敬奇撇了撇嘴，低声道："那就好。这小子不地道，还说要拜把子。和他拜哪门子把子？姥姥！"

马天化纠集了手下揍过霍敬奇一顿，这还是小事，最让霍敬奇咽不下气的是当时他把霍敬奇的大辫子割断了半根。木材厂的劳工除了霍敬奇和小霍太监没人留着辫子。霍敬奇对这根辫子爱若性命，平时有空就梳理，总是结得油光水滑，看见掉了根头发都得心疼半天。马天化割了他辫子，真是结下了血仇。可马天化有一大帮子手下，霍敬奇不敢找他晦气，只好背地里咒骂。昨天刘昌佑如果不是要连马天化也结拜进去，他多半就会答应了，还会唱上一段《桃园三结义》助助兴。杨定远小声道："霍大哥，冤家宜解不宜结，他现在也不来找你的麻烦，你别和他多说就是了。"

霍敬奇又撇了撇嘴："我怕他？要不是他有那么多人，我怕他个姥姥！"杨定远也没再多说，将汗巾搓净了绞干，搭在霍敬奇铺沿上，又将盆中的脏水泼了便回到铺上躺下。今天刘昌佑又没影了，不知去了哪里。想到过了这个年，自己已经二十三了。出来一年多，总算存下了八百卢布，可木材厂眼看着也干不下去，到底去哪儿好？现在那两个二工头偶尔看到他时的眼神越来越露骨，令他越来越不自在。

这一天，刘昌佑又没在，二工头找了另外一个人来跟杨定远搭帮抬木头。本来走得好好的，走到半道上突然那人一个踉跄，一根木头直滚下来，幸好杨定远身子灵便，跳了过去，才算没伤着。那个劳工煞白着脸，连声道歉，杨定远也没往心里去，可回到木材厂，看到二工头眼里那毫不掩饰的失望之色，杨定远便知道是怎么回事了。

这天晚上刘昌佑回来，又找杨定远喝酒，说回来时路边蹿出个野兔子，一扔飞刀过去，打了个正着，正好烤着吃。喝酒时，刘昌佑说起那天喝酒闹了个不欢而散的事，杨定远这才说了实情——霍敬奇和马天化有仇，他们两人不愿结拜，倒不是看不起刘昌佑。刘昌佑总算释然。见杨定远心事重重，刘昌佑问他是否有什么心事，杨定远便把今天的事说了。刘昌佑听了，沉吟了一下道："定远，这地方你是不能再待了，要不跟我走吧。"

杨定远心知刘昌佑也不是个普通人，他并不想跟着刘昌佑混。他出来是挣钱回家娶媳妇的，不是提着脑袋玩命的。他也不说话，只是低头喝着闷酒。刘昌佑见他不答应，知道他不肯跟自己走，便叹了口气说："定远，你对我有救命之恩。你说吧，想干什么，能帮的我一定帮。"

"我想去淘金。"这念头在杨定远心里藏了很久了。当初从煤矿出来，他就提议去淘金，可霍敬奇说淘金太危险，不是一般人能干的，所以才来木材厂。刘昌佑喝了口酒没说话，半晌才道："淘金是拿命挣钱，这儿是拿力气挣钱，要没个人照应，真是哪天死了都不知道，你真想好了？"

杨定远当初出来闯关东时，除了发小陈振中还有两个同伴，寿光人，是对姓陶的兄弟。这兄弟俩干了没多久就不想再在哈尔滨织袜厂待下去，说要去俄国淘金，当时还是杨定远做保，预支了自己的薪水给他俩当盘缠，两人才能成行。这也是杨定远在织袜厂干了一年，到头来一文没得，反而欠了厂里钱的原因之一。只是陶氏兄弟中的弟弟没过几个月就回来了，说自己因为生了病只好回来，哥哥陶丰寿仍在金矿上干，后来弟弟死在了哈尔滨。想到这儿，杨定远说："我认识一个叫陶丰寿的人。他两年前就来俄国淘金了，你能帮我打听一下他吗？他弟弟死了，我想知道他是否还活着。”

“成，那矿坑有不少山东人，我可以帮你问一问。”刘昌佑回道。

杨定远喝了几口酒，只觉得身上发热，心里却更是闷得慌。他说：“多久能找到?”

刘昌佑道：“这个得问过了才知道，也不知他在不在那边。你想早点儿离开这儿吗?”

杨定远点了点头。他真不想在木材厂待下去了，那两个二工头一计不成，肯定还会再设一计。自己在明处，人家在暗处，真个哪天死了都没人知道原因。相形之下，金矿就算再危险，总不会有人暗中算计自己。想了想，他说：“最好明儿就走。”

“行，明天就去金矿。”刘昌佑一口答应下来。

第二天一到早上，正要吃了早饭去上工，刘昌佑把馒头三口两口往嘴里一扒，忽然站起来道：“诸位老少爷们，今儿个我要去金矿上干了。要运气好，淘上一年半载，得几斤金子就好回乡娶媳妇去，在这儿跟大家作个别。”

他这话很是突然，大家都呆住了。杨定远也吃了一惊，他没想到刘昌佑说干就干，一点儿也不含糊。半晌，有个人高声道：“兄弟，金矿好混吗?”

“好混不好混，我不敢说，不过来钱准比这儿多，看你的造化了。你没见黄澄澄的金子吗，那玩意儿可不是假的。谁觉得福大运大压得住，就跟我走吧。”

那天土匪头子身上有三盒金子，两盒马天化拿了，一盒被霍敬奇和老鸭分了，旁人看得眼热。特别是老鸭，拿了金子就辞工不做，说要回乡娶媳妇去了，这些劳工更是觉得运气来了挡都挡不住。当即有个人跳了起来，叫道：“行，兄弟，我跟你走。”有了一个，就有第二个。见有人带头，呼啦啦就有十来个人都站了起来，都要跟刘昌佑走。刘昌佑见有了十几个，便道："好，那打铺盖卷，我们这就走。"

杨定远没想到刘昌佑会当场拉人，等他坐下来，小声道："刘兄，你怎么叫上这么多人？"他以为只是他和刘昌佑两人走，哪想到现在动静这么大。

"择日不如撞日。那金矿的掌柜是我族兄，他那儿正缺人呢，一回事就不两回办了。"

他们一走出工棚，大工头已听得了消息，带着两个二工头急匆匆地过来，正撞上刘昌佑领着一伙人要出去。大工头的脸也有点儿白，虽说木材厂的工人来了又走也是常事，可从来没有这么多人一块儿走的，万一搞不好，到时木材厂人都跑光了，他这个大工头在老板面前交代不过去，上前就跟刘昌佑理论起来。

刘昌佑却笑嘻嘻地直跟他打岔，反正这里本来就允许劳工自由流动，有劳工辞工也是常事，大工头就算心里着恼，可看着刘昌佑也有点儿怕。杨定远见那两个二工头看到自己也要走，眼里都有如释重负之意。这时，霍敬奇凑过来冲杨定远小声道："老弟，你这事做得可不地道。"

见霍敬奇阴着个脸，正瞪着自己，杨定远小声道："霍大哥，真对不住，事先没跟你说。其实我也是昨晚才打定这主意的。"

霍敬奇从怀里摸出那个铁盒，掏出四根金条道："这是你的，拿着吧。"

杨定远见他神色不悦，心想自己突然要走，霍敬奇事先连一点儿消息都不知道，他肯定不高兴，伸手接过两根金条道："霍大哥，这两根你收着吧。在这儿，你也要保重。"

霍敬奇见他只拿了两根，脸色才好一点儿，又摸出那把袖剑道："老弟，我知道你顶爱这把剑，就留着做个念想吧，日后有空来看看老哥我。"

"一定一定。"虽然说一定，杨定远心里也有点儿难受。霍敬奇这人脾气算不得好，不过和自己却算投缘，他对自己也真个很有义气。只是金矿比这儿复杂得多，也不知到底有没有命回来看他，放好袖剑道，"霍大哥，山不转水转，将来一定还能碰头的。”

霍敬奇哼了一声，没有再理他，转身便走，背影看上去，却有种说不出的失落。他脾气不好，在木材厂除了小霍太监和杨定远也没什么朋友，现在杨定远突然要去金矿，在他看来实在不够朋友，自己站在门边一拳拳地砸着门框。厚厚的木框，被他的拳头砸得“咣咣”直响。

上了火车，又坐了两天，也不知在哪个站头下车后，刘昌佑又叫了两辆雪橇。这雪橇倒和中国东北的狗拉爬犁差不多，只不过是马拉的。地上雪很厚，雪橇在雪地上滑行，又轻又快。刘昌佑坐在边上，不时从怀里掏出个酒瓶来喝一口，见杨定远闷坐着，递过来道：“来，喝一口吧。”

杨定远接过酒瓶抿了口，只觉嘴里辣辣的，身上倒热了些。他问刘昌佑：“那金矿还有多远?”

“不远了，”刘昌佑接过酒瓶又喝了口，“叫莲娜金矿。”

“莲娜？像个女人名字。”

“本来就是女人名，因为边上有条莲娜河就取了这名，我族兄顶了下来，干了也有两年了。”

“莲娜河?”杨定远看了看周围，“没见有河啊。”

刘昌佑笑了起来，拍了拍雪橇：“你屁股下面就是。要不，哪有这么好走。等开春莲娜河化冻，从金矿上出来一次就不容易了。”

杨定远一怔，他才知道原来现在雪橇是在莲娜河上跑，怪不得这片森林里还有这么条大道。他又问道：“淘金得怎么个淘法?”

“这时候河还冻着，现在就先把沙子挖出来，等开春了再淘。”刘昌佑指了指前面的莽莽群山，“见到没？山里尽是金子。每天一下雨，就把金子带下来。你别小看你屁股底下，运气好说不定就有一块十来斤重的狗头金，要淘上了，那就立马可以回家吃香喝辣睡女人了。”

听刘昌佑说得诱人，那些跟出来的劳工全都眼里放光，有一个还看了看身下，似乎屁股下真有块狗头金，只消一伸手就摸得到。边上一个劳工见他贪婪的模样，笑骂道：“老蔫，你瞧见狗头金了吧？快在冰上刨个洞下去摸，不然就晚了。”

旁人都笑了起来。河上结了厚厚一层冰，冰上又覆了厚厚一层雪，要说谁能看到河里，那得是神仙了。那叫老蔫的结结巴巴道：“说……说不准我造化来了，哪天真摸到一块。”

“得了吧，你蔫拉吧唧的，真以为有这命吗?”

刘昌佑又喝了口酒，接口道：“不过丑话也说在前头，淘金比木材厂里赚得多，可也是拿命换的。淘的时候还好，最难的就是挖沙。这时候别看冻得死硬，可万一崩了顶，河水一下灌进来，在口子上还能捡一条活路，在里面的连跑都来不及。”

听他这么一说，这些劳工都吓了一跳。淘金虽说能发财，可有命赚没命花的话，也是空的。谁也没再说话，只是默默地坐着，只有拉雪橇的马在冰河上奔跑时发出的蹄声。

刘昌佑说是不太远，但直到天快黑的时候才到了金矿上。这一段的河床很平坦，两边也没有峭壁，河沿上尽是一个个的矿坑。这时候挖沙的矿工正下了工回去，看见有新人来，只扭头看了看。有个劳工忽然“啊”了一声叫道：“刘大哥，那边在烧人!”

杨定远吃了一惊，顺着他指的方向看去，只见河沿上生了一堆火，有个人赤条条地正在火堆里扭来扭去，火已经把这人吞没了。但边上还有几个人正在穿衣服，理都没理这人。刘昌佑道：“别少见多怪，人家是在活血呢。”

“活血?”

“挖沙时可不能穿衣服，就得光着身子爬进坑里。血气再旺，两三趟血都得冻住。这时候烤火也没用，就得在火堆里烧。放心，烧不着，人在火里也只有舒坦。要不这样，下一回坑几天都缓不回来，人就得废了。”

雪橇停下了。离得近了，杨定远见那个在火里的人确实并没有难受的神情，反而跟喝醉了一样脸通红，一副很受用的样子。火舌舐着他黑黝黝的身躯，所到之处便泛起一阵红光，那人晃动着胳膊大腿，把没烧到的地方又烧了烧，这才走出火堆捡起地上的衣服穿上。刘昌佑见他看得出神，说道：“定远，走吧，先去见见掌柜的，我再帮你问问有没有陶丰寿这人。”

刘昌佑领着他们向前走去。金矿住的地方比木材厂还不如，全是地窖。刘昌佑走到一个地窖前拍了拍门，叫道：“大哥，我是昌佑啊，我把人都带来了。”

地窖的门开了，里面走出来一个中年汉子，自是金矿的刘掌柜了。他是刘昌佑的族兄，长得却一点儿都不相像，一双眼睛又大又圆，盯着人时简直能有股要把人吃了的气势。这种眼相书上叫豹子眼，说长了这种眼睛的人，定然性烈如火。但刘掌柜这时候却似笑非笑地听着刘昌佑说话，等他说完了，点点头道：“行，留下吧。”

杨定远道：“以后，我们就仰仗刘大哥了。”

刘掌柜还是似笑非笑地看了看他，嘴里说：“都是朋友，有饭大家吃。”

杨定远带着木材厂来的人到一个有空的地窖里住下，地窖很大，里面住了足有三四百人，因为是在地里挖出来的，倒是比木材厂的木屋要暖和些，就是暗，白天也得点着灯。刘昌佑出去了一趟，回来道：“定远，刚才我问过了，这儿没有叫陶丰寿的。”

听到没找到陶丰寿，杨定远有点儿失落。刘昌佑说他会帮杨定远留意，如果找到了就跟他说。杨定远点点头，也只能这样了。好在淘金要不了多少技术，特别是挖沙，靠的就是手脚麻利和胆子。刘掌柜派给他们一个矿坑，这矿坑挖过一阵，不知怎么一直废弃了。刘掌柜来俄国已经十来年了，在莲娜金矿开了六个大地窖，手下有两千来个矿工，杨定远他们来得晚，好地段都被人占了。刘掌柜说这个矿虽说金子少，但租金也少，先挖着熟熟手，等以后有好位置了再换。杨定远心想也没别的办法，就这么着吧。刘昌佑却不在金矿干，木材厂来的这十多个人就由杨定远带着，说好到时淘出金子来大家均分。

冬天的矿洞里面已经冻住了，盖着厚厚一层冰。刨掉了冰层，里面的沙子也冻得跟石头一样，镐头根本刨不下去，得先点上火，把冻沙烧化了才行。烧化了矿沙，再脱光衣服下去，把沙子一层层地背出来。矿洞里因为生火倒并不很冷，可只要一出来，那股寒气就一下走遍人的全身。几趟下来，杨定远冻得直打哆嗦，看看身上已全然没了血色，皮肉跟石头一样敲上去梆梆硬。他学着别个矿工那样跨进火堆烤着，火舌舐上皮肉不痛，倒有种麻酥酥的痒。烤了一阵，见皮肤上泛起红光，老矿工说这样就烤出花来了，血管里的血又开始流动就没事，这才接着下矿。烤一次火下去背几趟，一天下来，人都不愿动，连冷都感觉不出来了，身体简直就成了块石头。天快黑时，刘掌柜过来看了看，说就这样吧，明天接着干。

淘出来的沙子在夕阳下有点儿闪烁的金光，那就是混在沙中的金屑。等开春时冰消雪融，挖一个长形水池蓄上水，拿一个柳条编的簸箕淘洗，因为金子比沙要沉，把沙子淘尽了，剩下的就是金子。积少成多，到时熔成一块就是金条。莲娜金矿是俄国最古老的金矿，含金量很高，可杨定远他们这矿挖出来的沙子显然含金量不多，后来才知道，这矿坑先前崩顶，死了三个人。有句话叫金死没，玉死多，因为传说金玉都有灵性，玉要人的血肉养着，所以死的人越多，挖得的玉也越多；金子却怕死人，矿里一死过人，金子就会跑，再挖不出来了。

一天的沙子挖下来人人都累得直喘。回到地窖里，伙房已经拿了饭菜过来。正吃着，外面忽然传来一阵马蹄声。刘掌柜手底下人多，挖沙又是力气活，平时常卖些老弱病残的马肉给过路人下汤锅，也卖些佐酒，不过这阵马蹄声却脆得跟暴雨打在铜镲上一般，一声声丝毫不乱，不像是来买马肉和佐酒的。

是谁来了？杨定远呆了呆，不知出了什么事，不少人都放下碗跑出地窖看热闹，他也跑了出去。地窖外已经有不少劳工出来了，当中围着一个骑马的人。那是个年纪不小的俄国人，马鞍上还搭着个人，身上的衣服破成了一条条，尽是血痕，跟个包袱一样动也不动，也不知是死是活。那俄国老人正和刘掌柜说着什么，杨定远跟着刘昌佑学了一阵子俄语，一般的对话已没什么问题，老俄国人说得也不快，他已经听懂了大半。边上一个工友捅了捅他，让他翻译。

“那老毛子说，这人去日本人的沙场偷沙，被他们逮住了，现在把他送回来。”

这工友一怔，咋了咋舌道：“他去偷沙？胆子可真大。”

五百里矿区淘金的有一万来人，除了刘掌柜手下这两千多中国人，另外还有好几帮人，俄国人、朝鲜人、日本人都有，大家井水不犯河水，各淘各的。不过相邻的两个金矿有时挖着挖着就碰到了一块儿去。在金子面前自是六亲不认，就算同是刘掌柜手下，不时也会有人因为争抢矿脉打起来。如果是和日本人起了冲突，更是会大打出手。不过因为在莲娜金矿日本人没中国人多，加上日俄战争中俄国战败，俄国人对日本人颇有仇视之心，真闹起来日本人往往要吃点儿亏，所以冲突并不多。不过偷沙又另当别论。几个骑马的是金矿上的护沙队，见到这人被日本人打，才把他救回来。只是看样子打成这样，半条命已经去了，救回来也是个残废。

有人将马鞍前那个中国人扶了下来，俄国老人又说了几句，打马走了。他年纪虽老，骑在马上却自在至极，人简直就跟长在马背上一样。刘掌柜看着那个只有进气没有出气的人，叹了口气，说道：“来几位，把他带回去吧，看他能不能挺过来。”

一队里的有人过来扶，有一个想必是一队的工头，一边扶一边叹气，嘴里道：“你也真是要钱不要命，小矮子的矿也去偷。”

看着刘掌柜过来，杨定远走上前去，小声道：“掌柜的，偷沙要打成这样？”

刘掌柜横了他一眼，冷冷道：“小矮子尽是些三字经横念的种。反正一报还一报，矿上抓到来偷沙的小矮子，一样往死里打。”

杨定远闷着头回到地窨，一伙儿的工友见他回来，有个问道：“杨哥，出啥事了？”

“没啥，有个人去日本人矿上偷沙，被抓住狠揍一顿送了回来。”

那人倒吸一口凉气，喃喃道：“这么狠？”边上有个捧着碗正吃着的工友道：“你刚才还在说要去小矮子那边偷点儿金沙呢，这回傻了吧。”

杨定远听他说偷沙，急道：“这事可做不得，小矮子抓到你，非打死你不可。”

“杨哥，你别听他胡吹，他也就是个嘴把式。”

杨定远淡淡笑了笑，心里却有点儿苦涩。他们租的这个矿含金量实在太低了，刘掌柜来看过一回他们挖出来的沙，当时就摇摇头，只怕到时淘出的金子大家一分，每个人能分到的还不如在木材厂做工的薪水。他心里烦闷，吃东西都食不甘味。吃完了一碗汤，想再去添一点儿，但走到桶边，见汤桶里都已见底，刮都刮不出来了。正在失望，边上有人道：“老弟，你不够吧？我抢得有点儿多，给你倒一点儿吧。”

说话的是同来的那个叫何老蔫的工友。这何老蔫年纪其实不算大，但整天蔫拉吧唧的也没几句话，他手上的碗里倒有大半碗肉汤，想必是刮出来的最后一点儿。他拿过杨定远的碗倒了一半进去，杨定远谢了一声，何老蔫说道：“谢啥呢，同来的，大家当然要互相照应。”他们一边往回走，何老蔫一边低声道，“老弟，你说，咱这矿还能有戏吗？”

杨定远看了看他，小声道：“尽人事吧。”

何老蔫愣了愣却道：“老弟，我觉得这矿准有戏。”

这回轮到杨定远愣住了。挖出来的沙子已经不少，刘掌柜看了都摇头，他也觉得前景不妙，天暖后人家淘出大把金子，自己带来的这些人只怕连口饱饭都要吃不上，真不知何老蔫哪来的自信。他知道何老蔫深藏不露，没准是个淘金的大行家，便低低道：“老蔫，你淘过金？怎么看出来的？”

何老蔫摇了摇头：“没有。我只是估摸着那矿里金子应该有不少，做梦都梦见了好几回了……”

杨定远差点儿要啐他一口。何老蔫这人平时闷声不响，看来也真是做梦做惯了，平时说出话来也当得上“痴人说梦”的评语，看来他还真抱着哪天时来运转，捡到块十几斤重狗头金的念头。不过这件事还真是杨定远的心病，木材厂来的这十几个人现在他当头，淘出金子来以前，这十多个人的吃喝就全在他身上。在煤矿干了两个月，木材厂又干了一年，虽然有了点儿积蓄，可也架不住坐吃山空。从土匪手里夺回来的八百卢布，这两月就花得差不离了。如果淘出的金子连饭钱都不够付，那不是又要白干！

他心烦意乱，可接下来背出的沙子更让他不安。刘掌柜又来看了一眼，这回倒没说什么，只是看看杨定远，问道：“定远，你是什么命？”

杨定远苦笑道：“穷命苦命，还能是什么命！”

“不是问这个，你知道你的八字吗？”

自己的八字杨定远倒是知道的。他报出了八字，刘掌柜掐着手指算了算，叹道：“收了吧，就这样吧。你是南火金命，坐支又值空亡，浪底金，竹篮打水。”

杨定远也不知刘掌柜说的是什么，但听来和算命先生说的差不多，问道：“掌柜的，您还会算八字？”

“多少会一点儿。做这行当，不信命可不成。”刘掌柜看了看周围，小声道，“定远，你和昌佑交情不错，老哥哥也不说奉承话了，你是七杀命，没有发财的指望。要是当兵，倒还更合适些。”

“当兵？”杨定远苦笑一下，“没想过。”

“信不信也就由你了。”刘掌柜叹了口气，“我以前也不信。当初还在九连城，我给自己批了一命，说我命中孤苦，举目无亲，那时还想算命到底尽是扯淡，我一大家子五六十口，兄弟就七个，怎么会孤苦？结果，唉，还不就是这样。”

杨定远一怔，犹豫了一下道：“掌柜的，您家里人呢？”

“都没了。甲午年，小矮子跟大清开仗，破了九连城，一大家子，就逃出我一个。”

怪不得他对日本人如此痛恨呢。杨定远想着，却还是不太相信刘掌柜算的命。他从小就听父亲说什么“好铁不打钉，好男不当兵”，从没想过自己要去从军。可是却又觉得有点儿玄妙。他从没跟刘掌柜说过尹春山想要拉自己去当兵的事，刘掌柜说出来的倒隐隐有些关系。刘掌柜大概也觉得自己说多了，又道：“行了，你自己看着办吧。马上就开春了，好歹都是这一买卖，淘完了金，你再瞅瞅该怎么办，是对付下去还是另想别法。”

杨定远点了点头：“好吧，多谢掌柜的。”

“没啥说的，谁叫你是昌佑介绍来的人呢。”

杨定远肚里嘀咕，你嘴上说得好听，还不是把一个死人坑租给我们，反正挖不挖得出金子，租金都照收不误。

天渐渐转暖了，以前下矿前非要烧好一阵才挖得下来，但现在烧了没几把柴，沙子便一碰就簌簌地往下掉，老矿工说这两天就不能再挖了，天越来越暖，冰也慢慢化开，再挖下去矿洞很容易崩顶。有几个矿坑都已停了挖沙，开始淘金子，杨定远他们见挖出的沙子倒有不少，但看样子能淘出的金子却没多少，这么多人天天都要吃要喝，现在全靠他撑着，霍敬奇分给他的那两根金条现在也吃得差不多了，真有点儿后悔当时该多拿一根。跟着他出来的工友这时也开始在背地里嘀咕，说挖上了这么个死人坑，得不偿失，做起事来也都有气无力。杨定远心里烦闷，嘴上仍得好言相劝，可空口白话也说服不了什么人，只有何老蔫还在拼命刨着地。

天黑下来的时候，杨定远也已有点儿灰心丧气，招呼着旁人回去。淘金不顺利，让他很是失望，现在他也有点儿不知将来该怎么办。回去时，见何老蔫闷着头走着，一言不发，似乎还在想着什么，他道：“老蔫，算了吧，明天大家就开始淘金，再挖也挖不出什么来了。”

何老蔫头也不抬，只是低低道：“我估摸着，这准是个大金窝。”

虽然心情很不好，杨定远还是差点儿笑出声来。到这时候何老蔫还觉得这是个大金窝，真是白日做梦了。他叹道：“老蔫，认命吧，你真以为里面还埋了块狗头金啊。”

“狗头金倒不一定会有，可金沙准有一大堆。定远，昨晚我还做梦呢，梦见一镐挖下去，崩出来的全是绿豆大的金粒子。”

边上一个工友听不下去了，骂道：“老蔫，你真是梦里头想屁吃，当金粒子是你拉出来的，说有就是一堆？”挖出来的矿沙含金量不高，谁都很失望。何老蔫还在说什么有金窝，自是让人听了脾气不好。何老蔫被抢白了一句，杨定远怕他们说僵了伤了和气，忙打圆场道：“走吧走吧，今晚的汤又要被人挖光了，连汤底都吃不上。”

回到地窖里吃过了饭，杨定远躺在坑上还是睡不着。他本来想一个人出来淘金，能不能赚到钱也是自己一人的事，可刘昌佑叫了这么多人出来，自己又不能撒手不管。他越想越是心烦，周围鼾声四起，他还是睡不着，索性披衣起身，从枕边摸出了笔砚，倒了点儿水，开始磨墨。刚在劳工团报了名时，杨定远每天或多或少都要记上两笔。但那一次在木材厂来了土匪，他亲眼看到杀人，怔忡了好几天，等恢复过来也没心思再写日记了。待来金矿淘金，每天累得跟狗一样，更没心思去写这些东西，连俄语都生疏了许多。现在心里烦，似乎有很多话憋在心里不吐不快，倒很想写出来。

天虽然暖起来，到底还冷，墨也用得只剩了小半条，磨起来很不容易。他正磨着，却听边上响起了何老蔫的声音：“定远，你识字啊？”

来金矿后，杨定远还是头一次写日记。他扭头看了看，只见何老蔫披着衣服下了坑，说道：“是啊，好久没写了。老蔫，你还不睡吗？”

“撒尿。”虽然说是要去撒尿，可何老蔫并没走，只是看着杨定远磨墨。见他磨得很不得力，说道：“定远，这毛笔不好用啊，我看那些毛子用一种铁做的笔，不用磨墨。你识字，弄一支那种笔写起来不是容易多了吗。”

何老蔫看到的自是钢笔。不过自己以前一直身无分文，好容易赚了点儿钱也不舍得用。本来从霍敬奇那儿分了两根金条，买支钢笔倒不在话下，可是不论在木材厂还是金矿，想买肉和酒都有办法，要买钢笔却是办不到了，何况后来日记又停了那么久，他也没这心思，因此只是笑了笑道："是啊，那是钢笔，挺贵的，听说笔尖是金子做的。"

一听是金子做的，何老蔫也是一呆，咋了咋舌道："怪不得那么金贵。可不是叫钢笔吗，为什么要用金子来做?"他这辈子大概从来没摸过笔，怎么也想不出有什么必要用金子去做笔尖。

"如果是铁做的，老沾着墨水要生锈。金子不会锈，写起来也顺畅。"他说着，不禁有点儿想要讪笑。自己说得好像是斫轮老手，其实也从来没碰过钢笔。何老蔫倒是跟听山海经一样"噢"了一声，也不知听没听懂。

磨好了墨，杨定远翻开日记本。因为许久没写了，他将这些日子发生的事约略写了写，收好笔墨正想回炕上睡觉，却见边上何老蔫的炕上仍是空的。撒个尿要这么久吗？他怔了怔，突然有点儿不安。白天看到的那个被打得半死的人仿佛又出现在他面前。何老蔫平时不声不响，却不知他会做出什么事来，会不会趁着天黑，也去偷沙了？就算他不去日本人的地盘偷沙，可偷到刘掌柜的地盘上，要是被人抓到了，只怕也会被人往死里打的。他越想越觉得担心，把衣服穿好了，走出了地窖。

地窖里不觉得很热，但一到外面，杨定远不由得打了个哆嗦。月亮很圆，今天多半不是十五就是十六，莲娜河里传来了轻轻的水流声，河冰虽然未开，但冰已经很薄了，现在也不能再走人，更显得空旷。月光照下来，已经有了一点儿绿意的树木此时却成了一片惨白，一根根枝条都支棱着伸向天空，像死人的手指。杨定远张望着，看不到何老蔫的身影，却见河边自己那金矿里隐隐有火光闪动。这是什么情况?

第六章　金窝

何老蔫半夜里去挖沙了？这个矿让人来偷沙都只怕不会有人来，这何老蔫是怎么想的？这矿里已出不了什么金子了，何老蔫不会不知道，可他为什么仍然不死心？杨定远想起了先前何老蔫说过好几次的这矿里有金窝的事。他走到矿洞前，洞口扔了几件衣服，正是何老蔫那身破烂外套。因为挖得深了，在洞口已看不到里面，只能看到有火光映出来。因为河冰快要开了，洞顶已经在渗水，如果何老蔫真在里面，这时候若是崩顶，连逃都逃不出来。他小心翼翼地走进去，刚下到洞底就见一个光着膀子的人正坐在一堆沙前，手里拿了根火把正照着。这人正是何老蔫。杨定远低声叫道："老蔫！"

何老蔫正翻着刚刨出来的沙子，现在的沙子连一点儿金星都看不到了，他正在失望，突然听到有声音，吓了一跳，抬头见是杨定远，他咧了咧嘴道："定远，是你啊。"

杨定远见他光着个膀子，却似乎根本不觉得冷，眼里也透出些疯意，忙道："老蔫，回去睡吧，这矿没劲了。"

何老蔫喃喃道："我不信。我做梦老梦见一镐头挖下去就是金窝，这准是老天爷来给我的暗示，要是错过了，这辈子肠子都要悔青了。"

杨定远又是好笑，又是心酸。淘金的人都有这样的梦，自己何尝没做过。何老蔫这人平时不爱说话，又是一根筋，只怕日思夜想，已经分不出是梦还是真的了。他道："老蔫，命里有时终须有，命里无时莫强求。你也听刘掌柜说了，浪底金，竹篮打水。算了吧，这矿里金子少归少，总还有一点儿……"

他话未说完，何老蔫眼里却是一亮，叫道："你说什么？"

"命里有时终须有……"

何老蔫急道："不是这个，你说是什么金？"

"浪底金，竹篮打水。老蔫……"

何老蔫却根本不再听他说话了，抓起镐头就往洞顶上刨去。这时候冰已开始化了，洞顶本来就在渗水，看见他要往洞顶挖去，杨定远也有点儿害怕，抓住了何老蔫的手道："老蔫，你不要命了？这样挖，要是一崩顶，我们全要成水耗子了。"

何老蔫挣了一下，可杨定远力气大，他也挣不开，急道："你别拉我，我就刨一下，一下就成。这回要再没有，我也死了心。"

刨一下总不至崩顶。杨定远松开了手，何老蔫却已一镐头向洞顶刨去。洞顶也是沙子，以前一直冻得严严实实，现在冰已经融了不少，何老蔫一刨，一大块结在一起的沙子掉了下来，摔在地上马上成了一堆细沙。火把光照着也看不出有什么金屑。杨定远正想说一句这回总该死心了，哪知哗的一声，一片金光从何老蔫刚刨出来的洞里直泻下来。

那是金沙！以前挖出来的沙子里也或多或少能看到点儿金光，但从没有这么密。这堆沙简直就是金子，火把光映上去，闪闪地发亮，耀得两人眼都要花了。杨定远和何老蔫都惊呆了，一时间仿佛中了什么邪术，身体都动不了。莲娜金矿虽说含金量高，可他们也没见过挖出来的沙里有这么多金子。杨定远连气都透不过来，小声道："老蔫，我……我没做梦吧？"

何老蔫低喝道："快装！"杨定远这才回过神来，拿起一个麻袋，伸手操起铁锹把这堆金沙装进去。何老蔫疯了一样，又在拼命往洞顶挖着，嘴里喃喃道："金窝，真是金窝！"

杨定远一手拿着火把，一手装沙。装了半袋，就觉这样不得力，干脆把火把往地上一插，拼命往袋里锹着沙子。闪闪的火把光下，每一锹铲下都是金光闪烁，杨定远看到了好几颗跟绿豆一般大的金粒子，简直不用淘，手捡就行了。他装了两袋背了出去，一回来见何老蔫还在挖，地上已堆了不小的一堆，急道："老蔫，快装吧，别挖得出带不走！"

因为是从洞顶挖下来的，洞顶被挖薄了，水已在滴滴答答地淌下来。何老蔫这才如梦方醒，扔掉了镐头，拿起铁锹就装。两人一句话也没有，就是拼命地装袋，拼命背出去。跑了几趟，洞顶滴下来的水已连成一线，只是两个人已兴奋得根本顾不上害怕了。

又装了几趟，矿洞里水已经积了一摊，跑动时都踢得起水花。挖下来的沙子已经装得差不多了，何老蔫直接拿铁锹往洞顶一铲，"哗"一声，又是一大片沙子掉下来，砸下积水溅起了一大片。杨定远见他简直不要命了，急道："老蔫，够了，你真不要命吗？"

何老蔫的眼睛都已红了，叫道："再装两袋，金窝没挖干净呢！"

积水已越来越高，他们已经是在往水里铲着沙子了。刚铲了一袋，火把突然一晃，灭了。杨定远急道："快走吧！"黑地里何老蔫却瓮声瓮声地说："再装了这袋吧。"

没了火，两人摸着黑拼命装着，洞顶里传来吱吱的声音，杨定远心知那是马上要崩顶了，可看何老蔫这样子是不装完这袋是死活不肯走的。好容易装完一袋，水已没过了膝盖，而且水面上升得越来越快。何老蔫弯下腰正想从水里再捞一袋上来，杨定远这回也真急了，一把扛起沙袋，另一手死命攥住了何老蔫的手臂，叫道："快走！"

何老蔫还有点儿不情愿，但才跑出一半，身后便是"哗"的一阵水响。矿洞是往下挖的，本来脚底下已经是干的，可杨定远已感到了脚上一阵冰凉，水正在极快地追过来。杨定远心知定是要崩顶了，心中一寒，跑得更快。前面已是洞口，他将沙袋往外一扔，人扒住洞口便是一蹿，一下蹿出了矿洞，身后却听何老蔫怪叫道："定远！"他扭头一看，只见何老蔫半个身子已浸在了水里。水一赶上来，将洞口的沙子都冲得松了，他想跑出来，可怎么都爬不上来。杨定远伸手抓住他的手狠命一拉，将何老蔫赤条条地拉了上来。他本来就光穿了条裤子，因为跑得急，裤腰带都掉了，这样逃命，哪还顾得上裤子。他刚把何老蔫拉上来，洞里的水已猛地往外一涌，重重地打在他腿上，仿佛一头没来得及吃上人的怪兽。

真是拿命换啊，直到现在，他才感到了后怕，要是再晚片刻，两人都逃不出来了。何老蔫光着屁股趴在地上直喘粗气，可脸上却挂着笑容，喃喃道："金窝，真让我挖到了金窝，一共几袋？"

刚才拼命挖沙，杨定远也不知道装了几袋。他翻身起来，看了看道："一，二，三……十二袋。"这十二袋沙子，每一袋都有上百斤，一共就有一千多斤。何老蔫咂了咂嘴，低低道："能有个十斤金子吧？"

杨定远听人说过，一千斤矿沙一般也就能淘出二三两金子，他们挖了几个月，已经挖出了几万斤沙了，而且他们这金矿含金量很低，那几万斤沙子能出个一斤金子就算不错。十多个人分，一人也就分个一两左右。可刚才挖出来的这十二袋沙子里都能看得到金粒子，少说也能淘出个十来斤金子，比他们几个月来挖到的都多。他道："准有，只怕还会多。"

何老蔫抬起头，脸上也不知是哭还是笑："有……有这么多？"

"这回大家伙儿都要开心了……"

杨定远还没说完，何老蔫却一骨碌翻身起来，低声喝道："不成，这是咱们两个的，你要是敢说出去，我就捅了你！"

何老蔫向来都蔫蔫的，平时别人骂他两句他都不吭气，这回两眼却跟狼一样不住放光，脸上也已满是凶相。杨定远怔了怔，没有说什么。说实话，这十二袋金沙都是他和何老蔫拿命换来的，刚才如果晚一点儿逃出来，这个深更半夜里，也根本不会有人来救。这些金子也要拿来分的话，他心里同样不是很愿意。听得何老蔫这么说，他便点了点头道："成，这是我们俩的，可现在怎么办？"

何老蔫见他答应不说，这才松了口气，低低道："先藏起来，等没人了我们再来淘。”

把十二个袋子搬到淘过的沙堆里埋了起来，何老蔫长吁了口气，小声道：“定远，这回我们可发财了。”

一人能有五六斤金子，那真称得上发财吧。可杨定远却似乎感受不到太多的喜悦，只是冷得发抖。裤子被水浸得湿透了，刚才满脑子想着金子，都顾不上觉得冷，现在把矿沙藏好，就感到两条腿都已经木了。他低声道：“老蔫，回去睡吧。”

走到地窖门口，杨定远看了看天，天上云很厚，看不到月亮，但还是有点微微的光亮洒下来，仿佛空气都会凝固。看着这点儿若有若无的月光，他又打了个寒战。兴奋劲过去后，越来越觉冷了，只是他心里却更加茫然。淘金就为发财，现在真发了财，却似乎又觉得空虚。他推开地窖门，和何老蔫两人急急走到火堆边，添了两根劈柴，火立时冒出来。他将手臂伸了进去，在火里烤着。火舌舐着皮肤，开始泛红。何老蔫也蹲在火堆边烤着，嘴角还是挂着笑意。这一晚，两人都没有睡，杨定远一闭眼，眼前就是金光闪烁，仿佛又看到了嵌在沙堆里的密密麻麻的金子。

天亮了，人们开始陆续起床。有个工友见杨定远还躺着，诧道：“定远，今天不去了吗?”

“不用去了，昨晚上我看过，坑里进水了，今年该要饭了。”

那人“啊”了一声，急急飞跑出去，一会儿苦着脸回来道：“真进水了，今天都冻住了。”一听矿洞进水冻住了，所有人都急了起来。其实他们这矿洞顶都崩了，就算没冻住也挖不成了。七嘴八舌了一阵，有人急道：“定远，你拿个主意，这回怎么办?”

“到这时候还有什么办法，接下来就淘沙吧。”

有几个坑前两天就在淘了，他们这坑本来就不好。他们先前还想着多挖点儿沙出来，就算含金量少，沙子多了，多少也能淘出点儿，这回连沙子都没办法再挖。淘洗沙金跟挖沙又不一样了，挖沙靠的是力气，人越多越好。但淘沙却用不了多少人，靠的是心细。拿一个柳条编成的簸箕，在水里细细地淘，因为金屑比沙重得多，将沙子淘掉后，剩下来的一小撮就是金子。因此不少工头在挖沙时雇不少人，等挖完了沙子，就直接把沙子估个价大家分钱，另外再雇人淘沙；也有的工头干脆就把沙子直接卖了。杨定远他们这坑挖出来的沙子倒不少，但卖的话恐怕没人会要，再说大家同是从木材厂出来的，让谁走都不好，因此杨定远便把所有人都留下来淘金了。

淘金的活用不了太多人，可人长着嘴总得要吃要喝。已经挖了几个月的沙，这几个月来全是杨定远先垫着，木材厂干了一年赚到的钱差不多都已垫了饭钱。淘金时还要那么多人，没过几天他就实在撑不住，偷偷跟何老蔫说是不是打开一包拣点儿金豆换些吃喝钱再说。但何老蔫眼一横，死活不同意，说别的好说，这事绝对不成。挖到了金窝后，他一张嘴都乐歪了，还跟人说是被风吹歪的，但横起眼来仍然是一副凶相。杨定远也有点儿急了，跟他说要不动金沙，那就先拿钱出来垫着，不然就只能打金沙的主意。何老蔫一直省吃俭用，身边也存了点儿钱，见杨定远确是没别的法子好想，只得苦着脸掏出钱来。

硬撑了几天，这一天刘掌柜过来看看，见他矿上居然有这么多人在淘沙，不由吃了一惊，将杨定远拉到一边道：“定远，你怎么把人全留下了？”

“一块儿来的，不好让谁走。”

刘掌柜看他的眼神似乎在看什么怪物，不过还是叹了口气道：“真不知该说你什么。你这么干法，淘出金来每个人也分不到什么。现在还得你先垫出来，身边钱够吗？不够跟我说。”

杨定远心想刘掌柜这印子钱九出十三归，是沾不得的，要是跟他借钱，那全成了给他白干，连这点儿金子都分不成了，忙道：“现在还够。反正眼瞅着金子快淘出来了，等一分那就没事了。”

刘掌柜的眼里闪烁了一下，似乎有点儿恼火，也似乎有点儿赞赏，好半天才道：“你硬撑也不是办法。看在昌佑面上，这样吧，淘沙也用不了那么多人，现在矿上都在淘沙了，手脚不干净的人多了，护沙队正缺人，老格又要回家了，你就再叫上几个人进护沙队，这样好歹也少两张吃口。”护沙队专门巡逻，不用干活，吃喝全由矿上包着，还有工钱可以拿，实是美差。听刘掌柜这样安排，杨定远真个喜出望外，向刘掌柜连连作揖道：“多谢您了，掌柜的。”

“行了，护沙队也不是谁都能干的，你可得把眼睛擦亮喽。”

“放心吧，掌柜的。”

杨定远心想何老蔫现在已根本没心思去淘这些沙了，让他进护沙队正合适，就跟何老蔫说了这话。何老蔫一心想着淘自己那些沙，听了连连点头说好。两人到了刘掌柜地窨里，刘掌柜先打发了何老蔫，又跟杨定远道：“昌佑跟我说，你跟他学过老毛子话？”

杨定远点了点头：“是。”

“学得咋样了？”

“平常说说，还能听得懂。”

刘掌柜道：“那就好。老格做事挺麻利，可就是不会说中国话，你正好可以跟他搭个伴。”

“老格？”

“他叫格里高利，当过兵。你应该见过，就是骑马的那个。他待会儿就要过来，你今天就跟他去走一圈熟熟路。”原来就是那个骑术极佳的俄国老人啊。那天这人把去日本人地盘偷沙的中国人带回来时，他也看到了。

杨定远坐在火塘边烤着火，跟刘掌柜有一搭没一搭地说两句，过了没多久，门外响起了一阵马蹄声。刘掌柜一听这马蹄，便站起来道：“老格来了。”他话音刚落，地窨门被推开了，一个俄国人一瘸一拐地走了进来。杨定远见他骑在马上时极其利落，可走在平地上却完全似换了个人。因为常年骑马，这格里高利是个罗圈腿，走路本来就不得力，加上一条腿瘸了，更不好走路，下地窨时都很费力。听得刘掌柜说要杨定远跟自己熟熟路，格里高利道："路很长，他只怕走不动。"

刘掌柜的俄语说得也不算很好，格里高利和他说话总是很慢，这话杨定远也听懂了。他有点儿不服气，在一边用俄语插嘴道："能有多长？五六里地差不多了吧。"

一听杨定远居然会说俄语，格里高利小小吃了一惊。刘掌柜倒点点头道："这倒也是。定远，你去马厩里挑匹马吧。虽说都不是些正经牲口，有个坐骑总要好一点儿。"说完对格里高利又说了两句，意思是杨定远刚做这事，要格里高利带他一把。

走出了地窖，格里高利一步一瘸地走到马边，双手一按马鞍，人飞身跃起，稳稳地坐了上去。杨定远见他平地上走路慢慢吞吞，似乎一不当心就会摔倒，上马时却如此潇洒，赞道："好身手！"格里高利听他称赞自己，胡子不由往上一翘，露出点儿笑意："你叫什么？"

"杨定远。"

"杨……"格里高利憋了半天，也没把后面"定远"两个字憋出来。中国人发俄语中的弹舌音很难，而俄国人发单音节更难。格里高利"杨"了半天，还是个"杨"，顺嘴道，"杨，你会骑马吗？"

杨定远见他把自己的名字都吞了三分之二，暗自苦笑，心想刘掌柜把这老毛子的名字掐掉了尾巴，这老毛子也一样。他并不会骑马，可又不肯服输，只是道："骑上就会了。"

这时他们走到了马厩边，一个管事的闻声出来，杨定远跟他说了来意。那人听得是掌柜的意思，便说马都在里面，随便挑。马厩里拴了十几匹马，刘掌柜买来是准备杀了下汤锅的，果然如他所说都不是"正经牲口"，一大半都病病歪歪，骨瘦如柴。杨定远见其中有一匹马虽然很瘦，长得却特别高大，模样十分神骏。格里高利骑的坐骑很漂亮，那匹马歪着头吃料时，看去竟不比格里高利的马逊色，特别是这马的眼睛，亮得耀眼，跟别的马完全两样。他一见便爱上了，心想这样的马怎么下汤锅，便向那管马的道：“就这匹吧。”

管马的把那匹马牵了出来。一带出来，杨定远才算明白为什么这马被当肉马来卖了。原来这匹马长得虽然高大，却是匹瘸马，而且脖子根本直不了，一直都是歪的。这样的马走走还成，跑是根本没法跑。有心想换一匹，可看看别的马全都更不像样，这匹马虽然是匹残马，也瘦了点儿，精气神却很好。只是杨定远本来还满脑子想着能和格里高利那样骑马，现在却着实失望了。那管事的拿出一副破旧鞍鞯来装上，说这是原先就配着的，本来要当柴火烧了，现在就仍然装上吧。

装好了鞍，杨定远带着马出来时，格里高利正等得有点儿不耐烦。杨定远心想准会被这俄国老头笑话，哪知格里高利看到这匹马却有点儿动容，一骨碌跳下了地，一瘸一拐地走到杨定远的马前，看了看道：“杨，你选了一匹好马。”

“好马?”杨定远实在拿不准格里高利是不是在讽刺。格里高利摸着马鬃，眼神有点儿古怪，有点儿感慨，有点儿赞叹，甚至杨定远还看到了一丝痛恨，但更多的是惋惜，喃喃道：“可惜，真是可惜。”

杨定远听他的口气似乎还认识这马，问道：“老格，你见过这马吗?”

“这是阿拉伯马，不比我这顿河马差。”格里高利拍了拍自己马脖子，扭过头道，“杨，这马虽然残了，可是魂魄还在，好好养吧。”他说着，转身一按马背，又飞身上了鞍。杨定远虽没他这本事，也想学着他那样上马，可脚刚要踩上马蹬，格里高利忽道：“先不要骑，带它去走走。”

杨定远道：“什么?”

“马和人一样，要是它不相信你，就不会让你骑到背上。你要这样，”格里高利骑在马上，手比画了两下，“把它当成你自己的腿。马就是战士的腿。”

“把马当成腿?”杨定远嘟囔了一句。这老毛子说话老是让人有点儿听不懂，但看这马的神情似乎带着点儿敌意，它多半知道自己是下汤锅的命，以为自己就要被宰了。杨定远便学着格里高利的样子轻轻拍了拍马脖子安慰道："别担心，你不会下汤锅了。"这样说完，马似乎听话了许多，把头顺从地低下去。

天虽然还冷，春天到底来了，路边已经有草芽钻出泥土。跟格里高利走了一段路，他示意杨定远让马啃啃青。杨定远初见他时，觉得他沉默寡言，这一路走下来才发现其实他还是很健谈的。大概他一个俄国人混在中国人堆里，平时也没什么人可以说话，憋到现在碰到杨定远这么个懂俄语的人才算发泄出来。

半天走下来，两人已如同故交。杨定远听他说什么马也跟女人一样，需要呵护，从马扯到了女人也令杨定远有些好笑。老格说他当初当兵，每换一个地方驻防就换一个女人，而那些女人也都围着他转。这明显有点儿吹牛的意思。看老格这罗圈腿也不是这两年才有的，现在更是老得跟块干木头一样，实在想象不出有女人围着这老头转的情景。老格却是说得兴起："十几年前在符拉迪沃斯托克，还有个子爵小姐非要跟我私奔。要不是后来在奉天我伤了腿，她没再理我，说不定现在我也成了贵族了。"

"奉天？"杨定远奇怪道。

"就是你们中国的奉天。"

杨定远想，那准是十几年前老毛子跟小鬼子在关外的那场仗了。十几年前日俄战争爆发时，他还是个小孩，清朝皇帝也还待在紫禁城里。那时他在山东乡下就听得老毛子和小鬼子干起来的事，可这两个国家打仗的地方却是在中国。那时令他百思不得其解，问了父亲，老实巴交的父亲当然也说不明白。想来，也就是尹春山说的侵略者了。老格定然就是那时的俄国军人，只是十几年前的老格起码也有四十出头，不知哪家子爵小姐这么不开眼非要和他私奔。杨定远忍着笑，顺口道："老格，你说说那时打仗的事吧。"

老格说到女人时口沫横飞，可一听杨定远要他说打仗的事，却又沉默下来。半晌，他才道："杨，我们哥萨克人常说，战神给你的荣耀是在心里，不是在嘴上。"

这是杨定远第一次听到“哥萨克”这名字。他诧异道：“哥萨克？”

“哥萨克。”老格重复了一句。在这老者的口气里充满了自豪，仿佛这个名字本身就有着无上的荣耀。哥萨克——这三个音节如此干脆利落，几乎就是一把闪烁着寒光的快刀。杨定远还想再问问，可老格却不想说了。

他们走到一个地窖前，一些中国人正立在水坑里淘沙子，看到这两人过来，也没人搭腔。地窖边有座木屋，老格跳下马道：“杨，给你的马洗个澡，刷一下毛。战刀是哥萨克人的利爪，好马就是翅膀。有了翅膀和利爪，哥萨克才是鹰。”

杨定远暗暗好笑。上回老格还说马是腿，这回又成翅膀了。他见老格走进木屋拿了两把刷子出来，又让杨定远倒了一大盆温水，教他怎么刷马。原来刷马也很有学问，得顺着马的毛来刷，这样马才会觉得舒服。这马也好久没洗过澡了，身上的毛都有点儿打结了，现在有热水洗着，嘴里还啃着青饲料，这马应该舒服许多。

刷完了马，杨定远也累出了一身汗。他眯起眼看了看自己这匹马，刷干净后，浑身的马毛整整齐齐，光洁得像匹缎子。他把刷子搁到一边，问道：“老格，行了吗？”

老格却没有回答，只是专心给自己的马刷着。杨定远又问了一句，他这才回过神来，看了看道：“行了。以后你过几天就给它刷一下，用不了几天，它就认你当主人了。”

“骑个马这么麻烦吗？”

老格的脸一沉，冷冷道：“这是上过战场的马，你当这么容易就收得住它的心吗？”说着又细细地刷起自己的马。

老格说的，其实是自己吧。杨定远想着。他一直对当兵的没什么好感，然而眼前这个老哥萨克却似将上过战场看成人生至高的荣耀。这匹马曾经在枪林弹雨中冲锋陷阵，一想到这个场景，不知为什么，杨定远第一次感到当兵的好像有了一圈光环，甚至，隐隐还有着几分热血沸腾。他见老格也已刷好了马，接过了老格手中的刷子放好，说道：“老格，你这马可真好，是什么种的？”

老格眯着眼看着自己这匹马，眼里带着少有的温情，淡淡道：“它是顿河马。虽然没阿拉伯马跑得快，也跟我一样老了，可是在我心里，它永远都是我的翅膀。”

杨定远看着他，不知该说些什么。这个老者的眼里仿佛有火焰在燃烧。他是想起了很多年前的岁月吗？那时他应该很年轻，这马也年轻。杨定远似乎看到了年轻的老格骑在这匹神骏的顿河马上的英姿。但不知为什么，尽管在老格嘴里哥萨克是如此神武，但他并没有因此而仰慕，更多的却是不服气。如果说哥萨克人是鹰的话，那我也是鹰。有朝一日，当我也骑在快马之上，哥萨克人又算得上什么？这个念头只是一闪，杨定远马上又有点儿想要失笑。他实在不明白自己为什么会有这种念头，只是老格如同在他心底种下了一粒种子，让他产生了一种向着广袤无垠的蓝天展翅翱翔的欲望。

刷完了马，又跟着老格走了一圈，天已黑了。已是吃饭的时候，护沙队有自己的伙房，比劳工吃得好多了，汤里马肉就有好几块。杨定远刚坐下来，何老蔫也跟着人进来了。刘掌柜的金矿足有六个地窖，占了很大一块地，老格是护沙队的队长，要巡视全境，而何老蔫他们只是巡视一片，用不着骑马。他一进门，看见杨定远，嘴角便是一抽，本来已经歪了的嘴更歪了，却没说什么话。杨定远知道他准是想说金沙的事，但周围有人也不好多说。

胡乱吃完了饭，杨定远和何老蔫向自己的地窖走去。待周围没人了，何老蔫压低了声音道：“定远，今天我偷空淘了一袋，好家伙，光一袋就淘出一把金屑来！”

杨定远心里也是一动，但脸上仍是不动声色，小声道：“别说了，小心矿警。”虽然刚在护沙队待了一天，老格却已跟他说了不少规矩。俄国人把矿场出租，定下了很多规矩，金子只能由俄国人收，其他人不能收也不能私藏黄金，如果被发现，就要抓去坐牢。有时那些矿警甚至半道上就偷偷把人处死了，反正这地方到处是坑，随便往哪儿一扔也没人会管。何老蔫听完脸也白了，没再说什么，只是嘴角一抽一抽的，还在偷偷地笑。

回到地窖里，躺在炕上，杨定远却也忍不住想要笑出声来。金子到手了，还有什么可怕的呢。他又梦到了自己回到山东，把家里的老宅全都翻盖成瓦房、父母欣喜万分的情景。这个梦如此真切，以至于醒来时还在久久回味。那些金子拿到手，他就打算离开这儿，这鬼地方实在一天也不想多待。想想衣锦还乡的日子指日可待了，不禁又喜上眉梢。

接下来几天，杨定远每天都跟着老格出去巡逻，心情格外好。一边巡逻，一边和老格说些闲话，倒也不觉得闷。老格兴致来了就教杨定远骑马，没想到杨定远学得也快，让老格大为赞许，说他实是天生的骑手。

过了几天，杨定远的路也熟了，老格也该告辞了。虽然相处没几天，但杨定远对这个老哥萨克已有点儿不舍，牵上马送他。两人一路走着，一边说着闲话，杨定远问道："老格，你说，人上了战场，怎么才能不怕?"

老格笑了起来："你想当兵?"

"不是，就问问。"杨定远也不知自己为什么会问这个。

平时老格从来不说当年打仗的情形，大概现在看要分别了，他的嘴也不再那么紧了，他道："人上了战场，当然是怕的。不过，只要看到了死神的背影，就再不会怕。"

他说在战场上，男人就是战神——强壮，冷酷。而死神就是女人，是个最美的女人。

"女人?"杨定远一呆。作为一个中国人，他从来没有听说过这样的话。中国的死神，要么是阎罗，要么是黑白无常，哪个都和女人沾不到边。

"是女人。"老格点了点头，"十几年前，我就看到过死神的背影。"

老格说这话时陷入了回忆中。他撅着胡子，眼里却带着异样的温情。

——奉天城下，一早的天气就阴沉得让人喘不过气来。顿河骑兵团的哥萨克们接到命令，要向日本人发起冲锋。在号称天下第一骑兵的哥萨克眼里，这些矮小的东方人肯定不堪一击。队伍中的格里高利手握战马，心里却想着打胜了这一仗，然后与子爵小姐私奔的事。然而在那些手握长刀的同伴中间，他隐约看到了一个穿着黑衣的女人闪过。是眼花了吧？他想。这女人出现的时候，正是顿河骑兵团准备冲锋的关键时刻。这个时候，怎么可能出现女人的身影？

他们这一次的对手是日本秋山好古率领的日本骑兵。秋山好古，藩士秋山久敬的第三子。此人自幼家贫，为了生活费，考取了陆军士官学校，后又留学法国，学习骑兵战术，回国后担任骑马学校校长，被称为日本现代骑兵之父。据说，秋山好古在骑马学校时，有个学生问他什么是骑兵，秋山好古看了看他，一句话也没说，脱下手套，一拳砸碎了玻璃窗。

“这就是骑兵！”举起淌着血的拳，秋山好古平静地说着。

格里高利还不知道，他们要对付的就是这样一个人所训练出来的一支劲旅。而且自从明治维新以来，日本大力引进阿拉伯马，改良马种，使得日本骑兵的战斗力又有了一个很大的提升。

顿河骑兵团以三倍于敌的优势兵力宣战，没想到最终却未能突破敌人的战线。在闪烁的刀光里，格里高利腿部中了一枪，摔下马来，就在那一刻，他又看到了那个黑衣女人的身影。虽然只是一个背影，却是如此美丽。她站在战场上，四处纷飞的子弹和空气中闪烁的刀光都如同无物。每当有人摔下马来，这个黑衣的女子就走过去，温柔地揽住他，深深地一吻。

“那就是死神啊。”老格激动地说，声音和做梦一样，“杨，我知道她马上就要过来吻我，然后带走我的生命。”老格的声音里有种异样的迷惘，回忆如一个深不可测的水潭，将此刻的老哥萨克吞没了。

“杨，死神是一个女人。当你看到了她的美丽，你也就离开这世界了。所以不要去害怕死，当一个骑手坐上马鞍，他的眼里就只有无畏。即使失去了生命，你也能得到世上最美最温柔的一个吻。”老格捋了一下身下这匹顿河马的马鬃，就仿佛抚摸着情人的秀发。这匹老马依然神骏，但眼里已闪烁着沧桑。老格的声音充满迷惘，几乎和梦呓一样。

原来骄傲的哥萨克也有过如此的惨败，而且是败在日本人手里。所谓死神是个女人，肯定只是老格在生死一线时的幻觉，只是这么直说，老头子只怕会恼。杨定远没有再说什么，只是牵着马默默走在边上。

路在前面拐了个弯，出现了一片树林，老格忽然带住马说道：“杨，再往前面就是日本人的地盘了，你就送到这儿吧。”

杨定远抬起头看了看，前面的路伸入树林，叶已渐生，风吹来已听得到哗哗的响声。虽然同是莲娜河边，但前面是日本人淘金的地方了吧？同在莲娜河上淘金的中国人和日本人也一直是井水不犯河水，互不来往。他只好默默地带转马，正要跟老格告别，风里忽然传来一声呻吟。杨定远呆了呆，说道：“老格，你听到了吗？有声音。”

老格皱起眉：“又有人去偷沙，被抓住了吧。”

杨定远还记得上回格里高利带来的那人被打成了什么样，那人挨了两天后就断了气，被人随便找了个地方埋了。现在想起那一幕还是令人心悸。他牵着马循声而去，刚转过一个弯，却见前面一棵树上绑着个人。是个中国人，衣服被撕开了，敞着怀，身上也是青一块紫一块，垂着头。虽然已经是春天了，可天到底还是冷，这人被冻得不住地发抖。杨定远一见这人，正要过去救他，老格忽然道：“杨，别解开他。”

杨定远怔了怔，转过头：“为什么？”

“这是矿警绑的。”

矿场上的矿警都是俄国人，虽然抓到人一样会狠揍，但至少不会跟日本人一样往死里打。可是如果惹恼了他们，就算是俄国人，这些矿警也不会客气。杨定远看着这人，暗暗叹了口气，走上前将他敞开的衣服掩上了，小声道：“兄弟，撑着点儿吧。犯了什么事了？”

这人听得有人问话，迷迷糊糊地抬起头，啊啊了两声，冻得久了舌头也僵了，说不清话。杨定远走到马前，从鞍下摸出了水袋，喂这人喝上一口，这时从一边树丛里又走出了两个人。那是一老一少，似乎是一对父子，长得有点儿像。老的一个有六十多了，是个独臂；年轻的一个有二十多岁，虽然矮，却很壮实。老人一见杨定远眼神就有点儿发直，年轻些的大概以为他要解开绑着的人身上的绳子，走上前来吆喝了两句，却是日语。杨定远也听不懂，问老格道："你知道他说什么吗？"

老格摇了摇头。那个年轻的日本人忽然用俄语道："这个人偷沙子，你们不能放。"

他的俄语结结巴巴，比杨定远说得糟多了，不过总算还能听懂。杨定远见他也能说俄语，便道："矿警打他绑他，没说要冻他饿他。"

也许是因为杨定远一口远比他流利的俄语，这年轻日本人搞不清他的来头，有点儿畏缩不前。杨定远也不理他，把水喂给了绑着的那人。这两个日本人又说了几句，多半是让他走的意思。那老日本人看着杨定远那匹马，突然走上前来，一把拉住了他，嘴里不住地说着什么。杨定远不知他要干什么。老日本人又跟放炮似的说了一串，那小日本人走过来结结巴巴地说："我父亲……想买你的马……"

杨定远有点儿摸不着头脑。这匹马虽然听老格说种很好，可到底是匹残马，那日本人买去是要下汤锅吗？杨定远板着脸道："不卖，你们走吧。"

那日本人如丧考妣，一把抱住了马脖子，鼻涕眼泪都下来了，嘴里连珠炮似的说着日本话。杨定远吓了一跳，问道："你父亲要干什么？"

年轻日本人也有点儿急，结结巴巴地又说又比画，说了半天杨定远才算明白过来。原来这老日本人和格里高利一样当过兵，当时就在秋山好古麾下，说不定十几年前还跟格里高利照过面。这匹马是他当年骑过的战马，在一次交战中这老日本人被砍断了一条手臂，落马后被人救回，马却不见了。这十几年来，他做梦都想着自己的坐骑，没想到居然在这儿见到了，说什么都要买回去，说是愿意拿金子来换。

杨定远哼了一声，说道："这是刘掌柜的马，你想要，跟我说没用，跟掌柜的说去。"

刘掌柜对日本人恨之入骨，这些日本人也不是不知道。那个年轻一点儿的日本人张口结舌的说不出话来。那老日本人看着马的模样，分明和老格差不多。杨定远没再说什么，牵过马跟着老格向另一边走去。这时老格忍不住道：“杨，你不卖给他吗？”

那老日本人对这匹马势在必得，看来真的肯出高价。刘掌柜买下这匹马时没花几个钱，本来就是要下汤锅的，杨定远如果跟刘掌柜一说，花点儿钱买下来，再转手给老日本人，当中定能赚不少钱。杨定远道：“我没想过。老格，你不是跟我说，要把马当成自己的腿吗？我总不能卖了自己的腿吧。”

老格笑了笑，捋了捋胡须：“杨，你虽然是中国人，有时倒还真像是我们哥萨克人。”

这在格里高利嘴里大概是最高的褒扬了，可杨定远却有点儿不自在。他笑了笑，没说什么。

“杨，你让我想起了布琼尼。”

“谁？”

“是当初军团里的一个同伴。”老格淡淡地说着，再次陷入回忆中。

那时候的老格没那么老，腿也没瘸，布琼尼也就差不多杨定远现在这岁数。他们同是顿河哥萨克骑兵团的成员，布琼尼当兵才几个月，还有点儿怯生生的。那一次在奉天，当格里高利被枪击中了腿，落马在地，正以为会结束生命的时候，布琼尼忽然飞马而来，提起倒在地上的格里高利，逃出了如乱雨般飞射的子弹。

“杨，你和布琼尼一样，你们都有鹰一般的眼神。”

也许是这句话太玄妙了，杨定远怔了怔。

“鹰？”

“是的。”老格抬头看着天，“杨，我也要回故乡去了，愿神保佑你早点儿发财，好早点儿回故乡去。”他骑着老马向前走去，嘴里低低哼着首歌。杨定远还是第一次听他唱歌。老格的声音虽然并不动听，但歌声却极是哀婉。

“……不如当初与你不相见，不如当初与你不相恋，省得如今再不见你面……”

这是他们哥萨克的情歌？杨定远看着老格的背影渐渐消失，心下怅然。和老格共处了这些天，他还是第一次说起战场上的事。现在老格走了，杨定远心里沉甸甸的，老格仿佛带走了什么，又仿佛给他带来了什么，一种说不清的滋味。

第七章　牢狱

“进去。”被重重地一推，杨定远一个踉跄差点儿摔倒。等他站稳了，身后的铁门也已经重重关上了。在这个狭窄的囚室里只有一扇小窗，阳光映进来，在地上照出方方的一块，又被窗上的铁条割成了一块块。在这片支离破碎的光亮边上，一个人正坐在铺上，手里拿着本书。看到杨定远进来，这人只是抬了一下头，又低头看书去了。

这就是死牢？直到现在，杨定远仍有点儿不敢相信。就在几天前，他还想着马上就可以衣锦还乡了，可命运居然跟自己开了如此大的一个玩笑。他猛地转过身，扑到门边，叫道：“快放我出去！”

狱卒正在锁门，听到他的叫声，冷笑道：“放心吧，绞死你的时候就放你出去了。”说着，把门上的小窗也一把拉上了。杨定远急了，重重在门上敲了两下，可哪里有人理他，倒是戴着的手铐被扯得哗哗直响。

“没有用的，你坐下吧。”身后那个看书的人突然用俄语说道。杨定远转过身与那人打了个照面。刚才一瞥之下什么都没看清，这回倒是看得清楚了，这人长着一把长长的胡子，身上衣服破旧不堪，但神情却异样地安详。

这里是死牢，闹也的确没用。杨定远沮丧地向床边走去，坐了下来。那大胡子问道：“日本人？”

一听他说日本人，杨定远气更不打一处来，骂道：“你才日本人，我是中国人。”

他说得很不客气，但这大胡子只是点了点头，喃喃道：“中国人，愿神保佑你。”便又低下头看那本破破烂烂的厚书去了。

神保佑我？杨定远心里更加地烦了。待在这死囚牢里，已是朝不保夕，随时都会丢掉性命。他只坐了一会儿，便又站起身来。身上戴着手铐脚镣，一走起来便哗哗地响。大胡子又抬头看了看他，没言语。这个大胡子为什么这么沉稳？虽然心里烦躁不安，杨定远还是有点儿好奇。这是死囚牢，关在这儿的人很快就要被处死，这大胡子却似乎毫不在意，而且他身上并没有镣铐，脸上也很平静，除了头发胡子都很长，根本看不出他是个死囚牢里的囚徒。只是杨定远现在哪还有心思关心别人的事，他一圈圈地走着，仿佛这样走才能让自己平静一点儿。镣铐已经把杨定远的手脚都磨得有点儿破了，走到第三圈时，手脚一阵阵火辣辣的痛。他心里一阵烦乱，重新在铺上躺了下来。那大胡子一直没再说话，只是专心看着书，仿佛是另一个世界的人。

究竟是怎么就落到了这个地步？杨定远想着。事情已经过去了三天，可三天前的景象仍然历历在目，清晰无比。

那是老格走后的第二天。因为担心那个被绑在树上的中国人，杨定远一大早就牵着马出去了。这条路走得都熟了，等他到了昨天那片树林里时，天才刚亮，却并没看见有人被绑着，那个中国人也不知是被矿警放了还是杀了。看来只会凶多吉少，他正要回去，有个护沙队的人急匆匆地跑来，说刘掌柜有急事让他回去。

这么急能有什么事？杨定远一路上心里嘀咕。一回到刘掌柜的地窖，打眼就看到那独臂日本人也在。刘掌柜的脸沉得跟结了冰一样，见杨定远牵着马过来，马上大声叫道：“定远，把马牵过来。”

这日本人真来买马了？杨定远心里有点儿莫名的心疼，倒不是因为这笔钱要让刘掌柜赚去，而是因为这匹马好不容易和自己熟悉了，心里真有些舍不得。他走到刘掌柜跟前小声道："掌柜的，你真要卖给他?"

"卖?"刘掌柜的豹子眼横了横他，"宰了，吃肉!"他叫了一声，有两个人抬了盆热水从地窖里出来，其中一个手上还拿了把刺刀。刘掌柜喝道："把马摁住，放血!"

杨定远急了，央求道："掌柜的，这马虽然瘸了可还能骑，杀了太可惜了吧!"

刘掌柜的嘴角抽了抽，却看着那日本人，一字一顿地道："我就是要让这小矮子瞧瞧，姓刘的不稀罕他的金子，宁可吃马肉!"

杨定远暗暗叫苦，心知是那日本人急着要买马，反倒惹怒了刘掌柜。那日本人看出苗头不对，扑过来抱住了马脖子死都不放，那匹马也显然知道死到临头了，死活不肯跪下。杨定远说道："掌柜的，您还是高抬贵手，就一匹马，别怄这份气……"

"啪"一声，刘掌柜一巴掌打在杨定远脸上。在金矿里，从来没人敢对他说个"不"字，这回杨定远居然和那日本人同一声气，更让刘掌柜恼怒异常。他冷冷喝道："你快滚开!"

杨定远的脾气也上来了，一扬脖道："要杀马就先把我杀了!"

刘掌柜的脸上现出了一股黑气，两只豹子眼狠狠地瞪着杨定远，好半天说不出话来。半晌，他才慢慢地说道："你以为我不敢杀你吗? 别仗着你救过昌佑的命就敢蹬鼻子上脸了，你算老几! 在这儿，我宰个人跟宰马没什么两样。"说完，向边上那两人喝道，"把马杀了!"

那两人放下热水盆要去夺马，边上那日本人虽然只有一条手臂，劲头却大得异常，牵起马就走。那两人一上前，反被他推到一边，而马也跟着四蹄乱踢。刘掌柜见这日本人要走，手往怀里一伸，摸出了一把手枪，咬牙切齿地道："小鬼子，你敢抢马，我打死它也不让你牵走!"

他比画了两下，多半也下不了手，把枪递给身边一个人说："打脑袋中间。"便气哼哼地回到地窖里。刘掌柜在金矿上当真说一不二，可今天那日本人居然强抢不说，杨定远也当众顶撞他，真个让他下不来台。

这时屋里人越来越多，里面更有一些日本人，多半是听得了那独臂老日本人的事赶过来的。见突然多了这么多日本人，那个拿着手枪的人更是慌乱，叫道：“快闪开，我要开枪了！”他嘴上叫着开枪，却没有开枪的意思。

慌乱中，枪“啪”的一声响了。周围的人全愣住了。开枪的这人也吓了一大跳，呆呆站在那儿不动。那个日本人忽然高叫一声，大概是怕他真的一枪把马打死，猛地向他扑了过来，伸手就要夺枪。这人本来就被自己的一枪吓呆了，见老日本人冲过来，更是失魂落魄，直到那日本人抓到了手枪才回过神来，大叫一声，“砰”一下，又是一声枪响。这时边上有个日本人一听枪响，喊着：“中国人打死人了！”话落，其他日本人也不管三七二十一蜂拥而上。日本人爱抱团，特别是在外面。平时日本人和中国人井水不犯河水，现在是在中国人地盘上，本来不敢太嚣张，可这回他们好像全然忘了，冲上来见人就打。

杨定远被刘掌柜打了一巴掌，一肚子气没地方出，见日本人要动手，他的火气也冒了上来。护沙队的人身边都带了根木棍，见到小偷小摸好防身，加上他本来就在乡下练过几招，手上的劲头很大，一冲上前，一棒一个，眨眼间便有四个日本人被打趴下了。周围的中国劳工也冲上来摁住一个日本人就是一顿揍。一时间到处充斥着惨叫声。

正打得起劲，响起了几声枪响，一个人生硬而响亮地喊道：“全都住手！”

十几个俄国矿警赶了过来。虽然矿区里常会有冲突，但这么严重的还是第一次。那些矿警跳下马便轮起马鞭往那些还在打的人身上抽去。好容易抽散了人，但地上已经横七竖八地躺了好几十个人，不少人都已头破血流。那矿警头目也有点儿咂舌，大声道：“怎么回事？为什么打架？”这矿警头目会说几句中国话，但半生不熟的。杨定远提着棍子走过去道：“是他们，他们要抢我的马。”

矿警头目看了看他，劈手夺下他的棒子道：“就是你！你就是领头的！

把他抓起来!”

杨定远一怔，边上两个矿警已走过来摁住他。这些矿警全是俄国大汉，人高马大，力量也极大，杨定远挣了两下都没摆脱掉，大叫道：“是他们先抢马!”

“马呢?”

杨定远看了看周围，那匹瘸马现在也不知跑哪儿去了，独臂的老日本人也不见了踪影。他用俄语骂道：“被他们抢走了!”

“啪”一声，矿警头目一鞭子抽到了他身上。这人见杨定远会说俄语，反而更不客气了，冷冷道：“你们这么多人，还会被人抢走马！分明就是你们寻衅滋事！绑上他!”

被矿警绑上，杨定远也知道多半会是什么后果。两个矿警掏出绳子来将杨定远绑了个结结实实。这时，却见刘掌柜急急过来，拱了拱手道：“官大人，我家兄弟真是为了保护我的马不被抢走才动手的，请官大人开恩。”刘掌柜回到地窖里，刚和人说了没几句话便听到外面乱了，出来一看，竟然打成这模样，自己也傻了眼，赶紧跑出来劝和。那矿警头目扫了刘掌柜一眼，口气也缓了点儿，说道：“那把马找到再说，不然说不清楚。”

刘掌柜见矿警口气松动了点儿，也舒了口气，转身大声道：“听到没，大伙儿快去找马！谁找到了，赏三块大洋!”

没过多久，马找回来了，那独臂日本人也被人簇拥着过来。矿警问那日本人道：“是你要抢他们的马?”独臂日本人不懂俄语，边上有个穿大衣的日本人给翻译过来，独臂日本人听后才说：“我想买这马，可他们非要杀这马。这是我的战马，是我的生命，我坚决不让他们杀，就是不让他们杀。”他说得理直气壮，但总不敢与这个穿大衣的日本人正眼照面。

缓了缓，穿大衣的日本人向矿警头目道：“事情就是这样。现在死了这么多人，总得有个交代吧。”

地上还有不少人躺着，绝大多数都是日本人。那矿警头目看了看也有点儿发蒙，冷冷道："事情总会处理的，两个人我都要带走，到时再说。"

穿大衣的日本人没有再说什么，杨定远突然发现不知何时刘掌柜身后站了一个留着八字胡的男人。这人很是面生，杨定远还从来不曾在矿场见过他，但只不过一瞥，便觉心底有种异样的感觉。这个八字胡男人身上有一种刀刃一样的锋利，似乎一不当心，就会将人割得皮开肉绽。这种锋芒他只在尹春山身上隐约感到过，只是尹春山给他的压力还没有这八字胡男人大。

他是谁？杨定远想着。此时矿警带着他和独臂日本人向前走去，穿大衣的日本人则在指挥着将同伴的尸首抬回去。当天，杨定远就被锁在了莲娜城的牢里。

到了晚上，刘掌柜来牢里看他，说这次打架，日本人死了三十多个。吃了这么大一个亏，日本淘金帮的首领田宫雄太郎，就是杨定远见过的那个穿大衣的日本人，一定不肯善罢甘休。刘掌柜给他带了点儿饭，还有一小壶酒。看杨定远吃饱喝足了，刘掌柜眯起眼，似笑不笑地说："定远，你做得好。别担心，就算你死了，我也一定把你的钱都汇给你老娘。"

刘掌柜说"别担心"时，杨定远还松了口气，可一听后面的话，心便是一沉。他现在这个样子怕是再也见不到老娘了。他叹了口气道："掌柜的，他们是要杀我吧？"

刘掌柜沉默了。过了好一阵他才道："田宫那小子当然是这么想。不过，我也托了人，看老毛子卖不卖我这面子了。或者还有一个办法，就是花钱把你捞出来。你那帮兄弟倒也义气，现在都在给你凑金子呢。"

听了刘掌柜这么说，杨定远总算舒了口气。或许这次他能逃过一劫。谁知三天后提审，竟然判杨定远蓄意肇事，证据确凿，这次共死了三十四个日本人，等日本人提起诉讼就要正式宣判。杨定远初审就被判了死刑，直接押入死牢收监。这判决一下，杨定远仿佛当头一个惊天霹雳，半晌说不出话来……

此刻，杨定远躺在铺上，默默地想着这几天发生的事。自己怎么就落入死牢了，到现在他也不明白自己错在哪了。前几天关着的时候，何老蔫也来过一次。表面是来看他，脸上却总是浮出一丝丝不经意的坏笑。杨定远心里清楚，他这是盼自己永远出不来，好独吞那些金子。他不客气道："你别得意，我那份你得留着。"

何老蔫听了一愣，有点儿尴尬地笑了笑，小声说："瞧你想到哪儿去了，我哪儿能这么做。淘了三包沙子，已经有一大瓶了。你的那份肯定给你留着。"

杨定远苦笑了一下。人生际遇真是变幻莫测，刚弄到点儿金子，没想到才短短几天自己的性命就快要不保了。想起自己那几天得意忘形的样子，真是莫大的讽刺。

正胡乱想着，门忽然开了，一个狱卒在门口大声说："出来。"

杨定远一怔。难道现在就要绞死自己吗？他的腿不禁有点儿颤抖，走到门口低声问："现在就上诉了？"

"不是，只是放风。"狱卒只说了一句，向边上让了让。杨定远定了定神，走到门口，见几个囚室的门都开了，里面的人正一个个地出来。他因为戴着脚镣，走起来不便，在门口停了停，那狱卒已重重一棍打在他肩头，喝道："快走！"

囚犯放风，就是在院子里转几圈，趁这时候也让这些囚犯洗洗脸，洗洗衣服。杨定远换下来的旧衣服沾了不少血污和泥土，洗的时候手铐脚镣碍事，也只能马马虎虎用水搓了两下。虽然大家都是重囚犯，但身上戴镣铐的只有他一个，别的囚犯见他那样子，也不敢和他搭话。杨定远把衣服晾上了，拣个地方坐下来。现在这个时候反而对死的恐惧减淡不少了。不知为什么，他还能想起那个长着八字胡的人来。这个人应该不是淘金客。上回刘掌柜来时，他曾问过刘掌柜这人是谁，刘掌柜只是瞪了瞪眼，什么也没说。其实杨定远注意到这个人，完全是因为那日本淘金帮首领的目光。他还记得田宫雄太郎看向那八字胡时，目光里既有痛恨，也有一分恐惧。这人到底是什么人？看样子他应该有点儿小权，如果刘掌柜托托他帮忙，是否还能救他一命？想想又觉得不切实际，难道自己真就这样不明不白地死了？

环视一圈，杨定远发现这牢里有五十多个犯人，中国人倒有十几个。这一瞥竟然看到了那个独臂日本人，没想到他也关在里面，但并没有上镣铐。那日本人也一眼看到了他，目光中不禁流露出一丝惧意，大概怕杨定远找他出气。虽然这事是因这日本人而起，但杨定远对这日本人倒没多少恨意。也许，是日本人对那匹马的感情让他反而有点儿同情。

两小时一过，放风时间结束，狱卒又吆喝着把人赶回牢里去。因为又走了一阵，手脚上磨破的伤口更大了，不时渗出血来。杨定远从内衣上撕下一条布将伤口包住，才稍微好受一点儿。

天很快就黑下来。牢里也没有灯，那大胡子也看不成书，便直直地躺在铺上，嘴里突然哼起歌来。他哼的歌很怪，不是俄语，杨定远听不懂，但只觉得曲调极其忧伤。听着听着，他更是难受了，忍不住喝道："别唱了！"

黑暗中，歌声戛然而止。可是过了一会儿，歌声又响了起来。杨定远气得想过去揍他。可是想了想，他还是忍了，只好拿被子蒙住头。这样的日子真是一天都不想过了！

接下来几天还是一样。每天到了下午，狱卒让他们出去放两小时的风，回来后两个人也不说话。大胡子有时睡前会唱歌，有时又一声不吭，慢慢地杨定远也习惯了，就当大胡子唱的是催眠曲吧。

时间很快到了第五天，杨定远最怕的绞刑仍然没有来，现在他也想开了，每天吃了睡，睡了吃，谁也不搭理，能活一天算一天吧。第五天晚上，下午放风时突然变了天，两小时的放风也提前结束了。一进监牢，外面便下起雨来。这场雨直到半夜还不见小。在金鼓一般的雨声中，杨定远睡得迷迷糊糊。睡梦中，他好似听到了呻吟声，本以为那只是在做梦，可一睁眼，呻吟声却更清晰了。

"世人没有无辜，所有人都有罪。"原来是那个大胡子在呻吟。他翻来覆去，总是念叨着这句话。在同一个监牢里五天了，除了刚进来时说过两句话，这五天他们从未再交谈过一句。杨定远从铺上起来，探过身问道："喂，你怎么了？"

黑暗中，大胡子停止了呻吟，低声道："水……给我水……"

为了防止囚犯自杀，牢里用的都是木碗，吃完饭就都收回去了。现在到哪弄水去。看看外面的天，杨定远走到窗边伸手接了点儿雨水，回到铺前说："喝吧。"再摸了摸他的额头，只觉烫手。大胡子欠起身，在杨定远手上啜了口，又喘息了一声："谢谢你。"

杨定远听他的声音很微弱，便道："你发烧了，别说话，睡吧。"

因为大胡子的铺正对着窗，雨不住地打进来，全飘到他铺上。这样淋着不发烧才怪。让大胡子重新躺下，杨定远拿了件旧衣服挂在窗上，这样雨水也不会直接飘进来，多少也能挡住点儿风。只是这样一忙活，本来手腕上已经结了痂的伤口又擦破了，这下睡意被一阵阵的刺痛驱得一干二净。他闭上眼，却怎么都睡不着。听着外面的风声雨声，他更加茫然。

"中国人，谢谢你。"不知过了多久，黑暗中突然响起了那大胡子的声音。杨定远道："你醒了？天还没亮，接着睡吧。"

"我睡不着。中国人，和我说说话吧，那么久没说话，我都快要变哑巴了。"

这个大胡子怎么突然这么多嘴了？杨定远回道："你在这儿待了多久了？"

"八年了。"

八年？杨定远差点儿跳起来。在死囚牢里待八年？真不知他是怎么熬过来的。

"你犯了什么事要关你这么久？"

黑暗中又是一阵沉默，半晌才听大胡子道："我是德国人。以前是个商人，但俄国人说我是间谍，就一直关着我。"

杨定远先前听刘昌佑说过，现在德国和俄国一直在打仗，这大胡子是德国人，却来俄国做生意，也算胆大妄为了。他哼了一声道："你没跟他们说吗？"

"说什么？"大胡子苦笑了一声，"他们只要我交代，可我根本不是军人，什么都交代不出来。"

在敌对国境内，他一个异国人只怕被关到死都没人知道。杨定远深深地吸了口气，不自觉口气也温和了点儿："那你打算怎么办？"

"还能怎么办？如果不想死就只有在这儿住下去了。"大胡子苦笑了一下，"中国人，你呢？为什么关进来？"

"打架。"

"打架？和谁？"

"日本人。结果我们打死了他们三十多个。"

"为什么要打架？"

"因为日本人欺负我们中国人。"

黑暗中，传来了一声叹息："国家和国家之间的怨恨，最终却落到人民头上。"

这句话杨定远有点儿听不懂，他问道："什么？"

大胡子没有回答，只是自言自语地说着什么。这大胡子的俄语很好，在杨定远听来和俄国人说得差不多，可他说时总加几句德语，杨定远只能听懂几个单词，什么"复仇""宽容"。他没好气地说："对日本人，我们中国人不会有什么宽容。"

大胡子长叹了一声，没再说什么。外面雨还在不停地下着，哗哗的雨声反而让深夜更增岑寂。第二天雨还在下，放风也取消了。早上天一亮，杨定远又去摸了摸大胡子的额头，觉得热度已经退了，他说道："你的病好多了。"

大胡子虽然退烧了，可脸色还是很苍白。他在铺上半坐起来，从枕下摸出本书道："中国人，你看看这本书吧。"

杨定远接过来翻了翻，干笑了一下道："我看不懂。"他会那几句俄语哪够看书的。

大胡子一怔："这是俄语版的。你不是懂俄语吗？"

"我就会说，不认得几个字。"

大胡子拿回了书，淡淡道："可惜了。"

从这天起，大胡子一反常态，几乎每天都和杨定远说个不停。这大胡子名叫马库斯，以前做原木生意。本来生意做得不错，但因为德俄两国的关系越来越差，他这个常常来俄国的德国人终于有一天被当成间谍抓了。抓起来后要他交代自己的罪行，可马库斯什么都说不出，结果就被扔进死囚牢里关到现在。八年了，他都不知现在外面的世界变成什么样了。听杨定远说俄国和德国正在打仗，马库斯有点儿茫然。因为只要两国交战，他就更没有出去的可能了。马库斯虽然被关了八年，心境却越发平和，总说这是上帝对他的考验。上帝做的一切事都是对的，自己承受牢狱之灾也肯定是因为自己犯过什么连自己都不知道的罪。他要给杨定远看的书正是俄文版《圣经》。杨定远看不懂，大胡子就逐字给他讲解。那样子简直就是个热衷于传道的牧师。杨定远对他说的这些完全没兴趣，还不如教他几句俄语。

时间一天天地过去。每天都一样，出去放风时透透气，回来便跟马库斯学俄语。有时马库斯教得有些烦了，就拿出本辞典来让他自己翻着看，有什么不懂的再问。一天天过去，杨定远记的单词多了，也能半通不通地看下去。马库斯的情绪时好时坏，好的时候教得耐心仔细，不好的时候一声不吭。每当他情绪低落时，便会唱那首曲调忧伤之极的歌。一来二去，杨定远摸透了他的脾气，总是趁他高兴点儿的时候请教，见他脾气不对，便独自在那儿自学。

这天，杨定远终于把一页《圣经》都念了下来，没几个疙瘩，马库斯听了赞许道："杨，你们中国人真聪明，学得很快。"

从马库斯嘴里听到赞许的话可真不容易，杨定远吁了口气："是吗？"

"是啊。我一开始学俄语，花的时间可比你多。"

杨定远不禁有点儿想笑。被关在牢里以来，他还是第一次想笑。可是笑意还没浮上来，心里又被什么东西堵住了。他失神地道："马库斯，我在这儿有多久了？"

"十七天。"马库斯回答得很快。杨定远一怔："都这么久了？"

"是，我不会记错。"

杨定远只觉心口又开始隐隐作痛。不知不觉，在死囚牢里已经待了十七天了，那么，离死亡也已经很近了吧？本来专心于学俄语，对死的恐惧已忘得差不多了，现在恐惧的身影又在眼前清晰起来，手不禁有点儿发抖。马库斯也发觉了他的失态，低声道："杨，你到底犯的什么事？"

杨定远定了定神，把那天的事粗略地说了。那天拿起棍子冲上去狠揍时，他脑子里一片空白，现在回想起来，却一阵阵后怕。他当时太不冷静了，为了一匹马犯得上吗！现在为了一匹马搭上自己的性命太不值了！马库斯静静听着，等他说完，忽然道："杨，你不用太担心。你在这儿等得越久，就越安全。"

杨定远又是一怔："为什么？"

"俄国和日本打过仗，结果输了。我在被抓进来前，就时常听得俄国人痛骂日本人。他们只怕比你更恨日本人，只要他们不起诉，你就不会被判死刑。"

虽然马库斯这样说了，杨定远还是没放心多少。过了几天，刘掌柜又来了一次。刘掌柜说，日本人把那独臂老人赎出去了，看样子不会再起诉了，让杨定远先安心待着，等他这一队人淘完金子，凑齐了钱就赎他出来。杨定远听他说得底气十足，有点儿纳闷，问道："掌柜的，日本人为什么不起诉了？"

"你当他们心甘情愿吗？他们是不得不忍下这口气。"

杨定远更听不懂了，想要细问，刘掌柜不肯再多说，只是说一准备齐了金子就来赎他。刘掌柜说起杨定远从木材厂带来的人也有点儿佩服，说这些人很有义气，本来这矿的含金量就少，淘出金子来大家也分不到多少，可他们还是愿意拿出钱来赎杨定远。不过就是不知这笔赎身钱什么时候能凑齐。

“定远，你小子挺会收买人心啊。”刘掌柜感慨地说。杨定远却觉得有点儿无地自容。他和何老蔫瞒下了金窝的事，觉得这金窝是两人拿命换来的，不能分给别人，相形之下，未免显得不太厚道。他想等何老蔫来了，跟他说，把那些金子拿出来，自己那份凑足赎身钱，剩下的再大家分了。可是他拿定了这主意，何老蔫却一直没来。杨定远知道，以他的性情，肯定连一粒金屑都不肯放过。

这之后，不但何老蔫没来，刘掌柜也再没来过一趟。时间一天天地过去，现在对死的恐惧淡了，可杨定远心里却越来越烦躁，这样的日子何时是个头啊。马库斯倒还是老样子，心情好了跟他说教一番；心情不好，就唱那首忧伤的歌。马库斯虽然是个商人，可学识极其渊博，不管杨定远问什么，他都答得上来。只是在牢里，杨定远也真没什么可问的，顶多就是些俄语语法。每天翻着《圣经》，杨定远几乎能把前几页都背下来了。他问马库斯为什么这些日子还不终审，难道法官忘了不成。马库斯说俄国人做事效率很高，这么久没消息，肯定是日本人没有起诉。这是好事。听马库斯也这么说，杨定远心中又升起了希望，至少不用客死他乡了。

天眼见着一天天地热了，厚衣服渐渐已穿不上，刘掌柜仍然再没来过，何老蔫也是不见人影。算起来，已经是六月份了，杨定远在牢里待了差不多半年了。何老蔫终于来了一次。他的嘴更歪了，脸上还是掩饰不住的快活。他说金子都淘完了，木材厂来的人也都回原来的木材厂做事了，当初那批人现在就剩他一个还在金矿胡混。关于金窝的事他倒没说什么，只是伸出四根手指比画了一下。杨定远知道他定是说淘出了四大瓶金子，可这好消息在这时候听来，反而让他哭笑不得。他问何老蔫刘掌柜怎么说。何老蔫说刘掌柜还在到处托人，张罗着要给杨定远赎身。杨定远说不想等了，直接用他自己的那一份金子赎身。何老蔫一听脸都白了，说万万不成。金窝里淘出来的那些金子他们一直瞒着刘掌柜，金矿上也有规矩，谁都不能私藏金子，谁要偷偷藏了，轻则痛打一顿重则剁手，把脑袋剁了都有可能。要是跟刘掌柜说了，只怕他不会来赎杨定远，连何老蔫这条命也要搭进去。

“定远，你放心，我等着你出来。反正耗下去，老毛子耗久了也就松口了。”

杨定远默然不语。何老蔫的话并没有错，一想到刘掌柜那对豹子眼，杨定远也觉得他是会干这事的人。已经在牢里耗了这么多日子，日本人看来真不会起诉了，那俄国人只怕也会松口。这样一想，他心也安了些，晚上做梦，又梦到了衣锦还乡，父母乐得合不拢嘴的样子。

何老蔫来探监的第二天，狱卒又说有人来看他。杨定远一听心头便是一动。是刘掌柜带好消息来了？他跟着狱卒去探望室，一进去，没想到里面坐着的不是刘掌柜，而是他！杨定远失声叫道：“陶丰寿！”

陶丰寿就是最早跟他一块儿去哈尔滨织袜厂的那一对寿张兄弟中的一个。在织袜厂时，他两兄弟就跟杨定远说不想在这儿干了，要去俄国淘金，后来他们就失联了。没想到这小子还活着，杨定远激动得都快哭了。

陶丰寿仔细看了看来人，认出是杨定远，腾一下站了起来，扶住他道：“定远，真是你！”

已经有两年多不见了，陶丰寿的脸上也多了风尘之色。杨定远苦笑了一下道：“没想到在这儿碰到你了。”

“是啊。我是前几天听有人说莲娜金矿有个叫杨定远的中国人，打死了三十多个日本人，现在被关在牢里。我就想着会不会是你，这才过来看看。”

打死了三十多个日本人的其实是旁人，杨定远自己只怕连一个都没打死。这罪名全加到他头上了。他无奈地叹口气，接着道：“你知道吗，你兄弟生病回来没多久就过去了。”

陶丰寿的脸上闪过一片阴云，马上道：“我也猜到了，这是他的命吧。定远，你打算怎么办？一直这样被关着？”

杨定远点了点头，又摇了摇头。他向四周看了看，见狱卒也没注意他们，便小声道："陶丰寿，我有件事要麻烦你。"

"什么?"

"我淘到了不少金子，你换成钱，帮我汇给老爹老娘去吧，我不知哪天才能出来，怕是没指望了。"

陶丰寿的眉毛一扬，也低声道："你有金子？那为什么不想办法赎出去？我听说，老毛子只要拿到钱，马上就能放人。"

杨定远心头又是一动。他小声说道："丰寿，那些金子我们是瞒下来的……"

他简单说了经过，陶丰寿皱了皱眉，低声道："定远，你也真傻！有命在，还怕赚不到钱吗？我也在金矿上待过好一阵，这些掌柜的只要有钱拿，不会太过分的。"

陶丰寿的话让他最终下了决心，与其再耗下去，不如早点儿出去。等天冷下来，又到了挖沙的时候，就算挖不到金窝，总能赚到点儿。他想了想道："也只有这样了。你帮我个忙，去金矿上把一个叫何老蔫的人叫来。"

陶丰寿走后，又过了三天何老蔫才来。可是杨定远一说这主意，何老蔫连连摇头道："定远，不是我不救你，刘掌柜那脾气你也知道，要让他知道我们一直瞒着他，四瓶金子全得归他了。"

杨定远道："老蔫，我想过了，你去找刘掌柜，让他把刘昌佑找来，先跟他说实话。有刘昌佑顶着，刘掌柜碍不过面子，不会为难你的。"

何老蔫犹豫了半天才道："好吧，那就这么办。"

等何老蔫一走，杨定远心里仿佛放下了一块大石头。金窝里淘出的这些金子这些日子总跟根绳索一样拴在他心上，不知道是根救命的稻草还是拴到他脖子上的绞索。现在主意一定，反而没了心事，这一晚他睡得特别香，仿佛自己马上就能出去了一样。

第八章　马帮

何老蔫走了六七天后，狱卒又来叫杨定远，说是有人来看他。多半是何老蔫给自己带好消息来了。然而当杨定远刚走到探望室门口，心里便凉了半截。探望室里，何老蔫倒是在，却已鼻青脸肿，嘴唇上的血迹还没擦干净。在他身后还有三个人，其中一个正是刘掌柜。完了，看来计划赶不上变化了，他心都凉了。

看到杨定远进来，刘掌柜那一对恶狠狠的豹子眼瞪了瞪他，从鼻子里哼了一声，冷冷道："定远，你倒是挺自在。"

何老蔫本来就一副蔫相，现在更是跟没了魂一般。杨定远哀求道："掌柜的，这不关老蔫的事……"

"你倒挺讲义气。"刘掌柜凑上前一步，嘴上钢针般的胡子都快要碰到杨定远了，"老实说，你们偷出了多少？"

杨定远看着刘掌柜眼里的怒火，没有退缩，只是低声道："掌柜的，这不是我们偷的。"

"那是哪里来的？"

"我们是挖到金窝，从冰水中抢出十二袋沙子，淘出来的。"

杨定远只得把金窝的事照实说了。等他讲完，刘掌柜点了点头道："不错。我也听说过，金窝砂三袋出一瓶，看来你们没有瞒我，我想也是，就算偷也偷不了这么多。也算你们命大造化大，没丢了性命。就是这家伙太可恨，死都不肯开口。”说着，他又踢了何老蔫两脚。何老蔫被他打怕了，站那儿一动不敢动。一边的狱卒听不懂中国话，见刘掌柜踢人，也不制止，只是乐呵呵地看着。杨定远道：“掌柜的，都怪我起了贪心，没跟掌柜的您说。”

刘掌柜的豹子眼眯了一下，低声道：“定远，话说到这分儿上，老哥哥也不多说了。你有金子那就最好，我马上替你打点，再过几天准能把你赎出来。就是这小子，你让他把金子全拿出来。矿上有规矩，虽然是你们那矿洞里挖出来的，都归你们，可金子要卖也只能卖给矿上，不能带走。”

杨定远心知刘掌柜要把金子买下来，肯定会死命杀价。但事情已到这地步，自己不同意也不行。他点了点头道：“行，掌柜的，你也不要再为难老蔫了，他那份你买走吧，不要亏欠他太多，我这份就劳烦大哥把我赎出去。”

刘掌柜的眼里闪了闪，脸色一下子和蔼了许多，说道：“你定下了就好，要是知道你有金子，我也就不用费那么多事儿了。”

刘掌柜这回倒是说到做到，过了两天，法官就把杨定远叫去，说因为日本人最终放弃了起诉，所以允许他交钱赎人。说罢，当庭就让人取下了他的镣铐。这副镣铐杨定远已经戴了有半年多，手脚的皮肤磨破了长好，长好了又被磨破，已经留下了四圈疤。现在一拿掉，身体轻快得几乎要飞起来。他赶紧去向马库斯告别。而马库斯仍是那副无动于衷的样子，只说了句：“愿上帝保佑你。”说完，他从床头把那本辞典递过来，“送给你。”这之后，他不说话了，又开始哼着那支忧伤的歌。

终于走出了牢房。外面的天已经很热了，现在只能坐马车回金矿上。一路上刘掌柜说那些老毛子心黑得很，金子老说不够，他好说歹说才算说通。杨定远知道这话自不会全然属实，刘掌柜自己肯定也黑下了不少，不过嘴上只能对他千恩万谢，没有他，自己也还是出不来。问起何老蔫，刘掌柜鄙夷地说：“这小子，回去还不肯老实交出来。后来逼着他才拿出来，还嫌钱少。拿到钱，我就让他立马滚犊子了，谁知道他现在上哪儿去了。”

刘掌柜肯定是以极低的价钱买了何老蔫的两瓶金子，这想都不用想。但何老蔫到底还是拿到了钱，自己这一年却又是白干，连在木材厂的积蓄也泡了汤。杨定远心里闷闷的，喉头被东西堵住了，什么也说不出来。刘掌柜见他不吭声，问道：“定远，再过几个月就又要挖沙了，你想好了后路吗？”

回木材厂！杨定远差点儿要脱口而出。可现在自己又是身无分文，连回木材厂的路费都没有。想了想，他只好说：“掌柜的，你要是还肯用我，我想在矿上再干一年。”

刘掌柜的豹子眼眯了眯，眼神里又有点儿闪烁：“还想干吗？不过这几个月淘金的还没来，用不着护沙队，你想干也成，我给你赊账。”

杨定远几乎要骂出声来。可是话到临头，又咽了回去，他无奈地点点头道：“多谢掌柜的。”

金矿上，已经没几个人了。从木材厂出来的那批人早走了，整个金矿冷冷清清。杨定远也没地方可去，每天就在地窨里待着。人少也有人少的好处，清静。住了大约有一个月，来了一个熟悉的面孔，居然是刘昌佑！没想到还能再见到他，杨定远赶紧缠着他问长问短，也把自己的那点儿破事说了。杨定远怨他来得太晚了，如果早点儿来，何老蔫也不至于挨这顿打，自己的那两瓶金子也不会一粒都剩不下。刘昌佑听了后却是呆了呆，说：“我哪知道啊，也没人跟我说过。”

这倒也是，杨定远叹了口气道：“昌佑，你说得没错，淘金真是拿命换啊。”

刘昌佑劝道：“你也别把掌柜的想得太坏了。为了你的事，他花出去也不少。不然你也出不来。”

杨定远愣了愣：“怎么说？”

“我知道你关在里边这阵子，小鬼子为什么没起诉？”

杨定远怔怔地听他说，这事他确实一直也没弄明白。

“他们就是怕惹毛了掌柜的。”

原来日本淘金帮都是些浪人，首领田宫雄太郎在杨定远刚被抓去时就曾向日本军方求援。可日本军方根本不拿这些浪人的性命放在心上，只觉得事情闹大了才好呢。到时候日本军方再出头向俄国施加压力，才能获取更大的利益，所以他们还嫌淘金帮的人死得不够多。刘掌柜那阵子不断让人去日本帮的地盘挑事，见人就打。田宫雄太郎明白刘掌柜在莲娜金矿的势力，知道刘掌柜一直想把他们赶走，如果硬碰硬的话肯定会吃大亏。所以两个月前他来找刘掌柜，说他们不起诉了，只求息事宁人，这事到此为止。

“再说，那天孙富元也在，田宫这小子准见过他了，更不敢造次。定远，你这回也算是靠着掌柜的才留了条命，你就知足吧。”

“孙富元是谁?”

刘昌佑顿了顿，道：“没事，不说这个了，喝酒吧。反正天马上就要转凉，今年又要挖沙了，你财星好，说不定又挖到个金窝呢。”

田宫雄太郎去向日本军方求援这种事，根本不会有很多人知道，这个刘昌佑是从哪儿打听来的？杨定远见刘昌佑岔开话头，心知他不愿多说，也就不问了，苦笑道：“哪还能再碰到这好事，现在想想，还不如回木材厂干呢。”

刘昌佑笑了起来：“放心吧，掌柜的跟我说过，说你这人很靠得住，就算再没这好事，你在金矿上干下去也不会吃亏的。”

是吗？刘昌佑这话让杨定远又升起了一线希望。

混到了九月间，天气开始转凉了。这时候的莲娜金矿又开始热闹起来，来淘金的人陆陆续续多起来。刘掌柜大概还真信得过杨定远，让他照料大地窖，算是以工抵债。看着那些人兴高采烈地说着淘金发财的事，一个个喝上几口酒就满面红光，杨定远便想起一年前自己初来的情景。这一年里，发财梦来了又走，他不再有过多的奢望，可那些新来的人却还在做着发财梦，满嘴都是淘到金窝、捡到块狗头金后衣锦还乡的事。每当听着这些话，杨定远就暗暗苦笑。

十月，莲娜金矿下了第一场雪。对金矿来说，下雪意味着又一年淘金的开始。等下过几场雪，莲娜河结了冻，矿工们便又要往矿洞里钻，挖掘一个渺茫的发财梦。从牢里出来也有段时间了，杨定远想着该去跟刘掌柜说说，把地窖的事交给别人，自己还是下矿去。只是刘掌柜这些天特别忙，整天都不见人影。

这一天，又下起了鹅毛大雪。这时候的地窖特别忙，因为人多了，来矿上卖东西的货郎也多了不少，地窖里从早到晚都挤满了喝酒的人，杨定远也忙上忙下地张罗着招呼客人。正忙着，地窖的门开了，一阵风挟着雪直涌进来，刘掌柜带着个人急急进来，一进门就把门掩上了，高声道：“定远，快上酒！”

他一进来直接钻到柜上，先给自己倒了一碗喝着，跟在他身后的那人却走到桌边大马金刀地坐下，一声也不吭。杨定远抱着坛酒走过来道：“客官，我给您倒上。”

这人是个中年汉子，一嘴的胡子拉碴，脸很大，一双眼睛却出奇地小。看到杨定远过来，他抬头看了看，眼里精光四射。杨定远被他看得发毛，也不知这人什么来路，正要倒酒，汉子忽地站了起来，手一下伸到杨定远的肩头。

这人出手好快，杨定远一愣，还没明白过来，肩头一下传来一股大力。但他也练过几天拳脚，力气不小，汉子没扳动他，眼里闪烁了一下，一脚已伸过来钩住他的脚。杨定远手上还抱着酒坛子，站立不稳，被他一个绊子摔倒在地，酒坛子也摔得粉碎，酒洒了一地。

这人要干什么?! 杨定远的怒火腾一下冒出来。他一翻身站起身，正想上前，眼角忽然瞟到了一旁的刘掌柜。刘掌柜正在若无其事地扬脖灌酒，一坛酒碎了，他似乎连看都没看一眼。这是什么情况？这可不像刘掌柜平时的作风。这人看来不简单。杨定远心里一沉，低声道：“对不住，我不小心，给你换一坛。”

虽然不知道这个人是什么来路，但杨定远明白不能再闹事了。如果再和上回一样打起来，自己手上可再没有金子赎身了。他转身去拿酒，却听那汉子冷冷道：“你不是挺能打的吗？怎么没用了？”

这人说的虽是中国话，但语气有点儿僵硬，并不像是中国人。杨定远心里一寒，难道是日本人来找自己寻仇了？可他一想又觉得不可能。刘掌柜对日本人恨之入骨，无论如何不可能带一个日本人来找事。他一句话也没说，又从柜里抱出一坛酒给那汉子倒上。这回汉子倒没有再说什么，拿起酒碗喝了一口，又从腰间拔出把匕首来插了块卤马肉吃着。金矿上的人都会喝酒，可这人喝酒跟喝水一样，一碗酒简直就是从嘴里直接倒进去。

喝了几碗酒，这人脸上连一点儿醉意都没有，站起身向刘掌柜点了点头，一句话都不说，也没付钱，转身就走了。杨定远更是纳闷，看了看刘掌柜，正想说是不是要叫住他，刘掌柜却笑了，向他招招手道：“定远，过来吧。”

杨定远走到柜前，刘掌柜放下碗道：“定远，你明天就别在地窖里干了。”他见杨定远一愣，又道：“我有批货要送出去，马帮还少个得力人手，我想就让你去。”

杨定远更是诧异，问道：“掌柜的，我可没跑过马帮，为什么让我去？”

“谁都有第一次。跑马帮要的是身手和胆大，再就是忠厚。你样样都有，以前还怕你沉不住气，不过吃过一回苦，对你也不算没好处，去吧。”

杨定远没再说话。虽然去跑马帮就不能再淘金了，可杨定远倒也没什么不满。刘昌佑看来说得没错，刘掌柜终于把他当成自己人了，这也不是坏事。

第二天，刘掌柜拿了一套羊皮棉衣、羊皮裤过来让杨定远换上，说是要出去做事，不能给自己丢脸。换上了新衣服，脚上也套上了一双新的兀拉草鞋，整个人都焕然一新。这兀拉草鞋又厚又沉，穿上后踩在雪地里也不觉得冷。杨定远心里一暖，看来往后的日子能好过些了。

一走出去，见外面已停了十来匹马，每匹马背上都驮着重重的挑子。带着马的是四个精壮汉子，衣着整齐划一，全和杨定远身上的这套一个模样，只是杨定远从来没见过这些人。

走出矿区，前面是一片树林。下过两场大雪，积雪已封了山，更加见不到人影。刘掌柜走在最前面，待转进林子，前面有个人走了出来，大声道：“掌柜的，你来啦。”

这正是昨天来喝酒、摔了杨定远一跟头的那个中年汉子。刘掌柜扭过头向杨定远道：“定远，他叫老苏，马帮就由他带头。嘿嘿，别怪他昨天摔你一跟头，是我跟他说你小子不错，就是脾气急了点儿，他要试试你沉不沉得住气。”

话落，那老苏上前向杨定远拱了拱手道：“杨兄弟，昨天的事对不住了，别往心里去。”昨天他来时一张脸阴沉沉的，话也不多说，现在却很和气。杨定远也上前拱了拱手道：“苏大哥，我听你的。”

老苏笑了笑道：“我叫苏日勒和克，你叫我苏大哥也成。”

苏日勒和克？是个俄国名字，可老苏看着不像俄国人啊。他好奇地问道：“苏大哥是哪儿人？”

“中国人。”

杨定远心想这中国人姓苏的不少，哪有叫五个字名字的。刘掌柜插话道：“老苏，这一回不比以前，你可得小心点儿。”

“掌柜的，放心吧，老爷子听说是你的货，说他要亲自跑一趟。”

刘掌柜呆了呆：“老爷子也去？”转而又笑道：“那我就放心了。你们上路吧，一路顺风。”他又转向杨定远道：“定远，你头一回跑马帮，记着，要有什么事听老爷子的准没错。”

杨定远心想这老爷子也不知是什么人，刘掌柜对他信心如此之大。告别了刘掌柜，六个人牵着十几匹马向前走去。苏日勒和克虽然并不是很健谈，可也不是闷葫芦，两人边走边聊。听他说会骑马，苏日勒和克点点头道：“那就好。我就怕你连马都不会骑，那可麻烦了。”

杨定远回头看了看，问道："马不都驮着货吗？怎么骑？"

苏日勒和克笑了："现在当然骑不了。跟老爷子碰了头，货都要装雪橇上。你当真拿马驮着货去高丽啊？冰天雪地的，走到来年都到不了。"

原来在西伯利亚跑马帮，冬天靠的就是雪橇。一辆雪橇用马拉着，可以多装不少货。雪橇上当然坐不了多少人了，另外的人就只能骑马跟着，这样一路可以把拉累了的马换下来。杨定远虽然学会了骑马，可就是在金矿上巡逻时才偶尔骑骑，还没有策马扬鞭跑过。听苏日勒和克说要骑马，他倒是跃跃欲试。

一晃走到天黑，苏日勒和克找了个背风的地方让马队歇下。他们砍了些柴火生起火，拿积雪煮开了，又从马鞍前掏出一大块肉剁碎了扔进去。在雪地里围着火喝酒吃肉，倒也别有风味。杨定远一边吃着，一边问道："苏大哥，咱们还有多久和老爷子碰头？"

"再这样走两天吧。"

"为什么不坐火车？火车不是更快一点儿吗？"

苏日勒和克那双小眼睛眯了眯，似乎透出些嘲讽："掌柜的没跟你说吗，这货可不能走火车，要不，怎么把老爷子都叫出来了。"

这究竟是一批什么货？苏日勒和克的话意味深长，显然也不愿多说，杨定远便也不再多问。吃饱喝足了，几人拿出羊皮毡子铺在地上，就这么睡下。虽然也吃过很多苦，可就在雪地上和衣而卧，杨定远还真不习惯。苏日勒和克让他守前半夜，自己守后半夜。同来的另四个人都是些闷葫芦，很少说话。里面只有一个个子很高、长了一脸短胡子的人稍微和善些，这人姓陈，名叫陈柏川。另外三人都冷冰冰的一副拒人于千里之外的表情。显然他们四个是一路的，也不想杨定远这个外人加入。

杨定远坐在火堆前烤火，有些百无聊赖。他突然想起了日记，便从身上的羊皮袄里翻出了笔墨，好久没写日记了，这段发生的事太多了。刚往砚里放点儿雪水磨化了，可写不上几个字又结成冰了。他只得马马虎虎写了几个字便收了。又想起了那个大胡子送他的字典来，掏出来翻着看。马库斯教他的那点儿东西，时间一长都快忘了。正看着，耳畔风声中刮来几声凄厉的狼嚎，他小声道：“苏大哥，有狼啊。”

苏日勒和克迷迷糊糊睁开眼，看了看身前的火堆，往里又加了几根柴火：“没事，别让火灭了就成，狼怕火，不敢过来的。”

虽然苏日勒和克这么说，可杨定远还是有点儿担心。他望了望四周，夜幕中越发显得黑暗，隐隐约约仿佛有无数绿火样的眼珠子正盯着这儿。人生在世，好似总有狼群在窥视着你。只要你倦了，就会扑上来，无声无息地一口咬住你的脖子。

杨定远想着，眼前有点儿模糊。不知为什么，他耳边又响起了老格说的话：“杨，死神是一个女人。当你看到了她的美丽，你也就离开这世界了。所以不要去害怕死，当一个骑手坐上马鞍，他的眼里就只有无畏。即使失去了生命，你也能得到世上最美最温柔的一个吻……杨，骑手的生命只有身下的战马与心中的无畏。这是你能够抵御一切的武器。”这是老哥萨克唯一一次说起战争时说过的话。这些话如此清晰，以至于他差点儿以为老格就在面前。

后半夜，杨定远倒头就睡。在睡梦中，他看到了一个人，一个女人的身影。但她并不是穿着黑衣服，而是一身纯白。这是我的死神吗？睡梦中，他想着。

醒后却是一片心悸，晚上死神来找过他，总是不好的预兆。这样又走了两天，好像没什么异样。

这一天他们正走着，前面传来一阵隐约的马嘶。苏日勒和克一听得这声音，将两根手指伸进嘴里，发出了一声哨响。随着哨响，前面树林中传来一片马蹄声，有两个背着枪的人骑马跑了过来。苏日勒和克忙走上前去，大声说了两句什么。他说的既不是汉语，也不是俄语。那两人迎了过来，也说着同样的话。苏日勒和克抱了抱这两人，又扭头道：“过来吧，老爷子就在前面。”

只见前面的树林下排开了二十几辆雪橇，大多装着东西，却并没看到人。杨定远正觉奇怪，一个背着枪的人走到一棵大树前，扫开了积雪，露出一个用树枝编成的门。他把门拉开，苏日勒和克道：“你们先进去歇歇，把货装上雪橇我们就出发。”

这里居然有个地窖！这三天都在雪地里露宿，看到地窖杨定远心里便是一暖。钻进地窖，里面生着火，四周挤了十几个人。苏日勒和克跟他们说了几句，那些人呼啦一下全跑了出去，他领着杨定远走到一个坐着的老人跟前，伏到地上恭恭敬敬行了一礼，说道：“老爷子，这就是刘掌柜……”话也还没说完，“杨大哥！”老人身后，一个站着的矮个子突然叫了起来。杨定远吃了一惊，他怎么也没想到这矮个子居然会认识自己，正想问，那矮个子一把拉掉头上的皮帽道：“杨大哥，是我！”

皮帽下露出的是一张和别人完全不同的脸。这张脸没有风霜之色，红润而秀气，特别是两颗乌溜溜的眼珠，充满灵气。“思华！”杨定远又惊又喜地叫了起来。真没想到这个矮个子竟然会是思华！已经两年多不见了，她比先前高了不少，已完全没有两年多前那个满脸煤黑的小叫花子的影子了，现在的她完全是个少女了，就算臃肿的羊皮袄也没有完全掩去她苗条的身段。只是她眼中流露出的那一丝忧郁仍然看得到。他一把拉住思华的手，思华的脸红了红，似乎想把手缩回来，却又没动，只是低声道：“杨大哥，又看到你了，真好。”

她的汉语已经相当流利了。杨定远道：“思华，你怎么会在这儿？”

他只觉有一肚子话要问，也忘了松开思华的手。思华被他这么握着，脸越发地红了。杨定远见她不回答，先还只道她没听懂，马上才明白过来，忙松开了手。正想再问，那老人开口了：“乌云，你认识他？”

老人说的虽然是汉话，却很不流利，比苏日勒和克的汉语还要生硬，简直是一个字一个字往外蹦。思华的手被杨定远放开了，似乎松了口气，点点头道：“姥爷，就是杨大哥救了我。”这话一出，杨定远的脸倒有点儿红了。虽然他帮过思华，可说救了她，实在有点儿夸张，忙道：“思华，这位老人家就是你说的姥爷吗？”

“嗯。”思华开心地点点头。

没想到思华还真的找到她姥爷了，看来她的运气还真不错。这时他才算明白过来，苏日勒和克怪不得说自己是中国人却又有这么个怪名字，原来他们都是蒙古人。

思华显然还想再跟杨定远多说说话，老人忽然说了两句什么，苏日勒和克便上前道：“杨兄弟，老爷子说晚上又要下雪，趁现在天好，快走吧。”

杨定远点了点头，苏日勒和克蹲到老人跟前，让老人趴到他背上，背着他出了地窖。外面的人已经把货装上了雪橇，每辆雪橇上也都套好了马。苏日勒和克将老人放到最前一辆雪橇上，老人忽然说了两句，又向杨定远指了指。杨定远不知他说什么，便问道：“思华，你姥爷说什么？”思华摇了摇头：“我听不懂。”

“你听不懂吗？还没学会蒙古话？”

思华的脸霎时红了：“这两年我光在学汉话，姥爷说的话我都快听不懂了。”

杨定远心里有点儿异样的感动。思华学汉语，不仅仅因为她的父亲是个汉人吧？这时，苏日勒和克向杨定远招了招手道：“杨兄弟，老爷子叫你。”

杨定远走了过去。没想到老爷子说：“你，跟着我。”

苏日勒和克怕杨定远不明白，在一边道：“杨兄弟，老爷子说，要你在他身边帮着赶雪橇。以后，背老爷子上上下下的事就都归你了。”

杨定远点了点头：“明白了。”心里却有点儿意外。他毕竟是个新手，老爷子为什么让他在身边？看了看思华，他不再说话，八成是思华说什么了。苏日勒和克吩咐每个人管一辆雪橇，剩下几个人则骑着马跟着。马帮正式出发了，向着冰天雪地中不可知的未来驶去。

“你叫杨定远？”杨定远正专心赶着雪橇，忽然听得老人问话。他回道：“是啊，老爷子。”

“听说你能识文断字?”

杨定远一愣。他道:“是苏大哥告诉您的?”

老人笑了:“这小子可没说，是乌云说的。”

他笑了笑道:“老爷子，就认识几个字。”

“年轻人，识字最好。不然，就得上当。”老爷子的汉语说得并不流利，但很爱说。杨定远没赶过雪橇，老爷子在一边指点着他。说赶雪橇和骑马没什么不同，马有灵性，只要跟马两心相通，它就会顺着你的心意跑，并不用多管。杨定远听着，想起老格教自己骑马时也说了类似的话，便笑道:“老爷子，之前一个教我骑马的人说的倒跟你说的差不多。”

“谁教你骑马的?”

“一个老哥萨克。”

老爷子的脸一下沉了下来。杨定远吓了一跳，不知犯了什么忌讳，问道:“老爷子，我说错什么了吗?”

老爷子摇了摇头: “不关你的事。我们土尔扈特人从来不喜欢哥萨克。”

“土尔扈特?”

老爷子抬起头，看着天空。雪停了，可天色仍然阴沉沉的，云很厚。他低低地说着:“是。我们土尔扈特人跟哥萨克人是永远的敌人。”

老爷子说他们土尔扈特蒙古是雪神的后代，生活在有终年积雪的山峦上。雪神是他们的祖先，所以每到下雪，便是他们的新年。而新年后第一次月圆的时候，死去的历代祖先就会来到森林里，所以第一个月圆之夜便是族人祭祖的日子。族人在森林中献上牛羊肉和酒，让冰雪将这些食物冻住，那就是祭祖先的供品。那些灵魂会用一种耳语一样的声音讲述着过往与未来，族人听到了，再一代代传下去，把预言变成历史。每年当积雪渐化，树根裸露出来时，日神就派出神射手，把祖先一个个射死，于是那些灵魂重新进入长眠，等到下一个祭祖日，等白雪把他们唤醒。

正因为有祖先代代相传的智慧，土尔扈特人永远都不会忘记自己的故乡。在祭祖日时，每个土尔扈特人都会唱着祖先留下来的歌。歌里唱的是故乡的草原，故乡的河流山川。可是随着岁月变迁，俄国人强大起来了。到了叶卡捷琳娜女王时，哥萨克人源源不断地迁居到这里，土尔扈特人放牧的土地越来越小。女王说，土尔扈特人没有大汗，只是卡尔梅克。“卡尔梅克”不是蒙古语，也不是俄语，是鞑靼语，是“分出的”“离开的”意思。在女王眼里，这些蒙古人只能成为奴隶。于是，在一个祭祖日的夜里，土尔扈特的渥巴锡大汗召集族人，告诉他们要么留下，要么东归，回到故乡去。那一晚，所有的土尔扈特人都喊出了一句话：回去。就像奔流的大河，总会流入大海，土尔扈特人的血液也要流回故乡去。

渥巴锡大汗是英雄中的英雄。他有着鹰的眼、狼的四脚和熊的身躯。他率领族人踏上了艰苦卓绝的征程，可是这消息被叶卡捷琳娜女王得知，她认为是对自己的羞辱，于是让哥萨克骑兵阻截。冲在最先的哥萨克骑兵追上了东归的队伍，九千族人死在哥萨克的长刀之下。渥巴锡大汗带领着所有战士向拦路的敌人发起进攻，那一战杀得日月无光，鲜血把积雪融成红水，又被寒风吹得凝成红冰。哥萨克的长刀刺入土尔扈特人的身体，可土尔扈特人的鲜血长着牙齿，把雪亮的刀锋也咬出了缺口，从来不知道畏惧的哥萨克人最终也被自己的血洗了一遍。奥琴峡谷里堆满了这些狂妄敌人的尸首，让他们明白土尔扈特人的马刀比哥萨克长刀更锋利。

老爷子慢慢地说着，声音并不响，可是杨定远也听出了他话中的自豪。久远祖先的热血，在这个风烛残年站也站不起来的老人身体里，仍在熊熊燃烧。渥巴锡大汗带走了十七万族人，但还有七万土尔扈特人未能同行。这七万土尔扈特人从此就变成了俄国的卡尔梅克，然而，在每个人的心里，永远都是中国的土尔扈特人。

“定远，土尔扈特人永远都不会做奴隶！”马在飞快地跑着，蹄下踢起的雪沫不时飞散开来。风在呼啸，可总也掩不去老人断断续续的话语。即使今天土尔扈特人已经再不复以往的声势，但久远的光荣却如一团永不熄灭的火燃烧在每个土尔扈特人心里。

老人虽然不能站起来，可是眼睛却锐利得像一把锋利的刀。这一路，他让走就走，让停就停，那小眼睛的头领苏日勒和克连一句二话都没有。有时天全黑了他才让马帮停下来打尖，有时大白天就停了。每次打尖时，由他指挥着刨开积雪，雪下都恰好有一处地窖。杨定远觉得不可思议，问起老爷子。老爷子却笑了笑说，这趟路他跑了一辈子，这些地窖有些是他挖的，有些是别的马帮挖的，他怎么可能不知道。

打尖时，思华便过来给老爷子捶背敲脚。老爷子看到她，眼里是满满的慈爱。杨定远在边上看着，眼里也溢出满满的爱，那是种怎样的爱，他也说不清楚。老爷子一路教他许多——跑马帮该注意什么，怎么找背风的地方，怎么看天，他都细细地说了，一边说还让杨定远都记下来。杨定远写不了那么快，他就笑骂说小伙子手脚这么慢，思华在边上看着，脸却是有点儿泛红。

马队什么时候出发也都由老人说了算，每当要出发时，老爷子就让杨定远背着他走出地窖，让他到处走一圈。走的时候，老人不时看天看地，把指尖伸进嘴里舔一舔，看看风向。他告诉杨定远，跑马帮不能一味贪图赶路程，万一走到半道上遇到风雪，如果找不到打尖的地方，整个马帮都会冻死在雪地里。西伯利亚一到冬天，天气就像个乖戾的女人，说变就变。老爷子年轻时曾经见过一支马帮自恃粮草充足，风雪要来了还硬往前走，结果最后他们全都冻成了一堆冰坨子，还保持着赶路的模样。老爷子说那是碰到了妖风，这种风冷得彻骨，吹到哪儿就冻到哪儿，要是吹过湖面，一眨眼就能把湖面全冻住。人要碰上了，连逃都来不及。人活着全凭心口的一团热气。可妖风吹来，再厚的羊皮袄也挡不住，妖风能吹透五六层羊皮，一下子就把人全身的血都冻住，叫人连喊都喊不出来。杨定远听后，后脊一片冰凉。心下又暗暗佩服老爷子。

走了三天，马帮终于穿出了密林，前面就是平原了。到这时候，老爷子也明显轻松了很多，坐在雪橇上还时不时唱两句歌，还不时拿出酒来让杨定远喝上一口。他唱的歌曲调都很悠长，用沙哑的声音唱出来，尽是苍凉。拉雪橇的马听了他的歌声，跑起来似乎也更快了。

正走着，杨定远忽然觉得背后有点儿凉。现在风是迎面吹来的，他怔了怔，心想："背后也起风了？真怪，不会是妖风吧。"正想着，听得老人忽然叫道："停下！快停下！"

老人的脸色都已有点儿变了。杨定远勒住马，问道："老爷子，怎么了？"

"这风不对。"老人的头左转右转了一会儿，仔细地听着风声，忽然道，"快，快回去！"

都跑了这么一大段，居然要走回头路，杨定远有点儿愣神，难道真的碰上了妖风？老爷子见他发呆，急道："还不回去！来不及了！"

苏日勒和克已跑了过来，大声道："老爷子，这风不对吗？"

"快往回走！"

苏日勒和克什么话都没多说，马上招呼着掉转马头往回赶。杨定远一边赶马，一边害怕地问道："老爷子，是妖风来了吗？"

"妖风来了！"老人的脸已有点儿苍白，"老了，到现在才觉出来，刚才一点儿都没发现。"

第九章　风雪千里

往回跑了有一个多小时，杨定远觉得风向忽而往前，忽而往后。前面就是树林了，那里面倒可以躲一躲，他正想加上一鞭，老爷子忽然叫道：“停下！”

苏日勒和克又急急跑过来，显然也明白情形有点儿不对，急急道：“老爷子，不对了吧？”

“筑城！”他们说的都是蒙古话，杨定远也听不懂，只见苏日勒和克指挥着人把雪橇围成一个圈，把马都解下围在中间，往雪橇外围堆雪，有几个人则手忙脚乱地支上了大锅，把雪扔进去点火烧。杨定远不知他们要干什么，正要过去帮忙，老人叫住他道：“定远，你让乌云过来。”

虽然马帮里的人都穿着一式衣服，但思华个子最小，也最好认。他走到思华身边道：“思华，老爷子让你去，这儿我来吧。”

思华定定地看着杨定远，她的脸因为用力都红成一片，将手里的铁锹递过去，轻声道：“杨大哥，那麻烦你了。”

“没事。”杨定远拿起铁锹，开始堆雪。刚堆了一会儿，有两个人抬着一锅水急急过来。锅里的雪还没完全化尽，连一点儿热气都没有，他们把水往雪堆上一浇，又抬着锅放回火上。雪堆被浇了水，登时矮了些，可也马上冻住了，硬得跟石头一样。杨定远恍然大悟，心道：“这不就跟《三国演义》里曹操征西凉筑城一样吗?”

《三国演义》里说西凉马超造反，曹操带兵远征，要筑座临时城墙，可因为土质疏松，老筑不起来。有个隐士娄梅柏就献了一计，说趁北风大起时，一边培土一边浇水，用水把土冻住就能筑了。老爷子肯定不曾看过《三国演义》，可他这法子却是一般无二，心下又是一阵佩服。只是曹操筑城是为了防西凉兵，现在筑雪城防的又是什么?

没多久，雪橇四周已筑起了一道半人高的雪墙。杨定远还要再往上筑，却听得老爷子高声道:“快进来！妖风快来了!”

杨定远向远处看看，风力似乎没有想象的大，确定那是妖风吗？不想，没多一会儿，心里便是一跳。天突然就暗了下来，明明是正午时候，可这时却黑得看不清眼前几丈远了。放眼望过去，远处的天边乌云翻涌，就如一条长龙正滚滚而来。

苏日勒和克看了看天，脸色登时大变，叫道:“马上躲到里边，躲到马肚子下!”

他这一声喊，大家全都急急地向圈中跑去。而圈子里，那些马匹似乎嗅到了危险，更加焦躁不安，不住打着响鼻，四蹄踢打着地面。如果不是马缰绳被人抓着，这些马只怕马上就要落荒而逃了。杨定远心里正打鼓，眼角突然扫到了什么。他抬起头，那一瞬间，他看到了一个人，一个女人。在那一条席卷而来的风雪长龙中，他看到有一个女人正向这儿走来。离得那么远，可她的身影却又如此清晰。在仿佛要把一切都撕成粉末的风雪中，她仍然缓步而来，似乎引领着那片无坚不摧的狂风。天哪，那是死神吗？杨定远倒吸了一口冷气。虽然神志有些恍惚，但他知道风速远远快过火车。一个人跑得再快，也不可能比火车快，更不要说这女人一直是款款而行。但她一直走在那条风雪长龙的前面，越来越近，杨定远几乎可以看到她的面容了。

是死神吗？他呆呆地想着。老格说，死神是个穿着黑衣的女人，但这个女人却穿着一件白色的袍子。这情景太诡异了，他实在不敢相信，正要揉揉眼睛看个仔细，有个人忽地拉住了他的手："杨大哥，快走。"那是思华。思华见别人都躲好了，杨定远却呆了一样仍然看着风雪来的地方，一颗心几乎要跳出来。她一个箭步冲过来拖住杨定远。杨定远被她一拖，顺势跟着她躲到了老爷子身边。

老爷子一直闭着眼，当他们躲进来时，老爷子突然睁开了眼道："妖风要到了，定远，抓住马缰，别让马惊了。"杨定远答应一声，将遮住他们的马匹缰绳挽在手里。他刚抓住缰绳，耳边忽地一声响，一阵风裹着雪就重重地压了过来。杨定远转过身子，让自己不去面对着风，坐在地上道："老爷子，这就是妖风吗？"

"妖风？早着呢，这只是刚过来的头阵风。要不是筑了城，整个马帮都要被吹上天去。快闭上眼，什么都不要想。"

真有这么厉害？杨定远有点儿将信将疑。他抬起头，从马肚子下望出去，耳边的风声越来越响，雪片正在乱舞，几乎填满了一切空隙，看出去只有白茫茫的大雪。这么大的雪，连见惯了风雪的马也慌了神，全都在不安地嘶鸣着，四蹄也在乱踩。这样的天气，怎么还会有人在走？杨定远心想，所谓的死神自然是老格的迷信而已，自己大概因为听了老格的胡扯才会产生这种幻觉吧。正想着，老爷子忽然抓住了他的手腕，把一只柔软的手放进他的掌心。

"定远，你抓着乌云。"老人的声音很轻，轻得只有杨定远一个人听到，"乌云身子轻，我分量不够，你一定要拉住她。"

难道会被吹走吗？杨定远打了个寒战。这时风声突然大了，先前还似在吼，这时耳朵里简直就跟一万个人在齐敲锣鼓似的。在风声中，只听苏日勒和克叫道："快趴下！拉住马缰！"

天一下更暗了，眼前是一片铺天盖地的阴影。那阴影不同于夜的黑，黑夜轻得没有重量，而这片阴影却如同一块巨石，正往他们头上压下来。那是一阵狂风，夹着雪、枯草，甚至还有胳膊粗的树枝向他们横扫过来。这一刻连那些惊慌失措的马也立时失去了声响，只剩下风声。那已不是风声了。那是刀子，是钢针。杨定远虽然躲在马下，可还是感到了背后那种不可一世的压力。

天地间的不可抗力，终究不是人所能抵挡的。眼前只有白茫茫一片，雪花这时已不是在飞，而是一团团地往下砸。刚开始还能听到马在哀嘶，可现在却什么也听不到了。并不是马不再嘶叫，而是风太大了，马的叫声来不及传到杨定远耳朵里，就已被风撕得支离破碎。可是，在一片嘈杂中，他突然听到了一声呼唤："杨定远，你在吗？"这是个轻柔而美丽的声音，脆薄得仿佛最初的秋夜里凝结的冰。一定又是幻觉。杨定远想着，可眼睛却不由自主地睁开了。在漫天飞雪中，他又看到了那个女人。她美得让人窒息。

"你冷吗？到我的怀里来吧，我的怀抱柔软而温暖，我的嘴唇也甜如蜜。你只要走过来，就会忘记了一切，永远都沉浸在幸福之中。"

忘记一切，永远都沉浸在幸福中吗？杨定远的身体在瑟瑟发抖。这个女人如此真切，他甚至可以感觉到一股幽香袭来。"去吧——"他仿佛听到自己心底有个人在对他说着，"去吧，走到她身边，你会得到永远的宁静。"

"来吧，不要再想什么了。在我的怀抱里，你永远都会安宁，忘记一切人世的痛苦。"女人的声音很轻，但一字一句都清晰如刻。这声音圣洁而又妩媚，有种根本无法让人抵御的诱惑力。杨定远的身体动了动，差一点儿就要站起来。就在这时，他的手被人一拉，仿佛从一个幻景一下回到现实，耳边仍是无休无止的风吼。他看向身边，思华正害怕又担心地看着他。

真是幻觉啊，杨定远想着。老格说过，只有将死的人才会看到死神，难道这意味着谁也逃不过这场劫难吗？可是从思华手上传来的一股微微的暖意却让杨定远不知从哪里来了信心，他握了握思华的手，低声道："别害怕，有我在。"

在喧嚣的风声中，思华根本听不到杨定远说什么，只是在杨定远的眼中，她读到了信心与坦然。她微微笑了笑，张了张嘴，也不知说什么，又闭上眼。在这少女的心中，什么妖风、什么暴雪，只要握着杨大哥的手，就什么都不怕。

狂风如同野兽般嘶吼，圈子里的人连呼吸都越发艰难。挡在他们身上的那匹马已完全没了声响。雪大团大团地砸下来，积雪已经积起了尺许，将马的四脚埋了一半。再这样下去，不是要被积雪活埋了？杨定远此时已顾不得再挽住马缰了，双手一把揽住了思华，只是想着："无论如何，我都要保护好思华。"

风还在呼啸，但声音却越来越轻。只是杨定远也觉得身上越来越重，那不是因为风真的变小了，而是雪已将他们全都埋了起来。因为头上盖了一层雪，他们已感不到狂风的威力，可是寒冷和重压却让人更难以忍受。杨定远只是死死撑着，把头埋在臂弯里，好让怀中的思华能够有一个空间。不知过了多久，杨定远才醒过来。一睁眼不由吓了一跳。眼前的雪已经快擦到他鼻尖了，他的身体已全部埋在雪里，只有脑袋边因为呼吸还有点儿空隙。他想要站起来，可刚一直身子，两腿就跟灌了铅一样，根本动弹不得。

难道腿都冻僵了？也不知老爷子和思华怎么样了。他叫了两声，却听得苏日勒和克的声音从上面传来："杨兄弟，你还活着吗？"

杨定远欣喜若狂，叫道："苏大哥，我还活着！"也不知哪儿来的力气，身子一长，人猛地直了起来，眼前一亮，脑袋却是一凉，原来雪已经没到了他的胸口，看过去，雪地上，只露出一个个马头。片刻，苏日勒和克踏着雪过来，一把拉住杨定远的手将他拖了出来，问道："佛祖保佑，杨兄弟，老爷子呢？"

杨定远心里一惊，"啊"地叫了一声。他被苏日勒和克拖出来后，雪地里出现了一个深洞，当即一转身又抓进去，叫道："老爷子！思华！"伸手往雪堆里摸着，心中不住念叨，"你们可别出事啊。"他的手刚伸进去，却马上被一把抓住了。杨定远觉得这只手纤细柔软，知道一定是思华的，一把将她拖出来，又叫道：“老爷子！老爷子呢？”

思华一出来，从洞里又伸出一只枯干的手。老爷子还活着！他赶紧握住了老爷子的手，一把又将他拖出雪地，说道：“谢天谢地。老爷子，你没事。”

老爷子被拉出来，脑后梳着的十几根小辫子也都沾满了雪，冻得笔直。他喘了两口气道：“别管我，先挖人！”

苏日勒和克已经挖出了四五个人，他们一出来便抱着马脖子不住地大口喘气。在雪里活埋了这一阵，没冻死也没憋死，人人都有种死里逃生的欣慰。杨定远连忙朝有马头的地方挖去。先前因为风雪太大，人们都躲在马肚子下，现在雪停了，马肚下虽然有点儿空间，可想出来也更难了。其实这时风雪并没有完全停，可这时的风比起先前的妖风，简直就算是祥和之极了。挖了一阵，所有的马都被拉出来了，可是苏日勒和克点了点名，却还有五个人不见踪影。他还想挖，老人叹道：“不用挖了，准是被妖风吹走了。快到边上找，要是命大，还能找回来。”

真的被风吹走了？杨定远心中一寒。他牵过马道：“老爷子，我往西边去找，苏大哥，你往南边吧。”苏日勒和克没有说话，只是点了点头。他心里很不好受，老人虽然说命大还能找回来，他也知道这只是句宽慰的话罢了。这么大的风雪，被风一卷走，能活下来的可能性微乎其微。他和杨定远两人跨上马出去找人，别的人留在这儿清理地面。因为雪橇也都被埋了，得拉出来。杨定远出去找了一阵，在几百步外找到个半埋在雪里的人，已是死尸了，身上的羊皮袄就跟被绞过一样全都烂了，身上更是没一块好肉。这场风雪给地面平添了近三尺厚的雪，白茫茫一片，看过去连高低起伏都没有。

杨定远带着那具死尸回去，没多久苏日勒和克也回来了。他连一个人都没找到，还有四个人仿佛就溶化在了空气里。老爷子说死尸准是被积雪埋了，只有明年开春雪化的时候才能找得到。西伯利亚一到了冬天，只有一天比一天冷，积雪几乎不会化。下了几场雪，新雪压着陈雪，有时会积得足有四五尺高。

这时圈子里已基本把雪都扫开了。幸好铁锅是倒扣着的，没有被吹走。杨定远和苏日勒和克把死尸埋了，旁人已生上了火，化了雪后先饮马。马帮把马看得几乎比性命还重，因为人总会想办法活下去，但若是没了马，再有办法的人也没辙。喂过了马，把雪橇一辆辆抬出来，生了好几堆火，大家才开始喝酒吃东西。失踪的五个人全是土尔扈特人，苏日勒和克脸色铁青，一句话都没说。跑马帮，心总得跟铁一样硬，就算同伴死在你面前，还是该吃的吃，该喝的喝，不然连自己都撑不下去。

吃饱喝足后，马帮重新出发。出了这件事后，谁的心情都不好。因为少了五个人，现在没几个人能骑马了。杨定远赶着车走在最前，不时回过头看看思华。思华骑着马就走在他们身后，杨定远怕她受不了，总是担着心。老爷子话也少了，只有碰到什么需要注意的地方，他才提醒一句，别的时候，他都是眯着眼，似乎在想着心事。

走了约莫半里地，在一棵大树上看见有个倒挂在树上的人，正是死去的五个人中的一个。他的衣服已经被风吹走了，赤条条的身体成了暗紫色，也不知怎么会被吹到这个地方。老爷子说妖风就是这样，明明是从东边来，突然间就又往东边去了。他准是没躲好，结果被风卷起了又摔下，摔下又卷起，几个起落才到了这地方。埋掉了这具死尸，雪才终于全停了。老爷子说，妖风虽然危险，但吹过后定是好天。果然，接下来的十几天天气都很好，白天阳光灿烂，虽然照在身上没半点儿暖意，但总让人安心得多。

停停走走，又走了二十多天，路越来越难走。原来还是平原，可越往前走，地势便越不平，马帮的速度也越来越慢。每天打尖时，杨定远都觉得疲惫不堪。一停下来打尖，思华便要过来跟老爷子和杨定远说说话，她脸上的红润褪去了许多，话也不如原来多了。杨定远心中担忧，怕思华撑不下去，便偷偷问老爷子还有多久才能到。老爷子总说快到了。可到底还有多久，谁也不知道。

这一天临出发时，老爷子让杨定远背着他到一棵大树下。杨定远不知他要干什么，却见他从腰间掏出了两把匕首，交替着扎到树上往上爬。老人的腿废了，可两条手臂的力量竟然大得惊人。他爬上一根树枝，在上面看了半天，才下来道："走吧。"

这回出发，却不是杨定远的雪橇领路了，老爷子让苏日勒和克和两个精壮的汉子骑马走在最前面，而队伍最后头的人砍下树枝来拖着，这样马帮一过，树枝把马蹄印和雪橇印全都抹掉了。杨定远见他们行踪变得如此诡秘，偷偷问老爷子这么做是什么用意。老爷子这回倒没瞒着，说前面就是号称"人间第一峰"的长白山主峰。到了这儿，经常会有日本人的巡逻队活动，不能让他们发觉，所以得特别小心。

已经到了东北了？杨定远不禁有点儿吃惊。马帮的行踪越来越诡秘，好几次在前面探路的苏日勒和克飞马回来，让众人停下不要发出任何声响，原来是一支日军巡逻队经过。这一天，马帮走到了一片山坳里。苏日勒和克说翻过这座山就要到目的地了。杨定远总算暗暗松了口气。

天快要黑下来时，苏日勒和克过来道："老爷子，打尖吧？"天很冷，一片雪花正斜斜飘下，老爷子伸出手来接住了。雪花落到他手掌中，马上化成了一滴水。杨定远见老爷子没说话，只当他没听到，正想提醒一声，老爷子却突然转过脸来，急急道："苏日勒和克，马上就走！"

有几个人在那边正准备要生火煮饭，苏日勒和克呆了呆道："马上就走？"

老爷子嘴里突然连珠炮般地蹦出了一长串话，杨定远一字都没听懂。苏日勒和克一听之下，脸上登时变色，叫道："什么？"他一个箭步跃起，嘴里叫道，"牵马，快走！快走！"

杨定远见他们一副惊慌失措的样子，还不知到底发生了什么事，忙问道："老爷子，到底出了什么事？"

"你伏下来，听一下。"

杨定远有点儿莫名其妙，把耳朵贴到了雪橇上。耳朵刚贴上，便听得从远处传来一阵细微的沙沙声，听上去似乎是水流的声音。

“听到了什么?”

杨定远犹豫了一下，不敢确定地说：“老爷子，我听到了水在流动。”

“那不是水，”老爷子叹了口气，“是雪。”

老爷子说，长白山的雪积长年不化，一年年的雪堆起来，旧雪压着旧雪，一层层便会像沙子般流动。如果新雪积得太多，最后突然间一整片山岭上的雪全都会垮下来。这时若有人在山坡上，真是连怎么死的都不知道了。老爷子脚不便，耳朵却比年轻人都灵敏。当雪橇驶动的时候，他就已听出了底下这层积雪流动的的声音。

“这是要雪崩?”杨定远惊呆了。

老爷子点点头。众人急道：“老爷子，那怎么办?”

“只有趁雪还没下大的时候翻过山去。”

杨定远咬了咬牙道：“行了，老爷子，听你的，我一定不会误事的。”

他将马缰抖了抖，拉雪橇的这匹马本来该停下来歇歇，吃点儿料饮点儿水了，但马上又要出发，多少有点儿不情愿。雪橇擦着积雪掠过发出沙沙的声音，只是在杨定远耳中，这声音简直是死神在一步步逼近。这么快，又要见到死神了吗？杨定远倒有点儿好笑。生与死在这儿简直不值一提，活着只是偶然，死才是永远。

“定远，老头子有件事要求你。”老爷子突然低低地说。他从来没有用这种口气跟杨定远说过话，在杨定远看来，老人也是无所不知，无所不晓，永远都不会有有求于自己的一天。他差点儿以为自己听错了，反问道：“老爷子，您说啥?”

“我说，有件事要求你。”老爷子的头抬也不抬地说着，“待会儿，若是有命到了山顶，下山更是个难关。我把乌云托付给你，无论如何你都要护着她点儿。”

杨定远见他说得郑重，心中又是一沉道：“老爷子，您别这么说……”

“这是我求你的。定远，我这辈子一直亏欠乌云这丫头。真出了什么事，求你一定不要丢下她。”

不会的！杨定远在心底叫着。他不由扭过头去，思华骑着马正跟在他们后边。这几天她也累得疲惫不堪，眼睛下都黑了一圈。杨定远笃定地道：“老爷子放心，我答应你！无论如何我都不会丢下乌云的。”

老爷子松了口气，从怀里摸出一个黑乎乎的东西道：“那就好。来，舔一下。”

杨定远不知那是什么东西，伸出舌头舔了一下。舌头一碰到这个东西，便觉一阵苦味针一样直扎进来，从舌头一下蹿上了顶门，苦得他打了个激灵，什么倦意都没了。他道：“好苦！这是什么？”

“熊胆。”老人低声说着，“土尔扈特人从小就舔熊胆。舔过熊胆，眼睛就亮得能看到风，耳内明得能听到雪。”

此刻杨定远果然觉得眼睛亮了不少。山坡上，树枝一根根旁逸斜出，一不小心就要剐到人的脸，但他已浑然不觉，赶着雪橇拼命往前行。雪越下越大，离山顶已近了，拉雪橇的马气息也已粗了起来。这时候谁都不敢大声说话，“雪崩”这个词跟块石头一样压在每个人心上。在雪山里行进，雪崩无疑是最可怕的事。而且雪崩说来就来，明明看着积雪皑皑，可声音稍响一点儿都有可能让满山坡的雪全塌下来。

到了山顶，连人带马都是筋疲力尽。虽然天已经黑了，可因为到处都白茫茫一片，雪光映照下能望出很远。杨定远刚喘了两口气，苏日勒和克已踏着雪跑过来，一到他们跟前便急急道：“老爷子，山坡都冻住了，没办法走。”

这边的山坡因为朝阳，太阳一出，面上一层就晒化了。可雪总化不完，表面上化了，雪水渗下去便又冻住了，整个山坡都冻成了一块冰，人要踩上去，一下滑下去，非摔个粉身碎骨不可。老爷子沉吟了一下，说道：“那就炸开。”

苏日勒和克也不说话，转身便走。杨定远吓了一跳，小声道：“老爷子，炸开？”

“现在已经到了顶上，就让它雪崩一下，这样才好走。”

老爷子说着，又看了一眼思华，低低道：“定远，把马解下来吧。待会儿炸冰的时候，马说不定会惊，要拴在雪橇上，万一把雪橇带下去可不得了。”

现在人少马多，杨定远拿到了两匹马。思华也牵着匹马过来了，杨定远道：“思华，缰绳给我吧。”

思华个子矮，力气也小，万一马惊了，她铁定抓不住。思华犹豫了一下，老爷子道：“乌云，给定远吧，你站到我身边。”

杨定远手上拿着三根马缰绳，实在不顺手。他正要把绳子拴到腰上好腾出手，老爷子忽然沉声道：“你想死吗？拿在手上。马要一惊，非把你撕成几块不可。”杨定远这才恍然大悟。现在马还老老实实的，自然没事，但万一炸冰时马惊了乱跑，后果还真不堪设想。这时苏日勒和克过来报告：“老爷子，都成了，你这边怎么样？”

“行了。”老爷子又嘱咐道：“小心点儿。”

苏日勒和克点了点头。杨定远见他腰上别了几个手榴弹，也不知先前藏在哪儿的。只见他拿出一个手榴弹拔掉引线，便往下一扔。那颗手榴弹在空中画了个弧形，直直地落到了半山腰上，“轰”的一声响。杨定远正想着这不算什么，老爷子忽然道：“定远，小心了。”就在老人话音刚落的当口，杨定远只觉脚下开始颤动，仿佛这座山本来睡着，被苏日勒和克一手榴弹炸醒了，开始打着哈欠起身。他手中的三匹马也一下子变得狂躁不安，四蹄不住往地下刨着。紧接着，脚下忽然一震，随即耳中便传来了一声震天般的巨响。整片山坡上的冰一下子塌下了一大片，顺着山坡滑下去。冰雪看似柔和，但雪崩滑下去时简直就跟剃刀一样，把山坡都刮平了一大片。杨定远拉着的三匹马不住地嘶鸣着，在原地乱跳，只是它们的叫声在这片轰响中根本听不出来。杨定远只能死死地拉着马缰，要是一松手，这几匹马肯定会慌不择路，不知跑到哪儿去。

巨响和震颤持续了很久才结束，从山坡上滑下去的雪将山谷都填了好多。不仅是这一边，他们刚爬上来的这边山坡也有一大片雪滑了下去，坡上有不少树都被齐刷刷地斩断。见到这幅景象，杨定远心里暗暗发毛，抬头看去，老爷子的神情却依然很平静，只是他身边的思华脸色却已变得煞白。

杨定远赶紧问道："思华，你没事吧？"

也许是惊魂未定，思华怔了怔才道："我不要紧。杨大哥，你手上流血了！"

杨定远看了看掌心，这才发现虎口处鲜血直冒，大概是刚才拉住马缰被勒破的，他竟然连一点儿都没发觉。他道："我没事。老爷子，这样就能下了吗？"

雪崩后，炸出了一条通路来。老爷子道："背我过去看看。"

杨定远背着他走到边上，苏日勒和克走过来道："老爷子，你说成不成了？"

老人沉吟了一下，低声道："雪橇推下去，不能用马拉了。"

冰雪虽然大多已滑下去了，可坡上仍然又滑又难走。马拉着雪橇的话，雪橇滑得比马还快，杨定远便把拉雪橇的马都解了下来。老爷子骑上一匹马，说道："定远，你带两匹。下去路滑，千万要小心。"

杨定远见他骑在马上时倒和平常人一样了，有点儿不放心地说："老爷子，你一个人骑马成不成？"

"有什么不成的。"老爷子看了看一边的思华，小声道，"老弟，我跟你说的事没忘吧？"

杨定远看了看思华，点点头，也小声道："老爷子，你放心吧，我只要有一口气在，她就出不了事。"

老人叹了口气："那就好。苏日勒和克这小子别的还算马马虎虎，对自个儿外甥女就尽是副臭脸，当乌云会抢他的吗？"

杨定远一呆，问道："老爷子，苏大哥……他是您儿子？"

"是啊，没出息。"

在杨定远眼中，苏日勒和克也算得上很有魄力了，但在老人眼中显然还是个不肖之子。如果不是老人说起，杨定远现在都不知道苏日勒和克其实是思华的舅舅。他一向以为思华找到了姥爷就过上了好日子，可看样子她仍然在过着寄人篱下的日子，怪不得再见她时，她眼神里仍然有着一丝忧郁。

老爷子这时和思华道："乌云，你就跟着定远，下去时小心。别以为下山容易，十个死在山道上的有八个就死在下山路上。"思华点点头，又冲定远笑了一下，在她心里只要有定远在，她比谁都踏实。

此时苏日勒和克和几个汉子将一辆辆雪橇都用绳子扎好，往山下推去。待将几十辆雪橇都推了下去，老爷子说："大伙儿看好位置，下去后就把雪橇挖出来。要是隔久了冻成冰坨子，那可就没办法了。"

苏日勒和克答应一声，和几个土尔扈特汉子开始牵马往下走，陈柏川他们四个刘老板叫来的汉子扎作一堆，跟着往下走。这四人虽然与杨定远同来，可一路上没说过几句话，似乎都在有意避开他。杨定远也没在意，在生死线上，他已顾不得这些了。

等他们都下去了，老爷子道："定远，行了，我走在前面，你们踩着我的印子走。下坡时千万不要大声说话。"老爷子交代完了，这才带转马向山坡下走去。他虽然双腿已失去知觉，夹不住马，但手臂力量大得惊人，抱住了马脖子，就跟生在马背上一般。那匹马也仿佛能跟他心意相通，小心地从山坡上走了下去。见他下去，杨定远向思华道："思华，我们也下去吧。"

虽然有老爷子在前面开道，但杨定远一下去才知道这路有多么难走。积雪虽然被炸开了，可山坡上根本没有路，每走一步都得小心翼翼。他看着前面老爷子越走越快，身影越来越小，渐渐消失在夜色中。他和思华都没有老人这等神乎其神的骑术，只能把马牵在手里，慢慢地走。好在老爷子走过后留下的蹄印很清晰，踩着上面跟着走就行。正走着，身后忽然传来一声响，杨定远吃了一惊，回头一看，见思华一脚踩了个空，人已伏在了坡上。这要一摔下去，连人带马都会变成肉泥。她一手拉着缰绳，一手死死地抠进泥里，一时间也爬不起来。他赶紧折回去扶起她道："把马给我吧。"

思华还没说什么，杨定远已从她手里抢过了缰绳，轻声说："拉着我，小心点儿。"虽说炸开了一条路，可积雪还有不少，老爷子说下坡时不要大声说话，就是怕雪崩。他拉着思华的手，每走一步都无比小心，生怕踩歪了脚下一滑就要万劫不复。正走着，耳边突然传来了一声惨叫，果然有个人不小心摔了下去。杨定远看不清前面，但这一声短短的惨叫让他后背都出了一身冷汗。这一趟已经死了好几个人了，几乎每一步都艰险无比。一瞬间，他几乎失去了往前走的勇气。

"杨大哥。"思华的声音在他身边响了起来，他心下又是一凛，以为思华又踩空了，可是脸刚转过去，见思华好端端地站着，神情恍惚，眼中尽是泪水。他小声道："怎么了？好端端地哭什么？"浓稠的暮色里，思华的眼睛异常明亮。那泪水仿佛在燃烧，越烧越甚。思华挽住他的手道："杨大哥，我不想走了，你把我扔这儿吧。"

如果不是因为害怕雪崩，杨定远定然会大吼一声。他只得压低了声音道："你害怕了？"

思华呆呆地看着他，似乎没听到，好一会儿才点了点头。几年前，她一个人流落在赤塔，举目无亲，衣食无着，但也没有像现在这样害怕过。杨定远是第一个诚心帮她的人，不知为什么，久别重逢，他明明就在身边，思华却感到如此的虚幻。直到现在，她仍然不敢相信这个朝思暮想的人就在自己边上。

杨定远把她的手握得紧了紧，小声道："害怕是没用的，已经出发了，我们就只有走下去。思华，你还记得在伊尔库茨克和我说的最后一句话吗？"

思华的脸颊上突然闪出绯红。在伊尔库茨克和杨定远分手时说的那句话，虽然充满了稚气，可她一直没忘。她道："记得。"

“记得就好，如果你现在不走，那可永远没有实现的一天了。”

杨定远只觉掌心里思华的手热了起来，她重重地点了点头，没有再说什么。两个人一步步地向山坡下走着。这道山坡长而且陡，长得像没有尽头的夜，然而两个人心里都重新燃起了希望，因为夜总会过去，黎明也终将来临。

第十章　屯垦团

当杨定远和思华走到山沟里时，苏日勒和克正带着人在雪里挖着雪橇。看到他们下来，居然人马都无恙，苏日勒和克不禁有点儿诧异。这一趟老爷子要带思华来，他一直不太同意，觉得这趟行程如此艰险，还带上她，实在是自讨苦吃。可老爷子说他一走，乌云没人照料不放心，让她出来见见世面也好，苏日勒和克才勉强答应了。只是走到现在，一路上已经死了不少精壮汉子，思华却一直撑住了，实在让他意外。

下山时杨定远只听到了一声短短的惨叫，以为只是少了一个兄弟，没想到，到了山沟里一点人数，又少了三个。连同遇到妖风时死了的五个人，已经有八个精壮汉子被这条路吞噬了。失踪的三个人里，有一个就是陈柏川他们一伙的。他们将摔死的同伴找出来埋了，依然不多说一个字。等把扎在雪地里的雪橇挖出来后，马帮找了个背风的地方生火取暖，化了雪水煮东西吃。

刚吃完了饭，风一下子变大了。山沟里的风比别处更大，卷着雪花不住往下砸，好在他们已经在沟底，风只在头顶盘旋，并没有吹到他们这儿。虽说风吹不到这儿，可是抬头一望，看到狂风带着漫天的雪填满了整个天空，就让人不寒而栗。老爷子说，如果不是及时翻过这山头，马帮被这阵风一吹就得全军覆没了。

第二天天亮的时候，风停了。杨定远起身时，看到昨晚山坡上炸出的那条路今早又铺满了白雪，冻成了一整片，不由暗叫侥幸。如果不是老爷子昨晚留在山头的话，不被风吹走也会被冻死。整好行装，马帮继续出发了。杨定远仍然和老人赶着最前面的雪橇，但现在已经没人可以骑马，连思华也赶着一辆雪橇。一场大风雪过去，天气异乎寻常地晴朗，一直阴沉着脸的苏日勒和克这回总算露出霁色。杨定远出发时，根本没料到这趟行程会如此艰险，几乎称得上九死一生。这天正午打尖时，他问老爷子以前马帮是不是也这么艰难，老爷子说当初也不是太难，这一次因为不能走漏行踪，走的尽是荒僻的路，所以才这般艰险。原来如此，可这一趟为什么如此保密也令杨定远有些奇怪，但也不好再多问。

吃罢了饭，准备重新出发，杨定远正背着老爷子上雪橇，老爷子忽然道："等等！"

苏日勒和克正在给马勒肚带，听得声音快步跑了过来："老爷子，又有什么不对劲?"

"有人来了。"老爷子皱起眉头，将身子靠在边上一棵大树上，耳朵紧贴着树干细听，嘴里喃喃道，"一、二、三、四……有二十多匹马……不对，上三十了，正向这边走过来。"

三十匹马的马队，那实在不算小。苏日勒和克眯了眯眼，涌出一丝警觉。他的眼睛本来就小，眯起后就跟没了一样。但这样一眯起，眼神里的寒光反而愈甚，他低声道："是义军吗？还是日本人?"

老爷子摇了摇头："现在还不知道。"他看了看周围，又道，"不管怎么样，先躲起来。"苏日勒和克答应一声，用蒙古话向同伴说了句什么，那些人纷纷冲到雪橇边，从雪橇上的粮草堆里抽出了枪。刘掌柜叫来的那三个人没有从雪橇上拿枪，却从怀里掏出了手枪。

这些人到底是什么来路？杨定远心中更为狐疑，这时有人拍了拍他的肩，扭头一看，老爷子也从怀里摸出一支手枪递给他，问道："会用吗?"

杨定远摇了摇头，老爷子说："其实很容易，拉开保险扣扳机就行了。

最要紧的，是你有没有胆对着人开枪。”

杨定远接过手枪，听到最后一句话心里便是一阵悸动。是啊，只要对着人一扣扳机，一条性命就没了。接过枪时他并没有多想，可现在他却实在无法确定自己是不是有胆朝人开枪。他正想把枪还给老爷子，老爷子却道：“把我背到树后去啊。乌云，你也过来。”说着，他又压低了声音道，“定远，如果来的真是日本人，那我和乌云两条命都交在你手里了。你要是不够胆开枪，就要再添上你的一条命。”

杨定远只觉身上一热，说道：“老爷子，你放心吧，有我在，你们就不会有事的。”

雪橇都推进了林子里，积雪上的痕迹也已扫去了。没有多久，果然从东边传来了一阵马蹄声。这阵蹄声密如急雨，杨定远看了看身边的老爷子，发现他的神色已坦然多了，看来应该不是日本人。他正想着，那队人马突然在离他们还有百余步的地方停了下来，有一人居然开口高声道：“是刘掌柜的马帮吗？”

这人一开口，杨定远便觉一怔，因为这个人的声音很尖，还带着几分稚气。老爷子松了口气，低声道：“成了，日本兵没年纪这么小的。”

苏日勒和克从树后闪了出来，高声道：“不错，你们是什么人？”

“我们是义军屯垦团，一直等着你们呢。”那个人说完，扭头高声说了两句，并不是汉语。思华小声问道：“姥爷，这些是什么人？”

“高丽人。”老爷子的声音里终于有了欣慰之意，他笑道，“终于到了，真不容易啊。”

高丽人就是朝鲜人。1910 年，日本强迫朝鲜王李熙退位，签订了《日韩合并条约》，正式吞并朝鲜。然而很多爱国的朝鲜人并不甘心，便流亡在中国东北一带组织义军抗击日本，意图复国。杨定远这才知道原来这些人就是朝鲜的抗日义军，怪不得这一路要如此隐秘，一旦被日本人知晓，那这支义军肯定会被连根拔除。这时那些高丽人已急急过来，一到林子里便纷纷跳下马，拍打着雪橇上的货，一个个脸上尽是欣喜若狂的神色。杨定远见他们的马每一匹都很高大健壮，可人却面带菜色，个个瘦得皮包骨，看他们的样子简直就要把雪橇上的生米直接吞下去一般，心中不禁暗暗感慨。东北这一带是俄国和日本竞相争夺的地方，日本人肯定视他们如眼中钉、肉中刺，必欲置之死地而后快，现在又是冬天，他们隐藏在雪山密林里，一定缺乏粮食。刘掌柜给他们送来这批补给，怪不得他们会如此兴奋。

这时苏日勒和克领着两个人过来。这两人一个四十多岁，长相粗豪，虽然看得出一直在挨饿，但精神很好。另一个却是个半大的少年，样子很是清俊。苏日勒和克领着他们走到老爷子跟前，那汉子拱了拱手说了几句朝鲜话，少年则翻译过来。原来这汉子是屯垦团副团长朴再九，向马帮表示感谢。朝鲜人中只有读书人才懂汉语，朴再九看来并不会说，才要这少年做翻译。这少年的汉语倒是说得十分流利，谈吐有点儿文绉绉的。

朴再九虽然不会说汉语，却很是健谈，骑马走在老爷子的雪橇后面一路说着。原来这支屯垦军是一个叫金亨稷的人组织的。1905年，日本强迫朝鲜签订《日韩保护条约》，朝鲜境内组织了大量义军反抗。到了1907年，日本强令朝鲜军队解散，那些军人很多就加入义军继续抗争。这一仗足足打了四年多，到1911年，义军被日本镇压，前后有十四万高丽男儿血洒疆场。残存的义军便退到中朝边境的密林里隐藏，以待再举。在义军初起时，金亨稷就组织了一些义军家属来到这里，分成了五个垦荒团，在林中守望相助，艰难度日，至今已差不多有十年了。十年来，这支垦荒团发展到两百多人，有六十多个精壮汉子，朴再九便是这支垦荒团的领头人。日本人一直想消灭他们，但俄国人却在暗中资助他们。而垦荒团来去如风，又熟悉地形，日本人屡次征剿都对他们无可奈何。

朴再九说得慷慨激昂，边上的少年不停地翻译。说了一阵，已到了垦荒团的所在，朝鲜人纷纷下马卸货，将粮食分到各家。杨定远见这里出来的朝鲜人老的老，小的小，一个个都是一样的面有菜色，一些小孩看到从雪橇下卸下的米包时就在咽口水，也不由恻然。只是见村子里开出了不少田，他又有点儿诧异。他出身农家，小时也干过农活，这么个两百来人的村落，这点儿田足够他们生活了，怎么会搞得如此狼狈？难道今年颗粒无收吗？他见那少年正在左右张望，招了招手道："小兄弟，你过来一下。"

少年见杨定远招呼他，走了过来说道："先生，你叫我？"

杨定远笑了笑道："我姓杨，比你大一点儿吧，你叫我杨大哥就是了。你叫什么？"

杨定远的和蔼让少年放下了戒心，他也笑了笑："我姓金，金光云。珠称夜光的光，云腾致雨的云，十八了。"

"珠称夜光"和"云腾致雨"都是《千字文》中的一句。杨定远心想这两个字都不是生僻字，你直接说便说了，说两句《千字文》算是炫耀吗。但转念一想，在这些朝鲜人中，识汉字会说汉语的几乎没有，少年一定很是得意，炫耀一下也不过分。只是金光云十八岁了，倒让杨定远想不到，看上去他也只不过是个半大少年。大概是生活艰难，所以他有点儿发育不良。杨定远道："金光云啊，好名字。你的汉话说得很不错。"

金光云虽然十八岁了，显然还是小孩心性，被杨定远夸了一句，大为得意，说道："我还会说日本话。"

"你们今年种的粮食收成很不好吗？"

金光云道："收成还不错，就是中了日本人的算计。"

这句话杨定远有点儿听不懂，问道："怎么了？日本人怎么算计了？"

金光云看了看周围，小声道："杨大哥，你也别跟别人说，朴副团长知道了会骂我的。"

杨定远点了点头，说道："是，我不说。"

原来这几年日本人见征剿不利，便改用了怀柔分化措施。东北一带，很多地方都种大烟，烟土在黑市上可以当钱用。屯垦团也种了些，日本人答应他们用粮食来换他们的烟土，后来甚至答应可以用武器来换。两年过下来，屯垦团便也心活了，因为种粮食最多也就是让大家糊口，改种大烟的话，不但可以换回粮食，连枪支弹药都能换。屯垦团虽然一直隐藏在密林里，但都有个打回老家的心思，今年索性全部种上了大烟。谁知今年日本人突然翻脸，封住了道路，不但不来换，也不让他们出来。这样一来，今年虽然大烟收了不少，却面临绝粮，眼看这个冬天都要过不去了，因此马帮送来的这批粮食实在可称得上是救命粮。

听了金光云说的这些话，杨定远几乎有些目瞪口呆。日本人这不是用的《三国演义》上的绝粮之计吗！怪不得这一趟行程要如此艰难。在俄国待了几年，虽然也常听得欧洲那场大战的事，但毕竟很遥远，仿佛那是另外一个世界，与己无关。但金光云的话把杨定远拉回了现实，战争其实无处不在，比他想的更近。杨定远皱了皱眉，低声道："所以刘掌柜才送给你们粮食？"

"哪儿是送，刘掌柜是拿粮食来换我们的枪。"

"枪？刘掌柜要那么多枪做什么？"

金光云摇了摇头道："这我也不知道……"

他话未说完，思华突然跑了过来，不安道："杨大哥，他们有好多枪！"

她跑得急，脸也涨得通红，金光云听到是个少女声音，不由大吃一惊。思华穿着厚重的羊皮袄，又戴着帽子，金光云一直以为那是个和自己差不多年纪的少年，现在才知道她是个少女，脸也一下涨红了，目光转到了地上，却时不时向她瞟一眼。

杨定远道："这趟差事就是拿粮食换他们的枪。思华，你姥爷呢？"

思华还没说话，那边苏日勒和克转出了一间木屋背后，高声叫道："杨兄弟，快过来帮个手！"

杨定远答应一声，又对思华说道："思华，这小兄弟叫金光云，他会说汉话，你和他聊聊吧。"说罢，杨定远向苏日勒和克跑去。一到那木屋后，却见是一个地窖，马帮的人和一些朝鲜人正一支支地拿着枪出来。苏日勒和克说道："杨兄弟，掌柜的说你识字，是吧？"

杨定远点了点头。

“你记一下单子，回去好跟掌柜的交账。”虽然马帮是苏日勒和克领头，但点枪时却是陈柏川那三个人为首了。这三人拿起一杆枪试了试枪栓，放到雪橇上，十杆捆成了一捆，又报了遍枪名，杨定远在纸上记了下来。他见那三人拿枪的姿势极为纯熟，拉枪栓时连看都不用看，有一个嘴里还在嘟囔：“什么烂货，汉阳造都有，连鸟枪都拿出来充数。”陈柏川没说话，但看他的神色也对这批枪不甚满意。

他们肯定是军人！看到他们用枪的手法，杨定远已经可以断定，他们多半也就是尹春山那些人一伙的。他记着账，心里却在不住地寻思。刘掌柜是个铁公鸡，他拿出这么大一票粮食，又让马帮花了这么大代价运到这儿来，只是为了换一批枪，他到底想干什么？

一地窖的枪都抱了出来，各种各样都有，其中还有一挺机枪。陈柏川他们三个一见这机枪，眼才亮了亮。有一个抱起了机枪试了试，叫道：“马克沁 MG08 式！好家伙，这才是好货！”

杨定远也不知道马克沁 MG08 式到底是什么，但看着这支机枪像有一百多斤，那军人抱起来时却似毫不费力。MG08 式是德国改良的一种水冷式马克沁重机枪。1916 年 7 月一天，英法联军先用重炮轰击德国索姆河阵地，然后全军发起冲锋。德军在防线上布下了两百多架 MG08 式重机枪，英法军人一冲上前，便成片倒下。这一天，在枪口前倒下的英法军人有六万之多，当场死亡的就有足足两万多。欧洲的战事还在继续，这挺重机枪不知为什么会流落到远东来。陈柏川他们对这件杀人利器却是如获至宝，小心地放到雪橇上。苏日勒和克看了看这些枪，问陈柏川道：“陈老哥，够了吗？”

陈柏川摇了摇头小声道：“这些枪老了不说，数量也不够。”

苏日勒和克有点儿为难地道：“可是那些高丽人一口咬定都在这儿了，粮食只够换这些，怎么办？”

陈柏川冷冷地一笑：“老毛子给过他们一批最新式的步枪，一支都没露过面。这伙棒子也不是善男信女，怎么会这么大方？”

苏日勒和克想了想，说道："我再去说说。"

见这几个人一直在商量着什么，杨定远便悄悄拉过少年翻译说："小金，方才他们商量什么？"

"换枪的事。"金光云说起来似乎在说与他完全不相干的事一样轻松，"朴副团长说，想要最新的俄国枪，你们得拿马来换。"

马帮里的每一匹都是好马，朴再九看到这些高头大马就十分艳羡。只是这一趟如此艰险，回去后更是带了这一批枪，马更少不了。杨定远道："我们的人同意了没？"

"谁知道，这不是去商量了嘛。"金光云说着，忽然有点儿忸怩地问道："杨大哥，我问你个事成不成？"

"什么？"

金光云越发忸怩了："杨大哥，你们马帮里，那位小姐她叫什么名？"

杨定远一怔，不由看了看金光云。在这少年眼里，分明有着一种奇异的光彩。他暗暗好笑，却也有点儿酸，说道："你问这干什么？"

金光云好不容易才鼓足勇气问出这句话，被杨定远一反问，脸也一下涨红了，吞吞吐吐地说："我……我是……"他说了半天也没说出个所以然来。正在这时，却听苏日勒和克在那边叫道："杨兄弟，你和金光云一块儿过来一下。"

这也解救了金光云，让他如释重负，对杨定远道："杨大哥，叫我们呢。"

杨定远点了点头说："走吧。"一边走，心里那股酸酸的感觉仍未淡去。他不知道自己为什么会有这种感觉，可总觉得，如果有旁人和思华多说一句话，他总会多少有点儿不舒服。

苏日勒和克见他们过来，先向金光云道："金光云，你跟朴副团长说，马我们是不能给的，不过还有更好的东西。"

朴再九一听不肯用马来换，懒洋洋地说了几句，金光云道："朴副团长说：你们还有什么更好的东西？"

“金子。”苏日勒和克刚说出口，杨定远先吃了一惊。这一路上他并没有看到苏日勒和克身上带着金子，难道他在骗朴再九吗？果然，朴再九听了金光云的翻译，也将信将疑地说了两句，金光云翻译说：“朴副团长说，如果你们有金子，那也可以。”

苏日勒和克见他答应了，便在边上一块石头上坐了下来，从脚上脱下了兀拉草鞋。见他脱鞋，杨定远更是诧异，他还没问，苏日勒和克已道：“杨兄弟，你也脱鞋吧。”

杨定远更是莫名其妙，但苏日勒和克这样说了，他也没去多想，便坐下来将兀拉草鞋脱了。苏日勒和克脱下鞋，取出了里面衬的毡垫，又拉出一个小鞋垫来。两只鞋，就有两个。说是鞋垫，其实却是个小口袋，苏日勒和克见杨定远有点儿呆呆的，说道：“杨兄弟，快拿出来啊。”

杨定远拉开了鞋子里的毡垫，果然，他的鞋里也有个小鞋垫。一掏出来，只觉沉甸甸的，里面似乎装着些沙子。苏日勒和克说：“这儿是金沙，能换多少?”

朴再九看着这些鞋垫，不禁呆了，赶忙抓过一个，拔出腰刀来割开一条缝。往外一倒，登时倒出了一条耀眼的金线，在朴再九掌中堆成了一小堆。朴再九仔细看着，又小心地将手中的金沙倒回了布袋，倒得一颗不剩。

鞋垫里竟然有金沙！杨定远差点儿连气都透不过来。虽然他和老蔫曾淘到金窝，淘出比这多得多的金沙，但当时他被关在牢里，也就是听老蔫说淘出了不少，却没亲眼见过。等他出来，他那份金沙也被刘掌柜拿去打点了，最终一点儿都不剩。现在他才知道，这一路翻山越岭，历尽了千辛万苦，每只脚下居然都一直踩着半斤重的金沙。朴再九看着这些金沙也有点儿震惊，他一个个地掂了掂，掂完了说了几句。金光云道：“朴副团长说，这些金子只能换一百支枪。”

苏日勒和克皱了皱眉，显然这个数字比他估计的要少。他又和朴再九争了起来，无非讨价还价，要多换几支。马帮刚来时，朴再九看他们的神情几乎跟看再生父母一般，这回却铁板着脸，死都不肯松口。争了许久，苏日勒和克让杨定远把老爷子背来，从老爷子的鞋里也掏出了两袋金沙。老人鞋中的金沙比他们加起来还多，朴再九这才没那么坚持了。最后，他答应这些金沙换三百支最新式的俄国步枪和一百箱子弹。

最后换来的这些枪械刚好装满了三辆雪橇。杨定远见后来拿出来的这些枪连油封都还在，俄国人看来扶持屯垦团与日本人对抗也是不惜血本，可是俄国人准想不到这些朝鲜人会把武器卖了。做成了这笔生意，苏日勒和克跟朴再九脸上都露出了笑容，陈柏川他们三个一直木无表情的军人也轻松了许多。苏日勒和克走到老爷子身边道："老爷子，明天早上走吗？"

老爷子点了点头。众人见状都纷纷欢呼起来。唯独杨定远没有吭声，这一路连命都差点儿没了，现在要回去理所当然，有什么可欢呼的。他走到老爷子身边，正要背起他，却见思华探头探脑地走过来，小声道："姥爷，都谈好了？那我们马上就走吗？"

老爷子道："住一晚，明天早上走。"

思华皱了皱眉头道："还要住一晚啊？"

杨定远见她一副不情愿的模样，笑道："怎么了，你这么急着走吗？"

"杨大哥，你不知道他有多烦人……"

思华还没说出是谁多烦人，金光云走了过来，说道："杨大哥，你们明天一早走吧。"他又看了看思华，讪讪地说，"乌云小姐，你明天也要走了。"

方才金光云壮着胆问思华名字，思华没理他，不论蒙古名还是汉名，都没跟他说，也不知他从哪儿打听来的。思华有点儿着恼，"哼"了一声，也不说话。杨定远看着这一幕，怕他没趣，忙道："小金，要分别了啊，你也保重。"

"我还要送你们出去。"

杨定远一怔："送我们？"

"嗯。你们来时的路太难走了，回去时得从另一条道去俄国。那条道只有我爷爷认识，他又不会说汉话，我就陪着他去。”

原来如此。只是思华有点儿不太乐意，大概金光云还得跟着他们回去让她觉得心烦。老爷子倒是对这条道很感兴趣，向金光云问了不少。金光云也说不太清楚，只是说往东北走，这样就不用再翻那座山了。

当晚住下，马帮住的是一间大屋，杨定远、老爷子和苏日勒和克一间，思华也挤在老爷子身边。大伙在屋里生起了火，煮上了一锅肉汤，杨定远把一个大列巴切成一片片让大家在汤里涮着吃。这种又硬又干的面包只有涮着吃才能吃得下。因为苏日勒和克这个舅舅对思华一直很冷淡，所以跟他住一间屋里思华有点儿不安。她一直盯着杨定远的刀看，忽道：“杨大哥，你这把刀好快。”

杨定远抬起头道：“这把是袖剑，不是刀。”

“袖剑?”

“是啊。听说这是以前宫里皇帝赐给妃子的。”说完他不禁又想起了那两个太监，也不知他们现在身在何方。

思华眨眨眼，眼神有点儿茫然，顿了顿道：“什么是皇帝?”

杨定远笑了起来，用俄语道：“就是沙皇。”

思华也笑了，拍了拍手道：“就是中国的尼古拉二世。”

杨定远点点头道：“是啊。只不过中国现在已经没有皇帝了，小皇帝也被赶出皇宫去了。”

“可是，”思华的眼睛又眨了眨，“杨大哥，你不知道吗，现在俄国一样没有皇帝。”

杨定远怔住了。他道：“怎么会呢?”

思华还没开口，苏日勒和克在一边道：“你还不知道，今年三月，革命党杀进冬宫，尼古拉二世就被抓了起来，直到现在一直关着呢。”

杨定远愣了愣，没想到这段时间里竟然发生了这么多的事，他全然不知：“那么现在俄国岂不是也乱得很?”

“是啊。”

杨定远还想再问问，门上忽然传来了几声轻叩。他不知这时候有谁来，正要起身去开门，苏日勒和克却抓起了一个大列巴笑嘻嘻地起身，对老爷子道：“真来了，老爷子，那我就出去了，明早上再过来。”

老爷子盘腿坐在火堆边，低低道：“别玩得过头了，明天还要赶路呢。”

“知道。”苏日勒和克走到门边，一拉开门，一阵寒风扑了进来。他扭头看向杨定远道：“杨兄弟，你留一个列巴，过一会儿肯定还会有朋友来找你的。”

杨定远有点儿莫名其妙，心想有哪个朋友会来找自己，又关列巴什么事？他正想问，见苏日勒和克搂着一个矮小的人，嘴里还在结结巴巴地说两句“斯密达”，也不知哪里学来的朝鲜话。他插上了门，坐回火堆边，却见思华正目光灼灼地看着自己，眼中有些不安。思华见杨定远也注视着她，她马上又把头低了低。

“定远，过一会儿有人来，你想去就去吧，我有乌云照料就行了。”老爷子这时开口了。

杨定远更是莫名其妙，说：“老爷子，我在这村里可没朋友。”这话刚出口，却想起金光云来。这个朝鲜少年和自己倒很投缘，虽然刚认识，但也算朋友吧，只是他明天还要当向导，年纪也小，今晚似乎不太可能再过来了。

老人嘴角浮起了一丝高深莫测的微笑，对思华道：“乌云，柴不够了，你去抱一点儿进来，晚上别让火灭了。”思华答应一声，起身出了门。等她一走，老爷子眼里闪过一丝狡黠，低声道，“是女人。定远，是村里的女人会来找你。”

“女人?”

老爷子笑了笑：“这村里，女人多，男人少。有些女人守了好几年的寡，又要养老又要养小，担子也重。有外路人进村来，她们就陪人睡觉，换点儿吃食。定远，你还年轻，要有兴致，就去吧，一个列巴就够了。”

杨定远的脸一下涨红了。他这才知道苏日勒和克说的朋友是什么意思，怪不得他出去时还亲亲热热地搂着那人。先前在哈尔滨，第一次被小个子硬拖进那酒馆里时，见那些军人喝了酒就找女人，他就有点儿脸红。现在见苏日勒和克这么个一直很一本正经的人，看到女人也跟换了个人似的，他更觉得难受。他摇摇头道："我不去。"

老爷子一愣，又低声道："你真不去？"

"真不想去。"他把一片在肉汤里泡软了的列巴送进嘴里，细细地咀嚼着，不再说话，心里有种说不出的不舒服。他今年二十三，正是血气方刚的时候，梦里也不是没梦到过女人。但他实在接受不了那些人用淫狎的口吻去谈女人，在他看来，女人总是美好的……即使是死神。

门又被推开了，思华抱着一堆劈柴走了进来。她把劈柴放在火堆边，见姥爷和杨定远都默然不语，诧异道："姥爷，怎么了？"

"没什么。乌云，明天要赶路，你早点儿脱了衣服歇吧。"

思华看了看杨定远，脸红了红，小声道："姥爷，我再等一会儿吧，您先睡。"

老人也不推让，把手里最后一块列巴吃了下去，肉汤也喝净了，抹了抹嘴，脱掉了外面的皮袄躺了下来。加了些劈柴，火堆烧得正旺，烤得屋里暖意融融，没一会儿他就发出了鼾声。杨定远收好了神剑，心想自己不睡，思华肯定不好意思脱衣服睡觉，便道："思华，我也要睡了，你还不睡吗？"

思华脸突然又是一红，低低道："我再烤一阵火，杨大哥你先睡吧。"

杨定远正要脱掉外套，突然又响起了拍门声。他一怔，思华正要起身去开门，杨定远抓起了一个大列巴道："我去吧。"

看到他抓着那个大面包，思华的眼里闪过了一丝失望，但马上她又垂下了眼帘，"嗯"了一声。她年纪虽然还小，可也知道舅舅拿了个大列巴是干什么去了。舅舅这么做，她倒如释重负，但见杨定远也这样，她心里却是说不出的失望。

杨定远开了门，门外站起一个四十来岁的朝鲜妇人。她生得又黑又瘦，身上披了条破烂的毯子。见杨定远开了门，这妇人脸上挤出了一丝微笑，大概这在于她而言便是最为魅惑的表情了，可是她那张被生活的重担压得有点儿变形和过于苍老的脸笑起来让杨定远几乎要落泪。他不等这妇人开口，将手中的大列巴递给她，也不说什么，一下关上了门。仿佛，关上门不去看那个女人强笑的表情，就可以让自己轻松一点儿。可是杨定远却觉得如此心酸。虽然自己这些年都在为了活下去而苦苦挣扎，但没想到有人活得比自己还要艰难。这样一个干硬的面包，就可以买一个女人的身体了，说起价格来，也就是等于思华当初来火车上卖的两个葵花饼！

他脱掉外套躺了下来，却怎么都睡不着，木然地望着屋顶。这是林中常见的原木搭起来的房子，用松针和泥巴塞住了缝。躺在地上，看得到一根根并在一起的原木被火堆映得明明暗暗。他看着屋顶，想得出神。还在哈尔滨织袜厂时，他带了几个徒弟，其中有个朝鲜女工，也就是十七八岁，长了张白净的小脸，每回说话前总会先笑。而一笑起来，她的两眼就眯成一条缝，很是可爱。那时杨定远就对这个朝鲜少女有点儿好感，而那朝鲜少女对他这个年轻师父显然也不讨厌，总是过来跟他嘀咕。只是杨定远不会说朝鲜话，那朝鲜少女也不会说汉语，两个人就连说带比画，一个词一个词地说，碰到对方听不懂的，就换一个意思相近的词。这种麻烦透顶的聊天方式两人却都乐此不疲，杨定远就是那时知道朝鲜人常爱在句子后加一句“斯密达”。只是后来他离开厂子进了劳工队，就再没见过那朝鲜少女。已经过去几年了，想来她也已经嫁人了吧，不知道还会不会想起自己。

迷迷糊糊中，杨定远耳畔忽然传来几声低低的抽泣。一瞬间他还以为自己是睡着了，正在做梦，但马上辨出那是思华的声音。他侧过头看了看，见思华正坐在火堆边，若有所思地想着什么，眼里却是泪水闪烁。

这小姑娘在哭什么？也许她在那个土尔扈特部落里过得并不舒心。爸爸是个汉人，土尔扈特人多半或多或少地会排斥她，苏日勒和克是她亲舅舅都从不给她好脸色看，连对自己一个外人，苏日勒和克都要客气得多，可见思华在部族里过得如何了。现在还有姥爷在，可姥爷一旦走了，只怕她的日子会更加艰难。人生在世，每个人都过得如此艰难啊。杨定远想说什么可终究还是没说，只是闭上了眼。

哭泣声停下了。也许是她哭够了，也许是杨定远微微动了动被她发现了。火堆里，劈柴还在烧着，有些松枝烧的时候发出一股怪好闻的松节油味道，这间简陋的木屋也暖洋洋的。不管怎么说，明天总会来，总能撑过去的。杨定远想着，慢慢沉入了梦乡。

第十一章　冰谷银狼

第二天一早，马帮踏上了归程。向导是个老人，也就是金光云的爷爷，他们都叫他金老。马帮离开了屯垦团，向西北方向而去。

来的时候，翻越长白山的险况马帮的人都记忆犹新。尤其是最后一次，如果不是老爷子见机得早，一行人大概都要被突如其来的暴风雪活埋了不可。现在长白山上积的雪更厚了，比先前更难走，金老领着他们向西北面走，说那儿有一条无人知晓的小道，虽然要绕一点儿远路，但要好走得多。苏日勒和克问既然有这么条道，为什么他们不能绕出去，这样好用鸦片跟人换粮食，也不至于饿得濒临绝境了。金老的回答却很简单："有狼。"

东北的密林里老虎和豹子也有不少。但这两种虽是猛兽，却并不算危险，最危险的是野猪和熊瞎子。野猪夏天总在松树边找食吃，蹭了一身的松油，再往地上打滚，毛都结成一具坚硬的铠甲，连枪子都打不透。而熊瞎子力气大，加上身上肉厚毛多，枪子也不是一下子就能打进去的。不过野猪和熊瞎子虽然都很危险，最危险的还是狼。野猪和熊瞎子都是独来独往，狼却不同，少则十来只，多则几十只。碰到了别的都能躲过，碰到了狼群，如果是孤身一人，那就算带着枪也没用。狼都是成群结队的，而且死缠不放。即使马帮人多，遇到狼群也是件很危险的事。

杨定远赶着雪橇，听老爷子说着路上的事。老爷子一辈子都在跑马帮，可他说直到现在，每一趟出来他仍然没底。正说着，金光云和金老共骑着一匹马过来。到了他们跟前，金光云说道：“老爷子，杨大哥，我爷爷说前面就要进冰谷了，让大家做好准备。”

杨定远问道：“冰谷？这地方有什么危险？”

金光云迟疑了一下，说道：“我也没走过。爷爷说路不算难走，就是两边的积雪很厚，一不小心就会雪崩。冰谷又是一条道，逃都逃不开，穿过去得一整天，只能不出声一口气冲过去，在里面不能歇息。”

不能歇息，那才是最要命的吧。杨定远看了看老爷子，老爷子连想也不想就说：“走吧。”

马帮向前面的山谷走了一段，穿过一个很狭窄的入口，里面却别有洞天。当初大概这里有条河，但年深日久，岁月变迁，河流早已干涸。由于山谷背阴，积雪可能到了夏天都不会化。年复一年，脚下尽是厚厚的坚冰，这大概就是冰谷这名称的由来。马蹄踩在上面一不小心就会打滑，只是对雪橇来说，这种冰封的路面倒更加好走。重重的雪橇在冰面上就跟羽毛一样被拖过去，身下沙沙的声音要轻很多。这么走，倒也不用费多大心思。杨定远想着，不由回头看了看思华。昨晚思华在火堆边偷偷抽泣的样子仿佛仍在他眼前，他实在有些不放心。刚扭过头，见思华赶着辆雪橇，也看不出脸色是喜是忧。他刚转回头，忽觉老爷子的手搭在了他肩上。

“快，速度再快些。”老爷子的声音很轻，但杨定远听得出其中的异样。他抖了抖缰绳，问道：“老爷子，有什么不对吗？两边的雪好像都挺稳的，不会雪崩吧。”

“不是雪崩。”老爷子说着，“你看看后面，有什么在追我们。”

杨定远扭过头小心地看向后面。山谷里虽然照不到阳光，但由于遍布白雪，雪光倒也映得通亮。马帮已经进谷一段时间了，入口处成为了一个黑洞，地平线则是一片雪白，与苍茫的天空截然不同。就在这灰白之间，有几个小点正不住地跳跃着，很快，这些小点越来越近。杨定远怔了怔，马上省悟过来：“是狼?”

老爷子点了点头：“没想到这么快狼群就盯上我们了。”

马帮来的这一路上也曾遇到过狼群，但打尖时碰上狼群，生一堆火小心别灭掉，狼群就不敢靠近了。如果在行进时，放上几枪，也能把狼群吓走。可现在是在冰谷里，既不能停下，更不能放枪，否则会引起雪崩，在谷中根本逃不掉，马帮和狼都非被活埋不可。杨定远不由得打了个寒战：“老爷子，那怎么办?”

狼追赶猎物，往往不死不休。老爷子也回过头看了看那几点越闪越近的黑影，小声道：“加紧赶路。只要出了谷，就不用怕它们了。”

的确，出了谷马帮有枪，狼群也不足为惧。可是杨定远心里实在放不下，金光云说穿过冰谷得一整天，现在他真有点儿担心马匹能不能撑不撑得住。如果在谷中就被狼群追上，只怕会同归于尽。现在想这些也没用，杨定远抖了抖马缰，让马跑得更快一些。他们是头队，速度突然加快，走在第三的苏日勒和克也已发觉了。苏日勒和克知道情况不妙，也催了催马，雪橇跑出了队列上前，和杨定远的雪橇齐头并进了。他追上问道：“老爷子，为什么跑这么快?”

“被狼群盯上了，你不跑快点儿，就别想活到明天。”

一听有狼群，苏日勒和克也吓了一大跳。马帮的速度一下子又快了不少。只是马要拉着雪橇，终没有狼跑得快。杨定远时不时回头望一望，眼见地平线上跳动着的那几个黑点越来越大，颜色也越来越深，他的心也越来越沉下去。

快一点儿！快一点儿！在杨定远心里，仿佛有个声音不住地嘶吼着。虽然声音很轻，但无休无止。在木材厂和金矿上，他都曾听到过狼嚎，可从没见过真正的狼群。可现在狼群已近在咫尺，他才真正有种被死亡追赶的紧迫感。

雪橇正全速前进，老爷子忽然叫道：“停下！快停下！”

杨定远吓得一把勒住了马。疾驰中的马被勒得嘶叫了一声，放慢了脚步，杨定远见金老和金光云两人惊慌失措地正往回跑。因为转得太急，金光云一个没坐稳，从马屁股上摔了下来。他翻身爬起，急急向杨定远他们跑过来。现在没出山谷，他仍不敢大叫，只是压低了声音道："杨大哥，前面也有狼！"

前面也有！杨定远顿时有点儿发蒙，老爷子问道："有多少？"

多半是因为太过惊吓，金光云气息不畅道："一条。"

老爷子皱了皱眉。一头狼至于吓成这样吗？人怕狼，狼更怕人，孤狼只敢袭击落单的行人，只要马帮向前冲，这孤狼一准会逃。他喝道："一条狼怕什么？"

金老在一边忽然说了两句什么，金光云翻译道："我爷爷说，那是银狼，很大，大得跟马驹子一样，他都从没见过。"

狼一般也就跟狗差不多大，跟马驹子一样大的杨定远想都想不出来。他正想问，金光云忽道："它来了！杨大哥，它来了！"说着，闪到了杨定远身后，身子仍在不住发抖。

前面的雪地上果然有一头狼。可是与寻常的灰狼和黑狼不同，迎面而来的这头狼竟生了一身雪白的毛，在周围的一片白雪中几乎快看不出来。而且正如金光云所说，这头白色的狼大得异乎寻常。只是它体型虽大，踏着白雪而来时动作却极其轻快，仿佛身体全无重量。

好漂亮的白狼！杨定远看到这头白色的狼，心里生出的却不是恐惧，而是赞叹。这白狼正看着他们，眼中甚至有一股君临天下的王者气度。

"斯维亚托维特！"老爷子的声音突然低低响了起来。杨定远低声问道："老爷子，斯维亚托维特是什么？"老爷子却似充耳不闻，闭上了眼，喃喃道："真是斯维亚托维特啊。"

杨定远见老爷子仿若中邪，他从没见过老爷子如此失态，抓着他的肩膀晃了晃，小声道："老爷子，你到底在说什么？"

被杨定远一晃，老爷子才仿佛大梦初醒。他低低道："定远，这一次大概是命中注定，我们都要逃不过去了。"

原来斯维亚托维特是俄国人传说中的战神，身披白甲，骑一匹白马。俄国人好战成性，所以在他们的原始宗教中，战神是最高神，这一点与其他民族全然不同。斯维亚托维特就是俄国人传说中的至高神。老爷子很早以前听说过，西伯利亚的荒原上有一头巨大的银狼，马帮人再多，碰上它也难逃一劫，俄国人就称其为斯维亚托维特。不过这个传说他只是听说，却从不曾见过，一直以为那是个传说罢了。可是眼前这头突兀而来的银狼正和传说中的斯维亚托维特一般无二。而这头仿佛不是人间所有的奇兽也有种异样的魔力，让老爷子都失去了平常的镇定。

金光云吓得面如土色杨定远并不意外，但连老爷子都会如此失态却着实让不曾想到。他定了定神，沉声道："老爷子，这只是一只狼，不过颜色是白的，又大了点儿，有什么好怕的?"

老爷子看了看他，仿佛看着一个全然陌生的人。半晌，他低声道："定远，你说得对，这只是一只狼罢了。"老爷子的话恢复了平常的平静。他拍了拍在身后发抖的金光云，喝道："小伙子，去把后面的人叫上来，相隔近一些。"

金光云这时也从失魂落魄中回转过来了，答应一声，快步向后跑去。杨定远觉得奇怪，问道："老爷子，为什么要大家靠近?"

老爷子看着前面那条银色的巨狼，慢慢道："就算它真是斯维亚托维特，也终究是只狼。"

原来狼群捕猎时，首先对付的是兽群中落单的那个。然而牛马在被野狼捕食时也会围成一圈，将老弱病残围在当中，强壮的围在外面，这样狼群虽然凶残，总也无从下口。老爷子这一生见过了不知多少，虽然乍见那银狼时因为心惊有些恍惚，此时却已镇定下来。

苏日勒和克听得前面也有饿狼拦路，而且领头的竟是头银狼，吓了一大跳。这银狼的传说他也听说过，每每被人说得神乎其神，说碰上了谁都逃不掉。本来后面有狼群追击已经够让人担心了，这回前面也出现了银狼，难道真的是在劫难逃吗？事已至此，想尽快走出这山谷显然不可能，索性就按老爷子说的做。他指挥着把雪橇围成一圈，人和马都在雪橇当中，每个人都拔出了刀子。虽然雪橇上装的都是枪，可是在谷中却不能开枪，也只有用刀子去拼。他安排妥当，走到老爷子跟前，低声道：“老爷子，就这样耗下去吗？”

老爷子嘴角又露出一丝高深莫测的笑意：“你饿了没有？”

苏日勒和克一愣，说：“现在还不饿。”

“你不饿，狼可饿。这家伙要么扑上来，要么就只能夹着尾巴溜走，就看你沉不沉得住气。”苏日勒和克似懂非懂，杨定远却恍然大悟。原来老爷子想的办法就是和狼群对峙。狼群盯上了他们这么一大群马帮，显然也是因为大雪封山，总找不到猎物，这才铤而走险。他道：“老爷子，你说这银狼会怎么样？”

老爷子眯了眯眼：“不是退走，就是扑上来。”

杨定远心想也只有这两种可能，说了等于没说。可是老爷子的话中仿佛有种奇异的力量，让他的心也定了下来。

从后面赶上来的狼群已到了近前。这些狼本来都凶相毕露，但到了跟前却也沉稳了，一个个垂着尾巴四面散开，看样子在寻找圆阵的破绽。雪橇围成的圆阵当中，那些马不时地打一两个响鼻，它们本能地感到了危险，即使主人就在身边也安抚不下来。这时候人与狼的对峙成了一种很奇妙的状态，人仿佛成了被逼上了绝路的野兽，而狼如同占了上风，却又无从下手的人。杨定远摸出那柄袖剑，看向银狼。当他看向银狼时，那头巨狼也正看向他。眼神瞬间交错在一起，杨定远身子都是一震。

那是狼的眼睛吗？如此深邃和睿智的眼神，杨定远平生也没在几个人身上见过。银狼的眼里仿佛带着一丝嘲讽，如一个王者俯视着芸芸众生。杨定远的目光与它交错的时候，甚至可以从这狼的眼睛中读到很多东西。他打了个寒战，却听得耳畔响起了思华低低的声音：“杨大哥。”思华的声音里有一丝颤抖。虽然来时遇到妖风的时候比现在更为险恶，可与这么多凶狠的野兽对峙她也是第一次。杨定远小声道：“别说话，你躲到后面去。”

老爷子也转过头皱了皱眉，低喝道：“乌云，到里面去！”

被姥爷斥了一句，思华没敢顶嘴，有点儿委屈地退到了后面。金光云适时跑抢过来，想来安慰几句。思华一直对他爱理不理，眼里一片泪光闪烁。杨定远正想说什么，老爷子的手按在了他肩上：“小心，它们上来了！”

狼群绕了圆阵一圈，已经有点儿沉不住气，有一条灰狼小跑着向这边过来。这灰狼个头不小，从头至尾有一米三还多，开始时跑得尚慢，但突然就加快了速度。因为老爷子坐在雪橇上，杨定远也蹲着，个头看上去都比较矮，这条灰狼一定认为这儿是个缺口。

见这狼冲过来，杨定远反手握着袖剑，人猛地站了起来。那条灰狼见猎物忽然高了许多，也吓了一跳，一跃而起。杨定远袖剑猛地挥去，可这灰狼狡猾至极，这一跳居然只是作势，身子一侧，一张血盆大口已咬向了老爷子。杨定远大吃一惊，刚想挡到老爷子跟前，老爷子的手已极快地一挥。“嚓”的一声，手中的匕首扎进了狼嘴的上颚。随着一声惨嚎，这灰狼两条后腿在地上一蹬，身体便向后蹦起，鲜血已喷了出来。在逃走的一瞬间，灰狼的前爪掠过老爷子的手臂，将老爷子的羊皮袄划了一条大口子。

“可惜。”老爷子仍然坐在地上，伸手擦了擦匕首上的狼血，喃喃地说了一句。他双腿虽然没有知觉，可双臂的力量比年轻人还要大。方才这一匕首他已经准备了许久，本以为能够一下子将这恶狼刺死，可是仍然慢了一步。

杨定远见自己费了这么大力，却连狼毛都没碰到，反而是老爷子差点儿杀了一条狼，不禁有些惭愧。他盯着前面，也不回头，低声道：“老爷子，你没事吧?”

老爷子道：“没事。”说完又低声道，“狼是铜头铁背麻杆腰，你打它别的地方没用，要么扎腰，要么就往嘴里扎。”

杨定远想到刚才那条灰狼满嘴的獠牙，他就有点儿手脚发软。如果换了自己，当灰狼扑上来时恐怕早就乱了方寸，哪还敢往它嘴里扎。他见那条灰狼受伤后失了锐气，嘴里还在流血，滴在白雪上更是刺眼。它的眼睛死盯着他和老爷子，带着一种刻骨的仇恨。

真和人差不多啊。杨定远想着。灰狼攻击受挫，让狼群的进攻也延迟了。这回，没有狼再突然扑过来，而是一点点地向前走来。看着面前许多雪白的尖牙和寒光四射的眼珠，杨定远几乎有种在噩梦中无法苏醒的感觉。这时听到苏日勒和克突然发出了一声惨叫，老爷子和杨定远都吃了一惊，扭头看去，却见一条狼不知从哪里钻了出来，突然咬住了苏日勒和克的脚踝。苏日勒和克正全神贯注地盯着那些慢慢靠近的恶狼，怎么也没想到居然会有一条狼会从后面偷袭他。他一条腿被咬住后，立时被拖倒在地。那条狼得了手便拖着他向后退去。狼在雪地上奔路比人可要快得多，这条狼叼了个一百多斤重的大活人，仍然跑得飞快。老爷子惊叫道："苏日！"想起身去救，可两条腿根本站不起来。而此时，杨定远早已一个箭步冲了出去，一下子冲到那狼跟前。

这条狼没有方才那条大，可也很威猛。苏日勒和克被拖倒在地，手中的匕首不住地挥舞，可就是刺不到狼身上。眼看着危在旦夕，杨定远情急之下，倒还记得老爷子说的狼是"铜头铁背麻杆腰"的事。狼嘴里叼着苏日勒和克的脚，杨定远自然扎不进它嘴里，袖剑挥向的便是狼腰。雪亮的利刃一挥而过，果然锋利无比，厚厚的狼皮被割破了，这条狼痛得惨嚎一声，身子猛地向侧边一跳，松开了苏日勒和克的脚。杨定远见苏日勒和克逃出了狼口，弯腰扶住他道："苏大哥，你还能走吗？"

虽然脚上穿着厚厚的兀拉草鞋，可是苏日勒和克的脚上还是流出了血。他这一次死里逃生，仍是惊魂未定，一瘸一拐地退到雪橇后，喘息道："杨兄弟，谢谢你救命之恩。"

这时，前方忽然传来了一阵凄惨的叫声，杨定远和苏日勒和克抬头看去，只见那条被杨定远在腰上割了一剑的狼已倒在了地上，边上几条狼却已扑在它身上拼命撕咬。狼群有一条法则，平时是不会撕咬同类的，然而在饿到极点的时候，这条法则也已等若无物。大雪封山，这群狼饿了好几天，眼都已饿红了，先前那条灰狼嘴被老人刺了一刀，行动无碍，还没有引起骚动，但这条狼腰上中剑，血不住涌出来，站都站不稳了，边上的饿狼嗅到了鲜血的味道，哪里还忍得住。刹那间几条狼已缠成了一团，雪沫乱飞，夹杂着嘶吼和惨叫声令人毛骨悚然。狼群居然会自相残杀！杨定远不由一阵愕然。他还没回过神来，一道白光忽地闪过，那几条正在撕咬成一团的饿狼忽地直飞出去，重重摔在了雪地上。

那是银狼冲了上来。银狼是狼群之王，个头也比别的狼大不少。它立在受伤的狼身边，就算群狼饿得连自己的爪子都啃得下，也不敢再靠近了。银狼立在那儿，傲然扫视了一圈狼群，目光仿佛钢刀，所到之处，饿狼全都垂下了头。看着银狼，杨定远几乎有点儿入迷了。在这条白色的巨狼身上，他仿佛看到了一种无与伦比的威严，能够摧毁一切。也许，死在这条银狼口中，也算是个好结局吧。他胡乱想着，耳畔突然响起了老爷子的低喝声："糟了！要雪崩了！"

山谷两边的坡度极陡，积了厚厚一层雪，马帮进来后连大气都不敢出，生怕引起雪崩。可刚才那些狼撕打成一团，惨叫连连，两边的积雪已有摇摇欲坠之势。也就在这时，北坡边上"哗"的一声，一大团积雪重重摔了下来，雪沫四溅。

雪崩了！杨定远的脑袋里"嗡"的一声，一个箭步冲上了雪橇，抓起缰绳道："老爷子，坐稳了！"到了这时候，再顾不得狼群就在边上，他猛地一抖缰绳，马一下蹿了出去。雪橇围成的圆阵散开了，狼群也已惊得炸了群，顾不上再来攻击，纷纷四散逃开。杨定远赶着马，老爷子回头看了看，冲后面的人叫道："快跟上！别落下！"坡上的大片积雪滑到谷底总还要一点儿时间，如果不能趁这时候逃出这块地方，所有人都得被雪活埋。他一声令下，所有的雪橇都已直冲出去。狼群夹杂在马帮中，也忘了去攻击，不管是人是兽，只剩下一个念头：逃。

不论银狼多么威严，在天地的伟力之下，仍然不值一提。此刻，银狼就跑在杨定远的雪橇前面，这条巨狼身长腿长，跑动时浑身雪白的毛都飘了起来，极其飘逸，简直不似人间所有。马跑得虽快，但银狼带着狼群跑得更快，本来还和马帮夹杂在一起，可不过片刻就拉开了一段距离。

这场雪崩并不算太大，只不过是小一段山谷两面山坡上的积雪滑了下来。但就算是场小规模的雪崩，也已经让人魂飞魄散了。所有的马都在飞驰，拖着雪橇在雪地上滑过，杨定远不安地向后看了看，身后已根本看不到来路，只能看到雪沫在不住地翻滚，如一头急欲攫人而噬的妖兽在追赶着他们。只是前面的狼群已经跑远了，再看不到了。看来，就算是这些野兽，同样不敢与天地之威较量。杨定远想着，老爷子忽然长叹一声道："原来这家伙还想着把我们赶尽杀绝啊。"

杨定远一怔，定了定神向前望去。他这才发现，远处的地平线的一线白中多了些灰色的小点。因为离得还远，不仔细看还看不清楚。他道："老爷子，那是什么？"

"狼。它在那儿等着我们呢。"老爷子喃喃地说着。虽然这场意外的雪崩打乱了银狼的计划，可是它显然并没有死心。马帮虽然有那么多人，可是在它眼里仍是个逃不掉的猎物。杨定远只觉喉咙一下子干涩难忍，刚逃出生天还来不及喜悦，这么快就又陷入深渊。那银狼似乎知道，因为雪崩马帮已无法再往回走，只要守住前方就行了。杨定远舔了舔嘴唇，小声道："老爷子，那怎么办？"

身后雪沫翻涌的声音已经轻了，快听不到，可是前面的狼群却在越来越近。老人想了想，低声道："看来，只有给它们一匹马了。"

"给它们？"

"畜生要的是猎物，我们就给它猎物，它们也不会死缠不放。"

杨定远心想有几十条饿狼，一匹马未必够它们分的。可现在想来也只有如此了。他道："可是，老爷子，待会儿要停下来吗？"

老人皱起了眉："不能停，一停它们就会扑上来了。"

这一次狼是在等着他们自投罗网，马帮已无法再布下圆阵了。杨定远心想只能一鼓作气跑过去了。他赶着马走在最前方，眼中狼群的身影越来越大。这一回狼群不再四处逡巡，全都或蹲或立，列成了一排，似乎是在以逸待劳，也似在嘲笑这些人类的在劫难逃。首当其冲的便是那条银狼。远远望去，杨定远都可以看到银狼眼中的寒光。那已不是狼的眼神，寒冷的目光中透出的是深不可测的痛恨。杨定远打了个寒战，低声道："老爷子，现在丢马吗?"

杨定远他们这雪橇上拴着两匹马。他想起老格说过，马就是战士的双腿，那个日本人对瘸马的感情也让他动容，要杀哪一匹马他都舍不得。可现在哪还有什么别的办法！老爷子沉吟了一下，说道："右手那匹。"

杨定远掏出了袖剑正待去割系马的皮带，却又有点儿迟疑。雪橇正在全速前进，如果割断了皮带，那匹马往边上冲还好，可万一差了方向，和另一匹撞在一起的话，连后面的雪橇也一辆都逃不掉了。他正迟疑，一边马上的金老忽然大声说了几句，随即听得金光云撕心裂肺地叫道："哈拉爸基!"

金光云本来和金老共乘一匹马，雪崩时他冲上了思华的雪橇，现在正坐她边上，金老一个人骑了匹马走在他们身后。杨定远不知金光云为什么突然哭叫起来，却见金老猛地加了一鞭，骑着马向狼群冲去。他要干什么？杨定远差点儿失声叫起来。金老这样冲向狼群，简直就是送死。难道他吓得神智都已错乱了？这时身后的金光云哭道："杨大哥，哈拉爸基说要去喂狼，你别让他去!"

杨定远这才恍然大悟，也惊得呆了。他这是要用自己的命来换金光云的命啊！金老一定也知道除了引开狼群，马帮肯定冲不出这山谷了。与其全死在这里，不如就牺牲他一个，换得马帮的平安。杨定远想不到这个沉默寡言的朝鲜老者有这等决绝之心。他不能袖手旁观，忽地站了起来，可人还在疾驰的雪橇上，刚要站起来便是一晃，人差点儿摔出去。老爷子一把揪住杨定远的衣襟，把他拖回雪橇上，低声道："让他去吧!"

怎么能让他去送死！杨定远正想叫，却见老爷子眼里也淌下了两行泪水，喃喃道："老兄弟，你走好，我一定不会亏待小金的。"

金老骑着马冲出去时，狼群也登时沸腾起来，几乎一拥齐上向他冲去——除了那匹银狼。银狼仍然站在那儿，一动也不动，看上去几乎是一尊雪塑。金老的马并没有冲出多远，一条灰狼便一口咬住了他坐骑的前腿。马惨嘶一声，前腿一屈，便已摔倒在地。金老也从马身上摔了下来，但他年纪虽老，身手依然很矫健，在地上翻了个身，便又站了起来，手中拔出了砍刀。只是他还不曾站起，又有两条狼齐齐扑上，金老手中砍刀一送，斫在迎面扑来的狼身上，几乎连刀柄都要插了进去，可是不等他拔出刀来，另一条狼已经从他身后将两只前爪搭上了他的肩。这是狼攻击时的惯技。如果人这时扭头去看，身后这条饿狼一口便可咬断人的咽喉。金老没有回头，反而将头向后一仰，头顶住了身后那条狼的下颚，右手奋力将砍刀从狼腹中拔出。刀拔出来时，狼血直喷出来，溅得他前心一片殷红。他正要将砍刀反手刺去，边上又有一条狼扑上，一口咬在金老的右腕上。

金老的手腕一被咬住，腕骨已齐齐断裂，那条狼拖着金老的一只断手便向旁闪去，断手上还抓着那把砍刀。只是这条狼闪开了，另外的狼便又扑上来了，一眨眼工夫，金老几乎被狼群淹没了，而金老的那匹马也只是惨嘶，身上已挂着好几条狼。这些饿了好几天的狼突然尝到了滚热的血肉味道，哪里还肯放，马虽然在地上翻滚挣扎，它们仍是死死咬着，连皮带肉撕下一块来再退到一边。这般轮番齐上，鲜血已将那一块雪地都染成了红色，马的后半身已现出了白骨，却还没有死，仍在凄惨地叫着。只是，银狼仍然挡在前面，似乎越来越近了。杨定远的心都快要跳出了喉咙口。这儿仍然不能开枪，金老引开的狼群随时可能会再次引发雪崩，如果再开枪的话，坡上的积雪又将劈头盖脸地砸下来。他只觉双手也已经僵了，只是死死地抓着马缰。雪橇擦过积雪，发出哗哗的声响，仿如流水，可是在杨定远耳中，这不是水声，而是鲜血在流淌的声音。

"光云——"在那边，传来了金老的声音。他身上堆满了饿狼，这也是他最后一句话了吧。金光云的泪水不住地流淌，双手紧紧抓着雪橇。一根枝条已经扎入了他的掌心，可他丝毫感觉不到疼痛。思华一直有点儿讨厌他，但此时却没有说什么，她的眼里也已经闪烁着泪光。在这片残酷的雪原上，生与死只不过相距一线。没有什么可说，也由不得人感慨。虽然金老舍身引开了狼群，危机仍然没有过去。当银狼扑过来的时候，也许就是双方共同的末日。杨定远一手拉着缰绳，右手已握住了袖剑。

银狼雪白的长毛被风吹得飘动，让这头野兽美得无法形容。杨定远几乎要幻想自己走进了以前听过的鬼怪故事里了，在这张雪白的毛皮下面，定是一个绝美的女人。她会吻你，像最温柔的情人一样吻你，然后带走你的生命。

雪橇飞快地掠过，就从银狼的身边。甚至，伸出手去就可以触到。这一瞬却又似乎一下变得如此漫长，长得没有尽头，周围的一切都静寂了，刺鼻的血腥气也在一刹那消失得无影无踪，一切都清洁得如同刚洗过一样。银狼还是没有动，只是看着他们。人与兽的目光在此刻交汇在一起，杨定远说不出那是种怎样的感觉。银狼的目光就像是一个饱经沧桑的老人，又像一个未经世事的少女，仇恨没有了，只有平静，还有几分忧伤。

在杨定远心底，这一刻仿佛持续了很久，可其实只是如同白驹过隙。雪橇一辆辆从银狼身边掠过，银狼仍然没有动，只是踞坐在雪地上，看着这些猎物一个个消失在它身后。直到过了好一阵，杨定远才发问：“老爷子，它为什么放过了我们?”

老人也有点儿茫然，回头看了看道：“这家伙真有灵性啊，说不定还真是斯维亚托维特。”

杨定远并不相信斯维亚托维特化身一类的话，但这银狼有灵性，他却不敢不信。难道是因为金老吗？他还记得先前银狼冲过来赶开撕咬同伴的那两只狼的情景。也许老爷子说得对，生具灵性的银狼是被金老的舍身之举震惊了，才放马帮一条生路。

他又回头看了一眼，正看见银狼抬起头，对着天空长啸。狼嚎的声音本来让人一听便心生寒意，可是银狼的叫声却如此婉转悦耳。不，那不是嚎叫，是用心唱出的歌。如此清丽美妙，杨定远从来没想到狼的叫声竟会如此动听。老爷子从怀里摸出个银酒壶，刚喝了一口，听得叫声，嘿嘿一笑道："这家伙在为我们送行呢。"

总算是逃过一劫。狼群差一点儿把马帮所有人的都吃了，可不知为什么，他心里一点儿都感觉不到对银狼的恨意。虽然是敌人，可这个敌人也许比一些朋友更值得尊敬。他抖了抖马缰，小声道："老爷子，您这趟出来，真是为了刘掌柜的面子吗？"

老爷子正在喝着酒，听得了一怔，问道："怎么？"

"老爷子，我想您都这么大年纪了，该有的也都有了，为什么还要到这条道上来冒这风险？"杨定远有些百思不得其解。

老爷子拧上酒壶的盖子，若有所思地沉默了片刻，低声道："定远，我这一辈子，你说有吧，也有了；可说没吧，什么都没有。"

老爷子的话如此玄妙，杨定远实在有点儿听懂。老爷子也不管他听不听懂，自顾自地说着。他十几岁就出来跑马帮了，从前是跟着别人干，后来是自己干，发过财，也被人劫得差点儿没了命。现在这马帮是刘掌柜出钱组建起来的，本来他已经退休了，事情都交给了苏日勒和克，可听说要去长白山找朝鲜屯垦团换枪械，他就再出来走一趟。他这辈子娶了两个妻子，一个同族人，一个俄国人，除了几个女儿，就生了苏日勒和克一个儿子。可是苏日勒和克总也不成器，让他实在放心不下。这一次他要是不跟着，恐怕凶多吉少。

听老爷子絮絮叨叨说着，杨定远默然不语。一路上老爷子对苏日勒和克并没有什么好脸色，可其实心里还是很放心不下。舐犊之心，人皆有之，老爷子也不例外。在老爷子的内心深处，并不似他外表那样高深莫测的，仍然是一个寻常的老父亲。

"走完了这一趟，我也真该退了。"老爷子忽然口气一转道，"定远，你愿不愿意干马帮？"这个问题太突然了，杨定远有点儿意外，说道："老爷子，苏大哥不是做得挺好吗。”

“他我怎么会不知道。平常跑马帮没什么要紧，可要是碰上点儿意外，他就慌了手脚了。定远，你虽然是汉人，也不要紧。干马帮吧，有你在边上，苏日勒和克出去我也更放心点儿。”他扭过头看了看身后，又小声道，“乌云也很喜欢你。”

最后这句话让杨定远有些面红耳赤，他有点儿心虚地说：“老爷子您说什么话，思华我只当她是小妹妹呢。”

“小妹妹也会长大的。”老爷子眯起了眼，“这两年她在我跟前不知提了你多少次，所以我一见你就知道你了。”

杨定远叹了口气，沉默了半晌才低声道：“老爷子，我家里还有父母在。父母在，不远游，可我现在跑到了俄国，也不知有没有命回得去。”

老爷子没有回答。杨定远只道自己说出这番话来惹他老人家生气了，但扭头看去，却见老爷子正皱起了眉听着什么，忽然道：“停下来！”

杨定远立刻带住了马，压低声道：“老爷子，又有什么不对吗？”

“前面有人开枪！”

杨定远竖起耳朵听了听，却没听到枪声，但他知道老爷子不可能听错。他道：“有多远？是对付我们的吗？”

老爷子又听了听，说道：“风是迎面吹过来的，应该离山谷出口不远了。”他皱了皱眉头道，“出了山谷，让大家先歇一歇，我们先去看看。”

难道真的又有新情况？真是刚躲过一劫又来了！

第十二章　伏击

山谷口的风比谷中大得多。这山谷是南北向，北风从谷口灌进来，吹得积雪都在打着盘旋。雪一刻不停地下，马帮在谷口外找了个背风的地方停了下来。远离了狼群和雪崩的威胁，这点如刀的寒风对他们来说已恍若无物。苏日勒和克过来跟老爷子商议了几句，老爷子让他找几个人去前面探探路，刚才听到的那一声枪响实在令他有点担忧。

老爷子正在吩咐，杨定远听得身后传来思华的声音："你不要哭了……"她是在安慰金光云。金光云正垂着头，眼里尽是泪水。杨定远看着，心中有些不忍，走过去劝道："小金，生死由命，你爷爷是个好汉子，你别给他丢脸。"

金光云抬起头，脸上仍然带着泪水。他自幼是金老带大的，跟爷爷感情很深。金老活生生地死在他面前，他实在受不了。杨定远的安慰也没有什么用，缓了缓，金光云说道："是，杨大哥，哈拉爸基是好汉子，我也是！"

"哈拉爸基"是朝鲜人对爷爷的称呼。金光云汉话说得很好，可称呼爷爷时仍是用惯用的叫法。杨定远见他嘴上这么说，眼中仍然满溢着忧伤，心里更不好受，正想再说两句，思华忽然道："小金，你要对得起爷爷，就挺起腰杆来，日子长着呢，哭有什么用！"

“挺起腰杆来，日子长着呢”这两句话，还是当初杨定远和她分别时说的，那时她还似懂非懂的，只知道是鼓励的话，便一直记在心里。现在这个场合她忽然明白了这句话的意义。思华这么一说，金光云一下抬起头说道：“是，我一定会挺起腰杆来！”狠狠抹了抹眼泪，可泪水还是流了下来。他索性将手掌往脸上胡乱一抹，强笑道：“乌云，谢谢你。”

杨定远在边上看着，心里却也有点酸。金光云和思华年纪差不多，他对思华很明显有好感，思华说的话自然听得进去。自己再待在这儿只会没趣，他回到老爷子的雪橇上，老爷子又拿出了那银酒壶喝酒，见他回来，抹了抹嘴道：“来一口吗？”

杨定远现在还正想喝口酒。他谢过了老爷子，拿过银酒壶凑到嘴边。壶里的是马奶酒，不算烈，不过到底是酒，一喝下去身上就热和起来了。他把银酒壶交给老人，小声道：“老爷子，小金以后怎么办？”

老爷子回道：“这往后他也只有跟我们走了。以后他想回去的话，再找机会送他走。我欠他爷爷一条命，总不能亏待他。”

金光云留在马帮里也许是条路，至少和朝不保夕的屯垦团相比，总有口饭吃。喝下了一口酒，杨定远身上是热了，心里却异样的寒冷。不论金矿还是马帮，或者是屯垦团，都是拿命在搏。金光云的性子没有思华刚强，这个半大少年的将来会是怎样？想到这儿，杨定远不免又想到自己，又是一阵苦笑。自己又比金光云好到哪里去？来到俄国，也算换了好几个地方了，哪个地方要活下去都不容易。这时，他脑子里突然想到了那些枪，便小声道：“老爷子，对了，刘掌柜跟朝鲜人换这么多枪，他做什么用？”

老爷子正喝着酒，突然眼睛眯了眯，射出两道寒光。半晌，他才道：“定远，少说话，就能多活点儿。你问我还成，要是问掌柜的，那可犯了忌讳。”

杨定远心里一沉，没敢再问下去。老爷子虽然没有说，但杨定远猜也猜得到。陈柏川他们肯定与尹春山是一伙的，他还记得小个子说过，他们都是边防军，到俄国来是收复失地的。当时他听了还不太相信，可是这两年看来看去，总能碰到这些军人，他也不敢再不当一回事了。如果这些军人打起仗来，俄国边境一带必将陷入烽烟火海，自己一个出外讨生活的人，本来就不想卷进去，可兵荒马乱，还怎么脱得了身？

杨定远耳边仿佛又听到了儿时在海边听到的汹涌澎湃的涛声。他第一次看到海时，还只有五六岁。看着平静的海面上一条白浪滚滚而来，还很远的时候看不出什么，直到越来越近，浪头也越来越大，终于，一个浪头恶狠狠地砸在了礁石上，激起了一人多高的水花。那一次，他吓得痛哭流涕。现在他又似乎看到了那阵浪潮不可一世地席卷而来，所过之处，尽数吞没，什么也不会剩下。谁也逃不过吧。他忧郁地想着。

一阵马蹄声让杨定远从沉思中惊醒过来。他抬起头，见苏日勒和克领着几个探路的人正往这边过来。在他的马鞍前却横担着一个人。

那是谁？杨定远怔了怔，老爷子突然低声道：“哥萨克！”

苏日勒和克已经走到了老人跟前。他翻身下马，又用力一拖，担着的那人重重地摔在雪地上，仍是一动不动。杨定远见那人的嘴上长满了胡子，眼还睁着，但已蒙上了一层白膜，脸色苍白，胸前却是一片殷红。

“老爷子，我们在东边找到了这个死人。”

苏日勒和克将那具哥萨克人的尸体像拖一捆柴火一样拖到了雪橇边。哥萨克是土尔扈特人的世仇，还在渥巴锡大汗东归的时候，哥萨克就曾沿路堵截，而留在俄国的土尔扈特人更是屡受哥萨克人欺凌，土尔扈特人对他们自然不会有好感。老爷子欠过身，在尸体上按了按，皱起眉头道：“死了还没多久。有没有看见马？”

“蹄印往西边去了。”苏日勒和克顿了顿，“老爷子，刚才那声枪响大概就是这个。他们是什么人？”

“是外阿穆尔铁道兵旅。”边上突然响起了个声音，是陈柏川。陈柏川向来不多说话，只见他走到尸体前翻开衣领看了看，“他们住在哈尔滨，为什么跑到这儿来？”

听到哈尔滨这个熟悉的名字，杨定远眼前就有点晕眩。虽然他是山东人，哈尔滨对他也是异乡，可他在哈尔滨也待过一年，去俄国也是从哈尔滨出发的，总是对这块土地有点感情的。这一次马帮走的尽是偏僻小道，他都忘了现在自己脚下踏着的是中国的国土了。

“是革命军和他们交上火了吧。”苏日勒和克脸上有种幸灾乐祸的笑容，“老毛子现在自己干上了。”

陈柏川摇了摇头：“革命军的势力还没能到达远东，仍在彼得堡一带呢。”

“那就是胡子。”

胡子就是东北一带的强盗。俄国势力进入东三省后，烧杀虏掠不断，东北山岭中很多落草为寇的强盗都对俄国人恨之入骨，虽然不敢和大股俄国兵开仗，可俄国人一旦落单，就毫不留情。早十几年前出过一个杜立三，号称“包打洋人”，俄国人搜捕了他好几年都未能如愿。如果只是一小股俄国巡逻兵遇到了胡子，倒也可能会交上火来。如果是强盗，遇到他们这些马帮也同样不会客气。

陈柏川正在沉吟，一边的金光云突然开口道：“说不定是日本人。”

“日本人?”

金光云点了点头：“西边十几里地外，有个日本人的兵站。他们为防我们出山，常派人巡逻。”

“巡逻队有多少人?”

金光云犹豫了一下道：“一般是十一个。有时少一点儿，也有七八个。”屯垦团被日本人封锁住了，朴再九好几次派人带货出去换粮，都被日本巡逻队堵回来了，还死了好几个人。金光云也有一次撞上，好险才逃回去，说起来仍有点后怕。看来这条回程的路仍然不太平啊。杨定远想着，低声问老爷子道：“老爷子，那些人应该还没走远吧……”

老爷子还没说话，苏日勒和克却笑了起来：“不会很近。这人是中了枪后，马惊了才跑到这儿来。”

马惊了，尸体也应该离出事的地方不太远才对。杨定远有点不明白，老爷子在一边叹道："哥萨克人就算死了也不会从马上掉下来。这人是跑到这儿来，身体僵了才摔下马的。我也只听到一声枪响，应该离这儿不算很近。"

原来老格说马是战士的双腿，就是这个意思。杨定远想了想，又问道："老爷子，那我们怎么走？"

老爷子看了看天道："又要变天了，那伙人今天只怕也会在那儿打尖，还真不好办。"

"难道不走了？"

陈柏川边上另一个军人突然冷笑道："管他是胡子、毛子还是小鬼子，我们手上也有枪。离兵站十几里，在这地方把他们干掉，起码得好几天才会走漏消息，那时我们早就走得没影了。"

杨定远心想这军人说起杀人来毫不在意，比杀人不眨眼的胡子也不遑多让。他看了看老爷子，老爷子却眯着眼看着天，慢慢说道："能躲就躲，不能躲，就这么办。"

听老爷子也这般说，陈柏川他们三个军人马上就从雪橇上掏出了一捆步枪，一人一支分了，连金光云和思华都拿了一支。马帮的人大多不会放枪，那三个军人便教他们如何上膛，如何拉保险，如何瞄准。杨定远拿着一支步枪练习着，心里也不知是什么滋味。他总不愿干杀人的事，可现在自己手上正握着一支枪。正练着，思华走了过来。她个子不高，比金光云还矮半个头，这支枪比她的人都短不了多少。她小声道："杨大哥，真要杀人吗？"

杨定远看了看她。她的嘴唇向来都很红，可这时也有点苍白了，显然不是因为寒冷，而是因为害怕。他小声道："希望不要碰上吧。如果真碰上了，你就躲到我身后。"

思华摇了摇头道："我不怕，我就是不想杀人。"

"他们要杀你的话，怎么办？"

思华怔住了，半晌才道：“我还是不想杀人。”

谁都不想杀人。杨定远想着。第一次看到死人，还是在木材厂里，刘昌佑一刀捅死了那土匪，那时他都恍惚了一整夜。可现在看到尸体，心里却已很平静了。他想对思华说多看几次就好了，可这话又如何说得出口？他小声道：“思华，这世界总不能事事由得你的。放宽心吧，不一定会碰上。”

练得差不多了，马帮又出发了。这一次出发特别小心，那三个军人不再坐雪橇，解下了马匹在前面探路。路越来越难走。这儿本来就少有人迹，大雪封山后就更显得荒凉。到了黄昏时，果然跟老爷子说的那样变天了，雪花纷纷扬扬地落下。只是这一场雪却异乎寻常地温柔，风也不大，羽毛样的雪片在空中飘了好一阵才落到地上。正要打尖的时候，在最前面探路的一个军人跑了回来，说发现那伙人了。那伙人被这场雪阻断了回程，在前面半里地外扎了帐篷，看样子真是日本巡逻队。

“杀了他们。”陈柏川说这话时，还伸出舌头来舔了舔。

雪橇停了下来。天已黑了，林中越发阴暗，杨定远抱着步枪走在那三个军人身后，突然有种做梦一般的感觉。要杀人了。这个念头如同一片挥之不去的阴影笼罩在他心头，唯一让他宽慰的是思华没有来。虽然拼命让自己不要害怕，可是手还是在不住地颤抖。他想象着子弹打进人体的样子，伤口炸开，鲜血喷出。虽然只是想象，但他似乎已经闻到刺鼻的血腥味了。

半里路，说长不长，说短不短。雪还在下，这一群人就如同黑影般，脚步声融入了雪落声中。正当杨定远快要透不过气来的时候，陈柏川突然停住了脚步。杨定远差点撞上他，连忙停下了步子，低声道：“怎么了？”

陈柏川没看他，仍是仔细打量着前面。前方有些亮光，正是那些日本巡逻队搭的帐篷。他小声道：“有不少马。”

杨定远睁大了眼看去。前面空地上扎了两个帐篷，光是从那里透出来的。帐篷外的树上系着一群马，看上去不止十匹。陈柏川伏在地上，默默地看了一会儿，突然小声道："好像有十九匹马。"

十九匹！杨定远看了看边上的金光云。金光云的脸一下变得煞白："以前……以前顶多是十一个人。"

这支巡逻队如果有十九个人，想将他们一网打尽就不容易了。难道退回去吗？除非让马帮立刻走回头路，否则明天天一亮，就要和他们撞个正着。陈柏川也在沉思着，忽然道："逼上梁山了！我去把他们引出来，你们在这儿埋伏好，瞄准了再开枪。"

要怎么引他们出来？杨定远还没问，陈柏川已绕向了一边。他身形高大，行动却极是敏捷，走动时连一点儿声音都没有，不一会儿便消失在暮色中。另两个军人小声道："架好枪！怎么瞄准没忘吧？"

杨定远找了棵大树，将雪压了压实，将步枪架在了雪上，枪口对准了一个帐篷的门口。雪还在下着，洒在他肩上，那么轻柔，甚至有几分暖意。要杀人了。他想着。脑子里一片混乱。不一会儿，"咯咯咯"，耳边突然传来一阵奇怪的声音，他扭头看了看，却是金光云伏在他边上，抿着嘴死盯着帐篷，可嘴角不时地一抽一抽。他是害怕得牙齿在打战。杨定远看着他直觉得好笑。他正想安慰金光云一句，可又什么也说不出来。他自己何尝不是在害怕。想到一个鲜活的生命马上就会消失，无论是谁都会害怕吧。杨定远闭上了眼，这一刻，他多么希望这一切只是个噩梦，再睁开眼时，在煤矿、在木材厂、在矿场地窖，甚至在牢里和马库斯做伴都好。

一阵马的嘶鸣声打破了林中的寂静，也把杨定远拉回了现实。那两个军人低声道："瞄准！"他们的手指都已搭在了扳机上。帐篷边系着的马群突然骚动起来，有一匹马突然脱开了缰绳，猛地向他们这边跑来，骑在马上的正是陈柏川。他抢了一匹马夺路而逃，突然发出的声音也惊动了帐篷里的人。帐篷帘被挑开了，几个持枪的人冲了出来，有一个已将枪举起，向陈柏川的身影瞄去。

"砰"，枪响了。最前面那个日本人突然一个趔趄，跟一截砍断的木头一样摔倒在地。帐篷里又冲出了好几个人，林中马帮的人已齐齐扣下了扳机。这一波二十多颗子弹打出，出来的五六个人齐刷刷地被打倒。

开出一枪，虽然不知道敌人是不是自己打死的，但看到有人就倒在枪口下，马帮的人全都把恐惧丢到了脑后，上膛，瞄准，开枪。这一连串动作十分熟练，只有杨定远没有开枪。虽然他的手指压在扳机上，因为用力太过，关节都有些发白，可他仍然迈不过心头这个坎。他从来没有想过要杀谁，只要子弹射出，一条性命就瞬间消失。这让杨定远如此恐惧，手指也似有千钧之重，怎么都按不下去。

陈柏川已跑回了林中，他用力拉住马，跳下马背道："打死几个了？"

一个军人屈着手指数道："一个……两个……大哥，七个了。"

陈柏川皱了皱眉："才七个？"

"就一个帐篷里出来人。"

陈柏川的眉头皱得更紧了。两个帐篷，十九匹马，算起来每个帐篷都应该有十个人左右。难道还有人一直躲在帐篷里不出来吗？如果还有十二个日本兵，那可真是骑虎难下了。这一波攻击靠的是打对方一个措手不及，可对手毕竟是训练有素的军人，一旦他们稳住阵脚，形势马上就要逆转。他正在想着，那边突然有马长嘶一声。陈柏川抬头看去，只见地上那堆死人中有个人影一跃而起，跳上了一匹马，手中寒光一闪，缰绳立断，那匹马已如利箭般向后冲去。这人要逃！

如果被这人逃回兵站，日本人肯定会大举出动，马帮肯定逃不掉了。陈柏川喝道："开枪！快开枪！"说着一把夺过了身边一个军人手中的步枪便要打。只是方才一轮猛攻，枪里的子弹都已打空了，还没来得及再装，陈柏川一扣扳机，只是"咔"一声。另外那些马帮急急忙忙要开枪，一时还没来得及，那人的动作却是极快，一带马，人影已经到了另一顶帐篷边。绕过这顶帐篷，便看不到他了。陈柏川心急如焚，急急地装着子弹，就在这时，"砰"一声枪响。

那是杨定远开的枪。杨定远看到有人要夺路而逃，一直扣不下的扳机此时却一下扣了下去。他还没开过枪，专心瞄准的话多半打不中，可他随手一枪，却打了个正着，那人头上仿佛一下子炸开了一朵红花，人也晃了晃。这人可没有哥萨克死了仍能夹住马腹的本事，中枪后一下摔落马下，给帐篷添了一块污渍。

一扣下扳机，杨定远才如梦方醒。我打死了一个人！先前想到会打死人，他就怕得四肢僵硬，现在真打死了一个，却又毫无异样。

陈柏川一颗心本已提到了嗓子眼里，心想实在不行，只有追上去。只是那日本人的马实在是好马，未必能追上，待见到要逃的日本兵被杨定远一枪打死，他的心才算放下，看了看杨定远道："好枪法！兄弟，有你的！"

另一个军人这时才将子弹上了膛，见那人已被打死，才松了口气道："大哥，另一个帐篷里还没人出来过，怎么办？"

陈柏川看着那两个帐篷。一个几乎被打烂了，另一个只中了几颗流弹，但一直没动静。陈柏川死盯着那个帐篷，轻声道："先等等，看看情形。"

黑暗中的等待越发难耐，特别是方才枪声震耳欲聋，现在却一片死寂。杨定远仍然沉浸在杀过人的恍惚中，呼吸也越来越粗浊。突然，一个军人骂道："管他的有没有人，打烂它再说！"说着，抬手便向那帐篷里一枪。

"砰"的一声，子弹穿过了帐篷。虽然看不到帐篷里面，也不知有没有打中人，却听得里面传来了一声尖叫。竟是女人的尖叫。那开枪的军人一愣，举起枪想再打，杨定远叫道："别开枪！她在说，她们是被抓来的俄国人！"

陈柏川扭过头看了看杨定远，低声道："兄弟，你懂俄国话？"

杨定远点了点头。

"她还说什么？"

其实那女人只是尖叫了这么一句，别的什么也没说。杨定远只是不想再杀人了，尤其是女人。他有点心虚地说："就是这个，没说别的。"

“问问她，有没有日本人了。告诉她，不说的话，我们就要扔手榴弹了。”

杨定远用俄语大声问了一句，从帐篷那边传来了那女人的声音，他翻译道：“她说没有日本人了。”

陈柏川又看了看，站起身道：“兄弟，走，跟我过去看看。你们在这儿守着，有不对就开枪。”

杨定远见他站起来大踏步地走过去，心里却有点忐忑。日本人死了好几个，但万一还有漏网的，这样走过去，以那些亡命徒的性子，肯定会不顾一切地冲上来拼命，但陈柏川却毫不在意，就这样走过去。杨定远心想这军人胆子可真大。他赶紧拎着枪站起来，跟着陈柏川走了过去。

陈柏川走了两步，见杨定远居然真的跟了上来，倒有点意外，向他笑了笑道：“你叫杨定远？”

杨定远回过神来，点头道：“是。”

“你是第一次杀人吧？”陈柏川一边走，侧过头来看了看他。杨定远一阵哑然，也不否认，只是点了点头。

“难怪。亏你一枪打中了他，不然麻烦事还在后面。”

陈柏川走到了第一个帐篷边。这帐篷已经快被打烂了，帐篷口横七竖八地躺着尸体。方才一波乱枪，马帮这边二十来个人起码打了百来发子弹，倒有一大半没打中。可乱枪之下，那些日本人身上总有一两个弹孔，有一个还在地上微微抽搐。陈柏川伸手从腰间拔出刺刀一下扎了进去。这日本人也再没有力气挣扎，身子抖了抖便不动了。

杨定远默然地看着地上这些尸体。现在已经没有还能动的日本人了，在尸体下，鲜血和白雪混在了一块，凝成一大团暗红的污泥。看着一条人命就在眼前转瞬间消失，杨定远心里又是一阵心悸。

“多看几次就没事了。”陈柏川在尸体上擦了擦刀，拍拍杨定远的肩，“我听尹团长说起过你。”

“尹春山吗？”杨定远张了张口，果然他们是一伙的。他苦笑道：“让你看笑话了。”

陈柏川收好了刀，毫不在乎地说：“够不错的了。头一回上战场，不瞒杨兄，我还尿了裤子。要是被你看到，我岂不更是笑话。”

陈柏川居然会尿裤子？杨定远几乎不敢相信。陈柏川身材高大，长相也威武，整个人都似钢铁打就的，他实在想象不出他害怕的样子。这时，一个军人忽然在那边道：“大哥，你过来看看。”那军人已站在了另一个帐篷边，陈柏川大踏步走了过去，杨定远也慌忙跟了过去。

帐篷里有两个人，一男一女，都是俄国人。两个人都被绑着，只不过女子只是手脚用布条绑着，不像那个男人是五花大绑，身上尽是血污，也不知是死是活。只是一看到那女子，杨定远便觉得嘴唇一阵发干。那是一张明艳不可方物的脸。有人说斯拉夫种的年轻女子是夏日骄阳下的鲜花，虽然短暂，但在这短短的一瞬间却灿烂无比。眼前这女子留着一头金黄色的长发，肤色白若凝脂，仿佛把帐篷里也照得明亮了许多。如果她身上穿的不是件毛皮大衣，神色也惊恐万状，杨定远几乎以为自己又陷入了幻觉，又见到那个美丽的死神。

“杀了吧。”陈柏川低声说了句。女子的美丽对他来说，和一堆污泥没什么两样。那军人得到命令，伸手便要去腰间摸刀，却也犹豫了一下。杀掉一个如此美丽的女子，即使是这些在战场上心已凝结如冰、坚硬如钢的军人，也仍然不能不迟疑。杨定远不知从哪里来的勇气，没等那军人拔刀，一个箭步上前挡在了她跟前，大声道：“陈大哥！”杨定远突如其来的举动也让陈柏川有点意外。他皱了皱眉，眼中透出了一丝寒光：“你想救她？”

陈柏川的声音里仿佛有着钢的腥味。杨定远觉得自己的腿有些发软，他也不知道自己刚才怎么会如此大胆。他大声道：“陈大哥，日本人抓了她，肯定不是一路的。要是把他们杀了，那些俄国兵要是把账也算到我们头上，岂不是多结一个仇家？让她回去报信，也好让俄国人去跟日本人斗，我们走得也顺当些。”

陈柏川眼中的寒光渐渐淡了，点点头道："也是。你问问她是什么人，来这儿干什么。"杨定远松了口气，转过身。女子吓得已缩成了一团。杨定远蹲到她跟前时，她下意识地又缩了缩。

"你叫什么？"杨定远的声音也不由得微微有些颤抖。眼前仿佛是一个脆弱得一碰就要碎的梦。女子看了看他，杨定远温和的态度让她镇定了些，她低低道："你会说俄语？"

杨定远点了点头，仍然问道："你是谁？为什么要到这里来？"

女子顿了顿，微微道："安娜斯塔西娅·瓦西里耶夫娜·叶米利娅。先生，你们是日本人还是朝鲜人？"

"中国人。这儿是中国的地方。"杨定远也顿了顿。和这个仿如幻梦一般的女子对话，他依然有些不敢相信那是事实。他想去解开女子手上绑着的布，可是又觉得碰一碰她都如此唐突。他道："安娜斯塔西娅小姐，你为什么要到这儿来？"

陈柏川看着杨定远和那个女子一言一语地对话，微微皱了皱眉头。他是个军人，十几岁就开始当兵。快二十年兵当下来，见到的尽是军中袍泽，已经快要忘了和女人怎么说话了。看着杨定远如此耐心地和那个俄国女子说着话，他实在有些不习惯。好不容易等杨定远说完站起身，陈柏川小声道："杨兄，这女人到底是什么来路？"

杨定远也小声道："她是从彼得堡逃出来的。父母都没了，未婚夫是外阿穆尔军团的军官，就过来投奔。结果在这儿撞上了日本人的巡逻队。"说着，又不由看了一眼安娜斯塔西娅。她现在神色平静了些，却也更多了分忧郁。

陈柏川一怔，低声道："日本人为什么要对付她？"

虽然日俄战争后，日本人和俄国人向来势同水火，而且双方都觊觎中国的东三省，冲突更是不断，但日本巡逻队伏击这样一个弱女子，还是让他想不通。杨定远道："她说，日本人是得到了消息，盯上她了，为了要让她未婚夫就范。"

“她未婚夫是谁?”

杨定远又看了她一眼，才慢慢道：“她说，叫谢苗诺夫。”

谢苗诺夫这个名字，杨定远还是第一次听到。他做梦也想不到这个人将来会和自己有着莫大的联系，自己这一生的悲欢离合，几乎都和谢苗诺夫有关。然而此时他只是有点莫名的伤感，仅仅是因为安娜斯塔西娅已经有了未婚夫而已。这个相貌美丽、姿态高雅的斯拉夫女子，按理和自己全无交集之处，然而在杨定远的心底却有些异样的触动，仿佛自己的一生魂梦都在等候着她，可是真的遇上了，却又形同陌路，擦肩而过。

陈柏川倒吸了一口凉气：“谢苗诺夫!”

“你认识他?”

陈柏川的脸上变得极其凝重：“不认识，但听说过。听说他是俄国现在有数的年轻军官之一，年岁不算大，却是贝加尔哥萨克骑兵旅的旅长。嘿嘿，我还只是个营长呢，比他小两级。”

杨定远道：“他是旅长又怎么了?”

“骑兵旅一直不在这儿活动。谢苗诺夫现在过来了，只怕又要和日本人干一仗了。”陈柏川说着陷入了沉思，半晌才道：“这样也好。”

杨定远心想这有什么好，但又不敢再多说。他却不知道中国边防军在西伯利亚秘密集结，最大的敌人就是俄军。特别是哥萨克骑兵，向来有骁勇善战之名，是边防军最大的顾虑。现在意外得到了这个情报，哥萨克骑军有很大一部分调到了远东边境准备与日本人对抗，那么边防军也就更多了一分把握。陈柏川向来喜怒不形于色，嘴上虽一句淡淡的“这样也好”，心里实是欣喜若狂。

杨定远只担心安娜斯塔西娅，又在一边道：“陈兄，古人都说，两军交战不伤妇孺，还是把他们放了吧。”

与面前这两个俄国人的性命相比，刚得到的情报实是宝贵万倍，陈柏川点了点头道：“成。”

杨定远如蒙大赦，忙过去给安娜斯塔西娅松绑。只是天寒地冻，手也僵了，一时解不开，他索性掏出袖剑来割断，小声对安娜斯塔西娅道：“小姐，放心吧，你没事了。”

安娜斯塔西娅揉了揉手腕，眼里也有泪光闪烁。这时陈柏川忽道：“只是那个毛子还活着吗？要是他也死了，可没人送她了。”

杨定远又急急走到那个被五花大绑的俄国士兵身边。这俄国士兵受了相当重的伤，肩头中了一枪，胸口还吃了一刀，用布条胡乱包着，杨定远割断了他身上的绑绳，这人仍是一动不动。杨定远摸了摸他脖颈处，只觉触手冰凉，已没了脉搏，他颓然道：“陈大哥，这一个已经不成了……”

陈柏川沉吟了一下道：“不管他们了。给这女毛子一匹马，让她听天由命吧。”

杨定远呆了呆，急道：“这怎么成！这地方，她一个姑娘家，不冻死，也会被野兽吃掉。”

陈柏川咧嘴笑了笑：“杨兄，心肠好，也不是好在这地方，我们得赶路，你也不想为了这女毛子把命送在这儿吧？生死由命，她命不该绝，准能找到她老公，不然的话，嘿嘿——”陈柏川话未说完，但这意思很明白了，就是要扔下她。虽然他说得没错，但杨定远犹豫了一下，马上道：“这样吧，陈大哥，我送她去，然后再赶回来。”

这主意显然出乎陈柏川意料之外，他看了看杨定远，仿佛在看什么怪物，半晌才道：“你是说真的？”

杨定远点了点头：“几十里路，不会耽搁很久，我送她回去后马上就赶回来。”

陈柏川斥道：“你疯了！这老林子里，一个圈转下来你就晕头转向，哪里还赶得上来！”

杨定远心里也有点恼怒，他沉声道：“陈大哥，生死由命，如果我赶不上来，你们也不用等我，就是我杨定远命该绝于此地。”

“生死由命”这句话是陈柏川自己说的，杨定远原物奉还，倒把陈柏川噎得说不话来。他盯着杨定远好一阵，忽然哼了声道：“好，天快亮了，我们天一亮就往西边走，顶多等你一天。你要赶得上来，也是你命不该绝，不然，这鬼地方没人会给你收尸的。”

陈柏川真有点着恼了，也不理杨定远，带着另一个军人转身走了出去。一边走，心里只在暗骂：“尹团长啊尹团长，你说这小子是可造之材，我说他是茅厕里的石头，又臭又硬！”为了一个素不相识的俄国女人，居然敢冒这么大的风险，他自问是绝对做不到的。杨定远明明不是傻子，他为什么这么做？难道是看上这姑娘了？不然他实在没理由这么做！

当两个军人都走了出去，杨定远走到安娜斯塔西娅身边，沉声道：“安娜斯塔西娅小姐，你认得去军营的路吗？”

安娜斯塔西娅看了看他，摇了摇头：“我只听他们说再往北面走，可是没去过。”她见杨定远眼中露出失望的神色，忙道：“我听他们说，沿着这条路往北走就能到。”

看来陈柏川说得对，我真是疯了，杨定远一时发蒙，也不知道该怎么办了。也许有条路，但在这样一个风雪天里，路早就被盖没了。带一个俄国女子去找从未去过的军营，这不是白日做梦就是找死，可是眼下还有什么别的出路吗？想了想，他只好硬着头皮道：“安娜斯塔西娅小姐，你整理一下出来吧，我送你去。”

安娜斯塔西娅一怔：“你送我？”

“是的。”杨定远没有说话，转身便走了出去。外面倒是一片欢腾，消灭了日本巡逻队，不说别的，高头大马就有十几匹。日本人的军马都是和杨定远在金矿时骑的瘸马一个种，这些引自阿拉伯的战马相当神骏，比马帮的马还要好，每一匹都价值不菲。虽然来的时候一个个都担惊受怕，这回却全都兴高采烈。

杨定远一走出来，金光云牵着两匹马过来。这两匹是顿河马，本来是被日本巡逻队打死的俄国兵所骑。他把缰绳递给杨定远，急急问道：“杨大哥，你要送那毛子女人走？”

“是。”

“杨大哥，这条道可不好走，我爷爷在的时候都只敢走这边走熟了的道，你送了她，还找得到回来的路吗?”

杨定远笑了笑道：“没事，小金，别把我想得太没用，明天晚上，我一准就能赶上你们。”

一路上，老爷子确实教过他不少看路看天辨方向的办法，可是他心里实在也没什么底。金光云还要说什么，突然睁大了眼，一声不吭，盯着杨定远身后。

原来是安娜斯塔西娅走了出来。天还没亮，可是她一走出帐篷，周围却仿佛一下子亮了许多。马帮里的人尽是些粗人，可是看到了她，一个个全都不由得屏住了呼吸。本来有不少人听说杨定远要送那毛子女人回去，只觉得他太蠢了，这趟纯粹是送死，但一见安娜斯塔西娅出来，他们却又觉得能送她，死了都没什么可怕的。她确实太美了，美得令人窒息。

安娜斯塔西娅看到外面那些日本人的尸体，脸色又是煞白。杨定远牵着马过去，说道：“安娜斯塔西娅小姐，你应该会骑马吧?”

“会的。”

杨定远看了看天道：“天快亮了，我送了你后还得赶回来，马上走吧。”

见安娜斯塔西娅上了马，他带转马头，又向金光云道：“小金，见到老爷子，代我说一声，我马上就会赶回来的。”

本来他还想说，如果赶不回来就不要等他了，但话到口边，却觉得太丧气，也没有说。两人向北而去，身后留下的是那些人既不理解，也多少有点佩服的目光。

第十三章　人生战场

密林中走马比不得旷野上狂奔，并不能很快。平常二三十里路，平地上顶多一小时，可现在起码也得三小时，何况雪又下得大。好在走了一程，天终于放亮了。杨定远看了看日出，调整了一下方向，向安娜斯塔西娅道：“安娜斯塔西娅小姐，应该快到了，你还能坚持吗？”

安娜斯塔西娅答应一声，又道：“杨先生，你叫我娜斯佳吧。”

杨定远知道俄国人的正名大多很长，还有个较短的昵称是平时称呼所用。只是昵称只有很熟的朋友才能叫，看来安娜斯塔西娅是把自己当朋友了。他心里有点暖意，转过头看了看她，笑了笑道：“娜斯佳，很好听啊。”

安娜斯塔西娅垂下头，微微地笑了笑。这还是她被日本人捉住后第一次笑，她的笑容仿佛让周围的冰雪都霎时融化了。杨定远不敢再去看，扭过头道：“还能再快点吗？”

“可以。”安娜斯塔西娅显然以前骑过马，骑得不比杨定远差。两匹马在林中疾驰，突然安娜斯塔西娅从后面发出一声尖叫，马惨嘶一声向边上倒去，她的人也摔了出去。杨定远吓了一大跳，忙下马跑过去，扶起她道：“出什么事了？”

安娜斯塔西娅身上已尽是白雪，好在积雪很厚，虽然这一跤摔得很重，人倒没什么大碍，只是一只脚扭了一下。她靠着杨定远站了起来：“马摔了一跤。”

她的马摔倒后在地上不住嘶叫挣扎，却爬不起来。杨定远上前看了看，黯然道：“左腿断了。”这马的左脚插进了雪地下一个不知是兔子洞还是獾洞里，因为跑得快，这条左腿一下扭断了。杨定远掏出了袖剑，拍了拍马头，低声道：“马兄弟，别怪我。”

袖剑掠过马脖子，血喷了一地，马哀嘶了一声，便倒在地上再无声响。安娜斯塔西娅不知他要干什么，待看到这幅血淋淋的场景，她惊叫一声，扭过头不敢看。等杨定远走回她身边，她轻声道：“杨先生，你为什么要杀它？”

“它已经不能动了。留它在这儿，不是冻死，就是被狼吃掉，还是让它少受点痛苦吧。”杨定远说着，将自己的马牵了过来，“娜斯佳，我们只有骑一匹马了。”

安娜斯塔西娅的一条腿扭伤了，上马很费力，杨定远犹豫了一下，抱起她放到了马鞍上。两人骑着一匹马，这马登时吃力了很多，好在安娜斯塔西娅个头不大。杨定远从鞍下拿出个面包喂给马吃了，又让马喝了点水歇了歇，拉起马缰道：“娜斯佳，你坐稳了，别摔下来。”

两人同骑一马，后面的人没有马镫可踩，安娜斯塔西娅只好用双手紧紧搂住杨定远的腰。杨定远长这么大，从来没有和一个女子如此亲昵过，脸颊也不由有些发烧。安娜斯塔西娅突然将身体贴上了他的后背，轻声道：“杨，你真好。你是中国的贵族吧？”

杨定远不由哑然，在安娜斯塔西娅这种贵族小姐眼里，大概只有贵族才是好人吧。如果不是他救了她，她大概连正眼都不会瞧自己一眼，毕竟是两个世界的人啊。他想着，淡淡道：“我哪是什么贵族，就是农家子弟。”

安娜斯塔西娅紧紧贴在杨定远身上，嘴里喃喃地说道：“杨，你不是贵族吗？可是你很有骑士风度啊。唉，在彼得堡的时候，萨沙还自吹是个男爵，说有他在，肯定能让我一家安全。可是革命军来了，他跑得比谁都快。今年克伦斯基又要和布尔什维克打起来了，爸爸带我来这里找谢苗诺夫。可是在火车上爸爸得了病死了，还好碰到了谢苗诺夫的部下，他派人送我去谢苗诺夫那儿。谁知道这里也那么危险，如果不是你，我也活不下来。”

萨沙多半是安娜斯塔西娅在彼得堡时认识的一个贵族子弟吧。听着这个初识的异国女子说着这些遥远的事，杨定远只觉茫然。想起辛亥年皇帝退位时，他刚进织袜厂。有一天街上来了许多当兵的，拦住路人当场剪掉辫子。有些老人的辫子被剪掉的时候痛哭流涕，仿佛命也没了。他的辫子也是那时被剪掉的，刚剪了的时候还怕得好几天不敢出门，可是几年过去了，现在还留辫子的大概也只有霍敬奇这些宫里出来的人吧。那时他听人说，这些兵是革命军。

靠在杨定远背上，安娜斯塔西娅几乎要忘了正在雪林中奔驰。仿佛一场突如其来的波涛将她的一切都卷走了，而这个今天刚认识的东方青年是她在波涛中唯一能依靠的一叶小舟。她紧紧地抱着杨定远，不停地说着以前的事。革命前，她的生活如此安定，身边总围绕着很多贵族子弟。骑马、看芭蕾、听音乐，夏天和父亲去别墅避暑，在旷野上摘那些盛开的花……可是这些都已经如一个泡沫般破灭了，只存在于她的记忆之中，缥缈得好似都没有发生过。

杨定远听着背上这个女子说着这些并不很久远却如同隔世的事。在漫天飞雪中，他仿佛看到了眼前有一阵波涛正不可一世地席卷而来。这波涛将会改天换地，将一切都毁为废墟。这废墟上重建起来的会是天国还是地狱？他不知道。

自己的将来会怎样，他自己都预料不出。此刻，一个美丽的俄国女子紧紧靠在他背后，让杨定远一直不敢相信这是他的亲身经历。安娜斯塔西娅的声音越来越轻，这两天经历了那么多事，一直都在极度的恐惧之中，都没合过眼，现在才真正放下了心来。即使马背如此颠簸，她还是沉沉睡去。杨定远觉得她搂着自己的双臂松了，生怕她掉下马来，索性掏出根绳子将她和自己缚在了一起。

顿河马虽然不算很快，但极其耐寒，腿力很好。雪还在下，这匹马却越跑越轻快，时间好似停止了一般，周围悄无声息。杨定远看了看天空，虽然看不到太阳，但也能看出已经是下午了。顿河马跑到此时也有点儿气喘了。他拍了拍马脖子，给马喂了半个面包。这才想起来自己也饿了，削下一片来啃着。

天没亮就出发，到现在已经在路上走了大半天。虽然不是很快，但二三十里路也该快到了。方向应该没有错，老爷子教他的那些认识的方法也都派上了用场。然而仍然看不到兵营的影踪。如果找不到的话，也许，他会和娜斯佳一块儿死在这片林子里吧。想到这儿，杨定远却并没有丝毫的恐惧，心里异乎寻常地平静。一切都尽力了，只能听天由命。

“杨，到了吗?”安娜斯塔西娅听到了马吃东西的声音，迷迷糊糊地醒来。睡着的时候她一直紧紧抱着杨定远，这时醒来才发现自己和杨定远绑在了一起。杨定远解开绳子道：“还没有。娜斯佳，下来歇一歇。”

杨定远扶着她下马，削了片面包递给她：“没别的，先吃点这个吧。”

安娜斯塔西娅接了过来，这面包又干又硬，冻了后就更硬了，她啃了口，实在吃不下，杨定远见安娜斯塔西娅有为难之色，笑了笑道：“弄点雪撒在上面。你们俄国人不是常吃面包撒盐吗？就当那是盐。放进嘴里，雪就化了，列巴也软一些。”

杨定远说着，把手里的面包片放平了伸出去。雪不停地下着，面包片上很快薄薄地积了一层，晶莹的雪花盖在褐色的面包片上，还真有点像是盐。杨定远往嘴里一塞，嚼了两下，说道：“看，好吃多了。”

安娜斯塔西娅笑了起来，也学着他的样子伸出面包片。她的手指很纤长，托着面包片的样子很好看，杨定远有点看得呆了。安娜斯塔西娅吃了口带雪花的面包片，说道：“嗯，好像是有点咸味了。”她的笑容仿佛将周围的冰雪都融化了。杨定远一直这么痴痴地看着，白雪与密林中，安娜斯塔西娅几乎不是人间所有。只是，他看看自己狼狈的样子，心想自己和安娜斯塔西娅相差得实在太远了，简直就是两个世界的人。

安娜斯塔西娅边吃面包边说："杨，你们到底是做什么的？"

杨定远笑了笑："你猜呢？"

"我觉得啊，你应该是中国军人。"

杨定远心里想陈柏川他们三个才是不折不扣的军人，自己和军人根本沾不上边。他道："你猜错了，我只是个马帮。"

"你不害怕吗？你们杀了人……"

"那是因为日本人很坏，该杀。"他故意装作若无其事的样子。

安娜斯塔西娅叹了口气道："你是马帮也好，军人也好，杨，我总觉得你和别人不太一样。"

杨定远有点好奇，他实在很想知道在她心目中自己到底是什么样子的。他顿了顿道："什么不一样？"

"你勇敢，善良，又很有骑士风度，所以我觉得你是个贵族，平民根本不会有你这样的品格。"

杨定远也暗暗叹了口气："娜斯佳，品格可不是区分贵族和平民的标准。"

这句话让安娜斯塔西娅一时语塞。杨定远三口两口把手里的面包塞进嘴里咽了下去，转入正题："娜斯佳，吃完了就接着赶路吧，我们要尽快找到兵营。"

安娜斯塔西娅答应一声，正要上马，忽然叫道："玛格丽特！"

杨定远一怔，心想难道周围还有一个女子吗？他左右张望了一下，却不见有人影。安娜斯塔西娅却已抓住了他的手臂道："杨，你看，那儿有朵玛格丽特！"

顺着她的视线看去，在一棵大树下有一朵白色的小花探出了积雪，是朵野菊花，生着密密的重瓣。这样的花本来都应该到春天才开放，这一朵却不知怎的竟然在冰天雪地里开放了。他惊奇道："是野花啊。"

“杨，你去摘给我吧。”

杨定远心想都这时候了还有心思摘野花，但见到安娜斯塔西娅乞求的目光，他也不忍拒绝，走过去摘了下来。安娜斯塔西娅接过花，眼里仿佛又有泪光闪烁。杨定远不敢去看她，他跳上了马，说道：“娜斯佳，我们要出发了，你坐好。”

安娜斯塔西娅马上抱住了他的腰，当马又跑起来时，她忽然道：“杨，这是玛格丽特花。”杨定远正专心看着路，顺口道：“嗯，这个名好啊，我都不认识。”

安娜斯塔西娅似乎还想再说什么，杨定远忽道：“娜斯佳，你别说话，好像有马蹄声！”

渐近黄昏，风也更大。林中的风总是一阵一阵，风向不时在变，一会儿迎面吹来，一会儿又转向背后，雪花也被吹得忽然在前，忽然在后。在风雪中，杨定远听得了一阵隐隐的马蹄声。只是风向很乱，马蹄声只是偶尔被风刮到，实在听不出是哪个方向，也不敢确认是不是错觉。他扭头道：“娜斯佳，你听到了马蹄声吗？”

安娜斯塔西娅拿着花正在发愣：“有吗？我没听到！”杨定远这才发现安娜斯塔西娅手中那朵玛格丽特花的花瓣都已被撕掉了。他不知安娜斯塔西娅摘了这朵花来为什么又把花瓣撕得干干净净，恰在这时，又传来一声马嘶，杨定远屏住了呼吸，这一次他听得真切。这时安娜斯塔西娅也露出喜色，大声叫道：“我听到了！听到了！”

会是安娜斯塔西娅要找的兵营吗？还是另一支日本巡逻队？杨定远不觉犹豫了。安娜斯塔西娅有些着急，在他背后道：“杨，不快点走吗？”

“娜斯佳，先不要说话……”他话未说完，左前方忽然有个黑影冲雪而出。风雪正大，但这个黑影冲出来却更快，杨定远还不曾回过神来，便已冲到了他跟前。

这么快！杨定远不由愕然。他一向以为自己的骑术已经可圈可点了，但这个突然冲出来的人显然骑术远比他高超。杨定远认识的人中，骑术最高的应该算是老格了，只是老格的一条腿已经瘸了，终究还会受点影响。而冲出来的这个人，至少不会比老格差。

那人已到近前，“锵”的一声抽出了身边的马刀。那是恰希克刀，单面开刃，不设护手，刀身略有弯曲，刀身上有一条长长的血槽，是哥萨克人专用的马刀。这种刀锋利而沉重，有“鹰之利爪”之称。当这把马刀一出鞘，仿佛立时逼得漫天雪花也在空中停止了飞舞。杨定远还没来得及开口，那人的马已经冲到了他坐骑边上，手中的马刀当头劈下。

这一刀根本不花哨，但此时劈下，杨定远根本闪不开。一瞬间，杨定远仿佛身上都已被死亡的阴影笼罩住了，身体都动弹不得。恰希克刀全力一挥，足以将一个粗大的木桩一劈两半，如果劈到杨定远头顶，他的身体肯定会被一分为二。这紧要关头，安娜斯塔西娅突然尖声叫了起来：“谢苗诺夫!”

那人的马刀已然劈下，刀身却在就要劈到杨定远头顶时一侧，“啪”一声，重重拍在了杨定远的肩头。杨定远只觉肩膀上仿佛有一道闪电顺着骨缝里打进去，半个身体顿时麻木，坐骑也被震得一声嘶吼。马刀压在他脖子后面。天很冷，但刀上寒意却要更冷万倍，仿佛一根冰针刺入了他的骨髓里。幸好那人在最后收掉了大部分力量，不然他当场就会送命。尽管收了力，刀刃上的阴寒之气却似乎要将他浑身的血液都凝结起来。这就是哥萨克骑兵的真正实力？日本巡逻队伏击安娜斯塔西娅，保护她的几个哥萨克全被杀了，在杨定远心中不免对哥萨克看低了一线。可现在他才知道，日本人攻击哥萨克，肯定也和他们伏击日本人一样，打了个措手不及。如果真正平手相斗，那些日本人未免是哥萨克骑兵的对手。

“小姐，你是什么人?”那骑兵狐疑地看着安娜斯塔西娅。

安娜斯塔西娅大声道：“你们是鹰之旅吗？我要见你们的长官格里高利·米哈伊洛维奇·谢苗诺夫。我是安娜斯塔西娅·瓦西里耶夫娜·叶米利娅，是他的未婚妻。你快放了杨，他是救我的救命恩人。”

这个哥萨克正是谢苗诺夫指挥的外贝加尔哥萨克骑兵旅的一员。外贝加尔哥萨克骑兵旅号称鹰之旅。现在的旅长，正是年仅二十七岁的中将谢苗诺夫。林中又冲出来了一个哥萨克。这人见同伴制住了杨定远，就收回了刀，而杨定远马上竟然还坐着一个俄国女子，奇怪地问道：“伊万，她是谁?”

那个叫伊万的哥萨克道：“这位小姐说她是谢苗诺夫将军的未婚妻。”

那哥萨克听完吓了一跳。谢苗诺夫年纪虽轻，但治军很严，如果得罪了他的未婚妻，那可不是好玩的事。他向安娜斯塔西娅行了一礼道：“小姐，你怎么会跟个支那人在一起?”

伊马的恰希克刀已收了回去，可杨定远仍然感到颈后的那股寒气。在伊万的马刀下，他竟然毫无还手之力，连躲闪都来不及。虽然听过了不少人说起哥萨克骑兵的厉害，可那毕竟是耳闻，只有亲身遇到后，才真正有了体会。他听那新来的人说起自己，声音里有着无比的鄙夷，一股无明火直蹿上来，抬起头厉声道：“我是中国人，杨定远!”

安娜斯塔西娅见他声音中带有怒气，赶紧忙柔声道：“杨，谢谢你送我来，去兵营歇歇再走吧。”她的声音很温柔，杨定远的确又累又饿，他何尝不想休息一下，可那两个哥萨克看着他的鄙夷目光就如刀子般让他难以忍受。他冷冷地道：“安娜斯塔西娅小姐，我已经把你送到了，也该走了，你保重吧。”

安娜斯塔西娅见他声音冷冷的，已全然没了先前的温和，而且也不再称自己的昵称，颤声道：“杨，你真要走了?”

“嗯。”杨定远有意没去看她，生怕自己看到她的样子后又会失去走的勇气。和她相处只不过短短一天，可是他知道，自己的心底已经永远给这个年轻的俄国女子留了个位置……虽然永远都不会有人知道。安娜斯塔西娅没有再说什么。这个中国青年虽然不是俄国人，但他的骄傲和哥萨克没什么不同。她翻身下了马，说道：“杨……祝你一路平安，早点找到马帮。”

杨定远没有再说什么，也没有去看那两个哥萨克，只是带转马，正待要走，忽听安娜斯塔西娅道："等等，杨。"他勒住马，不知她还有什么话，却见她把那朵撕掉了花瓣的玛格丽特花递给他道："杨，你留着吧。"

杨定远不知她把这么朵残花给自己是什么意思，难道是嘲弄？那两个哥萨克也有点好奇地看着他，眼神流露出的却不是善意。杨定远接过那朵残花，也不说什么，一抖马缰，便向南边疾驰而去，心里只是不住地念叨着："哥萨克！哥萨克！"

因为老格，他以前总把哥萨克想象成很侠义，快要比得上霍敬奇常唱的关公了。现在才知道，自己的想象也太可笑了。他一肚子气尽都发泄在胯下的这匹顿河马上，不时加上一鞭，飞马狂奔。马也不知这个一直很爱惜它的新主人为什么突然变得如此粗暴，只是没命地在林中跑着。在风雪中，杨定远突然冒出了一个念头："我要当兵！"

我要当兵！这个念头冒出来时，他自己都吓了一跳。他一直是排斥当兵的，尹春山几次想拉他入伙，他都拒绝了。可现在，杨定远却突然思路变了，竟然想成为一名士兵，成为一个比哥萨克更为勇悍的军人。他今天莫名受到了侮辱，唯有当兵才能让他挽回尊严。

马刀在他颈后留下了一条小小的伤口，渗出了一丝血痕。这点伤虽然无关紧要，但这一刀仿佛在杨定远心口留下了一个深深的伤口。雪还在下着，他的手脚都已冰凉，可心里却如同有烈焰燃起。我要当兵！我要当兵！我要当兵！他一边骑一边心中默念着。

马在密林中疾驰，杨定远伏在鞍上再没有回头。安娜斯塔西娅，这个第一次留在他心中的女子，此时就如同雪地上的蹄痕，转瞬间就被积雪盖没，再也寻不出一丝痕迹。

天色渐渐暗了。也不知过了多久，杨定远终于看到了前面那片熟悉的空地。那正是先前日本人扎营的地方。也许，马帮仍然在那儿扎营。他长长吁了口气，正想加一鞭让马跑得更快些，却突然感到了有种熟悉的异样感觉。有人在暗中看着自己！

这种难以言说的感觉又来了。刚出哈尔滨时，还不认得小个子，但杨定远就已经感觉到了他暗中盯着自己的眼神。现在，这种感觉又从他心头升起，让他想起了要送安娜斯塔西娅离去时那些人的目光。并没有敌意，只是带着一些嘲讽、一些怜悯。

马跑出了这片林子，然而空地上却什么都没有了。帐篷早已拆得不见踪影，走时横七竖八躺一地的日本人的尸体也消失不见了，也许是埋在积雪底下，要明年开春雪化了才能被发现；也许是马帮转移了尸体？杨定远的心里一阵空落落的，自己看来真的和马帮失联了。

他绕着空地转了一圈，想看看马帮有没有留下什么记号，可是一圈绕下来，什么都没有发现。马帮把日本巡逻队给干掉了，自然不可能再露出形迹。那么只有往西边追下去，希望能追上吧。杨定远正想催催马，胯下的坐骑忽地喘了口粗气，微微一个趔趄。他连忙拉住马，摸了摸马脖子。因为狂奔了一天，马已累得正不住地喘着粗气。杨定远不忍再骑，跳下马，从马鞍下摸出剩下的半个面包，他只给自己留了一片，剩下的全喂给了马。

没有马的话，在这林子里便是死路一条。坐在石头上，杨定远一边啃着干面包，一边想着。就在不久之前，自己还和安娜斯塔西娅一起坐在石头上啃着干面包，可现在回想起来却像已经过了很多年一般。他咽下了面包屑，抓了把雪塞进嘴里。嘴里也失去了知觉，他麻木地想，难道自己真的已面临绝境了吗？

在这样的鬼天，能平安把安娜斯塔西娅送到了兵营，已是个奇迹了。他实在不敢相信奇迹还会再发生第二次。这时他才觉得，人在真正绝望的时候，反而什么感觉都没有了。他正想着，身边正嚼着面包的马忽然有些不安地靠拢了他，马脖子在他身上擦了擦。杨定远拍了拍它，喃喃道：“你吃饱了吗？吃饱了，咱们再出发吧。”

天顿时就黑了，在林子里更是连东南西北都分不清了。陈柏川说马帮是往西去的，那往西走准没错。雪夜，林中越发幽暗，想按星光来辨别方向已不可能了，但他还记得老爷子说的话，碰到这种情况要看松树的树冠。树冠朝阳的地方长得密，就是南边，北边的枝条要稀得多。杨定远认准了方向，跳上了马准备继续赶路。哪知人还没跨到鞍上，马的两条前腿忽地一软，嘶叫了一声便跪倒在地上。杨定远还没有坐稳，马一倒，他一脚踩了个空，人重重地摔在了地上。

顿河马虽然耐寒而有耐力，但已经跑了整整一天，到此时已是精疲力竭。杨定远这一摔立刻眼前金星乱冒，一时间趴在地上爬不起来，只觉身体都摔得散架了。迷迷糊糊中，那匹马凑过来在他肩头擦了擦，似是对主人表示歉意。他想要欠身起来，可是身上无一处不痛，而且雪地上的寒气仿佛是一摊胶水，将他牢牢地粘在了地上。

会死了吧？杨定远想着。他听老爷子说过，冬天赶路，往往一跤摔倒后就再也爬不起来了，所以走道时千万不要一个人独行。看来自己这一次是死定了，他真的爬不起来了。在黑暗中，突然那种有个人正死死地盯着自己的感觉又来了，而且还越发强烈了。他抬起头，用最大的声音叫道："有人吗？谁在这儿？"

他豁出去了，不管是什么人，只要能救自己拼了命了也得试一试。他挣扎了一下，想再试着爬起来，可是身下的寒气却死死地揪着他不放，他甚至连一分一毫都抬不起来。陈柏川说马帮顶多等他一天，现在这一天已经过了，马帮也肯定已经离开了，不可能还在这儿了。还有人能救自己吗？他又是一声大叫，还是一片死寂，没有人回应他。看来这一次自己肯定会死在这片林子里了，杨定远不由得闭上了眼睛。

闭上眼后，寒意却一下子淡了，身上居然还感到了暖意。杨定远知道，那并不是真的。当寒气侵入体内会破坏人的知觉。就如同人碰上烧红的铁块时，会感觉摸上一块冰一样，极度的寒冷也反而会让人有点暖洋洋的错觉。那是寒气在把人身体里的生机一点点逼出去。当这丝暖意也感觉不到的时候，人就已经死了。此时的杨定远只能任由寒意慢慢地渗进他的五脏六腑。

马又在他肩头擦了两下，不明白主人为什么不动了。正在这时，杨定远突然听到一边传来了一些窸窸窣窣的声响。是野兔或是獾子来觅食吗？还是死神来了？杨定远努力睁开眼，向前看去。雪沾在他眉毛上有些化了，但马上又结成了冰。现在他的脸也几乎罩上了一张冰做的面具，想睁眼都如此费力。无星无月，雪光却把周遭映得雪亮。当他的眼睛翕开一条缝时，看到前面的情景时心里一震。雪光中，就在身前不远处一株马尾松下有着一个白色的身影！那雪白的身影，正是在冰谷中险些让马帮全军覆没的银狼！天哪，居然是它！杨定远竟然害怕地笑了，真是冤家路窄，又碰上了！

这个白色的身影几乎已融入了周围的雪光中，如果不是一双放射着寒意的眼睛，杨定远一准会以为那是个雪堆。他一惊之下清醒了一些，下意识地想要拔出袖剑，可是手指只是动了动，根本伸不到腰间。就算拔出剑来又能如何？这把袖剑虽然锋利无比，想对付这只银狼，和一根树枝没什么两样，何况现在自己浑身僵直，连动都不能动。

原来一直被盯着的感觉竟然来自狼群！真是太可笑了，杨定远笑自己刚才还在大喊着救命。这回逃是逃不掉了，唯一的办法就是弃马上树。可以他现在的情形，想要飞身爬上树去，已经完全没可能了。杨定远绝望地闭上了眼，等着银狼一个箭步飞扑上来，一口咬断自己的脖子。沙沙的声音越来越近。那个高大的白色身影正低头打量着自己。那是一双怎样的眼睛啊——冷漠、阴寒、聪慧，杨定远甚至还看到了一丝隐隐的忧伤。狼也会忧伤吗？

“人啊，我为什么看到你的眼里有忧伤？”他的耳边突然传来了一个低沉而清越的声音，似乎很远，又似乎很近。他怔了怔，想看看周围有没有人，然而眼前只有风中乱舞的飞雪，以及飞雪中那只傲然立在跟前的银狼。

“人啊，你看着我，告诉我吧，你为什么要忧伤？”

是银狼在说话吗？他看着面前，银狼仍然一动不动，只是那双睿智的眼睛却和一个人没什么两样。我一定是疯了。杨定远在心底呻吟着。也许，我早就已经死了，所以才会有如此怪异的幻觉发生。可是渐渐地，风声越来越轻，越来越远，周围也越来越宁静。尽管心里这样想，他犹豫了一下，仍是答道："因为我害怕。"他的声音很轻，轻得仿佛耳语。然而银狼似乎听得很清楚。它又向前了一步，几乎凑到杨定远的面前。

"你害怕什么？你是人，是万物之灵，一切生物都要匍匐在你的脚下，你还会害怕什么？"

"我害怕你的尖牙，害怕你的利爪，害怕你阴冷的眼睛，害怕会死。"

银狼的眼睛里仿佛蒙上了一层雾，变得温暖起来。它是在笑吗？杨定远默默地想着。

"我是在笑。你们人类身为万物之灵，原来也会怕那么多不必害怕的东西。你们子弹比最锋利的尖牙更锋利，你们的刀子比最锐利的利爪更锐利，你们的心也比最阴冷的眼睛更阴冷。而死，是所有一切生灵最终的家，你说，你要害怕这些做什么？"

他一定是疯了，居然和一只狼说话。银狼的声音仿佛有一种魔力，让他如此着迷，似乎眼前并不是一只巨狼，而是一个洞察一切的睿智老人正和他谈心。他说："可是，我还是怕，活下去那么难……"

"这世界本就是个战场，每个人都是个在无休止拼杀的战士。想要活下去，只有不息地战斗。人啊，活下去是很难，但只要你想要活下去，就一定会有希望。你听到了你的胸膛里心脏还在跳动吗？鲜红的血液仍然没有凝固。在你的心底，依然有着希望，那就站起来，证明给你自己看！"

站起来？怎么站？现在身体重得有如千钧，想站起来大概只是个奢望。然而他的心里却如同突然燃烧起一团烈火。世界是个战场，每个人都是战士，为了活下去而战！他似乎又看到了很多熟悉的面孔——陈振中的、思华的、霍敬奇的、小霍太监的、老爷子的，甚至还有那两个哥萨克骑兵的。他们正看着自己，有些目光饱含善意，有些却带着鄙夷。但不管是怎样的目光，都让杨定远感到了生存的可贵。

不管是朋友还是敌人，他们都在这战场上为了活下去而拼命搏杀。也不知哪里来的力气，杨定远双臂奋力一撑，人跪坐在了雪地上。当他的身体离开地面时，似乎还能听到一阵绝望的嘶吼。那是死神的叹息吧，为了这个从手指缝中溜走的猎物而暴怒。可是杨定远心里已如烈火在燃烧。活下去！这个目标听起来很简单，但他知道要在这个冷酷的世界活下去是多么不容易。只要活着，就必须战斗！

大雪被风撕扯着，一团团地揉碎，仿佛充塞了整个天地，要将地面上的一切都压成齑粉。可是杨定远只觉得自己身体如同被烈火包围着，雪片还没碰到他的身上就融成了水汽。那是燃烧着的热血在奔流、在呼啸，随时都会裂胸而出，将夜色都染作通红。

活下去！战士！拼杀！这几个词让他浑身充满了力量，漫天的飞雪算得了什么？他仰起头，奋力站了起来，向着夜空厉声一啸。

只要活着，就永远不要说放弃！

“杨大哥！”一个声音突然从前面传来。几乎是同时，一匹马冲破飞雪来到了他的身边。杨定远已是靠最后的力量站立着，他甚至觉得自己已经这样死去了。恍惚中，他在想：这是谁？这是哪里？这是另一个世界吗？

第十四章　死里逃生

耳畔传来了鸟鸣声，杨定远慢慢地睁开眼。

“杨大哥，你醒了!”又是一个欣喜若狂的声音。杨定远刚睁开眼，却被日光照得眼前一片模糊。他伸手揉了揉眼，这才回过味儿来自己原来还没有死，他动了动，发现双手已能活动自如。他猛地醒悟道：“这是哪儿?”

“没事了。杨大哥，你先躺一会儿吧，我给你倒点水。”

眼睛慢慢适应了周围的一切，杨定远才看出眼前竟是思华的脸。思华的眼睛已哭得有点红肿，手里端着一碗水。杨定远凑过来喝了口。这水里还泡了些面包糊，他一口气喝完了，这才终于有了饱腹的快感。他笑了笑道：“思华，昨晚是你找到我的吗?”

“昨晚？都是前天晚上的事了。”老爷子的声音从一边传来。他一边啃着一块面包，一边抓一团雪往嘴里嚼。杨定远惊诧道：“前天晚上?”

“是啊。你昨天一天都没醒，乌云守了你一夜。好在小伙子，你火气旺，总算捡回一条命。”

那晚的事一下回到了杨定远的记忆中。他道：“都是前天了？现在走到哪儿了?”

“离海参崴不远了。”

海参崴是中国名字，杨定远一怔，问道：“不是往西去吗？怎么往北来了？”

老爷子叹了口气：“被小鬼子盯上了，他们给断了路，咱们只有往北绕出去了。这不，连火都不能生。”

老爷子说着，又嚼了一口雪。杨定远又是一怔，思华喂给他的分明是温水，这温水又是哪儿来的？他刚想问，思华忽然道：“杨大哥，陈大哥来看你了。”

杨定远一时也不知这个“陈大哥”是什么人，抬头一看，却是陈柏川。他正想站起来，陈柏川按住他的肩头，坐到他身边道：“小子，你坐着吧。前天人家小姑娘找到你时，你都冻成冰坨子了，能活过来真得谢谢她了。”

是思华找到自己的？杨定远感激地看了看思华，思华却有点羞涩地道：“陈大哥，别这么说。要不是你肯跟我去，我也不可能回来。”

杨定远吃惊道：“陈兄，是你和思华找到我的？”

陈柏川点了点头：“你当你是神仙啊，这么大的风雪能赶回来。那天要走时，小姑娘死活要回去找你，说你一准能找回原来的地方，谁劝都不成。我是怕她一个人出事，才陪着她走了一趟，结果还真找到你了。不过也亏得你小子喊了一嗓子，要不哪儿发现得了你？”

“陈兄，你们看到银狼了吗？”杨定远想到自己昏迷前一直被那只银狼所困。

“银狼？扯什么淡。要是碰到银狼，你连骨头渣子都不剩了。”

原来，银狼真的是我的幻觉啊，要不怎么银狼会跟我说话。杨定远不由得干笑了一下：“对了，陈兄，为什么跑到海参崴来了？”

“小鬼子多半已经察觉到巡逻队出事了，拦住了西边的路，只有往这儿绕一圈。”陈柏川说着站了起来，“小子，你醒过来就好。小鬼子阴魂不散，一直在追我们，所以连火都不能生。要是他们真追上来了，你还拿得动枪吗？”

杨定远努力地点了点头：“行！”

陈柏川看了看他，笑道：“好，有种！我说杀过了日本鬼子就是不一样了。小子，尹团长没看错你。”他又拍了拍杨定远的肩，看了看思华，低声道，“我说你小子，人家小姑娘焐化了雪给你喝，这份福气也不知你哪世修来的，可别辜负人家啊。”

原来水是思华用体温焐暖的！杨定远这才明白为什么没生火自己还有温水喝。只是这么冷的天，想想把雪放进怀里，杨定远就要打寒战。他有点不好意思地看着在边上忙上忙下的思华，一时什么话都说不出来。他这条命是思华给的，他心里暖得有些不知所措。

休整了没多久，苏日勒和克跟几个弟兄骑着马回来了，他们带回了好几口袋面包。本来是想去海参崴买点补给和马料，可现在海参崴被日本人占了，探子很多，马料不好买，只得从中国劳工那儿买了些面包。现在就连马也只能吃面包了。陈柏川跟苏日勒和克商量了一阵，决定继续往北走。等到了铁道边，再沿着铁道往西去。铁道边总有些小站村落，到那儿总会有办法的。

走走停停，这一路也越发艰辛。第三天上，大伙终于听到了火车的汽笛声，远远望去，林中有一道浓烟直直升起，那正是中东铁路哈尔滨到海参崴段。这个时候，中东路还叫东清路，那是清朝留下来的名称。东清路1903年全线通车，以哈尔滨为中心，东至绥芬河，西至满洲里，南边直通大连。日俄战争后，南段被日本人占领，改称南满铁路，而东段和西段仍在俄国手里。现在俄国爆发革命，大批人逃亡远东，大多都是通过中东路，因此这段运务相当繁忙。

马帮带着大批枪支弹药，自然要避开旁人的注意，只能沿着铁路继续往西行。马料仍然不好买。好在这儿已是俄国人的地盘了，不必再担心日本人的追击，总算可以生火了。又走了两天，听陈柏川说马上就要出国境了。一出国境，就会有人前来接应，枪械枪支沿途都可以卸下，这样行程就会轻松不少。马帮听了这话，全都如释重负。这一趟行程艰险不说，人都死了好几个，真是拿命在换。

这天天气挺好，无风无雪，雪橇走得很是轻快。一大早出发，众人都觉得轻松了许多。杨定远听老爷子说些辨路的方法，受益匪浅。老爷子跑了一辈子马帮，真个是张活地图，据说无所不知。杨定远赶着雪橇也没办法写字，只能硬记，准备打尖时才在日记里记下来，生怕自己忘了。老爷子忽然盯着马道："定远，你听这马是不是在喘？"

杨定远这才注意到这马果然喘得厉害，眼看着快跑不动了。他抖了抖马缰，可马刚跑了几步，又喘个不停。老爷子道："等等，停下来，让我看看。"

杨定远赶紧把马带到雪橇前。老爷子抓着马嚼子看了看，又盯着马眼看了看，这边苏日勒和克也过来问："老爷子，怎么停了？"

老爷子神色严峻道："你去瞧瞧，马嘴里是不是都在淌涎水？"

苏日勒和克赶紧查看了一圈，脸色异样道："是啊，每匹马都这样。老爷子，是中毒了吗？"

老爷子想了想，扭头向身后道："金光云，你过来一下。"

金光云正和思华坐一辆雪橇，闻声走了过来。老爷子道："你们这些秆子是什么东西？"

金光云道："罂粟秆啊。今年村子里尽种大烟了，也没别的。"

老爷子猛地一拍大腿，叹道："糟了！我都没想到这个！"

苏日勒和克见他如此，忙道："老爷子，这罂粟秆有毒吗？"

"毒倒也不是什么毒，只是这几天尽用罂粟秆子喂马，这些马都染上了大烟瘾！"

啊！杨定远一怔，插嘴道："马也会染大烟瘾？"

"怎么不会。罂粟秆里多少也有点儿大烟，怪不得这两天我总觉得马老是长力不够，跑一程就跑不动。"

苏日勒和克大为着急，问道："那现在该怎么办？"

老爷子又看了看马，叹道："只有等开了春，让马啃青草芽换肠胃。

现在也没别的办法，以后只有多煮点罂粟秆，隔一阵就喂一次。”

果然，马吃了罂粟秆后，精神马上就来了。只是这是治标不治本的法子，前两天还只要一天喂个三四次，现在一天就非得喂个五六次不可。这样一天要打五六回尖，速度一下慢了许多，陈柏川已是急得抓耳挠腮。这批枪械是要分发给沿途的军人的，现在这样走走停停，速度越来越慢，万一遇不上接应的人，那可要出大乱子。他赶紧来和老爷子商量，这样下去肯定会误事。老爷子想了想道：“只有一个办法了。弄些烟膏化进水里，马的大烟瘾犯了的时候就让它们喝些水便成。”

陈柏川面有难色，说道：“这地方哪儿去找烟膏？屯垦团里倒有，那回也没问他们要。”

老爷子看了看四周，说道：“往西北边走。”

“西北?”

老人笑了笑：“这儿应该有张大帅的边防站，那儿准有烟膏。”

陈柏川一怔：“张大帅？他肯帮忙吗?”

“本来也不想麻烦他，不过到了这时候，也只有豁出我这张老脸去了。”

东三省是奉军的地盘，陈柏川他们是徐树铮的边防军，属皖系。皖系首脑段祺瑞是国务总理，奉系与他不甚相和。陈柏川他们是直接受徐树铮指挥进入俄国的，现在奉系仍然不知道他们的秘密行动。雪橇上都是些枪械，如果被奉军知道了，说不定会节外生枝。陈柏川自是顾虑重重，但见老爷子说得这么肯定，也只得按他说的做。

再往北走，就更加偏僻。他们生怕迷失方向，也不敢离铁道太远。又走了几天，一路上时不时听得远处传来的汽笛声，看到火车冒出的浓烟，他们才确定没有偏离方向。这一天，他们在路上遇到了一伙军人。这些军人都骑着高头大马，全副武装，正是奉军的巡逻队。看到这支马帮，有个军官上前问话，老爷子直接提到了张大帅，要他们去跟张大帅联系。那军官吓了一跳，也不知这些人是什么来路，居然敢提张大帅的名号，二话不说先把他们带到了兵站，让人看管起来。

张大帅将东三省看成自己的禁脔，不许他人染指，但对地方上却很是照顾。这批奉系军人的装备都相当不错，陈柏川看了都有点眼热。联系了一通，那军官又过来了，这回说话明显非常恭敬，将他们请到了屋里，还摆上了酒席款待。军官在陪酒时一口一个老爷子，说大帅就在附近，一听老爷子来了，说马上就过来，无论如何要请他们先在这儿盘桓两天。

杨定远和陈柏川都有点儿目瞪口呆，他们实在没想到老爷子竟有这么大面子。杨定远私底下问了问，老爷子却只是笑笑，闭口不说。他不甘心，又偷偷问了思华，思华却也毫不知情，说不出个所以然来。

这两天在兵站里，马帮尽是好吃好喝，一下子从地狱来到了天堂。金光云在屯垦团一直吃不饱，这回恨不得往死里吃。这天兵营里打到了只狍子，用粉皮酸菜熬了一锅，那军官还拿出酒来相陪。正喝得高兴，外面传来了一阵汽车声。那军官一听声音，急急站了起来，还没等站直，门一下被推开了，有个人大声叫道："老哥哥，霖子来看你了！"

进来的是个穿着一身笔挺戎装的中年汉子。这人身材不高，可是一双眼睛亮得吓人。一见这人，老爷子脸上也露出了笑意，叫道："霖子，你还真过来了！"

那人走到他跟前，一把抱住他道："老哥哥，你来了，霖子哪能不来。这路不好走，我紧赶慢赶，还花了两天。"他看了看桌上，笑道，"怎么样？兄弟们没亏待你吧？"

老爷子笑道："挺好挺好，霖子，你的兄弟都挺厚道。"

他们在说话时，杨定远一句也不敢插，只是和旁人一起在边上站着。那人和老爷子寒暄了两句，见众人都站着，招呼道："来，别傻站着，都坐下，给我也倒碗酒。"

军官应声过来给他倒上一碗酒。那人和老爷子边吃边说，说话声音响得似乎连房子顶都能掀开。吃饱喝足了，又给马帮装好了补给。老爷子要的大烟也给了一小袋。临走时，那人又说难得一见，要跟老爷子单独喝两盅为他饯行。

杨定远悄悄走到陈柏川跟前，小声道："陈兄，这人到底是谁啊？"

陈柏川的脸一直有些阴晴不定，小声道："你还不知道？他就是张大帅啊。"

张作霖！杨定远也大吃一惊。张作霖是奉军大帅，他早先就常听得这名字，可是这人一来便自称是"霖子"，他根本没往那儿想，怪不得连陈柏川都有点惊魂未定。张作霖居然专门来看望老爷子，还这般称呼，任谁都想不到。老爷子究竟有怎样的过去？杨定远觉得很不可思议。现在虽说和老爷子混熟了，可越熟悉就越觉得他神秘。

兵站的士兵十分殷勤，那军官亲自带队送马帮，直送出了好几里路才向老爷子告辞。等这些军人一走，杨定远再也按捺不住好奇心，偷偷问道："老爷子，你怎么和大帅这么熟？"

老爷子"嗯"了一声，道："几十年了。以前他当胡子，我跑马帮，本来是冤家对头，可有一回阴差阳错，我救了他的命。"

杨定远大吃一惊，原来如此。只是他没想到，张大帅还当过胡子！他还想再问，老爷子道："定远，好好赶马，别东问西问。"

杨定远还想再问老爷子当初是怎么救张大帅的，但见他不想再说，也不敢再多问。以前在乡间，听人说起那些古来的英雄豪杰，总说是天命所在，必定干出一番事业。那时他还半懂不懂，但现在总算是亲眼见到了一个。人的命运，真是奇妙啊。他正想着，老爷子忽然喝道："停下来！"

杨定远一把拉住马，可见这些马刚喝过烟膏泡的水，挺精神的，不像是犯烟瘾的样子。他道："老爷子，马还能跑啊。"

"后面有个人一直跟着我们。"老爷子闭上了眼，"跟了我们好久，不知是什么来路。"

杨定远诧异道："跟着我们？"

这儿已经离边境不远，人家很少，一般不会有什么行人，还会有谁跟着呢？老爷子睁开眼，往两面看了看。两边都是密林，即使林子里躲着一个人，也实在难以发现，杨定远都不知老爷子是怎么觉察的。老爷子定了定道："先不要管他。明天这人如果还跟着我们，就对他下手。"

这天打尖时，老爷子将苏日勒和克跟杨定远都叫到了身边，让他们第二天不随大队出发，守在路上等那个人。这时候不能大意，马上就要出国境了，陈柏川他们的接应也马上就要到来，消息更不能走漏。

杨定远和苏日勒和克答应下来。第二天出发时，他们留在了打尖的地方。思华见杨定远没随队出发，不知出了什么事，可是见苏日勒和克跟他一块儿留下来，也不敢问，只是看着杨定远，眼神极是关切。杨定远知道她在担心，说道："思华，没事的，我马上就会赶上来的，你先跟姥爷走吧。"

边上的金光云挨着思华紧紧的，杨定远看着有些不舒服。现在光云已经完全融入马帮了，整天像小狗一样跟着思华，而思华对他也似乎没有一开始那么讨厌了。毕竟金老为马帮赔上了性命，她多少有些过意不去。

杨定远看着这两人，突然发现自己已经老了，虽然也不过二十几岁，但和这两个男女少年比，他觉得自己真的是老了，老得像是另一个时代的人。他转过身去，也不再去想了。

守在路口没多久，果然听得一阵马蹄声由远而近。从后面来了一匹马，马上的骑者是个三十来岁的汉子，很壮实，方面大耳，脑袋特别大。此人虽然长得敦厚，可眼睛里却带着一丝寒光。这汉子突然跳下马，打量着昨晚马帮打尖的地方，看得极是入神。

此人果然在跟踪马帮！杨定远对老爷子更是佩服。老爷子简直长了顺风耳千里眼，这汉子行踪如此隐秘，还是被发现了。他和苏日勒和克交换了一下眼神，两人同时拔出枪闪到树后。

那汉子发现有声音，一抬头，见两个黑洞洞的枪口正对着他。苏日勒和克大声道："朋友，你是哪条道上的？"

大头汉子一刹那似乎想逃，但还是没动。枪正对着他，他不敢轻举妄动。他大声回道：“兄弟是吃打食的巴吉子万，大当家要洗手，绺子都散了，让兄弟来请老爷子搭个桥，老哥还请行个方便。”

杨定远呆了呆，心想这人说的也是中国话，怎么自己全听不懂？苏日勒和克却似乎全然懂了，说道：“靠窑儿得找正点子，拜哈郎子还不是错了山门。”

那汉子道：“老爷子跟大帅是老铁，哪个不知道。”

苏日勒和克有点动容，沉吟了一下道：“杨兄弟，你把他绑起来，去见过老爷子。”

苏日勒和克跟汉子说了一串，杨定远一句都不懂。此时他只有按苏日勒和克说的掏出绳子将汉子双手绑了。那汉子倒也不反抗，任由他绑住。见杨定远将汉子绑好了，苏日勒和克朝天开了一枪，两个人牵着马带着这汉子向前走去。马帮听得枪声在前面停了下来。苏日勒和克带着汉子走到老爷子跟前，让老爷子亲自问话。

杨定远趁机问道：“苏大哥，这人到底是什么来路？”

“这人自称姓周，是当胡子的。他们瓢把子要受招安，一伙人都散了，他不知哪儿听得老爷子和张大帅熟悉，想找老爷子说情，投到张大帅手下当兵。”

原来苏日勒和克跟那汉子说的乃是东北胡子的黑话。吃打食就是指当土匪，巴吉子万是姓周的意思，洗手是受招安不干，绺子是同伙。这些黑话只在土匪中通用，因为东北遍地都是土匪，有时两伙人狭路相逢，不明底细，大多用黑话盘盘道，省得自相残杀。苏日勒和克跟着老爷子走过多次，这些黑话老爷子都教过他，杨定远却是分毫不懂了。

听苏日勒和克说了，杨定远才算明白那汉子的来路。他向那边看了看，只见那汉子正跪在雪地里，咚咚咚地给老爷子磕头。虽然他双手被绑着，可是跪下来时身体晃都不晃，心道：“这汉子倒是个练家子，似乎不比霍老哥本事差多少。”一想到霍敬奇，杨定远又有点关切。霍敬奇是他到俄国后结识的第一个朋友，虽然这人脾气不好，又是个太监，却很有点义气，这脾性和杨定远颇为相投。当初自己要去金矿，霍敬奇一直留在木材厂，也不知现在如何了。他正想着，老爷子忽然招呼苏日勒和克过去。苏日勒和克一走，陈柏川过来了，小声道："小子，你们抓到的这人是什么来路？"

"是个胡子。说是想在张大帅手下当兵，想请老爷子牵个线。"

陈柏川看了看那边，低声道："这人可能当过兵。"

"当过兵？"

"他走路时每一步都一样距离，相差极微，这是操练惯的人才有的特征。"

杨定远听他一说，这才注意到地上的足迹。果然那汉子留下脚印都是一样的距离，而他自己的全是乱的，再看陈柏川的脚印也是一样的距离。他怔愣道："军人落草为寇，也有挺多吧？"

陈柏川哼了一声："他还不算什么正规军人！"

陈柏川自己是军人，对军人也有种近乎洁癖的苛求。那汉子如果真是当过兵又当强盗，现在又想吃回头草，真个让人看不起。这时苏日勒和克跟老爷子说了几句，解开了那汉子绑着的绳索。同时招呼杨定远过来，重新出发。杨定远坐回雪橇上，小声道："老爷子，你答应他了？"

老爷子摇了摇头道："他们这些胡子，被张大帅剿得走投无路，我哪好开这个口？也就带着他走一程，等到了俄国，让他自个儿再谋生路吧。"说到这儿，老爷子又小声道："定远，这些天汉子在马帮里，你得多留个心眼儿，盯着他。"

"既然不信任他，为什么又收留他呢？"定远不解道。

老爷子的眼眯了眯，慢慢道："说不上来。我见过的人也算不少了，可这人真有点看不透。我留下他，也是怕他不地道。"

最好的办法，就是当场把他杀了。不过老爷子带的毕竟是马帮，不是胡子，不能随便杀人。

从这一天起，大头汉子便跟着马帮同路了。他虽然当过土匪，但人倒还老实，马帮收留下他，他对任何人都是千恩万谢的，十分恭顺。人也挺勤快，做什么事都不偷懒，别人让他干什么就卖死力地干，只是不太爱说话。几天之后，大头汉子跟马帮上下都混得熟了，连一直对他有点怀疑的陈柏川也不再多疑了。

这天，马帮已进入俄国国境。他们是沿着铁路走的，中东路的西边起点便是赤塔，当初小个子想让杨定远加入远征军时就说过，他们这些秘密进入俄国的军人很多都在铁路上找事做。经过了一个小站，边防军的接应顺利地和马帮接上了头，卸掉了两雪橇的军械，藏到一个地窖里。杨定远注意到大头汉子看到那些军人从雪橇上卸下一捆捆枪械时的惊异神情，大概他当胡子时，摸都没摸过这么多枪吧。

卸下了一批枪械，换上来的是一堆葵花子。西伯利亚地广人稀，葵花都是野生的，遍地都是，长在土里也烂在土里，当初思华就靠在火车上卖葵花饼糊口。这种富含油脂的作物在这儿不值钱，但拉到别处就很值钱了。这样马帮回去也不会被怀疑，这是他们事先就计划好的。

顺利卸下了头一批枪械，陈柏川松了口气。大集结就在眼前，俄国的哥萨克骑兵也有一大部分调往远东。这本是千载难逢的良机，可如果枪械不到位，机会一旦错失就再不会来了。这一次运送枪械，虽然经过千辛万苦，同来的四个军人也死了一个，但任务还是顺利完成了。交完了第一批货，马帮里也洋溢着一片欢喜的气氛。当晚还拿了好些酒来庆祝一番。跑马帮的个个都是海量，喝起酒来就跟喝水一般。杨定远酒量本来就不行，只喝了一小杯便坐在一边烤火。篝火熊熊，借着火光，他开始写日记。不知什么时候，思华走了过来，小声道："杨大哥。"

杨定远抬起头，见思华的脸颊红扑扑的，笑道："思华，你喝过酒了吧？"

思华却没有理会杨定远的打趣，坐到他身边道："杨大哥，金光云说，那大头汉子不是蒙古人。"

杨定远一愣，那大头汉子的汉语很流利，他自称是蒙古人，旁人自不怀疑，老爷子留下他，这也是一个原因。但他怎么会不是蒙古人？杨定远放下笔，向那边看了看。大头汉子平时总好喝几杯，但今天却没喝酒，只是坐在火堆边啃着一根肉骨头。杨定远小声道："那他是什么人?"思华说话的声音越发小了："他可能是日本人。"

啊！虽然火焰很旺，烤得人身上发烫，杨定远还是觉得一股寒意从脑门上直窜下来。他吸了口凉气，耳语般道："思华，这可不是玩笑，是真的吗?"

"金光云说，路上他听得大头说过一句梦话，是用日本话说的。"

打尖时，金光云和大头睡一个地窖，两人都不常和旁人说话。金光云会说日本话，杨定远也听他说起过。他忙问道："金光云没听错吧？真是日本话?"

"嗯。"思华点了点头，"金光云说他小时候上课，全是日本来的老师教的，他不会听错。"

杨定远心下一沉，又往大头那边看着，大头正盘膝坐在地上，一边啃着肉骨头，一边若有所思，看上去完全就是一个普通的中国汉子，难道真的会是日本人？之前日本人一直盯着马帮，但后来马帮往北走后，就不再见到追踪的日本人了。如果他们并不是放弃了追踪，而是派人暗中跟踪的话，现在马帮运枪械的事也被他们知晓了，这事非同小可。他收好日记本，小声对思华道："思华，你盯着他，我去和老爷子说。"

老爷子正坐在马帮一群人当中，用蒙古话说着什么事，见杨定远走过来，老爷子笑道："定远，来，过来坐，喝一杯吧。"

杨定远坐到他身边，小声跟老爷子说了实情。

老爷子手上还端着一杯酒，听得杨定远的话，手顿时僵住了："当真?"

杨定远点点头，他也坚信金光云不会听错。老爷子沉思了一下，忽道："是日本人也没什么大不了的。"

杨定远一愣，老爷子笑了笑，说道："就算他是日本人，那些胡子的黑话可不是假的。定远，你也想得太多了。”

日本向来将东三省看成自己的地盘，许多日本人都移民来到了这里。这么多日本人，偶尔有一两个落草为寇，不足为奇。老爷子见杨定远还有点犹豫，拍了拍他的肩道：“定远，这儿已经是俄国了，日本人追我们不至于追到这地方来。别多想了，喝上两杯，明天好赶路。”

杨定远有点灰溜溜地回来。思华仍在老地方，见他神色黯然，小声道：“杨大哥，姥爷怎么说？”

“他说我想多了。”

思华舒了口气：“姥爷这么说，那准没事。杨大哥，你要喝酒吗？我帮你倒一杯过来。”

包括杨定远在内，所有人对老爷子都几乎有种迷信。可是杨定远心里总有点疙瘩，仿佛有什么东西堵住了。大头汉子真的不可疑吗？如果他不是日本人，根本不可能说出日语来，他越想越不对劲。透过火光，他仍盯着坐在对面的大头。大头也根本没在意杨定远正在打量他，自顾自地啃着肉骨头，有个马帮端了杯酒过去，大头却摇摇头谢绝了。他今天为何滴酒不沾？杨定远分明记得大头平时赶路时总喜欢偷空喝上一小口，今天一反常态，到底是什么原因？杨定远越来越觉得这人可疑。

这一晚因为打牙祭，不少马帮兄弟都喝得烂醉。等吃饱喝足后，众人一睡下就鼾声四起。这儿有两个大地窖，也是老爷子当初待过的。马帮几十个人，挤在两个大地窖里，鼾声更是响如打雷。杨定远怎么也睡不着，闭着眼想心事。

这大头自称是胡子，黑话说得也全无破绽，可是和马帮中人比起来，他特别爱干净，衣服也总是弄得很整洁。这样一个人，真会是胡子出身吗？在此起彼伏的鼾声中，杨定远忽然听到了边上地窖门被打开的声音，大概是有人尿急了。杨定远翻了个身，想让自己睡去，可是翻过一个身，睡意反而荡然无存，脑子也越发清醒。就在一片鼾声中，他听到耳畔传来了一声轻轻的马嘶声。

一开始他并没在意，马都是站着睡觉的，有时不安分了，醒来叫一声也很正常。杨定远翻了个身，努力想让自己睡着，耳边却又传来一连串马蹄声。不太对劲！杨定远心头仿佛被针刺了一下。他猛地坐起来，胡乱披上衣服冲了出去。虽然老爷子对他说的事不以为然，可他始终放不下心，他悄悄走到地窖边推开了门。

地窖门一开，一股寒气直冲进来。今晚的月光很亮，因为地上尽是积雪，雪光映着月光，把周围的一切看得一清二楚。在那边拴马的地方，有个人骑上了一匹马，听得有声音，那人还回头看了看，正与杨定远打了个照面。

“大头!”杨定远失声叫了起来。大头也显然吃了一惊，但他毫不迟疑，催马便冲了出去。杨定远的叫声把和他一个地窖里的老爷子也吵醒了。杨定远已是急不可耐，叫道：“老爷子，大头跑了!”

跑了？老爷子吃了一惊，喝道：“快，追上他!”

虽然杨定远先前跟老爷子说时他并不当一回事，可现在听得大头跑了，他也明白过来事情不对。大头早不跑晚不跑，就在第一回接应的时候跑，显然不是临时起意。现在后悔已没有用了，当务之急便是截下他。杨定远冲出了一段，后面又传来马蹄声，是陈柏川追了上来。这一趟行程陈柏川比谁都上心，虽然他还不知道到底出了什么事，但听得杨定远的叫声，心知那大头必定不是善主。大集结就在眼前，这关头是绝不能出乱子的。在陈柏川后面，苏日勒和克带着一些人也追了出来。

杨定远虽然追得很急，但大头毕竟已经跑出了一段路程，现在连人影都看不到了。幸亏地上有一层厚厚的积雪，马蹄印清清楚楚地留在上面。杨定远循迹而行，心中焦急万分。这大头果然不是什么好东西，他处心积虑地跟踪马帮，肯定是不怀好意，或许他就是日本人的探子。如果是的话，那马帮这趟行程的真正目的就已泄露给日本人了。

马跑出了林子，前面已是一片空地。夜空下，一列火车正从西边开过来。黑漆漆的天空里，火车抹上了一道浓烟，仿佛夜色也变得狰狞了许多。在白茫茫的地平线上，杨定远看到前面很远的地方有一匹马正在飞奔，那正是大头。大头骑走的是马帮中最好的一匹马，因此杨定远虽然豁出了性命追赶，和大头的距离还是没有拉近。陈柏川在后面猛追，可还是没追上。看到大头向火车方向冲去，杨定远不由呆了呆。看大头的架势，似乎要一头撞向火车。难道他想自杀吗？杨定远没有放缓，但大头离火车越来越近的时候，速度却越来越慢了。他在搞什么鬼？这时，大头几乎已贴到了火车边上，突然他一把带住马，竟然掉转方向向杨定远冲来。

这家伙是想干吗?！杨定远摸了摸袖口里的袖剑，等两人的马交错时，就挥起袖剑一掠而过，借马的冲力，足以把大头的一条手或腿给废了。他从来没想过下此辣手，可现在也知道大头肯定不会就范，不把他一举制服，危险的便是自己。

袖剑已握在了左拳中，火车正隆隆地从身边飞驰而过，越发显得声势浩大。杨定远睁大了眼，一刻不敢放松。两匹马已然交错在了一起，他没有丝毫恐惧，脑海里来来去去，都只是一个念头：截住他！

就在杨定远的袖剑挥出的那一瞬间，大头忽地将双脚脱出了马蹬。他的身体很敦实，却以一种异乎寻常的轻盈跃了起来。左脚在马鞍上一点，人飞身扑向火车。

那时的火车不算快，一般时速是五十多千米。马匹的极限速度有时还能超过这个，然而马最多只能保持个几分钟，火车却能全程以此速度狂奔。只见大头在马上一跃而起，一手抓住了车厢上一个把手，手臂一弯，人跃上了车厢，杨定远看得目瞪口呆。这是怎么做到的？大头果然不是个普通人！他带住马，回过头，大头已经在他身后好长一段了，杨定远只能眼睁睁地看着大头向他得意地招了招手。

混账！一阵屈辱感涌上心头，这大头表面上是个木讷的人，其实在心底他早已算好了每一个步骤。在这个时间出发，正好赶上这趟火车，这一切他早就策划好了！可惜等自己知道时已太晚了。陈柏川终于追了上来。到了近前，他见只有杨定远一个人，高声道：“小子，大头呢？”

杨定远失神地道：“跳火车跑了。”

陈柏川呆了呆，看着东去的火车，喃喃道：“这家伙！身手了不得，准是日本的高级探子。”大头逃了，边防军的秘密也已暴露，这个消息实在有点让人心寒。他带转马，见杨定远仍是一脸颓唐，低声道：“小子，别多想了，回去吧。”

火车已经跑远了，只能看到空中的一股浓烟还久久不散，似在嘲笑杨定远的徒劳无功。他咬了咬牙，终于说出了那句一直憋在心底的话：“陈兄，我想当兵。”

陈柏川听完先是一愣，接着就是一惊，他竟然主动说出他要当兵！想当初，尹春山早就希望杨定远参军，邀请他多次都遭到拒绝，没想到他这次会主动提出要当兵。陈柏川有点不敢相信自己的耳朵，又重复了一遍：“你要当兵？”

杨定远重重地点了点头。当兵的念头是送娜斯佳回去，被那哥萨克一刀制住后产生的。今天再被这个逃走的日本人一激，更坚定了。世界本就是战场，每个人都是无畏的战士。他耳边，仿佛又听到了幻觉中银狼的声音。是的，他要当兵，从来没有过如此强烈的愿望，他再不能等了！

红鹰行动团

下

燕垒生
颁德斯乐 著

新世界出版社
NEW WORLD PRESS

目录 contents（下册）

第一章　奔流的时代

虽然让大头跑了，但马帮毕竟还算顺利地完成任务。老爷子特意把杨定远叫到身边，问他愿不愿意加入马帮。他看得出杨定远是个好苗子，如果从开始他信杨定远的话，那大头也没机会逃走。说起来，老爷子心里也是不舒服。但没想到的是杨定远一口回绝了。如果换作以前，杨定远肯定会求之不得，但现在他毫不犹豫地谢绝了，因为他已经下定了决心——他要当兵，要成为军人！这个念头牢牢地占据了他的心思，即使看到思华失望的眼神，他还是没有动摇。一旦下了决心，他绝不后悔。

思华，你有你的路，我也有我的路，我们终究不能走到一起。杨定远心里默默想着，却也无法开口。还有一个无法开口的原因，就是娜斯佳。这个注定不会与他再有什么联系的俄国女子却不知不觉占据了他心底最隐秘的位置。虽然知道这是不切实际的幻想，但他仍然盼着能再见到她。

杨定远跟马帮告别后，又回到了莲娜矿场。日子好似又回到了从前，杨定远仍然在地窖里做事。天渐渐暖和起来，这一年淘金进入了尾声，人也越来越少了。杨定远看着那些矿工来了又走，有的欣喜若狂，有的则大失所望，不由想起了前年的自己。曾几何时，自己也跟他们一样，充满了憧憬。命运却又跟他开了个大大的玩笑，挖到了千载难逢的金窝，却连见都没见到，金子又都没了。

命运，总是捉弄人吧。杨定远回忆这一年发生的一幕幕，总有些啼笑皆非。可眼前的他什么也不想了，一门心思想当兵。他知道刘掌柜与边防军有联系，便私底下跟刘掌柜说了这个念头。刘掌柜的豹子眼看了看他，惊道："你真要去当兵?"

杨定远点了点头，看样子并不像是开玩笑。半晌，刘掌柜才道："孙富元这几天就要来了，到时你问他。"

孙富元这名字刘昌佑也提起过。但那回问他孙富元到底是谁，刘昌佑顾左右而言他，并没有回答。他问道："掌柜的，这孙富元到底是什么人?"

刘掌柜看了看他："那回跟日本人打起来时，他也正好在这儿。你应该认识他，留着个八字胡的那个。当时他还替你说了两句话，田宫那小子才没敢太过分。所以，这回你想当兵，你跟他说就是了。"

虽然刘掌柜也没明说孙富元到底是什么人，但杨定远知道他肯定不是一般人，多半是边防军的首脑人物。他现在已经很清楚，刘掌柜资助边防军就是想借助他们的力量将日本人赶出去；甚至，把俄国人都赶出去。

刘掌柜本来是有心把杨定远培养成自己的副手，所以把他留在身边，还让他进马帮跟老爷子学东西。可现在杨定远坚持要去当兵，刘掌柜当然心里不舒服。杨定远看他那不高兴的样子，知道再问也问不出什么，只有耐心等孙富元出现了。

1917 年，很快就到了最后几天。每天杨定远都盼着孙富元早点出现，可孙富元始终没来。听地窖里的酒客说，彼得堡出了大事，正闹政变呢。最终，布尔什维克跟克伦斯基还是打起来了。在西伯利亚，说的自然多半是俄国的新闻。这些杨定远都不感兴趣，毕竟他自己也不会在此地久留，挣到钱他就回家。可有一天，有人却带来件国内的新闻。说是新闻，其实也已经有一段日子了，有辫帅之称的张勋试图扶持宣统复辟，结果段祺瑞率讨逆军与之决战，张勋败北，逃入荷兰使馆，复辟十二天便宣告结束。

这是七月间的事了。只是这儿消息不便，直到现在才传来，还不如俄国的消息传得快。一听得这辫帅，杨定远又想起了霍敬奇。霍敬奇就是因为得罪了辫帅才逃亡到俄国来的，而霍敬奇又整天想着皇帝能复辟。这些官场上的事杨定远都没在意，他在意的是哪天他才能当上兵。

时间转到了1918年。这一天杨定远正在地窖里张罗着，一个留着八字胡的中年男人急匆匆地走了进来。一见这男人，杨定远精神便为之一振，马上迎上前道："孙大哥？"

男人呆了呆。他来金矿有好几次了，可每回都是匆匆而来，匆匆而去，没人知道他姓甚名谁。杨定远见他想不起来，便道："孙大哥，我姓杨，名叫定远。那次和日本人因为马的事打起来，还多谢孙大哥帮我撑腰。"

孙富元看了看他，忽然道："你……你就是跟尹春山一趟车来的？"

在他心目中，"杨定远"这名字根本无足轻重，也只有尹春山提起过自己，他才有点印象吧。杨定远心里多少有点失望，却也连连点头道："是啊，孙大哥。"

孙富元嘴角浮起了一丝笑意："春山说，他想拉你当兵，你总是不愿意是吧？"

没想到孙富元连这事都知道，他忙道："以前我是这么想的。不过孙大哥，我现在想当兵了，你带我走吧，我知道你是军人。"

孙富元眼里忽地闪过一缕寒光，低声道："别胡说！"

杨定远吓了一跳。但孙富元并没有恼怒，只是看了看周围道："你知道就好，不用到处去说。"顿了顿又道，"边防军马上要有行动了，到时候你就来找我吧。"

杨定远还想再问，孙富元却再没多说什么，急匆匆地走了。杨定远本来还有点忐忑，生怕孙富元只是顺口敷衍自己，没想到孙富元走后没几天，有个人突然专程来找杨定远。这个人，竟然是许久不见的陶丰寿。还是杨定远被关在牢里时，陶丰寿来看过他一次。正是那时陶丰寿的话让他下定决心拿金子保命，当时陶丰寿也帮他把何老蔫叫了来，他好歹也算自己的恩人了。一转眼，又快两年没见了，陶丰寿的样子成熟了许多，更多了几分精干。杨定远在这个时候见到他，还是很意外，拉着他坐下道："你怎么有空过来了？"

陶丰寿道："定远，你可真有面子，我是奉了孙指挥的命令，专门来带你走的。"

杨定远吃了一惊，问道："你已经参加边防军了？"

陶丰寿笑了笑道："上回来探监时我就是了。"

杨定远不禁有些感慨。这些军人，能量远远比自己想象的更大。没想到连陶丰寿都是军人了。他忙道："你说的孙指挥，就是孙富元？"

陶丰寿点了点头："孙富元副指挥。他说你帮部队跑马帮换枪支，出了不少力，现在想当兵，就让我来带你走。"

没想到孙富元果然说到做到，这么快就让人来领他了，派来的还是自己的熟人陶丰寿。杨定远兴奋莫名，马上去向刘掌柜辞工。刘掌柜这回也没多说什么，竟然一反常态地让柜上给他开一百块光洋当这段日子的工钱。

把钱给了杨定远，刘掌柜的豹子眼眯了眯，小声道："定远，我知道你长着翅膀，关是关不住你的。不过人各有志，你也好自为之吧。"

虽然也曾经对刘掌柜很有点看法，但现在要分别了，杨定远心里还是有些难受。他接过了钱，低声道："掌柜的，你也要保重身子，我若有空，一定回来看你。"

刘掌柜哼了一声道："看我做什么。你做了丘八，还不知有没有这个命了。"

虽然刘掌柜说得很不客气，但杨定远却在这个长着一双豹子眼、看起来不近人情的汉子的话中听出了一丝关切。告辞了刘掌柜，他跟着陶丰寿搭雪橇离开莲娜金矿，二人坐上了火车。

上了火车，杨定远这才问道："咱们这是要去哪儿？"

陶丰寿道："白海市。"

白海市是中国人的叫法，俄国称其为别洛莫尔斯克市。白海就是北冰洋伸入俄国内陆的边缘海，每年从十一月起，海面便已结冰，直到次年五月才解冻。一年中倒有一半还多的时间冻住，所以才取了这个名字。白海市位于白海的西岸，这地方离中国更是遥远。

“铁路管理局招募员工，你懂俄语，正好去应招。记着，不要找孙指挥和我，有事我会来找你的。”陶丰寿嘱咐道。

跟着马帮跑了一趟，杨定远已然知道军人的纪律。他点了点头什么也没说。

杨定远本来还有点奇怪，为什么要跑到白海市来应招，去了才知道原因。原来铁路沿线的大站还有电话，很多小站就只靠纸条传递消息。这些小站星罗棋布，特别是靠近远东，很多小站是由中国人当站长。这些中国人有会说俄语的却不会写，报上的纸条尽是些中文，弄得铁路总局一筹莫展，所以正缺一个能说会写的中国人居间传递消息。杨定远去应招时，铁路方面如获至宝，马上让他随火车当投递员，拿到纸条后就译成俄文，如此可以及时掌握各条铁路线的情况。

在火车上干了几天，杨定远再没见到孙富元，连陶丰寿也没碰到。他不由有点儿焦急，心想自己离开金矿是想来当兵的，结果却成了在火车上跑腿的。心情莫名有些郁闷，他是要上战场打仗的，怎么能窝在这儿当投递员，这可不是他的理想。

正心灰意冷时，这天陶丰寿来了。他拉着杨定远到了一个僻静地方，问道：“定远，你现在做得怎么样？”

杨定远便大倒了一番苦水，他要当兵，可不想在这儿浪费时间。陶丰寿笑了笑道：“你已经是兵了。”

“已经是兵？”杨定远有些不解。

“当然，你现在是中国军团的联络员。以后，你看见收到的纸条上如果有标记，就先藏下，到时我会过来取。要发下去的条子，你也按地方发，不要弄错。”陶丰寿说着，又小声道，“别着急，大集结就在眼前了。”

陶丰寿说大集结就在眼前，这个他信。杨定远这一阵随着火车每到一处，都能看到一批批排列整齐的中国人。虽然都是劳工打扮，可看他们的模样也猜得到那肯定是军人。但那些中国军人从来不和他搭话，显然都没把他当成军人。

这一天，火车到了赤塔附近的一个小站。现在联络的条子越来越少，杨定远也就是收点铁道上平常的消息。因为这站要会车，他坐的这趟车往东去，正有一列往西去的火车停在站里，得等那火车走了才能出发。杨定远从站台上一个员工手里接过了纸条正要回车上，见那列火车前一大队中国人列成了一长排，正在鱼贯上车。这些中国人都穿着簇新的军服，背着新式的俄国步枪，显得十分精悍。

这些都是中国军人吧？前一阵集结的中国军人多少还要掩人耳目，但现在几乎已成了公开的秘密，不再遮遮掩掩了。杨定远向这些军人走去，刚走几步，忽听得有人叫道："定远哥！"

杨定远一怔，扭过头，只见队列中有个军人突然向他狂奔过来。到了他跟前，那人一把抱住了杨定远，杨定远定睛一看，叫道："振中！"

这个人竟是陈振中！他简直惊呆了，没想到他们还能再见面！杨定远当初报名参加劳工队，就是为了换一笔给陈振中回家的路费。三年不见了，杨定远以为陈振中早就回到了荣成，在老家找了个事做，没想到竟然会在俄国又碰到他。陈振中眼里已尽是泪水。三年前，他还只算个半大少年，现在却也成了个精壮汉子，穿了一身军装后更显得威武。他道："定远哥，我一直在打听你的消息，可怎么都打听不到……"他话未说完，只听那队列中有个人喝道："陈振中，入列！"说话的，是一个军官。陈振中犹豫了一下，小声道："定远哥，我得走了。"

见他要走，杨定远有点急了，凑到他耳边道："你们是去哪儿集结？"

陈振中又犹豫了一下，低低道："托博尔斯克。"

托博尔斯克在哪儿？虽然在火车上跑了好些天了，杨定远却从没听说过这个地方。他还想再问得清楚些，陈振中已经跳上了车。他匆忙地在车厢里向自己挥了挥手。这一面真是连句完整的话还没来得及说又要分别了。杨定远不甘心地追着火车跑了几步，大声叫道："振中！振中！"可是已没有人再答他了。看着火车驶出了站，杨定远只觉心里空落落的。陶丰寿早早当兵了，连久不通音信的陈振中竟然也当兵了，可自己这个兵连枪都没摸过，这中间的差距太大了，想想都觉得自己很落后。

在站台上站了许久，杨定远心情难以平复。如果没见到陈振中，他还会安于在火车上当个投递员，可现在他心里仿佛突然间被点燃了，一团火苗越烧越旺。一定要走！否则机会又将错过。杨定远下了决心，下一次等陶丰寿来，无论如何都要走。

只是等了好几天，陶丰寿再没来见他，连坐火车的中国人也越来越少了。每到一站杨定远都探头出去张望，可是看到的只是一些坐车的俄国人。这些乘客说的尽是现在布尔什维克党占领了彼得堡、有钱人和贵族都惶惶不可终日之类的事。俄国出了这样天翻地覆的大事，也已无暇顾及别人，西伯利亚一带更是成了真空地带。中国军队在这时候集结，实是抢到了一个千载难逢的良机。

虽然下了决心，但真正走出这一步却是六天后的事了。那天火车到一个小站加水的时候，杨定远照惯例去找站长拿消息条。这站长是个中国人，和杨定远见过两三次，平时关系还不错。杨定远走到站长室门口，见站长陪着几个中国人出来，嘴上说着"托博尔斯克"，一见杨定远便不说了。等那几个中国人上了车，杨定远便追问站长中国军队集结的事，说自己想走。站长一开始不肯说，后来见杨定远掏出块大洋塞进他手里，他才说："你真要走，就在鄂木斯克前面两站下车，到那儿再搭马车走。"原来托博尔斯克并不通火车，所以杨定远从没听说过。不过听站长说了路线，杨定远也不再犹豫，收拾了自己的东西，又拿铁路上发的饭票买了三个大面包带在身上，便上了火车。

鄂木斯克是西西伯利亚南部的一个大站。在鄂木斯克前两站下了火车，是一个小镇，只有六十来户人家。1917 年，俄国的收成很差，又是个多事之秋，连这个小镇也被饥荒波及。仅有的一点儿粮食都被政府征走，杨定远来的时候，这小镇已是一片死气沉沉。当杨定远找到一辆马车想雇车时，那人却直摇头，说饿得走都走不动了，赚了钱来也买不来东西，就是不肯出车。只是看到杨定远带的面包，那人眼前一亮，说："你给我一个面包，我就带你走。"

这面包杨定远是准备在路上当口粮的。他犹豫了一下，那人却又说道："托博尔斯克离这儿也就两天的路，你带一个面包足够了。只要把两个面包给我，我就把马给你一匹。"

虽然这马又瘦又老，可两个面包换一匹马，杨定远也不由得有点好奇，问道："你把马杀了吃马肉，不也比两个面包更顶事?"

俄国人看了看那匹老马，眼里闪过了一丝忧伤，低声道："我永远不会杀老萨沙。"

原来这马叫"萨沙"。也许，在那俄国人心中，这匹老马已经是他家里的一个成员了，如果不是因为饥荒走投无路，他大概死都不会卖马。杨定远二话没说，留下了两个面包，把老萨沙牵了出去。老马也知道要和主人分别了，离开小镇时不时回头看看。那样子还颇让人动容。

到了托博尔斯克，尹春山他们也应该在吧。想到那时就可以和大部队会合了，心里又不免兴奋起来。想想之前尹春山几次三番来让自己参军，那时自己还百般推托，现在想想当时自己太傻了，没有一点儿远见。现在破釜沉舟、不顾一切地来投奔他们，真是有些好笑。如果当时就答应他们，说不定早就在战场上立功了。人生际遇，总是如此，今天的我可能与昨日之我截然不同。他吃了小半个面包，觉得肚子饱了，便走到马跟前，摸了摸马肚子，说道："老萨沙，你也吃饱了吧，那就接着赶路吧。"

卖马给他的那俄国人很厚道，把路说得很明白。这一晚也没地方投宿，杨定远也吃苦惯了，就在路边窝了一宿，第二天一早接着赶路。原来托博尔斯克本是一座城堡，已经有三百多年的历史了，本是西伯利亚的一座重镇，极盛时期有十几万人口。但由于西伯利亚大铁路没有经过这里，托博尔斯克便一下衰落下来，很多人都搬到铁路沿线的城市里，剩下了许多空房子。中国军团大集结，进入了托博尔斯克。这样的事在和平时期定会引起轩然大波，但现在俄国正在改朝换代之际，根本无暇顾及这么个并不在铁路线上的镇子。

杨定远终于在这天黄昏时抵达托博尔斯克。他牵着马向城中心走去。本以为托博尔斯克只不过是个小镇，但一进来才发现这里居然出乎意料的大，市面上的房屋也很多，只是街道上来来往往的尽是些穿军装的中国人，俄国人反而是少数。杨定远也不知该往哪儿去，便随便问了个路人，他指了指前面的建筑，那人说这是托博尔斯克的中心。远远望去，那是一座四四方方的建筑，相当高大，四角有塔楼。杨定远正不知往哪个方向走，忽听得身后有个人喝道：“就是他！”这声音似乎很熟悉，只是一时想不起来。难道是陶丰寿吗？杨定远正要扭头去看，却见好几个士兵气势汹汹地冲了过来，其中一个一把揪住他的胳膊便是一摁。这人的力气当真不小，杨定远也全无防备，被他一下摁倒在地。他一怔，也不知到底出了什么事，心想他们多半认错了人，叫道：“干什么？你们认错人了吧？”正待挣扎，却听得摁住他的那人叫道：“就是你！你这俄国探子！”

这人声音甫落，杨定远便觉又有好几双手落到他身上，准是边上又有人过来帮忙摁住了自己。他急道：“谁是俄国探子，我是联络员！”

“还想抵赖！我认得你，你想去给俄国人告密吗？老子宰了你！”

那人的话中带着一股刻骨的怨毒，杨定远实在想不出这人和自己到底有什么深仇大恨。他定睛看去，突然惊叫道：“大头！”

那个人个子不高，身后背着一支步枪，虽然打扮已全然不同，但杨定远还是一眼就认出来了，他正是上回跳上火车逃走的日本探子大头。他本以为大头跳上火车后准是逃回日本人的地盘去了，没想到这家伙居然混入了中国军团。

他刚喊出声，大头一把捂住他的嘴，叫道：“好你个俄国探子，我做了你！”

大头生怕杨定远叫出来，一只手捂住他的嘴，另一只手便去摸背后的步枪。原来杨定远一走进托博尔斯克时，大头便认出了他，他吓了一大跳，生怕杨定远会指认自己。他做事向来阴毒，自己好不容易才混入中国军团，任务还没完成，现在趁乱把他干掉最好，省得留下后患。

大头一只手去拉步枪并不得力，杨定远知道他害怕自己说出真相，肯定是想下毒手。他手脚都被摁着，嘴也被大头捂住，情急之下，一口咬住大头的手掌。大头疼得一哆嗦，手霎时移开，杨定远立时大叫道："我是来找孙富元的！"

那一次杨定远向孙富元说起要当兵，孙富元跟他说别在外面说起自己。但现在杨定远已顾不上了，也只有把孙富元抬出来，才能让大头下不了黑手。果然，大头听他喊着孙富元的名字，没想到杨定远还有这一手，脸黑了黑，但现在已顾不得那么多，必须先把这小子解决掉，他拿着枪就要对准。边上有个人一把拉住他道："大头，等等，听他说完。"

大头叫道："你们别听他的。这家伙是俄国人的奸细，要不杀他，我们的事俄国人就全知道了！"他力气不小，一把甩开了那人抓住他的手，向前踏上一步，拿着刺刀仍向杨定远刺去。

看着死亡在自己面前一分一分地逼近，时间仿佛也凝固了，杨定远连气都透不过来。恍惚中，他似乎感到刀尖已经插入了自己的心口。然而，就在刀尖碰到他身体的一刹那，突然向上一翻，刀擦着杨定远的身体掠过，将他的衣襟划了条大口子。

原来有个人突然出现在他身后，猛地扳住了大头的肩膀。大头力量不小，但这人的手法相当巧妙，大头根本站立不住，被扳得一屁股坐倒在地上，手中的步枪也被那人一把夺走。这人握着枪，淡淡道："干什么？当街杀人哪！"他说得轻描淡写，但这个声音让杨定远也是一愣，他翻身站起来，叫道："小个子！原来是你！"

将大头扳了个屁股蹲儿的，正是跟尹春山形影不离的小个子。小个子这两年没什么变化，杨定远却是变了不少，加上刚到托博尔斯克，一脸的风尘，若不是听得杨定远的声音，小个子还真没认出他来。他看了看杨定远，眼中一亮，叫道："杨兄，是你啊！"

大头没想到居然会从天而降个救星，见小个子和他认识，心知不妙。他的枪被小个子夺走了，也不敢吭声，爬起来便想走。杨定远见大头要走，急道："快抓住他，这是日本探子！"大头听到马上拔腿就跑，小个子一个箭步蹿上前去，伸脚一钩，大头一个踉跄。接着小个子另一脚也如影随形，猛地向他背上磕去。这一脚力道好大，大头虽然生得壮实，但也经不起这一脚，扑通一声便趴在了地上。小个子喝道："捆起来！"

小个子一声令下，好几个人拥上去将大头摁住。小个子也不去管他，看着杨定远似笑非笑道："杨兄，你不是不乐意当兵吗，怎么又来这儿了？"

小个子的气量显然不太大，还记着当初杨定远死活不肯当兵的事。杨定远有些尴尬，干笑了笑道："此一时也，彼一时也。"

小个子啐了一声道："你也不是个读书人，拽什么文。"他眯起眼又打量了一下杨定远，说道，"跟我见尹大哥去。"

杨定远喜出望外，马上要跟他走，边上忽然有人指着杨定远道："等等，桑长官，这人我们军法侦缉处要先带走。"说话的是个手臂上戴了条红布条的男人。这人个子也不甚高，和小个子差不多，但神情极是坚毅。小个子怔了怔，说道："我认得他……"

"抱歉，桑长官，按军纪，所有新来的人都要经过军法侦缉处核实。"

小个子犹豫了一下，说道："那好吧。"他转身对杨定远道，"杨兄，当初让你来你不来，这回来了，谁都要过军法侦缉处这一关。"

小个子这人有点天不怕地不怕，可对那几个戴红布条的却似有点惧意。杨定远并不在意道："没事，平生不做亏心事，半夜不怕鬼敲门。"

小个子咧开嘴笑了笑，又看了看一边的大头。大头被扶着站了起来，脸上还是一副痛苦的神色。"这个人带走。"又转向杨定远道，"你也跟着去吧，不用怕，过一阵我和尹大哥来接你。"

那几个军法侦缉处的人带着杨定远和大头向前走去，去的正是中心那幢四方建筑。他们一进去，便分成了两拨。杨定远被带进了一间房子，里面有些旧家具，还有一张旧沙发。一个人让杨定远坐下，从怀里摸出个本子问道：“你叫什么名字？”

杨定远见他用一支钢笔写字，不禁有些羡慕。自己一直想要这么一支钢笔，本来跟何老蔫挖到了金窝后，他想的头一件事就是买一支钢笔，可那笔金子后来都花在了救自己出狱上。现在看到了这人用钢笔，杨定远不由想得出神。那人半天没听到杨定远回话，将笔杆在桌上顿了顿，说道：“问你哪！”

“杨定远。”

“你来这儿做什么？”

“我也是军人，听说在这儿集结，所以就来了。”

“哪一团的？”

杨定远一愣。陶丰寿虽然说自己已经是军人了，可从来没说过是哪一团的。他道：“我不知道。”

问话的人停下了笔：“你不知道？那怎么能自称是军人？”

“我是跟孙富元大哥说的要当兵，孙富元就让陶丰寿来找我了，你们只要问问陶丰寿或孙富元就明白了。”

那人皱了皱眉头道：“难道就没第三个人知道你当兵的事吗？”

“没了，就陶丰寿来找我的。”

那人把手中的钢笔收好，又皱了皱眉头道：“那你知道这个陶丰寿是几团的吗？”

“他也没说过。”杨定远顿了顿道，“你们不能找孙富元大哥问一下吗？”

那人哼了一声，冷冷道：“副总指挥哪是随便能找得到的。这个陶丰寿你又说不出几团，该怎么找法？”

杨定远心想陶丰寿自己也是个联络员，现在城里的中国军人只怕有好几千了，眼前这人不认得陶丰寿也很正常。他道："对了，尹春山尹团长呢？还有小个子，他们不能给我证明吗？"

"他们只能证明你不是探子，并不能证明你是军人。"

杨定远一阵语塞。的确，那人说的并没有错。他虽然也知道军纪森严，但也没想到这么严。他咽了口唾沫问道："要是你们没找到陶丰寿，那怎么办？"

"如果没有人能够证明，就不能允许你留在托博尔斯克。"

仿佛兜心吃了一拳，杨定远几乎有种要吐血的感觉。来到托博尔斯克，他已是破釜沉舟，放下了一切。如果当不成兵，那他连退路都没有了。难道要再回刘掌柜那儿灰溜溜地度过余生吗？杨定远心里如此不甘，他张了张口，想要再说什么，可是最终没能说出口。他也知道，军纪根本不能有讨价还价的余地。小个子算得上天不怕地不怕的人物了，一样对这些军法侦缉处的人不敢怠慢。他正想着，外面传来了一个声音："回来了。"

这个男人的声音一传到杨定远耳中，他猛地叫了出来："陈兄!"这人正是和他一起跑马帮的陈柏川。这下总算是找到亲人了！杨定远不管不顾地冲到门口。门外站着两个持枪的士兵，见杨定远突然冲到门口，两人同时将步枪对准了杨定远前心。杨定远早顾不上他们，见院子里有一群人，根本找不到陈柏川。他急了，冲着人群高声叫道："陈兄，陈柏川！你在哪儿?"他话音甫落，那边人群中终于有个声音应道："是哪位找我?"

杨定远听得正是陈柏川的声音，不由喜出望外，大叫道："是我！杨定远啊！一块儿去跑马帮的杨定远!"

从人群里，有个人大踏步走了出来。陈柏川本来就生得人高腿长，现在穿上了军装，更显得精神。他见杨定远站在门口，隔着好几步便笑道："真是你这小子。怎么，不在刘掌柜那边混了?"

这时审问的那人走到门边，看见陈柏川，先行了个军礼道："陈营长，你认识他吗?"

"认识，认识。这小子跟我一块儿去高丽人那边换过枪，出了不少力。”

“他说他是军人，你知道吗？”

陈柏川闻言一怔，看向杨定远道：“小子，那回我是听你说起想当兵。你现在已经当兵了？”

杨定远道：“是这样的……”他把自己向孙富元要求当兵的事说了，待说到陶丰寿，陈柏川一拍大腿道：“陶丰寿啊，我认得他。”

杨定远一愣，马上忖道：“我可真笨！陶丰寿来刘掌柜这边好几次了，又是孙富元的联络员，孙富元安排陈兄去跑马帮，当然就是陶丰寿联系的，我怎么没想到啊！”本来他觉得已是走投无路，没想到绝处逢生，实在是说不出的高兴。

审问的那人听得陈柏川认识陶丰寿，也总算松了口气，插嘴道：“陈营长，你认得陶丰寿就最好，能把他叫过来证明一下吗？”

陈柏川道：“这人是联络员，到处跑，也不知在不在。要他证明什么？”

“这位杨先生说有个日本探子……”

陈柏川马上反应过来，叫道：“是大头！”

杨定远道：“是啊。这家伙居然混进了托博尔斯克，我进来时他还想杀我灭口。”

陈柏川叹道：“这家伙真了不得，幸好你撞见了他。”

陈柏川和杨定远正说着，身后传来了一阵脚步声。陈柏川扭头一看，忽地一下站起，行了个礼，大声道：“尹团长。”杨定远扭过头看去，只见过来的人正是小个子和尹春山，心想陈柏川也是个营长，可看到尹春山便要行礼，显然尹春山比他官还要大，他也站直了身子行了个军礼。只是杨定远没有训练过，这军礼行得并不标准，尹春山也不以为忤，拍了拍杨定远的肩头道：“杨兄，你的俄语学得怎么样了？”

尹春山比杨定远大个十来岁，以前他和杨定远称兄道弟，杨定远不觉得异样。但现在不知怎么总有些局促，他不安道：“回尹团长，现在和俄国人说话已没问题，就是看书还不太成。”

尹春山点了点头道：“还得多学学。听说你一来，便找出个日本探子？”

杨定远道：“是，陈兄也认识这人。这家伙本事不小，在马帮那回让他逃跑了……幸好碰到了小个子，不然这次他还能逃跑。”

尹春山淡淡一笑，跟那个军法侦缉处的人说了几句，转过头来对杨定远道：“杨兄，等陈营长把那个证明你当兵的人带过来，你就来我团里吧，我团里正缺一个翻译，你以后就是我的翻译了。”

真的？杨定远心头一喜。可一想还要找到陶丰寿才行，不由又有点微微失望，万一陶丰寿一时半会儿找不到，那他岂不是一直要待在这儿。他想了想道：“有件事，尹团长，我还有个发小叫陈振中，不知他是哪一团了，他也可以为我证明。”

尹春山道：“行，那你就先在这儿安心住下，别的不用多想。”

因为尹春山来过了，现在也没人把他当奸细看了，只是在陶丰寿来之前杨定远还不能随便走动。他被安排在一间屋子住下，是位于这四方建筑的一处角楼。带着他来的人笑道：“你住的这间屋，前几个月老毛子的皇上刚住过。”

杨定远一怔：“尼古拉二世住过这儿？”

“嘿。布尔什维克党革命后，他们这一家就又搬走了。”

尼古拉二世一家在 1916 年的革命中被逮捕，他听说尼古拉二世前几个月还来过托博尔斯克，没想到就住这间屋，他不禁有些感慨。看了看四周，屋里的陈设比较旧了，并不华丽，曾经锦衣玉食的沙皇一家，就关押在这么一间小房间里，也够悲催的。

这个时代，风云突变，谁也不知道下一刻会是怎样。杨定远坐在椅子上，有点木然地看着屋顶。周遭一片寂静，静得都能听得到他自己血管里血流的声音。这声音在恍惚中如同鼓点一般激越，一如在应和这个正不可一世地奔涌而来的新时代。

第二章　血染大旗

杨定远的运气还不错，陶丰寿第二天便来了。陶丰寿是直属军团部的联络员，经常会去各地，好在现在中国军集结得已经差不多了，他不似以前那样忙了。陶丰寿把杨定远从军法侦缉处领出来，本想把他也带到军团部去，但杨定远说已经和尹春山说过，要跟着他做事，陶丰寿也没说什么，便带着杨定远到了尹春山的团里去，说自己事情多，没空耽搁，说完便走了。杨定远心知自己自行其是地跑到托博尔斯克来，又说要去尹春山的团，完全没听陶丰寿的安排，让他多少有点不乐意了。陶丰寿别的都挺好，就是有点儿小气。

这时小个子闻声已跑了出来，一见杨定远，他笑道："杨兄，事情都了结了吧?"

杨定远点了点头："嗯。小个子，尹团长在吗?"

"在，在，我这就领你过去。"

小个子领着他向营房里走去。杨定远一边走，一边看："小个子，这地方刚关过沙皇吗?"

小个子道："是啊，听说几个月前才搬走，这儿都空了，我们才进来。"

"沙皇为什么到这儿来?"

“听大哥说，这儿是老毛子皇上的克里姆林。”

二人正聊着，尹春山走了过来。小个子迎上前道：“大哥，杨兄的事情了结了，给他安排个什么活？”

尹春山淡淡一笑道：“你忙你的去吧。”又看着杨定远道，“杨兄，进来说话。”

尹春山仍然平易近人，但杨定远现在知道他是个团长，不自觉就有点畏惧。

尹春山带着杨定远进了屋。这屋子不大，里面陈设很简单，不过桌上放了好几本书，有一本摊开着，多半是尹春山正在看的。尹春山边走边道：“这儿本来叫伊斯凯尔，是蒙古人建立的西伯利亚汗国国都。后来俄国人占了这地方，才改名叫托博尔斯克。这座克里姆林是整个西伯利亚唯一一座，原本是沙皇避暑的行宫。”

听尹春山这般说，杨定远不由得又回头看了看。尹春山也没顾上杨定远的感慨。他走到书桌前道：“杨兄，坐吧。”杨定远在书桌前一张椅子上坐了下来。现在看到陈柏川等人都对尹春山毕恭毕敬，他面上也有些局促不安。尹春山笑道：“杨兄，人生何处不相逢。你以前不想当兵，现在怎么一下子就变了性子？”

他的话中似乎有一点儿讥讽之意。杨定远不知该怎么回答。这个念头到底是怎么产生的，他心里自然明白，可这怎么向外人说呢？沉吟一下，他突然想起当初私塾先生常说的两句话来，顺口道：“此一时也，彼一时也，今日之我已非昨日之我。”

尹春山一愣。虽然他也知道杨定远识文断字，不过说出这么文绉绉的话来还是让他有点好笑。他道：“不惜以今日之我与昨日之我战。你读过梁任公的书？”

杨定远茫然道：“哪个梁任公？没看过。”

尹春山见他真个不明所以，笑了笑道：“没什么。确实，今日之我已非昨日之我，古希腊有位赫拉克利特，也说人不能两次踏入同一条河，便是因为今日之我不是昨日之我，今日之河也不是昨日之河。”

杨定远也不知尹春山说的赫拉克利特是什么人，但尹春山这话让他大有同感，说出的正是他的心思，忙点头道：“是啊，人总是要变的。”

尹春山现在是个军人。但谁也不知道，二十年前的他是在上海圣约翰书院求学的一个文质彬彬的学子，时任驻美公使的顾维钧还是他的学弟。投笔从戎后，尹春山身上也沾染了许多行伍气，但依然保留着读书的习惯。军队里尽是些粗人，小个子是他的结义兄弟，也识不了几个字，尹春山屡次让他多读书，小个子也一向当成耳旁风。看到杨定远，让他仿佛看到年轻时的自己。他把桌上那本书递过来道：“你俄语学得不错了吧？找一下托博尔斯克。”

杨定远见尹春山拿过一本书来，不由暗暗头大。他主要学的还是口语，词汇量相当不够，如果尹春山的书稍稍深一点儿，便看不懂了。但听得尹春山说是要找托博尔斯克，原来是本地图册，这才松了口气。虽然词汇量不够，但地名要容易认得多。杨定远看了一眼，便认出了托博尔斯克的位置。

尹春山笑了笑道：“看来你的俄语比我学得好。”

“尹团长你也在学俄语?”

尹春山把地图册拿了回去，说道：“是啊。我本以为会英语再学俄语很容易，但看来不是一回事，术业有专攻，我不如你。接下来马上就要行动了，本来我就为少个翻译头痛，现在你来了，那真是帮我大忙了。”他说着，拍了拍杨定远的肩，沉声道，“老弟，沧海横流，正是男儿立志之时。”

杨定远虽然不知沧海横流的典故，但尹春山话中期许之意他还是懂得的。不知不觉，他的心头也热了起来，仿佛看到自己策马扬鞭，手握钢刀，而那些哥萨克骑兵望风而逃。

“你让小个子带你去库房找一套合身的军服。从今天起，老弟，你就正式成为军人了。”尹春山说着，又将一个本子递给他道，“这是团里的花名册。一直没个人帮我，你来了就正好交给你了。”

库房也就在这个克里姆林南边的一排房里。杨定远跟着小个子一走进去，不由吃了一惊。里面整整齐齐放着一堆堆军服，看样子有上千套。杨定远一边接过衣服，一边问道：“小个子，我们团里有多少人啊？”

小个子咧嘴一笑：“算上你，有七十三个了。”

杨定远只道是听错了，愣了愣问道：“多少？”

“七十三个。比地煞数多一个。”他见杨定远有点发呆的样子，笑道，“你翻翻那本花名册就知道了。”

杨定远失望道：“怎么就这么几个人？”

“那是因为尹大哥带的是骑兵团，以前还没有，现在得新编起来。”

原来还是个新编的军团。怪不得才这么点儿人。他又问道：“咱们怎么招人？”

“各团去选啊，再就是现招。西伯利亚的劳工那么多，你不也是新招进来的吗？”

杨定远突然想到了陈振中，便说道：“我有个发小叫陈振中，也在部队里，能把他招过来吗？”

小个子有点怪怪地笑了笑：“成啊，你有什么认得的人就把他们拖过来吧。现在团里正缺人，只要不缺胳膊断腿的都要。孙指挥把尚方宝剑交给尹大哥了，只要我们骑兵团要人，那人又肯来，团长都得放。”

杨定远很快就查到了陈振中所在的队伍。当下一点儿没耽误，直接去了陈振中待的军营。陈振中正坐在床沿上一边哼哼唧唧，一边擦枪。杨定远一叫他的名字，把他吓了一跳。他抬头看到一身戎装的杨定远，眼睛一下子瞪得溜圆，放下枪猛地蹿了起来，一把抱住道：“定远哥，怎么你也来了！”

杨定远笑道：“我现在也当兵了，在骑兵团。振中，你也跟我去骑兵团吧，以后我们哥俩一块儿干。”

陈振中听说要去骑兵团，说不出的高兴，赶紧将枪往身上一背，说道："走吧！"杨定远见他这样子，不由笑道："也不用那么急吧，得和你们团长说一声吧？"

"团长知道骑兵团挑中的人，谁也不能阻拦，去跟班长说一声就行了。"他说着，看了看周围，又小声道："要是让连长知道了，说不准他就不肯放，反而闹出事来。"

杨定远一怔，问道："你们连长还这样子？"

陈振中点了点头，眼中闪出一丝忧色："刚才他带着人揪着一个仇家出去了，准是寻那人的晦气。要是他在这儿，就没那么顺当好走了。"

杨定远听得陈振中他们连长居然是这副臭脾气，看来确是多一事不如少一事。他帮着陈振中将随身衣物打了个包，问道："还有什么落下的没？"

"没了。我就一光棍，站起来一根，躺下一条，哪儿有别的。"陈振中将包往身上一背，说道，"定远哥，我这就去跟班长说一声，马上跟你走。"

看着陈振中兴冲冲的样子，看来他是真想走。想想，杨定远又问道："你们这连长脾气很坏吧？"

"嗯。不惹着他还好，惹着他了，他就不依不饶。这不，那个霍敬奇就没好果子吃。"

杨定远一下站住了。从陈振中口中听到"霍敬奇"这三个字，不啻是一声惊雷在他耳旁炸响，他道："振中，你们连长……叫马天化？"

"定远哥，你认识他？"陈振中没想到杨定远连马天化连长都认识，自己还在背后嘀咕了他好几句坏话，正有点忐忑，杨定远抓住了他的肩道："快说，马天化把霍敬奇带到哪儿去了？"

陈振中见他眼里仿佛要喷出火来，真个已是急火攻心，忙道："听他们说，到了城外……应该是北边吧。"

杨定远已是急得快要吐出血来了。他没想到霍敬奇也当了兵，而且好死不死，偏偏划到了马天化的麾下。霍敬奇和马天化因在木材厂赌钱的事结了仇，按马天化那阴恻恻的性子，以霍敬奇那副同样软硬不吃的臭脾气，两人肯定水火不融。想到这儿，杨定远心中就焦急万分。霍敬奇于自己有恩，也是他少有的几个朋友之一，实在不想看到他有什么意外。

杨定远这就往北边去寻人了。打听了一圈终于找到了霍敬奇的下落。杨定远在北门外的林中找到他时，马天化带着几个亲兵已将他绑在了树上，将他抽了个半死，还作势要拿刺刀捅死他。杨定远这时也顾不得了，喝住了马天化。马天化一见杨定远，不由大吃一惊，他怎么也没想到能在这样的场合再碰到这小子。杨定远问他为什么这么对待霍敬奇，马天化却是振振有词，说霍敬奇当了兵，却嫌当兵不自在，要回木材厂做工去。因为扰乱军心，所以他才要对他军法处置。见马天化说得也在理，也不好反驳，只说让马天化手下留情，他要将霍敬奇带到骑兵团去。马天化本来就是尹春山手下的军官，尹团长要组建骑兵团的事他也知道，也不好回绝。杨定远这才把霍敬奇搀了回来。虽然还有口气在，但霍敬奇已被抽得遍体鳞伤。他连忙把军医叫来，待听得军医说没什么大事，杨定远才长吁了口气。

他走进房里，霍敬奇正躺在床上，连动都不能动了，但看到杨定远，他还能咧嘴一笑道："定远，叫你看笑话了。"虽然这话说得有气无力，可一嘴京片子还是丝毫未改。杨定远见他挣扎着想坐起来，忙道："霍大哥，别动了。小霍呢?"

"死了。你走了没多久，有一回搬木头，木头倒下来把他给砸死了。"霍敬奇的神情很平静，可声音里却有点哽咽。杨定远知道他心里肯定不好受。他安慰了几句，说道："霍大哥，你好好休息，以后你就在骑兵团了，咱们又可以在一块儿了。"

走出霍敬奇的房间，刚掩上门，只听得身后传了一两句唱，也听不清是什么，多半又是关公戏。杨定远笑笑，只要他还能唱，说明身体没事了。陈振中一直在外面等着，见他出来，忙迎上前道："定远哥，霍敬奇怎么样?"

“算是捡了条命回来吧。”

在下决定当兵前，杨定远总觉得军人都是尹春山、陈柏川这样的，全然没想过还有马天化这样的，现在他甚至有点怀疑自己这样抛下一切来当兵是不是有点冒失。只是事已如此，别的话多说也无用了。

接下来的两天里，杨定远忙得不可开交，小个子每天都会带一批新兵过来，杨定远再给他们登记上册。新兵来自天南地北，有三分之一和杨定远差不多，以前并不是士兵，只是出来赚钱的劳工，最终也被拉到军队里来了。两天里，杨定远的花名册就已经登记了一大半，数了数，从上至下，共有三百多人。虽然还不到一个团的编制，但跟之前相比，队伍算是壮大许多了。

这一天杨定远一早过来看霍敬奇，一到他住的地方，却见他正在外面的空地上练拳，看来军医说他的伤没什么大碍一点儿都没说错，两天一过已经好得差不多了。说了几句闲话，霍敬奇问道：“定远，那我们现在都是在骑兵团了，是吧？”

“是啊。”

“是骑兵团的话，怎么没见几匹马呢？”

杨定远怔了怔。这话倒是问到点儿上了。那天他牵着老萨沙进城时，不少士兵看着他的样子还以为他是哪个大官，因为现在托博尔斯克城里虽然尽是中国军人，而马却不多，能骑马的都是军官。但骑兵团总不能没有马，难道马场不在城里吗？

这个事他觉得有机会应该找尹春山问一下。但尹春山也不是每天都能见到，也不知他在忙什么大事。几天后，霍敬奇的伤好了，也和杨定远一块儿操练。只是一直没有学骑马，经常会唠叨几句。可不管他发什么牢骚，每天仍是雷打不动地出操，弄得骑兵团跟步兵团没什么差别。

就这样过了十多天。这天，他一早起来出操，忽然听得外面传来一阵喧哗，夹杂着阵阵马嘶。杨定远吃了一惊，扭头看去，只见小个子拽着一匹马正从营门口往里拉。这马个头不小，犯了犟性，怎么拉都拉不动。小个子着恼，嘴里骂道：“再不老实，宰了你吃肉!”杨定远见他要发狠硬拉，忙跑过去叫道：“别硬拉，别硬拉。”说着从小个子手里接过马缰，整了整马嚼子。说来也怪，这匹马在小个子手上死活不肯就范，杨定远一拉却不再挣扎了，乖乖地跟了进去。小个子看得目瞪口呆，恨恨道：“这畜生比驴子还倔。杨兄，倒看不出你还有这一手。”

杨定远心想在金矿跟着老格学了不少骑马的窍门，现在也终于派上用场了。他说：“牵马可不能硬来，人有人性，马也有马的脾性，你得顺着它才行。小个子，这马哪儿来的？真是好马。”

这匹马的确很漂亮，马肩上的肉圆圆鼓起，仿佛一道闪电，一撒手就会冲出去。小个子道：“这马当然好！这是老毛子的军马……”

杨定远皱了皱眉：“军马都会卖?”俄国人一向把马看得比性命还重，一般宁死也不肯卖马。卖他老萨沙的那个俄国人就算饿得走投无路了也不愿杀马吃肉，更不用说军马了。

小个子笑道：“当然不会卖。再说，要买三百匹马，现在也拿不出这么一大笔钱吧。”

杨定远的心中一动，说道：“是抢来的?”

“差不离。”

原来，几天前有个过路的向托博尔斯克的中国军队兜售两匹马。小个子正在找马，见这两匹马竟是出乎意料的神骏，便问那人是哪儿来的马。那人先前还搪塞说是家里拉车的，可小个子也是个行家，说这两匹分明是军马，问他到底是哪儿来的。连吓带骗，那人才算说了实话。原来这儿往西六百多里的地方有个军马场。因为沙皇被布尔什维克抓起来了，这军马场也已一片混乱，这人趁乱从军马场偷出来两匹。尹春山听得了这消息，马上去向孙富元汇报，决定吃掉这个军马场。这个计划孙富元马上同意了，由副团长王德林带着两个营配合骑兵团行动。尹春山从骑兵团中挑了些人，日夜兼程地出发，赶到军马场后，趁着夜色突然发起攻击，夺来了近一千匹战马。

“这回一人两匹都够了。”小个子说着，仍带着难以抑制的兴奋。他说着，从马鞍下掏出一口刀说道，“对了，我还缴了两柄刀来。这一趟你没去，就分你一把。”

杨定远一见他拿出来这刀，眼睛一下睁大了，叫道：“恰希克!”

“什么恰希克?”

恰希克是哥萨克的专用刀。哥萨克人号称马背上的民族，在采金场时杨定远就听老格说战刀是利爪，好马是翅膀。有了翅膀和利爪，哥萨克人才是一只直冲天际的雄鹰。杨定远解释道：“就是哥萨克的马刀。”

哥萨克这名字小个子也听过，他呆了呆，笑道：“怪不得王团长说要缴掉他们的刀呢。”他见杨定远有点怔忡，笑道：“杨兄，你胆子没那么小吧?”

杨定远的心里其实真有点惧意。他至今也忘不了自己被那个哥萨克骑兵一刀劈下马来的情景，没想到一参军，这么快就和哥萨克成了死敌。他低声道：“哥萨克肯定会来报仇的。”

“报仇怕什么，兵来将挡，水来土掩。”他顿了顿又道，“现在马也有了，应该就要誓师祭旗了。光宗耀祖就在这一刻了。”

虽然小个子说光宗耀祖在此一刻，但对于骑兵团来说，有了坐骑才是一场噩梦的开始。现在召来的兵虽然大多数人都会骑马，但要在马上与人格斗却没几个人能行。从这一天起，每天尹春山亲自带队出城训练，从最基本的练起。尹春山平时和颜悦色，一训练则面沉似铁。亏得骑兵团里许多是劳工，能吃得起苦。小个子也在背地里说如果骑兵团里都是马天化这样的兵油子，练到这程度只怕要哗变了。杨定远本来觉得自己骑术还成，现在才知道，要成为军人，自己实在还差得远，因此他练得更加刻苦。

尹春山知道一口吃不成个胖子，想要让本来连枪都没摸过的劳工一下掌握骑兵的技术，那绝对不可能，因此他自编了几个简便易学又很有效的动作，让士兵们练习。虽然小个子曾经嘲笑过霍敬奇的拳脚，可霍敬奇毕竟有两手，大概在宫里就骑过马，所以学起来也特别快。杨定远和陈振中小时候也算练过几天武，两个打他一个才算能勉强顶住。

过几天便是中国边防军正式誓师举旗的日子。当旗帜一打出来，一定会使得诸方势力犬牙交错的西伯利亚局面更加混乱。作为主攻的骑兵团，留给他们的时间已然不多。

等到了边防军誓师的这一天，近万名中国军人都聚集在托博尔斯克的中央广场上，边防军现有的四个团加一个特别团依次排开。一团团长是孙富元亲自担任，二团团长名叫任辅臣。这两个团绝大部分是正规军人，每团大约两千人。小个子说当初受徐树铮之命以劳工身份潜入西伯利亚的中国军人足有一个师，但是辗转到了这儿，有一个团的人已失联，可能逃回国去了。现在除了一团二团，三团大多是征召的华人劳工，也有两千来人，团长名叫郭万清，人称郭老九。四团是个朝鲜人团，团长名叫张福荣。骑兵团只有三百人，是特别团。人数虽然最少，但现在已初具规模，三百来个骑兵，每人腰挎马刀，身背长枪，很是威风凛凛。

站在队伍中，看着一列列军人，杨定远心中不禁有些激动。没有多久之前，他也只是一个什么都不懂的平民百姓，现在居然也成了军人，心中的自豪感油然而生。这时，忽听身后的陈振中小声道："定远哥，桑连长让你过去。"

杨定远扭过头，见小个子在那边正向自己招手。他从队伍后面走了出去。小个子见他出来，迎上前道："杨兄，军法侦缉处的张处长要你过去一趟。"

"军法侦缉处？"杨定远反问一句。他刚到托博尔斯克的时候，因为被大头反咬一口说自己是俄国人的奸细，结果被军法侦缉处关了几天。但这事早已水落石出，杨定远不知还有什么事。在部队里，军法侦缉处找到谁大多不是什么好事。他心里有点忐忑，小声道："是什么事？"

"张处长说，那个日本奸细提了最后一个要求，就是要见你。"

杨定远一怔："大头？"

"是啊。一会儿就枪处决他，这小子说死前想见见你。"

杨定远喃喃道：“要见我？”

小个子点点头：“张处长说这小子嘴还真硬，一直不肯交代。不交代就只有死路一条。”

杨定远去了并没多久就回来了。陈振中见他神情有点颓唐，小声道：“定远哥，是什么事？”

“没什么。”杨定远面无表情。当他被带到军法侦缉处的牢房里，看到被五花大绑的大头时，心中有种说不出的滋味。大头却极是坦然，只是对杨定远说，他们日本人向来只佩服好汉。他身为大日本皇军，两次都折在杨定远手上，这回已再无脱身的可能，死前只想再看一眼杨定远。

“杨先生，其实我们是一类人。”这是大头说的最后一句话。这句话让杨定远百思不得其解，大头为什么说和自己是一类人？大头是日本间谍，怎么可能有相似之处。

这时台上升起了五色旗，一团和二团中齐声高唱起来：“卿云烂兮，糺缦缦兮。日月光华，旦复旦兮。”

这是《卿云歌》。这首歌雄浑大气，那么多军人齐声唱来，虽不动听，却另有一种苍凉，气概不凡。歌声中，五色旗迎风招展，猎猎有声。看着那面在风中张扬的大旗，杨定远心里也如潮涌澎湃。曾几何时，他总觉得当兵并不是件好事。但现在才知道，一个个微不足道的人聚集在一起，会是一股多么大的力量。这力量仿佛奔涌而来的大潮，势不可挡。

一曲甫了，披着红绶带的尹春山走上了台。尹春山是誓师大会的执行官，一身戎装，腰间挎着一把战刀。他高声道：“敬礼，祭旗！”随即两个正装的士兵夹着一个人走上台来，那人正是大头。大头的身上仍然绑着绳子，脚上却解开了。一到台上，夹着他的那两个士兵要让他向着五色旗跪下，哪知大头死都不跪，按倒了又站起来，突然高声叫道：“我是皇军军官，绝不跪支那人！”

尹春山见他还如此强项，已抽出了腰间的马刀，“唰”一刀劈去。这一刀劈得有如行云流水，动作极是潇洒干脆。他举起手高声喝道：“收复失地，还我河山!”

收复失地，还我河山。这就是这支军队的目标。这里的每一寸土地都曾经是中国的，现在就要一寸寸地夺回来。一瞬间，几乎所有人都高喊起来：“收复失地！还我河山!”近万条男人的嗓子吼出这两句话，如利剑般直插云天。杨定远的心里也沸腾了，他举着手，和别人一样喊着。

大头就这样死了，用他的血祭了五色旗。然而对这个险些要了自己性命的日本人，杨定远本以为会恨之入骨，可是现在却发现自己原来对他并不如何痛恨，甚至还有一丝说不明的同情。对大头来说，他也是把生命献给了他的国家。也许，他也曾经对着他们自己的旗帜这样高呼过？原来，大头所说的一类人，是说我们同样的坚持吧。杨定远想着，不知不觉，眼里有泪水淌下。泪光中，那面五色旗在风中如同一团烈火，熊熊燃烧。

第三章　锋刃饮血

一骑马如飞疾驰，冲向一棵大树。这大树的一根树枝上用根长绳吊下一个破铁桶。就在马掠过的一刹那，“当”一声，杨定远手中的木棍重重地刺中了铁桶。一边看的陈振中叫道：“定远哥，你真厉害!”

这是小个子的三步训练法。第一步，是让每个人夹着个装满沙子的口袋走路，练裆劲。等练到夹着口袋一蹲就是半天，这才骑马。第二步，便是用最快的速度纵马疾驰，掠过四个吊着的铁桶时全都刺响它。铁桶不大，又只能刺而不能扫，难度更大，陈振中练了半天，总有一两个铁桶刺不中。杨定远已经多半能连中四下，偶尔才漏掉一个。陈振中对杨定远本来就敬佩有加，现在更是五体投地。一边的霍敬奇却撇了撇嘴道：“小子，这样就厉害了？你真是没开过眼。”

陈振中有点不服气，说道：“霍大哥，你行吗?”

他和霍敬奇在一个队里的时候，两人原本不接近，但到了骑兵团，因为杨定远的关系，已是熟络了许多。霍敬奇嘿嘿一笑道：“这个啊，以前木兰秋狝的时候，贝勒贝子就尽玩这些。最厉害的，叫走马取金钱。把十八个金钱往地上一撒，从这边骑马过去，跑到那边时得把十八个金钱全捡上来，一个不漏，这才叫高手。”

木兰秋狝这名称陈振中听都没听说过，不由心怯，只是他嘴上仍然不肯服输，讪讪道：“霍大哥，别说别人厉害，你自己有这本事才行。”

其实霍敬奇说得热闹，可木兰秋狝在嘉庆年间就废止了，他根本就没见过，这些他也是在宫里时听老太监说的。因为在宫里无所事事，这些老太监尽说些陈年旧事，结果越传越神，到了霍敬奇嘴里，自然更是足尺加五。听陈振中这般说，霍敬奇也有点着恼，喝道：“你当我不成嘛！小子，给你开开眼！”

他牵过自己的马，操起一根木棍叫道：“定远，老拿死物来练没用，我跟你玩两下。”

杨定远这时已跑了一圈，正想休息一下，听得霍敬奇挑战，边上一些人听了便起哄怂恿。他知道霍敬奇的脾气是吃软不吃硬的，忙赔笑道：“霍大哥，我哪儿敢和你比试。你还不知道，我这三分三都是你教的。”

杨定远这么退让，霍敬奇已然少了三分火气，笑道：“其实你的本事也很不错了……”他话未说完，那边小个子忽然打马疾驰过来，一边跑一边喝道：“集合！全体集合！”

队伍刚接到副总指挥孙富元的命令，要骑兵团配合友军向捷克斯洛伐克军团发起攻击。由于捷克斯洛伐克军团装备精良，接连攻破了好几个城市，客观上与在同一个地区的中国军团形成了一山难容二虎之势。而日·盖达将军又极其鄙视东方人，以至于根本不想和中国军团谈判。在接连几次摩擦之后，孙富元断定中国军团眼下的首敌就是捷克斯洛伐克军团。如果不能消灭他们，中国军团不可能再有发展。

在骑兵团里，只有杨定远才能和尹春山说说话，其他人都是一字不识的大老粗，对尹春山来说，有杨定远这么个谈话对手实在是人生一快。虽然骑兵团没有正式设立副官，不过杨定远其实已有副官之实了，尹春山有什么文件都让杨定远处理。听尹春山说到捷克斯洛伐克军团共有五万余人，杨定远皱了皱眉，问道：“尹团长，日·盖达手下怎么会有这么多人?”杨定远说着不禁倒吸了一口凉气。中国军团一共也不过万人上下，按实力，只及对方的五分之一，怪不得日·盖达根本不把中国军团放在眼里。只是以三百来人的骑兵团去碰这样的庞然大物，岂不是鸡蛋碰石头？

尹春山似乎看出了他的心思，笑道："说是五万，当然这五万人不会总在一块儿，分成了好几支队伍。而且日·盖达这人野心不小，虽然名义上是军团指挥，但他未必能指挥得动所有人。"他说着，指了指前方道路，"我们要攻的是前面一个小站，最多不过三四百人。"

原来捷克斯洛伐克军团控制了铁路沿线的不少车站。政变后，虽然铁路也被收归国有，但西伯利亚离莫斯科太远了，由于各种原因，使得各方势力都没有插手铁道事务，否则铁路一瘫痪，哪一方都寸步难行，因此掌握铁路的仍是西伯利亚铁路管理局。因为捷克斯洛伐克军团沿着铁路线驻扎，大站一般驻一个营，小站驻一个连或一个排，这样既能保证给养，调兵时也方便。只要某个站点遭到攻击，不用多久在其他站上的部队就会过来增援。孙富元和参谋权衡之下，觉得要打破敌方这个策略的，唯有骑兵团的快速攻击。以迅雷不及掩耳之势攻击，当别处部队前来增援时步军团便可趁虚攻击，趁机夺取车站上的给养。

一听尹春山说完这计划，杨定远失声道："这不就和《三国演义》里差不多吗？"他不像尹春山是军校毕业生，读的多半是旧书，和征战有关的也就是一部《三国演义》了，因此一说打仗就想到这个了。一说出口，自觉尴尬，讪笑道："尹团长，我也真是没谱。实打实的征战之事，我却扯这些小说。"

尹春山笑了起来："其实也不算离谱。前清开国，他们大多不识汉字，就拿一部《三国演义》当兵书读。"

杨定远呆了呆，诧异道："还有这种事？"

"当然是真的。"尹春山看了看杨定远，又道，"定远，这是你第一次上阵吧？"

"不算第一次了。"

尹春山有点惊诧："以前上过阵？"

杨定远把那一回跟着马帮伏击日本巡逻队的事约略说了。尹春山听他说完，点了点头道："怪不得。我本来还担心你第一次上阵会怯场，不过看你并不怎么慌，原来上过战场了。"尹春山这话算是夸奖吧，可是杨定远却不知是什么滋味。杀过人并不是件值得夸耀的事。只是身在战场，哪有不杀人的。刀是利爪，马是翅膀。一个骑手有了这两样，才会飞起来。现在，自己已经开始飞翔了，只是飞起来的还会是一个叫杨定远的人吗？

小个子突然从前面疾驰而来。他是去探路的，向尹春山报告道："大哥，那车站里有一百来个人，干吗？"

离车站已经不远了。尹春山看了看道："天已不早了，今晚先在这儿歇息，明天一早出击。"

小个子答应一声去了。杨定远诧道："尹团长，为什么要明早发起攻击？不怕消息走漏吗？"

尹春山道："骑兵团只有三百来人，目标并不大。而且捷克人不是哥萨克，他们睡得晚，起得也晚。现在攻击，他们正好以逸待劳。等明天一清早，他们还没睡醒时再发起攻击，打他们个措手不及。"说着，他勒住马，转过马头对身后的骑兵喝道，"全体下马歇息。今晚睡好点儿，明天一早就发起攻击！"

杨定远将马拴到一边，坐了下来。这儿离铁路尚有好几里，很是偏僻，连人都没有。士兵们都已下马，开始埋锅造饭，杨定远就着篝火掏出本子来写日记。这次他用的是钢笔，尹春山要他记花名册时送了他一支钢笔，让他高兴了好几天。正在聚精会神地写着，陈振中凑过来小声道："定远哥，要开仗了啊。"

杨定远正在写着，头也不抬道："是啊。"

"可是……"陈振中的声音有点颤，杨定远这才晓得他是怕了。如果凭着一股血气投入厮杀，什么都来不及想也就罢了。可现在要先睡一夜，明早就杀人，这一晚陈振中定然极其难熬。杨定远何尝不是这样，他停下笔，往边上让了让道："振中，坐这儿吧。"

陈振中坐下来时，身子还在发抖。杨定远低低道："振中，你是想着明天的事吧？”

陈振中怔忡着点了点头。杨定远从身边掏出一块干面包道：“在火上烤一烤，吃了吧。”陈振中接过干面包来，二话不说吃了。杨定远道：“现在你心里舒服点儿没有？”

陈振中摸了摸心口，咧开嘴道：“还真是好多了，刚才好像要跳出嗓子眼一样。”

“你越怕，这心就越跳得厉害。只要想着，吃饱了什么事都是赚的，那就行了。”

陈振中似懂非懂地点了点头，问道：“定远哥，你不睡吗？”

“我还要再写一会儿日记。”

陈振中“噢”了一声。将外套裹了裹，靠着树睡下了。杨定远看着他睡下，心头忽然有一丝微微的刺痛。这个发小和他一块儿长大，很小的时候就跟着他，什么都听他的。现在当兵打仗，他害怕的时候心里还是依靠他。可是他又能教他什么呢？火堆边，他写了几个字。只觉上下眼皮直打架，都快睁不开了。正在迷迷糊糊的时候，耳边忽然传来一个轻而清越的声音：“人。”

杨定远猛地抬起头。中国人从不会这样称自己，难道是被那些捷克斯洛伐克人发觉了？他用力睁开眼，眼前那堆篝火正烧得噼啦作响，在火堆那一边，他看到了……银狼！

是的，银狼！银狼巨大的身躯仿佛一块雪一样，兀自地立在火堆的那一边，两颗明亮的眼珠正盯着自己。没有敌意，也没有善意，如同看着一块石头、一棵树一样的眼神。

“人啊，你还在走吗？人啊，接下来的路还有那么长，你真的准备好踏上这条不归路了吗？在这条路上遍布荆棘，到处是利爪和尖牙，夜长得无休无止，你真的还有勇气走下去？”

杨定远死死地盯着火堆后那一双眼睛。篝火熊熊，越烧越旺，仿佛要把黑夜都烧穿。

“是的，我准备好了。我会走下去，即使这条路没有终点，即使夜没有尽头，我也仍然会走下去，直到明天来临。”杨定远毫不畏惧地盯着火堆后那双眼睛，听见自己在无声地怒吼。

“看到了吗？我的身体已经燃烧起来了，每一根毛发，每一寸皮肤都在闪光。我会一直走下去，无畏无惧，不可阻挡，就算这儿的夜长到永远，我也会走到太阳的那一边。”

火堆里，忽然发出“叭”一声爆响，杨定远眼前也霎时一暗，这时他才发现篝火其实并没有刚才看到的那样烈焰熊熊，只是在身前吐出一些小小的火舌。而火堆的那一边，隐隐约约只是一些睡着了的身影，还有放哨的士兵偶尔走过，哪有什么银狼。

一定又是幻觉，杨定远想着。银狼不可能在这个地方出现。然而，杨定远总觉得自己的心脏仿佛和那头白色的巨狼连在了一起，因为银狼的声音是如此清晰，仿佛就在耳边。

“我会走下去的，一定会。就算要走到世界的尽头，只要我还能走，就一定会走下去。”杨定远喃喃自语着。

天还很暗，小个子的声音突然响了起来：“起来了，别睡了!”有个人睡眼惺忪地起来，操着天津腔嘟囔道：“嘛事儿……”小个子一巴掌拍在他后脑勺道：“醒醒吧，别拿性命不当一回事。”

小个子是对那天津人说的，但杨定远也为之一激灵。马上就要投入厮杀了，这是随时都要掉脑袋的事，可不是平时训练。他一骨碌起来，推了推边上的陈振中。陈振中还在瞌睡的时候，迷迷糊糊地说：“别弄我!”杨定远一把拎住他的肩把他提了起来，大声道：“振中，要出发了，快醒醒!”陈振中这回倒是提起了精神，猛地站了起来。他揉了揉眼睛，看清了面前的杨定远，说道：“定远哥，要上阵了?”

“当然是，快牵马。”在平时的训练中，尹春山和小个子编的那一套骑兵刀法对这些从未当过兵的劳工来说还是太难，这么短的时间里，能练到一手拿缰绳、一手挥刀就算很不错了。小个子在训练时也急得整天跳脚。

后来还是霍敬奇想出了几个招式。说是招式，其实有点无赖，就是硬碰硬，你砍我脑袋，我就刺你胸口；你刺我胸口，我又斩你腰身，总之一句话，就是不惜同归于尽，和敌人拼命。这种招式如果碰到了好手，那是一点儿用都没有，但只要不是非常厉害的高手，就挺管用。因为对方总会害怕，而一怕便方寸大乱，露出破绽，便可趁机攻击了。练习时小个子让霍敬奇陪自己对练，练骑兵刀法时霍敬奇接连被打下马来，但一旦用出这几招，小个子若是胆子一怯，反倒被霍敬奇这个新手砍下马来。虽然有点恼怒，小个子倒也承认这几个无赖招式既简单又管用，因为与其说那是刀法，不如说是勇气。现在，捷克斯洛伐克兵团要面对的，就是这样一群亡命之徒。

他们出发时，天还没有亮。骑兵团冲到那车站时，天才刚刚放出亮光。尹春山骑着马走在最前，眼看车站就在眼前，他扭头道："冲，别留活口!"

他话音甫落，小个子便冲了过去。马蹄声如同突然落下的暴雨，一个背着枪的捷克人从屋角拐出来，大概听到声音还感到奇怪，想看个究竟。一见有这么多骑兵直冲过来，吓得睁大了眼，伸手从背后摘下长枪。可没等他开枪，小个子已经冲到了他的跟前，恰希克刀一挥，锋刃平肩掠过，捷克人还没来得及扣动扳机，脑袋便已落地，只怕到死都没弄明白是怎么一回事。

这一连串动作干脆利落，说不出的潇洒，霍敬奇看得呆了。训练的时候，霍敬奇因为以前骑过马，加上有武术底子，又是个眼高于顶的人，总觉得小个子没什么了不起，但亲眼看到实战，才知道完全不是一回事。他喃喃道："这小子，还真不赖!"

小个子一刀杀掉了那哨兵，骑兵团立时将车站团团包围。杨定远将恰希克刀握在手中，因为早就会骑马，明显比旁人熟练得多，跟着小个子前后脚地冲了上去。这是个小站，一共也就五间房子，四间成了营房，一间是仓库。那些捷克斯洛伐克人这时候还正睡得香，哪儿想到会遭到突袭。

虽然骑兵团不少人还是第一次上阵，可这回打了敌人一个措手不及，胆气一下壮了，撒了欢一般争着往前冲。破开房门便是一通乱枪，几乎一大半人都是光着膀子就丢了性命。就算有手脚快的冲出门来，也被外面的骑兵一刀一个砍了。杨定远见那间仓库的门突然开了一条缝，一个一头黄毛的捷克人背着枪忽地冲了出来。他准是吓破了胆，枪也不敢用，就是拼命地跑。杨定远一催马，胯下这匹顿河马四蹄生风，直追上去。没几步，杨定远已追上了那捷克人，挥起恰希克刀便要劈。那黄发捷克人听到了马蹄声，扭过头看了一眼杨定远。一见这人，杨定远的心里便是一疼。

这是个年轻人，确切说只是个少年。绿色的眼珠里闪出了一丝恐惧。真的要劈下去吗？飞奔的战马上挥动恰希克，锋利的刀刃能将坚硬的颅骨都整整齐齐劈成两半。可是这柄恰希克此时在杨定远手中却是如此沉重，几乎要挥不动。那么年轻的生命……杨定远还没来得及觉察到自己的恻隐之心，黄发少年已将手往背后一推，步枪一下握到了手中，动作相当纯熟。他可没有犹豫，枪一到手中，便向杨定远开枪了。“砰”一声，一颗子弹擦着杨定远的肩头飞过，才让他如梦方醒。

这是战争！恰希克刀终于挥了过去。仿佛劈开流水，几乎感不到一点儿阻滞，黄头发少年的眉心冒出了一团血花。那一双绿色的眼珠在一瞬间失去了生机，身体也僵直地倒了下去，“砰”一声摔倒在站台上。

又杀了一个人，杨定远想着。用枪杀人和用刀杀人的感觉完全不同，杨定远深深吸了口气，跳下马，摘下少年手中的步枪。他下意识地伸手在那少年眼皮上抹了一下，帮他闭上了眼。

车站里一百多个捷克兵已被斩杀一空，骑兵团则一兵未损，只有两人受了点轻伤。虽然是以众击寡，胜利本就毫无悬念，但这是骑兵团成军以来的第一仗，取得了大获全胜的战果，自是让人兴奋不已。小个子指挥着众人将车站里的粮食搬出来，杨定远正在忙着，陈振中凑过来道：“定远哥，我宰了一个黄毛！你宰了几个？”

就在几个小时前，陈振中还在心惊胆战，现在却是一副兴奋得不知如何是好的模样。杨定远心中突然一阵刺痛，低声道：“杀了人就这么高兴？”

陈振中一怔，不敢再说了，扛着一袋面粉堆到车上。这个小站驻兵不多，储粮也不多，把缴获的粮食和武器装了两大车，小个子见再没东西，打马到尹春山马前道：“大哥，东西搬完了，撤吗？”

尹春山看了看周围，道：“撤吧。”

攻打这个小站，他也是抱着试试看的用意，更主要的是想看看骑兵团在实战中的表现。虽然夺得了一些粮食，解决了部队燃眉之急，但也和捷克斯洛伐克军团结下了深仇大恨，接下来肯定会遭到他们的反扑。

杨定远和陈振中上了马，跟着大队撤离。这时霍敬奇不知从哪儿钻了出来，一脸笑嘻嘻地道：“定远，你搞了多少？”

杨定远莫名其妙，反问道：“什么搞了多少？”他见霍敬奇的腿上胡乱包了一下，惊道，“霍大哥，你受伤了？”

“小事，就让老毛子捅了两刀。”霍敬奇也不想说自己受伤的事，伸出左手食指和拇指围成个圈道，“大洋、条子、金戒指，你没去摸吗？”

杨定远又是一怔，这才回过神来，霍敬奇说的定是在那些尸体上摸来的财物了。他道：“怎么可以去摸死人的东西？”

“那有啥，王副团长说过，部队只要粮食和枪，别的就都归你自己。要不，就这点饷银怎么过日子！老哥哥教你个法，捅刀子时别捅口袋的地方，要不就直接往面上捅。老毛子常把卢布放在贴身袋子里，要不小心捅坏了就使不出去，沾上了血也是麻烦事……”霍敬奇说得喋喋不休，在他看来银子比什么都重要。杨定远也不好拉下脸说重话，只敷衍了几句。战争难道就是杀人和抢钱吗？当兵的意义到底是什么，他越发茫然。

这一场突袭规模虽然不大，但震惊了几乎整个西伯利亚。本来布尔什维克的军队和叛军一直在犬牙交错地争夺地盘，而布尔什维克正忙于平定莫斯科附近，对于西伯利亚残存的数十万帝俄军队尚是鞭长莫及，因此捷克斯洛伐克军团发起叛乱后一直顺风顺水，几乎遇不到对手，结果突然杀出的中国军团让他们都大吃一惊。

欧洲人向来不太看得起东方人，特别是中国人，被视作一团散沙，可是这次中国军团的奇峰突起一下打乱了西伯利亚的局势。而中国军团的战术也完全不同于欧洲人，特别擅长夜袭。这一点让捷克斯洛伐克军团苦不堪言，本来他们沿着铁道布成了一连串势力，中国军团这种不依章法的突袭让他们疲于奔命。中国军团从来不与他们争夺车站，往往攻得下就攻，攻不下就走，而等捷克斯洛伐克军团的援军到来时，中国军团又马上攻击其他的据点。不过十来天的时间，骑兵团就已打了四场仗，每场仗都抢到了不少物资，算是给缺少粮食的中国军团解了燃眉之急。

吃了几次亏后，捷克斯洛伐克人也学乖了，他们收缩防线，加强了岗哨，打了两次反伏击，中国军团也遭到了相当的损失。霍敬奇更是雪上加霜，先前腿上被割了一刀还只是皮肉伤，这一次伤口没好又中一刀。这一刀创口很深，本应静养，可是中国军团经常要离开托博尔斯克出击，他也只能咬着牙坚持着。他脾气又不好，受伤后脾气更糟，也只有杨定远有时去照顾他。但随着事务越来越繁忙，杨定远俨然已成了尹春山的得力助手，事事走不开，这让杨定远很是苦恼。

这一天，中国军团迎来了一个特别的客人，是莫斯科来的特使。特使直接面见孙富元，孙富元知道杨定远懂俄文，专门把他叫去当翻译。

由于中国军团在西伯利亚大为活跃，引起了布尔什维克军方的注意。布尔什维克军方答应向中国军团提供补给装备，条件只有一个，就是加入红军。听到这个要求，孙富元立刻召集了几个团长前来商议。二团团长任辅臣极力赞同这个提议，但三团团长郭老九却反对。四团团长张富荣则有点犹豫，看他的态度，也有点儿倾向于同意。由于中国军团一直缺衣少穿，军械更是缺乏，能得到布尔什维克军方的供给，这诱惑不可谓不大。问到尹春山时，尹春山只说了一句："孙团长，我们脚下这块土地本是中国的。"

孙富元自然明白尹春山的意思。他们是奉徐树铮之命来西伯利亚收复失地的，虽然这个目标很宏大，但要加入红军，岂不是丧失了独立性，还谈什么收复失地？可是与当初的计划有点出入的是国内无法对边防军进行补给，一切都要靠边防军自己想办法，这也是实际困难。孙富元为难地垂下头，陷入了沉思。

杨定远以翻译的身份列席，自然插不上话。在一边看着这几个长官交谈，心里想的却是娜斯佳。娜斯佳是外贝加尔哥萨克骑兵旅旅长的未婚妻，以这支部队的立场，毫无疑问属于白军。如果中国军团加入红军，自己有可能就有与她未婚夫对决的一天。当然也有可能娜斯佳早已忘了他是什么人了。想到这儿，杨定远有点儿茫然。那一刻，他觉得战争原来只是一场杀戮。

“杨副官。”孙富元的声音突然打断了杨定远的思绪。杨定远一下站了起来，说道：“有。”

“你向特使回复，说，”孙富元说到这儿顿了顿，仿佛下定了决心，“我方需要向徐总指挥请示，方才能同意贵方的要求。”

杨定远心里一沉，一种说不出的滋味在心底翻滚。孙富元虽说要向徐树铮请示，但这话的意思分明是同意加入红军了。

回来时，尹春山和杨定远并马而行。尹春山一直没有说话，杨定远自不敢多嘴。等快到骑兵团军营，尹春山忽道：“孙副指挥最终还是决定站在红军一边啊。”

杨定远犹豫了一下，还是接道：“尹团长，难道站到高尔察克一边更好吗？”

特使并不知道，几乎与他们前来的同时，临时政府的军事部长高尔察克也曾写信来与中国军团交涉。高尔察克是海军上将，官拜黑海舰队司令。俄国革命后，他成为临时政府的主要领导人之一。这个人参加过日俄战争，由于在中国待过很长一段时间，所以还会写汉字、说汉语，加上风度翩翩、温文尔雅，因此中国人对他很有好感。只不过捷克斯洛伐克军团是从属临时政府的客籍军团，当边防军和捷克斯洛伐克军团成为死敌后，再倒向临时政府的可能性就很小了。孙富元也是虑及这一点，才最终下了这个决定吧。

尹春山摇了摇头道：“未必。高尔察克是个军人，在西伯利亚问题上他绝对不会让步。这个人再温文尔雅，但一说起土地，就必定坚持寸土不让。”

与之相对，布尔什维克特使带来的密信却答应沙俄与满清政府签订的条约一律是非法无效的，如果中国军团愿意加入红军，那么沙皇从中国侵占的土地将来都要归还给中国。而这块土地，正包括西伯利亚在内。

杨定远道：“那不是加入红军更好吗？”

尹春山叹了口气，过了好一阵才道：“只怕口惠而实不至。如果咱们帮红军打败了白军，打到最后，他们仍不归还呢？”他顿了顿，又道，“现在只有看徐总指挥的意思了。”

回到营地，杨定远刚下马，还没来得及把马拴好，陈振中忽地从一边冲了出来，一把抓住他小声道：“定远哥，你可回来了！”

陈振中的模样很是着急，杨定远诧异道：“出什么事了？”

“有两个人来找你。”陈振中几乎有点不知该怎么说才好，“等了好一阵了。”

“找我？”在遥远的西伯利亚，还会有人来找自己？他道，“振中，你别开我玩笑，这地方哪儿有人来找我。”

陈振中见他不信，有点着急，指手画脚地道：“真的真的，两个小子。定远哥，我哪儿敢骗你。”

两个小子？杨定远更诧异了，问道：“这两人在哪儿？”

“在营房里，霍敬奇正陪他们说话呢。”

霍敬奇的脾气很臭，在骑兵团，除了杨定远，几乎没有人能跟他多说几句话。陈振中和霍敬奇也一样不太合得来，真不知什么人还能跟霍敬奇搭上话。杨定远快步向营房走去。刚走到霍敬奇营房门口，就听得他在里面说着：“甭哭了，淌猫尿算个啥呢？关二爷刮骨疗伤，眉头都不皱一皱！

看我腿上被老毛子捅了这几刀，哼也没哼过！”

虽然知道不是笑的时候，杨定远还是忍不住想笑。对霍敬奇来说，这大概是最温和的开解人的话了。只是他到底在开解谁？杨定远还没进门，便叫了一声：“霍大哥。”

屋里除了霍敬奇以外，还有两人，正和霍敬奇说话的是个矮个子。听得杨定远的声音，这矮个子抬起头，看到杨定远，叫道：“杨大哥！”忽地扑上前来，一把抱住杨定远，眼泪不住地流。杨定远吃了一惊，还不知是怎么回事，定睛看去，惊叫道：“思华！”

这个矮个子正是思华。自从去年马帮结束后，杨定远也有大半年没见到她了，几乎快忘了有这么个人。思华紧紧抱住了他，抱得那么紧，仿佛生怕一松手杨定远就会消失一样。这让杨定远更觉得尴尬，轻轻推开她道：“思华，怎么了？出什么事了？”

“姥爷……还有舅舅他们……都让哥萨克杀了！”

这消息如同一个晴天霹雳，让杨定远呆住了。他抓着思华的肩膀道：“什么，老爷子出事了？到底是怎么一回事？”

思华抹了抹眼泪，抽泣着道：“哥萨克……姥爷……”可是刚一开口，眼泪便不住地淌下来，连一句完整的话都说不出。边上和她同来的那人道：“杨大哥，我来说吧。”

和思华同来的正是金光云。金光云说话比思华口齿灵便多了。原来自从马帮散后，饥荒越来越严重，生意也越发难做，他们只能算是糊口。就在上个月，正当金光云跟着苏日勒和克外出回来没多久。那一回难得搞来了一些肉，老爷子让煮成肉汤大家均分，正等着开饭的时候，突然杀来了一伙哥萨克骑兵。这些哥萨克全副武装，全是军人打扮，进了村子见人就杀，也不说话。老爷子见状要和他们理论，因为说得又急又快，金光云也没听清，只知他们在说什么“马”，突然那首领挥起一刀将老爷子砍翻在地，苏日勒和克带着人去和那些哥萨克拼命，可那些哥萨克有备而来，就算部落里严阵以待，也肯定不会是他们的对手，他们面对的只能是一场屠杀。

金光云说到这儿，声音也有点颤抖。他年纪虽然不大，但血腥的场面却见过不止一次，然而一回想起那些哥萨克骑兵突然杀进来的情景，他就依然害怕。他顿了顿，又看了一眼在一边默默流泪的思华，小声道：“杨大哥，老爷子他们……一个都没了。”

杨定远的心里仿佛有一团火在烧灼。金光云想不出来哥萨克为什么要对付老爷子他们这支蒙古部族，但杨定远猜得到，定然是受了中国军团的牵连啊。特别是骑兵团突袭了哥萨克马场，虽然当时连一条活口都没留，做得干手净脚，可是中国军团异军突起，哥萨克骑兵在这当口吃了个大亏，呆子都猜得出两者之间不可能没有一点儿关系，定然来找骑兵团复仇，结果没找到骑兵团，却发现了老爷子这个部族。在哥萨克眼里，蒙古人和汉人长得一模一样，他们自然认为就是同一伙人的，结果，就大开杀戒。

杨定远看了看一边的思华，思华直到现在还两眼无神。杨定远小声对金光云道：“小金，你先在这儿照顾一下思华，我去向尹团长汇报。”

杨定远找到尹春山时，尹春山正在读着一份刚接到的文件。听杨定远说了此事，尹春山犹豫了一下，说道：“哥萨克干的？”

“是。”

尹春山叹了口气道：“城门失火，殃及池鱼，在所难免。定远，你准备把他们两个怎么办？”

杨定远道：“尹团长，他们都没地方去了，我想，就让他们先留在军营里，可以做些杂务，到时看机会再安排去处。”

尹春山眉头皱了皱：“也是。可是，有一个是姑娘，把她留在军营里怎么成？”

杨定远道：“这个我想过了，可以让霍敬奇和她住一起。”

尹春山一怔，脸上忍不住浮起了一丝笑意：“我倒忘了这个茬儿了。”

尹春山最担心的还是军队里净是些粗鲁汉子，思华一个少女混在一伙糙汉子里，说不定会惹出什么事来。霍敬奇的脾气不好，谁也不愿和他住，让思华跟他住一块儿，一来嫌疑都不用避，二来也正好可以让思华照顾霍敬奇，倒正合适。尹春山想了想又道："还有，让那姑娘尽量少抛头露面，免得惹事，等过一阵大本营转移，再看看怎么安排他们。"

杨定远惊道："大本营要转移？"

"托博尔斯克太偏，火车都不通，军团在这儿不是长久之计，总要转移的。"尹春山从他刚才看的文件里拣出一份道，"定远，你看看，这个人的名字该怎么念？"

对中国人来说，念俄国人的姓名是最头痛的事，最简单的也有三截，一截本名，一截父名，再加一截姓，每一截又得舌头打嘟噜念出一长串来。杨定远接了过来，念道："格里高利·米哈伊洛维奇·谢苗诺夫。"刚念完这名字，便觉得有点熟悉，只是一时想不起来在哪儿听到过。尹春山道："当面的话，就称他谢苗诺夫先生吗？"

"俄国人的姓名称呼有点复杂，如果名加上父名再加姓这全称，只有非常正式的场合才用，如果称名字加父姓，则是好友之间的称呼。一般的正式场合，要么用名加姓，要么就直接称姓，所以叫他谢苗诺夫先生也可以。"

尹春山道："俄国人的规矩可真不少。我听人说有种昵称，这是什么场合说的？"

"昵称只有非常亲密，不再拘束时称可以称呼，否则就是表示轻视了。"

尹春山点了点头道："我明白了。"

走出了尹春山的办公室，杨定远心里突然一动。刚才和尹春山说了一通俄国人的姓名，让他想起了娜斯佳。她让自己称她的昵称，而她也是自己唯一以昵称相叫的人。

她还好吗？杨定远想着。突然，他站定了。谢苗诺夫，他反复念着这名字 ，这不正是娜斯佳的未婚夫嘛！杨定远茫然地看着前方。娜斯佳，这个俄国少女的面孔仿佛又在他眼前浮现。即使隔了那么久、那么远，娜斯佳的模样在杨定远心中反而更加清晰，如同深深地刻印上去一般。

娜斯佳，杨定远的嘴唇微微地翕动了一下，无声地念着。他想，如此奇怪又没有道理的感情，却又如此难以忘怀。这便是爱情吗？可是她有未婚夫，而且他有预感，他们应该会碰面，只是碰面时不知会是敌是友。娜斯佳天使般的面孔又浮现出来，如此夺目，又如此遥不可及。

第四章　钢与铁

金光云和思华都暂时留在了军营里。因为他俩都是逃出来的，身上的衣服全都破了不少口子，杨定远好不容易才找了几件衣服准备给他们送去。刚到思华住的营房口，老远就听得霍敬奇站在门口骂人。霍敬奇的嗓门很尖，实在不中听，因为受了伤，还拄了根拐棍单脚立在门口，像个好斗的公鸡一样在那儿破口大骂，骂了一阵还唱了一阵。杨定远不知出了什么事，忙过去劝住霍敬奇。一问才明白，原来思华虽然穿着男装，可她毕竟已是个少女，一早出来帮霍敬奇洗脏衣服时，有两个士兵路过，见军营里居然有个女子，马上聚过来围观。有一个嘴里还流里流气地调笑。思华从不曾见过这阵势，加上也不太明白这些人嘴里说的是什么，只知道躲。霍敬奇听了却忍不了了，撑着拐就蹦了出来。他一嘴京片子，把那些人骂得落荒而逃。骂完了还不过瘾，又是说又是唱，一个多钟头都不带重样的。杨定远一通劝："霍大哥，多一事不如少一事，抬头不见低头见的，反正思华在这儿也不会待多久。"

思华正在一边听着，突然道："杨大哥，你要赶我走?"

杨定远道："不是赶你走。思华，你一个女孩子在军营里太不方便了，今天如果不是霍大哥帮你，说不定要吃亏。"

思华还没说什么，霍敬奇抢过话头道："有啥不方便的？骑兵团有女兵就不成吗？妹子，你甭担心，有大哥在，定远赶不走你！”霍敬奇在一边乱拍胸脯地打包票，似乎全然忘了最早见到思华时他还骗了人家两个葵花饼。只是他这般说了，杨定远也不好再说什么。反正，等中国军团的大本营转移后，思华终究是要离开骑兵团的。杨定远把衣服放下道：“思华，我给你找来的几件旧衣服，你洗一下穿吧。”

思华接过衣服，嘴唇微微一动，似乎想说什么。杨定远小声道：“思华，骑兵团每天都是把脑袋别在腰带上，你和小金留在这儿不是个办法。等大本营转移了，我帮你找个地方安顿下来。”

思华眼里一亮，脸颊上却是泛起了一阵潮红，也小声道：“杨大哥，那时你来吗？”

“我当然来……”

他还没说完，外面响起了陈振中的声音：“定远哥！定远哥！”杨定远忙道：“在这儿呢，就来。”又向思华道，“思华，先这样吧，你先在这儿照顾霍大哥，过一阵，应该就有消息了。”

他一走出去，陈振中便急急迎上来道：“定远哥，你果然在这儿！”

杨定远见他满头是汗，大概跑得也急了，诧异道：“有什么事吗？”

陈振中说话时还有点喘，上气不接下气地道：“孙副指挥找你，快点去。”

“怎么了？”

“毛子……又有毛子来了。”

前几天那些红军军官来联系过，因为徐树铮的答复还没有来，所以暂时搁着。难道他们这会儿又等不及了？杨定远顾不得再和陈振中多说，急急地赶了过去。

一到孙富元的办公室，却不见有俄国人。孙富元倒是一身正装带着几个军官坐在那儿，尹春山也在。杨定远走到孙富元跟前，行了个礼道：“孙团长。”孙富元之前是副指挥，红鹰团成立后就当了红鹰团团长。

孙富元道：“杨副官，你来了。先歇歇吧，人马上就到了。”

杨定远见孙富元的脸绷得紧紧的，不敢多问，心里总有些忐忑不安。见孙富元让自己先歇歇，他便走到尹春山身边，小声道："尹团长，有什么意外吗？"

尹春山看了看孙富元，小声道："还不清楚。这回来的是谢苗诺夫。"

谢苗诺夫！杨定远只觉脑袋里一声炸响，怪不得尹春山前两天还说谢苗诺夫这名字怎么称呼呢。他道："是来问罪的？"

中国军团把哥萨克的军马场解决了，杀了百来个哥萨克骑兵，夺走近千匹战马。虽然做得很干净，但哥萨克骑兵旅肯定不会善罢甘休，他们将老爷子的蒙古部族全灭了就可见其报仇之心。难道谢苗诺夫就为这事而来？如果他真是为此而来，一场血战就迫在眉睫，难怪孙富元会如此紧张。

他们等了并没有太久，哨兵来报告，说有五个哥萨克骑兵来了。孙富元眉头微微一皱，看了看杨定远："杨副官，你去将他们引进来吧。"

谢苗诺夫居然这么几个人就敢前来，这份胆略也让杨定远不得不佩服。这五个人都是很精壮的汉子，穿着军装，当先一个身上的军装更是笔挺，和别人不同，此人还戴了一双雪白的手套，骑的马也和别人略有不同。到得营门口，这人轻轻勒住马，一个鹞子翻身，轻巧至极地跳下马来，走上前道："在下是外贝加尔哥萨克骑兵旅旅长格里高利·米哈伊洛维奇·谢苗诺夫，奉高尔察克上将之命，前来与孙富元将军交涉。"

谢苗诺夫一开口，就把杨定远震住了。他竟然说一口流利的中国话，比一些中国人说得还要字正腔圆。娜斯佳的未婚夫果然是个奇才，杨定远不禁有点儿自惭形秽。也不知他们两人结婚了没有，或许已经结了，想到这儿，再亲眼看到谢苗诺夫的这份风度气质，简直让他想往地缝里钻，他们之间差距太大了。见人来了，神色一敛，他赶紧上前道："我是骑兵团副官杨定远，孙副总指挥已等候阁下多时了。"

听杨定远报了自己的名字，谢苗诺夫并没有什么异样，只是道："请杨副官带路。"他虽然一口一个"请"字，但神情却十分傲慢。杨定远心想娜斯佳多半没有提起过自己。心里不免有点儿失望。

带着谢苗诺夫一行人到了孙富元那儿，谢苗诺夫行了个军礼，马上开门见山道：“孙富元将军，高尔察克上将命我向贵军传达，限贵军在十日之内将夺得的物资交还日·盖达将军，并以军人名义向日·盖达将军道歉，保证将来绝不发生此类事件，并退出这块区域，我方便对贵方以往行径一律不究，否则将一律歼灭。”

孙富元本来以为谢苗诺夫奉了高尔察克之命前来收买中国军团的，没想到他竟然是来下最后通牒的。谢苗诺夫这句话让他大感意外，不过这样一来再不用顾忌什么，反而更好回答了。他回道：“请谢苗诺夫先生回去转告高尔察克将军，不论俄国是哪个政府上台，这片土地是中国的，必将回归中国。”

谈判这么快就剑拔弩张，杨定远实在始料未及。谢苗诺夫冷冷道：“也好，身为军人，本来就应该用战刀说话。孙富元将军，那我就把您的回复带给高尔察克将军，也请孙将军不要和我以前碰到过的贵国军人一样令我失望。”

谢苗诺夫的傲慢和挑衅让几个团长的怒火都升了起来，一团副团长王德林骂道：“放屁！”

谢苗诺夫看了他一眼，站起来道：“那也不用多说了，我们还是在战场上再见吧。”说罢，谢苗诺夫便要扬长而去。王德林看他这副傲慢模样，更是怒火勃发，猛地站起来。孙富元按住了他的肩膀，沉声道：“尹团长、杨副官，送客。”

与另外几个团长相比，尹春山身上多了一丝书卷气，因此虽然他心里也很恼怒，却一直没有发作。他和杨定远两人送谢苗诺夫出了营门。谢苗诺夫仍是一副盛气凌人的模样道：“谢谢两位，不必多送了。”

尹春山看着他，眼里射出一丝慑人的寒光。顿了顿，尹春山慢慢道：“谢苗诺夫先生，希望能早日再见到你。”

谢苗诺夫从一边牵过马，跳上马鞍，听得尹春山这般说，他扭头道：

“我也一样，尹团长。”说罢，双腿一夹，胯下的战马一声嘶吼，绝尘而去。

谢苗诺夫来得快，去得也快，一眨眼他的影子就只剩下一个小点。待谢苗诺夫走远，尹春山长吁一口气，喃喃道：“他骑的居然是匹汗血马！”

杨定远吃了一惊。所谓汗血马，在《史记》中《大宛列传》有载，说张骞通西域，在大宛看到当地有一种良马，日行千里，流汗如血。传说大宛有一个湖，天马下凡后在湖中洗浴。大宛人选出良种牝马与其交配，传下这一种良马。汉武帝听了便派使者带了一匹黄金铸就的马前去大宛，想换得此马，不料大宛王视汗血马为国宝，坚决不肯。汉使自恃是上国来使，口出不逊，锤坏金马，结果惹恼了大宛王，派人斩杀汉使，金马也被夺走。消息传回后，汉武帝怒不可遏，加封李广利为贰师将军，命其征伐大宛。李广利前后花了四年，两次出兵，付出死伤十余万的代价，最终迫使大宛降伏，夺得上好马数十匹，次一等良马三千匹回返。杨定远一直觉得汗血马之类只是传说罢了，没想到尹春山说谢苗诺夫骑的正是汗血马，真个大吃一惊。

尹春山道：“你看看地上。”他指了指方才谢苗诺夫拴马的地方。地上，有几点殷红的印痕，犹如落在地上的桃花瓣。杨定远道：“这就是他那匹马流的汗？”

尹春山看着谢苗诺夫离去的方向，喃喃道：“是啊。没想到高尔察克手下还有这等人物，而且对我们满怀恨意，只怕边防军将来的道路会很艰难。”

杨定远却不以为然，忖道：就算谢苗诺夫骑的是汗血宝马，又如何？战场上，并不是靠一匹马就能决定胜负的。

虽然谢苗诺夫的来访使得边防军与高尔察克势力变成了势不两立的敌人，但杨定远觉得正面的恶战不会那么快就到来。谢苗诺夫走后没几天，从国内徐树铮处传来的回复也到了，自然是让边防军加入红军。这个最终意见也正符合孙富元的意思。但尹春山却提出了异议。尹春山的理由很简洁，只有一句话：礼下于人，必有所求。现在红军表示愿意向边防军提供军备，并且将来还会废除清政府与之签订的不平等条约，将土地还给中国。这些条件都太圆满了，可是当中国军团被收编为红军时，就失去了独立性，只能听命于莫斯科的指挥，成为他们手中的武器。如果将来对方出尔反尔，必定噬脐莫及。

孙富元没想到竟然是最沉稳的尹春山对最终意见提出了异议。他将徐树铮的亲笔命令拿出给尹春山看过，尹春山没有再说话。军人以服从为天职，当上级颁布命令时，也只有服从的分儿。

至此，中国军团正式加入了红军，从此，中国军团更名为“红鹰团”。八月间，一批受红军乌拉尔第四师师长瓦西里·康斯坦丁诺维奇·布柳赫尔委派的红军军官来到托博尔斯克，开始改编中国军团事宜。由于红军夺得政权未久，西伯利亚及远东地区的力量相对薄弱，就在前不久，捷克斯洛伐克军团向红军发起了一次大规模进攻，结果红军战败，铁路几乎全部落入高尔察克势力的范围。在广袤的西伯利亚，控制了铁路也就等于控制了物资和兵员的运送，另一方几乎无法再与其对抗，因此收编中国军团，得到这支驻扎在高尔察克腹地的生力军相助，对布柳赫尔来说就极为迫切与重要。他派出的这支军官队以尼古拉·德米特里耶维奇·卡希林带队。杨定远作为翻译，被临时借去协助卡希林的工作。和卡希林交谈时，杨定远吃惊地发现卡希林也是个哥萨克，而且也是奥伦堡士官学校的毕业生，比谢苗诺夫高两届。然而，现在这两个同门师兄弟却成了短兵相接的敌人。

卡希林带来的是红军的治军方法，他自己担任中国红鹰团的政委，并且要在五个团里也各设一个团政委。这个方案遭到了副团长王德林的坚决反对。王德林虽然是副团长，但孙富元因为身为副总指挥，团里的直接指挥权由王德林负责。他这一团由清一色的正规军人组成，因此坚决反对设政委来分权。而二团团长任辅臣虽然麾下也有很多是正规军人，却十分配合卡希林的工作。后来杨定远才知道，任辅臣早在十年前就秘密加入了布尔什维克党，所以才会如此积极地要加入红军。不过更让杨定远意外的是尹春山虽然曾经反对加入红军，但对卡希林的整编并没有加以反对，因为骑兵团实在很需要一个像卡希林这样精于骑兵战术的指挥。

分配给骑兵团的政委名叫阿列克塞·阿夫杰耶维奇·库兹涅佐夫。尹春山因为刚听杨定远说起过俄国人称呼的习惯，初次见面应该以名姓相称，也就是该称他阿列克塞·库兹涅佐夫先生。只是尹春山实在不太习惯俄国的发音方式，说起来也有点疙疙瘩瘩。这政委倒是很大方，说道："尹团长，叫我阿寥沙吧。"

阿寥沙就是阿列克塞的昵称，照理他是头一次来骑兵团，别人这样称呼他未免有点轻视之意，但他丝毫不以为意。这个开场白让杨定远不禁也有些意外。他遇到过的俄国人或多或少都对黄种人有点别样的眼光，就算在金矿和他相处得很好的老哥萨克格里高利，一样也是如此，但像阿列克塞这样毫无架子、完全对他们平等看待的俄国人，杨定远还是头一次遇到。当他把这话翻译给尹春山时，尹春山眼里也闪过一丝惊奇，不过他很快就握住了阿列克塞的手道："阿寥沙，你好。"

阿列克塞也是个军校士官生，居然也是哥萨克，但他身上的书卷气比尹春山还重，和一般的哥萨克完全不同。杨定远作为翻译，和他接触最多，甚至连吃饭都在一块儿。吃完了晚饭，杨定远拿出日记来记的时候，没想到阿列克塞也不约而同地拿出了一个本子。见此情景，阿列克塞先是一愣，马上忍不住笑道："杨，你也在记日记?"

杨定远还是头一次碰到一个和自己一样有此习惯的人，也忍不住一笑道："是啊，政委。您记了多久了?"

"很久了。"阿列克塞说着，眼神变得有点迷茫，仿佛回到了他的少年时代，"很久了，杨。这些小布尔乔亚作风真是要不得的。"

在阿列克塞心目中，记日记大概也是小布尔乔亚作风的一种，但他总改不了这个习惯。这个时代瞬息万变，阿列克塞甚至有种"不将这时代记下来就是犯罪"的想法。只是这样一说，似乎也是在指责杨定远了。他扯开话头道：“杨，你们中国人识字的多吗?”

“不太多。”

“和我们俄国差不多啊。将来总有一天，在俄国，人人都会识字。”阿列克塞望着远方，仿佛在憧憬那个未来。

阿列克塞身上虽然照他自己的说法，有很重的小布尔乔亚作风，平时也老是哼哼唧唧着一两句诗，什么“我一生中唯一的一线光明，就是你给我的力量与爱情”，但他治军却很有一套。尹春山本来对设政委一事也有些怀疑，只是和阿列克塞几天相处下来，就觉得这个政委也挺不错的。他带来了红军的训练和治军方法，在短短几天里，骑兵团的军纪就上了一个台阶。他和小个子一味高压的训练法有点不同，训练时严厉，但训练后又极其注重士兵的日常生活。因为物资匮乏，阿列克塞就任政委的第一件事不是训练，而是检查伙房，保证士兵的伙食供应。当时整个西伯利亚都在闹饥荒，但红军给中国红鹰团提供了一大批给养，保证了中国红鹰团不再需要以战养战，可以一心训练。

骑兵团的强化训练持续了大约半个月。八月中旬，卡希林接到了驻扎在奥伦堡的布柳赫尔的命令，率领中国红鹰团前往叶卡捷琳堡集结。将中国红鹰团的总部转移到那儿，补给能够更方便一些，另外也能加强叶卡捷琳堡的守御力量。

杨定远心想着终于能让思华和金光云有个安定的住所了。有着近百万人口的叶卡捷琳堡，要安置两个人自然轻而易举。只是托博尔斯克现在还没有铁路，中国红鹰团要先前往秋明才能搭火车前往叶卡捷琳堡。杨定远跟思华商量，让她随后续部队走，可思华死都不肯，一定要和骑兵团一同出发。杨定远无奈，只得和尹春山商量。尹春山想了想，还是让思华和金光云两人负责一辆马车，这样既可以省出骑兵团的一个人手，也可以一起出发。

但这样一来，如果碰到了敌人，情况就很危险。只是现在也没有别的方法，思华除了他再没有亲人可依靠了。马上要离开托博尔斯克，杨定远倒有些不舍。这儿是他的军人生涯的起点，待了也有大半年了。现在离开，也许今生今世再不会回来了。他回头看了一眼身后的托博尔斯克，克里姆林在建筑群中挑出了一角。他正看得发呆，听得边上思华叫道：“杨大哥！”

“思华，怎么了？饿了的话，后面车上有个口袋，里面装了两个列巴，还有一皮袋水。”

思华摇了摇头道：“我不饿。杨大哥，你们到了叶卡捷琳堡，还要走吗？”

杨定远道：“我是军人，一切都得听从指挥，当然不能一直留在叶卡捷琳堡。你不用担心，我会找个地方安顿你们的。”

“不能留在骑兵团吗？我会骑马，不比别人差。不是说，也有女兵吗？”思华不甘心地说。

杨定远笑道：“思华，你一个女孩子家，怎么整天想着要当兵啊。”

“那你为什么要当兵？”思华反问。

杨定远被她呛得说不出话来，虎起脸道：“我跟你不一样，我是男人。你以为当兵好玩吗？”

思华见他脸板了起来，有点不敢再回嘴。金光云在一边插话道：“乌云，杨大哥也是为了你好，别让杨大哥为难了。”

思华对杨定远不敢说话，对金光云却可不假颜色，斥道：“要你管！”

金光云对她显然有三分惧怕，一下闭嘴不敢说了。杨定远在一边道：“不准就是不准！好好赶车，小心别出事。”他实在不明白思华怎么会越来越执拗，刚认识她时，她就如同一只受惊的小动物，一切都听自己的，现在也会顶嘴反驳了。

他心里正在烦乱，忽听一边的阿列克塞笑道：“杨，你的情人吗？”

杨定远一怔，一时还不明白阿列克塞话中的含义：“什么？”

阿列克塞嘴向思华那边努了努：“那位年轻的女孩子，是你的情人吗？”

“是我妹妹。”杨定远想都没想，脱口而出。

阿列克塞“啊”了一声，也不知是信了还是没信，没一会儿又道：“杨，你妹妹要留在叶卡捷琳堡吗？”杨定远点了点头。

“她会俄语吗？”

“好着呢，比我好很多。”

阿列克塞道：“要是没地方去，我倒有个长辈世交，现在在叶卡捷琳堡的医院当院长，可以让令妹去他医院里当护士。”

好啊！阿列克塞的话让他不由喜出望外，说道：“真的？政委，太谢谢你了！”

阿列克塞笑了笑，正想再说什么，前面突然有几骑疾驰而来。最前面开道的正是小个子。不知发生了什么事，尹春山已打马上前，问道：“小个子，怎么了？”

小个子的神情十分凝重，向尹春山说：“特罗伊茨克车站上有很多饥民，恐怕会出事。”特罗伊茨克本是莫斯科西南郊外的一个小镇，随着俄国人开拓乌拉尔山脉，他们将这个小镇也命名为特罗伊茨克。特罗伊茨克离秋明已不远，虽然小，却是个铁道上的重要小站，也是中国红鹰团前往叶卡捷琳堡的必经之路。杨定远道：“有多少人？”

“有三四百吧。”

骑兵团现在才三百来人。虽说战斗力不是饥民这样的乌合之众可比，可是总不能对着饥民大打出手。杨定远道：“团长，那我们怎么办？要先停下来吗？”

尹春山道：“不能停。饥民人数也并不很多，只要不挑起事端，他们不敢和我们冲突的，直接过去吧。”

杨定远答应一声，转身向后队的几个营长传令。

今年俄国由于政局动荡，收成也极不好，饥荒一直在延续。新成立的布尔什维克政府为了维持军队，采取了战时政策，只允许农民保留口粮，派武装征粮队将农民余粮全部收缴。这样的政策虽然保证了军队的供应，却也使得饥荒更加恶化，饥民越来越多。那些饥民走投无路，谁的粮都抢。卡希林先前就说过，如果有饥民来抢夺军队的粮食，就视同白军，一律格杀勿论。不过对中国红鹰团来说，饥民毕竟不是正面的敌人，尽量不要发生冲突为好。

这时阿列克塞过来问情况，杨定远告诉他是特罗伊茨克有饥民聚集。接着他又跟思华和金光云交代："有饥民来抢粮食。待会儿你们小心点儿，走在队伍中间。"思华和杨定远坐的这辆大车拉的正是粮食。那些饥民有那么多人，车站上的粮食多半不够，若是抢红了眼，说不定连中国军队的粮食也会来抢。

骑兵团的速度很快，没过多久，已距特罗伊茨克不远了。这个小站本来也有几百户人家，在西伯利亚，这样规模的小镇已不算太小。队伍正走着，阿列克塞忽然皱起了眉，向杨定远道："杨，你看那儿，有灰尘扬起。这是有大队马匹向这儿赶过来啊。"

杨定远一怔，定睛看去，只见一片灰尘笼罩着整个小镇。他参军还不久，也只和捷克斯洛伐克军团打过几仗，尚没有与骑兵对攻的经验，看不出这扬起的灰尘有什么异样。只是特罗伊茨克既然是个小镇，无论如何都不该有大队马匹。他心中一沉，说道："是骑兵？"

"是哥萨克！只有哥萨克行动时才会这样！"

大队骑兵在平原上疾驰，都会扬起灰尘，但这些灰尘有些细微的不同。队伍越严整，扬起的灰尘也就越平稳，如果是惊散的马群，灰尘就会如一条巨大的虫子一样在空中蠕动。远处的这片灰尘却似一块磐石，看过去竟然纹丝不动，显然是一支极其严整的队伍。杨定远心跳加速，他立刻打马向尹春山汇报情况。

尹春山也正在看着这团灰尘，他和小个子对视了一眼，小个子忽地翻身下马道："大哥，我听听。"他伏在地上，将耳朵贴在地面。这种伏地听声是过去绿林道上响马的绝技，小个子从前跑过江湖，也会这一手。听了一阵，他站起身道："大哥，果然是马队！有三四百人，要转道吗？"

尹春山看了眼前方道路："来不及了，全军戒备，准备迎战！"

饿疯了的饥民应该不会有那么多马匹，尹春山和小个子本来就在怀疑，现在已经可以断定了。真是哥萨克骑兵前来突袭的话，现在躲已躲不开了，定然免不了一战。尹春山勒住战马，手按在了战刀上。骑兵团成立以来，虽然打了好几次胜仗，但和哥萨克交手也只有之前那次偷袭，还不能算是真正交手。如果现在来的真是哥萨克，那这一战将是对骑兵团的严峻考验。

杨定远在一边也有点忐忑。他不安地看了看身后，见车上金光云和思华两人有点不知所措。他带马过去道："小金，可能要打仗了，你们到队伍后面去，照看着点儿思华。"

金光云点点头，又问道："杨大哥，这是什么队伍？"

"可能是哥萨克。"他从袖中摸出那把袖剑，"小金，你拿着这把袖剑。"

金光云的脸一下变得煞白，手中的缰绳也失手掉了下来。之前那一次哥萨克骑兵突袭老爷子的部落，已让他吓破了胆。虽然他也算经历过实战了，可是终究没有迈过心中那个坎儿，哪里敢去接杨定远递来的袖剑。边上的思华却道："杨大哥，给我吧。"

思华的眼中流露出的坚毅也让金光云吓了一跳。杨定远见她来接剑，却有点犹豫，问道："思华，你行吗？"

他还记得思华说过她实在不想杀人，但思华咬着牙道："不要紧，我可以。"

看着思华把袖剑放进怀里，他又补了一句："小心。"心里涩涩的，他担心思华，当初老爷子把思华托付给他，那一幕他永远忘不掉。他不想思华出来，不想她的手上沾到血腥，可是在这个已成血海的世界里，谁又能阻止任何可能发生的事！

杨定远刚回到尹春山身后，小个子正好赶过来，他也有点气急败坏，一到尹春山面前马上便道："大哥，真是哥萨克！大概有五百多人。"

杨定远心中又是一震。哥萨克本来就是个强悍至极的对手，现在他们的人数竟比骑兵团还要多，看来骑兵团是碰到了前所未有的劲敌。尹春山看着面前，沉声道：“布阵。”

临战前，布阵可以更有效地发起攻击，让骑兵冲锋时井然有序，不会自行牵制。尹春山是日本士官学校的毕业生，师从秋山好古门下。秋山好古被称为日本骑兵名将，他称骑兵就是他的刀，一把无坚不摧的利刀。他对骑兵的看法就是两个字：攻击。尹春山便是他的得意弟子，在尹春山心中，骑兵团就是他的刀，现在这把刀已经出鞘，但如果不经过坚铁磐石的磨砺，这把刀也无法有毕露的锋芒。现在，这把利刀就要经过一次真正的淬炼。

骑兵团分成了三队，每一队都交错而立。第一队全体摘下了枪，对准前方。一般步兵守在最前，先用步枪攻击，等敌军冲到近前，再由骑兵进行白刃战。现在尹春山把这个战术变通了一下，运用到骑兵上。他对这个阵势的要求就是每个人都能够看到最前方，不能有阻挡。而得到命令之前，即使刀砍到了身上，也不能前进。可一旦前进，就不允许任何一个人后退。这个阵势在冲击捷克斯洛伐克军团时屡见奇效，但还没有和真正的骑兵较量过。尹春山端坐在马上，人也似化成了石头。

那片黄尘越来越近，黄尘下，那支哥萨克骑兵如同一座会移动的山，正不可一世地向前推来。而黄尘下的这支骑兵也如同一个有无数手脚的怪物，尽管在高速前进，但每个人之间的距离几乎没有任何变化。也就是说，这几百人几乎是以完全一致的速度在飞驰。

这就是哥萨克骑兵的实力？杨定远只觉自己的心猛然间剧烈地跳动。他并不是第一次上战场，也不是第一次杀人，更不是第一次见到哥萨克，可真正在战场上面对如此大规模的哥萨克骑兵还是第一次。那一次被哥萨克骑兵一刀背砍落马下时，他心中愤怒和不服更多于恐惧，可是现在，他已经无法欺骗自己，内心早没有了愤怒和不服，取而代之的全是恐惧。

突然，一道亮光刺进了他的眼底，他定睛看去，只见在哥萨克骑兵队的头上突然出现了一片银光，仿佛给这座山镶上了一道银色的光带。

“拔刀了!”阿列克塞在杨定远身边凛凛地说道。那是哥萨克的战刀吗？杨定远几乎和做梦一样看着这支正在逼近的哥萨克骑兵。此刻的他全然忘了一切，忘了即将到来的是鲜血和死亡。耳畔传来了尹春山的吼声：“二队三队出刀！第一队，开枪!”

枪响了！枪声夹在骤雨般的马蹄声里，杨定远浑身的汗毛孔都张开了。哥萨克骑兵越来越近，已经只有几十米的距离。枪声中，有六七个哥萨克翻身落马，但其余的却恍若不觉，举着恰希克刀依然高速冲过来。尹春山马上喊一声：“二队冲锋!”哥萨克的前锋已如一根锋利的钢钉钉入了骑兵团里。

这是矛与矛的交锋，连一丁点儿的停顿都没有。尹春山也没有料到哥萨克骑兵的冲击力竟会如此恐怖，第二队还没来得及冲出去，第一队已有好几个人被斩落马下。恰希克刀的锋刃切入身体，几乎如同切入朽木一般，一个就在杨定远前面几步远的骑兵已来不及拔刀，拿着步枪便去挡，但恰希克刀已斩了上来，这一刀竟将步枪的钢管一刀斩断，刀锋如风一样挥过，连那骑兵的左臂也斩了下来。而这骑兵甚至都不知道痛，还有点怔怔地看着对手，大概速度太快了，他连痛都没反应过来。又一瞬，那哥萨克已从他身边如电一般掠过，恰希克刀忽地一翻，借着战马前冲之势反斩向那骑兵的脖子。

这一刀就算那骑兵全力抵挡也不可能躲开，更不消说他已经被斩断了左臂。那骑兵奋力将右手举了起来，试图反抗。可是血肉之躯怎么挡不住锋利的恰希克刀，刀刃切入了这人的手腕，如同削断一根甘蔗。杨定远疯了一般冲过去，而那把恰希克刀已砍断了那骑兵的脖子，鲜血直溅到杨定远的身上。就这么短短的一瞬间，一个生命在自己眼前消失了。杨定远愤怒到了极点。扬马冲过去，和那哥萨克的快马几乎正面相对，两个人手中也是一样的恰希克马刀。杀了他！一定要杀了他！杨定远第一次真正在战场上爆发了。两柄刀交击在一处，顿时火星四溅，发出了刺耳的碰撞和摩擦声。刀上传来的力量震得他掌心发烫。他只能努力握着刀柄，不让刀脱手，眼睛死死盯着这个对手。

这个哥萨克三十多岁，长得孔武有力，颊边尽是胡子，而杨定远也毫不示弱，一脸杀气。那哥萨克眼里也有点诧异，他可能头一次遇到如此强悍的对手，而且还是一张东方面孔。

刀刃咬在一处，化成了一对仇敌，他们正在以生命比拼。杨定远咬紧了牙关，死都不放手。然而，就在刀刃相击的那一刻，杨定远只觉掌心突然传来一股滚烫的感觉。虽然力量并不逊于那哥萨克，但杨定远出刀时还是慢了一拍。一瞬间，他的心头笼上了一层阴影，当初被那哥萨克一刀背剁下马来的情景仿佛又要重现，但这一次，却是要付出生命的代价。

就在这生死关头，一个黑影突然从斜刺里冲了过来。原来竟是霍敬奇。霍敬奇属于第三队，本来按尹春山的安排，他不应该第一波冲锋，但哥萨克骑兵来得太快，攻势也太猛了，尹春山这个三段冲击的阵势已无法通行，第一队几乎在一瞬间被冲垮。好在尹春山本来就计划用三队轮番攻击，第一队失败后，第二队却及时冲上，一时间仍是旗鼓相当。霍敬奇见杨定远抵挡不过哥萨克的刀，他哪里还站得住，赶紧过去对阵。他的力量虽然没有杨定远那么大，却比杨定远更灵活。他本来就会骑马，这一阵子经过强化训练，更进步神速，一冲出来竟比杨定远还快。手中的马刀在头上舞了个花，劈向那哥萨克。

他的马刀比恰希克还要长几寸，一舞花，虽然只是个花架子，却也让对方一蒙。当霍敬奇马刀劈来时，杨定远忽觉手上一轻，先前那股力量竟然一瞬间便消失了。刀上突然吃不到力，他险些摔落马来，急忙一手抱住马脖子。而这时，那哥萨克的刀却已经横着斩向了霍敬奇。

这人出刀竟然快到这个地步！霍敬奇也吃了一惊。说时迟，那时快，他的马刀还没劈到那哥萨克，“当”一声就被横扫过来的恰希克刀斩中刀身，竟然斩成了两段。见状，那哥萨克骑兵很是得意，轻蔑地看着面前这两个对手，在他蓝色的眼珠里已透出了残忍的笑意。这中国人的刀就如同树枝一样，这样的装备居然还能上战场?！然而很快这笑意就一下僵住了，霍敬奇突然站在了马背上，飞身向他跃来。那哥萨克从没见过对手会有这样的招式，不由一怔。霍敬奇也是急疯了。本来他以为这一刀肯定十拿九稳，趁着那哥萨克和杨定远在搏命厮杀，正好占个便宜，没想到这刀太不争气了。见马刀被斩断，眼看那把恰希克刀就要斩到他身上，霍敬奇再顾不得了，猛地一跃，直接从马背上跳了起来。他手上虽然只有半把马刀，但刀短了反而更灵活，不由分说便向那哥萨克后背刺去。

霍敬奇这种怪招那哥萨克想都想不出来，整个动作停了一下，这让霍敬奇有机可乘。马刀虽然只剩了一半，但锋刃还在，一下便捅进了那哥萨克的后背，插得深至刀柄，可见他已用了全力。几乎就在中刀的同一刻，那哥萨克嘴里猛地吐出鲜血，人软瘫在马背上。这时霍敬奇利落地跳到了那人的马背上，从死尸手上摘下马刀，将尸体一脚踢落马下。这一连串动作如行云流水，竟无半点儿停顿。

杨定远在一边看着已是惊呆了。霍敬奇居然还有这般身手！谁都知道霍敬奇只会几手三脚猫的功夫，没想到情急之下，竟能发挥出这等威力。人的潜力看来真是无穷的。霍敬奇见杨定远在一边看傻了，马上喝道："定远，愣什么！"

杨定远惊魂未定，对自己几乎失去了信心，现在被霍敬奇这么一喝，倒清醒了几分。哥萨克虽然强，但也并不是强到不可匹敌。他必须要有信心！他强打起精神来，再次投入战斗中。

这边尹春山一边布阵，一边指挥。骑兵团最初的混乱慢慢过去，之前布下的三段阵势开始渐渐显出威力。虽然哥萨克骑兵的冲击力极强，但这三层防线却使得哥萨克骑兵无坚不摧的冲击力仿佛撞上一团厚厚的棉絮，一时竟杀得难解难分。

刀光闪烁，劈开了血肉，也斩断了恐惧。每一具肉体都仿佛化成了金属，每一次碰撞都如同飞溅起火星。鲜血洒在西西伯利亚的荒原上，每一滴鲜血都如火一般燃烧起来。杨定远几乎已忘记了自己身在何处，只是催着马在刀光中厮杀。这个世界，没有后退的可能，只有向前！再向前！

第五章　血与火

骑兵团在特罗伊茨克的这一场战斗对于如火如荼的俄国内战来说，只是微不足道的一次小小遭遇。然而对杨定远来说，却仿佛是踏过了一次生与死的大门。

战斗并没有持续很久。两小时后，当中国红鹰团大部队上来时，这支哥萨克骑兵终于退却了。骑兵团在这一役中，阵亡了十余人，近一半人都受了伤。虽然成功挡住了哥萨克的进攻，但从伤亡人数来看，骑兵团其实还不算是打了胜仗。

杨定远肩上也被一个哥萨克扫了一下，破了个口子。他只是随便包了包便去清点战场。向尹春山汇报时，尹春山的脸色很不好看。骑兵团第一次碰上这样的硬仗，损失着实不小，他的心情也相当沉重。尹春山交代了几句，让杨定远留在这儿打点，自己则急着要去和孙富元及总政委卡希林汇报战况。

刚送走尹春山，杨定远这才想起了思华，不知他们是否也受伤了。赶紧跑到队伍后面，见那几辆车都没什么异样，思华和金光云都安然无恙，这才放下心来。

思华一眼瞥到了杨定远的身影，赶紧叫道："杨大哥！"

"思华，小金，你们没事吧？"看看思华的神情倒没什么异样，只是金光云脸色惨白得不似活人。看来这个金光云还真不是个当兵的料。几乎所有的人，第一次上战场、第一次见到杀人都会茫然不知所措，但随着经历的增加，都会渐渐习惯鲜血与杀戮。可是金光云并不是第一次见到杀人了，现在的样子比之前更惊慌失措。他不禁摇了摇头。

杨定远也不好说什么，安慰道："不要紧，哥萨克没冲到这边来。"

思华从怀里摸出那把袖剑道："杨大哥，还给你。"

袖剑还带着她的体温，杨定远握着它，心里有种说不出的滋味。幸好思华没有用上这把剑，这就算最大的幸运了。杨定远正要走，思华忽道："杨大哥，你肩膀上受伤了?"

杨定远道："剐了一下，没事。"

"我给你包扎一下。"

杨定远本想说不必了，可是看着思华急切的模样，看来不包也不行，也只好由她了。思华小心地把他胡乱包的布拆了，又让他把外套脱下，仔细地包扎起来。杨定远虽有些不耐烦，但看思华如此细心，也不好多说什么。刚包扎好，阿列克塞突然从一边过来道："杨——"

杨定远穿好外套，回道："政委，怎么了?"

阿列克塞的神情有些凝重。他也刚从战场上下来，一身的疲惫。不过，身上倒是一点儿伤都没有。他道："杨，桑连长正带人在掩埋尸体，我想让他把哥萨克的尸体也埋了吧。"

杨定远道："好的，我马上跟小个子去说。"

掩埋敌军的尸体也是对人性的尊重，杨定远觉得有必要这么做。可他跟小个子说时，小个子一瞪眼道："杨兄，你吃饱撑着了吧?"这一仗损失如此之大，先前打过的仗伤亡人数加起来也没这一仗多，小个子已对哥萨克骑兵恨之入骨，怎么可能帮他们掩埋尸体?!他有些不敢相信地看着杨定远，怀疑他简直是吃错药了。

杨定远见状只好小声道："这是政委的意思。小个子，人死为大，以前也总说两国相争，不斩来使。"

小个子一听是政委的意思，也没再说什么。骑兵团被硬派来这么个政委，他一直有点儿不满，只是阿列克塞练兵时出了不少力，对骑兵团他也是有功。但心里还是无法接受他的这个想法。他看了看那边的阿列克塞，鼻子里哼了一声道："他要收尸，让他自个儿找人去收吧，跟我说什么。"

杨定远暗暗苦笑，心想小个子也是嘴上不肯吃亏。他只好叫了几个没受伤的士兵过来，把那些哥萨克的尸体拖到一边，挖了个坑埋了。这个时候内部就不要发生冲突了，一切息事宁人最重要。阿列克塞一边挖着土，一边跟定远说："杨，我是不是太小资产阶级了？"

杨定远有点听不懂，问道："什么？"

阿列克塞张了张嘴，没有再说什么，心想这事还是不讨论了。这时身后忽然响起了思华的声音："杨大哥，我也来帮忙吧。"

一听到思华的声音，阿列克塞便让到了一边。杨定远道："你怎么过来了？小金呢？"

思华哼了一声道："别理他，胆小鬼。"顿了顿又道，"不像个男人！"

多半是金光云的胆怯让思华很看不顺眼吧。杨定远说道："别在背后说人。"

思华便没有再说话。当哥萨克骑兵发起冲锋时，她和金光云都在队伍的最后面。虽然没有正面对着敌人，可是看到鲜血飞溅，听着惨叫连连，每个人或多或少都会害怕，但是像金光云这样吓得瘫倒在车上，连站也站不起来的也真是少有。思华有点看不上他。真正的男子汉是顶天立地的，怎么能在战场上吓得站都站不起来。在她心中，只有杨大哥这样的才是真正的男人，因此打心底看不上金光云。

先前姥爷部落里遭到哥萨克袭击的时候，所有男人都冲上去了，唯独金光云躲在后面，说什么也不敢上前。那一次，思华还可以以一时胆怯来为他开脱，但这一次，分明是在队伍的后方，并没有跟敌军正面冲突，只要队伍没被冲垮，就不会有危险，可金光云还是怕成这样，实在让思华看不起。而此刻杨定远竟然让她不要在背后说人，她便有些气不过。什么叫背后说人，即使当着金光云的面，她照样会说他是胆小鬼。但因为说话的人是杨大哥，她也只好忍了。

尹春山回来的时候，带来了和总政委卡希林商议的结果。卡希林提出要全军加紧戒备，并加快行军的速度。这次攻击对双方来说都是意外，发起袭击的哥萨克骑兵从属于杜托夫。此人全名亚历山大·伊里奇·杜托夫，是南乌拉尔地区的哥萨克首领，是哥萨克军联盟的主席。俄国发生政变后，哥萨克大部分都站在临时政府一边，像卡希林和阿列克塞这样站在布尔什维克一边的是异数。反对红军的哥萨克有两大实力派：一派是邓尼金将军的部队，另一派就是奥伦堡和乌拉尔这一带的杜托夫部队。这两大实力派并不包括谢苗诺夫在内，因为谢苗诺夫这人很有野心，虽然名义上从属于临时政府，但一直不肯听从高尔察克的调遣。这一次杜托夫的骑兵团和中国红鹰团狭路相逢，如果谢苗诺夫的外贝加尔骑兵旅配合出动，对中国红鹰团的打击将更为沉重。只是杜托夫骑兵团出动的同时，谢苗诺夫却一直按兵不动，这也是卡希林要求加快行军的原因。

看来，谢苗诺夫的野心不小。杨定远骑在马上想着，只是，他想得更多的却是那个有着一双蓝色大眼睛的女子。战火与硝烟中，她现在在哪儿？也许，她已经把自己忘得一干二净了吧，毕竟，此时自己已成为了她的敌人。

中国红鹰团经过特罗伊茨克时，哥萨克已经全都撤走了，车站上留下了几十具饥民的尸体。杜托夫这支骑兵队本是因为听得有饥民来抢掠粮食才赶过来的，不想却与骑兵团发生了一场始料未及的遭遇战。这一战规模虽小，但影响却很大。因为这一带红军与白军正在进行血腥的拉锯战，年初布柳赫尔指挥的赤卫队夺取了奥伦堡，到了 5 月间发生捷克斯洛伐克军团的叛乱，赤卫队苦守奥伦堡已快要陷入绝境，中国红鹰团的加入终于扭转了红军的不利局面，而骑兵团竟然能挡住哥萨克的冲锋，这让高尔察克都大为震惊。

中国红鹰团抵达叶卡捷琳堡的时候，已是 1918 年的 8 月底。在叶卡捷琳堡，布柳赫尔亲自接见了卡希林和几个主要军官。杨定远作为翻译，一直跟随在孙富元身边。突然来了一支近万人的生力军，布柳赫尔当然非常高兴。在叶卡捷琳堡，中国红鹰团经历了一次整编，全部换上了红军军服，武器也大多换成了全新的俄式武器，特别是骑兵团，马鞍马靴马刀，再加每人一支的马枪，全都焕然一新。只是霍敬奇领到新马刀时，却嘀咕说这马刀没有他夺来的恰希克刀好用。陈振中倒是很兴奋，因为他以前用的还是一把日式步枪，在马上很不合用，这回领到的马枪很轻巧，让他信心倍增。

杨定远在整编的同时，忙着安排金光云和思华的事。本来他还想金光云可以留在部队里，可是经过了特罗伊茨克的遭遇战，金光云显然不是当兵的这块料。他想把思华和金光云两人一起送到那个阿列克塞说过的医院。阿列克塞有个长辈世交在叶卡捷琳堡的医院当院长，可以说上话。金光云虽然不是当兵的料，不过学俄语倒很有天赋。他趁着整编的事告一段落便向阿列克塞说了此事，阿列克塞一口答应下来。

叶卡捷琳堡始建于 1723 年，以女皇叶卡捷琳娜一世的名字命名，是乌拉尔东麓的中心城市，中国红鹰团就驻在这兵营里。杨定远来后的第一件事就先把思华和金光云送到医院。阿列克塞作为中间人，热情地替双方做了介绍。院长季特教授听思华和杨定远都说得一口流利的俄语，金光云的俄语虽然还不算太流利，但与人交流也全然无碍，他十分高兴。因为中国红鹰团要驻扎在叶卡捷琳堡，将来医院肯定会有不少中国人进来，正需要这样既会汉语又懂俄语的人。

杨定远跟院长安排好之后，思华却走了过来，低声道：“杨大哥，我好怕。”

在战场上，杨定远也不曾见过思华有过这样的神情。他拍了拍思华的头道：“怎么了？别担心，院长是个好人，会照顾你的。”

“不是，”思华抬起头，她的眼里有些闪烁，“杨大哥，我怕以后再也见不到你了。”

杨定远的心里沉了一下。这句话听起来实在不吉利，他干笑了笑道：“难道我要死在战场上了吗？”

思华自知说错了话，脸一下涨红了：“不是的！不是的！杨大哥，我怕你会再不到叶卡捷琳堡来。”

杨定远叹了口气：“小傻瓜，叶卡捷琳堡会是边防军的大本营，以后肯定会经常回来的，放心吧。”他看了看那边的金光云，又小声道，“思华，你和小金留在这儿，以后要互相照应。”

思华向金光云瞥了一眼，有点厌恶地说：“他？”

杨定远又伸手拍了拍思华的脑袋，微笑道：“别一副带刺的模样。金光云一直很喜欢你，他肯定会对你好的。你也宽容些。”

杨定远说完过去对金光云道：“小金，在医院里，你可要多关照一下思华。”

金光云点了点头道：“杨大哥放心，我会照顾乌云。”现在他倒是一副可靠老成的模样，哪还有半点儿先前的胆战心惊。杨定远见思华还要说什么，忙打断道：“思华，跟院长去吧，院长很忙的。”

思华没办法，只得和金光云跟着院长走去。她走了两步，又回过头道：“杨大哥，你有空一定来啊！”说着眼泪便下来了，她真担心她再也见不到杨大哥了。

见到这一幕，边上走过的好几个人都诧异地回过头来看。杨定远不禁有些尴尬，只好干笑笑。思华虽然长大了不少，可说话仍透着孩子气。她现在连一个亲人都没有了，也许在她心目中，自己已成了她唯一的亲人，这次分别真不知意味着什么。也许马上会重逢，也许今生再也不会见到了。谁又能说得准呢？想到这儿，杨定远难免也有些黯然神伤。这一刻心里仿佛一片空白。在遥远的叶卡捷琳堡，自己和思华，这两个本来根本没有可能相遇的人，却有了深深的羁绊。

杨定远目送思华离开，面上也难掩不舍。他相信老爷子在天有灵，一定会保佑思华的。

正想着，耳畔传来一个声音："教授。"

这声音如此熟悉，又如此陌生，他说不上来在哪听到过。他扭过头，只见几个年轻的女护士围着院长，其中一个正在说着什么。杨定远只是这样匆匆一瞥，而且说话的女子仅仅是侧脸对着他，可他已经惊呆了，是她，真的是她，那个美丽不可方物的女人此刻就站在他面前！

是娜斯佳！真是娜斯佳！她穿着一身护士服，样子一点儿也没有变，还是美得让人窒息。杨定远就这么呆呆地站在边上，一步也不肯移开。那护士完全没注意到他，仍在和院长专心说着话。

是娜斯佳吗？杨定远又有些怀疑了。她的模样完完全全就是娜斯佳，可是再仔细一看，这神态好像有点不同，娜斯佳的笑容似乎不是这样的。杨定远有些恍惚地看着她，心里一片茫然。娜斯佳可以说是这几年里唯一闯入他梦中的女子，他也不知自己为什么对这个匆匆一遇的异国女子如此魂牵梦萦、念念不忘。他正要走过去看个仔细，阿列克塞忽然走过来道："杨，回去吧。"

阿列克塞走了几步，发现杨定远还没跟上来，这才又回来唤他一声。杨定远如同大梦初醒般"啊"了一声："好，这就走。"他又回过头看了看，发现院长和那个女护士都不在了，身后一片空白。杨定远心下一凛，难道刚才看错了？心里一阵突如其来的空虚，几乎如同在暗夜里踩空了一脚一样。阿列克塞不知他在想什么，见他有点恍惚，知道他在担心什么，笑了笑道："杨，别担心，你有空就可以来看妹妹的。"

杨定远一下子被阿列克塞拉回了现实中，他讪笑一下："政委，走吧。"或许真的是看走眼了，娜斯佳怎么可能跑到这儿来当护士呢，真是有些莫名其妙。

阿列克塞哪知杨定远的心事，一路和杨定远说说笑笑。帮着安排了思华和金光云，他心情大好，能帮到别人总是件好事。可杨定远仍有些魂不守舍，心里如同失去了什么似的，只是一路敷衍两句，眼前似乎总有那护士的模样闪过。

娜斯佳是谢苗诺夫的未婚妻，是自己亲自送她到了谢苗诺夫的军营。而谢苗诺夫属于白军，驻扎在赤塔一带，娜斯佳自然多半也在那里，实在不可能会到红军控制的叶卡捷琳堡来做个护士。可是杨定远实在想不出天底下竟会有如此相似的两个人，他执拗地把这匆匆一瞥的护士和娜斯佳重合在一起，以至于这两个影子凝成一片，再分不开。一路阿列克塞和他说些什么他连一个字都没听进去，只是“是是是”地不时回两句。

说话间，阿列克塞突然停住了脚步。杨定远站住吓了一跳，以为是不是自己的心不在焉惹他不高兴了，忙问道：“政委，出什么事了？”

阿列克塞脸一沉：“这是沃兹涅先斯基大街49号啊。”

杨定远看了看，面前是一幢房子看样子不错，但房门紧锁，看来有一段时间没人住了。他道：“这里你认识吗？你以前住这儿？”

“不是。”阿列克塞摇了摇头，“这是商人伊帕季耶夫的家。”

杨定远更是莫名其妙，心想这伊帕季耶夫也不知是什么人，却听阿列克塞低低道：“上个月尼古拉二世一家就死在这儿。”

杨定远的身子一震。当杨定远刚到托博尔斯克时，被关在沙皇一家住过的房间里。当时他听人说，沙皇一家刚离开没有多久。自己好似一直在追随着沙皇一家的足迹，如今他也来到了叶卡捷琳堡。这可不是什么好的预兆。只是在这个血与火的年代里，人的性命都不是由自己操控的。

阿列克塞淡淡地说：“罗曼诺夫家族就这样成为了过往。”

杨定远似乎从阿列克塞眼中看到了悲伤。虽然都是政委，也都是哥萨克，但阿列克塞与卡希林实在有着太多的不同。他没有去在意阿列克塞的多愁善感，其实，他心里也多少有点悲伤。当然，不是为了这俄国皇帝的命运，而是为自己。这个时代到处都是血与火，有些人会炼成钢铁，而有些人只会被大火无情地烧死。

这一时期，中国红鹰团的整编十分顺利。几个团里变化最大的就是骑兵团。与杜托夫骑兵团狭路相逢的一场战斗，让布柳赫尔发现了这支中国骑兵团的潜力。由于哥萨克骑兵大多支持高尔察克白军，布柳赫尔希望能够打造出一支与哥萨克骑兵全面抗衡的队伍，这个希望就落在骑兵团身上了。中国红鹰团的五个团中，骑兵团不仅装备最好，训练也最为严格。

第二天，让杨定远想不到的是刘昌佑突然来到了营地里。他也记不得多久没见面了，没想到再见时，刘昌佑倒是没什么变化。一见杨定远，刘昌佑却呆了呆，笑道：“杨兄，果然是你！我听他们说尹团长的副官叫杨定远，我还以为是同名同姓呢。”

看到刘昌佑，杨定远也十分高兴，说道：“刘兄，你怎么来叶卡捷琳堡了？现在做什么？”

刘昌佑眼里闪烁了一下，微笑道：“杨兄，我记得咱俩刚认识时你就问我以前做什么。”

杨定远当然记得，他们刚认识时，刘昌佑说他以前是在马戏团工作，但他的行踪非常神秘，杨定远也知道此话不尽属实，只是刘昌佑并不愿说明，他也不好追问。他回忆道：“是啊，我想你也不会真是在马戏团打零工的。”

刘昌佑道：“当然不是。”他顿了顿，才接道，“现在跟你说也没事了，我是张大帅手下的。”

张大帅手下？杨定远暗暗吸了口凉气。刘昌佑原来是张作霖的探子？怪不得他神通广大，而且杀人时也心狠手辣。他眼里的惊讶刘昌佑也发觉了，轻声道：“杨兄，至少我们还是朋友吧。”

杨定远叹了口气，没再说什么。他救过刘昌佑的命，但刘昌佑也救过自己的命。在这异乡，刘昌佑也确实算得上可以信得过的朋友。他道：“当然，我只是有点意外。”

刘昌佑笑了起来：“你当了兵才让我意外呢。”他说着又看了看杨定远，叹道，“不过其实也不意外。杨兄，你本来就应该是军人。”

“为什么？”

“因为你的眼睛。你有一双鹰眼。有这种眼睛的人，天生要杀人。”

杨定远有点哭笑不得，说道：“你这算夸我吗？得了，我听了心慌。”

刘昌佑道：“杨兄，你别当我是瞎说，我刘昌佑还是有点识人之明的。”见杨定远默然不语，他也不想再说这个，看了看杨定远腰间的马刀说道，“对了，你这把刀是恰希克吗？”

杨定远见他换了话题，也如释重负道：“是啊。”

刘昌佑顿了顿：“要是碰到哥萨克，你别用这刀。”

“为什么？”

“哥萨克把恰希克看得比命还重。要是见你也用恰希克，他就算豁出去连命都不要，也要杀了你。”

怪不得那回那个哥萨克一见自己会如此不顾性命地冲杀，一定是看到了自己用的是恰希克。杨定远心头涌起了一股异样的愤怒，说道：“那我就先杀了他。”

刘昌佑一怔，忽然大笑起来，将恰希克刀还给杨定远道：“不错不错，你说得不错。”

刘昌佑在军营里待了并没有多久。他带来的消息很多，最重要的一条是今年8月北洋政府成立了新国会，代理大总统冯国璋和国务总理段祺瑞同时通电辞职。边防军本来就是段祺瑞秘书长徐树铮以参加世界大战的名义一手组建的，直到现在总指挥还是远在北京的徐树铮，段祺瑞失势后，徐树铮的安福系有很强的势力。以前段祺瑞和张作霖并不相容，也是徐树铮献计拉拢张作霖支持段祺瑞组阁，因此现在双方关系极好，张作霖甚至给了徐树铮一个奉军副司令的职位。只是段祺瑞内阁成立后，因为徐树铮吞没了发给奉军的一笔军费，张作霖一怒之下，解除了徐树铮奉军副司令一职。不过双方并没有撕破脸，这一次冯段两人辞职，正在组织新内阁，大选中徐树铮又用手腕使得安福系大获全胜，徐张两人这才重归于好。

徐树铮正在谋划着与奉军联合出兵收复被俄国侵占的土地。徐树铮觉得这个时候正是收复国土的最佳时机。之前听尹春山说起边防军的使命时，他在激动之余总觉得有点大而无当，现在得知徐树铮真的要开始实施收复计划了，杨定远惊得说不出话来。他胸中似有一团烈火熊熊燃起。

刘昌佑走后第二天，尹春山给了杨定远一个任务，要他去看望在医院的骑兵团伤兵。这天训练一结束，杨定远洗掉一身臭汗，就叫上霍敬奇和陈振中两人带着慰问品前往市中心医院。

叶卡捷琳堡是个大城市，现在又是内战时期，伤员不时地送进来，医院里十分忙碌。走进伤兵住的病房。病房里有十几个骑兵团的重伤员，他们一辈子还没住过这样的医院，一见杨定远过来，都急着问长问短。霍敬奇的脾气向来很臭，跟别人也说不到一块，陈振中倒是个人来疯，说起军中近况很是来劲，边说还边手舞足蹈。杨定远在一边都没插上几句话，当然他的心思并不在这儿，他还在想会不会碰上之前那个和娜斯佳长得非常相像的护士。

门口陆陆续续走过了五六个护士，但没一个是她。这时陈振中正说了个笑话，逗得那些伤员哈哈大笑，杨定远也跟着笑了两声，忽听得一直没说话的霍敬奇叫道："妹子!"杨定远抬起头，却见思华推着一个装满药的小车正朝这边走来。

思华也看到了他们，开心地叫道："杨大哥！霍大哥!"

霍敬奇对别人爱理不理，对思华却很热情，上前拉住她的手"啧啧"地赞道："妹子，你穿这一身好俊!"杨定远本来伸手又要拍她的脑袋，但手刚要伸出去却又收了回来。思华以前一直穿着男人衣服，现在换上了一身白色护士服，几乎一下子变了个模样，再不是那个假小子了，已完完全全是个美丽女子了。他有点愣神地拉了拉她的手道："思华，在这儿适应吗?"

思华还没回答，一个伤兵在那儿大声道："思华姑娘，昨天怎么没见你来送药?"

思华侧过头道："昨天来了个重病员，院长让我去那边帮忙了。今天不是来了嘛。"

这病房收治的全是中国伤员，这些伤员顶多会说几句"哈拉绍"，有思华来和他们说说话，他们的心情好了不少。房间里都仿佛亮堂了。思华按照床位一个个地分发药品，杨定远见她分得很仔细，笑道："思华，你识字了?"

"还没识几个，现在就认识数字。"说完有点儿不好意思。

思华从来没上过学，现在院长只能让她做些简单的护理工作。因为每一个药盒上都有病床的编号，思华又很细心，所以院长才放心让她来分药。杨定远没敢再和她多说，生怕她分心，只好帮她推着药车。分到一个伤兵时，那伤兵道："霍姑娘，我要和院长说说，以后就别让你干别的，专门来我们这儿吧。老霍，真没想到你有这么漂亮的妹子。"

思华对外一直称是霍敬奇的妹子，大家还真信。霍敬奇听他称赞思华，更是得意，说道："也不瞅瞅是谁的妹子。妹子，你别累着，我来。"说罢便要和杨定远抢着推那药车。

霍敬奇是真把思华当自己亲妹子了，杨定远在边上看着想笑。先前让思华住他那房里照料他的伤势时，霍敬奇还瞪了一阵眼，直着脖子骂过几句。可是思华的无微不至也让霍敬奇大为感动。那伤兵称思华为"霍姑娘"，都把她当成了霍敬奇的亲妹子。

霍敬奇脾气坏，平时不怎么说话，可一旦说上了就滔滔不绝。这回被搔到痒处，推着小车跟着思华分药，更是说得来劲，说到了瘾头上，一边走一边又唱起了关公戏。杨定远见他这疯样，生怕医生听到了会来干涉，可又不敢让霍敬奇别唱，只能跟在他身后。好在这病房里住的都是中国军人，又偏处一隅，和别的病房隔了个院子，一时间不至于吵到别人。他不经意地一转身，却一眼看到了长廊那头有个女护士走来。

是她！杨定远的心跳猛然间加速，迎面走来的正是那个长得酷似娜斯佳的护士。这时思华已经分好了药，推着车过来道："杨大哥，你……"

杨定远哪还有心思和她说话，头也不回道："等会儿再说。"便顾不得一切跑了过去。长廊有十多步。十几步路自然只是一蹴而就，但在杨定远眼里，那个白色的身影仿佛海市蜃楼般总也无法接近，甚至，似乎越来越远了。

医院里静悄悄的，身后中国军人病房里传来的霍敬奇的唱戏声也越来越轻了，但那个女护士的脚步声却似乎越来越响，每一声都打在他的耳膜上。他几乎是冲到了那个女护士面前，想也不想，脱口而出：“娜斯佳！”

那女护士怔愣地站住了，眼神有点慌乱，看了看杨定远，一脸的不解。难道认错了？杨定远这回是仔仔细细地看了看她，没错，就是她，五官完全一样，他急道：“娜斯佳，你不认识我了？我是杨定远啊。”

女子怔了怔，有点胆怯地说道：“对不起，我叫莲娜。”

杨定远只觉脸一阵发烧。天哪，自己果然认错了。可她们确实长得太像了，他完全蒙了。娜斯佳的模样这些年来一直在他眼前萦回，自认不可能认错。但对方已否认了，他不免有些尴尬。转念一想，毕竟过去几年了，娜斯佳应该也有变化了，不可能还是当年那个样子。再细看这个女子，确实比娜斯佳更文静更年轻一些。如果说娜斯佳的眼睛是火，那这个女子的眼睛便是水。如水的眼睛，沉静而深邃，仿佛一潭湖水，映着天空里的一切。他一恍神，嗫嚅地说：“啊……真对不起，我认错人了。”

看着杨定远尴尬的样子，莲娜忍不住一笑，说道：“我真的和您的那位娜斯佳很像吗？”

她的温和多少冲淡了一些杨定远的尴尬。杨定远点了点头道：“很像。”说完他心里一阵空虚。他其实很清楚，娜斯佳是谢苗诺夫的未婚妻，根本不可能在这儿。也许是自己太过思念娜斯佳，执意把面前的女子当成娜斯佳。不管怎么说，全是自己一厢情愿。

莲娜看他定在那里，仍然没有让自己走的意思，便低声道：“不好意思，我要走了，还有事吗？”

杨定远有点不知所措，又想跟她再说点儿什么，又不知说什么。自己对莲娜来说完全是个陌生人，能对她说什么呢？而实际上，对娜斯佳来说，自己也是陌生人吧。那一次的萍水相逢，无非让她对自己心存感激，除此之外还能有什么。他脸色一整，收敛了所有情绪，低声道：“真对不起，打搅您了。”

杨定远有些沮丧地向病房走去，走了几步，又不舍地回头看了看。莲娜的背影都和娜斯佳的一模一样。看着这背影，杨定远心里又涌起一股酸楚，像有一把细细的小刀在扎心脏。虽然细小无形，但那痛楚却真实得仿佛要流出血来。

这时看到思华推着车从病房里出来，他忙迎上前道：“思华，分好药了？”

“嗯。”思华见他刚才狂奔出去，不知为了什么，又不好问，想了想，她还是忍不住问道，“对了，杨大哥，你刚才是碰到什么熟人了吗？”

杨定远犹豫了一下，说道：“没什么。”面上仍有些尴尬。

思华见状，只好问：“杨大哥，你们有一天会回国吗？”

“当然要回去。”

思华怔怔地点了点头，眼里闪过一丝忧伤。杨定远知道她在担心什么，便道：“到时带你一起回去吧。你老家在哪儿？我帮你找找留在国内的亲人。”

思华叹了口气道：“我很小的时候，爸爸就去世了，他连中国话都没有教会我，我也不记得他的老家在哪儿。”

思华的父亲本是铁道上的工人，十天半月不回家，又很早过世了。思华的母亲是俄国人。思华的父母去世时，她还很小，是靠着车站上这些中国劳工的接济才勉强活下来的。父亲的原籍是哪儿，思华早就不记得了。杨定远见她眼中的忧色越来越浓，安慰道：“没事，到时我陪你慢慢找，总能找到的。”

思华抬起头，眼里忽然一亮：“真的？”

杨定远笑了起来：“当然，杨大哥什么时候骗过你。”

思华没再说什么，眼里的忧色也已荡然无存。杨定远推着药车，和她沿着长廊默默地走去，后面传来霍敬奇的唱戏声：“二皇嫂休得要泪悲淋，细听小弟说分明。曹孟德虽待我恩情重，他怎知我桃园义共死生。我也曾命人去四路打听，不知我大哥何处存身，倘若是得了准音信，保定二皇嫂离曹营。”

一出《走单骑》霍敬奇唱得其实并不中听，可是这个时候听来，杨定远倒很有同感。送思华回国寻找亲人，大概也就和关云长护送二嫂去找刘备一样吧。答应思华回国找亲人这事，他说出口时也不觉得怎么样，现在却突然感到了这个承诺是如此沉重。但话已经出口，终不能再吞回去，他甚至不敢再去看思华，只是垂着头走着。

走过了长廊，又到了先前和莲娜说话的那个拐角处了。莲娜早已没了踪影，现在坐了一些候诊的人，一个老妇正拿着拖把在拖地。杨定远站住了，说道："思华，我也得回军营了，以后有空再来看你吧。"

思华长长吁了口气，小声道："杨大哥，谢谢你。"

杨定远知道是自己这个并不可靠的承诺给了她莫大的宽慰。他顿了顿，说道："思华，你跟他们说你姓霍？"

他只是借机把话头扯开罢了，思华的脸颊却浮起了一丝红晕，微笑道："我是霍大哥的妹妹，当然也得姓霍啊。"

这算什么理由？杨定远也有点想笑。真是命运捉弄人，他还记得霍敬奇在火车上头一次见到思华时，还诈了她两个葵花饼，那时思华的神情是如此无助。现在霍敬奇当真把她当成了妹妹，而思华也已全然忘了这个霍大哥曾经欺负过她。现在这样的结局倒是皆大欢喜。他说："好吧，姓霍就姓霍。思华，在医院里住得惯吗？"

思华道："很好。季特院长对我很好，有空就教我，那些护士姐姐对我也很好。"

"小金呢？他怎么样？"杨定远突然又想起他来。

一听问起金光云，思华的脸便是一沉，低低道："我哪儿管得着他。他整天神出鬼没的，老跟一些不三不四的人来往。"

看这样子，两人的关系是越来越僵了。不过在杨定远的印象中，金光云一直胆怯懦弱，说他跟不三不四的人来往，真还有点儿难以想象。估计多半是气话，他也没再多说，只道："那你好好学，说不定，有一天你也能做医生了。”杨定远说着，回头看了看，“天已经不早了，我也得跟霍大哥回营房了，有空再来看你吧。”

霍敬奇还在病房里唱戏，正唱得上瘾，已在病房中拉开架势，边唱边做身段，大概给他一套行头，他能从《桃园结义》一直唱到《走麦城》。杨定远按捺不住不得不打断道：“霍大哥，天不早了，探望时间也快结束了，不能再唱了，伤员也得休息了，走吧。”

见天也快要黑了，边上有个伤兵忙接过话头道：“霍大哥，您也累了，还是早点回去歇着吧。”

他这话说得客气，其实霍敬奇的尖嗓子唱关公戏，刚听着还觉得有趣，时间一长，简直就跟一把锉刀在耳朵眼里矬，实在都受不了了。见杨定远要走，赶紧配合一句，生怕霍敬奇再唱下去。霍敬奇本来还想再唱两段过足瘾再走，但杨定远发话了，也只好收了嗓子。他看了看外面，说道：“天这么晚了？咦，妹子呢？”

杨定远心想你一唱上了戏，连思华走了都不知道。他道：“思华早走了。她是护士，挺忙的。”

霍敬奇啧了下嘴道：“我说，这小妞儿也真没规矩，以前在宫里，我们对主子每天都得请安，走也得告退啊……”

陈振中在边上嘟囔了一句道：“人家又不是宫里的。”

众人听了都一乐。杨定远生怕霍敬奇听到了不开心，忙道：“霍大哥，振中，快回去吧，要不天黑了道不好走。”

回到军营，正赶上吃晚饭。杨定远正准备吃饭，忽然有士兵通知他那边有人找他。

杨定远往那边看了看，原来找杨定远的是尹春山的马弁。杨定远赶紧问道：“是尹团长找我吗？”

马弁道：“是。杨副官，尹团长说了，你先吃饭，吃完了再过去吧。”

杨定远赶紧匆匆吃完了饭，接着就去了尹春山那儿。原来是总政委卡希林召开紧急会议，连夜传达布柳赫尔的命令。先前红军由于实力不济，未能守住奥伦堡，叶卡捷琳堡也已经被高尔察克的临时政府军四面压迫。布柳赫尔一直希望能够打破白军的包围，现在有了中国红鹰团这支生力军，他的计划也终于可以实施了。

现在在南面的是杜托夫军团，东面是谢苗诺夫的外贝加尔骑兵旅，北面是另一支哥萨克骑兵军克拉斯诺夫部队。克拉斯诺夫是临时政府任命的骑兵军长，这三支哥萨克骑兵形成了铁钳之势，叶卡捷琳堡有点类似这把铁钳钳口的胡桃，加上捷克斯洛伐克军团也仍然在虎视眈眈，布柳赫尔知道若不能尽快打开局面，西伯利亚平原终无宁日。

三支哥萨克骑兵中，实力最强的是克拉斯诺夫军团。克拉斯诺夫的这支部队受德国人资助，战斗力非常强，同样是哥萨克的布柳赫尔很清楚。他给红鹰团的任务，就是率先消灭掉克拉斯诺夫军团，否则他们和捷克斯洛伐克军团步骑配合，对叶卡捷琳堡的威胁太大。

开完了会，尹春山和杨定远两人一起走回营房。两个人都在想着卡希林传达的计划，如果是以前，他俩都会信心满满，觉得不在话下。但在特罗伊茨克这一场狭路相逢的火拼，让他们已真正领教了哥萨克的战斗力。当时与骑兵团对上的还只是杜托夫麾下的一支小部队，虽然骑兵团现在又有了扩充，实力也增强了，可是真要和哥萨克骑兵对抗，尹春山也实在没底。现在，除了少数几个人，绝大多数的中国骑兵都还不能与哥萨克匹敌。如果再有特罗伊茨克这样的战绩，尹春山不知道骑兵团还能够撑过几次战斗。

他一边走一边想着，突然问道："定远，你有没有后悔参军?"

杨定远一怔，马上道："没有。"

尹春山没有再说什么。红鹰团现在已经正式成为红军的一部分，与收复西伯利亚失地的初衷已很远了。尹春山并不是很相信布尔什维克的承诺，但他是军人，以服从为天职，总指挥徐树铮的命令如此，他也只有执行。半晌，他才道："定远，明天一早，我们几个人碰个头，商议一下。"

如果再和上回一样跟哥萨克硬碰硬，绝对是不行，必须要有新的作战方案。杨定远这一晚在床上辗转反侧，怎么都睡不着。一闭眼，眼前便有战马疾驰冲来。在特罗伊茨克，如果不是霍敬奇相救，自己多半也已被那哥萨克斩杀了。杨定远很清楚自己现在不论骑术和刀法，在现在的骑兵团里都不算差。可和哥萨克骑兵对上，仍然是不堪一击，这中间的距离可想而知。骑兵团现在的整体实力仍然比不上哥萨克，这是事实。面对这样强大的敌人，还能有什么新的作战方案。

这一晚，脑海里来来去去全是快刀钢刀，以及跃马厮杀的战士。半梦半醒中，死神又来了。这一次，杨定远直直地冲她走过去，他要看清她的样子。

终于死神转过身来和他四目相对，他却震惊了，那死神的脸竟然是娜斯佳！他不相信，这绝对不可能！他再次向死神走近，那张脸竟又变成了莲娜！

第六章　龙种与跳蚤

胯下的战马轻轻打了个响鼻，似乎也有点不安。杨定远伸手捋了一下马鬃毛，轻声道："不用急，还没来呢。"一场恶战马上就要来临。杨定远看了看前方，心里也多了一份忐忑。这时，陈振中突然带马到了他身边，轻声道："定远哥。"

陈振中的脸色也有点差。杨定远问道："振中，你也害怕了？"

陈振中摇了摇头："怕倒不怕，就是有点硌得慌。"

杨定远笑了笑："那就别去想。上了战场，你想得越多，活下来的可能性就越小。"

陈振中也干笑了笑道："不想不成。定远哥，你说这仗什么时候能打完？"

什么时候打完？杨定远也有点怔忡。在西伯利亚的荒原上，这场战争仿佛就和这片荒原一样长得望不到尽头，杨定远根本没想过这个问题。他道："等战争胜利了，就能结束了。"

"可是，看样子红军并不占上风啊。"

红军的主力在莫斯科附近，西伯利亚一带确实不占上风，而高尔察克临时政府的几支主力军却都在这一带，和捷克斯洛伐克军团一起威胁着莫斯科。杨定远不敢再往下想，越想心里越没底，他只好道："不用担心，振中，等明年情况就会不同了。”

“可还得先撑过今年去。”陈振中嘟囔道，“谁知道明年会怎么样？什么时候才能回家啊？我真想马上回去了。”

回家？谁不想早点回家！之前尹春山还问他后不后悔当兵，他当时就说不后悔，现在一提到回家的事，他真有点后悔了。当兵的意义究竟是什么？他也茫然了。在异国这几年，他经常梦到家乡，大列巴吃得多了，更想尝尝家里烙的大饼子卷大葱。这场战争什么时候才能结束，他完全不知答案。也许，等这片失地回到了中国，一切都会有个新的开始。他满怀希望地道：“会有这一天的。”

陈振中的眼里亮了亮，说道：“回去了，我就要娶媳妇去。”

杨定远忍不住笑道：“你就这点儿出息吗？”

“不娶个媳妇成个家，那还能做什么？老婆儿子热炕头，三宝哇。”

杨定远没有再说什么。陈振中把未来想得那么美好，可他却更加迷茫。成家立业，自是人生大事，只是在杨定远心里，想到的却是一张俄国女子的脸，说不清是娜斯佳还是莲娜。他还想再说什么，正好见小个子跟尹春山并马向这边过来，便迎了上去。

尹春山左右看了一下，问道：“政委呢？”

“他在队伍后面，要叫他过来吗？”

尹春山点点头，又道：“跟他说，秋明快到了。定远，你和政委先进站吧。”

秋明是个重要的石油城市，一旦被攻破，叶卡捷琳堡受到的压力也就更重。以前秋明在红军控制之中，但白军的这一波攻势相当猛烈，车里雅宾斯克已被杜托夫军团夺取，克拉斯诺夫军团则与捷克斯洛伐克军团联手向秋明进发，随时可能向秋明发起攻击。布柳赫尔定下的计划，正是以秋明为诱饵，设伏将这三支围攻叶卡捷琳堡的哥萨克骑兵中实力最强的一支击垮。这个计划如果成功，白军的三面合围就有一面被击破。只是克拉斯诺夫不是个容易上当的人，因此布柳赫尔的计划是首先向秋明东边的小站伊希姆发起攻击。伊希姆现在是在捷克斯洛伐克军团手上，捷克斯洛伐克军团已经是红鹰团的老对手了，交手已有十余次，红鹰团胜多负少，捷克斯洛伐克军团对这些中国人已有了惧意，当骑兵团发起攻击后，他们肯定会向克拉斯诺夫求援。当克拉斯诺夫一出动，此时便陷入了红鹰团主力的包围之中。

骑兵团先行抵达秋明后，首先要控制住车站。红鹰团的王德林、任辅臣、郭万清、张福荣这四个主力军要坐火车抵达秋明，当克拉斯诺夫军团来伊希姆增援后，主力军就将向他们发起猛击，一举吃掉克拉斯诺夫军团。要实行这计划，自然要保证秋明车站的安全。万一秋明被白军控制，主力军也将在秋明止步。而单凭骑兵团，应该没有战胜克拉斯诺夫军团的可能，整个计划就将全面破产。因此保障秋明车站的安全成了这个计划的关键。

杨定远和阿列克塞两人一进车站，站长也已听到了要打仗的消息。一见来的竟是一队穿着红军军服的中国人，大为诧异。阿列克塞正跟他交涉，一个铁路员工急匆匆地进来汇报，说外面聚集的人群越来越多了。

聚集在车站外的都是些饥民。不知有谁放出风来，说今天会有大批粮食运到，有些人便想来碰碰运气，看看能不能弄点儿吃的回去。一见骑兵团进了车站，更让他们觉得这消息不假，一传十十传百，一开始还是十来个人，后来却越聚越多，总数已达千余人了。这一千余人在站台上挤得水泄不通，一个个睁着无神却又充满希望的双眼向里面看着。

杨定远一见这情形，马上跟阿列克塞说了。一下聚集这么多人，太容易出事了，得马上和尹春山商议。阿列克塞跟尹春山都是军校科班出身，两人你一句我一句，杨定远在当中充当翻译。大饥荒还不曾过去，到处都发生过这一类事件。

布尔什维克政府成立伊始，就颁布过几条战时政策。除了贸易国有化，工业国有化和实物配给制，与农民相关最密切的是余粮收集制。严格的余粮收集制还要等几个月后才执行，但在东西伯利亚这个内战最前线，已经严格执行数月了。

所谓余粮收集制，就是根据收成情况一律按比例征收，一旦不能按期完成，将没收其一切储粮。而这一年西伯利亚正遇上了大饥荒，余粮收集制更是雪上加霜，越是交战前线，饥民也就越多，往往布尔什维克政府征收一遍后，高尔察克临时政府打过来控制了这地方，又征收一遍。这样一来，农民几乎没有了活路，只得铤而走险抢劫运粮的火车。红鹰团先前从托博尔斯克迁至叶卡捷琳堡，在特罗伊茨克打的这一仗正是因为当时有饥民冲进了特罗伊茨克站，使得骑兵团撞上了前来弹压的杜托夫骑兵。秋明是布柳赫尔定下这计划的中枢，比特罗伊茨克大得多，如果这当口有饥民闹事，当然对战事不利。

杨定远听阿列克塞说要严格按指示办，忙问道："政委，难道也要对饥民开枪吗?"

阿列克塞眼里涌出一丝痛苦，点了点道："是，开枪。"

杨定远心想，真要开枪的话，到时朝天开两枪，把人群赶散也就是了。可万一朝天开枪饥民仍然不肯散去，难道真要朝饥民开枪吗？他实在不想看到这样的结果。

这时尹春山道："那卡希林政委他们坐的车下午几点能到?"

"四点。"无论出于对饥民的同情，还是为了夺取战斗的胜利，尹春山都不希望事件闹大。最好的结果当然是让这些饥民自己散去。可看样子，饥民都饿红了眼，死都不肯离开。这一群群面有菜色的人木然地立在站台外，脸上一片异样的安静。每个人眼里都透露出绝望。这是希望彻底破灭、看不到任何前途的神情，每一个人身上似乎都挑着千钧重担。

杨定远刚回到自己的队列，霍敬奇凑过来道："定远，刚才团长跟政委怎么说?"

"让我们先在这儿守着。"

霍敬奇抹了把额头上的汗道："看着这伙老毛子，真叫人心里发毛啊。定远，待会儿运粮车就要到了吧？可别出事。"

气氛已经越来越不对，就连霍敬奇都感觉到了。杨定远背后的冷汗已经将内衣都湿透了。先前想的只是如何激战，却没想到在激战发生之前先出了这样的事。站台上，穿着一身红军军服的中国骑兵团排列整齐，外围则是黑压压一群俄国饥民。这奇特的双方正无声地对峙着，似乎差一点儿火星就要爆发。

杨定远看了看西边，只有两条铁轨伸向远方，还看不到火车的影子。火车来的时候，这堆火药也要爆炸了吧。

在焦躁中，时间仿佛被拉长了。阿列克塞正在饥民队伍前来回走个不停，一边大声向他们喊着话，无非就是要饥民顾全大局，支持政府之类。只是他那些苦口婆心的话显然起不到什么效果，饥民全都冷冷地看着他，根本没有散去的意思。阿列克塞倒是不屈不挠，从这头喊到那头，又从那头喊到这头。秋明不是个小城，平时有好几万人口。聚在车站的都是最为贫困的那些。在大饥荒中，这些一直生活在底层的人挣扎在死亡的边缘，只要有一丝希望他们都不会放弃，因此谁也不甘心空手回去。

终于，随着一声汽笛远远传来，一列火车驶入了秋明站。这正是红鹰团的运兵车。

当汽笛声传来时，黑压压的人群立时骚动起来。饥饿已经让他们忘记了恐惧，所有人都盯着那列越来越近的火车，仿佛只要火车一到，他们就有了生路。看到这景象，杨定远更是担忧。再这样下去，很可能会出事啊。阿列克塞在那边显然亦是有点儿慌乱，声音也一下响了许多。可饥民根本不听他的，全往火车方向涌去。

尹春山看着正在骚动起来的饥民，心里有着说不出的担忧。他虽然没有亲眼见过，但也听说过一些地方因为饥民抢粮军队开枪的事件。难道，今天这血腥的场景又要重演一遍吗？

当火车驶入车站的时候，聚集起来的人们越发骚动起来。当火车终于停下来时，人群中突然有人喊道："车上有粮食！"这一声，如同压垮骆驼的最后一根稻草，本来还静如死人的人群突然卷起了滔天巨浪，几乎所有人都向前冲去。虽然骑兵团的士兵排成一列拦在站台上，可哪里拦得住那么多人。站台上的护栏被一下冲垮了，早有人跳上了车，有几个身边带着斧子的，伸手就劈车厢的锁。在粮食的诱惑下，一切都显得无足轻重，包括生命。

杨定远惊呆了，却听尹春山厉声道："阻止他们！"

这些粮食是这一次伏击白军的基本保障。没有了粮食，别说伏击白军，红鹰团能不能活着回去都已难说了。可是要阻拦这些饿红了眼的饥民，不是骑兵团能做得到的。混乱中，只听得阿列克塞大叫道："开枪！开枪！"

阿列克塞虽是哥萨克军人，但一向斯斯文文，他来到骑兵团这些日子以来，杨定远也从未听到他如此失态地大叫过。虽然他大喊开枪，可骑兵团的士兵大都是穷苦出身，看到这些俄国饥民，他们想到的是家中的父老乡亲，谁也不能狠下心来真的对这些饥民开枪。看到没人开枪，红了眼的饥民更不顾一切，一节运粮的车厢眨眼间就被搬空了。抢到粮食的人飞快地向外跑，没抢到的则继续向前冲，使得场面更加混乱，站台上尽是散落的小麦和土豆。眼看着有个人又要去劈第二节车厢，正当他冲到车门前，随着一声枪响，那人一个踉跄，一下扑倒在地。

阿列克塞握着手枪，眼里尽是泪水。他一直希望能避免开枪，但最终还是自己开了第一枪。当枪声一响起，涌动的人潮突然间静止了。饥民们也没想到军队会真的开枪，先前的气势也仿佛被这一枪击得粉碎。在短短的沉寂之后，后面的人已转身逃去。如同退潮一样，站台上一下子就空了下来。虽然火车里有粮食，抢到手就能渡过眼下这难关，但那人的死却给了所有人当头一棒。

枪响起来时，杨定远的心里也是一沉。终于开枪了，看着站台上留下的那具尸体，他只觉无能为力。阿列克塞给自己描绘过一个美好的世界，让他向往不已，可是这声枪响却使得这个美好世界顿时支离破碎。

站台上，饥民都逃光了。卡希林和几个高级军官带着人急急赶过来。

看到饥民已经退去了，他也松了口气。只是有一车厢的粮食被抢走了，卡希林极为恼怒，当即斥责阿列克塞没有早点当机立断地动手，并要求骑兵团将失散的粮食收缴回来。这次行动是布柳赫尔苦心孤诣制定出来的，改变东线战场的战况就在于这一战，而红鹰团更是被寄予厚望。行动还没有开始，就发生了这样的事件，难怪卡希林会如此恼怒。

这一年，整个俄国估计有两千万饥民，类似的事件各地都有。卡希林事先就已经预料到这种情形，因此早就向阿列克塞打过招呼，但阿列克塞还是无法下狠心开枪，以至于损失了一节车厢的粮食。看着阿列克塞失魂落魄的样子，杨定远心里也并不好受。在骑兵团，杨定远和阿列克塞接触最多，对这个文质彬彬的政委，杨定远一直很有好感。他正想过去安慰阿列克塞两句，卡希林却已将阿列克塞叫了过去。

由于阿列克塞处置不力，一车厢的粮食被哄抢一空。卡希林将阿列克塞严厉斥责了一通，对他做了严重警告处分。卡希林命他带人将抢走的粮食一律追回，如遇违抗，则按敌人处理。这一天阿列克塞回来时脸色极为阴沉。怎么可能将那些粮食追回来，估计现在早已被那些饥民吃进肚子里了。

红鹰团暂时在秋明驻扎下来，而骑兵团只休整了一天就出发了。驻扎在伊希姆的捷克斯洛伐克军团虽然没有确切消息，但肯定很快就能得到情报，因此必须抢在他们有所反应之前行动。

阿列克塞被卡希林处分后，仿佛把整个生命都投入到备战中去了。以前每天吃完饭要和杨定远聊上一阵，这几天都没过来。杨定远有些担忧，趁着队伍出发，他带马走到阿列克塞边上，叫道："政委。"

阿列克塞一直沉着脸，听到杨定远的声音，他转过头，低声道："杨。"

阿列克塞的声音已全然没有了先前的意气风发。仅仅过了几天，他就好像苍老了好几岁。杨定远想安慰他几句，可是话到嘴边却又说不出什么来。沉默了好一阵，他才道："政委，别想太多了。"

这句安慰也实在没什么说服力，但阿列克塞还是道：“谢谢，我没事。”

杨定远见他脸色很差，不禁有点担心。这时耳畔远远地突然刮来几句唱腔，原来是那边霍敬奇骑马无聊，又唱上了关公戏。他心头一动，说道：“政委，我给你讲个故事吧。”

这时候讲故事，阿列克塞哪有心情去听，只是无可无不可地“嗯”了一声。杨定远道：“这个是很久以前的事了。那时中国分成了三个国家，其中一个汉皇帝的手下，有个名叫关羽的将军。关将军的本领非常高强，为人也极其善良。”

阿列克塞哪听过《三国》，《伊戈尔远征记》倒是读过。听杨定远说着三国故事，他渐渐提起了兴趣。《三国》故事在中国家喻户晓，阿列克塞倒想听一听。杨定远把前面简略说了一下，说到走麦城一段，却是按自幼听到的乡间故事道：“吴国的吕蒙将军知道关将军本领高强，谁也不能打败他，于是想出了一个计策。因为关将军为人善良，他就让人在路上摊开麦子，只留下当中一条。果然，关将军上当了，走上了这条路。关将军以为麦子是老百姓晒在那里的，他们就走在麦子中间的空地上，结果麦子越堆越多，留下的空隙也越来越窄，最后关将军再也无路可走，而吕蒙将军手下的士兵越来越多，关将军冲不出去，结果被俘了。”

这一段《走麦城》是杨定远儿时听乡间老人说的，也是村俗之谈，他读过点书后便觉其荒诞不经了。只是这段朴拙的故事却让阿列克塞深有感触，他长吁一口气道：“杨，中国真有这么个寓言吗？”

在阿列克塞看来，这个故事也是个形而上的寓言罢了。杨定远心想自己小时听到这故事时，老人可是言之凿凿，完全当成真事来说的。他道：“自然只是个故事罢了。”

“中国也有这样的武士啊。”阿列克塞有些感慨。他出身于一个哥萨克家庭，从小听到的就是身为战士的荣誉，到军校后又接受了马克思主义。在杨定远说的这个充满了异国情调的故事里，他却听出了曾经向往过的浪漫的骑士风。遥远的东方武士与传说中的西方骑士竟是如此契合，让阿列克塞不禁有点儿感慨万千。杨定远见他沉默不语，正想再说句什么，却听阿列克塞喃喃道：“我播下的是龙种，收获的却是跳蚤。”

这句话的含义很隐晦，杨定远没弄明白，也不知阿列克塞没来由地在说什么。他问道：“政委，你说什么？”

“没什么，杨，没什么。”

虽然阿列克塞没有说明，但杨定远听得出他话中毫不掩饰的失望。直到很多年以后，当杨定远读到这句海涅的名言时，他又想起了许多年前的这一天，这才恍然大悟。但此时的杨定远却完全不明白。他还想再问，阿列克塞忽道：“桑连长他们回来了！”

果然一队人马中领头的正是小个子。小个子骑术高明，人又精细，行军时尹春山一直让他担任探路之责。杨定远见小个子行色匆匆，面色凝重，想必是有事发生。没一秒，小个子果然冲他们做了个手势，示意他们都到尹春山那边去。

阿列克塞方才还有些神情恍惚，这时候一下回过神来，说道：“杨，走吧，一定有什么情况。”

当大家都齐聚到尹春山身边时，骑兵团的两个营长也已被叫了过来，尹春山开门见山道：“伊希姆已经有六千多捷克斯洛伐克人了。”

话落，杨定远只觉一股寒气从心底直蹿上来。捷克斯洛伐克军团一直都是以铁路沿线的车站为据点，大站一般驻一个营，小站一般驻一个连或一个排。六千人，已是四五个团的人了，而伊希姆并不是大站，要容纳这么多人，实在难以想象。他失声道：“怎么会这么多人？”

阿列克塞不明所以，听了杨定远的翻译后，眉头一下皱了起来，低声道：“日·盖达……看来他也是准备夺取秋明啊。”

六千多人挤在这样一个小站当然不是长久之计，捷克斯洛伐克军团肯定是想夺取秋明。显然，高尔察克临时政府想到的是和布柳赫尔同样的计策。红军一直控制着最大的城市叶卡捷琳堡，有了这个大本营，虽然高尔察克军屡屡取得战果，但总是消灭不了红军。现在，高尔察克几乎把手头所有的力量都集中起来，目标毫无疑问就是叶卡捷琳堡。只是没想到捷克斯洛伐克军团的行动竟是如此的快速。本来骑兵团打算的是攻击一个营的兵力，趁机把白军引到这里，只是这样一来，一开始就要对付白军主力了。杨定远和阿列克塞闲聊时，总听他说是“永远不要轻视敌人”，现在的情形仿佛就是给这句话做注脚。

阿列克塞这句话，不用翻译尹春山也听懂了。他最想听到的也是阿列克塞的意见。阿列克塞因为饥民的事被卡希林处分，尹春山还有点儿担心他一蹶不振，但听他搭上了话，尹春山暗暗松了口气，他总算又恢复了状态，说道：“政委，你觉得应该如何对付?”

阿列克塞顿了顿，说道：“必须阻止捷克斯洛伐克人前进，否则我们无法对付克拉斯诺夫的哥萨克。”

这次行动，骑兵团的任务是攻击捷克斯洛伐克军团以引出克拉斯诺夫军团。但日·盖达却抢先出击了，红鹰团的主力就要被拦截在秋明，骑兵团势必要独立面对前来增援的克拉斯诺夫哥萨克骑兵。现在骑兵团已经扩编到近千人，实力比以前大有增长，只是在特罗伊茨克那一场小规模的恶战让骑兵团每个人都心有余悸，觉得骑兵团的实力仍然还不敌哥萨克。杨定远刚译完这句，小个子道：“可是，日·盖达有这么多人……”

虽然骑兵团对捷克斯洛伐克军团胜多负少，但人人都不会轻视他们。捷克斯洛伐克军团并不是容易对付的，现在更是有五倍于骑兵团的兵力，更是难上加难。骑兵的优势是突袭，但捷克斯洛伐克军团站稳脚跟后，一旦双方对峙，形成阵地战，骑兵团肯定又要吃亏，也根本无法阻止他们向秋明前进。一时几个人都沉默下来，尹春山忽道：“过河卒子，只有向前。日·盖达自己把部队先聚集起来了，倒是省事了许多。明天就发起攻击!”

杨定远心想到了这时候也只能如此了。他把尹春山的话传译给阿列克塞，阿列克塞便道：“可是，如果不能撼动捷克斯洛伐克人的阵脚，攻击只会是白白牺牲。”

“不可力敌的话，就以智取。”

这句中国俗语杨定远有点不太好翻，译成俄语是一大串。阿列克塞听得“用机智去取得胜利”，也有些好奇，问道：“怎么个智取法?”

“趁天亮之前发起攻击。全军以连为单位，迭次冲锋，再趁天亮之前撤退，与其对峙。”

这条计策听起来平淡无奇，但当杨定远把尹春山的命令传达下去时，霍敬奇一听便是一怔，说道：“好家伙，团长是要学甘兴霸百骑劫曹营跟空城计啊!”

霍敬奇字也不识几个，倒是记了一肚子的戏文。杨定远听他说的“百骑劫曹营”，便是一怔。这段《三国》上的故事他也读过，不过印象并不深。回想起来，尹春山采用的正是甘宁当初的策略。骑兵团比捷克斯洛伐克军团的人数少得多，如果正面突击，正如阿列克塞所说，如果冲不破他们的阵脚，那就只能是白白送死。但趁天未亮发起突击，而且是以连为单位迭次冲锋，这才有可能取胜。因为昏天暗地中，捷克斯洛伐克军团摸不清骑兵团的底细，便无法组织起还击。然后趁天亮前撤退，双方形成对峙。

日·盖达更猜不透骑兵团到底有多少人，定不敢贸然出击。这样便达到了布柳赫尔要骑兵团引出白军主力的目标。虽然这计划与“百骑劫曹营”并不完全一样，但后半段也正与霍敬奇说的“空城计”相差无几。杨定远一直为自己不是军校出身而懊恼，每当阿列克塞和尹春山在讨论战略时，他自觉只能充当一名翻译，根本提不出什么意见来，也每每为之自卑。但是这一次尹春山定下的策略让他豁然开朗，原来兵法也并没有那么神秘莫测。他想起当初尹春山说起过清朝初年满洲贵族就拿一本《三国演义》当兵法来读的事了。也许自己并没有进过军校，但实战是最好的学校。

1918 年 9 月 1 日的凌晨，骑兵团开始向伊希姆的捷克斯洛伐克军团发起了第一次攻击。伊希姆，以流经城市的伊希姆河得名。伊希姆河发源于哈萨克斯坦，本来是条从东向西流的河，但在哈萨克城市阿尔卡雷克北方附近突然来了个九十度大转弯，转而向北流去，最终汇入俄国境内的额尔齐斯河。这条河春季河水泛滥，夏季则浅到接近干涸，到十一月河面就结上了冰。现在正值秋天，河水还比较浅。因为车站里根本没有那么多营房，捷克斯洛伐克军团索性驻扎在伊希姆河的西岸。

9 月 1 日的凌晨，天色未明，从西西伯利亚高原吹来的秋风卷过大地，将尘土扬得漫天都是。虽然还只是秋天，但凌晨已起了一片白霜。在伊希姆河畔的捷克斯洛伐克营地里，一个哨兵打了个哈欠。

放了一夜的哨，倦意已浓得和煮烂了的米浆一样。捷克斯洛伐克军团是由第一次世界大战中被俄国俘虏的奥匈帝国军队战俘和俄国捷克斯洛伐克侨民组成。在遥远的西伯利亚，他们的敌人除了红军以外，就是无法排除的思乡病。

凌晨，布拉格广场周围的店铺在雾气中纷纷开门，扛着货物的劳工走在查理大桥上，古堡打开了大门……正当他沉浸在这一切中的时候，从夜色中，突然冲出了无数匹战马。

马蹄踏破了夜色，也踏碎了捷克斯洛伐克哨兵的昏梦。在刹那间，他们几乎以为自己从一个思乡的梦中跌进了另一个噩梦里，看到了地狱中冲出的骑士。然而，马上骑者的红星帽徽已明白地告诉了他们一切，而骑者手中的长刀又让他们的惊愕永远定格。

刀光掠过，哨兵的人头直冲上天。马蹄如战鼓，将夜色的沉寂撕扯得支离破碎。沉睡中的捷克斯洛伐克军团都不知道来了多少敌人，只觉敌人的战马连绵不断，无穷无尽，整个营地一下陷入了混乱。很多捷克斯洛伐克人甚至连衣服都没穿整齐，雪亮的马刀就斩上了他们的身体，而这支突如其来的骑兵竟似一条流转不息的长河，总是有人向里冲杀，让这些从睡梦中惊醒的捷克斯洛伐克人更是惊心。

这正是尹春山的计策。千许人的骑兵团，要冲击六千多人的捷克斯洛伐克军团，正常情况下只能造成一时的困扰。因此尹春山让骑兵营以连为单位，一批一批地杀进去，又穿营而出，从另一边冲出，再从原来的地方杀入。这种战术如果是大白天，立时就会被看破，但现在夜正深，骑兵团经过了这些日子的强化训练又有了长足的进步，进退极有章法，捷克斯洛伐克军团被打了个措手不及，哪还分得清到底有多少敌人的骑兵，只听得马蹄声疾雨般接连不断地冲来。而杀入营中的骑兵也似无穷无尽，这一切如同一场做不醒的噩梦，让他们几乎全盘崩溃。

地上已经结起了白霜，马上又被马蹄踏碎，被鲜血融化。骑兵团的两个营长，分别带着自己的队伍从捷克斯洛伐克军团的营地穿行过去。杨定远和阿列克塞都跟在小个子的第一连里，骑兵团发起第一轮冲锋时，捷克斯洛伐克军团已被彻底打晕了，杨定远穿过阵地只觉如入无人之境。捷克斯洛伐克人根本组织不起一次有效的反攻，很多人冒冒失失地冲出帐篷来，正好迎接他的恰希克刀。但日·盖达手下毕竟有六千以上的实力，这些人也大多是身经百战的老兵，当杨定远随着队伍第二次冲进来时，便觉得阻力已远大于第一次。

看来不能有第三次了，杨定远想着，尹春山也已发觉了这一点，趁着天色未亮，他下令放弃第三次冲锋，而是让骑兵团整体后退了一段距离。也幸亏及时撤退，当骑兵团刚退出捷克斯洛伐克军团的营地时，从营地里就响起了机枪声。

他们竟然有机枪！杨定远暗暗吃惊，也自觉侥幸。这一次偷袭借助了夜色的掩护，给捷克斯洛伐克军团造成了数百人的伤亡。更重要的是让捷克斯洛伐克军团有了怯意，觉得对手高深莫测，更不敢贸然还击。这样的结果，正是尹春山意料的，他们的作战计划进入到第二阶段。

这就是兵法，杨定远看着暮色中敌军的阵营暗暗赞叹。明明捷克斯洛伐克军团有绝对的优势，然而骑兵团这次突如其来的袭击已打垮了他们的锐气。如果日·盖达知道这支敌人只不过才一千人上下，大概会气得吐血吧。也就是这一千来人，如同一根钢钉一样将他们死死钉在了伊希姆河边。

对于骑兵团来说，陷入阵地战其实是最坏的结果，但对整个红鹰团来说，却是最好的结果。现在消息已经传回去了，卡希林很快就会带着红鹰团的主力前来增援。

没想到会出了意外，布柳赫尔不得不重新调整计划。骑兵团的突击给了他们一个措手不及，他们必须制订新的作战方案。只是现在为止，捷克斯洛伐克军团一直龟缩在自己的军营里坚守不出。这有点令人意外。

阿列克塞对眼前的局势有些不明所以："杨，我觉得有些不太对，捷克斯洛伐克人好像并不想出击。"

阿列克塞的一条腿在冲锋时中了一刀，虽然伤势不重，但走路时有点瘸。撤退后，骑兵团都在吃些干粮补充体力，阿列克塞嘴里咬着一块面包，话也说得有点含糊。杨定远点了点头："是，我也觉得不对劲。也许是以为我们的人数很多，不敢还击吧。"

东边已有微微的亮光，再过一阵天就亮了，很快日·盖达就会发现他面对的其实并不是一支大部队，不至于到现在仍然龟缩不前。杨定远看了看身后，对峙时马匹都带到了后方，士兵都下了马。尹春山让几匹马在后面拖着树枝跑动，扬起灰尘来虚张声势。这也是《三国演义》中屡见不鲜的计策了。

日·盖达真的被唬住了吗？杨定远心里总感到不安。方才的两轮冲锋，他看到了捷克斯洛伐克军团非常严整，很难相信这样一支队伍仅仅被偷袭了一次就一蹶不振了。他想了想，说道："政委，我们去见团长吧。"

骑兵团驻扎在一个小山包的西坡上。退下来后，抢修了一些浅浅的战壕。骑兵善于冲锋，却不善于防守，防守还是依靠这些工事。当杨定远和阿列克塞找到尹春山时，尹春山正躺在山坡上，嘴里咬着一根草想事。听杨定远说完疑虑，他把嘴里的草茎一口吐掉，说道："看来这仗是有点儿不对劲。"

捷克斯洛伐克军团有三支机关枪，一直都在不停地扫射，骑兵团根本无法冲上去。捷克斯洛伐克军团用的是步枪，骑兵团用的则是射程较短的马枪，火力上捷克斯洛伐克军团就占了优势，他们却仍然怕骑兵团冲锋一样只以火力封路，似乎并没有出击的意思，让尹春山感到诧异。

杨定远壮着胆子说道：“团长，我是觉得有点儿蹊跷……”刚说个开头便有些不自信。他对战争的了解，就是从一本《三国演义》上来的。

“你说下去。”尹春山看出杨定远的不自信，立刻鼓励道。

杨定远皱了皱眉。如果是先前，他自己都觉得说这些军事上的事会遭人耻笑，因此也不敢多说。但现在经过与实战的印证，杨定远的胆气也大了许多。他接住尹春山鼓励的目光说道：“团长，我觉着，他们好像在等增援。”

尹春山一怔，片刻又点了点头。他也正有这样的感觉。

捷克斯洛伐克以前属于奥匈帝国，日·盖达手下的士兵很多也是奥匈帝国军队出身。奥匈帝国曾经是欧洲最强大的国家之一，军人的素质向来有口皆碑。日·盖达作为奥匈帝国军人，绝对不会是个贪生怕死的人。伊希姆的捷克斯洛伐克军团实力远远超过了骑兵团，但他们被骑兵团这一场意外的突袭打得有点儿晕头转向，并不敢贸然出击。但也不至于到现在还没有任何动静，他们的做派跟他们的实力实在有些不相称。

尹春山也怀疑杨定远的猜测。如果真是那样的话，援军一到，那么骑兵团很可能会遭受到灭顶之灾。越想心情越沉重，唯一的办法就是等到他们的援军来之前就撤军，但如果现在撤军的话，那么阻击行动也就意味着彻底失败了。尹春山想了半天，喝道：“小个子！把小个子叫来！”他让小个子带人在外围巡逻，严密观察周围情形，一有情况就过来报告。能多撑一会儿就是一会儿，毕竟谁也不愿意面对失败。但多撑得一分，也就意味着骑兵团的危机就更近一分。但宁肯冒着危险，他们也愿意这场战役能有胜利的机会。

尹春山给小个子分派了任务，又转向杨定远道：“定远，你和政委守着东北边，看好马，要时刻做好准备。”

看来，最终还是要冲锋。杨定远看出了尹春山的心思。看来下一波的冲锋恐怕并不是进攻，而是迎战。捷克斯洛伐克军团等待的援军很有可能就是克拉斯诺夫骑兵军。他们几乎和布柳赫尔想到了一块儿去，也是步骑联合，用火车运送步兵，骑兵则进行突击。只不过红军的行动稍比他们快了那么一点儿。就是这一点儿先手之利，使得他们微微占了一点儿先机。但很快，这一丝先机就会过去。如果下面迎战，谁都没有把握。杨定远明白，这一次，不仅仅是对付捷克斯洛伐克军团，更要对付哥萨克骑兵，而骑兵团无论如何都要撑到红鹰团主力到来，否则将一败涂地。到底还能不能撑到那时？杨定远已不敢再去想了。

天亮了，无边无际的荒原上一轮红日跃出了地平线。远处的伊希姆河正缓缓流向北方苍凉的大地，只有不时响起的枪声打破了沉寂。

杨定远站在一匹马前，有些茫然地看着东边。他现在是在骑兵团扎营的小山丘后面，还比较安全，只是一股说不出的不安正在他心里窜动。很快，一场前所未有的恶战就要开始了。到了这时候，杨定远却突然沉静下来。他坐了下来，从怀里摸出了日记本。这本子他一直带在身边，他要把每一天的事记下来，尽管不知为什么，但他就是想记下来。刚写了几句，尹春山送他的钢笔却没水了。这时耳边传来阿列克塞的声音：杨，给你用吧。”

杨定远抬起头，只见阿列克塞拿了支钢笔递过来。杨定远不好意思道：“政委，你不也要用吗？”

杨定远知道阿列克塞也和自己一样有写日记的习惯。但阿列克塞却只是淡淡笑了笑道：“没关系，你用吧。”

杨定远感激地接过钢笔。这支笔很旧了，但写起来还是很流畅。杨定远把今天的事约略写了下来，收好了日记，将笔还给阿列克塞，没想到他却说：“杨，这支笔以后你拿着用吧。”

杨定远有点意外，又有点儿喜出望外，说道：“政委，你不用了？”

“不用了。”阿列克塞的话里有一种异样的味道，让杨定远心头闪过一丝诧异。但没等他再问，阿列克塞忽道：“来了！”

杨定远抬头看去，东边，有一带烟尘扬起。这股尘土正与先前在特罗伊茨克见到的相差无几，只是覆盖的面积更大，显然过来的队伍也要更多。杨定远猛地站了起来，说道："是援军哥萨克来了？"

阿列克塞没有说话，只是点了点头。那边的捷克斯洛伐克军团里发出的枪声也变得稀松了。枪声变稀，那就意味着他们就要发起攻击了。看来之前的猜测没有错，他们等待的援军终于到来。现在这个时候，对骑兵团来说是最为危险的时候。主力还未抵达前线的这一刻，必须守住阵营，能撑过去吗？杨定远想着，耳畔却传来了小个子的吼声："上马！准备迎战！"

小个子带着人在外围警戒，已发现了这支杀来的哥萨克骑兵。本来匍匐在战壕里的骑兵团士兵都已跳了起来，翻身上马。这一段时间的强化训练大家都进步不小，集合仅仅花了短短一刻钟。哥萨克骑兵来得极快，但在他们冲到近前之前，骑兵团已先行结成了一个圆阵。

尹春山也已骑上了战马，杨定远和阿列克塞也跳上马聚到尹春山身边。只见尹春山抽出马刀，厉声道："兄弟们，还记得特罗伊茨克吗？"

特罗伊茨克这一战虽然规模并不大，却是每个骑兵团心头抹不去的痛。所有人都举起了战刀，旭日下，雪亮的战刀交结成一片寒光，一个低沉而有力的声音爆发出来："杀！"紧接着"杀！""杀！""杀！"的吼声响彻天际，震耳欲聋。

当哥萨克骑兵冲上来后，对骑兵团来说，停顿或退却都是死路，唯一的生机就是向前冲，和他们正面厮杀。消极在这儿抵抗，不是成为捷克斯洛伐克军团的靶子，就是成为哥萨克战刀下的目标，只有拼命冲上去，在血与肉之间撕开一条路，才能让捷克斯洛伐克军团发挥不出威力。

只有向前！杨定远瞬间已明白了尹春山的战术。仿佛突然间卷起一道疾风，骑兵团忽地亮出了战刀，猛地向东方冲去……

第七章　血战

前来增援捷克斯洛伐克军团的正是克拉斯诺夫的哥萨克骑兵军。俄国发生革命后，欧洲列强都急于绞杀这个新生的红色政权，因此全力资助高尔察克临时政府，克拉斯诺夫的骑兵军就是得到了德国人的资助建立起来的。这支哥萨克骑兵人数虽多，终究没有经过多少磨合，自比不上谢苗诺夫的外贝加尔骑兵旅，和杜托夫的哥萨克骑兵也有点距离。但不管怎么说，这也是名震天下的哥萨克骑兵。

两支骑兵相向而行，猛然间撞击在一起，仿佛两把钢刀的刀刃吃到了一处，滋滋地冒出火星。杨定远冲在队伍的前列，他握着恰希克刀冲上去时，不由看了看身侧。他的左侧正是陈振中。他本来还有点担心陈振中会和金光云一样经不起战争的考验，但陈振中骑在马上十分镇定。这个本来从没骑过马的农家子弟，经过战火的淬炼，分明已经是个合格的军人了。

岁月如一条波涛汹涌的大河，将最硬的顽石也磨洗出别样的形状。他们两人谁曾想过有一天他们会同上战场，并肩战斗。杨定远心中难掩激动。陈振中也看到了杨定远，冲他大叫道："定远哥，当心！"抬头看去，却是一把恰希克刀正向自己面门劈来。这个哥萨克骑兵长得高大威猛，跳下马来大概比杨定远要高出大半个头，人长手长，恰希克刀在他的手中挥动时，游刃有余。杨定远心头一凛，手中的刀猛然间挥上。

“当”一声响，两把刀击到了一处，火星从刀刃相交的地方直喷出来。杨定远的力量不比那哥萨克小，两刀一击，他被震得浑身一麻，那哥萨克也感到了掌心在发烫，不由脸色一惊。两匹战马正擦肩而过，那哥萨克一分神，另一边的陈振中已直冲过来。陈振中的骑术还是参军后才学的，但因为练得刻苦，进步神速。陈振中和杨定远相距不远，方才见那哥萨克攻向杨定远，杨定远居然有点恍惚，急得大叫一声，冲到那哥萨克跟前，马快刀快，一下掠过那哥萨克的脑袋，手中的战刀趁势一挑。这是当初骑兵团初成立时，小个子跟霍敬奇对练时想出的招式。这几招尽是玩命，倒很适合没什么骑兵经验的愣头青用。陈振中这一刀借着战马的前冲之势，轻轻巧巧就将那哥萨克刺了下来。

上一次特罗伊茨克这一仗，陈振中没受伤，也没有杀过哥萨克，但那一仗的惨烈让他心有余悸，以至于后来一想到哥萨克他就有畏惧之心。现在，他终于将这惧意驱除，见终于杀了一个哥萨克，几乎要欢呼起来。

紧接着他的马与另一个哥萨克的坐骑擦身而过，陈振中死死盯着对手，见机又是一刺，刀法快稳准，甚至敌人身上喷出的鲜血溅到他身上都浑然不觉。看着那哥萨克坠于马下，陈振中还没反应过来。他已然忘却了什么是恐惧，他紧紧握着刀，只等那哥萨克翻身起来再补一刀。而那哥萨克重重摔到了地上再也没爬起来。陈振中眼里露出了狂喜，大叫一声，真是痛快。

就在此时，陈振中有点得意，边上的杨定远见又杀过来一个哥萨克正向陈振中冲过来，急道：“振中!”陈振中听得杨定远的叫声，心知不妙。他用的马刀比恰希克还要长一些，刀刃上的血都没擦干净，回手一刀，刀尖已然对准那个哥萨克马前，直冲过去。

霍敬奇想出来的招式共有三招。小个子对此有点儿嗤之以鼻，说这种玩命招式全是跟敌人比胆量的，如果也碰上一个亡命之徒，肯定要吃亏。如果临时生了惧意，这种招式更是毫无用处，只是白白送死。可话是这么说，平时训练时，使出霍敬奇这玩命三招来的，往往会让对手胆怯，连小个子自己都被霍敬奇这无赖招数从马上打落。从骑兵团成立到现在，能练成正经的马刀术的寥寥无几，倒是这玩命三招，招式简单明了，练起来十分容易，因此绝大多数骑兵都会。这三招不需要太多的技巧，需要的只是勇气。陈振中这一刀与那哥萨克的一刀针锋相对，只是陈振中喊声更大，俨然已让对手怵了三分，因此马上的力度反而不如他，这便是勇气的对决。

哥萨克虽然号称以马为翼，以刀为爪，可是面对这种同归于尽的招式，在死亡即将降临的那一刻，那哥萨克的心魄显然动摇了，身子一晃，差点没抵住。眼见着两匹战马就要相撞，那哥萨克赶紧一躲，这一闪，刀已失去了准头，从陈振中头顶掠过。而陈振中的长刀却已一下刺入他的左胸。陈振中的马刀虽然比不上恰希克锋利无比，但就胜在快和狠。这一刀深深刺入了那哥萨克兵的身体，只听惨叫一声，又摔落下马。

陈振中连斩三人，心中已是兴奋得难以言状。哥萨克的厉害他听得多了，见也见过。以前他只觉能和哥萨克对上几招就已经很难得了，可是这场仗，刚一开打，就有三个哥萨克骑兵死在自己刀下。此刻的他才真正体会当兵的荣耀和胜利的喜悦。他只觉胸口似有一团火在燃烧，只想仰天大吼一声。这种不可一世的意气风发，在他年轻的生命里还从未有过。就在他想要嘶吼的那一刻，他突然感到身体一轻，人仿佛化成了轻烟，正在向天空中飞去。那么广袤的天空，每一片白云都如同闪电一般从身体四周上升，而他的身体也从未有过如此的轻盈。

这就是胜利的感觉吧，这种感觉太美妙了。正当陈振中沉浸在胜利的喜悦中时，他万万没想到自己已经陷入绝境中。有个哥萨克骑兵突然从他身后斜冲过来。而此时陈振中的长刀还插在前一个哥萨克的前心，还没来得及抽出来。只那么一瞬，那哥萨克的恰希克刀已从他脖子前一挥而过。锋利的刀锋，让陈振中连一丝痛楚都没感觉到。他还不知道怎么回事，他还没来得及还击，他还正为自己杀敌的喜悦兴奋不已……而那把恰希克刀已砍落了他的头颅。

“振中——”杨定远疯了一般地吼叫。但振中再也不能回答他了。他的喉咙里仿佛堵了块大石头，连喊了数声却一点儿声音都发不出来。仅仅是几秒钟，陈振中就在自己面前失去了生命。眼泪夺眶而出，之前他还感叹自己和振中并肩而战，还在为振中杀敌的表现赞叹连连，可才短短的一刻，他们就生死永隔了。杨定远紧紧握着手中的战刀，只觉这柄刀滚烫，烫得仿佛要化成钢水，和鲜血一样淌下，流进大地的裂隙里。

杀了他们！杀了他们！刀也在吼着。杨定远已全然忘了一切，只是向前冲着，恰希克刀也似熔在了他的掌心，和他的手臂连为一体。甚至，刀锋劈开空气时每一分细微至极的响动他都能听得清清楚楚。现在不论是霍敬奇教他的玩命三招，还是小个子教他的马刀，或者尹春山跟他演练过的日本刀术，他都已忘得一干二净，他心里只想着替振中报仇。

刚杀了陈振中的那哥萨克见又有个中国人向自己冲来，正待回刀抵挡，可是杨定远这一刀力度已超越了他的极限，那哥萨克还没来得及回刀护住面门，杨定远的恰希克刀早已扫过他的脖子。与他杀陈振中的方式几乎一模一样，喷出的鲜血顶起了好几尺高。而那张满脸胡碴的脸上，还带着惊疑。杨定远大吼一声：“振中，我替你报仇了，振中，你听见了吗——”

几乎每一刻，都有人中刀落马。惨叫连成了一片，鲜血也已浸透了这片土地。被鲜血染红的地上，灰尘已不再扬起，马蹄也已染成一片殷红。那边的捷克斯洛伐克军团本来还准备过来合力对付骑兵团，可是骑兵团已经和哥萨克骑兵绞成了一团，他们根本无法开枪助战，只能呆呆地望着这两支骑兵厮杀在一起。骑兵团与他们交战过不止一次，每一次骑兵团都是凭借着偷袭先胜一局，因此捷克斯洛伐克军团对这支中国人骑兵只有痛恨。他们曾经如此轻视这支队伍。但现在的局势，他们的轻敌之心已荡然无存，从未有过的畏惧之心已悄然袭来。

战场把一个男儿百炼成钢。而骑兵团也在战火中炼成了一块精钢。在铁蹄的震撼下，捷克斯洛伐克军团无法插入，只能在一旁观战，不敢轻举妄动。

骑兵团发起的这次反冲锋，大大出乎克拉斯诺夫军团的意料之外。在他们眼里，中国人的骑兵团向来不堪一击。在克拉斯诺夫眼里，这支中国人骑兵只不过会投机取巧，欺软怕硬，所以当日·盖达向他请求增援时，克拉斯诺夫一口答应。本来以为是一块肥肉，可真正啃到了嘴边，克拉斯诺夫才明白其实是块硬骨头。

不知什么时候起，哥萨克骑兵成了要竭力摆脱混战的一方。也只有摆脱了混战，一直在旁边观战的捷克斯洛伐克军团才有可能发挥威力。尹春山也料到了克拉斯诺夫会使出这招，骑兵团只要死死地缠住哥萨克骑兵，他们就无机可乘。

战马冲击着战马，人冲击着人，钢刀相击的声音几乎掩住了马蹄声。这已经不是一场单纯的战斗了，而是意志的比拼。号称天下第一骑兵的哥萨克，从未想过会出现这样一个对手。这些中国人让他们想到了当初在奉天城下遇到的秋山好古的骑兵团。眼前的这支中国骑兵，似乎毫不逊色当年曾首次击败过哥萨克的日本骑兵，而战意犹有过之。他们已不敢相信，中国骑兵团竟然也会有如此刚毅坚强的一天。

尹春山也没想到骑兵团会越战越勇，他浑身上下充满了力量，自己目标一直是将骑兵团训练成一支不逊于哥萨克的劲旅，没想到通过这场战役，他觉得目标越来越接近了，他看到了希望！

几乎一夜之间，西伯利亚平原上冒出了这样一支几乎凌驾于哥萨克骑兵之上的中国骑兵。在哥萨克骑兵军的后列，正指挥战事的克拉斯诺夫大感意外。当看着这些中国人如箭矢一般插入哥萨克骑兵的队营，几乎将哥萨克的阵形撕成两半，克拉斯诺夫无论如何也镇定不下去了。

这到底是一支什么样的队伍？克拉斯诺夫实在想不通。他这支哥萨克骑兵从人数上来说，比杜托夫和谢苗诺夫的部队都要多，现在足有三千来人，几乎是中国骑兵团的三倍。可就是这三倍的实力，居然仍没有拿下这支骑兵团，而且打到此时仍是旗鼓相当。如果人数少一点儿，恐怕早已被骑兵团击得溃不成军了。他本来根本不想去依靠捷克斯洛伐克军团的力量，然观战到现在，越来越觉得单靠自己的力量，恐怕已无法抵挡中国骑兵团的冲击。

真要被这些中国人击溃，那会成为所有哥萨克人口中的笑柄吧？克拉斯诺夫只觉嘴里有些发苦。革命后，他充当了德国支持的白军指挥官，在很短时间里组织起这支哥萨克骑兵军。从成军到现在，虽然实力已经超越了另两支哥萨克骑兵，可战绩却最拿不出手，因此克拉斯诺夫太希望能取得一次大胜来证明自己，他也比别人更无法接受失败。

只是，现在的局势恐怕正在向失败逼近。克拉斯诺夫看着正打成一团的两支骑兵，陷入了沉思。虽然哥萨克骑兵的人数占优势，但并没有决定性的优势。而现在这样的缠斗，更是使战况不明朗，外围的六千捷克斯洛伐克军团大军只能袖手旁观，不敢贸然上前。

克拉斯诺夫心想必须摆脱现在的局面，他叫过副官来了一条命令，要全军尽快脱离战斗，转到捷克斯洛伐克军团的右翼。

当哥萨克骑兵摆脱了骑兵团的纠缠后，骑兵团就会如同被剥离了坚壳的胡桃般暴露在捷克斯洛伐克军团的火力之下。尹春山很清楚这一点。虽然捷克斯洛伐克军的机动力远远不如骑兵团，但这支由旧奥匈帝国军人为主力的军队也具备相当可畏的实力。克拉斯诺夫显然是想着要借助捷克斯洛伐克军团的力量来取得这场战争的胜利，但尹春山等的也正是这一个机会。

从双方实力来说，一千多人的骑兵团完全不能和两千多人的克拉斯诺夫骑兵军与六千多人的捷克斯洛伐克军团相提并论。如果说与捷克斯洛伐克军团对峙，总还能有逃跑的机会，但克拉斯诺夫骑兵军一旦投入战斗，那他们马上就会陷入死局。现在骑兵团唯一的生路，就是坚持到红鹰团主力的到来。

这正是当年项羽破釜沉舟，击破秦军主力的故事。只是不论是日·盖达还是克拉斯诺夫，他们当然都不会知道项羽。尹春山带转马头，扫了一眼战场。虽然骑兵团的损失很大，可是坚持到现在，战术任务已经完成了大半。只是红鹰团主力还没有来，这任务就没有完成。他厉声喝道："传令，全军冲击!"

随着尹春山一声令下，骑兵团忽地一拎战马，战马几乎全都后蹄直立，来了个一百八十度的大转弯。这一手便是号称马背上长大的哥萨克们也为之咋舌，不少哥萨克甚至惊诧地发出"咦"的一声。小个子冲得更快。小个子的骑术本就高明，加上又会武功，在马上所向无敌。他率领的第一连因为训练刻苦，在骑兵团中也是佼佼者。

这正是阿列克塞提出特训的结果。阿列克塞本就是哥萨克出身，他知道，骑兵团就算训练得再刻苦，想要在骑术上超过几乎长在马背上的哥萨克，基本上是不可能的。因此为了取胜，就只有剑出偏锋，专攻哥萨克的短处。哥萨克的骑术可谓无懈可击，霍敬奇当初吹嘘说木兰秋狝的时候，骑术高手能走马取金钱，从疾驰的马背上把撒在地上的十八个金钱捞上来，这等手段哥萨克中的好手就能真正做到。哥萨克的骑术在耐力与速度上，真个天下无双，唯一能胜过他们的，大概也就是这急转。急转在实际中基本上没什么大用处，而且把马的前半身拎起来，一旦用力过大，有可能会把马唇撕破，爱马如命的哥萨克自是不肯去练的。阿列克塞针对哥萨克的战术提出这一点措施，就是为了在与哥萨克的对攻时能够在交错转身时抢到先机。

现在，就是这样一个机会。克拉斯诺夫骑兵军想不到骑兵团居然练成这样一招看似华而不实的招数，他们本来在准备向捷克斯洛伐克军团那边退去的同时，自然也要防备骑兵团追击，因此外围的一圈也在掉转马头。就因为在转身的这一刻落了速度，等他们转过身时，骑兵团已然突破了他们的防卫带，又冲进了哥萨克骑兵军的圈内。两支骑兵再次胶着在一处，可这一次，却是克拉斯诺夫棋错一着，被骑兵团从背后狠狠捅了一刀。

捷克斯洛伐克军团都看呆了。这些中国人，从一开始被他们毫不在意地轻视，到正视为对手，再到产生惧意，也不过几个月。而就在他们眼皮底下，这些中国人居然面对号称天下第一骑兵的哥萨克，以寡击众还能保持如此凌厉的攻击，甚至，克拉斯诺夫骑兵军被这一轮猛攻打得有点阵形散乱，隐隐有不支之相。

不知有谁惊叫道："黄祸！黄祸又来了！"

当年蒙古帝国西征，一直打到了多瑙河畔。那时的欧洲人对这些来自远方、战无不胜的黄种人畏惧至极，称之为"黄祸"。眼前中国骑兵团的威力使得他们又想起了这不弹已久的老调，登时一传十，十传百，几乎整个捷克斯洛伐克军团里都在喊叫着。

看到这个阵势，克拉斯诺夫差点要吐出血来。他是受日・盖达的请求，前来支援捷克斯洛伐克军团发起这次攻击的。然而攻击还没有开始，却遭到了这支突如其来的中国骑兵团的袭击。更让克拉斯诺夫始料未及的是，这支中国骑兵团的攻击力和韧性竟会如此之强，明明人数占劣势，但他们一直在主动攻击。在哥萨克的征战史上，还很少碰到过这样的对手。克拉斯诺夫的心里也已经开始了不安。

另一边的尹春山心里也开始了忐忑。骑兵团这一次的表现，虽然大大出乎尹春山的意料之外。然而不论如何善战，人力终究有限。从半夜里发起攻击以来，骑兵团基本上没有休息过，连饭都没能好好吃上一口。现在虽然打了哥萨克骑兵军一个措手不及，可是尹春山很清楚，这样的反击不会持续太久。有着极强战斗力的哥萨克骑兵很快就能稳定下来。而接下来骑兵团将要遭受到的反击，很可能会顶不下去。只是，就算顶不下去，也只有硬顶。一旦溃退，骑兵团就会被捷克斯洛伐克军团当成活靶子。现在已没有别的选择。

一轮红日渐渐移到了天空正中。时间在一点点流逝，骑兵团的攻势渐渐减弱了，而哥萨克骑兵却因为镇定下来，反攻越来越凌厉。由于两支骑兵还是纠缠在一处，捷克斯洛伐克军团还只是在外围观望。

杨定远杀到现在，只觉手中的恰希克刀有点打滑，那是挥动时刀身上沾的血液，直流进他的掌中。自己已多处受伤，却浑然不觉。振中，你的英灵永在，保佑我多杀几个敌人替你报仇吧！杨定远始终默念着这一句，全力拼杀。不光是杨定远，每个骑兵团士兵心里都只剩下一个念头，就是杀敌。

时间仿佛被鲜血焊住了。伊希姆河水不知什么时候已被鲜血染成了红色。这片狼藉的土地上，死去的人和马倒下一片，垂死的人和受伤的马还在挣扎，未死的人骑在马上搏杀……即使是习惯了恶战的哥萨克人，也无不在惊叹。这支仿佛一夜之间崛起的劲旅，伸展开还稍嫌稚嫩的利爪，让哥萨克人这些称雄了数百年的捕食者第一次在本土尝到了遭人捕食的痛楚。哥萨克人对这支骑兵团都起了畏惧之心，然而战争并没有停止，随之而来则是如烈火般升腾起的战意，哥萨克人好战的天性使得畏惧没有扑灭战意，反而让它燃得更高。

在西伯利亚，只有哥萨克人才是鹰！克拉斯诺夫眼里射出了逼人的寒光。克拉斯诺夫是个好战之人，每次战斗都会亲自冲锋上阵。但以往，他冲锋时都是大局已定，冲出去只为了享受那一刻的辉煌。而这次，他冲出来不是为了享受胜利的果实，完全是为了鼓起全军的士气。看着中国骑兵团惊人的意志，先前寄希望于捷克斯洛伐克军团助战的念头已让克拉斯诺夫感到了羞耻。他举起战刀，高声喝道：“乌啦！”

“乌啦”是俄语中“万岁”之意，也成了俄国军人冲锋的口号。对于军人，战死在沙场就是最大的光荣。克拉斯诺夫的亲自出击果然让哥萨克骑兵军士气大振，他们全都高喊着“乌啦”，猛然间向骑兵团反扑。哥萨克人本来就比骑兵团人数要多，这一阵反扑就如一块突然伸出海面的礁石，将骑兵团进攻的狂潮遏制住了。

红鹰团主力军怎么还不来？尹春山的心里已呈焦灼状态。骑兵团的表现已经让他无比欣慰与惊喜，但他深知这些战士体力已透支了，在厮杀中，眼见有越来越多的骑兵团士兵被斩落马下。每当有人落马，尹春山的心就像被扎了一刀，浑身都要一颤。骑兵团和哥萨克骑兵毕竟还存在着差距，当锐气渐渐磨去的时候，这一差距就决定了孰生孰死。

难道，只有撤退了？不，绝不！尹春山几乎在一瞬间就否决了这个决定。现在主力军还没有到来，撤退的话相当于前功尽弃。何况，到了现在这个时候，也已经有进无退了，如果撤退，在哥萨克的突袭与捷克斯洛伐克军团的阻击下，骑兵团的损失只怕并不比死战到底轻多少，只有咬紧牙关坚持下去！骑兵团踏上的已是一条不归路，也唯有置死地而后生，要么取得整个战役的胜利，要么就全部阵亡。尹春山这次唯有死命一搏了。

恰希克刀在杨定远手上越来越沉重，他已杀红了眼，只要见到哥萨克出现在眼前就挥刀劈去。他要为振中报仇！他俩是发小，虽不是亲兄弟，却和亲兄弟没什么两样。他们一同离开家乡出来闯荡，也是他把振中拉到了骑兵团，如果不是他执意要他过来，是否振中就不会死？他自责着，脸上沾满了血水，他仿佛已堕入噩梦中，骑在马上打仗是个噩梦，拿着战刀与人厮杀是个噩梦，来到俄国也是个噩梦。这些噩梦一个连着一个，仿佛把他的生命都涂成了一片灰暗，也让他根本不敢、不愿去相信这一切是真的。

死神好似越来越近，时间也仿佛如停滞了一般。杨定远以为马上就该看到那个白衣女子了，只是一眼望过去，跃入眼底的只是一个个哥萨克。杨定远已经忘却了恐惧，甚至，连自己究竟在做什么都忘了。生与死，已经被钢刀剁碎，揉匀，根本分不出彼此。

难道这次死神躲开他了吗？正想着，一个哥萨克冲到他面前。这人是个左撇子，因此冲的也是他的左边。在那哥萨克手中，握着一把出奇明亮的恰希克刀。

刀光中，隐约出现了她的笑靥。她的微笑能让人忘掉一切。杨定远几乎是痴迷地盯着那一片刀光。就在这时，从一边突然闪过一个人影，一把马刀“砰”地挡住了这把恰希克刀，随即听到了霍敬奇那尖厉的叫声：“娘的，定远，你傻了不成？还击啊！”

霍敬奇身材矮小，但这样的身材骑马却最为合适，因此他和小个子可以算得上骑兵团中最让哥萨克们头痛的两个人。他跟小个子一样在一连，一直冲在队伍的最前面。因为有一副好身手，动作又灵活，打到现在竟然毫发无伤，已有五六个哥萨克被他砍落马下。

当那个哥萨克冲向杨定远时，他正好就在杨定远身后，见杨定远竟然如同傻了一般不去相迎，赶紧帮他补刀。这一刀如果再慢些，不被那哥萨克的恰希克砍死才怪。霍敬奇原先用的马刀在特罗伊茨克一战中被哥萨克砍断了，现在用的正是那一役中夺来的恰希克刀。他也知道自己的力量肯定不及那哥萨克，一刀挥去，刀身有点斜。而那哥萨克的这一刀却是用了全力，刀刃顺着霍敬奇的刀背直滑了出去。打到这个时候，霍敬奇也没有了当初的体力，这时候硬拼肯定会吃亏。趁这哥萨克把刀转过来时，霍敬奇忽地从马鞍上跳了起来。他双足一离马蹬，人如猴子一般纵身一跃，手中的恰希克刀已顺势向斜上方掠出。而那哥萨克还没来得及准备，霍敬奇的恰希克刀已沿着哥萨克的脖子拖过。锋利的刀刃，与传说中的“吹毛立断”相去无几，这一刀虽然并没有用太大的力，却已将那哥萨克的半边脖子割断了。

霍敬奇此时落下，正好坐回马鞍上。双脚一踩进马蹬，他只觉意气风发，不可一世。打仗还得用巧劲，硬碰硬肯定占不到便宜。他已总结出一套对付敌人的方法。而杀这个哥萨克最让他得意。如此身轻如燕、驾轻就熟地杀人，霍敬奇依稀又有了当年做大内侍卫的几分感觉。他握着还沾着血的恰希克刀，只觉胸中有一股气息喷薄欲出，放声唱道：“某家出世斩熊虎，匹马单刀斩颜良。过五关曾斩六员将，擂鼓三通斩蔡阳。劝你早把长沙让，稍若迟延在某的刀下亡。”

西伯利亚高原上响起这《战长沙》的唱腔，还是破题头一遭。霍敬奇那尖厉的声音如同一根针一样直刺云霄。听着霍敬奇的声音，杨定远却如同听到了振聋发聩般的巨响，眼里突然淌下了泪水。霍敬奇再次救了他的命，而他却没有救下振中的命。

泪水再也不受控制地流下来。先前的胶着战况让他没有时间流泪，而这尖厉的歌声，却让他真正感到了生命的可贵。

活下去！为了死去的人，好好活下去！杨定远抹了抹额头的汗，没想到抹下来的却全是血。他深深看了一眼霍敬奇，眼中全是敬佩。现在骑兵团已经到了无法再次翻转的绝境，眼看就要彻底崩盘。霍敬奇的声音让他冷静下来。要在这绝境中杀出一条血路，除了红鹰团主力军的及时支援，还有一个办法——擒贼先擒王。

杨定远没读过多少古诗，不过“擒贼先擒王”这一句，在说书人嘴里听过多次了。那些袍带书里总是说一将落马，余众星散。这些虽是胡扯，但也并非毫无根据。至少，现在假如能够斩杀哥萨克的首领，那么骑兵团的压力将会减轻许多。

他抬头扫视了一眼前方。在前面，有几个哥萨克骑兵簇拥着一个军官模样的人正向这边过来。如果不是看到了这几个人，杨定远也根本不会有这念头。虽然不知道那军官到底是何许人也，但肯定是个首脑人物。如果能将他斩于马下，至少可以重重地打击哥萨克的士气。

不要轻贱生命，也不必去吝啬生命。活下去！为了死去的人，好好活下去！只有活下去，才能守护一切。振中，你的生命就由我替你延续下去吧！杨定远找准目标，催马上前。

哥萨克的攻击越来越猛烈。骑兵团也在死死据守，决不放弃。这些骑兵团的战士不仅有着哥萨克的刚硬与锋利，更有着哥萨克所没有的柔韧。克拉斯诺夫看着眼前的景象，额头也有冷汗淌下。这些中国人，竟然是比哥萨克更勇猛无畏的战士！虽然从心底不想承认，但克拉斯诺夫还是不得不承认，眼前的这支中国骑兵其实已凌驾于哥萨克骑兵之上了。如果不是因为兵力只有自己的一半，现在自己大概早落荒而逃了。

克拉斯诺夫正不知下一步如何部署，人群中，突然有一个骑兵直向他冲过来。这人身上已满是鲜血，也不知是哪方的骑兵，手中的刀都几乎成了红色。看样子又并不像是中国人。

而此人正是阿列克塞。在这场战斗中，最为纠结的也莫过于他了。阿列克塞现在要面对的敌人都是同族人。自己在一群异族人中，与同族进行你死我活的战斗，想起来都觉得难以接受。

但这就是战争的残酷，阿列克塞虽然出身哥萨克，读的也是军校，却并不热衷打仗。与刀和马相比，他更热爱的是诗。他喜欢普希金的诗，也喜欢莱蒙托夫的诗。而当代诗人中，他更喜欢叶塞宁和勃洛克。特别是勃洛克，很多诗他都能背颂。对这个年纪稍长于他的诗人，阿列克塞几乎是崇拜，以至于理想就是有机会去彼得堡，一定要拜会一下勃洛克，并把自己的诗集献上请他点评，再说一下自己对勃洛克新写的长诗《十二个》是多么喜爱。

《十二个》的写法让阿列克塞崇拜得五体投地。当他看到哥萨克队列中冲上来的克拉斯诺夫时，一阵狂喜涌上了心头。阿列克塞知道，自己虽然没能写出像《十二个》这样的绝唱，但战马与钢刀却能够让自己成为诗中那十二个赤卫队战士中的一个。

马如疾风，直冲向克拉斯诺夫身前。克拉斯诺夫身边的亲随骑兵也已发现了这个红军骑兵正猛冲过来，两个骑兵立刻迎了上去。一左一右地迎击，对骑兵来说是致命的。两个哥萨克如同两扇门，重重地合拢。在他们看来，这个红军骑兵根本不可能冲到克拉斯诺夫将军马前。

然而奇迹却发生了，从两个哥萨克中间的缝隙里，阿列克塞的马竟然冲了过去。虽然他的左肩中了一刀，长长的伤口鲜血汩汩涌出，血已染红了半边身体，连马匹的左边也染得通红。但在他的右手边，那个哥萨克却无声地坠于马下。

另一个哥萨克也是一惊，他没想到阿列克塞还能冲出来，那一刀居然没有让他当场丧命。这时的阿列克塞早已忘了疼痛，他紧紧盯着克拉斯诺夫，早将生死置之度外。在他心里只有一个念头：取下克拉斯诺夫的性命！

我等着召唤，我等着回应，
天地间却沉寂没有声音。

越过远方那枯黄的田埂，
让我的呼唤猛然间惊醒。
那是来自于昔日的回声，
穿过了倦怠的大地苍穹，
即使短暂得无法去说明
也相信那一天终将来临。

勃洛克这首诗就在耳边响起，如此清晰，如此动人。那一天终将来临了吗？只是，为了那一天，我要付出生命的代价，究竟是否值得？不，我不管能收获什么，但我坚信播下的是龙种！阿列克塞不顾一切地朝克拉斯诺夫冲杀过去。

克拉斯诺夫也已发现了这个向他冲来的骑兵并不是中国人，显然也是哥萨克。哥萨克虽然大多归属白军，但也有一些站到了红军一方，最著名的就是二十五师师长恰巴耶夫。这个突然向他冲来的红军哥萨克让克拉斯诺夫感到了前所未有的压力，让他握紧了手中的恰希克战刀准备迎战。

阿列克塞双眼眨都不眨，死死盯着克拉斯诺夫的脸。眼见着两匹马就要撞在一起。

与阿列克塞一样，克拉斯诺夫也毕业于奥伦堡士官学校，比阿列克塞高几级。然而阿列克塞在学校里并不出色，与克拉斯诺夫相比，他实在是个很一般的学生，甚至被人讥讽为将来只能做个文官。可是，在阿列克塞的胸中，燃烧的也依然是哥萨克的血液。

近了，越来越近了。阿列克塞身上的伤口还在流血，在他身后形成了一条长长的血路。他这是在拿生命做交换！他已知自己不可能再有第二次机会了。也许几秒之后，自己的生命就将终结，但是他已没有退路。阿列克塞的心里仿佛有一团火要喷薄而出，他想让世界上所有人都知道，他阿列克塞·阿夫杰耶维奇·库兹涅佐夫，为了一个崇高的理想而献出了自己的生命！

马头终于碰到了一处。克拉斯诺夫的眼一眨不眨，紧紧盯着阿列克塞的恰希克刀。他知道这一击是这敌人倾尽生命所发出的，如果接不下，死的就是自己。他当初在士官学校时，就以骑术和刀法著称，他个子也比阿列克塞要高一些，相应的手臂亦更长一些。他并没把阿列克塞放在眼里，只要沉着应付，他坚信自己能打败他。

阿列克塞的刀劈出了。但在他的刀刚要挥出的那一瞬间，克拉斯诺夫的刀已先向他刺去。克拉斯诺夫身经百战，马刀对他来说简直就是延伸的手臂，阿列克塞虽然也是哥萨克，但用刀的熟练程度却比他差了不少。克拉斯诺夫已经算定，不等这敌人的刀劈到自己，自己的恰希克刀就已经先把这人的右臂砍下。

去死吧！克拉斯诺夫的嘴角浮出一丝残忍的笑意。他已然尝到了胜利的喜悦，一瞬间，克拉斯诺夫感到了刀刃吃入对方肉体的那种滞涩感。但与以往不同的是，刀锋却停止了前进，阿列克塞的左手忽地伸出，一把握住了克拉斯诺夫的刀锋。

恰希克刀极其锋利，战斗中甚至有削断枪筒的成绩。然而再锋利的刀如果缺乏速度，就与铁板没什么不同。阿列克塞的左手死死握着刀，刀锋已经切入了他掌心，却被掌骨挡住了。刀锋刮着掌骨，甚至发出让人牙酸的声音，鲜血已沿着刀身流淌，将一把雪亮的恰希克刀染作鲜红。阿列克塞早已忘却了疼痛，似乎左手已不属于他一样，右手的刀也已斜斜斩来。

克拉斯诺夫的脸色一下变得煞白。这人竟然用一只手的代价来封杀自己的刀！这种战法，就算习于恶战的克拉斯诺夫也从来没有想到。这人的坚忍，已经超越了他的想象。现在他的刀被抓住，虽然只要一用力，定能把他的五指都削断，可就在这电光石火间，对方的恰希克刀也能斩落自己的脑袋。

一刹那，克拉斯诺夫的冷汗已湿透了背心，绝望笼上了他的心头。他看不出有什么办法可化解这一次的攻击，甚至，他似乎已经看到了自己与这个红军骑兵同归于尽的场面了。

阿列克塞的眼里已在发亮。胜利的一秒钟终于被自己捕获了，虽然这一秒要付出生命的代价，但这一切都是值得的。因为，鲜血将要证明自己无愧为一个真正的战士！

刀已经要触到克拉斯诺夫的脖颈了，只消再切入一点儿，便能将这颗人头斩落。然而，就在这胜利的最后时刻，一把恰希克刀突然打着转破空而来。锋利的刀刃，如同风车一样急速旋转，在阿列克塞的刀正要触到克拉斯诺夫的一刹那，刀锋已斩落了阿列克塞的右臂。

这是克拉斯诺夫的另一个亲随骑兵掷出的。哥萨克把马看成翅膀，把刀看成利爪，这两样从来不会离身，那亲随骑兵若不是看到克拉斯诺夫遇到如此险境，是绝不会把恰希克刀掷出来的。阿列克塞的左臂本来就受了重伤，现在右臂又断，他连马鞍都坐不稳了，直接翻身落下马来，心里发出了一声痛苦的吼叫。

不是害怕死，而是因为失败。在最后一刻，胜利终究还是擦肩而过。落到地上时，他看着克拉斯诺夫的脸越来越远。“我播下的是龙种，但已看不到收获的时候了。”阿列克塞功亏一篑，杨定远追至跟前，他嘶声叫道：“政委！”可是哪里还来得及，拥过来保护克拉斯诺夫的哥萨克已在他面前围成了一堵无法逾越的高墙，连阿列克塞落到地上的尸身都看不清了。在狂奔的战马踩踏下，只怕连尸骨都收不回来。

杨定远的眼里已几乎要喷出火来。阿列克塞，这个相识并不很久的红军军官，在这几个月里已经和杨定远结下了深厚的友谊。这一场战役，陈振中与阿列克塞相继战死，让杨定远的心有着说不出的疼痛。他高喊一声，猛地打马向着那些哥萨克冲过去。

就算这是高墙，就算要撞得粉身碎骨，他也在所不惜！

风仿佛突然间从地上卷起，卷着杨定远向前。他脑中一片空白，他只有一个信念——冲杀，毫无顾忌地冲杀。那一刻，杨定远甚至感到自己已经脱离了肉体，仿佛可以看到自己正跃马扬刀，疯狂地冲向被层层哥萨克包围起来的克拉斯诺夫。他已不知道要面对多少个对手，只知道恰希克刀在手中不住翻飞，没有防守，只有进攻。他很清楚，单凭一己之力杀不透哥萨克的重围，更别想冲到克拉斯诺夫身边，可是心底涌起的那股力量却支撑着他拼命向前。

刀光中，鲜血不住飞溅。杨定远身上已不知中了多少刀。锋利无比的恰希克刀，在人身上轻轻一碰就是一条深深的刀口。杨定远披着血衣，全然不顾地拼杀。哥萨克们第一次露出了恐惧的神色，这些看似柔弱的中国人，在战场上竟然一直保持着如此高昂的战意。就在混战中，杨定远的马忽地惨嘶一声，前腿一跪，伏倒在地上。

恶战中，马也受了许多刀伤，再也支撑不住了。杨定远差点被摔出去，他也知道只要一落地，肯定再无活路，因此左臂一下揽住了马脖子。可这当口摔倒，不要说哥萨克的乱刀马上要斩下，就算没人理他，马的冲撞踩踏也要将杨定远踩成肉泥。

生命就要在此刻终结了吧？杨定远缓缓闭上了眼睛，耳中的喧嚣在一刹那间归于沉寂。而在这一片寂静中，一声汽笛远远地传了过来。听到这声汽笛，杨定远欣喜若狂地睁开了眼，死神再一次与他擦身而过，定睛望去，只见一列火车正沿着铁轨飞速而来。红鹰团的主力军终于到了！

主力军虽然兵力并不能比捷克斯洛伐克和克拉斯诺夫骑兵军多多少，但白军的士气已经被苦战至今的骑兵团磨得差不多了，哪还能经受红鹰团的猛攻。见到救援部队，骑兵团的战士全都吼起来。哥萨克骑兵军见状立即掉转马头，向东奔去。眼看着一场惨败已避免不了，马上便有人想着逃跑。

火车还没停稳，主力军已跳下了车厢，向捷克斯洛伐克军团发起了攻击。杨定远不知哪来的力量，猛地一提缰绳，让战马又立起来。只是他已经筋疲力尽，甚至连刀都举不起来了。骑兵团撑到现在，已近油烬灯枯，主力军到来更是让他们提着的一口气松懈下来。如果这时候哥萨克骑兵再次冲击，只怕真能让骑兵团全军覆没。然而连克拉斯诺夫自己也随部队撤退了，保命要紧，哪里还有心思再与骑兵团交战。

最后的胜利已经锁定。本来计划向叶卡捷琳堡发起突袭的白军，却遭到了中国红鹰团的强劲阻击。命运的天平终于摆向了中国红鹰团这一边。看着这支不可一世的哥萨克骑兵军开始散乱着撤走，杨定远脸上终于浮起了一丝淡淡的笑意，可紧接着心里的痛苦就喷涌而出。

振中、阿列克塞，还有那么多的战友，永别了……

第八章　泪与笑

战火、硝烟、战马的嘶吼和士兵的叫声，这一切仿佛被压进了一个石臼里，被杵成了粉末又揉成一团，再狠狠塞进杨定远的脑子里，无休无止。当他猛然睁开眼时，眼前却只看到一片白色。

茫茫的白色，无边无际。是在雪原上吗？可是杨定远并不觉得寒冷，身下那种柔软的感觉也分明不是躺在地面上能有的。他想要坐起来，可是身体却沉重得根本动弹不得。唯一能动的也只有双眼。他努力移动着眼睛，可是眼前却仍是白茫茫的一片。

这到底是什么地方？杨定远想着。突然，一个白色的身影出现在他的视线中。他一会儿看到了娜斯佳的脸，一会儿又是莲娜的脸。“娜斯佳……你带我走吧。我一生中唯一的一线光明，是你给我的力量与爱情。”他喃喃说着，那白色的身影并没有理他。

在一片迷茫中，那身影渐渐远了，他只是低低地叫道：“娜斯佳……莲娜……”

他不住地低唤着，似乎觉得每呼唤一声，好似就能靠近一点儿。只是那身影越走越远，杨定远想伸手抓住她，却怎么也抓不住……

“杨大哥，你醒了！”思华的声音突然打破了杨定远的迷惘。虽然还不能动，但杨定远眼前仿佛一扇玻璃窗被擦去水汽，一切突然变得清晰起来。在他面前，是戴着护士帽的思华。她脸色十分憔悴。杨定远翕动了一下嘴唇，低低道："思华……"

"是我，杨大哥。"一滴滚烫的水滴落在杨定远脸上，那是思华的泪水。她轻轻在杨定远脸上抹了抹，小声道，"杨大哥，你别急，我马上去叫院长来。"

直到这时候杨定远才恍然大悟，自己已是在医院里了。他的记忆还定格在战场上，仍然是漫天鲜血与刀光。耳边充斥着始终是马蹄和战刀撞击的声音，医院里的寂静让他一时无法习惯。他努力想挣扎一下，可是身上还是重得如同灌了铅。

季特院长过来给杨定远检查后，说杨定远恢复很好，已经脱离了生命危险。虽然暂时还不能动，但康复应该没有问题。听了院长的话，思华比杨定远还要高兴，在杨定远床边坐了很久，直到有人叫她才出去。

思华一走，边上一张病床上有个外国人道："请问这护士是您的妹妹吗？"

杨定远道："是啊。"

"长得可真像啊。"

杨定远差点笑出来。但在西方人眼里，可能所有东方人都长得一模一样吧。他顺口道："是啊是啊。请问您尊姓大名？"

"雅洛斯拉夫·哈谢克。"

哈谢克见思华一有空便过来照看杨定远，知道他们的关系一定不一般，所以才问他是否是兄妹。原来杨定远已经昏迷了一个星期，这一战，他身上竟受了二十多处刀伤，最重的一处是右腿，几乎要截肢，幸亏思华日夜不休地看护他，每隔一段时间为他换药，他才能保住这条腿。

杨定远听哈谢克说着这些，心里又开始疼痛起来。怪不得醒来时看到思华如此憔悴。再想到振中和阿列克塞都已经不在了，更是悲从心中来。

杨定远醒来后的第二天，尹春山就带着小个子和霍敬奇来看他，一同来的，还有新来的政委马赫穆托夫。马赫穆托夫与多愁善感的阿列克塞不同，是个一板一眼的人，和杨定远也说不上几句话，只说骑兵团一直等着杨定远归来。看到哈谢克时，马赫穆托夫也向他行了一礼道："哈谢克同志，您还有几天能出院？捷克斯洛伐克团一直在等着您。"

杨定远听他说起捷克斯洛伐克团，有点惊奇。原来伊希姆一战，捷克斯洛伐克军团和克拉斯诺夫军团都遭到了沉重的打击。尤其是日·盖达的捷克斯洛伐克军团，本来就是第一次世界大战中奥匈帝国的俘虏军人为主体组建起来的。这次失败后，使得捷克斯洛伐克军团更无战心。前几天，一支四千人的捷克斯洛伐克部队决定投向苏维埃政府，而哈谢克就是要去接手这支部队的整编工作，因为他本身就是捷克人。

伊希姆这一战也给骑兵团造成了很大的损失，死了许多兄弟战士，但这一仗也打出了中国红鹰团的威风。问起那个新来的政委，霍敬奇便做了个鬼脸，原来大家对他都有点儿抵触，因为团里的人都不太懂俄语，马赫穆托夫便要求大家学俄语，这让大家苦不堪言。杨定远听了不由得笑了笑，让霍敬奇这样从宫里出来的人学俄语，真是快要了他的命。

杨定远的伤势一时半会儿好不了，医生说至少得在医院住两三个月。这可要让他头大了，以前四处跑惯了，现在这么动也不能动地躺着，简直比坐牢还难受。幸好边上有哈谢克聊聊天，不然这日子真没法过。

哈谢克学识十分渊博，原先在布拉格就是个作家，后来被奥匈帝国征兵入伍，前来俄国作战，被俘虏后就加入了红军做事。"我要写一个被人永远记得的故事。"哈谢克这样说，杨定远只当他是吹牛，却也听得津津有味，把伤痛都抛到了脑后。

这天一早，杨定远刚醒来，就见哈谢克在一边哼着歌一边整理东西。杨定远奇怪道："哈谢克，你要出院了？"

"是啊，杨，没办法再陪你了。"

虽然只不过相处了几天，但两人很合得来，杨定远也有些不舍。思华虽说每天来看他，但她工作很忙，每次来只是匆匆说几句就走。那个金光云也来看过他，但也没什么话可聊的。哈谢克却能和自己说说笑笑。杨定远不舍地道：“哈谢克，祝你一路顺风，我会想你的。”

哈谢克挤了挤眼道：“杨，你不是已经俘获了莲娜护士的芳心吗？想我做什么。”

哈谢克这句话让杨定远有些心虚，问道：“什么莲娜？”

“你刚送进来那天，不住地叫着莲娜护士的名字。”哈谢克顿了顿，又道，“只是我不明白你一会儿又叫那个扫地的大娘做什么？”

“扫地大娘？”

“是啊。”哈谢克刚说着，门外正好有个老太太扫地经过。他扬了扬叫道：“娜斯佳！”那老太太抬起头，见是哈谢克，笑道：“哈谢克，你这小滑头，要出院了？”

“是啊，娜斯佳大娘，我会想你的。”哈谢克说这话时，也学着杨定远方才的口吻。杨定远这才明白这扫地大娘原来也叫娜斯佳。他忙说：“不，不是这大娘……”

“我也知道不是她。哈哈。”哈谢克笑了笑，“只不过你拉着莲娜护士的手拼命叫娜斯佳，人家可不会很高兴。”

杨定远也有些好笑，只是更多的是茫然。他说：“不是，我认得的娜斯佳是位很年轻的小姐。说来也巧，她和莲娜护士长得非常相似，我昏迷的时候大概把她们搞混了。”

如果搞混了，你也不会两个名字都叫个不停吧。不过哈谢克也知道说穿了杨定远会尴尬，只是道：“杨，我倒没想到你对姑娘还挺上心的。唉，我就比不上你。”

这话听起来有点讽刺，杨定远实在不想说这个话题。他正想要坐起来，哈谢克忙过来按住他的肩头道：“杨，你的伤挺重，先不要动。”他说着，又挤了挤眼道，“杨，你是中国人，我是捷克人，不过对俄国姑娘的看法倒是很一致。”

杨定远见他说来说去老不离这话题，不禁又好气又好笑：“哈谢克，你好好保重。”

“一定一定。杨，再见了，将来有机会，我还要来向你请教怎么讨好姑娘的办法呢。哈哈。”哈谢克拎起背包，又打了个哈哈，走出了房门。一路上还不时听到他向旁人打招呼的声音，看来在医院待了一阵，哈谢克跟这些护士混得都很熟了。

看哈谢克离开了，杨定远却有些茫然。他其实还想问问哈谢克对革命的看法。先前他听阿列克塞说了不少关于革命的事，但阿列克塞最后跟他说的“播下的是龙种，收获的却是跳蚤”这句话中，似乎带着无限的失望。而阿列克塞向克拉斯诺夫发起的那一次自杀式攻击，也许也正是因为基于失望。杨定远本来想问问哈谢克的看法，只是这个问题实在太大了，估计也讨论不出什么结果。

他沉思着，渐渐坠入了梦乡。受伤后，人很容易困倦，在睡梦中，杨定远仍然看到了漫天的刀光，以及阿列克塞那明知必死又义无反顾的冲锋。就算是梦中，他也惊出了一身冷汗。正在抽搐的时候，有一只手在轻轻地擦拭着他额头的汗水。

是思华吧？他想。思华这几天为了照顾他，实在很疲惫，哈谢克说自己昏迷的时候，思华一直守在病床边，几乎没有休息。迷迷糊糊中，他喃喃道：“你别太累了。”

“不要紧。”这声音却不是思华。杨定远猛地睁开眼，眼前却是莲娜的面容。她正用一块纱布擦着自己的汗水。她的脸凑得那么近，甚至气息都触到了杨定远的脸上。

“莲……莲娜！”

莲娜也没想到杨定远居然叫得出她的名字。她有些慌乱，颊上却泛起一丝羞涩：“您还记得我？”

其实这话也是多余。杨定远刚送进医院里时，人还昏迷着。当时莲娜扶他上病床时，杨定远一直抓着她的手拼命叫着“娜斯佳”，可一会儿又叫“莲娜”。她也搞不清楚是什么状况了。但当杨定远在昏迷中嘟囔着勃洛克的诗句时，却让莲娜有点儿吃惊。勃洛克是俄国著名的诗人，莲娜在医学院读书时就很喜欢他的诗，没想到一个中国人也会念出勃洛克的诗句，而且还是在昏迷中。这让她对杨定远产生了好奇。

杨定远说：“记得，你叫莲娜，我之前有一次把你当成我的一个朋友了。”

莲娜被他这么一提醒倒是想起来了，不免脸颊上又有点绯红。那一次杨定远拦住她，叫她“娜斯佳”，她当时都蒙了。她把杨定远脸上的汗擦掉，说道：“上回你说过，我和娜斯佳长得很像。她是你的什么人？”

什么人？杨定远却实在不好回答。娜斯佳算是自己什么人呢？什么都不是，他摇摇头，却又不知如何跟莲娜解释，一时有些尴尬。片刻他才说道：“没什么，是朋友也不算朋友，其实我是个傻子。”

莲娜一怔，问道：“为什么要这么说自己？”

眼前这个和娜斯佳长得一模一样的少女似乎让杨定远紧锁的心门一下打开了。他毫无保留地把与娜斯佳相逢的事一五一十说了，甚至，连自己对娜斯佳那种莫名其妙的感情也和盘托出。有些话藏在心底，仿佛堵着一块石头一样，一旦说出来，便豁然开朗。杨定远也不知道自己为什么会对这个俄国少女如此坦率，也许是因为她和娜斯佳长得太像了，让他有莫名的亲近感。只是和娜斯佳那过于神秘的眼神相比，莲娜的眼神更显得清澈明亮。在她那明亮的双眼前，杨定远甚至感到说谎就是犯罪。

莲娜默默地听着。在她印象中，军人都是些粗鲁的汉子，没想到这个年轻的中国军人有着如此细腻的内心。莲娜毕业于彼得堡医学院，毕业那年，正好赶上闹革命。季特院长正好被指派来叶卡捷琳堡组建这所战地医院，满怀着对新时代的憧憬，她和一批同学追随着季特院长来到了这个乌拉尔山东麓的城市。在这场如暴风骤雨的时代变迁中，这个少女用纤细的内心感受着理想的冲击，却也有些茫然不知所措。眼前的这个中国军人居然让她没有陌生感，反而像认识好多年的朋友。

这一天莲娜和杨定远说了很久。杨定远其实并不是个健谈的人，但在莲娜面前，不知不觉便口若悬河。说到最后，把幼时在山东乡间的事也一五一十地说了，当初在托博尔斯克被军法侦缉处当探子扣留时要他交代也没说那么详细过。就算是这些鸡毛蒜皮的小事，在莲娜听来也是闻所未闻的新鲜事，听得极有兴味。而她越爱听，杨定远就越爱说。正说得起劲，门外有个护士在叫道："莲娜！莲娜！你在哪儿？"

一听这声音，莲娜的颊上又是一阵红，有些局促地说："对不起，杨，我得查房去了。"

她这才想起自己的工作来，她本来就是来查房的，没想到在杨定远这儿一聊上就耽搁了。杨定远当然不舍得她走，但又不能不让她走。他说："那你还会再来吗？"

"等有空再过来吧。"莲娜走到门边，回头一笑。她的笑容似乎使得房间都明亮了许多，也增添了几分暖意。看着她的笑容，杨定远的心里怦然一动。他真希望时间在这一刻能够静止，这样就能永远看到她的笑容了。

莲娜。这时，他突然想起了那个与她同名的金矿。冥冥中，上天仿佛注定了一切。他躺在床上，心情已与先前完全不同。现在他不再觉得生命是一个负担，而是渴望能健康地活下去，唯有活下去他才能去争取他希望得到的东西。命运让他来到遥远的西伯利亚，又让他不停地失去和受伤，但现在终于露出了一丝笑靥。

躺在病床上，他心里有着从未有过的平和，不知不觉，睡意又袭来。等醒过来时，却见金光云来送饭。金光云见他双手都打着绑带，也不能吃饭，便切开了面包喂给他吃。只是金光云有点儿心不在焉，面包屑也撒了一地。杨定远见他的神情就知道他肯定有事，便问道："小金，有心事？"

金光云欲言又止了好一阵才道："杨大哥，你说我是不是很没用？"

杨定远一怔，诧道："这话从哪儿说起？"

"别人老是不肯理我。"

杨定远恍然大悟。医院里都是些俄国人，金光云的俄语也说得不算很好，大概和别人不太合得来。这也难怪，叶卡捷琳堡因为成为了中国红鹰团的大本营，几乎没有朝鲜人。他显得很孤立。他想了想道："小金，别人不理你，只是不了解你而已。多和人家聊聊，自然就会亲近了。”

“可是别人根本不想和我说话。”

杨定远一时语塞，不知该怎么安慰他，却听他又道：“杨大哥，你是怎么讨好别人的?”

如果不是躺在床上动弹不得，杨定远大概要笑得摔下床来。讨好别人？杨定远怎么也想不到这评语会安到自己头上。从去哈尔滨做工开始，他只觉得自己从来就不会讨好别人，所以在木材厂里还被那几个工头下黑手要暗算自己。他道：“我讨好别人吗？怎么自己一点儿也不觉得。小金，你也别想着怎么讨好别人，自己想做什么就做什么，别管别人是怎么想的，也没必要光想着讨好别人，还是要做自己。”

“可是……”金光云没有再说什么，眼神闪烁了一下，似乎想到了什么可还是没说出口。杨定远知道他实在不是当兵的料，硬要他当兵定没什么好处。可现在这个年代，不当兵似乎又没有什么出路。他又安慰了两句，金光云喂他喝光了菜汤说道：“杨大哥，那我先走了，有空再来看你。”

杨定远见他急着要走，突然想到了什么，说道：“小金，你是不是想讨好哪个姑娘?”

他是想到了哈谢克把挂在嘴边的话，顺口一说，金光云却大为忸怩，支支吾吾道：“不是……不是姑娘……”

虽然他在否认，但杨定远看他这样子，心知定然是了，笑道：“如果是姑娘，那其实好办。多关心她，让她觉得你是真心对她好，准能打动人家的。”

刚认得金光云的时候，他还是朝鲜垦荒团里一个面有菜色的少年，这几年个子也长高了，都快赶上杨定远。杨定远心想不知不觉，金光云也到了爱慕少女的年纪。“知好色则慕少艾”这几个字还是他小时候跟私塾先生读《孟子》时看到的，那时不知是什么意思，问先生，结果先生理都不理他。后来他自己到了知慕少艾的年纪才算明白原来这是人的天性。

金光云笑笑，并没有接话。

杨定远突然想起思华曾说过金光云跟不三不四的人来往的事，又问道："小金，你现在一般跟谁在一块？"

他只是顺便一问，没想到金光云脸色却是一变，说道："没有啊……没有。杨大哥，我事情忙，出去了。"说着，便逃也似的跑了。杨定远没想到他有这么大反应，看着他的背影，心里不禁有些狐疑。难道思华说的是真的？转念一想金光云可能是真看上哪个姑娘了，整天去讨好她。只是以他的性子，也不敢多说，想想又觉得好笑。

"杨大哥，你在笑什么？"

思华的声音突然响了起来。杨定远吓了一跳，表情一收："思华，咦，你什么时候进来的？"

"刚进来。刚才我看到金光云在这儿，我就没进来。"她说着，将一个玻璃瓶递过来道，"杨大哥，你看好看吗？"

玻璃瓶里有大半瓶水，插着几枝不知名的野花。他道："思华，你哪儿采来的，还挺好看的。"

"这花可真不好采，我找了好久才找到这几枝。杨大哥，你看着花，伤也会好得快一些。"说完思华笑笑。

"思华，真难为你了。"杨定远心里又是一动，这姑娘太有心了。

现在已是秋深，外面的花当然少了，思华能找到这几枝也真是难得了。听杨定远在那儿赞美，思华微微一笑道："杨大哥，等春天了，我给你采一大丛花来，那才好看呢。"

杨定远也笑了："你咒我要躺到春天啊？"

思华又说错话了，急道："不是的，杨大哥，我不是咒你，不是的，你很快就会好的。"

杨定远见她那样子，忙道："思华，是杨大哥嘴贱。其实啊，有你在这儿陪我，我大概好了也会装病多躺几个月。"

思华忍不住笑了出来，说道："不会的。杨大哥，你很快就会好的。"

如果身体康复了，就要马上回骑兵团了吧。这个念头突然跳进杨定远心里，这几天已经快要淡忘的烽火硝烟，以及飞溅的血肉又重新闯入了他的脑海之中。这些天他躺在病床上不能动，却是他来到俄国之后难得的平静时光，只是这样的平静很快就会结束了。他看着思华正嘀嘀咕咕地说着一些在医院里的事，恨不得把自己的一举一动全都告诉他。杨定远看她说个不停，自从认识她以来，还从未见她如此活泼，微笑道："思华，你以后跟我回去，也仍然要姓霍吗？"

思华狡黠地一笑："杨大哥，姓霍不好吗？"

思华真实的姓现在谁也不知道，在医院的名册上，她就是以霍思华登记的，而护士们都管她叫塔雅。因为她的蒙古名叫乌云，到医院后，俄国人不论是"思华"还是"乌云"的音都不容易发出来，而乌云在俄语中发音约略是"塔雅"，结果这个七拐八转后的译名成了思华在医院里的名字。金光云则仍按照在部落里的习惯叫她乌云，而叫她思华的也唯有杨定远和霍敬奇了。杨定远心想霍敬奇这性子跟谁都合不来，不过他倒是真把思华当妹子了，笑了笑道："好啊，挺好的。只不过要是将来我带你回山东，别人说我妹子怎么姓霍，倒不好解释。"

"那就不要解释了。"思华的眼里也满含着笑意。她笑起来，眼睛弯成很好看的月牙。看着她的笑容，杨定远也感到一阵温暖，若不是自己的手脚都打着石膏动不了，他都要去拍拍思华的脑袋。

"杨大哥，我们山东好吗？"

"好！大枣，大葱，大鸭梨，还有山东大妞，什么都好。"杨定远说着，心里突然有一丝苦涩。出来的初衷是想赚钱回家。现在几年过去了，赚钱这个目标似乎越来越淡，几乎已经忘掉了，剩下的也只有迷惘。陈振中已经永远留在了这片土地上，自己呢？将来回到家乡，带回去的又是什么？杨定远越想越困惑，思华在边上嘀嘀咕咕说着什么，可他什么也没听进去。

思华说了好一阵，站起来道："杨大哥，我得回去做事了。等有空了，我再来陪你。”

杨定远看她眼睛里尽是红血丝，心疼地道：“思华，你觉得累就早点休息，别来陪我了。”

思华走到门边，回头又笑了笑道：“没事。”她以前都是一副假小子打扮，现在穿上了护士服，完全像个姑娘样了。杨定远看她回头一笑，心里不知怎的就是一震，思华的笑容竟然和莲娜的回眸一笑有几分神似。

思华走后，杨定远半靠在床头默默地闭着眼睛。这些天手上打着石膏，也没办法写字，他在肚子里打着腹稿，细数着这些天发生的事。阿列克塞战死前送给他的那支钢笔还放在身边，用阿列克塞的笔写字，也是对他的纪念吧。

正胡乱想着，门上忽然轻轻响了两下。杨定远道：“请进。”

门被推开了，一股幽幽的花香忽地涌进了病房。莲娜正捧着一束花走了进来。一看见她，杨定远那颗本已平静的心脏猛然间又剧烈地跳起来。他一直在盼望着能够再见到莲娜，只是真看到她，反而说不出话来了。顿了好半天，他才期期艾艾地道：“莲……莲娜。”

莲娜头上戴着护士帽，一缕金发俏皮地从白色帽子下钻了出来。她把手中的花送到杨定远身前道：“杨，喜欢这花吗？”

这一束紫色和粉色相间的花格外打眼，没想到在这个季节居然还有开得这么好的花。他赞道：“好美的花。”

其实，你比花更美。只是这句话杨定远没敢说。对阿列克塞这样的俄国人来说，这话说出来很自然，但对杨定远来说，这句话有点太肉麻了，他实在说不出口，可心里却是这么想的。

莲娜走到床边道：“这束郁金香是一位刚出院的芬兰人给我的，我想病人的床边放一束花会好得更快些，就拿来给你了。杨，你喜欢它，我好高兴。”这时她才发现窗台上已经放了一瓶花，怔了怔，笑道：“原来已经有一束了，是谁拿来的？”

杨定远愣了一下，马上道：“是我妹妹。”思华摘来的花和这束郁金香一比，实在太过寒酸了。

“塔雅？她可真有心。这季节要摘花，得走不少路才找得到。”莲娜说着，把郁金香也放进了那瓶子里。接着她走到杨定远床边道：“来，量一下体温。”

杨定远嘴里含着一支温度计，说不出话来，只盯着坐在面前的莲娜。初见莲娜时，还觉得她有些羞涩，但现在大概熟悉了，她也大方了很多。现在正是深秋，在叶卡捷琳堡，这个季节已经很凉了。今天的天气却格外地好，阳光从窗外射进来，照在身上暖洋洋的，有种说不出的舒服。看着她，杨定远觉得有很多话想对她说，可是嘴里塞了根温度计说也说不出来。一时两人面对而坐，一言不发，不免有些尴尬。过了几分钟，莲娜站起来道：“好了。”说着，莲娜从他嘴里取出温度计，对着光看了看。那样子真的很迷人，杨定远再也忍不住说道：“莲娜——”

莲娜放下温度计道：“没有发热了，你放心吧。”

杨定远当然并不是想问这个，但被莲娜接过了话头，倒不好再说了。莲娜收好温度计，又笑了笑道：“杨，你安心养伤。季特院长说，再有十来天就能全好了。”

杨定远道：“那真是太好了。”可话虽然这么说，他心里却有点空落落的。伤好了，自然就要离开医院回骑兵团了，也就是说再看不到莲娜了。想到这儿，他顿时觉得希望又落空了。看莲娜走到了门口，他鼓足勇气道：“莲娜，你能多来看看我吗？”

这话一落，莲娜便站住了，她回头嫣然一笑道：“好呀。”

杨定远这句话，实是比在战场上挥出一刀还要费力。他实在害怕听到莲娜一句敷衍的回答。等听得她这么说，不由呆住了。她的话是敷衍吗？然而杨定远在她的眼里看到了笑意，也让他心里生出了一股暖流。

谢谢你，莲娜。他默默地说着。这一晚，他做了很多支离破碎的乱梦，每个梦充满了刀光与鲜血，但每个梦的背后都有着那洁白温柔的一笑。

这之后，每天莲娜都会来看望杨定远。甚至，不是查房的时候，她有空也会过来，有时会把热牛奶兑上些伏特加喂给他喝。伏特加在俄国被称作生命之水，红军甚至把伏特加作为前线士兵的必需品。杨定远酒量本来并不算好，不过莲娜说酒精可以让人的血液加速循环，有利于伤口愈合，几乎是逼着他喝下去。

也许是伏特加真有这样的奇效，或者是莲娜无微不至的照顾，杨定远的伤势好得很快。这一天，小个子跟霍敬奇又来了。两人面上都是喜气洋洋的。霍敬奇看到思华，更是乐不可支，拉着她问长问短。小个子说中国红鹰团的战绩得到了嘉奖，并且由红军总司令托洛茨基前来授旗。

说起红鹰团名字的来历，还有个故事。哥萨克人向来自称是鹰，谢苗诺夫那支最为精锐的外贝加尔骑兵旅就被称为“鹰之旅”，因此中国军团被称为“红鹰团”也是非常贴切。现在红鹰团得到这样的荣誉，自然让大伙都极为兴奋。伊希姆河畔这一战，虽然骑兵团的损失很大，但对克拉斯诺夫骑兵军造成了更大的杀伤。这是骑兵团第一次真正意义上战胜了哥萨克。小个子把杨定远的刀也带来了，他把刀挂到杨定远床头，说道：“现在又来了不少新丁，大哥一直在等你回来呢。杨兄，你可要早点养好伤。”

小个子和霍敬奇的来访，让杨定远暂时忘却了迷惘。中国红鹰团，这个名号终于亮出来了！这支军团会成为西伯利亚平原上一支所向披靡的劲旅吧，一想到这些，他就感到了身上的血液在沸腾。

谢苗诺夫，我终于又逼近了你一步！

杨定远立誓要当兵，除了受到大头的刺激，另一个原因正是因为那一次被谢苗诺夫的部下一刀背砍下马来。现在自己也是军人了，而且已经是一支不逊色于谢苗诺夫外贝尔骑兵的劲旅。他一直忘不了当初谢苗诺夫前来谈判收编中国军团时那轻蔑的眼神。尽管那次谢苗诺夫并非针对杨定远，可是他就是觉得屈辱。因为娜斯佳，他比谁都忍受不了谢苗诺夫的轻蔑，现在，就是要让他付出代价的时候了。

为了早一点儿归队，杨定远每天都进行恢复训练。在入院后的第二十三天，季特院长给他拆了石膏。拆石膏时季特院长还是很吃惊，说杨定远是自己看到的恢复得最快的人。

这都是因为莲娜。杨定远想着。这些天，莲娜每天都来看望杨定远，一天比一天来得勤。每次看到莲娜，杨定远就有说不出的高兴，两人也谈得越来越多。这些比什么药都管用。

石膏一拆，杨定远就感到说不出的轻松。虽然伤还不曾完全好，但他坐在床沿上已有种要飞起来的错觉。他扶着床沿，绕着病床走了两圈，因为怕吵到边上的病友，便慢慢地挪到门外。虽然长时间卧床养伤使得他走路都有些不稳，但走了几步后，就已经好很多了。

外面的院子里，树叶已落了一地。不知不觉，已经是十月了。深秋的院子里已堆满了厚厚的落叶，那个叫娜斯佳的大娘正拿了把大扫帚在哗哗地扫着。树上，还剩几片未落的叶子，都已转成了金黄，风来时，发出稀疏的簌簌声。

“杨，你怎么出来了?”莲娜的声音突然从背后响了起来。杨定远转过身，只见莲娜正急急地小跑过来，脸上满是惶恐不安。

杨定远笑道：“莲娜，我已经好了，你看！院长说，这两天就能出院了。”说着，将一只脚抬了起来。虽然他走路还有些摇摇晃晃，但这些天的恢复锻炼并不是没有效果，他只不过卧床太久而不太习惯走路罢了。走了这一段，现在已经基本上没有什么问题了。

看着他抬起脚，莲娜忙扶住他，眼里却飞过一丝忧郁：“那你也马上就要离开医院了……”

“我会再来看你的。”杨定远心中全是不舍。

莲娜眼里忽地一亮：“真的?”

杨定远见她担心的样子，笑道：“当然是真的。莲娜，我只要一回来，就来看你。”他顿了顿，说道，“你也愿意看到我吗?”

这句话也是杨定远把上战场的勇气都拿出来才能说出口。他实在害怕会听到莲娜的拒绝，但莲娜眼里的忧郁已在转瞬间化作了一丝羞涩。她低声道：“我愿意。”

这句温柔的话让杨定远几乎要晕过去。而莲娜这时抬起头，盯着杨定远的眼睛道：“杨，我喜欢和你在一起，你是不是也喜欢？”

她的眼睛此时变得火辣辣地烫人。杨定远仿佛被她的眼神烧灼了，他也没想到温柔的莲娜也有如此直接的一面。他忘记了一切，一把抓住她的手道：“我也喜欢。莲娜，我们永远都在一起，好吗？”

如果是汉语，杨定远是绝对说不出这样的话来的。但俄语仿佛给他戴上了一张面具，就算再肉麻十倍的话他也说得出来。莲娜垂下了头，嘴角都已在含笑，轻声道：“好的。”

爱情，在这个烽火连天的年代，就这样突然地来了。杨定远幸福得想要大叫起来，猛地一把抱住了她。莲娜这时却又有点羞怯，小声道：“杨，别这样，娜斯佳大娘还在呢。”

杨定远抬起头，只见娜斯佳大娘正微笑着看着他们。杨定远向她扬了扬手，低低道：“娜斯佳，谢谢你。”

他想到的娜斯佳自然不是这个扫地大娘。也许，真的应该多谢娜斯佳，因为没有娜斯佳，杨定远也绝对不会遇到莲娜，也不会有勇气说出这样的话来。从现在起，我要永远忘记娜斯佳了。

从这一天起，娜斯佳在他心里的位置已经完全让莲娜占据了，那个遥不可知的俄国女子，现在有着怎样的命运，已无人可知了。杨定远更紧地抱住了莲娜，生怕他一松手，莲娜就会像娜斯佳那样消失了。

回到病房，杨定远激动得像个孩子，把从阿列克塞嘴里听来的那支勃洛克填词的歌哼得颠三倒四。这就是爱情的力量，这一天他才真正体会了。

到了黄昏时，思华来看他时，杨定远打算直接告诉她。这个消息他不打算隐瞒。思华见他喜滋滋的，不禁也好奇地问道：“杨大哥，有什么喜事吗？”思华想到的是杨大哥快出院了，可能正为这事高兴。谁知杨定远却说："思华，告诉你一个好消息，莲娜可能会当你嫂子了！"

这话杨定远说得轻松，可思华听来却如晴天霹雳。怎么可能，杨大哥真的跟莲娜走在了一起，看着他幸福满溢的样子，思华的心都凉了。可她还是强忍着淡淡道："恭喜你啊，杨大哥。"

杨定远看她那表情，说道："思华，你不喜欢她吗？"

思华努力微笑道："莲娜护士人很好，长得也很漂亮，我当然喜欢她。"

杨定远打量了一下思华，也微笑道："思华，你也长得很漂亮，就是别太不理别人了。"

思华轻声道："杨大哥真会说笑话。"

杨定远叹道："这哪是笑话。思华，要是俄国小伙子没有好的，大哥带你回山东，非给你挑个又高又俊的小伙子不可！"

思华听了这话，几乎眼泪都快下来了。杨定远见她不说话，又道："怎么，你不要又高又俊的？难道要又矮又丑的不成？"

思华表情一敛道："杨大哥，别说这些没意思的了。季特院长说，后天就可以让你出院了。"沉默了一会儿，思华站起来道，"杨大哥，我也得做事去了。后天你出院时，我再来送你。"

"明天你不来了吗？"杨定远看她一脸的不高兴。

"嗯，现在很忙。"思华头也不回地走了，只怕她再不走，眼泪就掉下来了。

杨定远笑了笑道："没关系，你忙你的吧，莲娜会照顾我的。"

他只是顺口说了一句，思华眼泪再也忍不住地掉下来。她生怕杨定远发现，赶紧转过头道："是啊，莲娜护士很细心。"

听思华在称赞莲娜，杨定远心里也有一丝甜意，说道："有她照顾我就够了，思华，你也别太累。对了，最近怎么没见到小金？"

金光云那天给杨定远送过一回饭后就再也没看到他。听得杨定远提起金光云，思华皱了皱眉道："我不知道他在哪儿。杨大哥，你别提他好不好？"

思华还真的很少这样拿话呛他。他只好尴尬地说道："好的好的，不说了。"

见气氛已有些尴尬，这样一走似乎不合适，思华又说了一句："对了，霍大哥最近没来过吧？"

"就那天来过一趟。不过今天他刚让人给我捎了块冻羊肉，说给我熬汤喝。"

现在饥荒还没过去，弄点吃的非常难。中国军团的粮食还有保障，可羊肉实在难得一见，真不知霍敬奇怎么搞到的。霍敬奇这人在宫里待过，就爱摆个谱，吃点好的，没想到居然还想着自己，不禁让杨定远有点感动。他道："霍大哥人其实挺好的。"

"是啊，他人很好。"思华悄悄抹去了眼泪，心情稍微平复了一下。她捋了下鬓边的头发又道，"杨大哥，要没事的话我先出去了。"

杨定远道："你忙吧。"看着思华正要出门时，他忽然又道，"思华，你长得好快！"

思华站在门口，顿了顿才回过头道："怎么了？"

"头一回在火车上见你，你个子还比我矮那么多。现在，你可长高了有半个头了吧。"

思华努力笑了一下："是吗？我自己都不觉得。杨大哥，我先走了，你好好休息。"

杨定远也没觉出思华的异样，只道："我没事，你自己倒是别太累着了。"

思华低着头走出了病房门，一到门外，泪水再次决堤般涌出。只是她生怕被人看到，拿袖管擦了擦。可是不争气的泪水还是在流，擦了又来，擦了又来，怎么也擦不完。她一生从未流过那么多的眼泪。生怕被别人看到，她快步走到了后院。院子里，落叶已经扫空了，现在空无一人。一阵风吹过，又有一片黄叶被吹落。这叶子在枝头就已经风干了，一落到地上，又像活了一样被风吹着在地上爬了一段，焦黄的叶子角刮着地面，发出了轻轻的“嚓嚓”声，爬到了思华的脚边。“啪”一声，弓起的叶面上湿了一块。这是思华的泪水。她没有再去擦拭，只是任由泪水划过颊边，“啪啪”“啪啪”，院子里全是这个声音，仿佛雨点落到积水里一样。在这个深秋里，这个少女的心也和晒干了的落叶一样破碎了。

第九章　铁蹄

一阵风卷起了一团雪，狠狠地甩到杨定远的脸上。西伯利亚的初冬，已经锋利得跟刀子一样。他带住马，看了看周围。这场突如其来的风雪并没能挡住骑兵团的行踪，在风雪中，红色的红鹰团旗正在猎猎作响，倔强地飘扬在漫天雪花中。

已是十一月底了。杨定远的伤刚好，归队才没几天，骑兵团就接到了新任务——前往一个叫维亚的小车站，接应任辅臣带的团。任辅臣团基本上都是正规军人组成，他这一团完全按照红军的编制和装备，战斗力比王德林的一团更强一些。维亚是个小站，本来也由捷克斯洛伐克军团控制。以前在乌拉尔地区，高尔察克临时政府军曾经占据了全面上风，红军指挥官布柳赫尔一直在苦苦支撑。但随着中国红鹰团的加入使得红军的实力有了很大的增强，因此现在的红军已经开始转入反攻。任辅臣的团正是这一次攻击的先锋部队，配合红军第 17 团行动。

中国红鹰团的快速发展也给了杨定远不少信心。之前陈振中与阿列克塞相继战死，让他第一次对当兵产生了怀疑，他不明白自己当初非要当兵的意义何在。这个心结像一条毒蛇一样缠绕在杨定远的心头，几乎让他失去了在军中坚持下去的信心。但现在看到红鹰团不断壮大，同时与莲娜相爱后，他更懂得了成为战士的真正意义。

一个真正的战士，不是为了杀戮，而是为了守护。狂风将飞雪一团团砸到脸上，杨定远几乎感觉不到寒冷。在他二十四年的生命里，第一次真正意义上的爱情已经让他忘记了所有的畏惧与不安，战争与饥寒都仿佛是另一个世界的事了。

骑兵团在风雪中行进着。仅仅这几个月，骑兵团已经成为一支劲旅，布柳赫尔曾期望着红军骑兵能与白军骑兵全面抗衡已经成为了现实。现在骑兵团的士兵已完全蜕去了刚成立时的稚嫩，个个精神抖擞，在漫天风雪中就如一把出鞘的钢刀。

“定远，你的伤怎么样了?”霍敬奇打马到他身边问道。

杨定远笑笑：“霍大哥，没事了。”

“伤筋动骨一百天，你别大意了，落个老病根可不好办。”

虽然在俄国有两年多了，但霍敬奇现在会说的俄语不上十句，一嘴京片子没一点儿变化。杨定远受伤这一阵子，他连个聊天的人都没有，跟别人也都合不来。现在杨定远重归队伍，总算有个能说上话的人了。

杨定远知道他关心自己，感动道：“现在就是些皮肉伤，已没有大碍了。霍大哥，你的伤早好了吧?”

霍敬奇先前只受了点轻伤，早就好了。听他问起自己的伤，霍敬奇有些得意地道：“我没两天就结了口，啥事都没了。定远，按说你得多喝点骨头汤。唉，要是当初在北京，我那羊肉馆里哪天不熬上一大锅。一开锅，撒上些青蒜，那个香啊，打巴掌都不放。”

杨定远忍不住笑道：“霍大哥，现在羊肉可不好搞。”一说起羊肉，他顿了顿道，“对了，还没谢你在我住院时捎来的羊肉呢。”

他一说，霍敬奇却有点儿不自在了，一张老脸也有点红，哼道：“思华这妮儿，都给你吃了？我是捎给她的！”

杨定远这才恍然大悟，这个思华，他叹了一口气道：“霍大哥，我不知道啊，思华这丫头非说你捎给我的。”

霍敬奇也叹了口气道：“甭说了。这妮儿，我也拿她没辙。”

看得出霍敬奇是真心疼爱思华。杨定远见他这样子，马上道：“等我回头想办法弄点羊肉来，给思华补上。”

霍敬奇摇摇头：“这孩子对你真没得说，现在这天儿，可没地方弄羊肉去了。”

杨定远有点儿不好意思，一时也不知怎么接口。

霍敬奇倒是没在意，他向来是脾气来得快，去得也快：“咱们现在这伙食真该改善一下了，你说没羊肉，马肉也成啊。咱们回头搞个马肉锅，咕嘟烂了，加上好香料，不比牛肉差。”霍敬奇说上了劲，一说到吃便喋喋不休起来。什么炒菜要小锅菜好吃，炖肉得大锅子，越大越好。一大锅肉文火炖上半天，炖得烂了，加上胡椒，烙得了大饼把肉一卷，一口咬下去，肉汁从嘴角直淌出来，那味道真是没话说。他越说越来劲，形容得淋漓尽致，边上一个骑兵听得嘴里直泛酸水，插嘴道：“老霍，你也就嘴把式，说得热闹，也没见你做过一回。”

霍敬奇自命是仰慕关二爷侠肝义胆的人，斥道：“你当我是胡吹吗？回头我就弄上一扇肉，再弄点白面烙上大饼给你尝尝。”说着，又说开了烙饼该怎么和面，和到面上光光的不黏手，还要醒到几分，说得头头是道。不知道的人还真以为他是大厨出身。只有杨定远知道，他其实并没有下过厨，不过因为开过羊肉馆，以前在宫里御膳房的厨子开工也见得多了，半真半假地居然也说得丝丝入扣。骑兵团也没厨子，会做菜的更是凤毛麟角，知道他在胡吹，也没人说什么，还都挺愿意听的。这些美味吃不着听一听也能过过瘾。见大伙都听得入神，霍敬奇说得更是来劲，简直是嘴上开了一桌满汉全席。

正听他说得热闹，风雪中，前面有一人骑马疾驰而来。一到他们近前，那人便高声道：“尹团长有命，全军稍息。杨副官，立刻上前报到。”

行军途中，休息也是常事，但现在正在刮风下雪，这样的大雪天在野外歇息其实是自寻死路，为何要现在稍息呢？骑兵团都准备赶到维亚后再好好歇歇。杨定远皱了皱眉，不知发生了什么情况。霍敬奇也呆了呆道：

“怎么在这荒郊野地里歇息？难道前面出事了？”

风声很大，听不出前面有厮杀声。应该不会是遭到伏击了吧？但杨定远细想，如果真遭遇伏击，尹春山哪会命令全团稍息。杨定远便小声道：“霍大哥，你别急，我去看看。”

说完他便跟着这个骑兵往前赶去。这名骑兵是一连的，正是小个子的手下。小个子训练了几个骑术特别好的组成一小队，每次出击都担任前沿开路之责。想起当初美国内战时，南方的实力远不如北方，但南军的统帅罗伯特·李将军治军有方，他麾下有个叫斯图亚特的骑兵将领，号称李将军之眼，几乎每战都会在前沿侦察。正是他与南军另一个名将杰克逊的配合，使得实力不如北方的南军一直能保持对北军的均势。尹春山在军校时主修骑兵科，对这一点极为赞同。如果尹春山是罗伯特·李的话，小个子就是他的斯图亚特，先前也正是小个子及时传来的情报使得骑兵团能够旗开得胜。小个子骑术很精，训练出的这一队骑兵更是精锐。

杨定远和那士兵并马而行。一到队伍前列，杨定远只见有一小队人正围在一根电线杆前，当中一匹是尹春山骑的黑马。尹春山已跳下了马，正在和政委马赫穆托夫看着什么。杨定远到了他近前问道：“尹团长，出什么事了？”

尹春山抬起头道：“定远，过来瞧瞧，马政委也正等着你呢。”

杨定远跳下马，走到那电线杆前。只见几个人围成一个圈，当中却躺着一个人。风雪这么大，这人直挺挺地躺着，双手被左右分开钉在一条木板上，早已死了。杨定远一见这人的衣服，惊道：“这是我们的人啊！”

这人身上穿的正是红军军服。小个子在一边道：“不错。方才我们看见他被倒吊在电线杆上，放下来才知道他已经死了很久了。”

“是谁干的？”

“还不知道。”

杨定远不安地看着这具尸体。这人被杀后吊在电线杆上，显然是有人想要杀鸡给猴子看。他定睛看着，突然眼皮一跳，这个死者的面部轮廓好像有点眼熟，他又凑近看了看，天哪！竟然是陶丰寿！他惊得大叫起来。

陶丰寿也是杨定远的恩人，正是他介绍杨定远参军的，后来杨定远进了骑兵团，俩人也就再没联系，没想到再见到他，已是一具冻得僵硬的尸体。他这一叫，大伙也才都反应过来。小个子诧异道："杨兄，你认得他？"

杨定远鼻子酸酸的，强忍着泪道："是。他以前是孙副指挥的联络员，现在在主力军，正是任团长的部下。"

小个子皱了皱眉，看了看尹春山。尹春山的眉头也皱了起来，说道："他是任团长的人？"维亚车站已经不远了，在这样的大风雪天里，也没看出有什么异样。可是这个任辅臣的部下却被杀后倒吊在电线杆上，难道任辅臣的团遭到了毁灭性的打击？他正在沉思，却听小个子道："大哥，还是我先去察看一下吧。"

尹春山想了想道："如果维亚车站真发生了什么事，你现在去只会打草惊蛇。马政委，你说是吗？"

马赫穆托夫说道："任辅臣团长一定出事了，现在我们应该直接冲进去！"

现在不清楚维亚到底发生了什么，很难相信这一团的兵力会神不知鬼不觉地被消灭了。如果让小个子贸然前去探路，只怕会打草惊蛇。权衡之下，直接冲进维亚车站，如果那儿真有敌人，倒可以打他们一个措手不及。

小个子抢道："不错，大哥，还是直接冲进去最好！"

小个子的一连是骑兵团九个连中战斗力最强的一个。如果维亚车站真的被白军夺走了，在一连的突然冲击下，他们肯定会乱作一团。随后骑兵团后面的八个连接着发起冲锋，相信一定能把敌军打得一片混乱。尹春山想了想，觉得马赫穆托夫的办法应该是目前最为可行的。他道："好，小个子，你马上做好准备，现在就出发。"

众人都开始了行动，杨定远却对马赫穆托夫说："政委，我想先把他埋起来。”

马赫穆托夫诧异地看了他一眼，说道：“马上要攻击了，没时间了。”

杨定远小声道：“政委，我们中国人讲究入土为安。他为了革命献出了生命，总应该先把他埋葬了。况且他是我当兵的介绍人，没有他我也进不了骑兵团。”

马赫穆托夫看杨定远说得十分坚决，叹了口气道：“好吧，你叫几个人埋了他吧，快一点儿。”

看着马赫穆托夫的背影，杨定远暗暗叹了口气。这个马政委比起阿列克塞来，真有点不近人情。难道战争面前人都变得没有情感了吗？当兵的人都把感情放弃了吗？他耳畔仿佛又回响起阿列克塞的那句“播下的是龙种，收获的却是跳蚤”，心下一痛，再不能多想，赶紧叫了几个人刨了个坑把陶丰寿的尸体埋了。

杨定远站在坟前，默默地叹了口气。心口似是堵了一块什么东西，快喘不过气来。又一个熟人走了，陈振中、阿列克塞，现在又多了陶丰寿，也许下一个就是自己了吧？杨定远悲痛地捂着胸口。如果自己真的死了，那思华、莲娜怎么办？他向莲娜许下的承诺怎么兑现？他答应思华带她回山东寻亲怎么兑现？杨定远悲哀地想着，忧伤如同墨水浸透纸片一样渗进了他的全身。都说战争无情，之前他还没有那么深的体会，现在亲眼看到一条条鲜活的生命在战争中戛然而止，他才真正了解了这句话。

看着这座矮矮的土坟，杨定远眼眶里噙满了泪水。长眠在西伯利亚的冻土里，陈振中和陶丰寿已永远回不了故乡。自己是否还能有回故乡的命，真的不好说了。

这儿离维亚车站已经不远了，小个子率领一连首先向车站冲去。所有人都做好了恶战一场的准备。然而等一连冲进车站后，预料中的厮杀却没有出现。

等尹春山率领的骑兵团主力赶到时，只见小个子愣愣地等在车站外。

尹春山心知不妙，催马上前道：“小个子，车站里什么情况？”

小个子满脸忧伤，摇了摇头道："大哥，你自个儿看吧。"

尹春山心里已是一沉，也不多说话，催马向车站里冲去。杨定远心急火燎，也跟着他进去。谁知一进车站，全都倒吸一口凉气，只见车站里面横七竖八躺的全是死尸。雪在尸体上盖了薄薄一层，而战马踏入车站时，马蹄下发出"咔嚓咔嚓"的响声，翻起来的全是血红的冰沫。在这个小小的车站上，竟然留下了不下千具尸体。

"还有幸存者吗？"尹春山急道。

小个子摇了摇头，道："没有了，车站里没有一个活口。"

维亚车站本来有任辅臣的一个团，兵力近两千人，现在却只有一片血腥的死寂。杨定远看着这景象，已经体会不出什么是悲伤了。之前伊希姆河畔那一战，他见过的尸体已经超过他的想象了，但眼前这一幕才让他明白，以前经历过的根本不算什么。在这车站上，这场血战究竟是怎么发生的？没有人知道。

车站里一片死寂，大家还在寻找幸存者，哪怕只有一个，也能了解当时的惨剧是怎么发生的。这时在车站前一间屋子里传来一个声音："尹团长，找到任团长了！"

尹春山听得找到任辅臣了，赶紧大踏步地走过去。杨定远也紧跟过去。他们在雪地里走动时，每一脚踩下，马靴下就升腾起一股刺鼻的血腥味。这一场战斗应该是刚发生不久，虽然血泊上已经结了一层冰，但在冰层下，仍然有血水。本来血水结了层冰壳后，已闻不到气味，只是这层冰壳一被踩破，血腥味就激射出来，呛得人作呕。

那间屋子是站台上的一间仓库。仓库里原本堆了些货物，现在全是尸首。每一具尸首几乎都是残缺不全的，有的缺了一只手，有的缺了条腿，实在有些惨不忍睹。尹春山喝道："任团长呢？他在哪儿?!"

有个士兵一声不吭，向那边指了指。在一堆货物后，任辅臣半靠在那儿，双眼圆睁，他的前心不知被扎了多少刀，衣服也已浸透了鲜血。干结的鲜血在他身前似乎形成了一面铠甲，只是这铠甲守护的，也只是一具失去了生命的尸体。尹春山惊呆了，简直是惨无人道！

小个子见状说道："大哥，看来任团长他们是遭到了突袭，没能突围出去。大概数了数，只怕逃出去的只有三四百人，如果情况乐观的话。但是逃出去的是否能活下来，现在也未可知。"

任辅臣的二团有两千余人，也就是说，红鹰团的二团在这一战至少战死了一千二百人以上。

"这是谁干的?"尹春山的声音有些哽咽。他和任辅臣曾多次联合作战，任辅臣很有军事才能，而且体恤士兵，是个非常优秀的军官。尹春山与他的私交也相当不错。看到他死得如此之惨，尹春山眼角都几乎要裂开。

小个子没有说话，他狠狠地握紧了拳头。看着遍地的尸体，杨定远几乎连呼吸都要停止了。"团长，一定是哥萨克干的。"杨定远咬着牙说着。

尹春山猛地转过身："你怎么知道?"

"很多人都被是斩杀，这一定是恰希克刀。"

不少二团的士兵身上并没有弹孔，而是刀伤，有些人甚至身首异处。如果是捷克斯洛伐克军团，他们是不是二团的对手先勿论，也不太可能造成这样的伤亡。难道是克拉斯诺夫的骑兵军团吃了亏来报仇？尹春山走到任辅臣的尸身前，伸手抹了抹他的眼睛，让他安息。

"定远，你传我的命令下去。"尹春山的声音出奇地平静。

杨定远上前一步道："是。"

"今后凡是捉到的哥萨克俘虏，一律斩首！"

杨定远一怔，几乎以为自己听错了。他犹豫道："团长，俘虏也斩首?"

"对，砍掉他们的脑袋！"尹春山猛然间把声音提高了八度。

尹春山虽然是个军人，可身上一直带着书卷气，孙富元曾夸他是儒将，谁又会想到现在的尹春山却仿佛变成了从地狱里刚冲出来的妖魔，满怀着刻骨的恨意。

杨定远没有说话。以前军中有令，不能杀害俘虏。尹春山先前也大为赞同，说中国自古也是不杀降虏的，杀降实是有百弊而无一利。这一点杨定远很认同，杀害俘虏根本没有用处，如果不能摧毁敌人的意志，只会使得敌人同仇敌忾，也会让敌人的反抗更加激烈。可是尹春山明明很清楚这一点，现在却仍下这样的命令，显然愤怒已经摧毁了他的理智。

杨定远抬起头，看着尹春山道："团长，此事要不要与政委商议一下?"他担心万一政委不同意此决定，会影响大局。

尹春山的脸已经沉得跟一潭死水一样，厉声道："这些畜生，难道还要跟他们讲什么人道吗?"

杨定远的心里又是一震，却仍说道："团长，请三思而后行。"

自从参军以来，杨定远深知军人以服从为天职，尹春山给他的命令从来都是不折不扣地执行，但现在他却已经是在抗命了。尹春山盯着他，眼里的火仿佛要将杨定远烧化，但杨定远真的不想再有无辜的人献出生命。杨定远参军以来，尹春山对他一直很客气，两人还是第一次产生这样的冲突。虽然有点害怕，可杨定远怎么都不肯退让半分。

刀锋一样的目光在空中交错了多次，几乎要激出火花的时候，尹春山转过头，厉声道："桑来朝!"

小个子桑来朝跟尹春山是拜把子的兄弟，尹春山从来都称他"小个子"而不以名字相称。头一次小个子听大哥居然叫自己的名字，不知出了什么事，赶紧上前道："大哥……团长，桑来朝到。"他平时也管尹春山叫"大哥"，可现在尹春山是直呼他的名字，他悬崖勒马，也硬生生改了口。

"从现在起，凡是捉到哥萨克俘虏，一律不留活口!"尹春山又重复了一遍，口气不容置疑。

骑兵团和哥萨克战斗过两次，两次都损失惨重，骑兵团的每个人都对哥萨克痛恨至极。二团更是遭到了哥萨克骑兵的灭顶突袭，竟然一个活口都没留。特别是任辅臣死得如此之惨，更让他们对哥萨克恨之入骨。听得尹春山这命令，小个子还没回答，周围几个靠近的骑兵已齐声道："遵命！”方才杨定远和尹春山的对峙他们其实已经看到了，不敢过来插话，可他们更赞同尹春山这条意气用事的命令。为死去的同胞报仇，每个人义不容辞。他们一喊，周围的人也应和进来，一传十，十传百，还不用小个子去传令，这条命令早已传遍了整个骑兵团。

杨定远没有再说话。在他眼中，尹春山勇猛而理智，又有着旁人无可比拟的文化层次，每一个决策都如此明智，让杨定远又敬又佩。可是到了现在，杨定远终于明白，尹春山并不是自己所想的完人，他也会意气用事，也会做出这样冲动的决策。如果对哥萨克斩尽杀绝，也一定会遭到他们百倍的报复。这不是雪上加霜吗？只是，现在这个情况，他也实在无法说服自己。这支哥萨克如此残忍，对二团斩尽杀绝，他们也只配被杀个鸡犬不留。

本来骑兵团是前来增援的，结果却成了收尸。正在这个时候，计划要与红鹰团配合作战的红军第 17 团终于赶来了。据了解，二团突围出去的残军有四百余人。这是近两千人的主力军最后的兵力。

听二团突围出去的连长说，当二团控制住了维亚车站后，开始时形势很好。二团兵强马壮，装备精良，就等着 17 团与骑兵团前来增援，然后合兵向白军发起进攻。然而始料未及的是当天下午，一支地主武装突然向维亚车站发起了进攻。

这支地主武装有五百多人，装备虽然相当精良，但实力远不及二团，何况二团占据了车站，还有装甲车厢作为工事，因此也没把他们放在眼里。以为用不了多久，这些人见攻不下车站，很快就会逃走的。一开始的战况也正如任辅臣所料，那支地主武装只是近乎骚扰地发起了几次攻击，没什么进展就被击退了。只是，到了正午，情况突然发生了激变，一支军队突然向维亚车站发起了猛烈攻击。

这是谢苗诺夫麾下有“鹰之旅”称号的外贝加尔骑兵旅和两支步兵。几乎没有太长时间，白军的实力就已凌驾于二团之上了。那两个步兵团还有两支马克沁机枪，先前那支地主武装得到了如此强有力的增援，攻击力剧增，火力顿时压住了二团。

几乎以摧枯拉朽之势，哥萨克们挥舞着雪亮的长刀，转瞬间就摧毁了二团的外围防线。恰希克长刀如同闪电般穿梭，二团还从未遇到过如此强悍的敌人。当外围防线被突破后，唯有收缩战线，坚持固守，争取撑到援军到来。

这本来是合理的战术。只是战术终究赶不上现实的变化，二团已被打得四分五裂，而兵力分散后就更加难以抵御白军的攻势，最后只剩下任辅臣率领数百人以车厢为工事进行最后的抵抗。到了这时候，任辅臣也知道大势已去，唯一的机会就是撑到援军到来。只是这一次命运的天平却没有偏向他，不论是红军第17团，还是骑兵团，都一直没有来。任辅臣无奈，下令全军突围，能逃出多少是多少。他则带领一些士兵坚守在车厢里，直到最后一刻。那四百人也正是靠任辅臣的掩护才逃了出去。

杨定远把二团的战死名录登记完后，天也已经黑了下来。雪仍在下着，满是血腥的站台现又被掩成了一片洁白。尸体搬走后，这站台上已看不出曾有过一场恶战。杨定远把名录掖在怀里，准备向尹春山汇报。

找到尹春山时，他正在站台后面的空地上，独自一人在那儿练刀。他练的是日本式的马刀术，招式不花哨，但很实用，与哥萨克的刀术异曲同工。拔出刀来，左右一劈，再收回腰间的刀鞘。这个简单到单调的动作，他做了一遍又一遍，劈得那么专心。每一刀劈出，空气似乎都在颤抖。尹春山看到杨定远拿着名录过来并没有说什么，收了刀接过名录说道："都点齐了吗？"

杨定远犹豫了一下。名录其实并不全，因为很多尸体都已不完整了，所以有些名字大概永远都找不到尸体了。他顿了顿才道："有些人……找不到了。"

尹春山翻了翻名录，又还给杨定远道："回去交给孙副指挥吧。"他说罢，又拔出了马刀开始练习。杨定远正要走，却听尹春山道："古罗马时，有一种酷刑，是把罪犯钉在十字架上，任其活活等死。"

杨定远猛然间就想起来陶丰寿死时的样子。看到陶丰寿那种奇怪的死法，他就想起在教堂里看到的十字架，原来这是古罗马的一种酷刑。

“古罗马时，奴隶将军斯巴达克思兵败，有六千多人被俘。罗马将军克拉苏下令把他们全部钉死在卡普阿到罗马大道两侧的十字架上。当时，只有对罪行极重的犯人才会处以这种酷刑。”

尹春山的刀闪电一般地劈着面前无形的敌人。他并没有看杨定远，但杨定远背上已沁出了冷汗。他不敢说话，静静听尹春山说下去。

“谢苗诺夫的做法，其实是要向我们表示，他根本没有把我们当成对手。在他眼里，我们这些黄皮肤、黑眼睛的东方人只是罪该万死的奴隶！”

马刀猛地劈下。如果真有一个人，这一刀足以将他从头顶劈开。杨定远心里一颤。也许是消耗了过多的体力，劈下这一刀后尹春山也有点喘息。之后他稳稳地站着，刀握在手中一动不动。雪已小了，雪花落到刀上，却一下化了。在高强度的劈斩中，钢刀已变得火烫。

杨定远听他说完，心里已明白他为什么会下这个命令。杨定远参军并不太久，一直很注重纪律。和马天化这样的兵油子相比，尹春山不论是个人品质还是能力，都让杨定远极为敬佩。他已经把尹春山当成了自己的榜样，下意识地会模仿尹春山的言行。可是今天尹春山下的这个命令，总觉得有些冲动，但现在听完这些，他才明白过来。

“定远，你也读过点书，可知道宋襄公之仁吗？”尹春山又道。

杨定远摇摇头。

尹春山接着说道：“宋襄公是春秋时人，曾与楚国战于泓水。当楚兵渡河之时，宋襄公之兄子鱼劝他趁敌兵未渡河便发起攻击，宋襄公却以自己行仁义之事拒绝，非要等楚兵列阵后再战，结果自是一败涂地，为天下所笑。”尹春山说着将刀在身前重重一劈，“所以，我不愿为宋襄公。定远，这已经不是一场战争，这是复仇！”

杨定远想，骑兵团是在仓库里发现任辅臣尸体的，而听生还者说他是在车厢里做最后的抵抗，那么他的尸身是与俘虏一起被谢苗诺夫集中到仓库里的。而谢苗诺夫下令对这些已手无寸铁的俘虏斩尽杀绝。以眼还眼，以牙还牙，怪不得尹春山会如此痛恨哥萨克。杨定远点点头道："团长，那我先过去了。"

尹春山又开始一刀刀地劈着面前那个无形的敌人，满腔的愤懑仿佛都凝聚在了刀锋上，每一刀都势不可挡，凄厉无比。

战争的意义到底是什么？是为了复仇吗？杨定远看了看天空，雪正稀稀疏疏地飘落，他也越发茫然。他不知道这样杀来杀去，何时是个头？

接下来，骑兵团与克拉斯诺夫军团交战了几次。怀着复仇之心的骑兵团越发勇猛，这数场战斗中，骑兵团见到战俘，一律捅死。马赫穆托夫得知了此情形后大为惊慌，劝说尹春山未果，甚至还吵了一架，最后只得搬出了卡希林。卡希林来后，一面称赞了骑兵团的战绩，一面也批评了骑兵团不该杀害俘虏，并且下令此后严禁杀俘。

虽然战场上的杀俘令被卡希林三令五申制止了，但骑兵团并没有受影响，有如出柙的猛兽，出战更凶猛，更有斗志。红鹰团的骑兵团已成为西伯利亚平原上一支令人望而生畏的力量。只是尹春山想要与谢苗诺夫决战的心愿一直未能达成。谢苗诺夫的外贝加尔骑兵旅自从维亚一战得手后，仿佛消失在空气中了一样。虽然高尔察克不住调集军队，但谢苗诺夫再没有在战场上出现。尹春山四处打听谢苗诺夫的踪迹，直到十二月时传来情报，原来谢苗诺夫的野心很大，他并不甘愿听从高尔察克的命令。上一次攻击维亚后，他就向东收缩，在赤塔发展自己的实力。显然，谢苗诺夫是想割据俄国的远东地区，建立一个从赤塔到海参崴的大国。

1918 年的冬天是在血雨腥风中度过的。到了 1919 年，原本在几支哥萨克骑兵中实力最为雄厚的克拉斯诺夫骑兵军被红鹰团打得溃不成军。克拉斯诺夫这支骑兵军本来就是由德国人扶持，由几个哥萨克部落联合组成的，凝聚力本就不强，现在遭到了这等灭顶打击，便难以为继，连他自己也仓皇逃出俄国，流亡到德国去了。

血与火中，1919 年的春天终于来了。在老家山东，这个季节应该已是春暖花开了，农人也已开始了春耕。但是在西伯利亚，寒冷仍然统治着这片荒芜的土地。大饥荒和战争一直在持续。而骑兵团在这几个月里四处出击，一直没有好好休整过。

接下来，快要回叶卡捷琳堡休整了吧。坐在一块石头上，杨定远合上了日记本，看着周围渐渐化开的积雪中钻出来的草芽。西伯利亚的春天虽然来得晚，但仍是来了。想到仅仅几个月以前，陈振中还与自己一同去医院看望负伤的伤兵，而阿列克塞站在尼古拉二世一家被枪决的伊帕季耶夫宅子前大发感慨……现在，他们都已经走了，永远都不会回来了，而自己居然还活着。杨定远迷惘地看了看四周。想当初选择当兵是为了证明自己，而尹春山想的是为了收复西伯利亚失地，但现在他们似乎都忘了这初衷。

现在的一切都已面目全非，而唯一不变的，就是对莲娜的思念。

“莲娜，我很快就会回来看你。”回想在出院时，他拥着莲娜，抚摩着她金色的头发，杨定远低声承诺着。这句话他一直放在心里，可是这个“很快”却一直在延长。这几个月不见，莲娜不知道怎么样了。这几个月的时间好似已过了几年。不期而遇的爱情，让他对生命有了从未有过的珍惜。

那一次分别时，莲娜抱住他的脖子，给了他平生第一个吻。唇上尝到的柔软与甜蜜到现在还记忆犹新。“莲娜。”他默默地低念着，此刻她在哪儿，她在做什么，他一无所知。

“定远，你在写字儿哪。”霍敬奇搭讪着过来。他那张光光的脸现在已被硝烟熏得粗糙了许多，不过这样看上去倒有了几分久违的男人味。杨定远盯着他看了看，往边上让了让道：“霍大哥，我写好了，你坐。”

霍敬奇手腕上还挂着马鞭。他晃了晃道：“我说定远，能不能求你个事?”

“什么?”杨定远一愣，还从来没见过他如此严肃过。

霍敬奇坐到了杨定远身边，却看着远方道：“定远，要是我哪天回不去了，骨头也没指望带回去，你把我这根辫子带回去吧，到北京城里找个地方帮我埋了吧。”

杨定远没想到他居然说出这种话来，说道：“霍大哥，你想什么哪！别胡扯了。”

“瓦罐不离井上破。关二爷那么英雄，最后还不是也断了头。我想着，我多半是回不去了。”霍敬奇用了一种从未有过的语气。

不知为什么，杨定远心里突然一阵难过。霍敬奇是清宫里出来的，一直有点儿迷信，听到老鸹叫都要吐几口口水来辟辟邪气，现在却说得那么哀伤。他道：“霍大哥，别想这没有的事。将来我们一块儿回国。霍大哥你老家是哪儿的?”

霍敬奇摇了摇头道：“我一个当公公的，回老家也抬不起头来，不回了。”

杨定远有些恻然。霍敬奇以前最恨别人叫他太监、公公之类，现在却也自己这样称呼起来。他阴差阳错之下到了俄国，和他相依为命的小霍太监也早就死了，现在他比谁都更感到孤苦无依。霍敬奇脾气很坏，可脾气越坏，其实也就越难以忍受这份孤独。杨定远心里一酸，说道：“那霍大哥，你就跟我们住一块儿吧。”

霍敬奇一怔，说道：“这合适吗?”

“有啥不合适的，再说，思华不也跟你的姓吗，她将来就算嫁人，长兄如父，跟大哥住，正合适。”

霍敬奇眼里一亮，说道：“成！不过，我有个事，定远，你非答应我不可。”

杨定远心想霍敬奇方才那么沮丧，现在倒是蹬鼻子上脸了。他也知道不能惹毛他，说道：“霍大哥你说。”

“你跟思华生的头一胎儿子自然姓杨。要有个二子，得跟我姓霍成不?也好承祧我霍门香火。”

杨定远一怔，又笑道：“你这是说什么呢!”

霍敬奇也一怔，怒道："我就知道你不答应，我一个当公公的，还痴心妄想个啥……"

杨定远见他这样越说越没谱，忙道："霍大哥，你想错了，思华是我妹子。我想娶的，是医院里的一个护士，她是俄国人。"

霍敬奇这回真个大为诧异，马上又怒道："定远，原来你摸上毛子女人了！思华哪点不好了？要模样有模样，要性情有性情，是不是她认我做大哥，辱没你了？"说完气就上来了。思华对定远什么样，他比谁都清楚。

杨定远有些暗暗叫苦，说道："霍大哥，话不是这么说……我只当思华是我妹妹，真的……"

霍敬奇这脾气一上来，哪儿还听人解释。他忽地站了起来，指着杨定远的鼻子骂道："姓杨的，我告诉你，你要敢骗思华，别怪我不把你当兄弟！思华对你怎么样，你自己心里明白！"霍敬奇这般大声疾呼，惹得周围好些人都往这边看过来，以为发生了什么事。

杨定远见他急了，也不好解释，可是不解释也过不去，正不知该怎么说，一人骑着马已泼风似的跑来，马上的人一路喊着："集合！全体集合！"

话落，杨定远和霍敬奇都是一惊，顾不得再争吵，马上带上马集合。

骑兵团刚收到了最新的情报，高尔察克调集的这支大军已经达到了四十万人的规模，前锋越过乌拉尔山正向伏尔加河流域展开进攻。而与此同时，日本军队以干涉俄国内战为名在海参崴登陆。

日本军团的这一行动其实是谢苗诺夫指使的。谢苗诺夫一直有野心建立一个属于自己的国家，因此当得知日本人试图向西伯利亚拓展势力的时候，便和日本人一拍即合，他索性再也不听高尔察克的号令，与日本人携手建立了一个"外贝加尔临时政府"，自称哥萨克"阿塔曼"，也就是大头领的意思。在乌拉尔地区进行连番苦战的骑兵团自然也就一直无法与他相遇了。不仅是日本军队，英、法、美这些协约国国家也派兵进驻海参崴。让人意想不到的是北洋政府也派了林建章代将率海容号前往。林建章在海参崴设立了中国驻沿海州海军代将处，这也是第一次中国政府参与到国际事务中。只是这样一来，加入红军的红鹰团其实就成了进驻海参崴的中国海军的敌人了，这一点大概谁都始料未及。

海参崴与乌拉尔地区相距遥远，红鹰团也不可能与中国海军发生冲突。外贝加尔骑兵旅得到了日本的援助后，谢苗诺夫再次整兵准备向西进发。这个几乎全歼了任辅臣团的老对手，终于要与骑兵团正式打照面了。

尹春山得到消息后，马上命令全军进发，准备迎击谢苗诺夫的部队。这也是布柳赫尔的命令。高尔察克这一次攻势大不寻常，几乎动员了所有力量。显然，这是一场红白两军的大决战，这一战将决定西伯利亚的未来。一旦战斗力极强的外贝加尔骑兵旅投入战斗，红军将很难抵御白军的全方位猛攻。因此布柳赫尔把堵截鹰之旅的任务交给了红鹰团，让这两只鹰一决生死，好腾出手来对付高尔察克。

尹春山欣然领命。当他向全军传达完计划后，猛地抽出马刀，向天空一指，厉声道："弟兄们，一雪前耻，就在今朝!"

尹春山的声音高亢入云，在西伯利亚的风中更显得峭拔。这声音也让骑兵团上下所有人都热血沸腾起来。所有的人都拔出了马刀，举刀指天，吼道："就在今朝!"

"莲娜，与你相聚的日子又要延后了。"在人群中，杨定远却有点忧伤地想着。这一战，他还有命回去和莲娜团聚吗?

第十章　鹰与鹰

鄂毕河是俄国的第三大河，源于阿尔泰山，流向西北。现在正值泛滥期，河面宽了许多。远远望去，对岸的捷克斯洛伐克军团如临大敌，正窥视着鄂毕河西岸的中国红鹰团。

西伯利亚大铁路通过鄂毕河的地方，便是俄国新兴城市新尼古拉耶夫斯克。新尼古拉耶夫斯克 1893 年才建城，后来改名叫新西伯利亚，在 1918 年，新尼古拉耶夫斯克还只是一个小镇。

谢苗诺夫一直以东面的赤塔为根据地，是为了进退自如。而这一次谢苗诺夫离开了他的据点，步兵肯定要通过铁路来运输，新尼古拉耶夫斯克就成了他的必经之地，而尹春山准备伏击他的地点，也就在新尼古拉耶夫斯克。那支捷克斯洛伐克军团今非昔比，已经被红鹰团打怕了，被他们一路驱赶到了这儿。但一过鄂毕河，捷克斯洛伐克军团却驻扎下来，摆出一副要决战的架势。一定是得到了谢苗诺夫马上要来的消息，所以他们不再退却了。事实上，这正中红鹰团的下怀。红鹰团的真正目的就是消灭谢苗诺夫，因此一直保留着骑兵团的实力。看来，在这鄂毕河两岸，又要开始一次大决战了。

骑兵团的成名之战，正是在伊希姆河畔伏击捷克斯洛伐克军团与克拉斯诺夫骑兵军。仿佛命运注定，这一次与谢苗诺夫的决战也选在了河边。

看着滔滔北流的河水，杨定远只觉有些茫然。战争持续到现在，随着一个个战友的离去，杨定远心中更是百感交集、忐忑不安。马赫穆托夫政委时不时地向红鹰团的军官们宣扬，一旦战争胜利便会把之前属于中国的土地归还，但是他们会信守承诺吗？杨定远对此并不乐观，反而还越来越觉得渺茫。脑海里突然跳出一句诗来："洗兵条支海上波。"这句诗是因为尹春山在训话中引用过，所以印象深刻。条支海就是波斯湾的古称，东汉班超通西域，派部将甘英出使大秦，甘英到了波斯湾而回。虽然骑兵团并不是在波斯湾，但这句诗中那种壮行万里的气魄却让这些目不识丁的骑兵热血沸腾，而杨定远第一次听到这句诗时也不由咂了舌。原来千年以前，中国人的足迹就已经踏上过那么远的地方。杨定远一边挖着战壕，一边想着这些。人生真的很奇妙，他突然又想起了当初刚要去俄国时，陈振中还打趣自己要讨一个毛子媳妇回家来。现在陈振中永远都回不去了。而自己又真能把莲娜当媳妇讨回家吗？想想都觉得不可思议。

杨定远把铁锹重重地往地上一铲。好在现在已是春天，泥土化冻，还能挖下去。如果是冬天的话，土壤冻得和石头一样硬，大概挖上一整天也挖不成。与其说是战壕，不如说是陷马坑。这是孙富元召集红鹰团诸位将领商讨的策略。谢苗诺夫的那支哥萨克骑兵旅比杜托夫和克拉斯诺夫的军队都厉害，俄国以前共有九支哥萨克骑兵，外贝加尔骑兵旅因为长年驻守在西伯利亚，离彼得堡极其遥远，所以向来没人管束，使得这支部队更加骁勇剽悍。尽管骑兵团的战力在实战中进步飞速，可是与有着鹰之旅称号的外贝加尔骑兵旅相比，硬拼绝不是个好主意。鄂毕河东岸的捷克斯洛伐克军团虽然士气低落，但也不能过于小看。硬拼绝非上策，骑兵团的策略仍是不可力敌，便以智取。

战壕挖好了没多久，小个子便带着探路队急急赶回，说一支骑兵正向这儿急速开来。率领这支骑兵的正是骑着汗血马的谢苗诺夫。听得哥萨克骑兵终于来了，尹春山精神也为之一振。在新尼古拉耶夫斯克的红鹰团并不满员，四个主力军中，任辅臣的那个团被打散后重新组建起来，现在已编入了布柳赫尔麾下，正和高尔察克的军队交战。现在红鹰团由王德林、张富荣和郭万清那三个团与骑兵团组成，由总团长孙富元亲自指挥。

捷克斯洛伐克军团曾经是红鹰团的手下败将，因此他们对红鹰团怀有畏惧之心。而红鹰团真正的目标也就是谢苗诺夫的部队。小个子传来的情报说谢苗诺夫这次也几乎是全员出动，不仅骑兵出击，他手下的两个步兵团也一同出战。如果不能阻挡谢苗诺夫的攻势，他的部队势必会从斜刺里在布柳赫尔的军团身上插上一刀，布柳赫尔部队因此全员崩溃也有可能。

这是红鹰团成立以来前所未有的硬仗。杨定远看着一边的尹春山，心里也不知是什么滋味。自从那一次他试图让尹春山收回杀俘的命令未果，两人之间好似就没有以前投机了。

这时小个子过来道："大哥，捷克人开始行动了。"

尹春山正拿着望远镜看着河对岸的捷克斯洛伐克军团。他沉声道："捷克人准是觉得援兵来了，蠢蠢欲动起来。不要慌，等他们上来。"

几千匹战马冲过来时，大地都似乎在颤动，而他们的马蹄声竟然此起彼伏，并不混乱，居然和呼吸一样有节奏。这显然是经过严格训练才能达到的。骑兵团直到现在也没能达到这个程度。一听这鼓点一样的蹄声，杨定远心里便是一沉。

如同一团压在地面上的乌云，一转眼便冲到了鄂毕河边。鹰之旅的气派不小，居然还有鼓舞士气的军乐团。当他们和捷克斯洛伐克军团合到一处时，连捷克斯洛伐克军团的士气也一下高涨起来。小个子看着对岸的这支骑兵，低声赞道："这伙毛子可真了得！"

鹰之旅本来就极为精锐，谢苗诺夫一直和霍尔瓦特联系紧密，霍尔瓦特私自动用铁道上的储备金来武装部队，现在谢苗诺夫又与日本人勾结在一起，得到了日本人的资助，现在的实力更是如虎添翼。

当鹰之旅列队整齐后，却并没有马上发起攻击，而是派出一个特使飞马过来。一见这骑士过来，小个子举起了枪正要瞄准，尹春山道："别开枪，两国相争，不斩来使。"

这是个很年轻的军官，穿着一身笔挺的军装。一踏上鄂毕河西岸，这个高傲的年轻军官就说：“谁是你们的指挥官？我要见你们的指挥官！”

杨定远听了赶紧翻译，对尹春山道：“团长，他要见你。”

尹春山点了点头：“带他过来。”

杨定远催马出去，将那军官带了过来。一见尹春山，那年轻军官行了一礼道：“我奉谢苗诺夫将军阁下之命，前来向贵军下战书。”

听杨定远把他的话译完，尹春山冷冷道：“告诉他，不必了。战场上，钢刀就是最好的战书。”

谢苗诺夫现在要下战书，自是有点惺惺作态，先前他去偷袭任辅臣团怎么没想着先下战书，现在无非是看到红鹰团做好了准备，才摆出这个架子。而他的战书没有下给总团长孙富元，而是给了骑兵团，显然，在谢苗诺夫眼里，只有骑兵团才是自己的对手。

那年轻军官也没有多说什么，这个回答大概早在他预料之中，向尹春山行了一礼，便转身回去了。鄂毕河刚进入丰水期，现在河面虽然阔了很多，但并不深，那白军军官踏水而行，走得十分顺畅。看着那人的背影，尹春山转过头对杨定远道：“定远，传令下去，准备迎战！”

那白军军官刚回去，对岸突然发出一声“乌拉”的欢呼，有如天崩地裂，哥萨克已冲进了鄂毕河里。

第一波攻势开始了。跨河作战其实相当不利，尹春山向杨定远说的宋襄公故事中，当时楚兵就是要渡河攻击宋军，宋司马子鱼便向宋襄公建议“及其未济击之”。杨定远又看了看尹春山，然而看着哥萨克冲进河里，尹春山并没有下令出击。

河水并不深，而哥萨克来势正猛，现在迎击骑兵团占不到便宜。眼看着哥萨克的先头部队已上了岸，尹春山看了眼小个子，低声道：“小个子，出击！”

小个子一听得命令，他一把拔出了马刀，高喊一声，带着几个人直冲了出去。这几个是他精心训练出来的好手，小个子探路也总是带着他们。

只是他们几个一冲出，尹春山却没有发出总攻令，两眼死死盯着前方。

小个子一骑当先，有个哥萨克骑兵马上冲到他身前。两匹马眼看着就要撞到一起，那哥萨克一提马，举刀便劈。只是小个子个头虽然比他要矮，动作却要快他一拍，手腕一翻，恰希克马刀已被撩上，锋利的刀刃轻轻巧巧便在那哥萨克腿上划了条深深的口子，伤口处的血直喷出来。那哥萨克的刀正举过头顶还没来得及劈下，小个子的刀差点划断了他的腿。这时小个子又一翻腕，恰希克刀已平平举到胸前，刀刃向外。他骑术极高，能够双手放开缰绳，只靠两腿的力量夹住马腹。左手在马刀的刀背上一推，这把恰希克刀借这一推之力平平抡出，随着一道白光，正从那哥萨克的脖子上掠过。恰希克刀锋利无比，韧度也极好，这一刀直接要了那哥萨克的命。

哥萨克刀术和中国武术里的刀术大异其趣，哥萨克刀术并没有太多招势，靠的是力量与速度。那些哥萨克人向来耀武扬威，尤其是偷袭任辅臣团大获全胜后，对这支中国人的军队极其轻视。眼见小个子斩杀了一个哥萨克，用的还正是哥萨克的恰希克刀，那些人一怔，凶焰却是大涨，大呼着便围了上来。

小个子带的这几人骑术一个比一个强，刀法也极为精熟，单兵能力不比哥萨克差。他们打了对方一个措手不及。哥萨克想要在三招两式里拿下他们，那是妄想。小个子见哥萨克已把注意力集中到了自己身上，潮水样涌过来，知道之前还有模有样的骑阵此时已乱作一团，心想大哥说得果然没错，高声道："快退回去，把这伙毛子留给步兵！"

这正是尹春山的计划。鹰之旅不仅战斗力要胜过骑兵团一筹，人数也多出近一倍，单靠骑兵阻击，很难有胜算，因此尹春山必须活用好手头的力量，打一场斗智之战，把这些哥萨克引入阵地来。虽然谢苗诺夫是个非常优秀的指挥官，只是破绽就在于他的手下这些哥萨克太强也太骄傲了。尹春山让小个子几个人出击，正是要给他们一个下马威，杀杀他们的气焰。眼见鹰之旅高呼着向前冲来，一步步地逼近先前挖好的阵地，尹春山手中的马刀也越握越紧，关节处都已发白。

铁蹄如暴雨，震得大地都似在颤抖。看着这支哥萨克铁骑直冲过来，杨定远的心也似乎要跳出嗓子眼。一般来说，步兵在骑兵面前处于相对劣势，但也不尽然。哥萨克人很强，骑在马上全速疾驰时还能出刀斩断挡住去路的步兵，红鹰团先前挖下的这些楔形战壕，正是专门用来对付骑兵的。因为人躲在战壕里，哥萨克要攻击他们就不得不从马鞍上弯下腰才行，如此一来骑兵团就有了可乘之机。只是计划如此，是否能成功，杨定远也没有把握。小个子他们几个人前去突击，并不能对哥萨克造成真正的威胁，但他们这样挑战却使得哥萨克们不顾一切地冲上来，便正好陷入红鹰团的这个埋伏。

哥萨克人如同一道下坂洪流，席卷而来，只不过一瞬，他们已冲进了先前红鹰团挖好的阵地之中。几乎是同时，枪声响了，埋伏在战壕里的中国士兵发起了第一波进攻。寻常战壕都是横向连成一线，但这些战壕却都是楔形的，一个个朝向对方，以致哥萨克人一开始都不曾发现，冲得快的甚至已经冲过了这片阵形的外围。第一轮枪声响后，一下子就有数十个哥萨克人中弹落马。

直到这时，哥萨克人才发觉自己中了埋伏。虽然被打了个措手不及，但这些人竟然毫不惊慌，几乎一瞬间，本来有些散乱的阵形又已粗略成形。那些哥萨克人从马鞍边侧下身，举刀向下砍去。虽然这个角度非常刁钻，他们既要防备战壕里的中国军人，又要防备马掉进战壕里，对一般人来说几乎做不到，可是这些哥萨克却仍游刃有余。

他们的反击来得太快，很多战壕里的士兵刚放出一枪，还没来得及开第二枪，恰希克刀已劈头斩下。他们在战壕里连躲都躲不开，只一眨眼的工夫，便有十多个中国士兵被斩杀在战壕里。

“攻击！”尹春山的声音终于响了起来。随着这一声令下，血腥的战斗终于拉开了序幕。骑兵团与外贝加尔骑兵旅大概是目前西伯利亚最为精锐的两支骑兵。双方都有着“鹰”的番号，拥有几乎同样的利爪。尽管鹰之旅陷入了红鹰团的埋伏之中，已失去了主动，但他们仍然保持着旺盛的斗志。

由于马上马下都遭受攻击，实在难以应付，不少哥萨克索性跳下了马，一手牵着马缰，一手拿刀乱砍。杨定远已卷入了厮杀之中。现在鹰之旅正纠缠在骑兵团与战壕里的王德林团双重攻击之中，而张富荣与郭万清两个团则在向捷克斯洛伐克军团发起攻击。双方就如同太极图一样，都在试图绕到对方身后去。如果鹰之旅突破了骑兵团，那么张富荣与郭万清两个主力军会腹背受敌，结果可能会一败涂地。同样，如果张郭两个主力军强渡鄂毕河成功，击溃了捷克斯洛伐克军团，鹰之旅也就失去了退路，前后都要成为活靶子。这时候捷克斯洛伐克军团显然也看到了此中利害，一反常态地进行苦战，竟然摆脱了以往对红鹰团的畏惧之心。

鹰之旅采取的是从伊菲克拉特提斯方阵变化而来的一个骑阵。伊菲克拉特提斯是古希腊名将，当时希腊与斯巴达经常发生战争，斯巴达人号称战斗种族，生下的男孩都要放在雪地上过一夜，只有那些最为强壮、能在雪夜里活下来的婴儿才会被带回抚养长大。而斯巴达人一成年就成为战士，同时斯巴达人又以战死沙场为荣，因为斯巴达人的战斗力极强。伊菲克拉特提斯受命与斯巴达开战，经过研究，他将当时通用的多立斯方阵进行了改良，使之成为一个攻守皆备的阵势。他以这个方阵击溃了强悍的斯巴达军队，而后来马其顿王亚历山大赖以纵横天下的马其顿方阵，也正是出自于伊菲克拉特提斯方阵。谢苗诺夫采用的，同样是伊菲克拉特提斯方阵的一个变形，只不过变步为骑，使之增强机动性。只是，这个方阵现在陷入了红鹰团步骑轮番进攻的阵式，已失去了机动力，仅仅靠着哥萨克的单兵能力在苦撑着。

谢苗诺夫此时的额头也已淌下了冷汗。他从来都看不起中国人。在他眼里，这些中国人不堪一击，当初高尔察克要他与中国军团谈判，商量收买中国军团的时候，谢苗诺夫根本不以为然。在他看来，这些中国人完全不值得合作，一旦交上手，他们也根本不可能造成什么威胁。先前袭击任辅臣团时，非常轻松，没有多久就顺利拿下，因此他从不把中国军团放在眼里。但这一次，却是血肉像齿轮一样咬合的决斗，每一刻都传来战马的哀嘶和人垂死的绝叫。空气里弥漫着血雾，仅仅是穿行一圈就会蒙上一脸的血沫。

恶战到了这个地步，谢苗诺夫想也不曾想过。这些他一向看不起的中国人竟会有如此强韧的战斗力。再这样斗下去，就是个你死我活的局面，双方只有一方可以幸存。真的要把一切赌在这里吗？此时谢苗诺夫已经觉察到自己中计了。这一次出击，他几乎把所有实力都用上了。当初收到捷克斯洛伐克军团的求援信号时，他并不以为意，只觉得是举手之劳，因此没有等他手下的两个步兵团抵达就先发起了进攻。只是战斗打响后，他才惊觉，这些中国人其实早已做好了准备，他们真正的目标不是捷克斯洛伐克军团，而是自己！

只不过一瞬，谢苗诺夫已经做了决定——撤退。趁着现在损失还不大，立刻撤退才是明智之举。这些中国人就让捷克斯洛伐克军团去对付吧。认识到了红鹰团真正的战斗力后，谢苗诺夫绝对不会为了日·盖达而把自己的家底搭进去。

命令很快传下去了。骑兵团也许是鹰之旅遇到过的第一个势均力敌的对手，而这种从中国兵法参透出来的战术更是让他们闻所未闻。终于能够摆脱了。在这场持续时间并不长的战斗中，鹰之旅已前所未有地损失了百余人。这简直不可想象。他们向来是纵横驰骋所向无敌的部队，头一次遇到这样的对手，他们的斗志一下涣散了。再斗下去，鹰之旅可能会尝到第一次失败的滋味。谢苗诺夫已经敏锐地看到了这一点。

此时哥萨克军队已经纷纷掉转马头，谢苗诺夫也正待掉转马头，身后忽然传来一声厉喝："毛子，留下命来！"

正是小个子。小个子早就看中了谢苗诺夫这匹神骏至极的战马了。当两军交战在白热化的时候，他被几个哥萨克缠住，根本杀不到谢苗诺夫身边来，现在机会终于来了。小个子手中的恰希克刀已然挥出。只消再伸上前两尺，雪亮的刀锋将要切入谢苗诺夫的身体，将这个高傲的白俄斩落首级。小个子已经做好了杀死谢苗诺夫后夺马的准备了。他很爱战马，对谢苗诺夫的这匹汗血马早就钟情已久了。

恰希克刀已快要接触到谢苗诺夫的脖子了。然而在这一刹那，谢苗诺夫的马刀也已挥了上来，“当”一声，正抵住了小个子的刀。虽然他是反手挡格，但小个子只觉掌心为之一麻，他的刀竟被震得反弹回去。没想到谢苗诺夫的力量这么大，小个子有点儿意外，看来他轻敌了。当他的刀被谢苗诺夫弹开后，谢苗诺夫的刀已趁势横掠过来。小个子此时正在疾冲，根本无从躲避，慌乱中将身子往鞍上一伏。谢苗诺夫这一刀扫过来时，他虽然闪开了刀锋，但恰希克刀还是削去了他的军帽尖顶。

好本领！小个子吓出了一身冷汗，却也在心底暗赞。他一刀失手，已与谢苗诺夫错身而过，错失良机，令他差点失声叫出来。而谢苗诺夫这边见这一刀没能杀死对手，也在暗自赞叹。按谢苗诺夫的性子，敢跟自己较量的对手定要斩尽杀绝不可。只是他已经下令全军撤退，见小个子已经冲出了一程，也不想恋战，正想掉转马头冲入河中，不料周围的骑兵团士兵几乎全都向他冲来。大伙眼见谢苗诺夫竟然一招就将小个子逼退了，都起了同仇敌忾之心，全都把注意力集中到了谢苗诺夫身上。这样一来，杨定远反而挤到近前去了。

又有两个骑兵团的士兵冲到了谢苗诺夫近前。这两人几乎同时出刀，谁都想率先将这个高傲的哥萨克击下马来。骑兵团的战斗力让谢苗诺夫暗暗心惊，心知再这样斗下去，自己迟早会丢命。不等那两人的刀上前，谢苗诺夫的刀后发先至，在身后划了个弧形。他的恰希克刀是特制的，比一般的都要长出一截，只转了半圈，刀光直如闪电，“当”一声响，骑兵团的马刀竟被谢苗诺夫一刀斩断。

这时另一个人又冲过来，此人正是霍敬奇。霍敬奇一直在边上盯着谢苗诺夫，他也早盯上了谢苗诺夫这匹汗血马，只是一时没机会靠近。现在见机会来了，赶紧扬起刀冲上去。霍敬奇和刚才那个骑兵两人一左一右直取谢苗诺夫。哪知谢苗诺夫这一刀竟然连攻两人。马刀被斩断后，谢苗诺夫的恰希克刀却已趁势反扫回来。一进一退，灵活自如，没有半点儿停顿，那骑兵的咽喉处正被谢苗诺夫的恰希克刀扫过，鲜血直喷出来。

霍敬奇心里猛地一跳。骑兵团里能用恰希克刀的人并不多，一共也只有几十个。如果霍敬奇用的不是恰希克刀，定然也会被谢苗诺夫一刀斩杀。但他本来就有点亡命之徒习气，丝毫不惧，眼见谢苗诺夫一提马缰，那匹汗血宝马将身一纵，便要跃入鄂毕河里。霍敬奇心头一热，人竟然一下跳上马鞍，猛地向谢苗诺夫背后扑去。

这样的招式，自古以来大概谁都没用过。谢苗诺夫也根本没想到霍敬奇竟会出这等怪招。汗血宝马虽然神骏，可是跃起又落下终要一点儿时间，就在这一刹那，他只觉背后一沉，霍敬奇已跳上了他的马鞍。就算是谢苗诺夫，也已吓出了一身冷汗。霍敬奇也没想到自己真能跳到谢苗诺夫身后，这真是奇迹了。他的恰希克刀正待砍过去，身子却又是一轻，那匹汗血马发觉背后多了一个人，突然后蹄一抬，霍敬奇哪里还立得稳，从马的后半身滑了下来，咚一声摔进了水里。这汗血马十分高大，足有几百斤重，马蹄每踏出一步，踩上的仿佛不是水，而是坚硬的玻璃。每一步，水在马蹄下碎成了千万点碎屑。所有人都看呆了。

看着谢苗诺夫骑马如同踩着地面一样在鄂毕河里疾驰，每个人都露出难以置信的神情。这是个凡人吗？连提着刀刚从河里站起来的霍敬奇也惊呆了。

看着谢苗诺夫的身影远去，杨定远一时甚至忘记了呼吸，看着子弹还在空中疾飞，但就是打不到谢苗诺夫身上，子弹仿佛化成了一场轻柔的春雨，根本无法伤到他分毫。这就是哥萨克真正的力量吗？杨定远几乎有点入迷地看着那个骑在马背上远去的身影。

外贝加尔骑兵旅撤退后，原本还能支撑的捷克斯洛伐克军团终于溃不成军。与红鹰团凌厉的攻势相比，被盟友背叛对这支在异国苦战的军团打击更大一些。这一战，有两千余捷克斯洛伐克人向红鹰团投降，其余的则四散逃走。

这一场战斗结束后，接下来该如何行动，红鹰团各部却有了不同意见。张富荣认为阻击任务已经完成，加上有大量俘虏要移交，因此应该马上回叶卡捷琳堡与布柳赫尔的大部队会合。但尹春山却坚持认为虽然捷克斯洛伐克军团已被摧垮，但外贝加尔骑兵旅并没有受到实质性的打击，这样回师，谢苗诺夫有可能会卷土重来，因此必须捕捉到鹰之旅，将其彻底击垮，以绝后患。

应该说尹春山说的并没有错。谢苗诺夫虽然丢下了捷克斯洛伐克军团自行逃走，但他的实力其实并没有什么损失，这一次一同前来的两个步兵团更毫发无伤，随时都会再次投入战场，因此必须趁胜追击，斩草除根，否则必有后患。可是红鹰团东征至此，其实已是孤军深入，如果再往东进发，很难保证补给能够跟得上。何况现在高尔察克正在开始前所未有的大攻势，所以张富荣还是认为应及早赶回为上。

张富荣的意见在几个政委里也引起了争议，王德林团没有政委，另外三个团的政委倒有两个支持尹春山。马赫穆托夫倒是很支持尹春山，最后孙富元权衡之下，决定由张富荣团带俘虏返回，王德林团与郭万清团与骑兵团一起继续追击。

听到了这个最后决定，杨定远心里有些打鼓。对谢苗诺夫，除了痛恨之外，更多了一份畏惧之心。甚至，他有点不相信自己能够打败谢苗诺夫。他脑中始终是他策马在河上狂奔的身影，他不得不承认，对手太强大了，强大到把他的自信心一网打尽。

张富荣团坐火车走了，孙富元则带着两个主力军和骑兵团继续追击。沿着西伯利亚大铁道追了好几天，又向东进发了数百里。再追下去，只怕快要到贝加尔湖西岸了。

这一天，红鹰团已到了阿钦斯克市附近。阿钦斯克是西伯利亚铁道上一个比较大的站点，这也是红军目前所能控制的铁道上的最东一个站，再往东去，红鹰团就真正是孤军奋战了。但追了这么多天，仍没有发现谢苗诺夫的踪影。如果再找不到，恐怕红鹰团不得不往回撤了。

这天，孙富元得到情报，说谢苗诺夫的步兵团正往阿钦斯克赶来，于是召集了几个团长商议下一步作战方案。大家一致认为，谢苗诺夫有可能已经放弃了增援高尔察克的计划，决定退回赤塔，因此有可能在阿钦斯克与红鹰团做最后一战。

权衡之下，尹春山坚持要追击。孙富元让尹春山率骑兵团先去打头阵。

谢苗诺夫肯定不愿与红鹰团决战，万一失败损失不可估量。但如果只是骑兵团的话，那么他倒有可能迎战。因为骑兵团毕竟人数有限，他不会放在眼里。一旦双方交上手，骑兵团先将谢苗诺夫诱入包围，主力军再以雷霆万钧之势加入战场，彻底歼灭这支最为精锐的哥萨克骑兵，这样阻击任务也就圆满完成了。

这个计划很完善，但杨定远听后却觉得并不会这么简单。他一直在怀疑谢苗诺夫并非无法摆脱红鹰团，其实这一路都是他在拖着红鹰团走。那么他这么做的目的是什么？会不会是在前方设下了埋伏？他把这个顾虑向尹春山说了。尹春山也觉得这猜测有理。只是，到了这时候，红鹰团已是骑虎难下，也只有决一死战了。他认为就算谢苗诺夫设下了埋伏，对红鹰团也不会有太大威胁。

骑兵团出发后的第二天，探路的小个子突然回来汇报了一个消息，他发现了鹰之旅在前面克拉斯诺亚尔斯克附近出现。克拉斯诺亚尔斯克是西伯利亚地区最大的城市之一，叶尼塞河正从这儿流过。以前这是个很偏远的城市，但西伯利亚大铁路通车后，克拉斯诺亚尔斯克一下子就繁荣起来。叶尼塞河是俄国水量最大的河，比鄂毕河深很多，战马已不能涉水而过。西伯利亚大铁路横跨叶尼塞河的铁路桥是当时世界上最长的铁路桥。正因为有这个天险，谢苗诺夫也选择了到这个地方来与红鹰团对抗吧。

杨定远坐在火堆边写着日记。这本日记记载了每一天的战斗，也记下了他对莲娜的思念。当他写到现在只有一个主力军与骑兵团来完成这项战事时，那支阿列克塞留给他的钢笔在纸上重重一戳，划出了一个破洞。

差不多，只剩了一半的战力了吧。这一半的战斗力又怎么和谢苗诺夫的鹰之旅对抗呢？也许是红鹰团战无不胜的战绩，让持重的孙富元也有了轻敌之心。杨定远合上了日记，心情格外沉重。孙富元一定把鹰之旅与克拉斯诺夫骑兵军相提并论了。但杨定远很清楚，谢苗诺夫是个多么勇猛与狡猾的对手。这个决定，也是让骑兵团走上了一条不归路。谢苗诺夫因为害怕与红鹰团一决生死，不惜丢下捷克斯洛伐克军团逃生，但这并不意味着他不敢一战。现在这样的做法，是把双方都逼上了绝路，谁都不能后退了。

杨定远抬起头，看了看面前的火堆，表情木然。也许这一次真的是最后一战了吧？他预感这次他会死在战场上。在战场上他固然顾不得生死，也不容他多想，但现在暂时离开了硝烟和烽火，他却比任何时候都冷静。以前他从不怕死，死在战场上是无上光荣的。而现在他害怕了，他怕再也见不到莲娜，再也回不去家乡，再也见不到父母……他的这些生死朋友都离他去了，下一个也该轮到他了。为了证明自己，为了收复失土，他毅然选择当兵。可现在为了守护所爱的人，他竟然害怕当兵了，害怕自己就这么死在战场上。

在叶卡捷琳堡，还有个人在等着自己。这个念头如同一根细线，让杨定远心里总有些羁绊。莲娜——他默念着这个名字。在臂弯里，似乎还残留着莲娜那温暖的体温。那一点儿暖意足以让他回味，让他感到自己尚是个活人。

“定远，想啥呢?”霍敬奇一屁股坐到了他身边。白天他功亏一篑，没能拿下谢苗诺夫，到这时还在懊恼不已。坐到杨定远边上，他拿了块布擦拭着那把恰希克刀。他擦得极其仔细，刀身明明已经铮亮了，他仍在细细擦着。

杨定远看着他道：“霍大哥，你不休息啊?”

“睡不着啊。”霍敬奇叹了口气，“那谢毛子可真是了不得，我的绝招也没能取他的狗命。”

听他又在吹嘘自己的绝招，杨定远倒有点想笑。霍敬奇这玩命三招其实并没有什么巧妙，无非就是靠勇气。说白了，就是玩命。他道：“霍大哥，我想问你句话。”

霍敬奇转过头道：“什么？”

“你为什么会当上了兵？”

霍敬奇一怔，呆了半晌，忽地笑道：“定远，你一问我才想起来，还真不知道为啥。这年头，兵荒马乱的，不当兵还能干啥呀？”

红鹰团里，除了尹春山和小个子这些原本就是当兵的，倒有一大半都是劳工。他们来俄国无非就是想混口饭吃，碰碰运气。只是这个时代真如一场泥沙俱下的洪流，将所有人都卷了进去。如果一个个去问的话，只怕大多数人都会和霍敬奇一样的想法。

霍敬奇大概这阵子一直没机会说话，现在得了机会，说起来便有点儿喋喋不休。他东一榔头西一锤地说着，忽然道：“定远，我说，思华这妮儿真是不错，你为什么不……”

杨定远见他又说上了这话了，心里有点发慌，赶紧说道：“霍大哥，你别说这个了，思华也一直把我当哥哥看的。”

霍敬奇立马脸一翻，往地上啐了一口道：“呸！你亏心不亏心！她在那医院里挂号时说姓霍，你说她为啥要跟着我姓？你就真不明白她的心意吗?!”

杨定远心里忽地一颤。他也问过思华为什么要说姓霍，不跟自己姓杨，她没有说什么，自己也一直没有细想。现在想想，思华真正的用意难道真如霍敬奇所说？他摇了摇头，淡淡道：“霍大哥，你也多心了。思华原来的姓是什么都没人知道了，跟你姓，就是拿你当亲哥哥看。”他怕霍敬奇再说起思华，又扯开话题道，“霍大哥，你说这一仗什么时候能到头？”

“到头？砍了那谢毛子的头就到头了！”霍敬奇拿手指在刀背上抚了一

下，又道，“我说老毛子这刀真的好，比得上关老爷的青龙偃月。我说，定远，你老在写字，到底写的是啥?”

杨定远见他不说思华，实在有些如蒙大赦。他道：“我也就是把现在的事都记下来。”

“有啥用啊?”

杨定远苦笑了一下。在霍敬奇眼里，大概任何事都是有用或者没用。他道：“我现在也不知道有啥用，可就是想记下来。不过，我相信以后总会有用的。将来让别人看了，知道我们在俄国有过这样的经历。”

“会编成戏吗?”霍敬奇来了兴趣。

“说不定会吧。”杨定远笑笑。

一听说会编成戏，霍敬奇登时来了劲，说道：“定远，那你一定要把我写好点儿。可惜没能把谢毛子宰了，要不，这一段也能编成斩颜良、诛文丑这样的戏，我霍敬奇也算不辱没祖宗。”他咂了两下嘴，忽地叹道，“听人说，人有什么作为，骨相都生好了。刘备生龙骨，关老爷生傲骨，张飞生横骨，还有个魏延生反骨。对了，定远，思华那医院里有个姓金的小子，你也认识吧?”

杨定远道：“金光云吗？我认得，他是朝鲜人。”

“这小子就是个魏延，我看他脑袋里面也是生反骨的，一准很不地道。上回我去医院看你，就看到他在你窗户外面，一副要吃人的模样。看样子，他恨死你了，你得当心他一点儿。”

听完杨定远一愣。思华和金光云总是相处不好，霍敬奇自然是帮思华说话。只是听他说金光云恨自己，那也实在也有点儿太离谱了。杨定远笑了笑道：“霍大哥，你多心了，小金跟我无怨无仇的，他恨我做什么?”

“我也不知他为什么要恨你，反正，你对这小子多留点儿意。”他打了个哈欠，说道，“困死了，定远，你也早点儿歇下吧，明儿说不定又要动手。”他抱着他那柄永远都擦不完的刀侧躺在羊皮毡上，嘴里哼哼道，“青龙偃月火光冒，不由关某怒眉梢。任尔奸来任尔巧，难逃我青龙偃月刀。”

唱完，还嘿嘿一笑，大概想象着自己手刃谢苗诺夫的模样，先行得意一下吧。

杨定远记完了今天的事，把钢笔和日记都收好，往火堆里添了点柴，也躺了下来。夜渐渐深了。西伯利亚高原的春夜仍然带着寒意。只是对于风餐露宿惯了的骑兵团士兵，现在这种气候已经差不多是天堂了。霍敬奇已经睡着了，不时打两下鼾，偶尔还冒出一句唱，他连说梦话都是在唱戏。杨定远只觉得好笑，翻了个身，手枕在后脑上。刚一仰天躺着，眼前便是一亮。躺着看天，天空倒似一堵无边无际的高墙，而满天星光像水一样倾泻到他的脸上。在遥远的西伯利亚高原上，星光竟是异样的清冷和美丽，让杨定远几乎要颤抖。

“人啊，你还在走吗？还不曾找到你要找的一切吗？”

在半梦半醒的蒙眬中，杨定远突然又听到了那个银狼的声音。他不由一惊，猛地坐了起来，透过身边的火光，他看到了那边的黑暗中有一个白色的身影。

两颗明亮如寒星的眸子都透过黑暗看着他，没有爱也没有恨，那一对冷漠的眼睛如同看着一个无生命之物一样看着杨定远。但就是这样的目光，让杨定远有种说不出的激动，仿佛看到一个久别重逢的老友一般欣喜。看着这个神秘而美丽得不似人间所有的生灵，杨定远几乎忘记了一切。

“我想知道和平的意义，战争的意义，以及我活着的意义到底是什么。”杨定远问出心中的困惑。

“人啊，你活着，你卷入了战争，你期盼着和平。你所走的每一步都会留下印迹，而你留下的印迹就是意义。”

活着的意义也就是活着？

“是的。活下去，就是每一个生命的最终意义。你能说出洪流中一滴水的意义吗？不能，但正是亿万滴水才汇成一道席卷一切的洪流。你听，命运的潮水正奔涌而来，人啊，正是你们，每一个人微弱的生命汇在一起，才汇成了这一道洪流。”

篝火已经很微弱了，远远的，杨定远听到了一阵阵涌动的声音。这声音穿过夜色，虽然微弱，却又不可一世。那就是命运的脚步吗？如果生命的意义只在于过程，那么，结果是什么都不必去想了？那一阵阵雷鸣似的响声正乘着西伯利亚高原的风而来，越来越响，越来越真实。杨定远突然感到自己的心也在剧烈地跳动着，应和着这一阵又一阵的雷鸣。

就在跟银狼对话的半梦半醒中，耳畔传来一个人嘶哑的叫声：“偷袭！敌人偷袭了——”

第十一章　喋血西伯利亚

“偷袭！敌人偷袭了——”小个子的声音把大家都唤起来。

尹春山一直在火堆前沉思。红鹰团的这场远征到底把握有多大？谢苗诺夫的行动一直十分诡异，摸不清对手是什么状态，这个仗怎么打？

“偷袭！敌人偷袭了——”小个子的声音一传到他耳中，他一跃而起。

话音甫落，小个子正骑着马飞驰过来，大声道：“大哥，敌人来偷袭了！”

是谢苗诺夫！尹春山心急如焚，厉声道：“快去通知孙指挥！”

骑兵团本来担当诱敌的任务，没想到敌人先发制人，这一招他都没有想到，必须让主力军尽快赶来支援。小个子答应一声，打马便向西边疾驰而去。

主力军是步兵，赶过来会有一段时间。在这段时间里，无论如何都要坚持下来。尹春山看了看周围，本来还一片死寂的营地刹那间沸腾起来，马刀、马枪响作一团。看着这一片喧嚣，尹春山的心里却遮上了一片阴云。

这一路本以为是在捕捉鹰之旅的踪迹，没想到谢苗诺夫也在设伏啊。就像两把锋刃相向的钢刀，在刺向对手的同时，对手也在对准自己刺来。这任何微不足道的轻敌，却引来难以预料的后果。尹春山悔恨得几乎无地自容。现在已没有退路了，他抽出马刀割断了马的缰绳，翻身跳上了马鞍。一上马背，他便高声叫道：“不要慌，准备迎战！”

遭到偷袭，最怕的就是慌作一团，结果自相掣肘，往往反击还没组织起来，自己倒先损兵折将。骑兵团是在实战中千锤百炼地磨炼出来的，虽然被打了个措手不及，但很快队伍就安定下来。只是，也就是这时，一支骑兵已如一根钢针般直插进来。

这是一道融化了的铁水，所到之处就是鲜血与惨叫。如果骑兵团还是混乱一片的话，现在就是一场一边倒的屠杀。但即使骑兵团已经镇定下来，在这支军队凌厉无比的攻势下，还是无法组织起有效的反击。敌军以迅猛之势将骑兵团的阵地劈为两半，现在没有了战壕里的步兵助攻，只能硬碰硬地抵挡。有些人手刚搭上马鞍，还没来得及上马，就被身后疾风一样掠过的敌骑一刀削去头颅；有些动作敏捷些，却还没坐稳马鞍，刀光闪过，将他的一条腿卸了下来。

尹春山只听得耳边一阵阵惨叫，在短短一刻，至少已有好几十个骑兵团士兵中刀。在这样混乱的局面下，一旦落马，就算中的刀伤并不重，也会被狂乱的马群活活踩死。

尹春山的眼角都几乎要瞪裂了。鹰之旅如此强劲，而自己却真个轻敌了。现在的情形，正与那一次骑兵团偷袭捷克斯洛伐克军团的营地相仿。劫营虽然看似将自己的兵力分散，是一种冒险行为，其实却不然。因为进攻方一直处于高速运动的状态，防守方只能进行消极地抵挡。所以看上去似乎进攻方在孤军深入，以寡击众，其实真正对战的只是面前一些措手不及的对手而已。如果这些杀进来的敌人一直以这样的攻势侵入，那么就算营地中有再多的人也视同无物。

不打掉他们的锐气，那么骑兵团会被他们打得千疮百孔。尹春山这时的心情跌到了谷底。真是风水轮流转，昨天的胜利者，今天也尝到了败北的味道，而敌人所用的战术完全就是自己所用过的。他一把拔出马刀，在空中一场，厉声喝道：“跟我上！”说罢，打马迎了上去。

领头冲进来的，是一个生了满脸虬髯的哥萨克汉子。这人手中的恰希克刀刃上尽是鲜血，已不知杀了几个人。恰希克刀号称血不染刃，因为打磨得极为光滑，据说鲜血根本沾不上去，但这其实是以讹传讹。刀平时要涂上一层油脂护理，当这层油脂还在时，鲜血确实无法沾上。然而当这层油脂退去，刀刃上一样会沾上血。

尹春山的马刀，是他留学日本时因为成绩优异，教官亲手送给他的佩刀。后来尹春山一直把这把刀带在身边。

“尹君，您让我见到了大唐绵延至今的中华战魂。”尹春山毕业时，那个原本很看不起他的教官送给他佩刀时，眼神几乎有些敬畏。他从这个来自中国的年轻人身上，看到了只属于战士的魂魄。

尹春山举刀杀过去，不等那哥萨克的刀扫到近前，尹春山手中的马刀已划了一道圆弧，擦着那哥萨克的恰希克刀而过。尹春山在军校时，练习极其刻苦，每一天都要坚持挥竹刀两千次，以至于光练习用的竹刀他就挥断了五把。现在这把精钢打造的马刀。仿佛与他的心脏直接相通，甚至，一握到手中，流动在体内的热血都传到这把刀上。

马刀在挥出的一刹那，仿佛已融化在空气里，轻得几乎感觉不到。日本刀比恰希克要薄一些，那哥萨克还没有回过神来，甚至有种手中的恰希克刀已经劈到尹春山身上的错觉，人却已从马背上摔了下来。尹春山的马刀以毫厘之差，已经先行斩破了哥萨克骑兵的咽喉。而这时，对面挥过来的恰希克刀如一条死鱼一样掉落下来。只相差半秒都不到的时间，生与死，就成定局了。

尹春山不由松了口气。接连杀了几个哥萨克骑兵，对方开始害怕了。第一步成功了，敌人的锐气已被打掉了一分，但接下来要面对的是更艰难的困境。哥萨克不愧是天生的战士。同伴中刀，旁人丝毫不受影响，后面有四个哥萨克马上呈半圆形向尹春山围了过来。尹春山深吸了一口气，刀头上，一滴鲜血正沿着刀刃淌下。他也知道凭自己一人绝对无法挡住那四个哥萨克的围攻，更不要说挡住那滚滚奔流的铁骑。只是，尹春山什么也没想。这一刻站在这里，那就把这一刻当成永恒。

四把恰希克刀从四个方向同时砍来，交织成一片刀网。尹春山知道自己根本不能抵挡从两边同时而来的攻势，唯一的办法就是闪避。然而他也知道自己只消一闪避，那么锐气就会减半，马上就会给对方重新进攻的机会。就算会身首异处，战死当场，也必须拼了！他举起了马刀，这把战刀仿佛因为饮到了鲜血而在灼灼放光。说时迟那时快，一阵疾雨般的马蹄声从他身侧响起，一骑快马闪到了他的身后。

那正是杨定远。杨定远也已跳上了战马，他没想到敌人来得如此之快，在这么短的时间里就已杀到了营地中心。见尹春山四面夹击，他想都没想，一催马便冲了出去。两强相遇，勇者胜。杨定远想到的是这句话。他并没读过什么《孙子兵法》或者马基雅维里的《战争之艺术》，他只知道必须挡住敌人的前锋！虽然在整个战场上，这仅仅是小而又小的一次单挑，但影响的却是整个战局。尹春山收回马刀的当口，杨定远已冲到了他边上。

杨定远不似尹春山那样苦练过刀术，他会的无非是小个子训练时教的那几个简易招数，再就是霍敬奇编出来的那玩命三招。而现在，不折不扣已是在玩命。尽管死亡的阴影就在头顶盘旋，杨定远知道必须保护尹团长！

尽管在极短的一瞬间，锋利的恰希克刀就要劈到自己面前，杨定远却似乎什么都不觉得。刀刃的寒光对他来说有如软软的春风，只能轻轻拂动满是新芽的柳枝。他轻巧地闪过刀光，然后出刀。

斩开一切，忘记生与死。银狼，这就是你说的生命的意义在于过程而不是结局吧？

杨定远间不容发地在两把劈斩过来的刀锋间闪过，手中的恰希克刀却在一个哥萨克的腰上划开了一道深深的伤口。那哥萨克惨叫一声，一头栽下了马鞍。杨定远这一刀几乎把他拦腰斩成两段，与他同时攻来的另三个哥萨克也吓得脸色剧变。他们并不知道杨定远这神乎其神的一刀已经超越了他的极限，还只道这个从尹春山身后冲出来的是个本领极为高强之人，也顾不上再去攻尹春山了，而全都攻向杨定远。只是这般一来，劫营时冲入中心的那股锐气终已涣散，冲阵成了混战。

骑兵团终于组织起了反击。整个阵地乱成一片。到处都是战马的哀嘶与士兵的惨叫，鲜血四处飞溅。这是强者与强者的较量，只有勇者才能杀开一条血路，任何一丝怯懦带来的都是无情的死亡。在骑兵营阵地外面的谢苗诺夫此时也终于开始颤抖了。

反击红鹰团的这个计划，他已经准备了很久，甚至不惜出卖盟友，他终于将红鹰团引入了这个圈套。只是当猎物真正进入圈套，他开始着手收网的时候，才知道谁是猎物还不一定。这次劫营对鹰之旅来说也是付出了相当的代价。为了打骑兵团一个措手不及，他命令部队日夜兼程地赶路。这种来去如风的疾行军虽然使得行踪飘忽不定，让红鹰团无法捕捉到他们的形踪，只能被他们拖得筋疲力尽。但另一方面，鹰之旅的士兵也是疲惫不堪。如果不是哥萨克那永不磨灭的斗志支撑着，只怕连马鞍都坐不稳了，更别说发起突袭。现在与其说是战斗力的比拼，不如说是意志的对决。哪一方的意志先垮下来，哪怕仅仅是先垮一秒钟，也将会迎来一场全面的溃败。一秒钟前的猎手，一秒钟后就会成为敌人利齿下的猎物。

看着现在的局势，红鹰团仍在玩命抵抗，而哥萨克也没有赢的迹象，谢苗诺夫甚至有点儿后悔这一次对红鹰团的伏击行动了。

然而，世上没有后悔药可买，至少，红鹰团目前还是猎物，鹰之旅要对付的也仅仅是这支骑兵团而已。从实力而言，装备与人数都是鹰之旅占优，如果这一次失败，鹰之旅的名号也不必存在于世了。虽然劫营已经演化成了混战，但优势还在自己这边。谢苗诺夫举起刀，喝道：“纵横西伯利亚的哥萨克勇士们，你们难道要把鹰之旅的威名葬送在一群中国苦力手中吗?”

哥萨克是个把荣誉看得比生命还重的群体。他们就像古代的斯巴达人，鲜血与死亡对他们来说只是荣誉，败北才是刻入骨头的耻辱。虽然骑兵团的战斗力让他们咂舌，谢苗诺夫这句话却让他们心底的凶焰重又燃了起来。日俄战争中，哥萨克曾败在日本骑兵手上，已是哥萨克一个洗不掉的伤疤。克拉斯诺夫的骑兵被中国红鹰团打散了，已让他们蒙受了奇耻大辱，现在号称全世界最强骑兵的鹰之旅如果被同一支中国军团打败，甚至是在占优势的状况下击败的话，他们都宁愿一死。谢苗诺夫话音甫落，所有哥萨克高喊一声“乌拉”，便冲了上去。

劫营时要保持队形，一旦速度不能保证，冲击力就会大减，所以先前鹰之旅一直是钉子一样突击。但现在已是混战，保持队伍不再有意义，现在的鹰之旅已如巨石压顶一般全军扑上。杀死他们！杀死所有挡路的人！每一个哥萨克都在怒吼着。恰希克刀闪着寒光劈破了黑暗，劈开纷飞四溅的鲜血。

刀口咬合着刀口，血肉融化了血肉。这是鹰之旅与骑兵团的第二次交锋。打到现在这个局面，谁都没有退却的余地了。两支骑兵混杂在一起，如同一团在西伯利亚大地上流淌的浊流。只是，地上流着的已不是泛滥的春水，而是殷红的鲜血。冒着热气的鲜血，一流到地上，就被干渴的大地吸得干干净净。春天的西伯利亚，地下的冻土正在慢慢地融解，但一刹那就被滚烫的热血烧灼得沸腾，在战场上空，甚至腾起了一股淡红色的蒸气。

时间飞快地过去，可是在尹春山心中每一分每一秒都如此漫长。红鹰团的主力军为什么还不过来？按计划，当骑兵团捕捉到鹰之旅后，主力军应该马上前来增援。虽然骑兵团在前，与主力军有一段距离，可是按照行军速度，即使并不是很快，也应该到了。他好几次在格斗的间隙向西边张望，可是地平线上仍然看不到红鹰团的旗帜。如果先前天还没亮，仍然看不清，但现在曙色熹微，沉睡的西伯利亚大地也在苏醒，西边仍是一片死寂。

到底出了什么状况？尹春山心中如同油煎一般。现在时间就是生命。两军对垒已进入白热化的程度，如果主力军再不来，很可能骑兵团会全军覆没。可越是期盼着主力军的到来，却越等不到他们的踪影。为什么还没有到？尹春山已有了种不祥的预感。作为收复军的副总指挥，孙富元是个身经百战的名将，就算传信的小个子被拦截，孙富元也不可能没发觉有异况。可他为什么仍然还没赶到？

而令尹春山万万没想到的是，此时的主力军也已陷入了苦战。攻击主力军的，正是霍尔瓦特的护路军。霍尔瓦特以前是中东铁路管理局局长，兼护路军总司令。革命爆发后，霍尔瓦特成立了全俄临时政府，自称最高执政，以协约国的名义召集多国部队进驻哈尔滨，其中日本政府为谋夺中国东北，正是和霍尔瓦特签订密约，以五十亿日元援助霍尔瓦特成立远东军。本来霍尔瓦特与谢苗诺夫两人在远东有利益冲突，向来井水不犯河水，但在日本人的调停下，双方终于携起手来。

目前，西伯利亚大铁路的西段已被苏维埃政府控制，而东段却仍在霍尔瓦特手中。霍尔瓦特的护路军也有数万人。因为霍尔瓦特挪用了铁道经费养兵，加上有日本人的支持，护路军经费充足，战斗力很强。谁也没有想到这支部队会突然向红鹰团主力军发起攻击，这一战就把主力军与骑兵团隔绝开来。主力军本身已陷入孤军奋战中，再无可能与骑兵团会合。

时间和鲜血一起在流逝。现在骑兵团与鹰之旅的交锋已经持续了近两个小时。骑兵团的战斗力逐渐下降，谁也不知道还能持续多久。天色已然大亮，兵力并不占优势的骑兵团此时竟顶住了鹰之旅的五次冲锋。外贝加尔骑兵旅，这支号称天下第一骑兵的哥萨克劲旅，此时也渐渐露出了一丝疲态。劫营并没能如预料的一样将骑兵团一下冲垮，混战也仍然没有占得明显的上风。他们从来都没遇到过如此顽强的对手。这些中国人，甚至在被砍断了一只手的情况下，还能用另一只手握刀继续拼杀，只要不死，他们就如俄国传说中不死的科西切一样，毫无畏惧地厮杀。

会失败吗？鹰之旅的哥萨克们也已在忐忑。谢苗诺夫周围的几个哥萨克看了看他，都有点儿不知所措。战斗如此胶着，对双方都是极大的损耗。现在谁退却谁就输了，但不退却就意味着还要继续苦战下去，可是面对这些妖魔般的敌人，他们已渐渐失去了必胜的信心，甚至后悔发起了这次进攻。他们看着谢苗诺夫，谁也没说话，可内心都盼着他说出一句“撤退”来。

谢苗诺夫的脸像石头雕出来的一样。战斗持续到现在，战果却出乎他的意料。他根本没有把骑兵团放在眼里。他真正的目标，是红鹰团那两个主力军。表面上，他与霍尔瓦特密切合作，但实际两人都有着独霸远东的野心。

本来在谢苗诺夫的计划中，以迅雷不及掩耳之势击溃骑兵团，然后联同步兵团向红鹰团主力军发起进攻。他可以丢下捷克斯洛伐克军团不管，为的正是要将红鹰团引入自己的包围圈。这些他事先早已计划好了。可是速胜骑兵团的计划却并没有实现，骑兵团把鹰之旅拖了那么久，万一红鹰团的主力军击溃了护路军，迅速赶来和骑兵团会合，那他们可就麻烦大了。鹰之旅反而会被陷入红鹰团的反包围中，那么自己的计划就成了弄巧成拙。此刻，他只盼着护路军能拦下红鹰团主力军，这样他还有胜利的把握。这样霍尔瓦特也永远都别想与自己争锋了。可现在，他已再不敢这样妄想，一旦护路军没能拿下主力军，那么一切计划都将以失败告终。只要能死死拖住红鹰团，鹰之旅就一定能胜利。

现在，唯一的希望就是自己那两个步军团能及时赶上。这一次西来配合高尔察克的攻势，谢苗诺夫也已经押上了自己的所有家底，这一仗绝对不能输。他脸上仍和石块一样木无表情，心里却七上八下。半晌，他举起了刀，沉声道：“冲锋！”冲！只有冲！谢苗诺夫的心里在无声地怒吼着。鹰之旅被逼到这个地步，骑兵团想来也不会太好受，他们同样已经快到极限了。现在，就看这两支堪称西伯利亚最强的骑兵团谁能撑到最后了。

鹰之旅的第六次冲锋开始时，尹春山深深吸了一口气。骑兵团现在大概只剩下不到一千人了。这场恶战，损失实在太大了，而主力军仍没有到。难道骑兵团真的命绝于此地吗？他绝望地看了看天空。西伯利亚的春天总是阴云密布，今天却是一个难得的好天气。蔚蓝的天空，如同一片平静无波的大海，无边无际，一望无垠。

时间已经刻不容缓，尹春山重重地呼出一口气，将手腕一翻，甩掉了刀身上沾着的血，厉声道：“上!”

只有一个字，再没有第二个。但仅仅这一个字，已让骑兵团所有人的血都沸腾起来。这是敌军的第六次冲锋，他们必须咬牙顶住。如果说鹰之旅是一块泰山压顶的巨石，骑兵团就已化作一把巨石都无法压折的利剑。随着鹰之旅的冲锋，骑兵团没有闪避，而直冲过去。现在，骑兵团大约只有鹰之旅的一半的人了。现在众寡悬殊，防守已无济于事。既然无法防守，那就索性不再防守，而把所有力量集中起来进行进攻。尹春山紧紧咬着牙，做这个决定也是没有办法的办法。

进攻！每前进一步，都要付出生命的代价。这是勇气与毅力的最终对决。杨定远的眼前已变成了红色血海。打到这个时候，他已经打到意识模糊了，根本看不到其他人，只盯着鹰之旅阵形中那匹高大神骏的汗血马。在战斗刚开始时，谢苗诺夫一直都在后方指挥冲锋，他根本别想冲到谢苗诺夫身边。当战势进展到现在，如同一个坚果被一层层剥开，谢苗诺夫不知不觉也在向前推进，而随着骑兵团的反冲锋，离谢苗诺夫也越来越近。

杀了他！杨定远心中只有这个信念，这应该是最后一次机会了吧。尽管骑兵团的斗志依然直冲霄汉，可是杨定远很清楚，这已经是骑兵团最后的战斗力了，这次如果杀不了谢苗诺夫，那么以后恐怕再没机会了。而只有将谢苗诺夫杀了，骑兵团才有可能反败为胜。

杀了他！即使要付出我的生命！杨定远在心里不断高喊着，眼前却突然一阵模糊，他抹了一把脸，已分不清是泪水还是血水。他想这不是因为恐惧，而是因为决绝。他发誓要成为军人，就是为了证明自己。而现在，正是证明自己最好的时刻。如果能亲手杀了谢苗诺夫这个最高级的敌军将领，他也不枉当初选择的军人之路。

谢苗诺夫的身影不时被穿插过来的哥萨克挡住，但杨定远死死咬住他，目光始终没离开过他。边上几个哥萨克一直在前后左右保护他，让杨定远一直找不到突破口。谢苗诺夫平时极其爱惜战马，但这时却狠狠地直踢胯下的马腹，手中的恰希克刀更是如有神助，好几次在千钧一发之际格住向他袭来的马刀。骑兵团的马刀在他面前如此不堪一击。

杨定远丝毫不放弃，一直围着他打转，寻找靠近的机会。他已然忘记了一切，只剩下一个念头，就是杀掉谢苗诺夫！谢苗诺夫也被杨定远的杀气震慑，面上已渐渐失去冷静。

这一波的冲锋仍是鹰之旅占据了上风，眼见骑兵团的士兵不时被砍落马下，但他们仍然没有放弃，即使落马后还要举刀搏杀。有一个中国士兵被哥萨克一刀砍断了腿后摔下了马，但他拖着一条断腿竟然反砍那哥萨克战马的前腿。一刀掠过，那哥萨克的战马痛得咆哮一声摔倒在地。在马倒下的同时，他也倒下了，口鼻间都喷出了鲜血。即使失去了生命，他还是手举着那把马刀，保持着战斗的姿势。马刀上的血不住地往下淌，染红了他的手掌。

谢苗诺夫看着这一幕，直觉得不可思议。这些中国人到底被什么力量支撑着？恶战打到现在居然还能有如此顽强的意志？谢苗诺夫只觉头有些晕。在他以前的印象中，中国人十分勤劳，但也柔弱怯懦，从不曾想到这些柔弱而怯懦的中国人原来也是如此勇猛的战士。他有此吃惊，也有些害怕。遇到顽强勇猛的对手是最可怕的。

就在恍惚中，他身边一个哥萨克突然大叫道："阿塔曼！"这一声如此突然，谢苗诺夫一怔，刚抬起头，一道雪亮的刀光已劈到了他面前。那正是杨定远。杨定远冲过了三个哥萨克的堵截，这时终于到了谢苗诺夫的近前。他来势如风，见到谢苗诺夫微微走神，正是一个千载难逢的良机，再不顾一切，举刀便向谢苗诺夫劈来。谢苗诺夫身边有不少侍卫，他们也没想到杨定远能杀到近前来，全都有些大惊失色，赶紧上前拦截。只是杨定远来得实在太快了，他的刀已劈向谢苗诺夫。

杀了你！哪怕付出我的生命！杨定远在心底怒吼着。他的刀举在空中，映着日光，幻化出鲜红与银白的一个光圈。这把恰希克已经饮过了那么多敌人的鲜血，现在终于要砍下最有分量的一个。刀如闪电。在这道自天而降的电光下，谢苗诺夫的脸一下失去了血色。

当谢苗诺夫还是个奥伦堡士官学校里的学生时，当时那些狂妄的年轻哥萨克们总是会互相吹嘘着自己的胆大。其中有一项，便是轮盘赌。

一把左轮枪，弹槽中只放进一颗子弹。任意旋转后，参加赌博的人轮流对着自己的头开一枪，坚持到最后的才是赢家。这种残忍的赌博游戏在士官学校曾经短暂地流行过一阵。为此也死了好多学生，学校马上禁止了这项疯狂的赌博游戏。在那短暂的流行时期，谢苗诺夫以近乎疯狂的胆量赢得了士官学校所有学生的尊敬。人们传说，这个年轻的哥萨克有着熊的体魄、狐狸的狡猾与狼的残忍，还有一颗石头的心。因为当他参加轮盘赌时，连想都不想就朝自己额角扣动了扳机。而他参加的赌局，每一次都是赢家，所以人们也在传说这个年轻人是被上帝暗中眷顾着的，因此名噪一时。

谢苗诺夫不仅胆量令常人咂舌，他的狡猾及敏锐的触觉更是令人不可忽视。他甚至能够掂出两枚钱币孰轻孰重，而且百无一失。他之所以能在那个疯狂的赌博游戏中胜出，就是靠着他的这个异乎常人的能力。弹槽中只有一颗子弹，而子弹并不在膛里时，左轮枪的左右两边有着极其细微的轻重之分。谢苗诺夫正是能够掂出这一点儿细微的不同，所以才敢赌命。正是靠着这一分仔细与谨慎，谢苗诺夫才能每次必胜，以至于不到三十岁的年纪便被封为中将。

杨定远的刀已到了谢苗诺夫的头顶。再往下几寸，锋利的刀刃就能劈入他的颅骨。但就在这一刻，谢苗诺夫突然消失了踪影，杨定远的刀劈了个空，“啪”一声，正砍在马鞍上。华丽的马鞍被砍开了一道沉沉的缺口，那匹汗血马也暴叫一声，猛地向前冲了出去。就在这时，谢苗诺夫突然又出现在马背上，手中的战刀如毒蛇样从下往上挑来。在杨定远的恰希克刀落下那一刻，他竟然闪身到马腹另一侧，躲开了这一刀。而杨定远的刀斩到了马鞍时，他又翻身起来，反击了一刀。

这一刀杨定远已躲闪不开了。锋利的刀刃在杨定远腹间划过，杨定远只觉一阵钻心的疼痛，险些坐不稳马鞍。但他狠狠咬了咬牙，顾不得伤势，又举起了刀再次劈下。此时他的重心已不稳了，如果这时谢苗诺夫上来补上一刀，便可将他刺个对穿。但所幸谢苗诺夫并没马上劈来，杨定远这当头一刀他再不能用镫里藏身躲过了。

这是两败俱伤的一刀。谢苗诺夫一瞬间已感到了死神的阴影就在头顶。这一刻，他与杨定远靠得那么近，杨定远能够看到谢苗诺夫那灰眼珠里透出的恐惧。这是一个不要命的对手，谢苗诺夫心下一沉，赶紧集中精力。

第一次，如此居高临下地看着这个对手，杨定远心中无比快意。即使此时同归于尽，他也在所不惜。不知道哪来的能量，他只觉手臂中涌出了从未有过的力量，这一刀，将要连同谢苗诺夫这匹神骏的汗血马一起砍成两段！

刀重重地落下，但结果却并不像杨定远想的那样，刀并没有砍中谢苗诺夫。在最后一刻，谢苗诺夫猛地一带战马躲过了。就在他带马的同时，一个哥萨克冲进了谢苗诺夫与杨定远的间隙。这哥萨克是谢苗诺夫的亲随骑兵。对哥萨克来说，荣誉高于一切，甚至恐惧都无法掩盖荣誉的光辉。他的突围，让谢苗诺夫才有机会躲。

杨定远看着谢苗诺夫躲过这一刀，更是怒火中烧，一刀吹下，正砍在了那个亲随的肩头。这一刀力量之大，竟一刀将那哥萨克的整条手臂都砍了下来，鲜血溅了杨定远一身。滚烫的鲜血烧灼得杨定远浑身一凛。谢苗诺夫已逃过了他的刀。

冷汗已在谢苗诺夫额头流淌。他看着眼前这个不要命的中国骑兵，举起刀，指着杨定远厉声叫道：“杀了他！”

杨定远缓了一下，知道自己机会已不多了。这一刻，从没感到死神离自己如此之近。看着谢苗诺夫冷酷的嘴脸，他感觉是真的与死神打了个照面。这时随着谢苗诺夫的怒吼，五六个哥萨克已向杨定远齐齐扑来。阿塔曼差点丧命在这个中国人刀下，让这些哥萨克忍无可忍。哥萨克的骄傲让他们忘却了恐惧，全都疯狂地围过来。杨定远劈出了这一刀已用尽了全身力量，几乎连刀都举不起来了。

机会稍纵即逝，再也没有了。他眼前隐约又看到了那个白色的身影。那是死神的身影，那死神冲他走来，竟是莲娜的脸。

莲娜——杨定远呼喊着这个名字，他从未像现在这样惧怕过死亡。莲娜走过来，拥抱住他，并给了他一个深深的吻。

不，我不能死！杨定远怒吼一声。只觉身上不知从哪里又涌上了一股力量，一刀挡住了一把正向自己扫来的恰希克刀，借这一挡之力，双腿在马腹上重重一踢。那哥萨克也没料到这个看似筋疲力尽的中国人居然还有这等力量反抗，只以为他快奄奄一息了。

见杨定远又恢复了精气神，都为之一震。这些哥萨克心头蒙上了一层阴影，竟不敢去追击，看着杨定远打马而去。这时候不能硬拼了，杨定远见杀谢苗诺夫已经无望了，索性收刀，保命要紧。

马与马，人与人已混杂在一起。谢苗诺夫看着杨定远竟然放弃了继续攻击，心下哼笑一声，也不过如此。恶战至此，他也不想只盯着杨定远一人，正准备下一步如何应战时，一个哥萨克从外面急急冲了过来，上气不接下气地叫道："阿塔曼！来了！来了！"

这一声让谢苗诺夫如此欣慰。这是他的传令官，显然，他那两个步兵团终于赶到了。这两个步兵团是谢苗诺夫手中另一张王牌。正因为这两个团不曾赶到，那一次他甚至背信弃义地丢下了捷克斯洛伐克军团。不过，这一次步兵团终于及时赶到，而红鹰团的主力军却仍被护路军堵截着。他精神一振，喝道："立刻攻击！"

当谢苗诺夫的步兵团开始向骑兵团发炮攻击时，尹春山眼角淌下了泪水。

失败了。即使有那么多的不甘，但还是失败了。战争，有时仅仅因为一线之微，就有了天壤之别。哥萨克步兵团的炮火中，骑兵团士兵一片片被震下马来，而鹰之旅有了援军后士气大振，骑兵团被逼得步步后退。

且战且退，骑兵团被逼退进了一片山坡上的树林里，而红鹰团主力军仍未能赶到。此时骑兵团只剩下两百余人。见这个对手终于被逼入绝境，哥萨克们发出一阵欢呼，在山脚下跃马示威。有些人想要强行攻上山来，被骑兵团一轮射击打了回去。见强攻不能得手，哥萨克们都退了下去，围在了山脚下，步兵却把几门炮推到了近前。

死亡马上就要降临，尹春山站在山坡上看着山下黑压压的敌军，一言不发。杨定远走到他身后，轻声道："团长。"

尹春山没有回头，只是低声道："定远，小个子仍没回来？"

"是。"杨定远绝望地回道。

尹春山的肩头抽动了一下，没有说话。小个子是个江湖气极重的人，而尹春山却有着很浓的书卷气，但两人却又是可以托付性命的结义兄弟。小个子没回来的原因只能是一个，就是主力军也已遇到了困境。现在敌人的炮击马上就要开始，就算主力军现在还能赶来，也已无济于事了，等待他们的只有死亡。

片刻之后，没想到炮击并没有响起，尹春山不禁发愣，对方为何又迟迟不动手？这时，有个打着白旗的哥萨克走到了山脚下。这人一到山脚，就用力挥动白旗，嘴里喊着什么。尹春山制止了想开枪的士兵，向杨定远问道："定远，他说什么？"

杨定远听了听，说道："他说，谢苗诺夫将军要求与尹团长单挑。只要尹团长能胜过他，就放咱们走。"

尹春山嘴角抽动一下："他想单挑？"

谢苗诺夫已经掌控了全局，现在却提出了这种中世纪武士式的要求，无非是想最后羞辱一下骑兵团。杨定远看尹春山正要有所动作，他急道："团长，别答应他，谢苗诺夫就算输了也肯定不会认账的。"

"我知道。"尹春山的声音一下压低了许多，"这人骄傲至极，定远，你刚才差点杀了他，让他在部下面前大失脸面，这回想趁机找回面子。我会拖住他，你们趁这机会全军突围，能冲出几个就是几个！”

杨定远心头猛地一沉。尹春山是准备用自己的生命给骑兵团剩下的人夺取一条生路啊。尹春山见他还想说什么，又低低道：“不用多说了。你若还能见到小个子，就跟他说，要他为我报仇！”他说完这句，整了整军服，牵着战马向山下走去。

看着他那决绝的背影，杨定远再也忍不住热泪涌出了眼眶。这是去送死啊！一刹那，杨定远差点就要随着尹春山冲下山去，但他很清楚，谢苗诺夫绝不会放过骑兵团的任何一人，自己下山，无非多送一条性命。他回过头去，看了看剩下的这两百来人，心里一团乱。尹春山走后，他们都看着杨定远这个副官，等着他发布命令。

山脚下，谢苗诺夫带着哥萨克们列成一队。看到尹春山走下山来，谢苗诺夫的嘴角浮起了一丝冷酷的笑意。谢苗诺夫没想到他还敢来应战，真是不知死活的东西。他心里暗笑着，脸上早扬起了胜利的喜悦。

骑兵团已到绝境，现在尹春山孤身出来应战，眼见骑兵团群龙无首，马上就能让他们一鼓而擒，全军覆没。谢苗诺夫想到此，心中已是狂喜，他看着尹春山道：“尹团长，第二次见面了，真是幸会。”

尹春山见谢苗诺夫身边站着一人，冷冷道：“谢苗诺夫将军，我想贵军怎么会如有神助，原来是我军里出了这样一个奸细！”

谢苗诺夫身边的赫然正是骑兵团的政委马赫穆托夫。马赫穆托夫来接替阿列克塞任政委后，热衷于在团里进行政治学习，“坚定的信念”之类的话老挂在嘴边。只是做梦也没想到，这个自称是个坚定的布尔什维克的人，居然会暗中投靠了谢苗诺夫。马赫穆托夫虽然听不懂汉语，但看着尹春山鄙夷的脸色，也知道他在说什么，不由转过脸不说话。

谢苗诺夫笑了笑道：“尹团长，中国古人有云，良禽择木而栖。马赫穆托夫先生只不过想把你这身军装换下来而已，无可厚非。尹团长本来也不是布尔什维克，更当有择木之明。”

谢苗诺夫虽然看不起中国人，但他心性聪明，又极有语言天赋，加上久在远东，中国话说得比很多中国人还要流利。尹春山听他说起来咬文嚼字，心里也暗自佩服，向马赫穆托夫一指道：“多谢谢苗诺夫将军看得起。不过中国古人也有一句话，叫大丈夫有所为，有所不为。今日我尹某也没想活着回去，不过我想要先向这位要换件衣服的马赫穆托夫先生挑战!”

谢苗诺夫听他要先向马赫穆托夫挑战，却是正中下怀。虽然马赫穆托夫暗中把红鹰团的计划和盘托出，才使得鹰之旅能够大获全胜，将这个最大的劲敌逼上了绝境，但哥萨克最看重英雄，鹰之旅上下见尹春山英风凛凛，无不心折，对马赫穆托夫却多侧目而视。而马赫穆托夫这一次立下了这么大功，事后倒不好安排他，如果尹春山能将他解决掉，那是最好，还不用谢苗诺夫费力了。他冷笑一声，对马赫穆托夫说道：“马赫穆托夫先生，尹团长想先向您挑战。”

马赫穆托夫虽然听不懂汉语，可看得出尹春山是出言挑战，他根本不以为然，但没想到谢苗诺夫居然真的要自己应战，脸色不由一变，嗫嚅道：“谢苗诺夫阁下，这个不太合适吧……”

谢苗诺夫见他要推托，脸也板了起来，喝道：“身为军人，这是为您的荣誉而战！马赫穆托夫先生，请不要推托了!”

他一说完，身后的哥萨克都高呼着“乌拉”。这口号本是欢呼万岁之意，可现在怎么听都有点儿幸灾乐祸之意。看样子马赫穆托夫若不应战，只怕他们也不答应。马赫穆托夫见谢苗诺夫竟要逼自己与尹春山决斗，心中自然明白这是谢苗诺夫的一石二鸟之计，不免心里已气成一团，但看到尹春山身上血迹斑斑，臂上还胡乱用布包着，定是受了伤，看这伤势似乎也不轻，那肯定不是自己的对手，便伸手抽出了马刀说道：“好，我就与尹团长决斗!”

就在没多久以前，他和尹春山两人还一个是政委，一个是团长，现在却已成了死敌。他一开始是个狂热的布尔什维克，但随着临时政府陷入困境，狂热也渐渐消退。特别是现在高尔察克集结了四十万人马大举进攻，马赫穆托夫觉得临时政府已经撑不下去了，只有转变立场。只是现在他才知道，就算自己转变了立场，仍然不被另一方真正接受，自觉上了谢苗诺夫的当。

马赫穆托夫虽然多做政工，但他毕竟也是个军人，决斗这种事他并不怵。而且这仗打到现在他并没有出战，不仅没受伤，体力也十分充沛。他看着伤痕累累的尹春山，完全不把对方放在眼里，直接向他冲了过去。

当马赫穆托夫冲出来时，尹春山稳稳地拔出马刀，动也不动地候在那里。他要保存体力，战争打到现在，他也快耗尽了。

两匹马越来越近了。这样的距离，快马疾驰真个用不了一眨眼的时间。马赫穆托夫见尹春山仍然不动，心中已是大喜过望，心想以尹春山现在的体力，只怕连刀都举不起来了。他手中的马刀举过了头顶，猛地一刀劈下。尹春山不急于进攻，现在他体力有限，不能硬拼，得保持体力。马赫穆托夫猜他连挡格的力气也没有了，估计只有躲闪的力气了。只消他一闪，马赫穆托夫的马刀就会斜着斩下，那时尹春山躲无可躲，定会中刀落马。

刀已落下，然而尹春山却没有躲闪。难道他连躲闪的力气也没了？马赫穆托夫欣喜若狂，仿佛已看到了尹春山中刀的情形。但是他的刀刚落下，尹春山的马刀却已直直刺了过来。锋利的日本式马刀，直指马赫穆托夫前心。马赫穆托夫脸上的笑意刚浮上，便已僵住了。他现在才知道尹春山的体力是所剩无几，但并没有到连躲闪都不能的地步，他竟是不惜同归于尽也要取自己性命。马赫穆托夫只待将马刀收回来格挡，但到了这时候他哪还能变化招数，马刀虽已切入了尹春山的肩头，但尹春山的马刀也已经刺入了他的心脏。

尹春山这一式，其实就是霍敬奇那玩命三招中的一招。他精于骑术，本来不屑于那玩命三招。但现在他已近油烬灯枯，也只有如此取巧才能取胜。虽然杀了马赫穆托夫，但他肩头中的一刀也几乎卸了他的左臂。现在的尹春山几乎连缰绳都挽不住了。他从内衣下摆割下一条布条，将肩头胡乱包了包，说道："谢苗诺夫将军，现在是我们的决斗了。"

即使是残忍的谢苗诺夫，也不禁有些动容。他看了看他的肩膀，沉吟了一下，说道：“尹团长，我敬你是条好汉……”他还没说完，他的副官马上在边上忽道：“将军阁下，中国骑兵从山后逃了！”

谢苗诺夫猛地一抬头。因为尹春山孤身挑战，吸引了所有哥萨克兵的注意，根本没人发觉山上的骑兵团已不知何时消失了踪影。谢苗诺夫恍然大悟，这才明白尹春山的真正用意。他恨恨道：“该死的中国人！追上去！”

这些中国人就如同西伯利亚荒原上的野草，看似不起眼，但就算你今年割得干干净净，只要留下根还在，明年又会如火如荼地长出来。所以，必须斩草除根，谢苗诺夫实在不希望再遇上红鹰团这样的对手。

他下了命令，看向尹春山的目光也多了几分凶焰。尹春山只剩一臂还能动，他双腿一夹马腹，又向谢苗诺夫直冲过来。谢苗诺夫猛一催马，他这汗血马发力之快，几乎难以想象，旁人眼前一花，他已冲到了尹春山跟前。尹春山只有一臂能动，而力量也已所剩无几，刚举起刀来，谢苗诺夫的恰希克刀已沿着他的肩头削过。这一刀带着马的冲击之势，连尹春山的马刀都被削作两段。

热血喷洒着，尹春山的身体却仍然紧紧握着半截马刀，竟然又向前跑了一程才倒下。他的战马失去了指挥，有点怅惘地嗅了嗅主人。那些哥萨克兵一见尹春山倒下，便高呼胜利，一路吼叫着去追击突围而出的骑兵团。

摔倒在草丛里的尸体再也无人理会，一滴泪水从睁圆的眼睛里滚落下眼眶，便再也闭不上了……

第十二章　人生路

当尹春山被谢苗诺夫斩死的那一刻，带着骑兵营残存兵力飞奔的杨定远心中突然一痛。仿佛穿越时空般，他感到了一阵巨痛。尹团长——他怒吼着，却又不敢停下来。随即而来的，是身后传来的一片狂吼声。他回头看了看，只见一群哥萨克们正蜂拥着追上来，有几个受了伤的骑兵团士兵速度不够快，已被哥萨克追上了。那些哥萨克出手狠毒，毫不留情，见一个杀一个。

团长用生命的代价，也只争取到了这么短短的时间。杨定远泪如泉涌，心里仿佛被利齿啮咬着。他现在明白尹春山才是真正的军人，值得所有人敬重。越悲痛，速度也越慢。霍敬奇正打马冲过他身边，见杨定远神情不对，速度也慢下来，他一勒战马，喝道：“定远，还愣什么神，毛子兵追来了！快走啊！”

不能让尹团长白白牺牲！杨定远现在只有这样一个心思。尹春山不在了，自己这个副官就要担起指挥的责任来。眼看着后面有个骑兵团士兵被哥萨克追上，那哥萨克挥起一刀正捶在他后背，直接将那人砍下马来。杨定远心头忽然像是火烧一样，带转马便冲了过去。那哥萨克追得最快，刚砍倒了一个骑兵团士兵，却不曾想还会有人反戈一击。只一愣神，杨定远已冲到了他跟前，他的体力已消耗得差不多了，现在根本挥不出刀去，也只能借着马的冲力将恰希克刀平推过去。那哥萨克本来就在全速冲击，几乎就像是自己凑到刀口上一样，那哥萨克的脖子正从杨定远的恰希克刀上掠过。

这些猎物居然还敢反击！追上来的哥萨克都已怒不可遏，全都向杨定远冲了过来。杨定远也豁出去了，也不逃开，只是举刀抵挡。尹团长都已献出生命了，自己怎么还可以独活。他也明白自己已是筋疲力尽，这样挡也挡不了多久，但只盼着能多挡一会儿，可以让骑兵团多逃出几个人去。一夫搏命，万夫莫敌，那些哥萨克围着他打转，见他没有半点儿退让，一时间竟对他无可奈何。只是杨定远觉得手中的刀越来越重，眼前也渐渐模糊，就算他想把刀举起来都是如此艰难。

在这生命垂危之际，他心里轻喊着："莲娜，如果有来生，我们一定要在一起……"一个哥萨克猛地一刀向他劈来。杨定远只是下意识地举刀去挡，"当"一声，他连刀都快握不住了，哪里还经得起这等大力。那哥萨克的恰希克刀重重击在杨定远的马刀上，顺着刀背划下，刀尖却在他的腿上深深划了一条伤口。这条口子极深，痛楚让杨定远突然间清醒过来，可也让他再也坐不住马鞍，身子一歪，人已脱鞍摔向地面。

一摔到地上，自是再没有活下来的可能了。杨定远闭上了眼，只等着跟着尹团长去了。然而没等他落地，衣服后领却是一紧，不知哪里伸来了一只手，一把将他提了起来。这怎么可能？杨定远已然觉得是在做梦了，是死神将他托住的吗？

周围的哥萨克们看到这一幕齐齐发出了一声怒喝。只听一声喝道："坐稳了！"杨定远忽地睁开眼，这个声音好似又让他活过来。

救了他的，正是霍敬奇。霍敬奇本来已经逃出了一段了，哪想到杨定远居然转身杀了回去，他知道这家伙不要命了，肚里不住地乱骂。眼见哥萨克围住了杨定远，他怎么能不管！霍敬奇只得带转了马杀了回去。一路跑，一路都在肚里不住地臭骂着杨定远。这家伙一定是脑子进水了，这个时候了还不逃命，还得连累我。

当他冲到杨定远身边时，正好是杨定远中刀落马之际。霍敬奇见势不妙，也顾不得一切，飞马冲了过来，一把抓住了他的衣领。其实杨定远比霍敬奇要高出不少，体重也重了许多，平时霍敬奇根本不可能抓起他，但在这生死关头，他也不知哪来的力气，居然一把就将这么个又高又大的汉子拎起来扔到自己的马鞍后。他一边跑，一边想着："这一招只怕连关老爷也做不到吧，可惜也没人瞧得见。"

那些哥萨克哪想到会突然杀出这么一个人来，见霍敬奇居然能从他们刀下把杨定远救走，马上有五六个向霍敬奇冲了过来。霍敬奇的骑术相当不错，但他这匹马现在压着两个人，哪里还跑得快！霍敬奇连连踢着马腹，眼看那几个哥萨克就要追上来。

看来这次是躲不过去了。霍敬奇忽然扭头道："定远，好好照顾思华！"他说得很急，杨定远已近昏迷，根本听不清他说了什么，只觉得他好像飞了出去。

霍敬奇已一个鹞子翻身，从马上跳了下去。他身材矮小，跳下去时用的是戏台上武生的身段。其实霍敬奇虽然爱唱戏，却没练过武生，只不过学了点三脚猫的功夫，看也看得多了，随便一跃，居然大合章法。杨定远这才惊觉霍敬奇已跳下了马去，他猛然惊醒道："霍大哥……"

霍敬奇怕他不走，赶紧顺手一刀向马屁股割去。这一刀割得虽然不深，可那马护痛之下，闪电般窜了出去，杨定远只来得及单手抓住缰绳，听得霍敬奇叫道："别忘了我的话！照顾思华！"

他将恰希克刀横在身前，盯着正冲过来的那几个哥萨克。直到现在，霍敬奇仍然有点儿不知道自己为什么会这么干。这一生，他都没有什么朋友。在宫里时，身为带刀太监，对地位更高的太监自是俯首贴耳，而在小霍这样的下等太监面前，他又是非打即骂。后来因为得罪了人，不得不背井离乡地出来找活路，又因为脾气臭，跟人结了仇，差点被人下黑手。能活到今天，也亏了杨定远。定远不仅救了他，受伤时又让思华无微不致地照顾他，他才活到了今天。在霍敬奇心里，这两个人就是自己在这世上唯一的牵挂了。特别是当杨定远说将来回国，要自己和他一家住一块儿时，霍敬奇的眼泪都差点掉下来了。

自己这辈子都没为什么事落过泪。身为太监，有时颐指气使，一副人上人的模样，但霍敬奇心里也明白自己到底是什么身份——他只是一个太监，一个连乡里乡亲都看不起的太监。他多希望能让人忘掉自己是个太监。也只有定远和思华，从不把他当另类看，他们不是亲人却胜似亲人。

蹄声越来越近了，那几个哥萨克已近在眼前。霍敬奇忽地将军帽甩了下来，脑后那根大辫子自从被马天化割断了后，现在又已经长齐了。一放下辫子，霍敬奇放声唱道："离却宝账把城上，耳听得麦城外吴兵魏将大小儿郎闹嚷嚷……"

霍敬奇虽然爱唱关公戏，这一段《走麦城》平常却极少唱。这时唱来，这一段高拨子调就跟尖刀捅出的血洞子一样尖利得怕人。那几个哥萨克见那中国人不仅跳下马来，居然还唱开了歌剧，不知他要干吗，冲到了近前都不约而同地拉住了马。

霍敬奇横刀旁若无人地还在高唱着："东吴发来千员将，对对貔貅数百双。观罢阵地回营往，再与列公作商量……"恍惚中，霍敬奇已觉得自己化身成了戏台上神武的关云长，面对着千军万马仍是凛然不惧，即使是在生命的最后时刻。

向前率先冲上来一个哥萨克，他已听得不耐烦了。霍敬奇一跃而起，恰希克刀砍向那哥萨克的面门。那哥萨克见霍敬奇竟然冲着马头跃上来出刀，当即横刀挡去。霍敬奇人已在半空，只消挡住他的刀，接下来肯定被战马一头撞开。一匹高速行进的战马，已无异于一辆战车。在那哥萨克看来，这个有辫子的中国人无异于在自杀。但霍敬奇却是双手握刀，这种握刀法一般骑兵根本不会用，也不知怎么去防。眼见着霍敬奇两手握刀劈过来，他脸色一变，心道不好，可哪里还来得及，霍敬奇的刀已如闪电一般劈下。

纵然都是恰希克战刀，但一样是力强者为胜。霍敬奇的力量比不上那哥萨克，可这一刀已是将他的体重都压了上去。当刀劈来时，那哥萨克只觉刀上的力量竟是大得异乎寻常，哪里挡得住。霍敬奇的刀已从他眉心劈入。

一刀斩杀了这哥萨克，霍敬奇人在空中忽地一个空心跟头，从边上翻下，落到了地上。他昂起头，正待再次攻去，另一边有个哥萨克却突然冲了过来。这些哥萨克从没见过武术，霍敬奇突然出手，跃起杀人，他们只觉这小个子中国人形同鬼魅。但哥萨克向来是遇强更强，霍敬奇还不曾落地时，这哥萨克便已经向他冲来。

此时霍敬奇人还没站稳，恰希克刀已冲刺过来。哥萨克的骑术之精，几乎让人匪夷所思。这哥萨克冲过来时半个身子都已脱离了马鞍，但人还是极稳。霍敬奇刚杀了一个哥萨克，甚至都没来得及反应，右臂已被恰希克刀砍断，连同握着的刀一起飞了起来。

这一刀极狠，霍敬奇几乎被砍去了半个肩膀。鲜血直喷出来，霍敬奇一个踉跄，双脚却死死地扎在地上，人还是不动。没等断臂落地，另外几个哥萨克都齐齐向他冲来。

我是个男人，霍敬奇想着。不管怎么说，我死得是个男人样！

当霍敬奇的唱曲声传来时，杨定远眼中的泪再一次奔流。

霍大哥——杨定远张了张嘴，想要喊，可嗓子里却什么声音都发不出来。霍敬奇的声音又尖又利，本不中听，可是这一段《走麦城》随着西伯利亚的风刮到他耳边时，却显得如此苍凉浑厚。

杨定远已经快要睁不开眼睛了。腿上的伤已伤到了骨头，胡乱包扎的布条已被血浸透，而布条吸足了血，血一干，又把布条变成了锉刀，每动一下就锉得伤口钻心地痛。杨定远只是死死地抱着马脖子，让自己不摔下来，直到晕过去。

马在荒原疾驰，天也渐渐黑了。这是骑兵团覆灭的一天，但骑兵团的决死一战也让号称哥萨克第一精锐的鹰之旅损失了五百余人。这是鹰之旅成军以来从未有过的重创，而骑兵团共战死了包括尹春山团长在内的千余人。

杨定远醒来时，人直直地躺在地上，战马早已不知去向，定是他在马背上晕过去后摔下来。这儿已见不到哥萨克的踪影了，他知道他终于逃了出来。但死亡的威胁似乎更近了。要想活命，他必须回到叶卡捷琳堡，而要回叶卡捷琳堡，只有沿着铁道线向西走。只是想到自己一身红军制服，万一被白军发现，肯定又难逃虎口。一条伤腿更无法正常走路，战刀早就丢了，好在还有霍敬奇送他的那把袖剑。他削了根树枝当拐杖，支撑着身体努力往西走。他要活下去，为了霍敬奇，为了尹春山，为了莲娜，为了思华，他都要努力地活下去。干粮吃完了，就找些草籽咽下去。没水了，就喝路边的河水。他心里只有一个念头，就是活着回去，回到叶卡捷琳堡去。在那儿，还有人等着自己。

只是，如果真能回得去，定然是个奇迹了吧。每一天他都咬紧牙关支撑着。第五天黄昏，当他走到丘雷姆河畔时，再也撑不下去，晕倒在河边。但幸运的是，住在河畔的一户俄国人家救了他。

这是户渔猎人家，冬天打猎，夏天打鱼。这家善良的俄国人给杨定远换了一身农人衣服，还帮他包扎了伤口。听得杨定远说要去叶卡捷琳堡，那男主人一怔，实在不相信这个伤成这样的人还能走到那儿，只劝他就算要走，也要等伤好一点儿。只是杨定远根本待不下去，第二天就坚持要走。

这时候的俄国大饥荒仍然没有过去，这户人家因为靠渔猎，只有些鱼干肉干，连面包都没有。杨定远走时，男主人就送了他一些鱼干。靠着这些鱼干，杨定远又撑着到了阿钦斯克。看来单靠走，是不可能走到叶卡捷琳堡了，唯一的办法就是看能不能搭上火车。他以前也在铁路上做过，他知道有不少中国人都在火车上做事，如果运气好，碰到相识的人，说不定还能有机会。

虽然渺茫，但这大概是眼下唯一的机会了。他定下目标，往阿钦斯克车站赶去。只是一到车站，他立刻惊呆了，老远就看到车站上悬挂着好些尸首。一个个吊在那儿触目惊心。他一个一个扫过去，果然有张熟悉的面孔，再仔细一看，居然是马天化！没想到马天化也客死他乡，而且死得这么惨。虽说之前他还对马天化有些反感，可是现在见他死得这样，立刻怜悯之情涌出来。中国士兵全都在这片土地上牺牲了吗？想想只有自己幸存了下来，不免心里一颤。

车站上有乘警四处巡逻，见到中国人面孔就上前盘问。原来红鹰团的主力军遭到霍尔瓦特护路军的袭击，伤亡惨重，等谢苗诺夫率军过来时，两个主力军全部都被打散了。只有极少的人逃了出去。现在只要见到失散的中国军人，白军就把他们吊死在车站上，铁路沿线的电线杆几乎都已挂满了中国军人的尸首。

杨定远看着这一幕，心如刀绞。正想着，一个乘警突然截住了他，看他受的是刀伤，乘警盘问了两句，杨定远说是打架被砍的。乘警见他说一口流利的俄语，好像并不像军人，便也没有怀疑。杨定远就这么蒙了过去。

现在火车来得很少，杨定远等了大半天才有一班进站。只是看了看，没有一个认得的人，正在失望，忽然听得有人叫道："你是……杨爷吧？"这称谓很久没听到了。杨定远扭头一看，却是一个检票的老列车员站在车门口看着自己。杨定远一时想不起来这人是谁，那老列车员却跳下了车，走到他跟前打量了一下，低声道："是杨定远吗？是我，老温。"

杨定远仍然没想起老温是谁。这老温也有点儿急了，比画一下道："思华，记得不？"

听到思华的名字，他才想起来，原来这人就是刚来俄国时认得的那个查票的列车员！杨定远又惊又喜，说道："老温……"

老温却急急道："别说话，跟我上车。"他见杨定远一瘸一拐的，马上扶着他上了火车。刚一上车，火车便开了。老温扶着他找了个位置坐下，说道："杨爷，你别说话，我办完了事再来找你。"

过了一阵，老温急急地过来了。他拿了块面包和一杯水递给杨定远，说道："杨爷，我已经安排好了，等到了秋明，有人会来接你。"

"秋明?"

"是。"

"我不是要去秋明，我要去叶卡捷琳堡。"杨定远又说了一遍。

"现在只能去秋明!"老温又强调了一遍。

杨定远实在不明白为什么要在秋明下车，但老温却也没工夫多说，只说到了秋明就明白了。他在火车上事情很多，只能抽空过来一趟。杨定远虽然心里狐疑，但也顾不得那么多了，只能先到了秋明再说。身上的伤口仍然痛得他直冒冷汗，但幸好有老温在，在火车上还能有吃有喝的，还可以躺着休息，和先前地狱一样的生活实是天壤之别。杨定远感激地看着老温，心里有种死里逃生的欣慰，只他一个人活了下来，还有什么可说的。他闭着眼沉沉睡去，这些天没睡过一个踏实觉，在火车上他终于睡着了。只是脑子里，一会儿是莲娜的身影，一会儿又是思华，一会儿是霍敬奇，一会儿又是陈振中，还有尹团长也来了，他们好像又重新聚在了一起……

几天后，火车终于到了秋明。秋明是个大站，杨定远本以为老温让自己在秋明下，可能是因为红军把总部移到秋明来了。可是一下车，却见车站上尽是白军士兵。他吓了一跳，不敢下车，小声道："老温，这是……"

老温却没理他，只是焦急地在站台上张望着。车站上人来人往，没有一张熟悉的面孔。好一会儿，忽然老温向那边招了招手，有个戴帽子的矮个子男子走了过来。老温一见这人，长吁一口气道："思华，你可算来了。"

思华！杨定远差点儿要叫出声来，那矮个子却扶住了他道："杨大哥，你……你没事吧?"

露出脸来，那正是思华。杨定远热泪盈眶，没想到还能见到思华，他真觉得好像到了来生一般。老温让思华扶住了杨定远，说道："思华，那我走了，你们一路小心点儿。"

杨定远一肚子话要问，但周围尽是白军在走来走去，他也不好多说。

谢过了老温，思华扶着他走出站台，外面有一辆马车。思华扶着他上了马车，却没有去秋明市里，反而出了城。一出城，杨定远再也忍不住，问道："思华，你怎么会在这儿？"

思华正在赶车，肩头也在微微抽动。听得杨定远在问，她转过头，哭道："杨大哥，总算找到你了！"

她的脸上尽是泪水。这一脸的泪让杨定远心酸不已，也跟着又落下泪来。想起刚碰到她时，她一个孤苦伶仃的小女孩儿流落在赤塔，那时她都没这么哭过。现在看她哭成这个样子，杨定远比她更难受："别哭了。思华，对不起，我真没用……"

思华更呜呜地哭出声来："对不起什么，只要你能活着回来——"

"思华，我们为什么不往叶卡捷琳堡去，去那儿应该还安全些。"哭了一会儿，杨定远忽然意识到这一点。

没想到这一问，思华哭得更伤心了。

"怎么了？思华，到底出了什么事了？"杨定远感觉情况不妙。

"……叶卡捷琳堡被打下来了。"思华哽咽着说。

杨定远心一沉，惊道："被打下来了？"

"是的，十天前被白军攻破，现在城里的红军都走了，战地医院也随部队转移到了车里雅宾斯克。"

车里雅宾斯克是叶卡捷琳堡以南的一个城市，也有铁路通往鄂木斯克。但叶卡捷琳堡既然已被白军夺取，这段铁路目前自然不通了。

杨定远心下一惊，那莲娜他们也都转移了？他想问，可又问不出口。她也活着吗？真不敢往下想，他叹道："思华，你怎么会在秋明？"

"他们说你们已经全军覆没了，一个都没逃出来。我就是不相信，我想你一定能逃出来！而且你逃出来肯定会去叶卡捷琳堡的，所以我请老温一直在铁路上留意。杨大哥，谢天谢地，你真的逃出来了。"

杨定远惊道："这些天来你一直都在秋明等着？万一我回不来呢？"说完心里又是一痛。又一次是思华救了自己。

思华笑了笑道：“不会的，杨大哥，我知道你一定会来的。我相信你！”

杨定远感动得说不出话来。思华一个年轻女孩子，兵荒马乱地打扮成这样在秋明一直等着，真不知吃了多少苦。他叹了口气，摸出那把袖剑道：“思华，霍大哥死了。”

思华的肩头抽搐了一下。这个结果她也早就猜到了，如果霍大哥还活着，今天肯定是他们一起出现了。其实对杨定远能回来她都并没有抱太大的希望。她叫道：“霍大哥——”

却再也没有人答应了。思华终于放声哭了出来。

“思华，这把袖剑也是他唯一留下的东西，你收着吧。”

那场大战前，霍敬奇一语成谶，最终没能生还。而他说的万一战死，要把他辫子带回去埋了的事，最终也没能做到。杨定远想着两人在一起的一幕幕，也终是泣不成声。

思华接过了袖剑，怔怔地看了看，放进怀里道：“霍大哥……他是个很好的人。”

霍敬奇脾气臭，跟谁都合不来，就算朝夕相处的骑兵团里，说他好的大概也没几个。只是在思华心目中，霍敬奇永远是那个老护着她的亲大哥。

曾经如此辉煌的红鹰团，现在只剩下张富荣一支了。想到这一点，两人都沉默了。这时车子忽然一颠，杨定远的伤口一直没好，震动牵动了伤口，疼得低低呻吟了一声。他的声音虽低，思华却已听到了，马上停下了车道：“杨大哥，你怎么了？”

杨定远强笑道：“没事。”只是伤口的痛楚一阵阵袭来，实在难以忍受。思华解开他的绷带看了看，惊道：“杨大哥，你的伤还那么重！”

杨定远怕她担心，掩上了道：“不要紧，好好养几天就会好的。对了，小金呢？他也和你们在一起吧？”

听他说起金光云，思华脸色突然一沉，说道：“杨大哥，你别提他，我不想再说这个人!”

虽然知道金光云和她一直处得不好，杨定远也没想到会变成现在这样水火不容。他苦笑道：“思华，你也别太凶了，小金他人还是不错的……”

“他人还不错？杨大哥，你看错了，这家伙居然投靠了白军!”思华咬牙切齿地说。

这话不亚于一个晴天霹雳，杨定远惊呆了。金光云胆子小，人也怯懦，不是个当兵的料，说他投靠白军，杨定远实在不能相信。只是思华不可能诬陷他，杨定远沉吟道：“真的吗？他一向胆小，怎么会有这个胆加入白军?”

“他亲口告诉我的……他竟然还要我跟他一块儿去赤塔!”

赤塔是谢苗诺夫的老巢，也是中东铁路的西段终点。杨定远的心已是凉了半截，半晌说不出话来。

“这个小金怎么也会叛变了?”

“我一直在秋明守着，就是怕他在铁路上撞上你。”思华给杨定远的伤腿垫了个垫子，看了看天道，“杨大哥，我们得加快了，你要是觉得疼就跟我说一声。”

现在杨定远哪里还觉得疼。金光云的变化太让他出乎意料了，这个朝鲜少年到底是因为什么？他默默地思索着，思华见他一直不说话，有点儿担心地问：“杨大哥，你腿还疼吗?”

“没事。”杨定远犹豫了一下，终于问道，“思华，莲娜她怎么样？她们也转移了吗?”

“她很好，也转移到车里雅斯宾克的医院里。”

思华的话终于让他一块石头落了地。这问题他一开始就想问，但一直鼓不起勇气。这段时间里变故太多了，他实在害怕听到不好的消息。只是不问，他心里又实在难受。当听得思华说莲娜没事，杨定远长吁了一口气，只觉身上再没有什么负担。

“我们现在就往车里雅斯宾克去。”思华明白杨定远的心思，马上接口说，可心里却是莫名的难受。

从秋明到车里雅斯宾克，也有好几百里路，大车要开两天才到。杨定远虽然说不要紧，可精神一放松，伤口就越发感到了疼痛。等一到车里雅斯宾克，人已疼得晕了过去。昏迷中乱梦连连，生者与死者都如走马灯般来来去去，一会儿跟随尹春山向敌人发起攻击，一会儿又仿佛在哥萨克密密的刀光下逃生。在纷纷扰扰中，他看到了远处站立着的一个白衣的女子。

那个女子神情忧郁，站在可望不可即的地方看着他。是死神吗？杨定远在昏迷中想着。眼前只是一片蒙眬，看不清那女子的模样，那么熟悉，可怎么都想不起来。

莲娜？娜斯佳？是……思华。杨定远不知道自己为什么会觉得她的样子像思华，其实在他印象中，思华总是初见时的那副小男孩模样，全然忘了她已经长成大姑娘了，而且他也从未见过思华有如此忧伤的表情。他想要走过去，走到那女子身边，问问她到底为了什么如此愁眉不展，可是这短短几步路却遥远得仿似天涯，怎么都走不到近前，然后，一片迷雾又掩去了一切。他茫然地看着面前的一片蒙眬，迷惘而忧伤。

这是哪里？是死后的世界吗？那个可望而不可即的身影仿佛在召唤着他，可是不论怎么走都走不上前。

“人啊，你仍然找不到前进的方向吗？”

一个熟悉的声音突然出现在耳畔。银狼又来了！杨定远猛地转过身，身后，一个白色的身影正站在不远处。

银狼踩着轻捷的步子，每一步都是如此的不真实，就像是在飘。

“路太漫长了，总会有迷失的时候。还记得你当初的誓言吗？人生是一场战斗，每个人都是战士。你勇敢地向前走了，无畏地战斗过了，那就是一切。你走上的路，不论是朝向哪个方向，永远都不要觉得是错的。这个世界，本来并没有路，路只是人走出来的。只要你还在走，那就是对的。”

只要还在走……杨定远喃喃地重复了一遍。是啊，只要生命还不曾停息，那就向前走。

“走吧，不论这条路有多艰难，永远不要忘了你是个战士。”

杨定远的眼里突然涌出了泪水。这个神秘的身影所说的话，突然间让他如此感动。尽管一切都是如此不真实，但他的内心里却异常的明晰。

银狼，谢谢你。他默默地说着。活着，就是珍惜自己所爱的一切，永远不放弃。

银狼还在喃喃地说着，只是身影越来越模糊，声音也越来越轻，终于，幻化成了滴滴答答的水滴声。伴随着这滴水的声音，杨定远感到脸上真的溅上了几滴水。

滚烫的水。烫得像是融化了的钢铁，烫得他低低地呻吟了一声。

“杨，你醒了。”

莲娜！这是莲娜的声音！杨定远几乎要欢呼起来。他翕动了两下嘴唇，可仍然一点儿声音也发不出来，想睁开眼，可是眼皮沉重得仿佛缝合在一起。迷乱中，他感到一只柔软的手揽起了他，扶着他半坐起来，一个温暖的身体依偎着他，嘴唇却触到了一些热热的醇厚液体。是加了伏特加的牛奶。杨定远贪婪地喝了一口。因为喝得急了，他有点呛，莲娜给他轻轻敲了敲背，温柔地说：“慢点儿喝吧。”

喝了几口牛奶，杨定远只觉神智又重新回到了自己身上。这样的垂死体验，他已经是第二次了。第一次，他睁开眼看到的是思华，这一次看到的却是莲娜。看到杨定远终于醒来，她的嘴角也浮出笑意。只是她的眼里满是血丝，看来已是许久没有睡。杨定远轻轻握住她的手道：“莲娜，我还以为再也见不到你了。”

莲娜柔声道：“你看到我了。感谢上帝，杨，我再也不会让你离开我！”

她突然把嘴唇深深地印在了他的唇上。这突如其来的一吻让杨定远有点心慌，他以为还在梦中。

耳畔，仍然传来滴滴答答的声音。那是窗外的雨声。这一场雨已下了很久，现在这个日夜思念的女子就坐在杨定远身边，正偎依着他絮絮叨叨地说着话，杨定远也感到了无比地幸福。他道：“莲娜，我晕过去多久了?”

“有四天了。我真担心你醒不来。杨，你知道？我每天都在为你祈祷，上帝终于听到了我的声音。”

虽然身上还没有什么力气，但杨定远仍是用力搂了搂莲娜的腰，低声道：“莲娜，你可知道，正是因为你，我才能活着回来。”

夜已深了。这医院里没有什么人，雨还在下着。只是杨定远并不知道，在他的病房外，思华正站在屋檐下，一言不发地看着从檐上淌下的檐溜。水一滴接着一滴，在这少女的颊上，泪水也是一滴接着一滴滑落。

这儿是车里雅宾斯克的临时战地医院，虽然目前还算安全，但在高尔察克这一次空前的攻势面前，布柳赫尔只能不断收缩战线。叶卡捷琳堡丢掉以后，红军实力大损，已退守喀山，而高尔察克的大军也正源源不断地向喀山攻去。红军方面，总司令托洛茨基已亲临前线督战，红军一方几乎所有名将都来到了东线进行这场事关苏维埃政府生死存亡的阻击。在这场规模空前的战事面前，车里雅宾斯克近乎被人遗忘，不仅是白军，也包括红军。

难怪秋明车站会有那么多军队。杨定远听莲娜说着这些事，心情难以平复。随着这场攻势，白军已全线打通了西伯利亚大铁路，从海参崴直到喀山，运输列车畅通无阻。而这也是内战爆发以来红军面临的最不利的状况。红鹰团仅存的张富荣部队也已被布柳赫尔调到了喀山，只是身为红鹰团一员的杨定远，现在只能躺在床上，什么也做不了。他最大的愿望就是伤好后归队，为战死的弟兄报仇。然而季特院长告诉他，由于这一次杨定远受的伤比上次更重，骨折后又没能及时接骨，现在骨胳已经长歪了，下半辈子再也不能骑马了。

听到这个消息，杨定远无异于一个晴天霹雳。“一定有办法治好的，对不对?”杨定远乞求道。

季特院长犹豫了一阵，说办法也有，那就得把骨头再次折断，再进行接驳才行。只是这种痛苦常人几乎无法承受，但杨定远咬紧牙关，要求季特院长再次手术。他必须重回战场，他必须要为这些死去的战友报仇。骑兵团的战士骑不了马就等于废人一个！

经历了一番常人难以忍受的痛苦，手术很成功，杨定远对季特院长一谢再谢，是季特院长给了他二次生命！季特院长说还要再过几个月骨头才能长好，以后也与常人没什么两样。他还可以骑马打仗。大家都为杨定远欢呼，但思华却一再揪心，她可不想杨大哥再上战场了。可是她知道她阻止不了。

就在杨定远养伤的时候，有一个消息从喀山传来——白军已被红军全面击溃，高尔察克已率军撤退。

这当然是个好消息，但杨定远却感到了如此失落。这场大战集中了红白两军的全部精锐，但杨定远却没能参与，俨然一个局外人了。

接着好消息不断传来。红军已渐渐占据了主动，开始了全面反攻。在别拉亚河，高尔察克最精锐的几个师团被红军名将图哈切夫斯基全歼。而战线左翼，又遭到红军另一个名将伏龙芝的攻击，高尔察克无法与白军另一个主要将领邓尼金会合，结果他那庞大的部队反而成为累赘。经过红军的夏季攻势，白军士兵低落到了极点。这一年十月，也就是杨定远的伤势痊愈，与莲娜结婚的时候，高尔察克在托博尔斯克又吃了一个大败仗，逃回了鄂木斯克。

在这场战斗中，张富荣率中国红鹰团参加了战斗。随后，红鹰团趁胜追击，向鄂木斯克发起了攻击。这已是红军和白军在西西伯利亚的最后决战。如果丢掉了鄂木斯克，白军再不能在这一带立足。这一仗打得极其激烈，红鹰团担当先锋之责，率先冲进城里。这场战役成了压垮骆驼的最后一根稻草，白军已无法再与红军对峙，开始了向东方的大撤退。但这一仗，红鹰团损失很大，张富荣自己也在血战中战死。红鹰团团长则由陈柏川接任。接着红鹰团转战西北，与杨定远失之交臂，他想要归队的愿望便一直未能实现。

就在这时，一个名叫彼得洛夫的人找到了杨定远。

彼得洛夫是红军情报组织契卡的一个负责人。因为高尔察克已到了穷途末路，内战马上就会结束，但这样一来俄国与日本就会发生直接冲突，因此苏维埃政府决定在远东地区成立一个远东共和国。这远东共和国名义独立，其实也是听从苏维埃政府指挥，这样可以在俄国与日本之间建立一个缓冲地带。而这块地方，正是前清时沙俄从中国掠夺的土地，苏维埃政府答应战后还给中国这片土地。如果这片土地真能最终还给中国，那么他的这些红鹰团的同胞战友也算没白死，杨定远想着，可心里却一片茫然，他们真的能说到做到吗？

彼得洛夫受命开展远东共和国的筹建工作，因为远东地区有大量蒙古人与中国人，需要一个精通汉语和俄语的人，有人向彼得洛夫推荐了杨定远，因此他专程前来。而推荐杨定远的，竟然是小个子。骑兵团覆灭后，小个子一直失去了消息，直到今天才知道他的下落，原来他还活着。听到这个消息，杨定远还是说不出的高兴。听彼得洛夫说，小个子加入的是契卡行动组，也就是专事暗杀的组织。杨定远明白，小个子加入这个组织，想的肯定是为尹春山报仇的事。每个人都有自己的路要走，小个子走上的也是属于他自己的路。

杨定远加入的是契卡的宣传部门。随着红军如潮的攻势，西伯利亚大铁路沿线的战点一个接一个地被收复。每收复一地，杨定远带着莲娜和思华两人就跟着彼得洛夫搬到一地，随后向当地人开展宣传攻势。每天忙碌于案头工作，有时候想到当初的金戈铁马，杨定远也百感交集。只是好久没有红鹰团的消息了。全盛时期的红鹰团有近万人，现在大概也就两千来人。这样一个小小的单位，在庞大的红军中，只如大海中的一朵小浪花。

日子过得很快，到了 1919 年的年底，杨定远终于听到了红鹰团的消息。陈柏川率领的红鹰团随着红军大部队转战到了俄国与爱沙尼亚交界处的伊兹博尔斯克，在那儿进行了最后一场恶战，结果全军覆没。

如同流星，放射出短暂而璀璨的光辉，这支卷入了俄国内战的中国部队，从此从历史的长河中消失了。听到这个消息，杨定远怔忡了好些天。这时他们已经跟随红军的足迹到了克拉斯诺亚尔斯克。在这个骑兵团全军覆没的地方，听到了红鹰团最后的消息，杨定远的泪水再一次淌了下来。他往地上洒了三杯酒。孙富元、任辅臣、王德林、郭万清、张富荣、尹春山、陈柏川、霍敬奇、陈振中、陶丰寿……这些名字，有的也许会流传到后世，有些大概从此就被人遗忘了。望着苍茫的俄国大地，杨定远只觉得洒下的也是自己的热血与青春。

西伯利亚又进入了严冬，这是最寒冷的日子。但对于苏维埃政府来说，却是慷慨激昂、高歌猛进的一年。这时彼得洛夫向杨定远传达了一条紧急命令，让他立即前往伊尔库茨克。

伊尔库茨克是高尔察克的临时政府现在的所在地。随着白军的穷途末路，高尔察克已失去了他所有的威信。在伊尔库茨克发生了兵变，兵变头目扣压了临时政府的最高执政官高尔察克与内阁总理佩佩利亚耶夫，把他们交给了红军。审讯的任务是由契卡担任，杨定远也跟随彼得洛夫参与到此事中。

杨定远直到现在才第一次见到高尔察克。让他吃惊的是，与红军有过那么多次恶战的高尔察克并不是长得凶神恶煞一般，倒和尹春山有点儿像，身上颇有书卷气。即使成为阶下囚，高尔察克仍没有丢掉他的尊严。

审讯持续了两周。奇怪的是，同样作为契卡成员，彼得洛夫与杨定远只被允许旁观过几次。审讯员喋喋不休地要他交代，但高尔察克一直一言不发。两周后，从苏维埃中央传来了电讯，对高尔察克进行秘密处决。

处决是在 1920 年 2 月一天的凌晨。高尔察克被带到安加拉河的一个冰窟前执行死刑。行刑前，高尔察克拒绝蒙上眼睛，只要求最后抽根香烟。站在冰窟前，烟刚抽完，枪响了，尸体被抛入了冰窟，前后不过几分钟。看着这个曾是红军劲敌的白军将领，杨定远也不知是什么滋味。虽然有那么多同胞战友死于他手下，但杨定远现在对高尔察克的死却毫无感觉。

“杨，中央做出了决定，今年要正式成立远东共和国。党决定派你去符拉迪沃斯托克开展工作。”看着高尔察克被行刑，一边的彼得洛夫低声说道。

符拉迪沃斯托克就是海参崴。这个名字在俄语中意为“镇东府”。彼得洛夫的话打断了杨定远的思绪。杨定远抬起头，也低低道：“可是，我的妻子与妹妹……”

“这次你带着夫人与令妹同去，你以中国商人的身份前去，这样也好有掩护。”彼得洛夫的声音还是很低，“符拉迪沃斯托克现在仍是谢苗诺夫在执政，你是中国人，去那儿会方便很多。”他看了看那个埋葬了高尔察克与佩佩利亚耶夫的冰窟。漆黑的冰窟，仿佛一张能吞没一切的巨口。身为布尔什维克，彼得洛夫对这个最大的敌人其实也有着一分敬意。只是这个曾经叱咤风云的人物，现在已经消失在安加拉河的冰窟里。

杨定远心里突然有种异样的滋味，这个人现在被称作匪帮、战争贩子，可将来又会得到怎样的评价？但不管怎样，这个红军最大的敌人已经死去，团长，战友们，你们的鲜血终于没有白流！

杨定远眼前，仿佛又出现了第一次遇到尹春山的情景。那时的尹春山意气风发、慷慨激昂。接着他又想起了火车上第一次遇见霍敬奇，还有他那特有的尖厉的嗓音：“东吴发来千员将，对对貔貅数百双。观罢阵地回营往，再与列公作商量……”

第十三章　爱人的礼物

火车在西伯利亚平原上疾驰，天色也渐近黄昏，已经快要到赤塔了。离中国越来越近了，杨定远的心情也越来越轻快。回想到当初来时的情景，真的已恍如隔世。这一路上他插科打诨，不住给莲娜和思华说着笑话。

经过贝加尔湖时，杨定远说贝加尔湖在中国的古籍中叫北海，传说有个申公豹就被塞在湖底的湖眼里。湖边有个教堂，每年冬天当地人会把十字架扔进湖里。第二年春天湖里化冻，露出这十字架，就表明可以春耕了。到过此地的中国人没见过耶稣像，还以为十字架上的是申公豹。这个笑话还是当初刚来时听霍敬奇说的，霍敬奇是真把耶稣像当成申公豹了。杨定远每回跟人说起，都会让人启颜一笑。莲娜听后也不禁莞尔，说道："中国人到过这么远的地方吗？"

"是啊。很久以前，这儿都是中国的国土。那时中国和俄国就是以赤塔为界。"

莲娜睁大了眼，诧道："那现在怎么成俄国了？"

杨定远也不知该怎么跟她说。他自己也不是很清楚，就知道前清时跟外国签了很多条约，整天都在割地赔款，但到底是怎么一回事也不太说得上来，只是道："这是几十年前的事了。"他见思华坐在边上侧着脸看着窗外，一路上自己和莲娜夫妻两人聊得火热，思华却在一边一直没怎么说话，眼中总有一丝忧色。他说："思华，赤塔快到了，到时我们下去找个地方吃顿好的。"

火车到了赤塔都要换车头，得停一段时间。现在是最冷的时候，车上的旅客大多都下车歇息。火车坐得又累又饿，有点钱的正好趁这时候吃一顿。思华转过头，微微笑了笑道："嗯，谢谢杨大哥。"

虽然她含着笑意，但眼里的忧伤却更浓了。这儿是思华出生的地方。几年前，杨定远正是在赤塔碰到她，那时她衣衫褴褛，靠在火车上打杂，卖点儿葵花饼度日。这一段日子对她来说不堪回首。回到这个熟悉的地方，一定会有许多不愉快的回忆。杨定远心想她跟着他和莲娜去海参崴，以后自然要回国的。她虽然是中国人，却在俄国生，俄国长，对她来说，去中国倒是背井离乡了，恐怕也和当初自己刚出国时心境差不多，便说道："别想太多了，明天我们就离开这儿。"

火车一进赤塔车站，一阵喧嚣就迎面涌了过来。杨定远刚想带着莲娜和思华下车，从一边忽然传来"砰"的一声枪响。站台上登时一阵混乱，莲娜吓得脸也白了，一把抓住杨定远道："定远，发生什么事了？"

站台前面车厢的位置，两个端着枪的士兵正拖着一个人走过来。这人一动不动，拖过时地上留下一道血痕，定已是死了。那两个士兵穿的是白军的制服，也不知被他们打死的这人是谁。他们走过时，站台上的人纷纷让开，唯恐避之不及。杨定远只觉莲娜抓着自己的手越来越紧，她的呼吸也有些急促，便在她手上轻轻拍了拍道："莲娜，别害怕。"

思华道："杨大哥，还是别下车了，就在车上等到开吧，反正还有点儿吃的。我怕下去更危险。"

杨定远见车站上竟是如此混乱。站台上尽是拥挤的人潮，不小心人都会被挤散。赤塔虽然是个大站，可几年前人远没那么多，现在居然乱成这样。杨定远心想赤塔一直是谢苗诺夫的巢穴，不过随着高尔察克临时政府的垮台，谢苗诺夫在这儿立足不定，已经逃到了海参崴。当初逃到这儿来的白俄也只有继续向东走，难怪人会这么多。

现在赤塔已经成了一个无人管束的地方，法律和秩序已经化作乌有，打死一个人比打死一条狗还容易。这样的地方，他实在不愿让莲娜和思华多停留。听思华这么说，他想了想，说道："食物不太多了，我去买点儿回来吧，你们在车上等着。"

天渐渐暗了。杨定远本想就在站台上买点儿吃的，可是站台上人太多了，居然连铺子都没有一个。他随着人流挤了出去，熟悉的街景又出现在面前，一切都和上次来时差不多。几年的时间让杨定远有了天翻地覆的变化，而对一个城市而言，却改变不了什么。

街上人虽多，商铺却十分凋敝，街上尽是些行色匆匆、衣着华丽，却满脸忧色的白俄贵族。时代的大潮将这些一向养尊处优的人抛落谷底，让他们有种惶惶不可终日之感。

在街上走了好一阵，才找到一家卖吃食的店铺。杨定远买了两个大列巴，又买了些红肠。夹了一大包食物往回走，天已完全黑了，路上冷冷清清，一路也碰不到几个人。刚走过一个拐角，前面却见到一家小酒馆。别的店铺大多生意清淡，唯独这家小酒馆灯火通明，里面有人在拉手风琴，一个人正唱着歌。唱歌的是个男人，多半是个对前途失去了信心的白俄，歌声非常忧伤。

我曾经爱过你。也许就在那时，
我的心中还停留对你的爱情。
我愿它一去就永远都不回来，
因为我不想再让你感到伤心。

玻璃窗里透出的灯光映在积雪上，黑色和白色如此分明，悠扬的风琴声里，歌声幽幽地传来，让人有种说不出来的惶惑。如果听不懂，也不过如此，可现在杨定远一字一句都听得清清楚楚，心里五味杂陈。

他依稀记得，当初阿列克塞也唱过这首歌，他说这是俄国一个大诗人的诗。是哪首诗，杨定远记不得了，可这时他又想起阿列克塞。想起阿列克塞临死前送他的钢笔，好像就是昨天发生的事……小酒馆里那个男人苍凉的声音，一波又一波地传来。这些他以为已经忘却了的记忆却又沉渣泛起，重又萦绕在心头。

他索性推开了小酒馆的门走了进去。里面坐了不少人，每个人面前都放了一杯酒，在墙角有一个坐在木凳上的男人拉着手风琴。这男人年纪也不小了，一脸的沧桑。杨定远在靠门边的一张空桌前坐下来要了杯酒，啜了一口，辛辣的伏特加让他仿佛又回到那一次被尹春山和小个子灌得烂醉的情景了。那回，他拒绝了尹春山的招揽，又坚持要回火车上，结果差点冻死在雪地里。几年过去了，那时灌自己酒的人，大概没有几个人活到了现在。而他居然还活着。恩恩怨怨，仿佛地上的积雪，当时看去仿佛亘古不变，其实过后就化成了一滩水，再不留痕迹。

我曾经爱过你，绝望得不说话，
羞怯地忍受妒火对我的烧灼。
那些真诚与温柔你都忘了吧，
在你身边却从来都不会是我。

手风琴本来应该是种欢快的乐器，但在这个男人手下却那么忧伤。被这个痛苦的时代压垮了的男人，失去了一切后，也只有哀叹。杨定远默默地想着，突然，外面“砰”的一声，传来了一声枪响。

这声枪响极为突然，杨定远一怔，正想办法往哪躲一躲。但那男人仍在唱着，另外的人连身子也都不动一下。现在的赤塔到处都是这些对未来已丧失信心的人，枪响大概也已是家常便饭，没什么人会去当心。这是一个怎样的时代，人已麻木至此了。

“砰”，枪声又响了一下，看来情况不好，杨定远犹豫了一下，正想着要不要出去看一下，门突然被推开了。门口站着一个面色苍白的男人。俄国人好酒，现在这战争年代更是只有靠酒来麻醉自己，好忘记痛苦。这酒馆里进进出出的倒有一大半是已经喝得烂醉，踉跄着进来的人。酒客们见这男人进来，心想又来了个还没过足瘾的酒鬼，谁都不去理睬。那酒保正要过来，杨定远却已站了起来，这分明是个中国人，他惊叫道："昌佑!"

这个男人竟是刘昌佑！杨定远怎么都没想到居然能在这儿碰到他，赶紧走到他身边道："昌佑，真的是你!"说着眼泪已在眼眶打转。

刘昌佑也认出了杨定远，他的眼里闪过了一丝希望的火花，低声道："定远，天可怜见，原来是你。"

一走近，杨定远才发现刘昌佑的大衣衣襟下面，竟露出一摊暗红。他差点惊叫起来，刘昌佑却已勉强坐了下来，说道："来杯酒。"

杨定远掩上门，坐到刘昌佑身边小声道："你中枪了?"

"嗯。"刘昌佑点了点头，苦笑道，"定远，这回阴沟里翻船。"

这短短一句话，刘昌佑说得已有点儿上气不接下气。这时酒保端了杯伏特加过来，刘昌佑一把抢过，像喝水一样喝了一大口。他的脸本来全无血色，现在却稍有了点血色。杨定远见他居然还能喝酒，说道："要不要紧？我赶紧送你去医院吧。"

"不用了。我这条烂命，这回是要交代在赤塔了。"他见杨定远还要再说，抢过话头道，"我已经活不了多久，还好还能再见你一面。定远，我死前求你个事。"

杨定远心里一阵心酸，说道："什么?"

刘昌佑从怀里摸出一个信封道："你要回中国吧？到了海参崴，把这个东西交给……"

他话未说完，人又是一阵咳，伸手便要去拿杯子，可是手刚碰到杯子便不动了。杨定远心中一沉，碰了碰他的手道："昌佑!"但刘昌佑已没有了声息。他受了致命的枪伤，靠着烈酒支撑到现在，可这时终于走到了尽头。

他救过刘昌佑的命，刘昌佑也救过他的，但他并不了解刘昌佑，只知道他是张大帅手下的间谍。做这种事的人，也早就有了心理准备吧，刘昌佑死得很坦然。只是他临死前托付给自己的这封信，杨定远知道只消接下一准要惹上一身麻烦，但他不忍心不管。他正要伸手从刘昌佑手中将那信封拿过来，这时那酒保也已发觉这新来的客人不对，过来道："他怎么了？"

杨定远还没说话，门又是"砰"一声，被人一脚踹开，门口站着两个亚洲人。这两人个头都不高，但十分精悍，眼里放出逼人的寒光。与他们的表情相比，更让人惊心的是他们手中都握着一把手枪。

一见这两人，酒馆里一下沉寂下来，那个唱歌的男人也闭上了嘴。这两人也不说话，径直走到刘昌佑身边，其中一个将手试了试刘昌佑的鼻息，确认他已经断了气，一把抽出了刘昌佑手中的信封。

看着他们的举动，杨定远一句话也不说。这几年的军旅生涯，他也已摸惯了枪，看得出这两人都是用枪的老手了。那人把信封放进口袋里，又向杨定远晃了晃手中的枪筒，示意他出去。

酒馆里一片死寂，那酒保更是吓得脸色煞白。杨定远上前一步，说道："你们是谁？"

没有回答，枪筒只是又晃了晃。杨定远无可奈何，拿起包裹只好跟着他们走了出去。刚掩上门，里面又传来了那忧伤的歌声。现在的赤塔一片混乱，有人来酒馆寻仇，看来那些酒客亦是司空见惯，谁都不想管，也不敢管，只顾着自己活一天算一天。杨定远被押出去，酒馆里还留下一个死人，对他们好像完全是另一个世界发生的事。

这些人自是追杀刘昌佑的人，定是要杀自己灭口。杨定远暗暗握紧了拳头。虽然赤手空拳根本不是手枪的对手，可是身为军人，他绝对不甘心束手待毙。如果能夺到一支手枪，说不定还有胜算。在现在的赤塔，已经没有了法律和秩序，不用指望有谁来救自己。

走出了门，那两人押着他拐进了一条黑暗的巷子里。这条小巷漆黑一片，完全没有人迹。

是要在这儿杀我吗？他把拳头又握了握。这时，一个声音突然响了起来："原来是杨大哥。"

这是金光云的声音！

"嗤"的一声，黑暗中划亮了一根火柴，映出了金光云的脸。杨定远身后的一人拿出那封信递给了金光云。金光云看了看，放进怀里，又解开杨定远的包裹看了看，有些诧异地说："杨大哥，和刘昌佑接头的人是你吗？"

杨定远的拳头松了下来。思华说当初叶卡捷琳堡被白军攻下时，医院本来要转移到车里雅斯宾克，但金光云却失踪了，思华说他投向了白军。看来一切都是真的。已有一年多没见了，金光云个头高了不少，人也已经长成了一个青年，只是在他曾经明澈的眼里，已再不单纯了。

不过无论金光云变成什么样，他都不相信金光云会杀自己。他低声道："小金，你弄错了，我要去海参崴，下来买点儿东西，和刘昌佑只是偶尔碰到。"

火柴灭了，周围又重归黑暗。在黑暗中，金光云淡淡道："是吗？那可真是巧。你不当红军了？"

金光云向来胆小，甚至有点怯懦，但现在他却判若两人。他的声音也变了很多，甚至有几分油滑。正在这时，杨定远只觉后背被人用枪捅了一下，有个突然说了句他听不懂的日本话。金光云回了一句，两人似乎在争论什么，但那人很快就住了口。

虽然听不懂，但杨定远从他们的语气中，也猜出金光云是这个小团体的领头人。算起来，他投入白军也不过一年，现在年纪也不过二十出头，就已经有这个地位了？他正在想着，金光云说了几句，又用汉语道："杨大哥，宫本先生说要灭了你的口啊。"

这个日本人是姓宫本吗？杨定远哼了一声，说道："小金，你现在很得意啊。只是我没想到你居然会投靠了日本人，你怎么对得起你爷爷。”

金光云本来是朝鲜义军屯垦团的人。朝鲜义军不甘心朝鲜被日本吞并，在朝中俄边界打游击与日本人对抗。金光云的爷爷在带马帮出山谷时，牺牲自己拖住围攻的狼群，让马帮脱身，杨定远这条命也是金老救的，只是谁能想到这个曾经怯懦的少年竟然会投靠了曾经的仇人。

听得杨定远提起自己的爷爷，金光云脸色也是一沉，说道：“不要再说哈啦爸基的事。杨大哥，如果你不识相，那我也不拦着宫本先生灭你的口了。”

金光云的话让杨定远生起了一丝希望，听他的口气，他还在犹豫。杨定远沉默了一下，说道：“那你要怎么做?”

金光云看了一眼他手中那包食物道：“买这么多吃的，你肯定不是一个人来的。乌云是不是和你在一起？你把她怎么了?”

金光云的声音突然含着一丝刻骨的愤恨。杨定远怒道：“思华是我妹子，我已经有妻子了!”一刹那，他也终于明白了当初金光云和自己说的如何讨好别人的含义了。原来金光云一直都非常喜欢思华，可是思华却看不起他，在金光云心目中，自己是夺走了他所爱的仇人，也难怪霍敬奇会说他恨自己。这个朝鲜少年，虽然怯懦得不像个男人，原来也深沉如此，有着极深的城府。

听杨定远说自己娶了妻子，金光云却如释重负，说道：“那乌云现在和你老婆在一起了？她在哪儿?”

杨定远没有理他。直到现在，他还没从混乱中清醒过来。刘昌佑的死已让他十分意外，而金光云投靠了日本人更让他意外。金光云见他不答，顿了顿，忽然又道：“杨大哥，我想你很清楚你现在的处境，我和你做笔交易吧。”

“什么?”

“不管你是不是刘昌佑的接头人，只要你让乌云跟我走，我就放了你们夫妻。”

杨定远冷笑道："如果不同意，你就要灭我的口?"

他只是讥讽一句，但金光云却点了点头道："杨大哥若一定不肯，那也只能如此。"

杨定远的心一下凉透了。金光云和以前一样，仍是一口一句"杨大哥"，可现在他话中哪儿还有半分情谊，这称呼听起来倒似在嘲弄。不同的人，都走上了不同的路，转瞬间就变得面目全非。他沉默下来，金光云低声道："杨大哥，看来你是真不知道刘昌佑的目的?"

"他有什么目的?"

"五百吨黄金。"

杨定远倒吸了一口凉气。他淘过金，知道五百吨黄金是个什么概念。虽然在心底告诫自己要镇定，可怎么也镇定不下来。长吸了一口气，让自己的呼吸勉强平静一些，他问道："这是什么钱?"

金光云低低道："高尔察克的。"

俄国自彼得大帝以来，历代沙皇都在谋求扩张，两百余年下来，已积聚了一笔惊人的财富。当俄国卷入了第一次世界大战后，因为担心德国人进攻俄国，这笔黄金从彼得堡转移到了喀山。然而二月革命爆发后，帝俄政权以迅雷之势土崩瓦解，尼古拉二世被废黜，十月革命后又被全家枪决，这笔黄金就成了极少数人才知道的秘密，连控制了喀山的红军都不曾发现还有如此巨大的一笔财富。

高尔察克成为临时政府的最高执政后，知道了这个秘密。正是为了得到这笔黄金，他集结空前规模的部队发起攻击，终于在去年攻克了喀山。攻入喀山的是白军将领科贝尔。因为红军的反击迫在眉睫，科贝尔将黄金移送到了当时高尔察克指挥部所在地鄂木斯克。然而高尔察克虽然得到了黄金，红军的反击却开始了，白军一败涂地，再无回天之力，连去哪里立足都已成了问题。霍尔瓦特和谢苗诺夫这两人虽然还有相当的实力，但这两人都野心勃勃，非常不可靠。最终，高尔察克答应了张作霖的建议，与他合作。

只是，高尔察克自己也不曾料到，他在撤往伊尔库茨克途中，被已经决意投降的临时政府出卖交给了布尔什维克，很快就遭到处决。只是高尔察克被捕时，这笔黄金却下落不明，旁人都以为已经在运送途中被瓜分了。然而谁也不知道，高尔察克在逃出鄂木斯克前夕，感到铁道线的目标太大，掌控铁路沿线的霍尔瓦特和谢苗诺夫都不可信，已经密令科贝尔携同残军和随家妇孺一起穿越西伯利亚，秘密运向后方，准备与张作霖的军队接头。而刘昌佑正是在将这个情况送回的途中被金光云带人截住，中枪身亡。现在这批黄金的情况也已落到了金光云手中。

虽然金光云说得很简略，但杨定远已听得冷汗涔涔。刘昌佑一向行踪诡秘，后来听他说自己是张作霖的间谍，他也没多想。现在才知道，原来刘昌佑在自己来俄国之前就已经着手这件事了，怪不得他一直神出鬼没。当初来木材厂要捉走刘昌佑那几个土匪，真实身份大概也并不是土匪，所以那个领头的才会拿出黄金来买命。

而高尔察克进攻喀山时，他也觉得这一行动把战线拉得过长，完全得不偿失，那时百思不得其解，觉得以高尔察克这样一个名将，不该犯下如此错误，现在才知道他其实另有目的。听金光云说完了，杨定远冷冷道："小金，不，金光云，看来要恭喜你了，立下了这么一个大功肯定要受到嘉奖。你现在是站在日本人一边了？"

金光云道："日韩合并，我当然是大日本帝国的子民。杨大哥，实话告诉你，虽然谢苗诺夫已经要转移到海参崴，赤塔已经一片混乱，但他在这儿还有不少手下。他也已经知道了黄金的事，一直在城里寻找刘昌佑。杨大哥，你该庆幸是我找到了你而不是他。"

尽管金光云变得如此阴险无耻，但这句话却并不是虚言。如果落到谢苗诺夫手上，他可不会来向自己说这么多话。如果如此巨大的一笔黄金落到一直对远东怀有觊觎之心的日本人手上，后果不堪设想。他小声道："小金，让思华跟你走，你真能放走我们？"

听得杨定远已不再抵触，金光云眼里已闪出光来，低声道："不瞒杨大哥，我现在在黑龙会里也算说得上话的人，这一次因为我熟悉远东的情况，所以是我在主持，我答应的事，准不会有错。”

看着金光云满口答应，杨定远心里一阵沮丧。在叶卡捷琳堡时，思华说金光云一直在跟不三不四的人接触，那时自己还不信，甚至帮金光云开脱，现在想想自己大错特错了。其实，金光云就是那时与日本人牵上了线吧。看着这个已经如此陌生的朝鲜少年，杨定远想到的却是很久以前，他与爷爷两人冒着危险带马帮返回时的情景。其实也没几年，但对于一个人的改变来说，即使是一年，甚至一个月，都太久了。

杨定远闭上了眼睛。在这条漫长的旅途上，已经倒下了那么多人，有些人却也变得如此陌生。金光云见他不说话，有点儿着急地说：“杨大哥，别犹豫了，你到底答不答应?”

杨定远睁开眼，点了点头道：“好的。不过，我得去劝劝思华。”

金光云现在是黑龙会成员，受日本军方的命令，凡是知道此事的人一律格杀勿论。但他人虽已大变，对思华的感情却依然如昔。思华是他最初的爱慕对象，他转投黑龙会后，仍然对思华日夜思念。只是思华对他一直很看不惯，虽然他要挟杨定远，可思华愿不愿跟自己，他仍然没底。听到杨定远肯劝思华，金光云却犹豫了，忽然笑道：“杨大哥，你觉得我会信你的话?”

虽然他一直这样称呼杨定远，但大哥二字叫得虚伪不堪。杨定远心中又是一沉，心知自己是急躁了。他也没想到金光云原来城府如此之深，已骗不过他去。金光云忽然向那两个日本人说了句日本话，那两个日本人把枪在杨定远背后一顶，金光云道：“对不住了杨大哥，我要搜搜你的身上。”

杨定远身上只带了些钱，金光云对钱却不感兴趣，待打开了钱包，看到了杨定远的车票，他又划燃一根火柴看了看，忽然笑道：“杨大哥，不论你肯还是不肯，现在也只有一条路可以走了。”

杨定远只觉眼前一阵晕眩。金光云竟是远比他的外表要老成精细得多，难怪黑龙会会让他来主持对刘昌佑的追杀。他道："你是想逼思华下车?"

"你就算真的劝她，她也不会听的。"金光云冷笑道，"不过要是说她不下来，就杀了你，我想她就会乖乖下车的，对吧，杨大哥。"金光云说着，脸上又浮起了一丝笑容。这笑容却是如此诡诈。

杨定远不禁打了个寒战。他道："小金，你为什么非要让思华跟你走?"

金光云哼了一声，没有说话。杨定远知道思华与他一向处得不好，在医院里，思华甚至看都不想看到他的模样。但无论如何，金光云也在他住院时给他送过饭，还喂过他。回想起这些，杨定远觉得心都快裂开了。

如果时间能停止，那有多好啊。与他向来不对付的马天化，曾经想杀了霍敬奇，最后却也死得像个英雄。而这个自己曾经当成小弟一样照顾的金光云，现在却押着自己回车站。这是多么大的讽刺！这些变化让杨定远实在无法接受。杨定远已算拿定了主意，无论如何都不能让他带走思华。可是，莲娜和思华在一起，他该怎么做？如果仅仅是自己，杨定远根本不会顾忌什么。但想到莲娜，他的勇气仿佛一下消失了。他愿意失去自己的生命，也不愿莲娜有什么意外。

被金光云和两个日本人押着，四人向车站走去。现在已经快到开车的点了，到了站台外，已有不少人正在陆续回到车上。在前面的一等车厢门口，站立着十几个荷枪站岗的士兵。显然，一等车厢里有重要的乘客，多半是谢苗诺夫部下重要将领的家眷。杨定远坐的是三等车厢，本来就极其拥挤，现在上车的人已排成了一长列。

杨定远此时心乱如麻，马上就要到自己的座位了，他绞尽脑汁也想不出一个能摆脱困境的办法。突然，他听得金光云呼吸变得沉重起来。金光云年纪虽轻，城府却很深，这样子失态实在很少见。杨定远偷偷瞥了他一眼，却见金光云盯着车窗看，脸颊上居然泛起了一些红晕。顺着他的眼光看去，见思华正贴在车窗上向外望着。

金光云对思华爱慕之情竟如此之深！杨定远实在有点儿吃惊。但想想也不奇怪，他跟随马帮逃出来，被老人收养，和思华朝夕相处。虽然思华对他印象不佳，可在金光云心目中，思华就是他心目中的神灵。只是思华根本不喜欢他，无论他如何讨好思华，思华对他仍是不理不睬。越是得不到的东西，就越让人向往。金光云又是个城府极深、好走极端的人，不知不觉，他已经把思华当成了自己的梦想。说不定，他投向黑龙会，也是因为得不到思华的垂青，绝望之下，他才会那么样做。想到这儿，杨定远不由一阵心痛。如果能早点知道，打开金光云的心结，说不定他也不会走到这一步。

金光云忽然转过头，低声道："杨大哥，我和你到车窗前，你让思华下车。别忘了，我手中有枪。"

"站台上你敢开枪？不怕开了枪后逃不掉吗？"杨定远劝道。

金光云鼻子里哼了一声，低低道："谢苗诺夫自己也在靠日本人混日子，他不敢管日本人的事。"

杨定远没有再说什么。他刚才的这句问话看似轻描淡写，其实却是这一路深思熟虑的结果。他一直想要确认两点：一是金光云和这两个日本人的关系，以及日本人和谢苗诺夫的关系。虽然谢苗诺夫已经放弃了赤塔，可是在车站上仍然有不少他的士兵。五百吨黄金，谢苗诺夫当然不会拒之门外，但金光云他们这次行动并没有借助谢苗诺夫的力量，可见日本人是绕开了谢苗诺夫，想要独吞这笔钱。第二，金光云没有让那两个日本人跟着上前，显然并不想让日本人靠得太近。他虽然加入了黑龙会，毕竟是朝鲜人，让他这一趟主事，最大的可能就是他会说汉语，来赤塔这个有很多中国人的地方行事方便些。先前他和这两个日本人说了一通，很可能是扯了一番自己也知道内情，定要搞清楚之类的鬼话，否则在小酒馆外那两个日本人就会杀自己灭口了。

离列车已不过短短几步。就在这几步间，杨定远的脑袋越发清醒。金光云虽然阴险，城府也深，毕竟是个年轻人。如果说先前他的行动一直无懈可击，逼得杨定远走投无路，那么现在杨定远终于等到了他露出的破绽。现在，就要利用这破绽对他进行致命一击。

他们已走到了车窗前。思华也已看到了杨定远，但看到跟在他身后的金光云，脸上却现出一丝疑云。一边的莲娜却毫不知情，见到杨定远过来，顾不得严寒，将车窗拉起了一半，探出头叫道：“定远！定远！”见金光云跟着杨定远走到车边，她诧道，“咦，你不是金吗？”

在医院里，金光云做过一段打杂的活。不过他做得并不长，和莲娜从未说过话。他也根本不记得莲娜了，但见莲娜叫杨定远的名字，已知她是杨定远的妻子，说道：“是啊，大嫂。”和莲娜说了一句，眼睛又盯着思华，神情居然现出少有的一丝温情，问道：“乌云，你现在还好吗？”只是大衣下面的手枪仍是顶在杨定远的腰上。

杨定远对莲娜道：“莲娜，你坐好，我和思华有几句话要说。”

莲娜不知有什么事，见杨定远说得郑重，让到了一边。思华道：“杨大哥，你……你为什么带他过来？”

思华的声音有些气愤。杨定远又深深吸了口气，说道：“思华，小金正拿枪顶着我。”

他说得很平静，莲娜不懂汉语，只道是句寻常的话，思华的双眉却是一皱，看向金光云，说道：“金光云，你想做什么？”

在思华的目光里，金光云有点儿胆怯。他不敢面对思华，只是对杨定远道：“杨大哥，你和乌云说吧。”

杨定远定了定神，说道：“思华，小金是会开枪的。他要你跟他走，他才会放了我们。记住，不要找乘警，他不怕乘警。”

他把“乘警”两字说得很重。如果与金光云火拼，以他日本人的身份，他的确不怕乘警。不论谢苗诺夫还是霍尔瓦特，他们现在都有赖于日本人的支持。但杨定远的计划就是要思华去把乘警找来。只要引起那些站岗的白军士兵的注意，自己就可以展开行动了。可是思华的心思已乱，哪还听得杨定远的言外之意，听得杨定远说要自己跟金光云走，他才肯放了杨定远，她又是皱了皱眉，向金光云道："金光云，你可要说话算话！"

她是个急性子，一说完便急急地从车门处冲了出来。金光云看到思华真个下来了，喜不自胜，伸手想去拉她，却又不太敢，只是说道："乌云，我一定不会辜负你的……"

杨定远见思华根本没有听懂自己的意思，已是心急如焚。如果思华落到了金光云手里，自己的计划也要全盘皆输。眼见思华真的下了车要来换自己上车，他只觉脑门一热，再顾不得一切，便向金光云扑去，叫道："快抓住这布尔什维克！"

他刚一扑出，那个姓宫本的日本人突然身形一纵，已冲到他面前。霍敬奇当初吹嘘自己是八极宗师李书文门下的开山大弟子，其实就是仗着身体灵便，又会几手拳脚。这个宫本的动作却比霍敬奇更快得多，杨定远还没碰到金光云的衣角，只觉当胸中了一拳。他少年时虽然也学过点武术，不过那只是跟乡野教师学的，算不得如何高明，这一拳打得他五脏都倒翻了过来，一个踉跄，人重重坐倒在地上。

如果是寻常打架，只要不骚扰到一等车那边，那些站岗的士兵根本不会理睬。但听得"布尔什维克"这词，他们全都如临大敌。这些哥萨克立刻把子弹上了膛对准打架的这几人，那个宫本出手虽快，可被枪指着也不敢造次，另一个日本人本想帮忙，可他身手远没宫本快，刚上前一步就被枪指着，更不敢动了。他们身份其实比金光云高，但既不会说汉语也不会说俄语，一路只靠金光云做翻译，所以也只能听他的指挥。结果事情变成这样，他们还是莫名其妙，肚里一个劲地骂着八格亚路。

这时一个穿着上尉军官服的人闻声走了过来，见状喝道："把枪放下！你们是干什么的?"

虽然有突发情况，但金光云倒并不慌乱，还极为镇定。听得杨定远叫自己"布尔什维克"，他还有点儿好笑，心想杨定远是病急乱投医，居然会倒打一耙。现在谢苗诺夫靠日本扶持，只消亮出身份，这些士兵只会帮自己。他伸手从怀里拿出证件道："少尉先生，我是日本军部的人，这个人才是布尔什维克。”

那少尉接过证件来看了看，却还有点怀疑，看了看杨定远。

这紧要关头，杨定远深深吸了口气，说道：“少尉先生，这个人是布尔什维克派来抢夺高尔察克将军黄金的。在他身上，还有关键的情报。”

这话一出，所有人都动容。高尔察克在鄂木斯克藏有大批黄金，几乎所有白军都知道。谢苗诺夫一向不听高尔察克的指挥，但上一次听从高尔察克吩咐，倾巢西来，正是因为高尔察克允诺付他黄金。和红鹰团一场血战侥幸取胜，事后谢苗诺夫也确实拿到了高尔察克付给的黄金。

高尔察克被捕处死后，赤塔已成了红军的下一个目标。谢苗诺夫已在赤塔立足不住，但仍保留着相当的兵力，他是担心这笔藏金被人化整为零，从铁路上偷运出去。一听得金光云身上竟有黄金下落的情报，那少尉一下拔出了手枪对准了他。匹夫无罪，怀璧其罪。现在谁是布尔什维克已不重要了，重要的是金光云身上到底有没有情报。

听得杨定远这话，金光云的心霎时寒透了。杨定远把“乘警”两字说得特别重时他就有点儿奇怪，现在才知道杨定远的真实用意。如果当时乘警真的介入，杨定远再喊出这事，那自己有嘴说不清。谢苗诺夫是个什么人，他也很清楚。纵然他现在靠日本人撑着，但若是能得到高尔察克的黄金，他肯定会将错就错地将自己灭口，独吞黄金。金光云一向自恃聪明，哪知竟被杨定远摆了这么一道。他恼羞成怒，哪儿还顾得上一切，举枪对准杨定远道：“杨定远，你去死吧！”

情报丢了，就算谢苗诺夫不灭自己的口，日本军部和黑龙会也不会放过自己。金光云本来觉得投靠日本人会混得风生水起，谁知这些竟如空中楼阁，原来如此不牢靠。不论怎样，这一次自己是完了。恼羞成怒之下，举枪对准杨定远便要扣扳机。莲娜在车厢里坐着，她听不懂汉语，本来觉得好好的突然变成这样，正在窗口张望，见那小金举枪要开，她惊叫道：“定远！”

枪响了。在这样的距离，金光云虽然枪法不好，也没有打不中的道理。但就在他开枪的一瞬，枪口前多了一个人。

那是思华。她刚一下车，便觉得情况不对。虽然不知发生了什么事，但杨定远突然发难，显然是因为自己。见金光云要对杨定远开枪，她早已顾不得一切地猛冲过来。她就站在金光云不远处，金光云的动作说快不快，说慢不慢，等他扣下扳机，思华正好站在了枪口前。子弹穿进了思华的身体，而金光云也觉前心一疼，低头看去，却见一把小剑已插在自己的前心。他还有点儿不敢相信，喃喃道："乌云，你……你杀我……"

在他心目中，自己对思华一心一意，思华就算不喜欢他，也不应该杀了他。这把袖剑锋利至极，穿心而过，金光云甚至还没来得及感到痛苦，人便仰天摔倒。

这样近距离地中枪，思华的身体也弹了出去。杨定远被宫本打倒还没来得及站起来，思华的身体已飞了过来，正跌在他身前。看着思华的前心已被鲜血染红，杨定远只觉一阵撕心裂肺的疼痛，一把抱起思华哭道："思华！"

思华的眼神已经有些茫然了。致命的一枪，将她的身体都撕开一个拳头大的伤口。杨定远想要为她捂住伤口，可是伤透了的心再也补不起来，血在不停地冒着。思华躺在杨定远怀里，忽然微笑了一下，低低道："杨大哥，对不起……"

对不起的有很多。没能理会杨定远的用意，破坏了他的计划；还有，没能早一点儿告诉他自己的心意。只是这一切，在这垂死的少女心目中渐渐地淡了。很久以前，其实也并不很久，十五岁的少女在火车上第一次碰到杨定远，得到了他的帮助，那种欢喜用什么语言都无法表达。

"杨大哥，我是太笨了，真对不起。"

抱着思华渐渐冰凉的身体，杨定远放声痛哭起来。他从未如此畅快哭过，只有现在，他才算真正明白自己在这个十八岁的少女心中占了多大的分量。拥有时不知珍惜，失去了才知道可贵。他任由泪水流淌着。

莲娜这时也已跑下了车。她被眼前的情景吓傻了。那个哥萨克少尉已从金光云尸体上搜出了那信封，刚打开看了一眼，便冷汗涔涔，心想："得立刻交给谢苗诺夫将军！"一抬头看到莲娜下车，他大吃一惊，正想立正，身后却传来了一个女人的声音："阿基姆少尉，发生什么事了？"

听得这声音，阿基姆更是吃惊，转身打了个立正道："夫人，这个人身上搜出了重要文件，必须马上交给谢苗诺夫将军。"

"那让人清理站台，快开车了。"

阿基姆又是打了个立正，小声道："只是，夫人，揭发他的这个人应该也不是……"

"我认识他，他是位正直的中国商人，别为难他了。"

阿基姆听得夫人竟然为杨定远说话，并且说认识他，更是诧异。但他接到的命令就是保护夫人，也便没有再说什么，只是道："是。"反正得到了这份情报，必须立即向谢苗诺夫将军汇报，否则功劳也会落空。他马上张罗着让人清理站台，把捉到的那两个持枪的日本人关起来押走。不管他们是不是真的布尔什维克，总之消息不能走漏，一切都听从谢苗诺夫将军的安排。

夫人怎么会认识那个中国人的？阿基姆上车时想着。他又回头看了一眼，摇了摇头，心道：夫人和他的妻子竟是如此相似，难道这中国人竟是谢苗诺夫将军的连襟吗？

当夫人下车时，虽然伤心欲绝，但泪光中，杨定远也看到了那个人影。

曾经在梦里无数次看到过的人，本以为永远没有交汇的一天，但命运又把两个人牵扯到了一处。和他预料的不一样，她并没有忘记自己。

她在想什么？杨定远不知道，也不想知道了。

"谢谢你，娜斯佳。"

他想着，泪水又落了下来，滴落在思华冰冷的身体上。泪光中，仿佛又浮现起很久以前，在火车上撞到她换衣服时露出少女的胸脯时那羞涩的模样了。

番外

1920 年 4 月，远东共和国正式成立。这是一个名义上独立，其实完全由苏俄政府控制的国家，主要任务就是在远东，为新生的苏维埃政权与虎视眈眈的日本政府建立一道隔离带。

远东共和国以上乌丁斯克为首都，领土面积 150 万平方公里，西自贝加尔湖，东至太平洋沿岸，包括库页岛在内，基本是历代沙俄从中国掠夺走的土地。到了 1921 年 10 月，远东共和国境内的白军基本被肃清，首都迁至赤塔。一直占据海参崴的谢苗诺夫在俄罗斯境内已完全无法立足。逃到中国境内后，谢苗诺夫的部队被中国东北地方当局解除了武装，谢苗诺夫本人寓居大连夏家河子经营农场。他的鹰之旅残部后来被军阀张宗昌收编，也就是后世传说的张宗昌麾下一支善战的白俄部队。随着张宗昌失势，这支曾经在西伯利亚称雄的劲旅也最终画上了句号。

而小个子桑来朝，原红鹰团骑兵团连长，在骑兵团覆灭后加入契卡行动组，专事暗杀。他骑术极高，能在马上左右开弓双手打枪，又擅武术，专事暗杀白军哥萨克将领。曾先后五次暗杀谢苗诺夫，可惜都未能成功。为尹春山报仇的计划也终是留下了遗憾。

远东共和国在肃清了境内的白俄力量后，开始向海参崴逼近，迫使日军不得不逐渐撤兵。1922 年 10 月，随着日军完全撤离，列强对苏俄的干涉行动彻底宣告失败。当年中央执委会根据远东共和国的申请，决定取消远东共和国。从此，远东共和国宣布回归苏维埃俄国，而不是按照先前所承诺的那样把土地归还给中国。

历史翻开了新的一页，红鹰团，这支曾经为了新生的苏维埃政权在异域浴血奋战的中国军团，虽然只是昙花一现，但在苏俄报刊上得到过“我们战线最顽强的部队”和“最可信赖的部队”的评价。只是，在历史的长河中，终究只是一个小小的涟漪。多少年后的今天，谁还能记得这支英勇顽强、用生命去战斗的红鹰团呢？